जयशंकर प्रसाद
सम्पूर्ण कहानियाँ

जयशंकर प्रसाद

सम्पूर्ण कहानियाँ

जयशंकर प्रसाद

अतुल्य पब्लिकेशन्स
दिल्ली-110093

जयशंकर प्रसाद
सम्पूर्ण कहानियाँ
JAYSHANKER PRASAD
SAMPURNA KAHANIYEN

प्रकाशक : अतुल्य पब्लिकेशन्स
सी-5/एफ-2, ईस्ट ज्योति नगर
शाहदरा, दिल्ली-110093

संस्करण : 2018

आईएसबीएन : 978-93-82553-16-8

मूल्य : ₹ 695

शब्द-संयोजन : कम्प्यूटेक सिस्टम, दिल्ली-110032

मुद्रक : हर्ष प्रिंटर्स, दिल्ली-110093

अनुक्रम

आकाश-दीप

"बन्दी!"

"क्या है? सोने दो।"

"मुक्त होना चाहते हो?"

"अभी नहीं, निद्रा खुलने पर, चुप रहो।"

"फिर अवसर न मिलेगा।"

"बड़ी शीत है, कहीं से एक कम्बल डालकर शीत से मुक्त कर ना।"

"आँधी की सम्भावना है। यही अवसर है। आज मेरे बन्धन शिथिल हैं।"

"तो तुम भी बन्दी हो?"

"हाँ, धीरे बोलो, इस नाव पर केवल दस नाविक और प्रहरी हैं।"

"शस्त्र मिलेगा?"

"मिल जाएगा। पोत से सम्बद्ध रज्जु काट सकोगे?"

"हाँ।"

समुद्र में हिलोरें उठने लगीं। दोनों बन्दी आपस में टकराने लगे। पहले बन्दी ने अपने को स्वतंत्र कर लिया। दूसरे का बंधन खोलने का प्रयत्न करने लगा। लहरों के धक्के एक-दूसरे को स्पर्श से पुलकित कर रहे थे। मुक्ति के आशा-स्नेह का असम्भावित आलिंगन। दोनों ही अन्धकार में मुक्त हो गये। दूसरे बन्दी ने हर्षातिरेक से उसको गले से लगा लिया। सहसा उस बन्दी ने कहा, "यह क्या? तुम स्त्री हो?"

"क्या स्त्री होना कोई पाप है?" अपने को अलग करते हुए स्त्री ने कहा।

"शस्त्र कहाँ हैं? तुम्हारा नाम?"

"चम्पा।"

तारक-खचित नील अम्बर और नील समुद्र के आकाश में पवन ऊधम मचा रहा था। अन्धकार से मिलकर पवन दुःख दे रहा था। समुद्र में आन्दोलन था। नौका लहरों में विकल थी। स्त्री सतर्क तार से लुढ़कते हुए बन्दी के समीप पहुँच गई। सहसा पोत से पथ-प्रदर्शक ने चिल्ला कर कहा, "आँधी!"

आपत्ति-सूचक तूर्य बजने लगा। सब सावधान होने लगे। बन्दी युवक उसी

तरह पड़ा रहा। किसयनी ने रस्सी पकड़ी, कोई पाल खोल रहा था। पर बन्दी युवक ढुलक कर उस रज्जु के पास पहुँचा, जो पोत से संलग्न थी। तारे ढँक गये। तरंगें उद्वेलत हुईं, समुद्र गरजने लगा। भीषण आँधी, पिशाचिनी के समान नाव को अपने हाथों में लेकर कन्दुक-क्रीड़ा और अट्टहास करने लगी।

एक झटके के साथ ही नाव स्वतंत्र थी। उस संकट में भी दोनों बंदी खिलखिला कर हँस पड़े। आँधी के हाहाकार से उसे कोई न सुन सका।

: 2 :

अनन्त जलनिधि में ऊषा का मधुर आलोक फूट उठा। सुनहली किरणों और लहरों की कोमल सृष्टि मुस्कुराने लगी। सागर शान्त था। नाविकों ने देखा, पोत का पता नहीं। बन्दी मुक्त हैं।

नायक ने कहा, "बुद्धगुप्त! तुमको मुक्त किसने किया?"

कृपाण दिखाकर बुद्धगुप्त ने कहा, "इसने।"

नायक ने कहा, "तो तुम्हें फिर बन्दी बनाऊँगा।"

"किसके लिए? पोताध्यक्ष मणिभद्र अतल जल में होगा—नायक! अब इस नौका का स्वामी मैं हूँ।"

"तुम? जलदस्यु बुद्धगुप्त? कदापि नहीं।" चौंककर नायक ने कहा और अपना कृपाण टटोलने लगा। चम्पा ने इसके पहले उस पर अधिकार कर लिया था। वह क्रोध से उछल पड़ा।

"तो तुम द्वन्द्व-युद्ध के लिए प्रस्तुत हो जाओ; जो विजयी होगा, वही स्वामी होगा।" इतना कहकर बुद्धगुप्त ने कृपाण देने का संकेत किया। चम्पा ने कृपाण नायक के हाथ में दे दिया।

भीषण घात-प्रतिघात आरम्भ हुआ। दोनों कुशल, दोनों त्वरित गति वाले थे। बड़ी निपुणता से बुद्धगुप्त ने अपना कृपान दाँतों से पकड़ कर अपने दोनों हाथ स्वतंत्र कर लिये। चम्पा भय और विस्मय से देखने लगी। नाविक प्रसन्न हो गये। परन्तु बुद्धगुप्त ने लाघव से नायक का कृपाण वाला हाथ पकड़ लिया और विराट् हुंकार से दूसरा हाथ कटि में डाल उसे गिरा दिया। दूसरे ही क्षण प्रभात की किरणों में बुद्धगुप्त का विजयी कृपाण उसके हाथों में चमक उठा। नायक की कातर आँखें प्राण-भिक्षा माँगने लगीं।

बुद्धगुप्त ने कहा, "बोलो, अब स्वीकार है कि नहीं?"

"मैं अनुचर हूँ, वरुणदेव की शपथ। मैं विश्वासघात नहीं करूँगा।" बुद्धगुप्त ने उसे छोड़ दिया।

चम्पा ने युवक जलदस्यु के समीप आकर उसके क्षतों को अपनी स्निग्ध दृष्टि

और कोमल करों से वेदना-विहीन कर दिया। बुद्धगुप्त के सुगठित शरीर पर रक्त-बिन्दु विजय-तिलक कर रहे थे।

विश्राम लेकर बुद्धगुप्त ने पूछा, "हम लोग कहाँ होंगे?"

"बाली द्वीप से बहुत दूर, संभवतः एक नवीन द्वीप के पास, जिसमें अभी हम लोगों का बहुत कम आना-जाना होता है। सिंहल के वणिकों का वहाँ प्राधान्य है।"

"अनुकूल पवन मिलने पर दो दिन में। तब तक के लिए खाद्य का अभाव न होगा।"

सहसा नायक ने नाविकों को डाँड़ लगाने की आज्ञा दी और स्वयं पतवार पकड़कर बैठ गया। बुद्धगुप्त के पूछने पर उसने कहा, "यहाँ एक जलमग्न शैलखण्ड है। सावधान न रहने से नाव के टकराने का भय है।"

: 3 :

"तुम्हें इन लोगों ने बन्दी क्यों बनाया?"

"वणिक मणिभद्र की पाप-वासना ने।"

"तुम्हारा घर कहाँ है?"

"जाह्नवी के तट पर। चम्पा नगरी की एक क्षत्रिय बालिका हूँ। पिता इसी मणिभद्र के यहाँ प्रहरी का काम करते थे। माता का देहावसान हो जाने पर मैं भी पिता के साथ नाव पर ही रहने लगी। आठ बरस से समुद्र ही मेरा घर है। तुम्हारे आक्रमण के समय मेरे पिता ने ही सात दस्युओं को मारकर जल-समाधि ली। एक मास हुआ, मैं इस नील नभ के नीचे, नील जलनिधि के ऊपर, एक भयानक अनन्तता में निस्सहाय हूँ, अनाथ हूँ। मणिभद्र ने मुझसे एक दिन घृणित प्रस्ताव किया। मैंने उसे गालियाँ सुनाईं। उसी दिन से बन्दी बना ली गई।" चम्पा रोष से जल रही थी।

"मैं अपने अदृश को अनिर्दिश ही रहने दूँगी। वह जहाँ ले जाय।" चम्पा की आँखें निस्सीम प्रदेश में निरुद्देश्य थीं। किसी आकांक्षा के लाल डोरे न थे। धवल उपांगों में बालकों के सदृश विश्वास था। हत्या-व्यवसायी दस्यु भी उसे देखकर काँप गया। उसके मन में एक सम्भ्रमपूर्ण श्रद्धा यौवन की पहली लहरों को जगाने लगी। समुद्र-वक्ष पर विलम्बमयी राग-रञ्जित संध्या थिरकने लगी। चम्पा के असंयत कुन्तल उसकी पीठ पर बिचारे थे। दुर्दान्त दस्यु ने देखा, अपनी महिमा में अलौकिक एक तरुण बालिका! वह विस्मय से अपने हृदय को टटोलने लगा। उसे एक नई वस्तु का पता चला। वह थी कोमलता!

उसी समय नायक ने कहा, "हम लोग द्वीप के पास पहुँच गये।"

वेला से नाव टकराई, चम्पा निर्भीकता से कूद पड़ी, माँझी भी उतरे। बुद्धगुप्त ने कहा, "जब इसका कोई नाम नहीं है तो हम लोग इसे चम्पाद्वीप ही कहेंगे।"

चम्पा हँस पड़ी।

: 4 :

पाँच बरस बाद।

शरद के धवल नक्षत्र गगन में झलमला रहे थे। चम्पा के उज्ज्वल विजय पर अन्तरिक्ष में शरदलक्ष्मी ने आशीर्वाद के फूलों और खीलों को बिखेर दिया।

चम्पा के उच्च सौध पर बैठी हुई तरुणी चम्पा दीपक जला रही थी। बड़े यत्न से अभ्रक की मञ्जूषा में दीप धर कर उसने अपनी सुकुमार उँगलियों से डोरी खींची। वह दीपाधार ऊपर चढ़ने लगा। भोली-भोली आँखें उसे ऊपर चढ़ते बड़े हर्ष से देख रही थीं। डोरी धीरे-धीरे खींची गई, चम्पा की कामना थी कि उसका आकाश-द्वीप नक्षत्रों से हिलमिल जाय; किन्तु वैसा होना असम्भव था। उसने आशाभरी आँखें फिरा लीं।

सामने जल-राशि का रजत श्रृंगार था। वरुण बालिकाओं के लिए लहरों से हीरे और नीलम की क्रीड़ा शैल-मालायें बना रही थीं और वे मायाविनी छलनायें अपनी हँसी का कलनाद छोड़कर छिप जाती थीं। दूर-दूर से धीवरों का वंशी-झनकार उनके संगीत-सा मुखरित होता था। चम्पा ने देखा कि तरल संकुच जल-राशि में उसके कंडील का प्रतिबिम्ब अस्त-व्यस्त था! वह अपनी पूर्णता के लिए सैकड़ों लहर काटता था। वह अनमनी होकर उठ खड़ी हुई, किसी को पास न देखकर पुकारा—"जया!"

एक श्यामा युवती सामने आकर खड़ी हुई। वह जंगली थी। नील नभोमण्डल से मुख में शुद्ध नक्षत्रों की पंक्ति के समान उसके दाँत हँसते ही रहते। वह चम्पा को रानी कहती, बुद्धगुप्त की आज्ञा थी।

"महानाविक कब तक आवेंगे, बाहर पूछो तो।" चम्पा ने कहा। जया चली गई।

दूरागत पवन चम्पा के अंचल में विश्राम लेना चाहता था। उसके हृदय में गुदगुदी हो रही थी। आज न जाने क्यों वह बेसुध थी। एक दीर्घकाय दृढ़ पुरुष ने उसकी पीठ पर हाथ रख चमत्कृत कर दिया। उसने फिर कहा, "बुद्धगुप्त!"

"बावली हो क्या? यहाँ बैठी हुई अभी तक दीप जला रही हो, तुम्हें यह काम करना है?"

"क्षीरनिधियायी अ़नन्त की प्रसन्नता के लिए क्या दासियों से आकाश-दीप जलवाऊँ?"

"हँसी आती है। तुम किसको दीप जला कर पथ दिखलाना चाहती हो? उसको, जिसको भगवान् मान लिया है?"

"हाँ, वह भी कभी भटकते हैं, भूलते हैं; नहीं तो बुद्धगुप्त को इतना ऐश्वर्य क्यों देते?"

"तो बुरा क्या हुआ, इस द्वीप की अधीश्वरी चम्पारानी!"

"मुझे इस बंदीगृह से मुक्त करो। अब तो बाली, जावा और सुमात्रा का वाणिज्य केवल तुम्हारे ही अधिकार में है महानाविक! परन्तु मुझे उन दिनों की स्मृति सुहावनी लगती है, जब तुम्हारे पास एक ही नाव थी और चम्पा के उपकूल में पण्य लाद कर हम लोग सुखी जीवन बिताते थे–इस जल में अगणित बार हम लोगों की तरी आलोकमय प्रभात में, तारिकाओं की मधुर ज्योति में थिरकती थी। बुद्धगुप्त! उस विजन अनन्त में जब माँझी सो जाते थे, दीपक मुझ जाते थे, हम-तुम परिश्रम से थककर पालों में शरीर लपेट कर एक-दूसरे का मुँह क्यों देखते थे। वह नक्षत्रों की मधुर छाया–"

"तो चम्पा! अब उससे भी अच्छे-अच्छे ढंग से हम लोग विचर सकते हैं। तुम मेरी...।

"नहीं-नहीं, तुमने दस्युवृत्ति छोड़ दी परन्तु हृदय वैसा ही अकरुण, सतृष्ण और ज्वलनशील है। तुम भगवान् के नाम की हँसी उड़ाते हो। मेरे आकाश-दीप पर व्यंग्य कर रहे हो। नाविक! उस प्रचण्ड आँधी में प्रकाश की एक-एक किरण के लिए हम लोग कितने व्याकुल थे। मुझे स्मरण है, जब मैं छोटी थी, मेरे पिता नौकरी पर समुद्र में जाते थे, मेरी माता, मिट्टी की दीपक बाँस की पिटारी में भागीरथी के तट पर बाँस के साथ ऊँचे पर टाँग देती थी। उस समय प्रार्थना करती–'भगवान्! मेरे पथ-भ्रष्ट नाविक को अन्धकार में ठीक पथ पर ले चलना' और जब मेरे पिता बरसों पर लौटते तो कहते–'साध्वी! तेरी प्रार्थना से भगवान् ने भयानक संकटों में मेरी रक्षा की है।' वह गद्‌गद हो जाती। मेरी माँ! आह नाविक! यह उसी की पुण्यस्मृति है। मेरे पिता, वीर पिता की मृत्यु के निष्ठुर कारण जलदस्यु! हट जाओ।" सहसा चम्पा का मुख क्रोध से भीषण होकर रंग बदलने लगा। महानाविक ने कभी यह रूप न देखा था। वह ठठाकर हँस पड़ा।

"यह क्या चम्पा? तुम अस्वस्थ हो जाओगी, सो रहो।" कहता हुआ चला गया। चम्पा मुट्‌ठी बाँधे उन्मादिनी सी घूमती रही।

: 5 :

निर्जन समुद्र के उपकूल में वेला से टकराकर लहरें बिखर जाती थीं। पश्चिम का पथिक थक गया था। उसका मुख पीला पड़ गया। अपनी शान्त-गम्भीर हलचल में जलनिधि विचार में निमग्न था। वह जैसे प्रकाश की उन्मलिन किरणों से विरक्त था।

चम्पा और जया धीरे-धीरे उस तट पर आकर खड़ी हो गईं। तरंग से उठते हुए पवन ने उनके वसन को अस्त-व्यस्त कर दिया। जया के संकेत से एक छोटी सी नौका आई। दोनों के उस पर बैठते ही नाविक उतर गया। जया नाव खेने लगी। चम्पा मुग्ध-सी समुद्र के उदास वातावरण में अपने को मिश्रित कर देना चाहती थी।

"इतना जल! इतनी शीतलता! हृदय की प्यास न बुझी। पी सकूँगी? नहीं!

तो जैसे वेला से चोट खाकर सिन्धु चिल्ला उठता है, उसी के समान रोदन करूँ या जलते हुए स्वर्ण-गोलक सदृश अनन्त जल में डूब कर बुझ जाऊँ?'' चम्पा के देखते-देखते पीड़ा और ज्वलन के आरक्त बिम्ब धीरे-धिरे सिन्धु में, चौथाई-आधा फिर सम्पूर्ण विलीन हो गया। एक दीर्घ निश्श्वास लेकर चम्पा ने मुँह फेर लिया। देखा तो महानाविक का बजरा उसके पास है। बुद्धगुप्त ने झुक कर हाथ बढ़ाया। चम्पा उसके सहारे वजरे पर चढ़ गई। दोनों पास-पास बैठ गये।

''इतनी छोटी नाव पर इधर घूमना ठीक नहीं। पास ही वह जलमग्न शैलखण्ड है। कहीं नाव टकरा जाती या ऊपर चढ़ जाती, चम्पा तो?''

''अच्छा होता बुद्धगुप्त! जल में बन्दी होना कठोर प्राचीरों से तो अच्छा है!''

''आह चम्पा, तुम कितनी निर्दय हो! बुद्धगुप्त को आज्ञा देकर देखो तो, वह क्या नहीं कर सकता। जो तुम्हारे लिये द्वीप की सृष्टि कर सकता है, नई प्रजा खोज सकता है, नये राज्य बना सकता है, उसकी परीक्षा लेकर देखो तो...। कहो चम्पा! वह कृपाण से अपना हृदय-पिण्ड निकाल अपने हाथों अतल जल में विसर्जन कर दे!'' महानाविक, जिसके नाम से बाली, जाबा और चम्पा का आकाश गूँजता था, पवन थर्राता था, घुटनों के बल चम्पा के सामने छलछलाई आँखों से बैठा था।

सामने शैलमाला की चोटी पर, हरियाली में विस्तृत जल-देश में, नील पिंगल संध्या, प्रकृति की सहृदय कल्पना, विश्राम की शीतल छाया स्वप्नलोक का सृजन करने लगी। उस मोहनी के रहस्यपूर्ण नीलजाल का कुहक स्फुट हो उठा। उस सौरभ से पागल चम्पा ने बुद्धगुप्त के दोनों हाथ पकड़ लिये। वहाँ एक आलिंगन हुआ, जैसे क्षितिज में आकाश और सिन्धु का। किन्तु उस परिरम्भ में सहसा चैतन्य होकर चम्पा ने अपनी कंचुकी से एक कृपाण निकाल लिया।

''बुद्धगुप्त! आज मैं अपना प्रतिशोध का कृपाण अतल जल में डुबो देती हूँ। हृदय ने छल किया, बार-बार धोखा दिया!'' चमक कर वह कृपाण समुद्र का हृदय वेधता हुआ विलीन हो गया।

''तो आज मैं विश्वास करूँ। क्षमा कर दिया गया?'' आश्चर्य-कम्पित कण्ठ से महानाविक ने पूछा।

''विश्वास? कदापि नहीं बुद्धगुप्त! जब मैं अपने हृदय पर विश्वास नहीं कर सकी, उसी ने धोखा दिया, तब मैं कैसे कहूँ! मैं तुम्हें घृणा करती हूँ, फिर भी तुम्हारे लिए मर सकती हूँ। अन्धेर है जलदस्यु। तुम्हें प्यार करती हूँ।'' चम्पा रो पड़ी।

वह स्वप्नों की रंगीन संध्या, तम से अपनी आँखें बन्द करने लगी थी। दीर्घ निश्श्वास लेकर महानाविक ने कहा, ''इस जीवन की पुण्यतम घड़ी की स्मृति में एक प्रकाश-गृह बनाऊँगा, चम्पा! यहीं उस पहाड़ी पर। सम्भव है कि मेरे जीवन की धुँधली संध्या उससे आलोकपूर्ण हो जाए!''

: 6 :

चम्पा के दूसरे भाग में एक मनोरम शैलमाला थी। वह बहुत दूर तक सिन्धु-जल में निमग्न थी। सागर का चञ्चल जल उस पर उछलता हुआ उसे छिपाये था। आज उसी शैलमाला पर चम्पा के आदि-निवासियों का समारोह था। उन सबों ने चम्पा को वनदेवी-सा सजाया था। ताम्रलिप्ति के बहुत से सैनिक और नाविकों की श्रेणी में वन-कुसुम-विभूषिता चम्पा शिविकारूढ़ होकर जा रही थी।

शैल के एक ऊँचे शिखर पर चम्पा के नाविकों को सावधान करने के लिए सुदृढ़ दीप-स्तम्भ बनवाया गया था। आज उसी का महोत्सव है। बुद्धगुप्त स्तम्भ के द्वार पर खड़ा था। शिविका से सहायता देकर चम्पा को उसने उतारा। दोनों ने भीतर पदार्पण किया था कि बाँसुरी और ढोल बजने लगे। पंक्तियों में कुसुम-भूषण से सजी बन-बालाएँ फूल उछालती हुई नाचने लगीं।

दीप-स्तम्भ की ऊपरी खिड़की से यह देखती हुई चम्पा ने जया से पूछा, ‘‘यह क्या है जया? इतनी बालिकाएँ कहाँ से बटोर लाई?’’

‘‘आज रानी का ब्याह है न?’’ कह कर जया ने हँस दिया।

बुद्धगुप्त विस्तृत जलनिधि की ओर देख रहा था। उसे झकझोर कर चम्पा ने पूछा, ‘‘क्या यह सच है?’’

‘‘यदि तुम्हारी इच्छा हो तो यह सच भी हो सकता है चम्पा! कितने वर्षों से मैं ज्वालामुखी को अपनी छाती में दबाये हूँ।’’

‘‘चुप रहो महानाविक! क्या मुझे निस्सहाय और कंगाल जानकर तुमने आज सब प्रतिशोध लेना चाहा?’’

‘‘मैं तुम्हारे पिता का घातक नहीं हूँ चम्पा! वह एक दूसरे दस्यु के शस्त्र से मरे!’’

‘‘यदि मैं इसका विश्वास कर सकती! बुद्धगुप्त, वह दिन कितना सुन्दर होता, वह क्षण कितना स्पृहणीय! आह! तुम इस निष्ठुरता में भी कितने महान् होते!’’

जया नीचे चली गई थी। स्तम्भ के संकीर्ण प्रकोष्ठ में बुद्धगुप्त और चम्पा एकान्त में एक-दूसरे के सामने बैठे थे।

बुद्धगुप्त ने चम्पा के पैर पकड़ लिये। उच्छ्वसित शब्दों में वह कहने लगा—‘‘चम्पा! हम लोग जन्मभूमि-भारतवर्ष से कितनी दूर इन निरीह प्राणियों में इन्द्र और शची के समान पूजित हैं। पर न जाने कौन अभिशाप हम लोगों को अभी तक अलग किये है। स्मरण होता है, वह दार्शनिकों का देश! वह महिमा की प्रतिमा! मुझे वह स्मृति नित्य आकर्षित करती है; परन्तु मैं क्यों नहीं जाता? जानती हो, इतना महत्त्व प्राप्त करने पर भी मैं कंगाल हूँ! मेरा पत्थर-सा हृदय एक दिन सहसा तुम्हारे स्पर्श से चन्द्रकान्तमणि की तरह द्रवित हुआ।

''चम्पा! मैं ईश्वर को नहीं मानता, मैं पाप को नहीं मानता, मैं दया को नहीं समझ सकता, मैं उस लोक में विश्वास नहीं करता। पर मुझे अपने हृदय के एक दुर्बल अंश पर श्रद्धा हो चली है। तुम न जाने कैसे एक बहकी हुई तारिका के समान मेरे शॅनय में उदित हो गई हो। आलोक की एक कोमल रेखा इस निविड़ता में मुस्कराने लगी। पशु-बल और धन के उपासक के मन में किसी शान्त और कान्त कामना की हँसी खिलखिलाने लगी; पर मैं न हँस सका!

''चलोगी चम्पा? पोतवाहिनी पर असंख्य धनराशि लाद कर राजरानी-सी जन्मभूमि के अंक में? आज हमारा परिणय हो, कल ही हम लोग भारत के लिए प्रस्थान करें। महानाविक बुद्धगुप्त की आज्ञा सिन्धु की लहरें मानती हैं। वे स्वयं उस पोत-पुंज को दक्षिण पवन के समान भारत में पहुँचा देंगी। आह चम्पा! चलो।''

चम्पा ने उसके हाथ पकड़ लिये। किसी आकस्मिक झटके ने पल भर के लिए दोनों के अधरों को मिला दिया। सहसा चैतन्य होकर चम्पा ने कहा, ''बुद्धगुप्त! मेरे लिए सब भूमि मिट्टी है; सब जल तरल है; सब पवन शीतल है। कोई विशेष आकांक्षा हृदय में अग्नि के समान प्रज्वलित नहीं। सब मिलकर मेरे लिए एक शून्य है। प्रिय नाविक! तुम स्वदेश लौट जाओ, विभवों का सुख भोगने के लिए और मुझे छोड़ दो इन निरीह भोले-भाले प्राणियों के दुख की सहानुभूति और सेवा के लिए।''

''तब मैं अवश्य चला जाऊँगा, चम्पा! यहाँ रहकर मैं अपने हृदय पर अधिकार रख सकूँ, इसमें संदेह है। आह! किन लहरों में मेरा विनाश हो जाय!'' महानाविक के उच्छ्वास में विकलता थी। फिर उसने पूछा, ''तुम अकेली यहाँ क्या करोगी?''

''पहले विचार था कि कभी-कभी इस दीप-स्तम्भ पर से आलोक जलाकर अपने पिता की समाधि का इस जल में अन्वेषण करूँगी। किन्तु देखती हूँ, मुझे भी इसी में जलना होगा, जैसे आकाश-दीप।''

: 7 :

एक दिन स्वर्ण-रहस्य के प्रभात में चम्पा के अपने दीप-स्तम्भ पर से देखा—सामुद्रिक नावों की एक श्रेणी चम्पा का उपकूल छोड़कर पश्चिम-उत्तर की ओर महाजल-व्याल के समान सन्तरण कर रही है। उसकी आँखों में आँसू बहने लगे।

यह कितनी ही शताब्दियों पहले की कथा है। चम्पा आजीवन उस दीप-स्तम्भ में आलोक जलाती रही। किन्तु उसके बाद भी बहुत दिन द्वीप निवासी उस माया-ममता और स्नेहसेवा की देवी की समाधि-सदृश पूजा करते थे।

एक दिन काल के कठोर हाथों ने उसे भी अपनी चंचलता से गिरा दिया।

❑

ममता

रोहतास-दुर्ग के प्रकोष्ठ में बैठी हुई युवती ममता शोण के तीक्ष्ण गंभीर प्रवाह को देख रही है। ममता विधवा थी। उसका यौवन शोण के समान ही उमड़ रहा था। मन में वेदना, मस्तक में आँधी, आँखों में पानी की बरसात लिये वह सुख के कंटक-शयन में विकल थी। वह रोहतास दुर्गपति के मंत्री चूड़ामणि की अकेली दुहिता थी, फिर उसके लिए कुछ अभाव होना असंभव था, परन्तु विधवा थी, हिन्दू-विधवा संसार में सबसे तुच्छ, निराश्रय प्राणी है—तब उसकी विडम्बना का कहाँ अन्त था!

चूड़ामणि ने चुपचाप उसके प्रकोष्ठ में प्रवेश किया। शोण के प्रवाह में, उसके कल-नाद में, अपना जीवन मिलाने में वह बेसुध थी। पिता का आना न जान सकी। चूड़ामणि व्यथित हो उठे। स्नेह-पालिता पुत्री के लिए क्या करें, यह स्थिर न कर सकते थे। लौटकर बाहर चले गये। ऐसा प्रायः होता, पर आज मंत्री के मन में बड़ी दुश्चिन्ता थी। पैर सीधे न पड़ते थे।

एक पहर बीत जाने पर वे फिर ममता के पास आये। उस समय उनके पीछे आते दस सेवकों को चाँदी के बड़े थालों को रखने का संकेत किया। अनुचर थाल रखकर चले गये।

ममता ने पूछा, ''यह क्या है पिताजी?''

''तेरे लिए बेटी! उपहार है।'' कहकर चूड़ामणि ने उसका आवरण उलट दिया। स्वर्ण का पीलापन उस सुनहली संध्या में विकीर्ण होने लगा। ममता चौंक उठी—

''इतना स्वर्ण! यह कहाँ से आया?''

''चुप रहो ममता, यह तुम्हारे लिए है!''

''तो क्या आपने म्लेच्छ का उत्कोच स्वीकार कर लिया? पिताजी यह अनर्थ है, अर्थ नहीं। लौटा दीजिए। पिताजी! हम लोग ब्राह्मण हैं, इतना सोना लेकर क्या करेंगे?''

''इस पतनोन्मुख प्राचीन सामन्त-वंश का अन्त समीप है, बेटी! किसी भी दिन शेरशाह रोहिताश्व पर अधिकार कर सकता है; उस दिन मंत्रित्व न रहेगा, तब के लिए बेटी!''

"हे भगवान्! तब के लिए! विपद के लिए इतना आयोजन! परम पिता की इच्छा के विरुद्ध इतना साहस! पिताजी, क्या भीख न मिलेगी, क्या कोई हिन्दू भू-पृष्ठ पर न बचा रह जाएगा, जो ब्राह्मण को दो मुट्ठी अन्न दे सके? यह असंभव है। फेर दीजिए पिताजी, मैं काँप रही हूँ, इसकी चमक आँखों को अंधा बना रही है।"

"मूर्ख है," कहकर चूड़ामणि चले गये।

दूसरे दिन जब डोलियों का ताँता भीतर आ रहा था, ब्राह्मण-मंत्री चूड़ामणि का हृदय धक्-धक् करने लगा। वह अपने को रोक न सका। उसने जाकर रोहिताश्व-दुर्ग के तोरण पर डोलियों का आवरण खुलवाना चाहा। पठानों ने कहा–

"यह महिलाओं का अपमान है।"

बात बढ़ गई। तलवारें खिंचीं, ब्राह्मण वहीं मारा गया, राजा-रानी और कोष सब छली शेरशाह के हाथ पड़े; निकल गई ममता। डोली में भरे हुए पठान-सैनिक दुर्ग भर में फैल गये, पर ममता न मिली।

: 2 :

काशी के उत्तर धर्मचक्र बिहार मौर्य और गुप्त सम्राटों की कीर्ति का खँडहर था। भग्न चूड़ा, तृण-गुल्मों से ढके हुए प्राचीर, ईंटों की ढेर में बिखरी हुई भारतीय शिल्प की विभूति, ग्रीष्म चन्द्रिका में अपने को शीतल कर रही थी।

जहाँ पञ्चवर्गीय भिक्षु गौतम का उपदेश ग्रहण करने के लिए पहले मिले थे, उसी स्पूत के भग्नावशेष की मलिन छाया में एक झोंपड़ी के दीपालोक में एक स्त्री पाठ कर रही थी–

"अन्याश्चिन्तयन्तो मां ये जनाः पर्युपासते..."

पाठ रुक गया। एक भीषण और हताश आकृति दीप के मन्द प्रकाश में सामने खड़ी थी। स्त्री उठी, उसने कपाट बन्द करना चाहा। परन्तु उस व्यक्ति ने कहा, "माता! मुझे आश्रय चाहिए।"

"तुम कौन हो?" स्त्री ने पूछा।

"मैं मुगल हूँ। चौसा युद्ध में शेरशाह से विपन्न होकर रक्षा चाहता हूँ। इस रात अब आगे चलने में असमर्थ हूँ।"

"क्या शेरशाह से!" स्त्री ने होंठ काट लिये।

"हाँ, माता!"

"परन्तु तुम भी वैसे ही क्रूर हो, वही भीषण रक्त की प्यास, वही निष्ठुर प्रतिबिम्ब तुम्हारे मुख पर भी है! सैनिक! मेरी कुटी में स्थान नहीं, जाओ कहीं दूसरा आश्रय खोज लो।"

"गला सूख रहा है, साथी छूट गये हैं, अश्व गिर पड़ा है–इतना थका हुआ हूँ, इतना!" कहते-कहते वह व्यक्ति धम-से बैठ गया और उसके सामने ब्रह्माण्ड घूमने

लगा। स्त्री ने सोचा, यह विपत्ति कहाँ से आई! उसने जल दिया, मुगल के प्राणों की रक्षा हुई। वह सोचने लगी—'सब विधर्मी दया के पात्र नहीं, मेरे पिता का वध करने वाले आततायी!' घृणा से उसका मन विरक्त हो गया।

स्वस्थ होकर मुगल ने कहा, "माता! तो फिर मैं चला जाऊँ?"

स्त्री विचार कर रही थी—'मैं ब्राह्मणी हूँ, मुझे तो अपने धर्म—अतिथिदेव की उपासना—का पालन करना चाहिए। परन्तु यहाँ....नहीं, नहीं, सब विधर्मी दया के पात्र नहीं। परन्तु यह दया तो नहीं...कर्तव्य करना है। तब?'

मुगल अपनी तलवार टेककर उठ खड़ा हुआ। ममता ने कहा, "क्या आश्चर्य है कि तुम भी छल करो; ठहरो!"

"छल! नहीं, तब नहीं स्त्री! जाता हूँ, तैमूर का वंशधर स्त्री से छल करेगा? जाता हूँ। भाग्य का खेल है!"

ममता ने मन में कहा, 'यहाँ कौन दुर्ग है! यही झोंपड़ी न; जो चाहे ले ले, मुझे तो अपना कर्तव्य करना पड़ेगा।' वह बाहर चली आई और मुगल से बोली, "जाओ भीतर, थके हुए भयभीत पथिक! तुम चाहे कोई हो, मैं तुम्हें आश्रय देती हूँ। मैं ब्राह्मणी-कुमारी हूँ; सब अपना धर्म छोड़ दें, तो मैं भी क्यों छोड़ दूँ?" मुगल ने चन्द्रमा के मन्द प्रकाश में वह महिमामय मुखमण्डल देखा, उसने मन-ही-मन नमस्कार किया। ममता पास की टूटी हुई दीवारों में चली गई। भीतर थके पथिक ने झोंपड़ी में विश्राम किया।

प्रभात में खँडहर की सन्धि से ममता ने देखा, सैकड़ों अश्वारोही उस प्रान्त में घूम रहे हैं। वह अपनी मूर्खता पर अपने को कोसने लगी।

अब उस झोंपड़ी से निकल कर उस पथिक ने कहा, "मिरजा! मैं यहाँ हूँ।"

शब्द सुनते ही प्रसन्नता की चीत्कार-ध्वनि से वह प्रान्त गूँज उठा। ममता अधिक भयभीत हुई; पथिक ने कहा, "वह स्त्री कहाँ है? उसे खोज निकालो।" ममता छिपने के लिए अधिक सचेष्ट हुई। वह मृग-दाव में चली गई। दिन-भर उसमें से न निकली। संध्या में जब उन लोगों के जाने का उपक्रम हुआ, तो ममता ने सुना, पथिक घोड़े पर सवार होते हुए कह रहा है—"मिरजा! उस स्त्री को मैं कुछ दे न सका। उसका घर बनवा देना, क्योंकि मैंने विपत्ति में यहाँ विश्राम पाया था। यह स्थान भूलना मत।" इसके बाद वे चले गये।

चौसा के मुगल-पठान युद्ध को बहुत दिन बीत गये। ममता अब सत्तर वर्ष की वृद्धा है। वह अपनी झोंपड़ी में एक दिन पड़ी थी। शीतकाल का प्रभात था। उसका जीर्ण कंकाल खाँसी से गूँज रहा था। ममता की सेवा के लिए गाँव की दो-तीन स्त्रियाँ उसे घेर कर बैठी थीं; क्योंकि वह आजीवन सब के सुख-दुख की समभागिनी रही।

ममता ने जल पीना चाहा, एक स्त्री ने सीपी से जल पिलाया। सहसा एक

अश्वारोही उसी झोंपड़ी के द्वार पर दिखाई पड़ा। वह अपनी धुन में कहने लगा—"मिरजा ने जो चित्र बनाकर दिया है, वह तो इसी जगह का होना चाहिए। वह बुढ़िया मर गई होगी, अब किससे पूछूँ कि एक दिन शाहंशाह हुमायूँ किस छप्पर के नीचे बैठे थे? यह घटना भी तो सैंतालीस वर्ष से ऊपर की हुई!"

ममता ने अपने विकल कानों से सुना। उसने पास की स्त्री से कहा, "उसे बुलाओ।"

अश्वारोही पास आया। ममता ने रुक-रुक कर कहा, "मैं नहीं जानती कि वह शाहंशाह था या साधारण मुगल; पर एक दिन इसी झोंपड़ी के नीचे वह रहा। मैंने सुना था कि वह मेरा घर बनवाने की आज्ञा दे चुका था! मैं आजीवन अपनी झोंपड़ी खोदनेवाले के डर से भयभीत ही थी! भगवान ने सुन लिया, मैं आज इसे छोड़े जाती हूँ। अब तुम इसका मकान बनाओ या महल, मैं अपने चिर-विश्राम-गृह में जाती हूँ।"

वहाँ एक अष्टकोण बना और उस पर शिलालेख लगा—

"सातों देश के नरेश हुमायूँ ने एक दिन यहाँ विश्राम किया था। उनके पुत्र अकबर ने उनकी स्मृति में यह गगनचुम्बी मन्दिर बनाया।"

पर उसमें ममता का कहीं नाम नहीं।

❑

स्वर्ग के खँडहर में

वन्य कुसुमों की झालरें सुख-शीतल पवन से विकम्पित होकर चारों ओर झूल रही थीं। छोटे-छोटे झरनों की कुल्याएँ कतराती हुई बह रही थीं। लता-वितानों से ढकी हुई प्राकृतिक गुफाएँ, शिल्प-रचना-पूर्ण सुन्दर प्रकोष्ठ बनातीं, जिसमें पागल कर देने वाली सुगंध की लहरें नृत्य करती थीं। स्थान-स्थान पर कुञ्जों और पुष्प-शय्याओं का समारोह छोटे-छोटे विश्राम-गृह, पान-पात्रों में सुगंधित मदिरा, भाँति-भाँति के सुस्वादु फल-फूल वाले वृक्षों के झुरमुट, दूध और मधु की नहरों के किनारे गुलाबी बादलों का क्षणिक विश्राम। चाँदनी का निभृत रंगमंच, पुलकित वृक्ष-फूलों पर मधुमक्खियों की भन्नाहट, रह-रहकर पक्षियों के हृदय में चुभने वाली तान, मणिदीपों पर लटकती हुई मुकुलित मालाएँ, तिस पर सौन्दर्य के छँटे हुए जोड़-रूपवान बालक और बालिकाओं का हृदयहारी हास-विलास! संगीत की अवाध गति में छोटी-छोटी नावों पर उनका जल-विलास! किसकी आँखें यह सब देखकर भी नशे में न हो जायेंगी, हृदय पागल, इंद्रियाँ विकल न हो रहेंगी! यही तो स्वर्ग है!

झरने के तट पर बैठे हुए बालक ने बालिका से कहा, ''मैं भले जाता हूँ मीना, हाँ मीना। मैं तुम्हें मीना नाम से कब तक पुकारूँ?''

''और मैं तुमको गुल कहकर क्यों बुलाऊँ?''

''क्यों मीना, यहाँ भी तो हम लोगों को सुख ही है। है न? अहा, क्या ही सुन्दर स्थान है! हम लोग जैसे एक स्वप्न देख रहे हैं! कहीं दूसरी जगह न भेजे जायँ, तो क्या ही अच्छा हो!''

''नहीं गुल, मुझे पूर्व-स्मृति विकल कर देती है। कई बरस बीत गये, वह माता के समान दुलार उस उपासिका की स्नेहमयी करुणा भरी दृष्टि आँखों में कभी-कभी चुटकी काट लेती है। मुझे तो अच्छा नहीं लगता; बंदी होकर रहना तो स्वर्ग में भी...अच्छा तुम्हें यहाँ रहना नहीं खलता?''

''नहीं मीना, सब के बाद जब मैं तुम्हें अपने पास ही पाता हूँ, तब और किसी आकांक्षा का समरण ही नहीं रह जाता। मैं समझता हूँ कि...''

''तुम गलत समझते हो।''

मीना अभी पूरा कहने न पाई थी कि तितलियों के झुण्ड के पीछे, उन्हीं के रंग के कौषेय वसन पहने हुए बालक और बालिकाओं की दौड़ती हुई टोली ने आकर मीना और गुल को घेर लिया।

"जल-विहार के लिए रँगीली मछलियों का खेल खेला जाय।"

एक साथ ही तालियाँ बज उठीं। मीना और गुल को ढकेलते हुए सब उसी कलनादी स्रोत में कूद पड़े। पुलिन की हरी झाड़ियों में से वंशी बजने लगी। मीना और गुल की जोड़ी आगे-आगे और पीछे-पीछे सब बालक-बालिकाओं की टोली तैरने लगी। तीर पर की झुकी हुई डालों के अन्तराल में लुक-छिपकर निकलना, उस कोमल पाणि-पल्लवों से क्षुद्र वीचियों का कटना, सचमुच उसी स्वर्ग में प्राप्त था।

तैरते-तैरते मीना ने कहा, "गुल, यदि मैं बह जाऊँ और डूबने लगूँ?"

"मैं नाव बन जाऊँगा, मीना!"

"और जो मैं यहाँ से सचमुच चली जाऊँ?"

"ऐसा न कहो; फिर मैं क्या करूँगा?"

"क्यों, क्या तुम मेरे साथ न चलोगे?"

इतने में एक दूसरी सुन्दरी, जो कुछ पास थी, बोली, "कहाँ चलोगे गुल? मैं भी चलूँगी, उसी कुंज में। अरे देखो, वहाँ कैसा हरा-भरा अंधकार है!" गुल उसी ओर लक्ष्य करके संतरण करने लगा। बहार उसके साथ तैरने लगी। वे दोनों त्वरित गति से तैर रहे थे, मीना उनका साथ न दे सकी, वह हताश होकर और भी पिछड़ने के लिए धीरे-धीरे तैरने लगी।

बहार और गुल जल से टकराती हुई डालों को पकड़कर विश्राम करने लगे। किसी को समीप में न देखकर बहार ने गुल से कहा, "चलो, हम लोग इसी कुंज में छिप जायें।"

वे दोनों उसी झुरमुट में विलीन हो गये।

मीना से एक दूसरी सुन्दरी ने पूछा, "गुल किधर गया, तुमने देखा?"

मीना जानकर भी अनजान बन गई। वह दूसरे किनारे की ओर लौटती हुई बोली, "मैं नहीं जानती।"

इतने में एक विशेष संकेत से बजती हुई सीटी सुनाई पड़ी। सब तैरना छोड़कर बाहर निकले। हरा वस्त्र पहने हुए, एक गम्भीर मनुष्य के साथ एक युवक दिखाई पड़ा। युवक की आँखें नशे में रँगीली हो रही थीं; पैर लड़खड़ा रहे थे। सबने उस प्रौढ़ को देखते ही सिर झुका लिया। वे बोल उठे—"महापुरुष, क्या कोई हमारा अतिथि आया है?"

"हाँ, यह युवक स्वर्ग देखने की इच्छा रखता है।" हरे वस्त्र वाले प्रौढ़ ने कहा।

सबने सिर झुका लिया। फिर एक बार निर्निमेष दृष्टि से मीना की ओर देखा। वह पहाड़ी दुर्ग का भयानक शेख था। सचमुच उसे एक आत्मविस्मृति हो चली। उसने देखा, उसकी कल्पना में परिणित हो रही है।

"मीना-आह! कितना सरल और निर्दोष सौन्दर्य है। मेरे स्वर्ग की सारीमाधुरी उसकी भीगी हुई एक लट के बल खाने में बँधी हुई छटपटा रही है।" उसने पुकारा–"मीना!"

मीना पास आकर खड़ी हो गई और सब उस युवक को घेरकर एक ओर चल घड़े। केवल मीना शेख के पास रह गई।

शेख ने कहा, "मीना, तुम मेरे स्वर्ग की रत्न हो।"

मीना काँप रही थी! शेख ने उसका ललाट चूम लिया और कहा, "देखो, तुम किसी भी अतिथि की सेवा करने न जाना। तुम केवल उस द्राक्षा-मण्डप में बैठकर कभी-कभी गा लिया करो। बैठो, मुझे भी वह अपना गीत सुना दो।"

मीना गाने लगी। उस गीत का तात्पर्य था–"मैं एक भटकी हुई बुलबुल हूँ! हे मेरे अपरिचित कुंज! क्षण-भर मुझे विश्राम करने दोगे? यह मेरा क्रन्दन है–मैं सच कहती हूँ, यह मेरा रोना है, गाना नहीं। मुझे दम तो लेने दो। आने दो वसंत का वह प्रभात, जब संसार गुलाबी रंग में नहाकर अपने यौवन में थिरकने लगेगा और तब मैं तुम्हें अपनी एक तान सुनाकर केवल एक तान, इस रजनी-विश्राम का मूल्य चुका कर चली जाऊँगी, तब तक अपनी किसी सूखी हुई टूटी डाल पर ही अंधकार बिता लेने दो। मैं एक पथ भूली हुई बुलबुल हूँ!"

शेख भूल गया कि मैं ईश्वरीय संदेश-वाहक हूँ, आचार्य हूँ और महापुरुष हूँ। वह एक क्षण के लिए अपने को भी भूल गया। उसे विश्वास हो गया कि बुलबुल तो नहीं हूँ, पर कोई भूली हुई वस्तु हूँ। क्या हूँ, यह सोचते-सोचते पागल होकर एक ओर चला गया।

हरियाली से लदा हुआ ढालुवाँ तट था, बीच में बहता हुआ वही कलनादी स्रोत यहाँ कुछ गम्भीर हो गया था। उस रमणीय प्रदेश के छोटे से आकाश में मदिरा से भरी हुई छटा छा रही थी। लड़खड़ाते, हाथ से हाथ मिलाये, बहार और गुल ऊपर चढ़ रहे थे। गुल अपने आपे में नहीं है, बहार फिर भी सावधान है; वह सहारा देकर उसे ऊपर ले आ रही है।

एक शिला-खण्ड पर बैठे हुए गुल ने कहा, "प्यास लगी है।"

बहार पास के विश्राम-गृह में गई, पान-पात्र में भर लाई। गुल पीकर मस्त हो रहा था। बोला, "बहार, तुम बड़े वेग से मुझे खींच रही हो; सँभाल सकोगी? देखो मैं गिरा!"

गुल बहार की गोद में सिर रखकर आँखें बन्द किये पड़ा रहा। उसने बहार के यौवन की सुगन्ध से घबराकर आँखें खोल दीं। उसके गले में हाथ डालकर बोला, "ले चलो, मुझे कहाँ ले चलती हो?"

बहार उस स्वर्ग की अप्सरा थी। विलासिनी बहार एक तीव्र मदिरा की प्याली थी, मकरन्द-भरी वायु का झकोर आकर उसमें लहर उठा देती है, वह रूप का उर्मिल सरोवर गुल उन्मत्त था। बहार ने हँसकर पूछा, "यह स्वर्ग छोड़कर कहाँ चलोगे?"

"कहीं दूसरी जगह, जहाँ हम हों और तुम।"

"क्यों, यहाँ कोई बाधा है?"

सरल गुल ने कहा, "बाधा! यदि कोई हो? कौन जाने!"

"कौन? मीना?"

"जिसे समझ लो।"

"तो तुम सब की अपेक्षा करके मुझे केवल मुझे ही नहीं...।"

"ऐसा न कहो!" बहार के मुँह पर हाथ रखते हुए गुल ने कहा।

ठीक इसी समय नवागत युवक ने वहाँ आकर उन्हें सचेत कर दिया। बहार ने उठकर उसका स्वागत किया। गुल ने अपनी लाल-लाल आँखों से उसको देखा। वह उठ न सका, केवल मद-भरी अँगड़ाई ले रहा था। बहार ने युवक से आज्ञा लेकर प्रस्थान किया। युवक गुल के समीप आकर बैठ गया और उसे गम्भीर दृष्टि से देखने लगा।

गुल ने अभ्यास के अनुसार कहा, "स्वागत अतिथि!"

"तुम देवकुमार! आह! तुमको कितना खोजा मैंने!"

"देवकुमार? कौन देवकुमार? हाँ, हाँ, स्मरण होता है; पर वह विषैली पृथ्वी की बात क्यों स्मरण दिलाते हो? तुम मर्त्यलोक के प्राणी! भूल जाओ उस निराशा और अभावों की सृष्टि को; देखो आनन्द-निकेतन स्वर्ग का सौन्दर्य!"

"देवकुमार! तुमको भूल गया, तुम भीमपाल के वंशधर हो? तुम यहाँ बन्दी हो! मूर्ख हो तुम; जिसे तुमने स्वर्ग समझ रक्खा है, वह तुम्हारे आत्मविस्तार की सीमा है। मैं केवल तुम्हारे लिए आया हूँ।"

"तो तुमने भूल की। मैं यहाँ बड़े सुख से हूँ। बहार को बुलाऊँ, कुछ खाओ-पीओ...कंगाल! स्वर्ग में भी आकर व्यर्थ समय नष्ट करना! संगीत सुनोगे?"

युवक हताश हो गया।

गुल ने मन में कहा, "मैं क्या करूँ? सब मुझसे रूठ जाते हैं। कहीं सहृदयता नहीं, मुझसे सब अपने मन की कराना चाहते हैं; जैसे मेरे मन नहीं है, हृदय है! प्रेम-आकर्षण! यह स्वर्गीय प्रेम में भी जलन! बहार तुनककर चली गई; मीना? यह पहले ही हट रही थी; तो फिर क्या जलन ही स्वर्ग है?"

युवक ने कहा, "चलो।"

द्राक्षा-मंडप में दोनों पहुँचे। मीना वहाँ बैठी हुई थी। गुल ने कहा, "अतिथि को अपना गान सुनाओ।"

एक निःश्वास लेकर वह वहीं बुलबुल का संगीत सुनाने लगी। युवक की आँखें सजल हो गईं, उसने कहा, "सचमुच तुम स्वर्ग की देवी हो!"

"नहीं अतिथि, मैं उस पृथ्वी की प्राणी हूँ जहाँ कष्टों की पाठशाला है, जहाँ का दुख इस स्वर्ग-सुख से भी मनोरम था, जिसका अब कोई समाचार नहीं मिलता।" मीना ने कहा।

"तुम उसकी एक करुण-कथा सुनना चाहो, तो मैं तुम्हें सुनाऊँ!" युवक ने कहा।

"सुनाइए!" मीना ने कहा।

: 2 :

युवक कहने लगा—

"वाक् लीक, गंधार, कपिशा और उद्यान मुसलमानों के भयानक आतंक में काँप रहे थे। गांधार के अंतिम आर्य-नरपति भीमपाल के साथ ही शाही वंश का सौभाग्य अस्त हो गया। फिर भी उनके बचे हुए वंशधर, उद्यान के मंगली दुर्ग में, सुवास्तु की घाटियों में, पर्वत-माला, हिम और जंगलों के आवरण में अपने दिन काट रहे थे। वे स्वतंत्र थे।

"देवपाल एक साहसी राजकुमार था। वह कभी-कभी पूर्व गौरव का स्वप्न देखता हुआ, सिन्धु-तट तक घूमा करता। एक दिन अभिसाद-प्रदेश का सिन्धु-तट, वासना के फूलवाले प्रभात में सौरभ की लहरों से झोके खा रहा था। कुमारी लज्जा स्नान कर रही थी। उसका कलसा तीर पर पड़ा था। देवपाल भी कई बार पहले की तरह आज फिर साहस भरे नेत्रों से उसे देख रहा था। उसकी चंचलता इतने से ही न रुकी, वह बोल उठा—

ऊषा के इस शान्त आलोक में किसी मधुर कामना से यह भिखारी हृदय हँस रहा था और मानस-नन्दिनी! तुम इठलाती हुई वह चली हो। बाह रे तुम्हारा इतराना! इसीलिए तो जब कोई स्नान करके तुम्हारी लहर की तरह तरल और आर्द्र वस्त्र ओढ़कर, तुम्हारे पथरीले पुलिन में फिसलता हुआ ऊपर चढ़ने लगता है, तब तुम्हारी लहरों में आँसुओं की झालरें लटकने लगती हैं। परन्तु मुझ पर दया नहीं; यह भी कोई बात है!

"तो फिर मैं क्या कहूँ? उस क्षण की, उस कण की, सिन्धु में, बादलों से, अन्तरिक्ष और हिमालय से टहलकर लौट आने की प्रतीक्षा करूँ? और इतना भी न कहोगी कि कब तक? बलिहारी!"

कुमारी लज्जा भीरू थी। वह हृदय के स्पन्दनों में अभिभूत हो रही थी। क्षुद्र वीचियों के सदृश काँपने लगी। वह अपना कलसा भी न भर सकी और चल पड़ी। हृदय में गुदगुदी के धक्के लग रहे थे। उसके भी यौवन-काल के स्वर्गीय दिवस थे, फिसल पड़ी। धृष्ट युवक ने उसे सँभालकर अंक में ले लिया।

"कुछ दिन स्वर्गीय स्वप्न चला। जलते हुए प्रभात के समान तारा देवी ने वह स्वप्न भंग कर दिया। तारा अधिकायपशालिनी, कश्मीर की रूप-माधुरी थी। देवपाल को कश्मीर से सहायता की भी आशा थी। हतभागिनी लज्जा ने कुमार सुदान की तपोभूमि में अशोक-निर्मित विहार में शरण ली। वह उपासिका, भिक्षुणी, जो कहो, बन गई।

"गौतम की गम्भीर प्रतिमा के चरण-तल में बैठकर उसने निश्चय किया, सब दुख है, सब क्षणिक है, सब अनित्य है।"

सुवास्तु का पुण्य-सलिल उस व्यथित हृदय की मलिता को धोने लगा। वह एक प्रकार से रोग-मुक्त हो रही थी।

एक सुनसान रात्रि थी, स्थविर धर्म-भिक्षु थे नहीं। सहसा कपाट पर आघात होने लगा और 'खोलो! खालो!' का शब्द सुनाई पड़ा। बिहार में अकेली लज्जा ही थी। साहस करके बोली–

"कौन है?"

"पथिक हूँ, आश्रय चाहिए।" उत्तर मिला।

तुषारवृत अँधेरा पथ था। हिम गिर रहा था, तारों का पता, भयानक शीत और निर्जन निशीथ। भला ऐसे समय में कौन पथ पर चलेगा? वातायन का परदा हटाने पर भी उपासिका लज्जा झाँककर न देख सकी कि कौन है। उसने अपनी कुभावनाओं से डरकर पूछा, "आप लोग कौन हैं?"

"आहा, तुम उपासिका हो! तुम्हारे हृदय में तो अधिक दया होनी चाहिए। भगवान की प्रतिमा की छाया में दो अनाथों को आश्रय मिलने का पुण्य है।"

लज्जा ने अर्गला खोल दीं। उसने आश्चर्य से देखा, एक पुरुष अपने बड़े लवादे में आठ-नौ बरस के बाल और बालिका को लिये भीतर आकर गिर पड़ा। तीनों मुपूर्ष हो रहे थे। भूख और शीत से तीनों विकल थे। लज्जा ने कपाट बन्द करते हुए अग्नि धधकाकर उसमें कुछ गंध-द्रव्य डाल दिये। एक बार द्वार खुलने पर जो शीतल पवन का झोंका घुस आया था वह निर्बल हो गया।

अतिथि-सत्कार हो जाने पर लज्जा ने उसका परिचय पूछा। आगंतुक ने कहा, "मंगली-दुर्ग के अधिपति देवपाल का मैं भृत्य हूँ। जगदाहक चंगेज खाँ ने समस्त गांधार प्रदेश को जलाकर, लूट-पाट कर उजाड़ दिया और कल ही इस उद्यान की मंगली-दुर्ग पर भी उन लोगों का अधिकार हो गया। देवपाल बन्दी हुए, उनकी तारादेवी ने आत्महत्या की। दुर्गपति ने पहले ही मुझसे कहा था कि इस बालक को अशोक-विहार में ले जाना, वहाँ की एक उपासिका लज्जा इसके प्राण बचा ले तो कोई आश्चर्य नहीं।"

यह सुनते ही लज्जा की धमनियों में रक्त का तीव्र संचार होने लगा। शीताधिक्य में भी उसे स्वेद आने लगा। उसने बात बदलने के लिए बालिका की ओर देखा। आगंतुक ने कहा, "यह मेरी बालिका है, इसकी माता नहीं है।" लज्जा ने देखा, बालिका का शुभ्र शरीर मलिन वस्त्र में दमक रहा था, नासिका-मूल से कानों के समीप तक भू-युगल की प्रभावशालिनी रेखा और उसकी छाया में दो उनींदे कमल संसार से अपने को छिपा लेना चाहते थे। उसका विरागी सौंदर्य, शरद के शुभ्र घन के आवरण में पूर्णमा के चन्द्रं-सा आप ही लज्जित था। चेष्टा करके भी लज्जा अपनी मानसिक

स्थिति को चंचल होने से न सँभाल सकी। वह—'अच्छा, आप लोग सो रहिए, थके होंगे'—कहती हुई दूसरे प्रकोष्ठ में चली गई.।

लज्जा ने वातायन खोलकर देखा, आकाश स्वच्छ हो रहा था, पार्वत्य प्रदेश के निस्तब्ध गगन में तारों की झिलमिलाहट थी। उन प्रकाश की लहरों में अशोक-निर्मित स्तूप की चूड़ा पर लगा हुआ स्वर्ण का धर्मचक्र जैसे हिल रहा था।

दूसरे दिन जब धर्म-भिक्षु आये, तो उन्होंने इन आगंतुकों को आश्चर्य से देखा और जब पूरे समाचार सुने तो और भी उबल पड़े। उन्होंने कहा, "राज-कुटुम्ब को यहाँ रखकर क्या इस विहार और स्तूप को भी तुम ध्वंस कराना चाहती हो! लज्जा, तुमने यह किस प्रलोभन से किया? चंगेज खाँ बौद्ध है, संघ उसका विरोध क्यों करे?"

"स्थविर! किसी दुखी को आश्रय देना क्या गौतम के धर्म के विरुद्ध है? मैं स्पष्ट कह देना चाहती हूँ कि देवपाल ने मेरे साथ बड़ा अन्याय किया, फिर भी मुझ पर उसका विश्वास था; क्यों था, मैं स्वयं नहीं जान सकी। इसे चाहे मेरी दुर्बलता ही समझ लें; परन्तु मैं अपने प्रति विश्वास का किसी को भी दुरुपयोग नहीं करने देना चाहती। देवपाल को मैं अधिक से अधिक प्यार करती थी और अब भी बिल्कुल निश्शेष समझकर उस प्रणय का तिरस्कार कर सकूँगी, इसमें संदेह है।" धर्म-भिक्षु से कहा।

लज्जा व्यथित हो उठी थी। बालक के मुख पर देवपाल की स्पष्ट छाया उसे बार-बार उत्तेजित करती और वह बालिका तो उसे छोड़ना ही न चाहती थी।

उसने साहस करके कहा, "तब यही अच्छा होगा कि मैं भिक्षुणी होने का ढोंग छोड़कर अनाथों के सुख-दुख में सम्मिलित होऊँ।"

उसी रात को वह दोनों बालक-बालिका और विक्रमभृत्य को लेकर निस्सहाय अवस्था में चल पड़ी। छद्मवेष में यह दल यात्रा कर रहा था। इसे भिक्षा का आलम्बन था। वाह्लीक के गिरिव्रज नगर के भग्न पथ-निवास के टूटे कोने में इन लोगों को आश्रय लेना पड़ा। उस दिन आहार नहीं जुट सका, दोनों बालकों के संतोष के लिए कुछ बचा था, उसी को खिलाकर वे सुला दिये गये। लज्जा और विक्रम अनाहार से म्रियमाण, अचेत हो गये।

दूसरे दिन आँखें खुलते ही उन्होंने देखा तो वह राजकुमार और बालिका, दोनों ही नहीं! उन दोनों की खोज में ये लोग भी भिन्न-भिन्न दिशा को चल पड़े। एक दिन पता चला कि कैकय के पहाड़ी दुर्ग के समीप कहीं स्वर्ग है, वहाँ रूपवान बालकों और बालिकाओं की अत्यन्त आवश्यकता रहती है।

"और भी सुनोगी पृथ्वी की दुःख-गाथा? क्या करोगी सुन कर, तुम यह जानकर क्या करोगी कि उस उपासिका या विक्रम का फिर क्या हुआ?"

अब मीना से न रहा गया। उसने युवक के गले से लिपट कर कहा, "तो तुम्हीं वह उपासिका हो? आहा, सच कह दो।"

गुल की आँखों में अभी नशे का उतार था। उसने अँगड़ाई लेकर एक जँभाई ली और कहा, "बड़े आश्चर्य की बात है। क्यों मीना, अब क्या किया जाय?"

अकस्मात् स्वर्ग के भयानक रक्षियों ने आकर उस युवक को बन्दी कर लिया। मीना रोने लगी, गुल चुपचाप खड़ा था, बहार खड़ी हँस रही थी।

सहसा पीछे से आते हुए प्रहरियों के पान ने ललकारा मीना और गुल को भी।

युवक चिल्ला उठा—"देवपाल!"

"कौन! लज्जा? अरे!"

"हाँ, तो देवपाल, इस अपने पुत्र गुल को भी बन्दी करो, विधर्मी का कर्तव्य यही आज्ञा देता है।" लज्जा ने कहा।

"ओह!" कहता हुआ प्रधान देवपाल सिर पकड़कर बैठ गया। क्षण भर में वह उन्मत्त हो उठा और दौड़कर गुल के गले से लिपट गया।

सावधान होने पर देवपाल ने लज्जा को बन्दी करने वाले प्रहरी से कहा, "उसे छोड़ दो।"

प्रहरी ने बहार की ओर देखा। उसका गूढ़ संकेत समझकर वह बोल उठा—"मुक्त करने का अधिकार केवल शेख को है।"

देवपाल का क्रोध सीमा का अतिक्रमण कर चुका था, उसने खड्ग चला दिया। प्रहरी गिरा। उधर बहार 'हत्या! हत्या!' चिल्लाती हुई भागी।

: 3 :

संसार की विभूति जिस समय चरणों में लोटने लगती है, वह समय पहाड़ी दुर्ग के सिंहासन का था। शेख क्षमता की ऐश्वर्य-मण्डित मूर्ति था। लज्जा, मीना, गुल और देवपाल बन्दी-वेश में खड़े थे। भयानक प्रहरी दूर-दूर खड़े थे, पवन की भीति जाँच रहे थे। जितना भीषण प्रभाव संभव है, वह शेख के उस सभागृह में था। शेख ने पूछा, "देवपान, तुझे इस धर्म पर विश्वास है कि नहीं?"

"नहीं।" देवपाल ने उत्तर दिया।

"तब तूने हमको धोखा दिया?"

"नहीं, चंगेज के बन्दी-गृह से छुड़ाने में जब समर-खण्ड में तुम्हारे अनुचरों ने मेरी सहायता की और मैं तुम्हारे उत्कोच या मूल्य से क्रीत हुआ, तब मुझे तुम्हारी आज्ञ पूरी करने की स्वभावतः इच्छा हुई। अपने शत्रु चंगेज का ईश्वरीय कोप, चंगेज को नाश करने की एक विकट लालसा मन में खेलने लगी और मैंने उसकी हत्या की भी। मैं धर्म मानकर कुछ करने गया था, यह समझना भ्रम है।"

"यहाँ मेरा उससे प्रतिशोध था!" अविचल भाव से देवपाल ने कहा।

"तुम जानते हो कि इस पहाड़ के शेख केवल स्वर्ग के ही अधिपति नहीं, प्रत्युत हत्या के दूत भी हैं!" क्रोध से शेख ने कहा।

"इसके जानने की मुझे उत्कण्ठा नहीं है शेख! प्राणी धर्म में मेरा अखण्ड विश्वास है। अपनी रक्षा करने के लिए, अपने प्रतिशोध के लिए जो स्वाभाविक जीवन-तत्त्व के सिद्धान्त की अवहेलना करके चुप बैठता है, उसे मृतक, कायर, सजीवता-विहीन, हाड़-मांस के टुकड़े के अतिरिक्त मैं कुछ नहीं समझता। मनुष्य परिस्थितियों का अन्ध-भक्त है, इसलिए मुझे जो करना था, वह मैंने किया, अब तुम अपना कर्तव्य कर सकते हो।" देवपाल का स्वर दृढ़ था।

भयानक शेख अपनी पूर्ण उत्तेजना से चिल्ला उठा। उसने कहा, "और, तू कौन है स्त्री? तेरा इतना साहस! मुझे ठगना!"

लज्जा अपना बाह्य आवरण फेंकती हुई बोली, "हाँ शेख, अब आवश्यकता नहीं कि मैं छिपाऊँ, मैं देवपाल की प्रणयिनी हूँ?"

"तो तू इन सबकों ले जाने या बहकाने आई थी, क्यों?"

"आवश्यकता से प्रेरित होकर जैसे एक अत्यन्त कुत्सित मनुष्य धर्माचार्य बनने का ढोंग कर रहा है, ठीक उसी प्रकार में स्त्री होकर भी पुरुष बनी। यह दूसरी बात है कि संसार की सबसे पवित्र वस्तु धर्म की आड़ में आकांक्षा खेलती है। तुम्हारे पास साधन हैं, मेरे पास नहीं, अन्यथा मेरी आवश्यकता किसी से कम न थी।" लज्जा हाँफ रही थी।

शेख ने देखा, वह दृप्त सौंदर्य यौवन के ढलने में भी एक तीव्र प्रवाह था जैसे चाँदनी रात में पहाड़ से झरना गिर रहा हो! एक क्षण के लिए उसकी समस्त उत्तेजना पालतू पशु के समान सौम्य हो गई। उसने कहा, "तुम ठीक मेरे स्वर्ग की रानी होने के योग्य हो। यदि मेरे मत में तुम्हारा विश्वास हो, तो मैं तुम्हें मुक्त कर सकता हूँ, बोलो!"

"स्वर्ग! इस पृथ्वी को स्वर्ग की आवश्यकता क्या है शेष? ना, ना, इस पृथ्वी को स्वर्ग के ठेकेदारों से बचाना होगा। पृथ्वी का गौरव स्वर्ग बन जाने से नष्ट हो जायेगा। इसकी स्वाभाविकता साधारण क्षैतिज में ही रह सकती है। पृथ्वी को केवल वसुंधरा होकर मानव-जाति के लिए जाने दो, अपनी आकांक्षा के कल्पित स्वर्ग के लिए, क्षुद्र स्वार्थ के लिए, इस महती को, इस धरती को नरक न बनाएँ, जिनमें देवता बनने के प्रलोभन में पड़कर मनुष्य राक्षस न बन जाय, शेख!" लज्जा ने कहा।

शेख पत्थर भरे बादलों के समान कड़कड़ा उठा। उसने कहा, "ले जाओ, इन दोनों को, बन्दी करो, मैं फिर विचार करूँगा और गुल, तुम लोगों का यह पहला अपराध है, क्षमा करता हूँ। सुनती हो मीना, जाओ अपने कुञ्ज में भागो। इन दोनों को भूल जाओ।"

बहार ने एक दिन गुल से कहा, "चलो द्राक्षा-मण्डप में संगीत का आनन्द लिया जाय।" दोनों स्वर्गीय मदिरा में झूम रहे थे। मीना वहाँ अकेली बैठी उदासी में गा रही थी—

"वही स्वर्ग तो नरक है, जहाँ प्रियजन से विच्छेद है। वही रात प्रलय की रात

है, जिसकी कालिमा में विरह का संयोग है। वह यौवन निष्फल है, जिसका हृदयवान् उपासक नहीं। वह मदिरा हलाहल है, पाह है, जो उन मधुर अधरों की उच्छिष्ट नहीं। वह प्रणय विषाक्त छुरी है, जिसमें कपट है। इसलिए हे जीवन, तू स्वप्न न देख, विस्मृति की निद्रा में सो जा! सुषुप्ति यदि आनन्द नहीं तो दुःखों का अभाव तो है। इस जागरण से, इस आकांक्षा और अभाव के जागरण से वह निर्द्वन्द्व सोना कहीं अच्छा है मेरा जीवन!"

बहार का साहस न हुआ कि वह मण्डप में पैर धरे, पर गुल, वह तो जैसे मूक था! एक भूल, अपराध और मनोवेदना के निर्जन कानन में भटक रहा था, यद्यपि उसके चरण निश्चल थे। इतने में हलचल मच गई। चरों ओर दौड़-धूप होने लगी। मालूम हुआ, स्वर्ग पर तातार के खान की चढ़ाई हुई है।

बरसों घिरे रहने से स्वर्ग की विभूति निश्शेष हो गई थी। स्वर्गीय जीव अनाहार से तड़प रहे थे। तब भी मीना को आहार मिलता। आज शेख सामने बैठा था। उसकी प्याली में मदिरा की कुछ अन्तिम बूँदें थीं। जलन की तीव्र पीड़ा से व्याकुल और आहत बहार उधर तड़प रही थी। आज बन्दी भी मुक्त कर दिये गये थे। स्वर्ग के विस्तृत प्रांगण में बन्दियों के दम तोड़ने की कातर ध्वनि गूँज रही थी। शेख ने एक बार उन्हें हँसकर देखा, फिर मीना की ओर देखकर उसने कहा, "मीना! आज अन्तिम दिन है! इस प्याली में अन्तिम घूँटें हैं, मुझे अपने हाथ से पिला दोगी?"

"बन्दी हूँ शेख! चाहे जो कहो।"

शेख एक दीर्घ निश्श्वास लेकर उठ खड़ा हुआ। उसने अपनी तलवार सँभाली। इतने में द्वार टूट पड़ा, तातारी घुसते हुए दिखलाई पड़े, शेख के पाप-दुर्बल हाथों से तलवार गिर पड़ी।

द्राक्षा के रूखे कुञ्ज में देवपाल, लज्जा और गुल के शव के प ास मीना चुपचाप बैठी थी। उसकी आँखें में न आँसू थे, न ओठों पर क्रन्दन। वह सजीव अनुकम्पा, निष्ठुर हो रही थी।

तातारों के सेनापति ने आकर देखा, उस दावाग्नि के अंधड़ में तृणकुसुम सुरक्षित है। वह अपनी प्रतिहिंसा से अन्धा हो रहा था। उसने कड़ककर पूछा, "तू शेख की बेटी है?"

मीना ने जैसे मूर्च्छा खोली। उसने विश्वास भरी वाणी से कहा, "पिता मैं तुम्हारी लीला हूँ।"

सेनापति विक्रम को उस प्रान्त का शासन मिला; मीना उन्हीं स्वर्ग के खँडहरों में उन्मुक्त घूमा करती। जब सेनापति बहुत स्मरण दिलाता, तो वह कह देती—"मैं एक भटकी हुई बुलबुल हूँ। मुझे किसी टूटी डाल पर अंधकार बिता लेने दो! इस रजनी-विश्राम का मूल्य-अन्तिम तान देकर जाऊँगी।"

मालूम नहीं, उसकी अन्तिम तान किसी ने सुनी या नहीं। ❑

सुनहला साँप

''यह तुम्हारा दुस्साहस है, चन्द्रदेव!''

''मैं सत्य कहता हूँ, देवकुमार।''

''तुम्हारे सत्य की पहचान बहुत दुर्बल है, क्योंकि उसके प्रकट होने का साधन असत् है। मैं समझता हूँ कि तुम अपना प्रवचन देते समय बहुत ही भावात्मक हो जाते हो। किसी के जीवन का रहस्य, उसका विश्वास समझ लेना हमारी-तुम्हारी बुद्धिरूपी 'एक्सरेज' की पारदर्शिता के परे है।'' कहता हुआ देवकुमार हँस पड़ा; उसकी हँसी में विज्ञता की अवज्ञा थी।

चन्द्रदेव ने बात बदलने के लिए कहा, ''इस पर मैं फिर बाद-विवाद करूँगा। अभी तो वह देखो, झरना आ गया, हम लोग जिसे देखने के लिए आठ मील से आये हैं।

''सत्य और झूठ का पुतला मनुष्य अपने ही सत्य की छाया नहीं छू सकता, क्योंकि वह सदैव अंधकार में रहता है। चन्द्रदेव, मेरा तो विश्वास है कि तुम अपने को भी नहीं समझ पाते।'' देवकुमार ने कहा।

चन्द्रदेव बैठ गया। वह एकटक उस गिरते हुए प्रपात को देख रहा था। मसूरी पहाड़ का यह झरना बहुत प्रसिद्ध है। एक गहरे गड्ढे में गिरकर, यह नाला बनता हुआ, ठुकराये हुए जीवन के समान भागा जाता है।

चन्द्रदेव एक ताल्लुकेदार का युवक पुत्र था। अपने मित्र देवकुमार के साथ मसूरी के ग्रीष्म-निवास में सुख और स्वास्थ्य की खोज में आया था। इस पहाड़ पर कब बादल छा जायेंगे, कब एक झोंका बरसता हुआ निकल जायेगा, इसका कोई निश्चय नहीं। चन्द्रदेव का नौकर पान-भोजन का सामान लेकर पहुँचा। दोनों मित्र एक अखरोट-वृक्ष के नीचे बैठकर खाने लगे। चन्द्रदेव थोड़ी मदिरा भी पीता था स्वास्थ्य के लिए।

देवकुमार ने कहा, ''यदि हम लोगों को बीच ही में भीगना न हो तो अब चल देना चाहिए!''

पीते हुए चन्द्रदेव ने कहा, ''तुम बड़े डरपोक हो। तनिक भी साहित्यिक जीवन

का आनन्द लेने का उत्साह तुममें नहीं। सावधान होकर चलना, समय से कमरे में बन्द हो जाना और अत्यन्त रोगी के समान सदैव पथ्य का अनुचर बने रहना हो तो मनुष्य घर ही बैठा रहे!''

देवकुमार हँस पड़ा। कुछ समय बीतने पर दोनों उठ खड़े हुए। अनुचर भी पीछे चला। बूँदें पड़ने लगी थीं। सबने अपनी-अपनी बरसाती सँभाली। परन्तु उस वर्षा में कहीं विश्राम करना आवश्यक प्रतीत हुआ, क्योंकि उससे बचा लेना बरसाती के बूते का काम न था। तीनों छाया की खोज में चले। एक पहाड़ी चट्टान की गुफा मिली, छोटी सी। ये तीनों उसमें घुस पड़े।

भवों पर से पानी पोंछते हुए चन्द्रदेव ने देखा, एक श्याम किन्तु उज्ज्वल मुख अपने यौवन की आभा में दमक रहा है। वह एक पहाड़ी स्त्री थी। चन्द्रदेव कलाविज्ञ होने का ढोंग करके उस युवती की सुडौल गठन देखने लगा। वह कुछ लज्जित हुई। प्रगल्भ चन्द्रदेव ने पूछा, ''तुम यहाँ क्या करने आई हो?''

''बाबूजी, मैं दूसरे पहाड़ी गाँव की रहने वाली हूँ, अपनी जीविका के लिए आई हूँ।''

''तुम्हारी क्या जीविका है?''

''साँप पकड़ती हूँ।''

चन्द्रदेव चौंक उठा। उसने कहा, ''तो क्या तुम यहाँ भी साँप पकड़ रही हो? इधर तो बहुत कम साँप होते हैं।''

''हाँ, कभी खोजने से मिल जाते हैं। यहाँ एक सुनहला साँप मैंने अभी देखा है। उसे...'' कहते-कहते युवती ने एक ढोके की ओर संकेत किया।

चन्द्रदेव ने देखा, दो तीव्र ज्योति!

पानी का झोंका निकल गया था। चन्द्रदेव ने कहा, ''चलो देवकुमार, हम लोग चलें। रामू, तू भी तो साँप पकड़ता है न? देवकुमार! यह बड़ी सफाई से बिना किसी मंत्र-जड़ी के साँप पकड़ लेता है!'' देवकुमार ने सिर हिला दिया।

रामू ने कहा, ''हाँ सरकार! पकड़ूँ इसे?''

''नहीं-नहीं, उसे पकड़ने दो! हाँ, उसे होटल में लिवा लाना, हम लोग देखेंगे। क्यों देव! अच्छा मनोरंजन रहेगा न?'' कहते हुए चन्द्रदेव और देवकुमार चल पड़े।

किसी क्षुद्र हृदय के पास उसके दुर्भाग्य से दैवी सम्पत्ति या विद्या, बल, धन और सौन्दर्य उसके सौभाग्य का अभिनय करते हुए प्रायः देखे जाते हैं, तब उन विभूतियों का दुरुपयोग अत्यन्त अरुचिकर दृश्य उपस्थित कर देता है। चन्द्रदेव का होटल-निवास भी वैसा ही था। राशि-राशि विडम्बनाएँ उसके चारों ओर घिरकर उसकी हँसी उड़ातीं, पर उनमें चन्द्रदेव को तो जीवन की सफलता ही दिखलाई देती।

उसके कमरे में कई मित्र एकत्र थे। 'नेरा' महुअर बजार अपना खेल दिखला रही थी। सबके बाद उसने दिखलाया, अपना पकड़ा हुआ, वही सुन्दर सुनहला साँप?

रामू एकटक नेरा की ओर देख रहा था। चन्द्रदेव ने कहा, ''रामू, यह शीशे का बक्स तो ले आ!''

रामू ने तुरन्त उसे उपस्थित किया।

चन्द्रदेव ने हँसकर कहा, ''नेरा! यह बक्स तुम्हारे सुन्दर साँप के लिए है।''

नेरा प्रसन्न होकर अपने नवीन आश्रित को उसमें रखने लगी, परन्तु वह उस सुन्दर घर में जाना नहीं चाहता था। रामू ने उसे बाध्य किया। साँप बक्स में जा रहा था। नेरा ने उसे आँखों से धन्यवाद दिया।

चन्द्रदेव के मित्रों ने कहा, ''तुम्हारा अनुचर भी तो कम खेलाड़ी नहीं है!''

चन्द्रदेव ने गर्व से रामू की ओर देखा। परन्तु नेरा की मधुरिमा रामू की आँखों की राह उसके हृदय में भर रही थी। वह एकटक उसे देख रहा था।

देवकुमार हँस पड़ा। खेल समाप्त हुआ। नेरा को बहुत-सा पुरस्कार मिला।

तीन दिन बाद, होटल के पास ही, चीड़ वृक्ष के नीचे चन्द्रदेव चुपचाप खड़ा था। वह बड़े गौर से देख रहा था—एक स्त्री और एक पुरुष को घुल-घुलकर बातें करते। उसे क्रोध आया; परन्तु न जाने क्यों, कुछ बोल न सका। देवकुमार ने पीठ पर हाथ धरकर पूछा, ''क्या है?''

दोनों आकर अपने कमरे में बैठे।

देवकुमार ने कहा, ''अब कहो, इसी रामू के हृदय की परख तो तुम उस दिन बता रहे थे। इसी तरह सम्भव है, अपने को भी न पहचानते हो!''

चन्द्रदेव ने कहा, ''मैं उसे कोड़े से पीटकर ठीक करूँगा, बदमाश!''

चन्द्रदेव 'बाल' देखकर आया था, अपने कमरे में सोने जा रहा था, रात अधिक हो चुकी थी। उसे कुछ फिस-फिस का शब्द सुनाई पड़ा। उसे नेरा का ध्यान आ गया। वह होंठ काटकर अपने पलँग पर जा पड़ा। मात्रा कुछ अधिक थी। आतिशदान के कार्निस पर धरे हुए शीशे का बक्स और बोतल चमक उठे। पर उसे क्रोध ही अधिक आया, बिजली बुझा दी।

कुछ अधिक समय बीतने पर किसी चिल्लाहट से चन्द्रदेव की नींद खुली। रामू का-सा शब्द था। उसने स्विच दबाया, आलोक में चन्द्रदेव ने आश्चर्य से देखा कि रामू के हाथ में वही सुनहला साँप हथकड़ी-सा जकड़ गया है! चन्द्रदेव ने कहा, ''क्यों रे बदमाश! तू यहाँ क्या करता था? अरे, इसका तो प्राण संकट में है, नेरा होती तो!''

चन्द्रदेव घबड़ा गया। इतने में नेरा ने कमरे में प्रवेश किया। इतनी रात को यहाँ? चन्द्रदेव क्रोध से चुप रहा। नेरा ने साँप से रामू का हाथ छुड़ाया और फिर उसे बक्से में बन्द किया। तब चन्द्रदेव ने रामू से पूछा, ''क्यों वे तू यहाँ क्या कर रहा था?'' रामू काँपने लगा।

''बोल, जल्दी बोल! नहीं तो तेरी खाल उधेड़ता हूँ।''

रामू फिर भी चुप था।

चन्द्रदेव का चेहरा अत्यन्त भीषण हो रहा था। वह कभी नेरा की ओर देखता और कभी रामू की ओर। उसने पिस्तौल उठाई, नेरा रामू के सामने आ गई। उसने कहा, "बाबूजी, यह मेरे लिए शराब लेने आया था, जो उस बोतल में धरी है।"

चन्द्रदेव ने देखा, मदिरा उस बोतल में अपनी लाल हँसी में मग्न थी। चन्द्रदेव ने पिस्तौल धर दिया और बोतल व बक्स उठाकर देते हुए मुँह फेरकर कहा, "तुम दोनों इसे लेकर अभी चले जाओ और रामू, अब तुम कभी मुझे अपना मुँह मत दिखाना।"

दोनों धीरे-धीरे बाहर हो गये। रामू अपने मालिक का मन पहचानता था।

दूसरे दिन देवकुमार और चन्द्रदेव पहाड़ से उतरे। रामू उनके साथ न था।

ठीक ग्यारह महीने पर फिर उसी होटल में चन्द्रदेव पहुँचा था। तीसरा पहर था, रंगीन बादल थे, पहाड़ी संध्या अपना रंग जमा रही थी, पवन तीव्र था। चन्द्रदेव ने शीशे का पल्ला बन्द करना चाहा। उन्होंने देखा, रामू सिर पर पिटारा रखे चला जा रहा है और पीछे-पीछे अपनी मन्द गति से नेरा। नेरा ने भी ऊपर की ओर देखा, वह मुस्कुराकर सलाम करती हुई रामू के पीछे चली गई। चन्द्रदेव ने धड़ से पल्ला बन्द करते हुए सोचा–'सच तो, क्या मैं अपने को भी पहिचान सका?'

❑

हिमालय का पथिक

"गिरि-पथ में हिम-वर्षा हो रही है, इस समय तुम कैसे यहाँ पहुँचे? किस प्रबल आकर्षण से तुम खिंच आये?" खिड़की खोलकर एक व्यक्ति ने पूछा। अमल धवल चन्द्रिका तुषार से घनीभूत हो रही थी। जहाँ तक दृष्टि जाती है, गगन-चुम्बी शैल-शिखर, जिन पर बर्फ का मोटा लिहाफ पड़ा था, ठिठुर से रहे थे। ऐसे ही समय पथिक उस कुटीर के द्वार पर खड़ा था। वह बोला, "पहले भीतर आने दो, प्राण बचें!"

बर्फ जम गई थी, द्वार परिश्रम से खुला। पथिक ने भीतर जाकर उसे बन्द कर लिया। आग के पास पहुँचा और उष्णता का अनुभव करने लगा। ऊपर से और दो कम्बल डाल दिये गये। कुछ काल बीतने पर पथिक होश में आया। देखा, शैल-भर में एक छोटा सा गृह धुँधली प्रभा से आलोकित है। एक वृद्ध और उसकी कन्या। बालिका युवती हो चली है।

वृद्ध बोला, "कुछ भोजन करोगे?"

पथिक—"हाँ, भूख तो लगी है।"

वृद्ध ने बालिका की ओर देखकर कहा, "किन्नरी, कुछ ले आओ।"

किन्नरी उठी और कुछ खाने को ले आई। पथिक दत्तचित्त होकर उसे खाने लगा। कुछ संकोच न था। पथिक भोजन कर लेने के बाद घूमा और देखा। किन्नरी सचमुच हिमालय की किन्नरी है। ऊनी लम्बा कुरता पहने है, खुले हुए बाल एक कपड़े से कसे हैं, जो सिर के चारों ओर टोप के समान बँधा है। कानों में दो बड़े-बड़े फीरोजे लटकते हैं। सौन्दर्य है, जैसे हिमानी-मंडित उपत्यका में वसन्त की फूली हुई वल्लरी पर मध्याह्न का आतप अपनी सुखद कान्ति बरसा रहा हो। हृदय को चिकना कर देने वाला रूखा यौवन प्रत्येक अंग में लालिमा की लहरी उत्पन्न कर रहा है। पथिक देखकर भरी अनिच्छा से सिर झुकाकर सोचने लगा।

वृद्ध ने पूछा, "कहो, तुम्हारा आगमन कैसे हुआ?"

पथिक—"निरुद्देश्य घूम रहा हूँ; कभी राजमार्ग, कभी खड्ड, कभी सिन्धुतट और कभी गिरि-पथ देखता-फिरता हूँ। आँखों की तृष्णा मुझे बुझती नहीं दिखाई देती। यह सब क्यों देखना चाहता हूँ, कह नहीं सकता।"

"तब भी भ्रमण कर रहे हो!"

पथिक—"हाँ, अबकी इच्छा है कि हिमालय में ही विचरण करूँ। इसी के सामने दूर तक चला जाऊँ!"

वृद्ध—"तुम्हारे पिता-माता हैं?"

पथिक—"नहीं।"

किन्नरी—"तभी तुम घूमते हो! मुझे तो पिताजी थोड़ी दूर भी नहीं जाने देते।" वह हँसने लगी।

वृद्ध ने उसकी पीठ पर हाथ रखकर कहा, "बड़ी पगली है!"

किन्नरी खिलखिला उठी।

पथिक—"अपरिचित देशों में एक रात रमना और फिर चल देना। मन के समान चंचल हो रहा हूँ, जैसे पैरों के नीचे चिंगारी हो!"

किन्नरी—"हम लोग तो कहीं जाते नहीं; सबसे अपरिचित हैं, कोई नहीं जानता, न कोई यहाँ आता है। हिमालय की निर्जन शिखर-श्रेणी और बर्फ की झड़ी, कस्तूरी मृग और बर्फ के चूहे, ये ही मेरे स्वजन हैं।"

वृद्ध—"क्यों री किन्नरी! मैं कौन हूँ?"

किन्नरी—"तुम्हारा तो कोई नया परिचय नहीं है; वही मेरे पुराने बाबा हो!"

वृद्ध सोचने लगा।

पथिक हँसने लगा। किन्नरी अप्रतिभ हो गई। वृद्ध गम्भीर होकर कम्बल ओढ़ने लगा।

पथिक को उस कुटी में रहते कई दिन हो गये। न जाने किस बंधन ने उसे यात्रा से वंचित कर दिया है। पर्यटक युवक आलसी बनकर चुपचाप खुलनी धूप में, बहुधा देवदारू की लम्बी छाया में बैठा हिमालय-खंड की निर्जन कमनीयता की ओर एकटक देखा करता है। जब कभी अचानक आकर किन्नरी उसका कंधा पकड़कर हिला देती है, तो उसके तुषारतुल्य हृदय में बिजली-सी दौड़ जाती है। किन्नरी हँसने लगती है—जैसे बर्फ गल जाने पर लता के फूल निखर आते हैं।

एक दिन पथिक ने कहा, "कल मैं जाऊँगा।"

किन्नरी ने पूछा, "किधर?"

पथिक ने हिम-गिरि की ऊँची चोटी दिखलाते हुए कहा, "उधर, जहाँ कोई न गया हो!"

किन्नरी ने पूछा, "वहाँ जाकर क्या करोगे?"

"देखकर लौट आऊँगा।"

"अभी से क्यों नहीं जाना रोकते, जब लौट ही आना है?"

"देखकर आऊँगा; तुम लोगों से मिलते हुए देश को देखकर लौट आऊँगा। वहाँ जाकर यहाँ का सब समाचार सुनाऊँगा।"

"वहाँ क्या तुम्हारा कोई परिचित है?"

"यहाँ पर कौन था?"

"चले जाने में तुमको कुछ कष्ट नहीं होगा?"

"कुछ नहीं; हाँ, एक बार जिनका स्मरण होगा, उनके लिए जी कचोटेगा, परन्तु ऐसे कितने ही हैं!"

"कितने होंगे?"

"बहुत-से; जिनके यहाँ दो घड़ी से लेकर दो-चार दिन तक आश्रय ले चुका हूँ। उन दयालुओं की कृतज्ञता से विमुख नहीं होता।"

"मेरी इच्छा होती है कि उस शिखर तक मैं भी तुम्हारे साथ चलकर देखूँ। बाबा से पूछ लूँ।"

"ना-ना, ऐसा न करना।" पथिक ने देखा, बर्फ की चट्टान पर श्यामल दूर्वा उगने लगी है। मतवाले हाथी के पैर में फूली हुई लता लिपटकर साँकल बनना चाहती है। वह उठकर फूल बीनने लगा। एक माला बनाई। फिर किन्नरी के सिर का बन्धन खोलकर वहीं माला अटका दी। किन्नरी के मुख पर कोई भाव न था। वह चुपचाप थी। किसी ने पुकारा—"किन्नरी!"

दोनों ने घूमकर देखा, वृद्ध का मुँह लाल था। उसने पूछा, "पथिक! तुमने देवता का निर्माल्य दूषित करना चाहा, तुम्हारा दण्ड क्या है?"

पथिक ने गम्भीर स्वर से कहा, "निर्वासन।"

"और भी कुछ?"

"इससे विशेष तुम्हें अधिकार नहीं; क्योंकि तुम देवता नहीं, जो पाप की वास्तविकता समझ लो!"

"हूँ!"

"और, मैंने देवता के निर्माल्य को और भी पवित्र बनाया है, उसे प्रेम के मंधजल से सुरभित कर दिया है। उसे तुम देवता को अर्पण कर सकते हो।" इतना कहकर पथिक उठा और गिरिपथ से जाने लगा।

वृद्ध ने पुकारकर कहा, "तुम कहाँ जाओगे? वह सामने भयानक शिखर है!"

पथिक ने लौटकर खड्ड में उतरना चाहा। किन्नरी पुकारती हुई दौड़ी—"हाँ-हाँ, मत उतरना, नहीं तो प्राण न बचेंगे!"

पथिक एक क्षण के लिए रुक गया। किन्नरी ने वृद्ध से घूमकर पूछा, "बाबा, क्या यह देवता नहीं है?"

वृद्ध कुछ न कह सका। किन्नरी और आगे बढ़ी। उसी क्षण एक लाल धुँधली आँधी के सदृश बादल दिखलाई पड़ा। किन्नरी और पथिक गिरि-पथ से चढ़ रहे थे। वे अब दो श्याम-बिन्दु की तरह वृद्ध की आँखों में दिखाई देते थे। वह रक्तमलिन मेघ समीप आ रहा था। वृद्ध कुटीर की ओर पुकारता हाुअ चला—"दोनों लौट आओ; खूनी बर्फ आ रही है!" परन्तु जब पुकारना था तब वह चुप रहा। अब वे सुन नहीं सकते थे।

दूसरे ही क्षण खूनी बर्फ वृद्ध और उन दोनों के बीच में थी। ❑

भिखारिन

जाह्नवी अपने बालू के कम्बल में ठिठुरकर सो रही थी। शीत कुहासा बनकर प्रत्यक्ष हो रहा था। दो-चार लाल धारायें प्राची के क्षितिज में बहना चाहती थीं। धार्मिक लोग स्नान करने के लिए आने लगे थे।

निर्मल की माँ स्नान कर रही थी और वह पण्डे के पास बैठा हुआ बड़े कुतूहल से धर्म-भीरू लोगों की स्नान-क्रिया देखकर मुस्कुरा रहा था। उसकी माँ स्नान करके ऊपर आई। अपनी चादर बोढ़ते हुए स्नेह से उसने निर्मल से पूछा, "तू स्नान न करेगा?"

निर्मल ने कहा, "नहीं माँ, मैं तो धूप निकलने पर घर पर ही स्नान करूँगा।"

पण्डा ने हँसते हुए कहा, "माता, अबके लड़के पुण्य-धर्म क्या जानें? यह सब तो जब तक आप लोग हैं, तभी तक है।"

निर्मल का मुँह लाल हो गया। फिर भी वह चुप रहा। उसकी माँ संकल्प लेकर कुछ दान करने लगी। सहसा जैसे उजाला हो गया, एक धवल दाँतों की श्रेणी अपना भोलापन बिखेर गई—"कुछ हमको दे दो रानी माँ!"

निर्मल ने देखा, एक चौदह बरस की भिखारिन भीख माँग रही है! पण्डाजी झल्लाये, बीच ही में संकल्प अधूरा छोड़कर बोल उठे—"चल हट!"

निर्मल ने कहा, "माँ! कुछ इसे भी दे दो।"

माता न उधर देखा भी नहीं, परन्तु निर्मल ने उस जीर्ण मलिन वसन में एक दरिद्र हृदय की हँसी को रोते हुए देखा। उस बालिका की आँखों में एक अधूरी कहानी थी। रूखी लटों से सादी उलझन थी और बरौनियाँ के अग्रभाग में संकल्प के जल-बिन्दु लटक रहे थे, करुणा का दान जैसे होने ही वाला था।

धर्मपरायण निर्मल की माँ स्नान करके निर्मल के साथ चली। भिखारिन को अभी आशा थी, वह भी उन लोगों के साथ चली।

निर्मल एक भावुक युवक था। उसने पूछा, "तुम भीख क्यों माँगती हो?"

भिखारिन की पोटली के चावल फटे कपड़े के छिद्र से गिर रहे थे। उन्हें सँभालते हुए उसने कहा, "बाबूजी, पेट के लिए।"

निर्मल ने कहा, "नौकरी क्यों नहीं करती? माँ, इसे अपने यहाँ रख क्यों नहीं लेती हो? धनिया तो प्रायः आती भी नहीं।"

माता ने गम्भीरता से कहा, "रख लो! कौन जाति है, कैसी है, जाना न सुना; बस रख लो।"

निर्मल ने कहा, "माँ दरिद्रों की तो एक ही जाति होती है।"

माँ झल्ला उठी और भिखारिन लौट चली। निर्मल ने देखा, जैसे उमड़ी हुई मेघमाला बिना बरसे हुए लौट गई। उसका जी कचोट उठा। विवश था, माता के साथ चला गया।

"सुने री निर्धन के धन राम! सुने री—"

भैरवी के स्वर पवन में आन्दोलन कर रहे थे। धूप गंगा के वक्ष पर उजली होकर नाच रही थी। भिखारिन पत्थर की सीढ़ियों पर सूर्य की ओर मुँह किए गुनगुना रही थी। निर्मल आज अपनी भाभी के संग स्नान करने के लिए आया है। गोद में अपने चार बरस के भतीजे को लिये वह भी सीढ़ियों से उतरा। भाभी ने पूछा, "निर्मल, क्या तुम भी पुण्य-संचय करोगे?"

"क्यों भाभी! जब तुम इस छोटे से बच्चे को इस सरदी में नहला देना धर्म समझती हो, तो मैं ही क्यों वञ्चित रह जाऊँ?"

सहसा निर्मल चौंक उठा। उसने देखा, बगल में वही भिखारिन बैठी गुनगुना रही है। निर्मल को देखते ही उसने कहा, "बाबूजी, तुम्हारा बच्चा फले-फूले, बहू का सोहाग बना रहे! आज तो मुझे कुछ मिले।"

निर्मल अप्रतिभ रह गया। उसकी भाभी हँसती हुई बोली, "दुर पगली!"

भिखारिन सहम गई। उसके दाँतों का भोलापन गम्भीरता के परदे में छिप गया। वह चुप हो गई।

निर्मल ने स्नान किया। सब ऊपर चलने के लिए प्रस्तुत थे। सहसा बादल हट गये, उन्हीं अमल-धवल दाँतों की श्रेणी ने फिर याचना की—"बाबूजी, कुछ मिलेगा?"

"अरे अभी बाबूजी का ब्याह नहीं हुआ। जब होगा तब तुझे न्योता देकर बुलावेंगे। तब तक सन्तोष करके बैठी रह।" भाभी ने हँसकर कहा।

"तुम लोग बड़ी निष्ठुर हो भाभी! उस दिन माँ से कहा कि इसे नौकर रख लो, तो वह इसकी जाति पूछने लगी और आज तुम भी हँसी ही कर रही हो!"

निर्मल की बात काटते हुए भिखारिन ने कहा, "बहूजी, तुम्हें देखकर मैं तो यही जानती हूँ कि ब्याह हो गया है। मुझे कुछ न देने के लिए बहाना कर रही हो!"

"मर पगली! बड़ी ढीठ है!" भाभी ने कहा।

"भाभी! उस पर क्रोध न करो। वह क्या जाने, उसकी दृष्टि में सब अमीर और सुखी लोग विवाहित हैं। जाने दो, घर चलें!"

"अच्छा, चलो, आज माँ से कहकर इसे तुम्हारे लिए टहलनी रखवा दूँगी।" कहकर भाभी हँस पड़ी!

युवक-हृदय उत्तेजित हो उठा। बोला, "यह क्या भाभी! मैं तो इससे ब्याह करने के लिए भी प्रस्तुत हो जाऊँगा। तुम व्यंग्य क्यों कर रही हो?"

भाभी अप्रतिभ हो गई! परन्तु भिखारिन अपने स्वाभाविक भोलेपन से बोली, "दो दिन माँगने पर भी तुम लोगों से एक पैसा तो देते नहीं बना, फिर गाली क्यों देते हो बाबू? ब्याह करके निभाना तो बड़ी दूर की बात है!" भिखारिन भारी मुँह किये लौट चली।

बालक रामू अपनी चालाकी में लगा था! माँ के जेब से छोटी दुअन्नी अपनी छोटी उँगलियों से उसने निकल ली और भिखारिन की ओर फेंककर बोला, "लेती जाओ ओ भिखारिन!"

निर्मल और भाभी को रामू की इस दया पर कुछ प्रसन्नता हुई, पर वे प्रकट न कर सके; क्योंकि भिखारिन ऊपर की सीढ़ियों पर चढ़ती हुई गुनगुनाती चली जा रही थी—"सुने री! निर्धन के धन राम!"

❑

प्रतिध्वनि

मनुष्य की चिता जल जाती है और बुझ भी जाती है परन्तु उसकी छाती की जलन, द्वेष की ज्वाला, संभव है उसके बाद भी धक्-धक् करती हुई जला करे।

तारा जिस दिन विधवा हुई, जिस समय सब लोग रो-पीट रहे थे; उसकी ननद ने, भाई के मरने पर भी, रोदन के साथ व्यंग्य के स्वर में कहा, "अरे मैया रे, किसका पाप किसे खा गया रे!" तभी आसन्न वैधव्य ठेलकर, अपने कानों को ऊँचा करके, तारा ने वह तीक्ष्ण व्यंग्य रोदन के कोलाहल में भी सुन लिया था।

तारा सम्पन्न थी, इसलिए वैधव्य उसे दूर से ही डराकर चला जाता। उसका पूर्ण अनुभव वह कभी न कर सकी। हाँ, नन्द रामा अपनी दरिद्रता के दिन अपनी कन्या श्यामा के साथ किसी तरह काटने लगी। दहेज मिलने की निराशा से कोई ब्याह करने के लिए प्रस्तुत न होता। श्यामा 14 बरस की हो चली थी। बहुत चेष्टा करके भी रामा उसका ब्याह न कर सकी। वह चल बसी।

श्यामा निस्सहाय अकेली हो गई। पर जीवन के जितने दिन हैं, वे तो कारावासी के समान काटने ही होंगे। वह अकेली गंगा-तट पर अपनी बारी से सटे हुए कच्चे झोंपड़े में रहने लगी।

मन्नी नाम की एक बुढ़िया, जिसे 'दादी' कहती थी, रात को उसके पास सो रहती और न जाने कहाँ से, कैसे उसके खाने-पीने का कुछ प्रबन्ध कर ही देती। धीरे-धीरे दरिद्रता के सब अवशिष्ट चिह्न बिककर श्यामा के पेट में चले गये। पर उसकी आम की बारी अभी नीलाम होने के लिए हरी-भरी थी!

कोमल आतप गंगा के शीतल शरीर में अभी ऊष्मा उत्पन्न करने में असमर्थ था। नवीन किसलय उससे चमक उठे थे। वसंत की किरणों की चोट से कोयल कुहुक उठी। आम की कैरियों के गुच्छे हिलने लगे। उस आम की बारी में माधव का डेरा था और श्यामा के कमनीय कलेवर में यौवन था।

श्यामा अपने कच्चे घर के द्वार पर खड़ी हुई मेष संक्रान्ति का पर्व स्नान करने वालों को कगारे के नीचे देख रही थी। समीप होने पर भी वह मनुष्यों की भीड़ उसे चीटियाँ रेंगती हुई जैसी दिखाई पड़ती थी। मन्नी ने आते ही उसका हाथ पकड़कर

कहा, "चल बेटी, हम लोग भी स्नान कर आवें।"

उसने कहा, "नहीं दादी, आज अंग-अंग टूट रहा है, जैसे ज्वर आने को है।"

मन्नी चली गई।

तारा स्नान करके दासी के साथ कगारे के ऊपर चढ़ने लगी। श्यामा की बारी के पास से ही पथ था। किसी को वहाँ न देखकर तारा ने संतुष्ट होकर साँस ली। कैरियों से गदराई हुई डाली से उसका सिर लग गया। डाली राह में झुकी पड़ती थी। तारा ने देखा, कोई नहीं है; हाथ बढ़ाकर कुछ कैरियाँ तोड़ लीं।

सहसा किसी ने कहा, "और तोड़ लो मामी, कल तो यह नीलाम ही होगा!"

तारा की अग्नि-बाण आँखें किसी को जला देने के लिए खोजने लगीं। फिर उसके हृदय में वही बहुत दिन की बात प्रतिध्वनित होने लगी—'किसका पाप किसको खा गया रे!' तारा चौंक उठी। उसने सोचा—रामा की कन्या व्यंग्य कर रही है; भीख लेने के लिए कह रही है। तारा होंठ चबाती हुई चली गई।

एक सौ पाँच-एक,

एक सौ पाँच-दो,

एक सौ पाँच रुपये-तीन!

बोली हो गई। अमीन ने पूछा, "नीलाम का चौथाई रुपया कौन जमा करता है?"

एक गठीले युवक ने कहा, "चौथाई नहीं, कुल रुपये लीजिए और तारा के नाम रसीद बनाइए।" रुपया सामने रख दिया गया; रसीद बना दी गई।

श्यामा एक आम के वृक्ष के नीचे चुपचाप बैठी थी। उसे और कुछ नहीं सुनाई पड़ता था, केवल डुग्गियों के साथ एक-दो-तीन की प्रतिध्वनि कानों में गूँज रही थी। एक समझदार मनुष्य ने कहा, "चलो अच्छा ही हुआ, तारा ने अनाथ लड़की के बैठने का ठिकाना तो बना रहने दिया; नहीं तो गंगा-किनारे का घर और तीन बीघे की बारी, एक सौ पाँच रुपये में! तारा ने बहुत अच्छा किया।"

बुढ़िया मन्नी ने कहा, "भगवान जाने, ठिकाना कहाँ होगा!"

श्यामा चुपचाप सुनती रही। संध्या हो गई। जिनका उसी अमराई में नीड़ था, उन पक्षियों का झुण्ड कलरव करता हुआ घर लौटने लगा। पर श्यामा न हिली; उसे भूल गया कि उसके भी घर है।

बुढ़िया के साथ अमीन साहब आकर खड़े हो गये। अमीन एक सुन्दर कहे जाने योग्य युवक थे और उनका यह सहज विश्वास था कि कोई भी स्त्री हो, वह मुझे एक बार अवश्य देखेगी। श्यामा के सौन्दर्य को तो दारिद्र्य ने ढँक लिया था; पर उसका यौवन छिपने के योग्य न था। कुमार यौवन अपनी क्रीड़ा में विह्वल था। अमीन ने कहा, "मन्नी! पूछो, मैं रुपया दे दूँ, अभी एक महीने की अवधि है, रुपया दे देने से नीलाम रुक जायगा।"

श्यामा ने एक बार तीखी आँखों से अमीन की ओर देखा। वह पुष्ट कलेवर

अमीन उस अनाथ बालिका की दृष्टि न सह सका, धीरे से चला गया। मन्नी ने देखा, बरसात की-सी गीली चिता श्यामा की आँखों में जल रही थी। माँ का साहस न हुआ कि उससे घर चलने के लिए कहे! उसने सोचा, ठहरकर आऊँगी तो इसे घर लिवा जाऊँगी। परन्तु जब वह लौटकर आई तो रजनी के अंधकार में बहुत खोजने पर भी श्यामा को न पा सकी।

तारा का उत्तराधिकारी हुआ उसके भाई का पुत्र प्रकाश। अकस्मात् सम्पत्ति मिल जाने से जैसा प्रायः हुआ करता है, वही हुआ—प्रकाश अपने आपे में न रह सका। वह उस देहात में प्रथम श्रेणी का विलासी बन बैठा। उसने तारा के पहले घर से कोस-भर दूर श्यामा की बारी को भली-भाँति सजाया; उसका कच्चा घर तोड़कर बँगला बन गया। अमराई में सड़कें और क्यारियाँ दौड़ने लगीं। यहीं प्रकाश बाबू की बैठक जमी। अब इसे उसके नौकर 'छावनी' कहते थे।

आषाढ़ का महीना था। सवेरे ही बड़ी उमस थी। पुरवाई से घनमंडल स्थिर हो रहा था। वर्षा होने की पूरी संभावना थी। पक्षियों के झुण्ड आकाश में अस्त-व्यस्त घूम रहे थे। एक पगली गंगा के तट के ऊपर की ओर चढ़ रही थी। वह अपने प्रत्येक पाद-विक्षेप पर एक-दो-तीन अस्फुट स्वर से कह देती, फिर आकाश की ओर देखने लगती। अमराई के खुले फाटक से वह घुस आई और पास के वृक्षों के नीचे घूमती हुई 'एक-दो-तीन' करके गिनने लगी।

लहरीले पवन का एक झोंका आया; तिरछी बूँदों की एक बाढ़ पड़ गई। दो-चार आम भी चू पड़े। पगली घबरा गई, तीन से अधिक वह गिनना ही न जानती थी। इधर बूँदों को गिने कि आमों को! बड़ी गड़बड़ी हुई। पर वह मेघ का टुकड़ा बरसता हआ निकल गया। पगली एक बार स्वस्थ हो गई।

महीखा एक डाल से बोलने लगा। डुग्गी के समान उसका 'डूप-डूप-डूप' शब्द पगली को पहचाना हुआ-सा मालूम पड़ा। वह फिर गिनने लगी—एक-दो-तीन! उसके चुप हो जाने पर पगली के डालों की ओर देखा और प्रसन्न होकर बोली—एक-दो-तीन! इस बार उसकी गिनती में बड़ा उल्लास था, विस्मय था और हर्ष भी। उसने एक ही डाल में पके हुए तीन आमों को वृन्तों-सहित तोड़ लिया और उन्हें झुकाते हुए गिनने लगी। पगली इस बार सचमुच बालिका बन गई, जैसे खिलौने के साथ खेलने लगी।

माली आ गया। उसने गाली दी, मारने के लिए हाथ उठाया। पगली अपना खेल छोड़कर चुपचाप उसकी ओर एकटक देखने लगी। वह उसका हाथ पकड़कर प्रकाश बाबू के पास ले चला।

प्रकाश यक्ष्मा से पीड़ित होकर इन दिनों निरन्तर वहीं रहने लगा था। वह खाँसता जाता था और तकिये के सहारे बैठा हुआ पीकदान में रक्त और कफ थूकता जाता था। कंकाल-सा शरीर पीला पड़ गया था। मुख में केवल नाक और बड़ी-बड़ी आँखें

अपना अस्तित्व चिल्लाकर कह रही थीं। पगली को पकड़कर माली उसके सामन ले आया।

विलासी प्रकाश ने देखा, पागल यौवन अभी तक उस पगली के पीछे लगा था। कामुक प्रकाश को आज अपने रोग पर क्रोध हुआ और पूर्ण मात्रा में हुआ। पर क्रोध धक्का खाकर पगली की ओर चला आया। प्रकाश ने आम देखकर ही समझ लिया और फूहड़ गालियों की बौछार से उसकी अभ्यर्थना की।

पगली ने कहा, ''यह किस पाप का फल है? तू जानता है इसे; कौन खायेगा? बोल! कौन मरेगा? बोल! एक-दो-तीन।''

''चोरी को पागलपन में छिपाना चाहती है! अभी तो तुझे बीसों चाहने वाले मिलेंगे! चोरी क्यों करती है?'' प्रकाश ने कहा।

एक बार पगली का पागलपन लाल वस्त्र पहनकर उसकी आँखों में नाच उठा। उसने आम तोड़-तोड़कर प्रकाश के क्षय-जर्जर हृदय पर खींचकर मारते हुए गिना—एक-दो-तीन! प्रकाश तकिये पर चित्त लेटकर हिचकियाँ लेने लगा और पगली हँसते हुए गिनने लगी—एक-दो-तीन। उसकी प्रतिध्वनि अमराई में गूँज उठी।

❑

कला

उसके पिता ने बड़े दुलार से उसका नाम रक्खा था—'कला'। नवीन इंदुकला-सी वह आलोकमयी और आँखों की प्यास बुझाने वाली थी। विद्यालय में सबकी दृष्टि उस सरल बालिका की ओर घूम जाती थी; परन्तु रूपनाथ और रसदेव उसके विशेष भक्त थे। कला भी कभी-कभी उन्हीं दोनों से बोलती थी, अन्यथा वह एक सुन्दर नीरवता ही बनी रहती।

तीनों एक-दूसरे से प्रेम करते थे, फिर भी उनमें डाह थी। वे एक-दूसरे को अधिकाधिक अपनी ओर आकर्षित देखना चाहते थे। छात्रावास में और बालकों से उनका सौहार्द नहीं, दूसरे बाल और बालिकायें आपस में इन तीनों की चर्चा करतीं।

कोई कहता—"कला तो इधर आँख उठाकर देखती भी नहीं।"

दूसरा कहता—"रूपनाथ सुन्दर तो है, किंतु बड़ा कठोर।"

तीसरा कहता—"रसदेव पागल है। उसके भीतर न जाने कितनी हलचल है। उसकी आँखों में निश्छल अनुराग है; पर कला को जैसे सबसे अधिक प्यार करता है।"

उन तीनों को इधर ध्यान देने का अवसर नहीं। वे छात्रावास की फुलवारी में, अपनी धुन में मस्त विचरते थे। सामने गुलाब के फूल पर एक नीली तितली बैठी थी। कला उधर देखकर गुनगुना रही थी। उसकी सजल स्वर-लहरी अवगुण्ठित हो रही थी। पतले-पतले अधरों से बना हुआ छोटे से मुँह का अवगुण्ठन उसे ढकने में असमर्थ था। रूप एकटक देख रहा था और रस नीले आकाश में आँखें गड़ाकर उस गुंजार की मधुर श्रुति में काँप रहा था।

रूप ने कहा, "आह, कला! जब तुम गुनगुनाने लगती हो तब तुम्हारे अधरों से कितनी लहरें खेलती हैं। भवें जैसे अभिव्यक्ति के मंच पर चढ़ती-उतरती कितनी अमिट रेखायें हृदय पर बना देती हैं।" रूप की बातें सुनकर कला के गुनगुनाना बन्द कर दिया। रस ने व्याघात समझकर भ्रू-भंग सहित उसकी ओर देखा।

कला ने कहा, "अब मैं घर जाऊँगी, मेरी शिक्षा समाप्त हो चुकी।"

दोनों लुट गये। रूप ने कहा, "मैं तुम्हारा चित्र बनाकर उसकी पूजा करूँगा।"

रस ने कहा, "भला तुम्हें कभी भूल सकता हूँ!"

कला चली गई। एक दिन बसंत के गुलाब खिले थे, सुरभि से छात्रावास का उद्यान भर रहा था। रूपनाथ और रसदेव बैठे हुए कला की बातें कर रहे थे। रूपनाथ ने कहा, "उसका रूप कितना सुन्दर है!"

रसदेव ने कहा, "और उसके हृदय के सौन्दर्य का तो तुम्हें ध्यान ही नहीं।"

"हृदय का सौंदर्य ही तो आकृति ग्रहण करता है, तभी मनोहरता रूप में आती है।"

"परन्तु कभी-कभी हृदय की अवस्था आकृति से नहीं खुलती, आँखें धोखा खाती हैं।"

"मैं रूप से हृदय की गहराई नाप लूँगा। रसदेव, तुम जानते हो कि मैं रेखा-विज्ञान में कुशल हूँ। मैं चित्र बनाकर उसे जब चाहूँगा, प्रत्यक्ष कर लूँगा। उसका वियोग मेरे लिए कुछ भी नहीं है।"

"आह! रूपनाथ! तुम्हारी आकांक्षा साधन-सापेक्ष है। भीतर की वस्तु को बाहर लाकर संसार की दूषित वायु से उसे नष्ट होने के लिए।"

"चुप रहो, तुम मन-ही-मन गुनगुनाया करो। कुछ है भी तुम्हारे हृदय में? कुछ खोलकर कह या दिखला सकते हो?" कहकर रूपनाथ उठकर जाने लगा।

क्षुब्ध होकर उसका कंधा पीछे से पकड़ते हुए रसदेव ने कहा, "तो मैं उसकी उपासना करने में असमर्थ हूँ।"

रूपनाथ अवहेलना से देखता हुआ मुस्कराता चला गया।

काल के विशृंखल पवन ने उन तीनों को जगत् के अंचल पर बिखेर दिया, पर वे सदैव एक-दूसरे को स्मरण करते रहे। रूपनाथ एक चतुर चित्रकार बन गया। केवल कला का चित्र बनाने के लिए अपने अभ्यास को उसने और भी प्रखर कर लिया। वह अपनी प्रेम-छवि की पूजा के नित्य नये उपकरण जुटाता। वह पवन के थपेड़े से मुँह फेरे हुए फूलों का शृंगार, चित्रपटी के जंगलों को देता। उसकी तूलिका से जड़ होकर भीतरी आन्दोलनों के बाह्य दृश्य अनेक सुन्दर आकृतियों में स्थायी बना दिये जाते। उसकी बड़ी ख्याति थी। फिर भी उसका गर्वस्फीत सिर अपनी चित्रशाला में आकर न जाने क्यों नीचे झुक जाता। वह अपने अभाव को जानता था, पर किसी से कहता न था। वह आज भी कला का अपने मनोनुकूल चित्र नहीं बना पाया!

रसदेव का जीवन नीरव निकुंजों में बीत रहा था, वह चुपचाप रहता। नदी-तट पर बैठे हुए उस पार की हरियाली देखते-देखते अंधकार का परदा खींच लेना, यही उसकी दिनचर्या थी और नक्षत्र-माला-सुशोभित गगन के नीचे अवाक्, निस्पंद पड़े हुए, कुतूहल आँखों से जिज्ञासा करती उसकी रात्रिचर्या।

कुछ संगीतों की असंगति और कुछ अस्पष्ट छाया उसके हृदय की निधि थी, पर लोग उसे निकम्मा, पाल और आलसी कहते। एकाएक रजनी में सरिता कलोल

करती हुई बही जा रही थी। रसदेव ने कल्पना के नेत्रों से देखा, अकस्मात् नदी का जल स्थिर हो गया और अपने मरकत-मृणाल पर एक सहस्रदल मणि-पद्म जल-तल से ऊपर आकर नैशपवन में झूमने लगा। लहरों के स्वर के उपकरण से मूर्ति बनी, फिर नूपुरों की झनकार होने लगी। धीर मंथर गति से तरल आस्तरण पर पैर रखते हुए एक छवि आकर कमल पर बैठ गई।

रसदेव बड़बड़ा उठा। वह काली रजनीवाले दुष्ट दिनों की दुःख-गाथा और आज की वैभवशालिनी निशा की सुख-कथा मिलाकर कुछ कहने लगा। वह छवि सुनती-सुनती मुस्कराने लगी, फिर चली गई। नूपुरों की मधुर-मधुर ध्वनि अपने संगीत का आधार उसे देती गई। विश्व का रूप रसमय हो गया। आकृतियों का आवरण हट गया। रसदेव की आँखें पारदर्शी हो गई। आज रसदेव के हृदय की अव्यक्त ध्वनि सार्थक हो गई। वह कमल पदावली गाने लगा।

नगर में आज बड़ी धूम-धाम है। जिसे देखो रंगशाला की ओर दौड़ा जा रहा है। रंगशाला के विशिष्ट मंच पर सम्पन्न चित्रकार रूपनाथ ठाट-वाट से बैठा है। धनी, शिक्षित और अधिकारी लोग अपने आसनों पर जमे हैं। वीणा और मृदंग की मधुर-ध्वनि के साथ अभिनेत्री ने यवनिका उठते ही पदार्पण किया। नूपुर की झनकारों की लहर ठहर-ठहर कर उठने लगी। उँगली और कलाई, कटि और बाहुमूल स्वर की मरोर से बल खा रहे थे। लोगों ने कहा, ''देखने की वस्तु आज ही दिखलाई पड़ी। जीवन का सबसे बड़ा लाभ आज ही मिला।''

कितने सहृदय अपने उछलते हुए हृदय को हाथों से दबाये थे। शालीनता उनके लिए विपत्ति बन गई थी।

चित्रकार का अंधभक्त धनकुबेर भी पास ही बैठा था। उसने कहा, ''रूपनाथ, इसका एक सुन्दर चित्र बनाकर तुम मुझे दे सकोगे?''

चित्रकार ने देखा, एक अतुलनीय छविराशि! तूलिका इसके समीप पहुँच सकेगी? वह आँखों में अंकित करने लगा। सहसा अभिनेत्री के अधर खुल पड़े। नृत्य-श्वास-श्लथ-प्रश्वास क्षण-भर के लिए रुके; बाँसुरी बज उठी। बागीश्वरी के स्वरों में कम्पन की लहरें ज्योति-सी बिखरने लगीं। चित्रकर पुकार उठा—''कला!''

परन्तु यह क्या, उसने देखा, कला सजीव चित्र थी। उसकी पूर्णता स्वर-कंपन के ज्योति-मण्डल में ओतप्रोत थी। उसने पागलों की तरह चिल्लाकर कहा, ''मैं असफल हूँ। मैं इस भाव को रूप न दे सकूँगा। वह उठकर चला गया।

कंगाल रसदेव भी पीछे के मंच पर अपने एक साथी के साथ बैठा था। उसने कहा, ''रसदेव, यह तो तुम्हारी बनाई हुई 'स्मृति' नाम की कविता गा रही है; तुम्हारी रसमयी भावुकता ही इस स्वर्गीय संगीत का केन्द्र है, जैसे वर्णमाला पहनकर आलोक-शिखा नृत्य कर रही है।''

संगीत में उस समय विश्राम था। अभिनेत्री ने वीणा और मृदंग को संकेत

से रोककर मूक अभिनय आरम्भ कर दिया था। अपने झलमले अंचल को माया-जाल के समान फैलाकर स्मृति की प्रत्यक्ष अनुभूति बन रही थी। कवि की मधुर वाणी उसे सुनाई पड़ी। कवि रसदेव ने अपने साथी से हँसते हुए कहा, "इसकी अंतिम और मुख्य पदावली यह भूल गई, उसका अर्थ है—मेरी भूल ही तेरा रहस्य है, इसीलिए कितनी ही कल्पनाओं में तुझे खोजता हूँ, देखता हूँ, हे मेरे चिर सुन्दर!"

वह स्मृति में जैसे जग पड़ी। उसने सतृष्ण दृष्टि से उस कहने वाले को खोजा और अपने बधाई के फूल-विजयमाला उस दूर खड़े कंगाल कवि के चरणों में श्रद्धांजलि के सदृश बिखेरने चाहे।

रसदेव ने गर्वस्फीत सर झुका दिया।

❑

देवदासी

-1-3-25

प्रिय रमेश!

परदेश में किसी अपने के घर लौट आने का अनुरोध बड़ी सांत्वना देता है, परन्तु अब तुम्हारा मुझे बुलाना एक अभिनय-सा है। हाँ, मैं कटूक्ति करता हूँ, जानते हो क्यों? मैं झगड़ना चाहता हूँ, क्योंकि संसार में अब मेरा कोई नहीं है, मैं उपेक्षित हूँ। सहसा अपने का-सा सवर सुनकर मन में क्षोभ होता है। अब मेरा घर लौटकर आना अनिश्चित है। मैंने '......' के हिन्दी-प्रचार-कार्यालय में नौकरी कर ली है। तुम तो जानते ही हो कि मेरे लिए प्रचार और '.....' बराबर है। अब अशोक विदेश में भूखा न रहेगा। मैं पुस्तक बेचता हूँ।

यह तुम्हारा लिखना ठीक है कि एक आने का टिकट लगाकर पत्र भेजना मुझे अखरता है। पर तुम्हारे गाल यदि मेरे समीप होते तो उन पर पाँखें नहीं तो मेरी तीन उँगलियाँ अपना चिह्न अवश्य ही बना देतीं; तुम्हारा इतना साहस—मुझे लिखते हो कि बेयरिंग पत्र भेज दिया करो! ये सब गुण मुझमें होते तो मैं भी तुम्हारी तरह प्रेस में प्रूफरीडर का काम करता होता। सावधान, अब कभी ऐसा लिखोगे तो मैं उत्तर भी न दूँगा।

लल्लू को मेरी ओर से प्यार कर लेना। उससे कह देना कि पेट से बचा सकूँगा तो एक रेलगाड़ी भेज दूँगा।

यद्यपि अपनी यात्रा का समाचार बराबर लिखकर मैं तुम्हारा मनोरंजन न कर सकूँगा, तो भी सुन लो '...' में एक बड़ा पर्व है, वहाँ '...' का देवमन्दिर बड़ा प्रसिद्ध है। तुम तो जानते हो कि दक्षिण में कैसे-कैसे दर्शनीय देवालय हैं, उनमें भी यह प्रधान है। मैं वहाँ कार्यालय की पुस्तकें बेचने के लिए जा रहा हूँ।

तुम्हारा
अशोक

पुनश्च,

मुझे विश्वास है कि मेरा पता जानने के लिए कोई उत्सुक न होगा। फिर भी सावधान! किसी पर प्रकट न करना।

: 2 :

10-2-25

प्रिय रमेश!

रहा नहीं गया! लो सुनो—मन्दिर देखकर हृदय प्रसन्न हो गया। ऊँचा गोपुरम्, सुदृढ़ प्राचीर, चौड़ी परिक्रमाएँ और विशाल सभा-मंडप भारतीय स्थापत्य-कला के चूड़ान्त निदर्शन हैं। यह देव-मन्दिर हृदय पर गम्भीर प्रभाव डालता है। हम मानते हैं कि तुम्हारे मन में यहाँ के पण्डों के लिए प्रश्न होगा, फिर भी वे उत्तरी भारत से बुरे नहीं हैं। पूजा और आरती के समय एक प्रभावशाली वातावरण हृदय को भारावनत कर देता है।

मैं कभी-कभी एकटक देखता हूँ—उन मन्दिरों को ही नहीं, किन्तु उस प्राचीन भारतीय संस्कृति को, जो सर्वोच्च शक्ति को अपनी महत्ता, सौंदर्य और ऐश्वर्य के द्वारा व्यक्त करना जानती थी। तुमसे कहूँगा यदि कभी रुपये जुटा सको तो एक बार दक्षिण के मन्दिरों को अवश्य देखना, देूव-दर्शन की कला यहाँ देखने में आती है, एक बात और है, मैं अभी बहुत दिनों तक यहाँ रहूँगा। मैं यहाँ की भाषा भली-भाँति बोल लेता हूँ। मुझे परिक्रमा के भीतर ही एक कोठरी संयोग से मिल गई है, पास में ही एक कुआँ भी है। मुझे प्रसाद भी मन्दिर से ही मिला है। मैं बड़े चैन से हूँ। यहाँ पुस्तकें बेच भी लेता हूँ, सुन्दर चित्रों के कारण पुस्तकों की अच्छी बिक्री हो जाती है। गोपुरम् के पास ही मैं दूकान फैला देता हूँ और महिलाएँ मुझसे पुस्तकों का विवरण पूछती हैं। मुझे समझाने में बड़ा आनन्द आता है। पास ही बड़े सुन्दर-सुन्दर दृश्य हैं। नदी, पहाड़ और जंगल, सभी तो हैं। मैं कभी-कभी घूमने भी चला जाता हूँ। परन्तु उत्तरीय भारत के समान यहाँ के देवविग्रहों के समीप हम लोग नहीं जा सकते। दूर से ही दीपालोक में उस अचल मूर्ति की झाँकी हो जाती है। यहाँ मन्दिरों में संगीत और नृत्य का भी आनन्द रहता है। बड़ी चहल-पहल है। आजकल यात्रियों के कारण और भी सुन्दर-सुन्दर प्रदर्शन होते हैं।

तुम जानते हो कि मैं अपना पत्र इतना सविस्तार क्यों लिख रहा हूँ! तुम्हारे कृपण और संकुचित हृदय में उत्कण्ठा बढ़ाने के लिए! मुझे इतना ही सुख सही।

तुम्हारा
अशोक।

: 3 :

17-3-25

प्रिय रमेश!

समय को उलाहना देने की प्राचीन प्रथा को मैं अच्छी नहीं समझता। इसलिए जब वह शुष्क मांसपेशी अलग दिखाने वाला, चौड़ी हड्डियों का अपना शरीर लठिया के बल टेकता हुआ, चिदम्बरम् नाम का पण्डा मेरे समीप अपनी भाषा में उपदेश

देने लगता है तो मैं घबरा जाता हूँ। वह समय का एक दुर्दृश्य चित्र खींचकर, अभाव और आपदाओं का उल्लेख करके विभीषिका उत्पन्न करता है। मैं उनसे मुक्त हूँ; भोजन मात्र के लिए अर्जन करके सन्तुष्ट घूमता हूँ, सोता हूँ! मुझे समय की क्या चिन्ता है। पर मैं यह नहीं जानता हूँ कि वही मेरा सहायक है—मित्र है, इतनी आत्मीयता दिखलाता है कि मैं उसकी उपेक्षा नहीं कर सकता। अहा, एक बात तो लिखना मैं भूल ही गया था! उसे अवश्य लिखूँगा, क्योंकि तुम्हारे सुने बिना मेरा सुख अधूरा रहेगा। मेरे सुख को मैं ही जानूँ, तब उसमें धरा ही क्या है, जब तुम्हें उसकी डाह न हो! तो सुना—

सभा-मंडप के शिल्प-रचनापूर्ण स्तम्भ से टिकी हुई एक उज्ज्वल श्यामवर्ण की बालिका को अपनी पतली बाहुलता के सहारे, घुटने को छाती से लगाये प्रायः बैठी हुई देखता हूँ। स्वर्ण-मल्लिका की माला उसके जूड़े से लगी रहती है। प्रायः वह कुसुमाभरण-भूषिता रहती है। उसे देखने का मुझे चस्का लग गया है, वह मुझसे हिन्दी सीखना चाहती है। मैं तुमसे पूछता हूँ कि उसे पढ़ाना आरम्भ कर दूँ? उसका नाम है पद्मा। चिदम्बरम् और पद्मा में खूब पटती है। वह हरिनी की तरह झिझकती भी है, पर न जाने क्यों मेरे पास आ बैठती है, मेरी पुस्तकें उलट-पलट देती है। मेरी बातें सुनते-सुनते वह ऐसी हो जाती है, जैसे कोई आलाप ले रही हो और मैं प्रायः आधी बात कहते-कहते रुक जाता हूँ। इसका अनुभव मुझे तब होता है, जब मेरे दृष्टि-पथ से वह हट जाती है। उसे देखकर मेरे हृदय में कविता करने की इच्छा होती है, यह क्यों? मेरे हृदय का सोता हुआ सौन्दर्य जाग उठता है। तुम मुझे नीच समझोगे और कहोगे कि अभागे अशोक के हृदय की स्पर्धा तो देखो! पर मैं सच कहता हूँ, उसे देखने पर मैं अनन्त ऐश्वर्यशाली हो जाता हूँ

हाँ, वह मन्दिर में नाचती और गाती है और भी बहुत-सी हैं, पर मैं कहूँगा वैसी एक भी नहीं, लोग उसे देवदासी पद्मा कहते हैं, वे अधम हैं; वह देवबाला मात्र है!

वही
अशोक।

: 4 :

28-3-25

प्रिय रमेश!

तुम्हारा उलाहना निस्सार है। मैं इस समय केवल पद्मा को समझ सकता हूँ। फिर अपने या तुम्हारे कुशल-मंगल की चर्चा क्यों करूँ? तुम उसका रूप-सौन्दर्य पूछते हो, मैं उसका विवरण देने में असमर्थ हूँ। हृदय में उपमाएँ नाचकर चली जाती हैं,

ठहरने नहीं पातीं कि मैं उन्हें लिपिबद्ध करूँ। वह एक ज्योति है, जो अपनी महत्ता और आलोक में अपना अवयव छिपाये रखती है, केवल तरल, नील, शुभ्र और करुण आँखें मेरी आँखों से मिल जाती हैं, मेरी आँखों में श्यामा कादम्बिनी की शीतलता छा जाती है और संसार के अत्याचारों से निराश इस झँझरीदार कलेजे के वातायन से वह स्निग्ध मलयानिल के झोंके की तरह घुस आती है। एक दिन की घटना लिखे बिना नहीं रहा जाता—

मैं अपनी पुस्तकों की दूकान फैलाये बैठा था। गोपुरम् के समीप ही वह कहीं से झपटी हुई चली आती थी। दूसरी ओर से एक युवक उसके सामने आ खड़ा हुआ। वह युवक मन्दिर का कृपा-भाजन एक धनी दर्शनार्थी था; यह बात उसके कानों के चमकते हुए हीरे के 'टप' से प्रकट थी। वह बेरोक-टोक मन्दिर में चाहे जहाँ आता-जाता है। मन्दिर में प्रायः लोगों को उससे कुछ मिलता है; सब उसका सम्मान करते हैं। उसे सामने देखकर पद्मा को खड़े होना पड़ा। उसने बड़ी नीच मुखाकृति से कुछ बातें कहीं, किन्तु पद्मा कुछ न बोली। फिर उसने स्पष्ट शब्दों में रात्रि को अपने मिलने का स्थान निर्देश किया। पद्मा ने कहा, "मैं नहीं आ सकूँगी।" वह लाल-पीला होकर बकने लगा। मेरे मन में क्रोध का धक्का लगा, मैं उठकर उसके पास चला आया। वह मुझे देखकर हटा तो, पर कहता गया—"अच्छा, देख लूँगा!"

उस नील-कमल से मकरंद-बिन्दु टपक रहे थे। मेरी इच्छा हुई कि वह मोती बटोर लूँ। पहली बार मैंने उन कपोलों पर हाथ लगाकर उन्हें लेना चाहा। आह, उन्होंने वर्षा कर दी! मैंने पूछा, "उससे तुम इतनी भयभीत क्यों हो?"

"मंदिर में दर्शन करने वालों का मनोरंजन करना मेरा कर्तव्य है; मैं देवदासी हूँ!" उसने कहा।

"यह तो बड़ा अत्याचार है। तुम क्यों यहाँ रहकर अपने को अपमानित करती हो?" मैंने कहा।

"कहाँ जाऊँ, मैं देवता के लिए उत्सर्ग कर दी गई हूँ।" उसने कहा।

"नहीं-नहीं, देवता तो क्या, राक्षस भी मानव-स्वभाव की बलि नहीं लेता। वह तो रक्त-मांस से ही सन्तुष्ट हो जाता है। तुम अपनी आत्मा और अन्तःकरण की बलि क्यों करना चाहती हो?" मैंने कहा।

"ऐसा न कहो, पाप होगा; देवता रुष्ट होंगे।" उसने कहा।

"पापों को देवता खोजें, मनुष्य के पास कुछ पुण्य भी है पद्मा! तुम उसे क्यों नहीं खोजती हो! पापों का न करना ही पुण्य नहीं। तुम अपनी आत्मा की अधिकारिणी हो, अपने हृदय की तथा शरीर की सम्पूर्ण स्वामिनी हो, मत डरो। मैं कहता हूँ कि इससे देवता प्रसन्न होंगे; आशीर्वादों की वर्षा होगी।" मैंने एक साँस में कहकर देखा कि उसके मस्तक में उज्ज्वलता आ गई है, वह एक स्फूर्ति का अनुभव करने लगी है। उसने कहा, "अच्छा तो फिर मिलूँगी।"

वह चली गई। मैंने देखा कि बूढ़ा चिदम्बरम् मेरे पीछे खड़ा मुस्कुरा रहा है। मुझे क्रोध भी आया, पर कुछ न बोलकर, मैंने पुस्तक बटोरना आरम्भ किया।

तुम कुछ अपनी सम्मति दोगे?

—अशोक।

: 5 :

1-4-25

रमेश!

कल संगीत हो रहा था। मंदिर आलोक-माला से सुसज्जित था। नृत्य करती हुई पद्मा गा रही थी—'नाम समेतं वृत संकेतं वादयते मृदुवेणुं...' ओह! वे संगीत मदिरा की लहरें थीं। मैं उसमें ऊभ-चूभ होने लगा। उसकी कुसुम-आभरण से भूषित अंगलता के संचालन से वायुमंडल सौरभ से भर जाता था। वह विवश थी, जैसे कुसुमिता लता तीव्र पवन के झोंके से रागों के स्वर का स्पन्दन उसके अभिनय में था। लोग उसे विसमय-विमुग्ध देखते थे। पर न जाने क्यों मेरे मन में उद्वेग हुआ, मैं जाकर अपनी कोठरी में पड़ रहा। आज कार्यालय से लौट आने के लिए पत्र आया था। उसी को विचारता हुआ कब तक आँखें बन्द किये पड़ा रहा, मुझे विदित नहीं, सहसा सायँ-सायँ, फुस-फुस का शब्द सुनाई पड़ा; मैं ध्यान लगाकर सुनने लगा।

ध्यान देने पर मैं जान गया कि दो व्यक्ति बातें कर रहे थे—चिदम्बरम् और रामस्वामी नाम का वही धनी युवक। मैं मनोयोग से सुनने लगा—

चिदम्बरम्—तुमने आज तक उसकी इच्छा के विरुद्ध बड़े-बड़े अत्याचार किये हैं, अब जब वह नहीं चाहती तो तुम उसे क्यों सताते हो?

रामस्वामी—सुनो चिदम्बरम्, सुन्दरियों की कमी नहीं; पर न जाने क्यों, मेरा हृदय उसे छोड़कर दूसरी ओर नहीं जाता। वह इतनी निरीह है कि उसे मसलने में आनन्द आता है! एक बार उससे कह दो, मेरी बातें सुन ले, फिर जो चाहे करे।

चिदम्बरम् चला गया और उसकी बातें बन्द हुईं और सच कहता हूँ, मंदिर से मेरा मन प्रतिकूल होने लगा। पैरों के शब्द हुए, वही जैसे राती हुई बोली—"रामस्वामी, मुझ पर दया न करोगे?" ओह! कितनी वेदना थी उसके शब्दों में। परन्तु रामस्वामी के हृदय में तीव्र ज्वाला जल रही थी। उसके वाक्यों में लू-जैसी झुलस थी। उसने कहो—मित्र! यदि तुम मेरे हृदय की ज्वाला समझ सकती तो तुम ऐसा न कहती। मेरे हृदय की तुम अधिष्ठात्री हो, तुम्हारे बिना मैं जी नहीं सकता। चलो, मैं देवता का कोप सहने के लिए प्रस्तुत हूँ, मैं तुम्हें लेकर कहीं चला चलूँगा।

"देवता का निर्माल्य तुमने दूषित कर दिया है, पहले इसका तो प्रायश्चित्त करो। मुझे केवल देवता के चरणों में मुरझाये हुए फूल के समान गिर जाने दो। रामस्वामी, ऐसा स्मरण होता है कि मैं भी तुम्हें चाहने लगी थी। उस समय मेरे मन

में यह विश्वास था कि देवता यदि पत्थर के न होंगे तो समझेंगे कि यह मेरे मांसल यौवन और रक्तपूर्ण हृदय की साधारण आवश्यकता है। मुझे क्षमा कर देंगे। परन्तु मैं यदि वैसा पुण्य परिणय कर सकती! आह! तुम इस तपस्वी की कुटी समान हृदय में इतना सौन्दर्य लेकर क्यों अतिथि हुए! रामस्वामी, तुम मेरे दुःखों के मेघ में वज्रपात थे।''

पद्मा रो रही थी। सन्नाटा हो गया। सहसा जाते-जाते रामस्वामी ने कहा, ''मैं तुम्हारे बिना नहीं रह सकता!'' रमेश! मैं भी पद्मा के बिना नहीं रह सकता; मैंने भी कार्यालय में पत्र भेज दिया है। भूखों मरूँगा, पर उपाय क्या है?

—अभागा अशोक।

: 6 :

2-4-25

रमेश!

मैं बड़ा विचलित हो रहा हूँ, एक कराल छाया मेरे जीवन पर पड़ रही है! अदृष्ट मुझे अज्ञात पथ पर खींच रहा है, परन्तु तुमको लिखे बिना नहीं रह सकता।

मधुमास में जंगली फूलों की भीनी-भीनी महक सरिता के कूल की शैलमाला को आलिंगन दे रही थी। मक्खियों की भन्नाहट का कलनाद गुंजरित हो रहा था। नवीन पल्लवों के कोमल स्पर्श से वनस्थली पुलकित थी। मैं जंगली जर्द चमेली के अकृत्रिम कुंज के अंतराल में बैठा, नीचे बहती हुई नदी के साथ बसन्त की धूप का खेल देख रहा था। हृदय में आशा थी। अहा! वह अपने तुहिन-जाल से रत्नाकर के सब रत्नों को, आकाश से सब मुक्ताओं को निकाल खींचकर मेरे चरणों में उलझा देती थी। प्रभात की पीली किरणों से हेमगिरि को घसीट ले आती थी और ले आती थी पद्मा की मौन प्रणय-स्वीकृति। मैं भी आज वन-यात्रा के उत्सव में देवता के भोग-विग्रह के साथ इस वनस्थली में आया था। बहुत से नागरिक भी आये थे। देव-विग्रह विशाल वट-वृक्ष के नीचे स्थित हुआ और यात्री-दल इधर-उधर नदी-तट के नीचे शैलमाला, कुंजों, गह्वरों और घाटियों की हरियाली में छिप गया। लोग अमोद-प्रमोद, पान-भोजन में लग गये। हरियाली के भीतर से कहीं पिकलू, कहीं क्लारनेट और देवदासियों के कोकिल-कंठ का सुन्दर स्वर निकलने लगा। वह कानन-नन्दन हो रहा था और मैं उसमें विचरने वाला एक देवता। क्यों? मेरा विश्वास था कि देवबाला पद्मा यहाँ है। वही भी देव-गृह के आगे-आगे नृत्य-गान करती हुई आई थी।

मैं सोचने लगा—'अहा! वह समय भी आयेगा, जब मैं पद्मा के साथ एकान्त में इस कानन में विचरूँगा। वह पवित्र; वह मेरे जीवन का महत्तम योग कब आयेगा?' आशा ने कहा, 'उसे आया ही समझो।' मैं मस्त होकर वंशी बजाने लगा। आज

मेरे बाँस की बाँसुरी में बड़ा उन्माद था। वंशी नहीं, मेरा हृदय बज रह था। चिदम्बरम् आकर मेरे सामने चौड़ा हो गया। वह भी मुग्ध था। उसने कभी मेरी बाँसुरी नहीं सुनी थी। जब मैंने अपनी आसावरी बन्द की, वह बोल उठा—'अशोक, तुम एक कुशल कलावंत हो।' कहना न होगा कि वह देवदासियों का संगीत-शिक्षक भी था। वह चला गया और थोड़ी ही देर में पद्मा को साथ लिये आया। उसके हाथों में भोजन का सामान भी था। पद्मा को उसने उत्तेजित कर दिया था। पद्मा और मुझसे अनुनय करे! मैंने कहा, 'बैठ जाओ' और जब वह कुसुम-कंकण-मण्डित करों पर कपोल धरकर मल्लिका की छाया में आ बैठी, तो मैं बजाने लगा। रमेश, मैंने वंशी नहीं बजाई! सच कहता हूँ, मैं अपनी वेदना श्वासों से निकाल रहा था। इतनी करुण, इतनी स्निग्ध, मैं तानें ले-लेकर उसमें स्वयं पागल हो जाता था। मेरी आँखों में मद-विकार था, मुझे उस समय अपनी पलकें बोझ मालूम होती थीं।

बाँसुरी रखने पर भी उसकी प्रतिध्वनि का सोहाग वन-लक्ष्मी के चारों ओर घूम रहा था। पद्मा ने कहा, "सुन्दर! तुम सचमुच अशोक हो!" वन-लक्ष्मी पद्मा अचल थी। मुझे एक कविता सूझी! मैंने कहा, "पद्मा! मैं कठोर पृथ्वी का अशोक, तुम तरल जल की पद्मा! भला अशोक के राग-रक्त के नवपल्लवों में पद्मा का विकास कैसे होगा?"

बहुत दिनों पर पद्मा हँस पड़ी। उसने कहा, "अशोक, तुम लोगों की वचन-चातुरी सीखूँगी। कुछ खा लो।" वह देती गई, मैं खाता गया। जब हम स्वस्थ होकर बैठे तो देखा, चिदम्बरम् चला गया है, पद्मा नीचे सिर किये अपने नखों को खुरच रही है। हम लोग सबसे ऊँचे कगारे पर थे। नदी की ओर ढालुवाँ पहाड़ी कगारा था। मेरे सामने संसार एक हरियाली थी। सहसा रामस्वामी ने आकर कहा, "पद्मा, आज मुझे मालूम हुआ कि तुम उत्तरी दरिद्र पर मरती हो।" पद्मा ने छलछलाई आँखों से उसकी ओर देखकर कहा, "रामस्वामी! तुम्हारे अत्याचारों का कहीं अन्त है?"

"सो नहीं हो सकता। उठो, अभी मेरे साथ चलो।"

"ओह! नहीं, तुम क्या मेरी हत्या करोगे? मुझे भय लगता है!"

"मैं कुछ नहीं करूँगा। चलो, मैं इसके साथ तुम्हें नहीं देख सकता।" कहकर उसने पद्मा का हाथ पकड़कर घसीटा। वह कातर दृष्टि से मुझे देखने लगी। उस दृष्टि में जीवन-भर के किये गये अत्याचारों का विवरण था। उन्मत्त पिशाच-सदृश मैंने रामस्वामी को धक्का दिया और मैंने हतबुद्धि होकर देखा, वह तीन सौ फीट नीचे चूर होता हुआ नदी के खरस्रोत में जा गिरा, यद्यपि मेरी वैसी इच्छा न थी। पद्मा ने मेरी ओर भयपूर्ण नेत्रों से देखा और अवाक्! उसी समय चिदम्बरम् ने आकर मेरा हाथ पकड़ लिया। पद्मा से कहा, "तुम शीघ्र देवदासियों में जाकर मिलो। सावधान! एक शब्द भी मुँह से न निकले। मैं अशोक को लेकर नगर की ओर जाता हूँ।" वह बिना उत्तर की प्रतीक्षा किये मुझे घसीटता ले चला। मैं नहीं जानता कि मैं कैसे

घर पहुँचा। मैं कोठरी में अचेत पड़ा रहा। रात भर वैसे ही रहा। प्रभात होते ही तुम्हें पत्र लिख रहा हूँ। मैंने क्या किया? रमेश! तुम कुछ लिखो, मैं क्या करूँ?

—अधम अशोक

: 7 :

8-4-25

प्रिय रमेश!

तुम्हारा यह लिखना कि 'सावधान बनो!' पत्र में ऐसी बातें अब न लिखना। व्यर्थ है। मुझे भय नहीं, जीवन की चिन्ता नहीं।

नगर-भर में केवल यही जनश्रुति फैली है कि 'रामस्वामी उस दिन से कहीं चला गया है और वह पद्मा के प्रेम से हताश हो गया था।' मैं किंकर्तव्यविमूढ़ हूँ। चिदम्बरम् मुझे दो मुट्ठी भात खिलाता है। मैं मन्दिर के विशाल प्रांगण में कही-न-कहीं बैठा रहता हूँ। चिदम्बरम् जैसे मेरे उस जन्म का पिता है। परन्तु पद्मा आह! उस दिन से मैंने उसे गाते और नाचते नहीं देखा। वह प्रायः सभा-मण्डप के स्तम्भ से टिकी हुई, दोनों हाथों में अपने एक घुटने को छाती से लगाये अर्द्ध स्वप्नावस्था में बैठी रहती है। उसका मुख विवर्ण, शरीर क्षीण, अलक अपांग और उसके श्वास में यान्त्रिक स्पन्दन है। नये यात्री कभी-कभी उसे देखकर भ्रम करते होंगे कि वह भी कोई प्रतिमा है और मैं सोचता हूँ कि मैं हत्यारा हूँ। स्नेह से स्नान कर लेता हूँ, घृणा से मुँह ढँक लेता हूँ। उस घटना के बाद से हम तीनों में कभी इसकी चर्चा नहीं हुई। क्या सचमुच पद्मा रामस्वामी को चाहती थी? मेरे प्यार ने भी उसका अपकार ही किया और मैं? आह! वह स्वप्न कैसा सुन्दर था!

रमेश! मैं देवता की ओर देख भी नहीं सकता। सोचता हूँ कि मैं पागल हो जाऊँगा। फिर मन में आता है कि पद्मा भी बावली हो जाएगी। परन्तु मैं पागल न हो सकूँगा; क्योंकि मैं पद्मा से कभी अपना प्रणय नहीं प्रकट कर सका। उससे एक बार कह देने की कामना है—पद्मा, मैं तुम्हारा प्रेमी हूँ। तुम मेरे लिए सुहागिनी के कुंकुम-बिन्दु के समान पवित्र, इस मन्दिर के देवता की तरह भक्ति की प्रतिमा और मेरे दोवों लोम की निगूढ़तम आकांक्षा हो।

पर वैसा होने का नहीं। मैं पूछता हूँ कि पद्मा और चिदम्बरम् ने मुझे फाँसी क्यों नहीं दिलाई?

रमेश! अशोक विदा लेता है। वह पत्थर के मन्दिर का एक भिखारी है। अब पैसा नहीं कि तुम्हें पत्र लिखूँ और किसी से माँगूँगा भी नहीं। अधम, नीच अशोक लल्लू को किस मुँह से आशीर्वाद दे?

—हतभाग्य अशोक

❑

समुद्र-सन्तरण

क्षितिज में नील जलधि और व्योम का चुम्बन हो रहा है। शांत प्रदेश में शोभा की लहरियाँ उठ रही हैं। गोधूली का करुण प्रतिबिंब, वेला की बालुकामयी भूमि पर दिगन्त की तीक्षता का आवाहन कर रहा है।

नारिकेल के निभृत कुंजों में समुद्र का समीर अपना नीड़ खोज रहा था। सूर्य लज्जा या क्रोध से नहीं, अनुराग से लाल, किरणों से शून्य, अनन्य रसनिधि में डूबना चाहता है। लहरियाँ हट जाती हैं। अभी डूबने का समय नहीं है, खेल चल रहा है।

सुदर्शन कृति के उस महा अभिनय को चुपचाप देख रहा है। वह दृश्य में सौन्दर्य का करुण संगीत था। कला का कोमल चित्र नील-धवल लहरों में बनता-बिगड़ता था। सुदर्शन ने अनुभव किया कि लहरों में सौर-जगत झोके खा रहा है। वह उसे नित्य देखने आता; परन्तु राजकुमार के वेष में नहीं। उसके वैभव के उपकरण दूर रहते। वह अकेला साधारण मनुष्य के समान इसे देखता, निरीह छात्र के सदृश इस गुरु दृश्य के कुछ अध्ययन करता। सौरभ के समान चेतना परमाणुओं से उसका मस्तक भर उठता। वह अपने राजमंदिर को लौट जाता।

सुदर्शन बैठा था। किसी की प्रतीक्षा में। उसे न देखते हुए मछली फँसाने का जाल लिये एक धीवर-कुमारी समुद्र-तट के कगारों पर चढ़ रही थी, ऐसे पंख फैलाये तितली। नील भ्रमरी-सी उसकी दृष्टि एक क्षण के लिए कहीं नहीं ठहरती थी। श्याम-सलोनी गोधूली-सी वह सुन्दरी सिकता में अपने पद-चिह्न छोड़ती हुई चली जा रही थी।

राजकुमार की दृष्टि उधर फिरी। सायंकाल का समुद्र-तट उसकी आँखों में दृश्य के उस पार की वस्तुओं का रेखाचित्र खींच रहा था। जैसे वह जिसे नहीं जानता था, उसको कुछ-कुछ समझने लगा हो और वही समझ, वही चेतना एक रूप रखकर सामने आ गई हो। उसने पुकारा—"सुन्दरी!"

जाती हुई सुन्दरी धीवर-बाला लौट आई। उसके अधरों में मुसकान, आँखों में क्रीड़ा और कपोलों पर यौवन की आभा खेल रही थी, जैसे नील मेघ-खण्ड के भीतर स्वर्ण-किरण अरुण का उदय।

धीवर-बाला आकर खड़ी हो गई। बोली, "मुझे किसने पुकारा?"

"मैंने।"

"क्या कहकर पुकारा?"

"सुन्दरी!"

"क्यों मुझमें क्या सौन्दर्य है? और है भी कुछ तो क्या तुमसे विशेष?"

"हाँ, मैं आज तक किसी को सुन्दरी कहकर नहीं पुकार सका था; क्योंकि यह सौन्दर्य-विवेचना मुझमें अब तक नहीं थी।"

"आज अकस्मात् यह सौंदर्य-विवेक तुम्हारे हृदय में कहाँ से आया?"

"तुम्हें देखकर मेरी सोई हुई सौन्दर्य-तृष्णा जाग गई।"

"परन्तु भाषा में जिसे सौन्दर्य कहते हैं, वह तो तुममें पूर्ण है।"

"मैं यह नहीं मानता; क्योंकि फिर सब मुझी को चाहते, सब मेरे पीछे बावले बने घूमते। यह तो नहीं हुआ। मैं राजकुमार हूँ; मेरे वैभव का प्रभाव चाहे सौन्दर्य का सृजन कर देता हो, पर मैं उसका स्वागत नहीं करता; उस प्रेम-निमंत्रण में वास्तविकता कुछ नहीं।"

"हाँ, तो तुम राजकुमार हो! इसी से तुम्हारा सौन्दर्य सापेक्ष है।"

"तुम कौन हो?"

"धीवर-बालिका।"

"क्या करती हो?"

"मछली फँसाती हूँ।" कहकर उसने जाल को लहरा दिया।

"जब इस अनन्त एकान्त में लहरियों के मिस प्रकृति अपनी हँसी का चित्र दत्तचित्त होकर बना रही है, तब तुम उसके अंचल में ऐसा निष्ठुर काम करती हो?"

"निष्ठुर है तो, पर मैं विवश हूँ। हमारे द्वीप के राजकुमार का परिणय होने वाला है। उसी उत्सव के लिए सुनहरी मछलियाँ फँसाती हूँ। ऐसी ही आज्ञा है।"

"परन्तु वह ब्याह तो होगा नहीं।"

"तुम कौन हो?"

"मैं भी राजकुमार हूँ। राजकुमारी को अपने चक्र की बात विदित रहती है, इसलिए कहता हूँ।"

धीवर-बाला ने एक बार सुदर्शन के मुख की ओर देखा, फिर कहा—

"तब तो मैं इन निरीह जीवों को छोड़ देती हूँ।"

सुदर्शन ने कुतूहल से देखा, बालिका ने अपने अंचल से सुनहली मछलियों की भरी हुई मूठ समुद्र में बिखेर दी, जैसे जल-बालिका वरुण के चरण में स्वर्ण-सुमनों का उपहार दे रही हो। सुदर्शन ने प्रगल्भ होकर उसका हाथ पकड़ लिया और कहा—

"यदि मैंने झूठ कहा तो?"

"तो कल फिर जाल डालूँगी।"

"तुम केवल सुन्दरी ही नहीं, सरल भी हो।"

"और तुम वंचक हो।" कहकर धीवर-बाला ने एक निःश्वास ली और सन्ध्या के समान अपना मुख फेर लिया। उसकी अलकावली जाल के साथ मिलकर निशीथ का नवीन अध्याय खोलने लगी। सुदर्शन सिर नीचा करके कुछ सोचने लगा। धीवर-बालिका चली गई। एक मौन अन्धकार टहलने लगा। कुछ काल के अनन्तर दो व्यक्ति एक अश्व लिये आये। सुदर्शन से बोले, "श्रीमन्, विलम्ब हुआ। बहुत से निमन्त्रित लोग आ रहे हैं। महाराज ने आपको स्मरण किया है।"

"मेरा यहाँ पर कुछ खो गया है, उसे ढूँढ़ लूँगा, तब लौटूँगा।"

"श्रीमान्, रात्रि समीप है।"

"कुछ चिन्ता नहीं, चन्द्रोदय होगा।"

"हम लोगों को क्या आज्ञा है?"

"जाओ।"

सब लोग गये। राजकुमार सुदर्शन बैठा रहा। चाँदी का थाल लिये रजनी समुद्र से कुछ अमृत-भिक्षा लेने आई। उदार सिन्धु देने के लिए उमड़ उठा। लहरियाँ सुदर्शन के पैर चूमने लगीं। उसने देखा, दिगंत-विस्तृत जलराशि पर कोई गोल और धवल पाल उड़ाता हुआ अपनी सुन्दर तरणी लिये हुए आ रहा है। उसका विषय-शून्य हृदय व्याकुल हो उठा। उत्कट प्रतीक्षा-दिगंत-गामिनी अभिलाषा उसकी जन्मान्तर की स्मृति बनकर उस निर्जन प्रकृति में रमणीयता की समुद्र-गर्जन में संगीत की सृष्टि करने लगी। धीरे-धीरे उसके कानों में एक कोमल अस्फुट नाद गूँजने लगा। उस दूरागत स्वर्गीय संगीत ने उसे अभिभूत कर दिया। नक्षत्र-मालिनी प्रकृति हीरे-नीलम से जड़ी पुतली के समान उसकी आँखों का खेल बन गई।

सुदर्शन ने देखा—सब सुन्दर है। आज तक जो प्रकृति उदास चित्र बनकर सामने आती थी, वह उसे हँसती हुई मोहिनी और मधुर सौंदर्य से ओतप्रोत दिखाई देने लगी। अपने में और सबसे फैली हुई उस सौन्दर्य की विभूति को देखकर सुदर्शन की तन्मयता उत्कण्ठा में बदल गई। उसे उन्माद हो चला। इच्छा होती थी कि वह समुद्र बन जाय। उसकी उद्वेलित लहरों से चन्द्रमा की किरणें खेलें और वह हँसा करे। इतने में ध्यान आया उस धीवर-बालिका का। इच्छा हुई कि वह भी वरुण-कन्या सी चन्द्र-किरणों से लिपटी हुई उसके विशाल वक्षस्थल में विहार करे। उसकी आँखों में गोल धवल पालवाली नाव समा गई, कानों में अस्फुट संगीत भर गया। सुदर्शन उन्मत्त था। कुछ पद-शब्द सुनाई पड़े। उसे ध्यान आया कि मुझे लौटा ले जाने के लिए कुछ लोग आ रहे हैं। वह चंचल हो उठा। फेनिल जलधि में फाँद पड़ा। लहरों में तैर चला।

बेला से दूर-चारों ओर जल-आँखों में वही धवल पाल, कानों में अस्फुट संगीत। सुदर्शन तैरते-तैरते थक चला था। संगीत और वंशी समीप आ रही थी। एक छोटी

मछली पकड़ने की नाव आ रही थी। पास आने पर देखा, धीवर-बाला वंशी बजा रही है और नाव अपने मन से चल रही है।

धीवर-बाला ने कहा—आओगे?

लहरों को चीरते हुए सुदर्शन ने पूछा—कहाँ ले चलोगी?

पृथ्वी से दूर जल-राज्य में; जहाँ कठोरता नहीं केवल शीतल, कोमल और तरल आलिंगन है; प्रवंचना नहीं, सीधा आत्मविश्वास है; वैभव नहीं, सरल सौंदर्य है।

धीवर-बाला ने हाथ पकड़कर सुदर्शन को नाव पर खींच लिया। दोनों हँसने लगे—चन्द्रमा और जलनिधि भी।

❑

वैरागी

पहाड़ की तलहटी में एक छोटा-सा भूमिखंड था। मौलसिरी, अशोक, कमद और आम के वृक्षों का एक हरा-भरा कुटुम्ब उसे आबाद किये हुए था। दो-चार छोटे-छोटे फूलों के पौधे कोमल मृत्तिका के थालों में लगे थे। सब आर्द्र और सरल थे। तपी हुई लू और प्रभात का मलय-पवन एक क्षण के लिए इस निभृत कुंज में विश्राम कर लेते। भूमि लिपी हुई स्वच्छ, एक तिनके का कहीं नाम नहीं और सुन्दर वेदियों और लता-कुंजों से अलंकृत थी।

यह एक वैरागी की कुटी थी और तृण-कुटीर उस पर लता-वितान, कुशासन और कम्बल, कमंडल और उत्कल उतने ही अभिराम थे, जितने किसी राज-मन्दिर में कला-कुशल शिल्पी के उत्तम शिल्प।

एक शिला-खण्ड पर वैरागी पश्चिम की ओर मुँह किये ध्यान में निमग्न था। अस्त होने वाले सूर्य की अन्तिम किरणें उसकी बरौनियों में घुसना चाहती थीं, परन्तु वैरागी अटल, अचल था। वदन पर मुस्कुराहट और अंग पर ब्रह्मचर्य की रुक्षता थी। यौवन की अग्नि निर्वेद की राख से ढँकी थी। शिलाखण्ड के नीचे ही पगडण्डी थी। पशुओं का झुण्ड उसी मार्ग से पहाड़ी गोचर-भूमि से लौट रहा था। गोधूलि मुक्त गगन के अंक में आश्रय खोज रही थी। किसी ने पुकारा—“आश्रय मिलेगा?”

वैरागी का ध्यान टूटा। उसने देखा, सचमुच मलिन-वसना गोधूलि उसके आश्रय में आश्रय माँग रही है। अंचल छिन्न बालों की लटें, फटे हुए कंबल के समान मांसल वक्ष और स्कन्ध को ढँकना चाहती थीं। गैरिक वसन जीर्ण और मलिन। सौंदर्य-विकृत आँखें कह रही थीं कि उन्होंने उमंग की रातें जागते हुए बिताई हैं। वैरागी अकस्मात् आँधी के झोंके में पड़े हुए वृक्ष के समान तिलमिला गया। उसने धीरे से कहा, “स्वागत अतिथि, आओ।”

रजनी के घने अंधकार में तृण-कुटीर, वृक्षावली, जगमगाते हुए नक्षत्र, धुँधले चित्रपट के सदृश प्रतिभासित हो रहे थे। स्त्री अशोक के नीचे वेदी पर बैठी थी, वैरागी अपने कुटीर के द्वार पर।

स्त्री ने पूछा, “जब तुमने अपना सोने का संसार पैरों से ठुकरा दिया,

पुत्र-मुख-दर्शन का सुख, माता का अंक, यश-विभव, सब छोड़ दिया, तब इस तुच्छ भूमिखण्ड पर इतनी ममता क्यों? इतना परिश्रम, इतना यत्न किसलिए?"

"केवल तुम्हारे-जैसे अतिथियों की सेवा के लिए। जब कोई आश्रयहीन महलों से ठुकरा दिया जाता है, तब उसे ऐसे ही आश्रय-स्थान अपने अंक में विश्राम देते हैं। मेरा परिश्रम सफल हो जाता है, जब कोई कोमल शय्या पर सोनेवाला प्राणी इस मुलायम मिट्टी पर थोड़ी देर विश्राम करके सुखी हो जाता है।"

"कब तक तुम ऐसा किया करेगे?"

"अनन्त काल तक प्राणियों की सेवा का सौभाग्य मुझे मिले!"

"तुम्हारा आश्रय कितने दिनों के लिए है?"

"जब तक उसे दूसरा आश्रय न मिले।"

"मुझे इस जीवन में कहीं आश्रय नहीं और न मिलने की संभावना है!"

"जीवन-भर?" आश्चर्य से वैरागी ने पूछा।

"हाँ।" युवती के स्वर में विकृति थी।

"क्या तुम्हारे को ठंड लग रही है।" वैरागी ने पूछा।

"हाँ।" उसी प्रकार उत्तर मिला।

वैरागी ने कुछ सूखी लकड़ियाँ सुलगा दीं। अन्धकार-प्रदेश में दो-तीन चमकीली लपटें उठने लगीं। एक धुँधला प्रकाश फैल गया। वैरागी ने एक कम्बल लाकर स्त्री को दिया। उसे ओढ़कर वह बैठ गई। निर्जन प्रान्त में दो व्यक्ति। अग्नि-प्रज्वलित पवन ने एक थपेड़ा दिया। वैरागी ने पूछा, "कब तक बाहर बैठोगी?"

"रात बिताकर चली जाऊँगी, कोई आश्रय खोजूँगी; क्योंकि यहाँ रहकर बहुतों के सुख में बाधा डालना ठीक नहीं। इतने समय के लिए कुटी में क्यों आऊँ?"

वैरागी को बिजली का धक्का लगा। वह प्राणपण से बल संकलित करके बोला, "नहीं-नहीं, तुम स्वतन्त्रता से यहाँ रह सकती हो।"

"इस कुटी का मोह तुमसे नहीं छूटा। मैं उसमें समभागी होने का भय तुम्हारे लिए उत्पन्न न करूँगी।" कहकर स्त्री ने सिर नीचा कर लिया। वैरागी के हृदय में सनसनी हो रही थी। वह न जाने क्या करने जा रहा था, सहसा बोल उठा—

"मुझे कोई पुकारता है, तुम इस कुटी को देखना!" यह कहकर वैरागी अंधकार में विलीन हो गया। स्त्री अकेली रह गई।

पथिक लोग बहुत दिन तक देखते रहे कि एक पीला मुख उस तृण-कुटीर से झाँककर प्रतीक्षा के पथ में पलक-पाँवड़े बिछाता रहा।

❑

बनजारा

धीरे-धीरे रात खिसक चली, प्रभात-फूलों के तारे चू पड़ना चाहते थे। विन्ध्य की शैलमाला में गिरि-पथ पर एक झुण्ड बैलों का बोझ लादे आता था। साथ के बनजारे उनके गले की घण्टियों के मधुर स्वर में अपने ग्रामगीतों का आलाप मिला रहे थे। शरदऋतु की ठण्ड से भरा हुआ पवन उस दीर्घ पथ पर किसी को खोजता हुआ दौड़ रहा था।

वे बनजारे थे। उनका काम था सरगुजा तक के जंगलों में जाकर व्यापार की वस्तु क्रय-विक्रय करना। प्रायः बरसात छोड़कर वे आठ महीने यही उद्यम करते। उस परिचित पथ में चलते हुए वे अपने परिचित गीतों को कितनी ही बार उन पहाड़ी चट्टानों से टकरा चुके थे। उन गीतों में आशा, उपालम्भ, वेदना औ स्मृतियों की कचोट, ठेस और उदासी भरी रहती।

सब के पीछे वाले युवक ने अभी अपने आलाप को आकाश में फैलाया था, उसके गीत का अर्थ था–

"मैं बार-बार लाभ की आशा से लादने जाता हूँ; परन्तु हे उस जंगल की हरियाली में अपने यौवन को छिपाने वाली कोल-कुमारी! तुम्हारी वस्तु बड़ी महँगी है! मेरी सब पूँजी भी उसको क्रय करने के लिए पर्याप्त नहीं। पूँजी बढ़ाने के लिए व्यापार करता हूँ; एक दिन धनी होकर आऊँगा; परन्तु विश्वास है कि तब भी तुम्हारे सामने रंक ही रह जाऊँगा!"

आलाप लेकर वह जंगली वनस्पतियों की सुगन्ध में अपने को भूल गया। यौवन के उभार में नन्दू अपरिचित सुखों की ओर जैसे अग्रसर हो रहा था। सहसा बैलों की श्रेणी के अग्रभाग में हलचल मची। तड़ातड़ का शब्द, चिल्लाने और कूदने का उत्पात होने लगा। नन्दू का सुख-स्वप्न टूट गया, "बाप रे डाका!" कहकर वह एक पहाड़ी की गहराई में उतरने लगा। गिर पड़ा, लुढ़कता हुआ नीचे चला। मूर्च्छित हो गया।

हाकिम परगना और इंजीनियर का पड़ाव अधिक दूर न था। डाका पड़ने वाला स्थान दूसरे ही दिन भीड़ से भर गया। गौड़ैत और सिपाहियों की दौड़-धूप चलने लगी। एक छोटी-सी पहाड़ी के नीचे फूस की झोंपड़ी में ऊषा की किरणों का गुच्छा सुनहले फूल के सदृश झूलने लगा। अपने दोनों हाथों पर झुकी हुई एक साँवली-सी

युवती उस आहत पुरुष के मुख को एकटक देख रही थी। धीरे-धीरे युवती के मुख पर मुस्कराहट और पुरुष के मुख पर सचेष्टा के लक्षण दिखलाई देने लगे। पुरुष ने आँखें खोल दीं। युवती पास ही धरा हुआ गरम दूध उसके मुँह में डालने लगी और युवक पीने लगा।

युवक को उतनी चोट नहीं थी, जितना वह भय से आक्रान्त था। वह दूध पीकर स्वस्थ हो चला था। उठने की चेष्टा करते हुए पूछा, "मोनी, तुम हो।"

"हाँ ,चुप रहो।"

"अब मैं चंगा हो गया हूँ, कुछ डरने की बात नहीं।" अभी युवक इतना ही कह पाया था कि कोल-चौकीदार की क्रूर आँखें उस झोंपड़ी में झाँकने लगीं। युवक ने उसे देखा। चौकीदार ने हँसकर कहा, "वाह मोनी! डाका भी डलवाती हो और दया भी करती हो! बताओ तो कौन-कौन थे; साहब पूछ रहे हैं?"

मोनी की आँखें चढ़ गयीं। उसने दाँत पीसकर कहा, "तुम पाजी हो! जाओ, मेरी झोंपड़ी में से निकल जाओ!"

"हाँ, यह कहो, तो तुम्हारा मन रीझ गया है इस पर, यह तो कभी-कभी तुम्हारा प्याज-मेवा लेने आता था न!" चौकीदार ने कहा।

घायल बाघिनी-सी वह तड़प उठी। चौकीदार कुछ सहमा। परन्तु वह पूरा काँइयाँ था, अपनी बात का रुख बदलकर वह युवक से कहने लगा—"क्यों जी, तुम्हारा भी तो लूटा गया है, कुछ तुम्हें भी चोट आई है! चलो साहब से अपना हाल कहो। बहुत से माल का पता लगा है; चलकर देखो तो!"

"क्यों मोनी! अब जेल जाओगी न? बोलो; अब से भी अच्छा है। हमारी बात मान जाओ।" चौकीदार ने पड़ाव से दूर हथकड़ी से जकड़ी हुई मोनी से कहा। मोनी की आँखों में स्याही सन्ध्या की कालिमा में मिला रही थी। पेड़ों के उस झुरमुट में दूर वह बनजारा भी खड़ा था। एक बार मोनी ने उसकी ओर देखा, उसके ओठ फड़क उठे। वह बोली, "मैं किसी को नहीं जानती और नहीं जानती थी कि उपकार करने जाकर यह अपमान भोगना पड़ेगा!" फिर जेल की भीषणता स्मरण करके वह दीनता से बोली, "चौकीदार! मेरी झोंपड़ी और सब पेड़ ले लो; मुझे बचा दो!"

चौकीदार हँस पड़ा। बोला, "मुझे वह सब न चाहिए; बोलो तुम मेरी बात मानोगी, वही..."

मोनी ने चिल्लाकर कहा, "नहीं, कभी नहीं!"

नर-पिशाच चौकीदार ने बेदर्द होकर कई थप्पड़ लगाये, पर मोनी न रोई न चिल्लायी। वह हठी लड़के की तरह उस मारने वाले का मुँह देख रही थी।

हाकिम परगना एक अच्छे सिविलियन थे। वे कैम्प से टहलने के लिए गये थे; नन्दू ने न जाने उनसे हाथ जोड़ते हुए क्या कहा, वे उधर ही चल पड़े जहाँ मोनी थी।

सब बातें समझकर साहब ने मोनी की हथकड़ी खोलते हुए चौकीदार की पीठ पर दो-तीन बेंत जमाये और कहा, "देख बदमाश! आज तो तुझे छोड़ता हूँ, फिर

इस तरह का कोई काम किया, तो तुझसे चक्की ही पिसवाऊँगा। असली डाकुओं का पता लगाओ।''

मोनी पड़ाव से चली गई और नन्दू अपना बैल पहचानकर ले चला। वह फिर बराबर अपने उस व्यापार में लगा रहा।

कई महीने बाद–

एक दिन फिर प्याज-मेवा लेने के लालच में नन्दू उसी मोनी की झोंपड़ी की ओर पहुँचा। वहाँ जाकर उसने देखा–झोंपड़ी से सब पत्ते के छाजन तितर-वितर होकर बिखर रहे हैं और पत्थर के ढाँके अब-तब गिरना चाहते हैं। भीतर कूड़ा है, जहाँ वह पहले जंगली वस्तुओं का ढेर देखा करता था। उसने पुकारा–''मोनी!'' कोई उत्तर न मिला। नन्दू लौटकर अपने पथ पर आने लगा।

सामने देखा–पहाड़ी नदी के तट पर बैठी हुई मोनी को! वह हँसता हुआ फूल कुम्हला गया था, अपने दोनों पैर नदी में डाले बैठी थी। नन्दू ने पुकारा–''मोनी!'' वह फिर भी कुछ न बोली। अब वह पास आ गया। मोनी ने देखा। एक बार उसके मुँह पर कुछ तरावट-सी दौड़ गई; फिर सहसा कड़ी धूप निकल आने पर एक बौछार की गीली भूमि जैसे रूखी हो जाती है, वैसे ही उसके मुँह पर धूल उड़ने लगी।

नन्दू ने पूछा, ''मोनी! प्याज-मेवा है?''

मोनी ने रूखेपन से कहा, ''अब मैं नहीं बटोरती नन्दू! बेचने के लिए नहीं इकट्ठा करती।''

नन्दू ने पूछा, ''क्यों अब क्या हो गया?''

''जंगल में वही सब तो हम लोगों के लिए है, उसे बेच दूँगी तो खाऊँगी क्या?''

''और पहले क्या था?''

''वह लोभ था; व्यापार करने की, धन बटोरने की इच्छा थी।''

''अब वह इच्छा क्या हुई?''

''अब मैं समझती हूँ कि सब लोग न तो व्यापार कर सकते हैं और न सब वस्तु बाजार में बेची जा सकती हैं।''

''तो मैं लौट जाऊँ?''

''हाँ लौट जाओ; जब तक ओस की बूँदों से ठंडी धूल तुम्हारे पैरों में लगे, उतने ही समय में अपना पथ समाप्त कर लो!''

''मैं लदना छोड़ दूँगा मोनी!''

''ओहो! यह क्यों? मैं इस पहाड़ी पर निस्तब्ध प्रभात में घंटियों के मधुर स्वर की आशा में अनमनी बैठी रहती हूँ। वह पहुँचने का बोझ उतारने के व्याकुल विश्राम का अनुभव करके सुखी रहती हूँ। मैं नहीं चाहती कि किसी को लादने के लिए मैं बोझ इकट्ठा करूँ, नन्दू!''

नन्दू हताश था। वह अपने बैलों की खाली पीठ पर हाथ धरे चुपचाप अपने पथ पर चलने लगा। ❑

चूड़ीवाली

''अभी तो पहना गई हो।''

''बहूजी, बड़ी अच्छी चूड़ियाँ हैं। सीधे बम्बई से पारसल मँगाया है। सरकार का हुक्म है; इसलिए नयी चूड़ियाँ आते ही चली आती हूँ।''

''तो जाओ, सरकार को ही पहनाओ, मैं नहीं पहनती।''

''बहूजी! ज़रा देख तो लीजिए।'' कहती-मुस्कुराती हुई ढीठ चूड़ीवाली अपना बक्स खोलने लगी। वह 25 वर्ष की एक गोरी छरहरी स्त्री थी। उसकी कलाई सचमुच चूड़ी पहनाने के लिए ढली थी। पान से लाल पतले-पतले ओठ दो-तीन वक्रताओं में अपना रहस्य छिपाये हुए थे। उन्हें देखने का मन करता, देखने पर उन सलोने अधरों से कुछ बोलवाने को जी चाहता। बोलने पर हँसाने की इच्छा होती और हँसी में शैशव का अल्हड़पन, यौवन की तरावट और प्रौढ़ा की-सी गम्भीरता बिज़ली के समान लड़ जाती।

बहूजी को उसकी हँसी बहुत बुरी लगती; पर जब पंजों में अच्छी चूड़ी चढ़ाकर, संकट में फँसाकर वह हँसते हुए कहती—''एक पान मिले बिना यह चूड़ी नहीं चढ़ती।'' तब बहूजी को क्रोध के साथ हँसी आ जाती और उसकी तरल हँसी की तरी लेने में तन्मय हो जातीं।

कुछ ही दिनों में यह चूड़ीवाली आने लगी है। कभी-कभी तो बिना बुलाये ही चली आती और ऐसे ढंग फैलाती कि बिना सरकार के आये निबटारा न होता। यह बहूजी को असह्य हो जाता। आज उसको चूड़ी फँसाते देख बहूजी झल्लाकर बोलीं, ''आजकल दूकान पर गाहक कम आते हैं क्या?''

''बहूजी, आजकल खरीदने की धुन में हूँ, बेचती हूँ कम।'' इतना कहकर कई दर्जन चूड़ियाँ बाहर सजा दीं। स्लीपरों के शब्द सुनाई पड़े। बहूजी ने कपड़े सम्हाले, पर वह ढीठ चूड़ीवाली बालिकाओं के समान सिर टेढ़ा करके ''यह जर्मनी की है, यह फराँसीसी है, यह ज़ापानी है'' कहती जाती थी। सरकार पीछे खड़े मुसकिया रहे थे।

''क्या रोज नयी चूड़ियाँ पहनाने के लिए इन्हें हुक्म मिला है?'' बहूजी ने गर्व से पूछा।

सरकार ने कहा, "पहनो तो बुरा क्या है?"

"बुरा तो कुछ नहीं, चूड़ी चढ़ाते हुए कलाई दुखती होगी।" चूड़ीवाली ने सिर नीचा किये कनखियों से देखते हुए कहा। एक लहर-सी लाली आँखों की ओर से कपोलों को तर करती हुई दौड़ जाती थी। सरकार ने देखा—एक लालसा भरी युवती व्यंग्य कर रही है। हृदय में हलचल मच गयी, घबराकर बोले, "ऐसा है तो न पहनें।"

"भगवान करें रोज पहनें।" चूड़ीवाली आशीर्वाद देने के गम्भीर स्वर में प्रौढ़ा के समान बोली।

"अच्छा तुम अभी जाओ।" सरकार और चूड़ीवाली दोनों की ओर देखते हुए बहूजी ने झुँझलाकर कहा।

"तो क्या मैं लौट जाऊँ? आप तो कहती थीं न कि सरकार को ही पहनाओ, तो जरा उनसे पहनने के लिए कह दीजिए।"

"निकल मेरे यहाँ से," कहते हुए बहूजी की आँखें तिलमिला उठीं। सरकार धीरे से निकल गये। अपराधी के समान सर नीचा किये चूड़ीवाली अपनी चूड़ियाँ बटोरकर उठी। हृदय की धड़कन में अपनी रहस्यपूर्ण निश्श्वास छोड़ती हुई चली गयी।

: 2 :

चूड़ीवाली का नाम था विलासिनी। वह नगर की एक प्रसिद्ध नर्तकी की कन्या थी। उसके रूप और संगीत कला की सुख्याति थी, वैभव भी कम न था! विलास और प्रमोद का पर्याप्त सम्भार मिलने पर भी उसे सन्तोष न था। हृदय में कोई अभाव खटकता था, वास्तव में उसकी मनोवृत्ति उसके व्यवसाय के प्रतिकूल थी।

कुलवधू बनने की अभिलाषा हृदय में दाम्पत्य सुख का स्वर्गीय स्वप्न उसकी आँखों में समाया था। स्वच्छन्द प्रणय का व्यापार अरुचिकर हो गया। परन्तु समाज उससे हिंस्र पशु के समान सशंक था। उससे आश्रय मिलना असम्भव जानकर विलासिनी के छल के द्वारा वही सुख लेना चाहा, यह उसकी सरल आवश्यकता थी, क्योंकि अपने व्यवसाय में उसका प्रेम क्रय करने के लिए बहुत से लोग आते थे, पर विलासिनी अपना हृदय खोलकर किसी से प्रेम न कर सकती थी।

उन्हीं दिनों सरकार के रूप, यौवन और चरित्र ने उसे प्रलोभन दिया। नगर के समीप बाबू विजयकृष्ण की अपनी ही जमींदारी में बड़ी सुन्दर अट्टालिका थी। वहीं रहते थे। उनके अनुचर और प्रजा उन्हें सरकार कहकर पुकारती थी। विलासिनी की आँखें विजयकृष्ण पर गड़ गयीं। अपना चिर-संचित मनोरथ पूर्ण करने के लिए वह कुछ दिनों के लिए चूड़ीवाली बन गयी थी।

सरकार चूड़ीवाली को जानते हुए भी अनजान बने रहे। अमीरी का एक कौतुक था, एक खिलवाड़ समझकर उसके आने-जाने में बाधा न देते। क्योंकि विलासिनी के कलापूर्ण सौन्दर्य ने जो कुछ प्रभाव उनके मन पर डाला था, उसके लिए उनके

सुरुचिपूर्ण मन ने अच्छा बहाना खोज लिया था। वे सोचते, 'बहूजी का कुल-वधू-जनोचित सौन्दर्य और वैभव की मर्यादा देखकर चूड़ीवाली स्वयं पराजय स्वीकार कर लेगी और अपना निष्फल प्रयत्न छोड़ देगी, तब तक यह एक अच्छा मनोविनोद चल रहा है!'

चूड़ीवाली अपने कौतूहलपूर्ण कौशल में सफल न हो सकी थी, परन्तु बहूजी के आज के दुर्व्यवहार ने प्रतिक्रिया उत्पन्न कर दी और चोट खाकर उसने सरकार को घायल कर दिया।

: 3 :

अब सरकार प्रकाशय रूप से उसके यहाँ जाने लगे। विलास-रजनी का प्रभात भी चूड़ीवाली के उपवन में कटता। कुलमर्यादा, लोकलाज और जमींदारी सब एक ओर और चूड़ीवाली अकेले। दालान में कुर्सियों पर सरकार और चूड़ीवाली बैठकर रात्रि-जागरण पर खेद मिटा रहे थे। पास ही अनार का वृक्ष था, उसमें फूल खिले थे। एक बहुत ही छोटी काली चिड़िया आकर उन फूलों में चोंच डालकर मकरन्द पान करती और कुछ केसर खाती, फिर हृदय-विमोहक कलनाद करती हुई उड़ जाती।

सरकार बड़ी देर से कौतुक देख रहे थे, बोले, "इसे पकड़कर पालतू बनाया जाय तो कैसा?"

"उहुँ, यह फूलसुँघी है। पींजरे में जा नहीं सकती। उसे फूलों का प्रदेश ही जिला सकता है, स्वर्ण-पिंजर नहीं। उसे खाने के लिए फूलों की केसर का चारा और पीने के लिए मकरन्द-मदिरा कौन जुटावेगा?"

"पर इसकी सुन्दर बोली संगीत-कला की चरम सीमा है; वीणा में भी कोई-कोई मीड़ ऐसी निकलती होगी। इसे अवश्य पकड़ना चाहिए।"

"जिसमें बाधा नहीं, बन्धन नहीं, जिसका सौन्दर्य स्वच्छन्द है, उस असाधारण प्राकृतिक कला का मूल्य क्या बन्धन है? कुरुचि के द्वारा वह कलंकित भले ही हो जाय परन्तु पुरस्कृत नहीं हो सकती। उसे आप पींजरे में बन्द करके पुरस्कार देंगे या दण्ड।" कहते हुए उसने विजय की एक व्यंग्य भारी मुस्कान छोड़ी। सरकार की उस वन-विहंगम को पकड़ने की लालसा बलवती हो उठी। उन्होंने कहा, "जाने भी दो, वह अच्छी कला नहीं जानती।" प्रसंग बदल गया। नित्य का साधारण विनोदपूर्ण क्रम चला।

: 4 :

चूड़ीवाली अपने अभ्यास के अनुसार समझती कि यदि बहूजी की अपार प्रणय सम्पत्ति में से कुछ अंश मैं भी ले लेती हूँ तो हानि क्या, परन्तु बहूजी को अपने प्रणय के एकाधिपत्य पर पूर्ण विश्वास था। वह निष्क्रिय प्रतिरोध करने लगी। राजयक्ष्मा के भयानक आक्रमण से वह घुलने लगी। और सरकार वन-विहंगिनी

विलासिनी को स्वायत्त करने में दत्तचित्त हुए। रोगी की शुश्रूषा और सेवा में कोई कमी न थी, परन्तु एक बड़े मुकदमे में सरकार का उधर सर्वस्वान्त हुआ, इधर बहूजी चल बसी।

चूड़ीवाली ने समझा कि उसकी पूर्ण विजय हुई, पर बात कुछ दूसरी थी। विजयकृष्ण का वह एक विनोद था। जब सब कुछ चला गया तब विनोद लेकर क्या होगा। एक दिन उन्हें स्मरण हुआ कि अब मेरा कुछ नहीं है। उसी दिन चूड़ीवाली से छुट्टी माँगी। उसने कहा, ''कमी किस बात की है, मैं तुम्हारी ही हूँ और सब विभव भी तुम्हारा है।'' विजयकृष्ण ने कहा, ''मैं वेश्या की दी हुई जीविका से पेट पालने में असमर्थ हूँ।'' चूड़ीवाली बिलखने लगी, विनय किया, रोई, गिड़गिड़ाई, पर विजयकृष्ण चले ही गये! वह सोचने लगी–'अपना व्यवसाय और विजय की गृहस्थी बिगाड़कर जो सुख खरीदा था, उसका कोई मूल्य नहीं। मैं कुलवधू होने के उपयुक्त नहीं। क्या समाज के पास इसका कोई प्रतिकार नहीं, इतनी तपस्या और इतना स्वार्थत्याग व्यर्थ है?'

परन्तु विलासिनी यह न जानती थी कि स्त्री और पुरुष सम्बन्धी समस्त अन्तिम निर्णय करने में समाज कितना ही उदार क्यों न हो; दोनों पक्ष को सर्वथा सन्तुष्ट नहीं कर सका और न कर सकने की आशा है। यह रहस्य सृष्टि को उलझा रखने की कुंजी है।

विलासिनी ने बहुत सोच-समझकर अपनी दिनचर्या बदल डाली। सरकार से मिली हुई जो कुछ सम्पत्ति थी, उसे बेचकर पास ही के एक गाँव में खेती करने के लिए भूमि लेकर आदर्श हिन्दू गृहस्थ की-सी तपस्या करने में अपना बिखरा हुआ मन उसने लगा दिया। उसके कच्चे मकान के पास एक विशाल वट-वृक्ष और निर्मल जल का सरोवर था। वहीं बैठकर चूड़ीवाली ने पथिकों की सेवा करने का संकल्प किया। थोड़े ही दिनों में अच्छी खेती होने लगी और अन्न से उसका घर भरा रहने लगा। भिखारियों को अन्न देकर उन्हें खिला देने से उसे अकथनीय सुख मिलता। धीरे-धीरे दिन ढलने लगा, चूड़ीवाली को सहेली बनाने के लिए यौवन का तीसरा पहर करुणा और शान्ति को पकड़ लाया। उस पथ से चलने वाले पथिकों को दूर से किसी कला-कुशल कण्ठ की तान सुनाई पड़ती–

अब लौं नसानी अब न नसैहों।

वटवृक्ष के नीचे एक अनाथ बालक नन्हू को चना और गुड़ की दूकान चूड़ीवाली ने करा दी है। जिन पथिकों के पास पैसे न होते, उनका मूल्य स्वयं देकर नन्हू की दूकान में घाटा न होने देती और कोई पथिक भी विश्राम किये बिना उस तालाब से न जाता। कुछ ही दिनों में चूड़ीवाली का तालाब विख्यात हो गया।

: 5 :

संध्या हो चली थी। पखेरुओं का बसेरे की ओर लौटने का कोलाहल मचा और वट-वृक्ष में चहल-पहल हो गई। चूड़ीवाली चरनी के पास खड़ी बैलों को देख रही थी। दालान में दीपक जल रहा था, अन्धकार उसके घर और मन में बरजोरी घुस रहा था। कोलाहल-शून्य जीवन में भी चूड़ीवाली को शान्ति मिली, ऐसा विश्वास नहीं होता था। पास ही उसकी पिंडलियों से सिर रगड़ता हुआ कलुआ दुम हिला रहा था। सुखिया उसके लिए घर में से कुछ खाने को ले आयी थी; पर कलुआ उधर न देखकर अपनी स्वामिनी से स्नेह जता रहा था। चूड़ीवाली ने हँसते हुए कहा, "चल तेरा दुलार हो चुका, जा खा ले। चूड़ीवाली ने मन में सोचा, कंगाल मनुष्य स्नेह के लिए क्यों भीख माँगता है? वह स्वयं नहीं जानता, नहीं तो तृण-वीरुध तथा पशु-पक्षी भी तो स्नेह करने के लिए प्रस्तुत हैं। इतने में नन्हू ने आकर कहा, "माँ, एक बटोही बहुत थका हुआ अभी आया है। भूख के मारे वह जैसे शिथिल हो गया है।"

"तूने क्यों नहीं दे दिया?"

"लेता भी नहीं, कहता है तू बड़ा गरीब लड़का है, तुझसे न लूँगा।"

चूड़ीवाली वट-वृक्ष की ओर चल पड़ी। अँधेरा हो गया था। पथिक जड़ का सहारा लेकर लेटा था। चूड़ीवाली ने हाथ जोड़कर कहा, "महाराज, आप कुछ भोजन कीजिए।"

"तुम कौन हो?"

"पहले की एक वेश्या।"

"छिः मुझे पड़े रहने दो, मैं नहीं चाहता कि तुम मुझसे बोलो भी, क्योंकि तुम्हारा व्यवसाय कितने ही सुखी घरों को उज़ाड़कर श्मशान बना देता है।"

"महाराज, हम लोग तो कला के व्यवसायी हैं। यह अपनाध कला का मूल्य लगाने वालों की कुरुचि और कुत्सित इच्छा का है। संसार में बहुत से निर्लज्ज स्वार्थपूर्ण व्यवसाय चलाते हैं। फिर इसी पर इतना क्रोध क्यों?"

"क्योंकि वह उन सबों में अधम और निकृष्ट है।"

"परन्तु वेश्या का व्यवसाय करके भी मैंने एक ही व्यक्ति से प्रेम किया था। मैं और धर्म नहीं जानती, पर अपने सरकार से जो कुछ मुझे मिला, उसे मैं लोक-सेवा में लगाती हूँ। मेरे तालाब पर कोई भूखा नहीं रहने पाता। मेरी जीविका चाहे जो रही हो, मेरे अतिथि-धर्म में बाधा न दीजिए।"

पथिक एक बार ही उठकर बैठ गया और आँख गड़ाकर अँधेरे में देखने लगा। सहसा बोल उठा—"चूड़ीवाली?"

"कौन, सरकार?"

"हाँ, तुमने शोक हर लिया। मेरे अपराधजनक तमाम त्याग में पुण्य का भी भाग था, यह मैं नहीं जानता था।"

"सरकार! मैंने गृहस्थ-कुलवधू होने के लिए कठोर तपस्या की है। इन चार वर्षों में मुझे विश्वास हो गया है कि कुलवधू होने में जो महत्त्व है, वह सेवा का है, न कि विलास का।"

"सेवा ही नहीं चूड़ीवाली! उसमें विलास का अनन्त यौवन है, क्योंकि केवल स्त्री-पुरुष के शारीरिक बन्धन में वह पर्यवसित नहीं है। बाह्य साधनों के विकृत हो जाने तक ही उसकी सीमा नहीं, गार्हस्थ्य जीवन उसके लिए प्रचुर उपकरण प्रस्तुत करता है, इसलिए वह प्रेय भी है और श्रेय भी है। मुझे विश्वास है कि तुम अब सफल हो जाओगी।"

"मेरी सफलता आपकी कृपा पर है। विश्वास है कि अब इतने निर्दय न होंगे।" कहते-कहते चूड़ीवाली ने सरकार के पैर पकड़ लिये।

सरकार ने उसके हाथ पकड़ लिये।

❑

अपराधी

वनस्थली के रंगीन संसार में अरुण किरणों में इठलाते हुए पदार्पण किया और वे चमक उठीं, देखा तो कोमल किसलय और कुसुमों की पंखुरियाँ वसंत-पवन के परों के समान हिल रही थीं। पीले पराग का अंगराग लगने से किरणें पीली पड़ गईं। वसन्त का प्रभात था।

युवती कामिनी मालिन का काम करती थी। उसके और कोई न था। वह इस कुसुम-कानन से फूल चुन ले जाती और माला बनाकर बेचती। कभी-कभी उसे उपवास भी करना पड़ता। पर वह यह काम न छोड़ती। आज भी वह फूले हुए कचनार के नीचे बैठी हुई, अर्द्ध-विकसित कामिनी-कुसुमों को बिना बेधे हुए, फन्दे देकर माला बना रही थी। भँवरे आये, गुनगुनाकर चले गये। वसन्त के दूतों का सन्देश उसने न सुना। मलय-पवन अंचल उड़कर, रूखी लटों को बिखराकर हट गया। मालिन बेसुध थी, वह फन्दा बनाती जाती थी और फूलों को फँसाती जाती थी।

द्रुत-गति से दौड़ते हुए अश्व के पद-शब्द ने उसे त्रस्त कर दिया। वह अपनी फूलों की टोकरी उठाकर भयभीत होकर सिर झुकाये खड़ी हो गई। राजकुमार आज अचानक उधर वायु-सेवन के लिए आ गये थे। उन्होंने दूर ही से देखा, समझ गये कि वह युवती त्रस्त है। बलवान अश्व वहीं रुक गया। राजकुमार ने पूछा, ''तुम कौन हो?''

कुरंगी-कुमारी के समान बड़ी-बड़ी आँखें उठाकर उसने कहा, ''मालिन!''

''क्या तुम माला बेचती हो?''

''हाँ।''

''यहाँ का रक्षक तुम्हें रोकता नहीं?''

''नहीं, यहाँ कोई रक्षक नहीं है।''

''आज तुमने कौन-सी माला बनाई है?''

''यही कामिनी की माला बना रही थी।''

''तुम्हारा नाम क्या है?''

''कामिनी।''

''वाह! अच्छा तुम इस माला को पूरी करो, मैं लौटकर इसे लूँगा।'' डरने पर

भी मालिन ढीठ थी। उसने कहा, "धूप निकल आने पर कामिनी का सौरभ कम हो जाएगा।"

"मैं शीघ्र आऊँगा।" कहकर राजकुमार चले गये।

मालिन ने माला बना डाली। किरणें प्रतीक्षा में लाल-पीली होकर धवल हो चलीं। राजकुमार लौटकर नहीं आये। तब वह उसी ओर चली, जिधर राजकुमार गये थे।

युवती बहुत दूर न गई होगी कि राजकुमार लौटकर दूसरे मार्ग से उसी स्थान पर आये। मालिन को न देखकर पुकारने लगे—"मालिन! ओ मालिन!"

दूरागत कोकिल की पुकार-सा वह स्वर उसके कान में पड़ा। वह लौट आई। हाथों में कामिनी की माला लिये वह वनलक्ष्मी के समान लौटी। राजकुमार उस दीन-सौन्दर्य को कुतूहल से देख रहे थे। कामिनी ने माला गले में पहना दी। राजकुमार ने अपना कौशेय उष्णीय खोलकर मालिन के ऊपर फेंक दिया। कहा, "जाओ, इसे पहनकर आओ।" आश्चर्य और भय से लताओं की झुरमुट में जाकर उसने आज्ञानुसार कौशेय वसन पहना।

बाहर आई तो उज्ज्वल किरणें उसके अंग-अंग पर हँसते-हँसते लोटपोट हो रही थीं। राजकुमार मुस्कुराये और कहा, "आज से तुम इस कुसुम-कानन की वन-पालिका हुई हो। स्मरण रखना।"

राजकुमार चले गये। मालिन किंकर्तव्यविमूढ़ होकर मधूक-वृक्ष के नीचे बैठ गई।

: 2 :

बसन्त बीत गया। गर्मी जलाकर चली गई। कानन में हरियाली फैल रही थी। श्यामल घटाएँ आकाश में और शस्य-शोभा धरणी पर एक सघन सौन्दर्य का सृजन कर रही थीं। वन-पालिका के चारों ओर मयूर घेरकर नाचते थे। सन्ध्या में एक सुन्दर उत्सव हो रहा था। रजनी आई। वन पालिका के कुटीर को तम ने घेर लिया। मूसलधार वृष्टि होने लगी। युवती प्रकृति का मद-विह्वल लास्य थी। वन-पालिका पर्ण-कुटीर के वातायन से चकित होकर देख रही थी। सहसा बाहर कंपित कण्ठ से शब्द हुआ—"आश्रय चाहिए।" वन-पालिका ने कहा, "तुम कौन हो?"

"एक अपराधी।"

"तब यहाँ स्थान नहीं है।"

"विचारकर उत्तर दो, कहीं आश्रय न देकर तुम अपराध न कर बैठो।" वन-पालिका विचारने लगी। बाहर से फिर सुनाई पड़ा—

"विलम्ब होने से प्राणों की आशंका है।"

वन-पालिका निस्संकोच होकर उठी और उसने द्वार खोल दिया। आगन्तुक ने भीतर प्रवेश किया। वह एक बलिष्ठ युवक था। साहस उसकी मुखाकृति थी। वन-पालिका ने पूछा, "तुमने कौन-सा अपराध किया है?"

"बड़ा भारी अपराध है, प्रभात होने पर सुनाऊँगा। इस रात्रि में केवल आश्रय दो।" कहकर आगन्तुक अपना आर्द्र वस्त्र निचोड़ने लगा। उसका स्वर विकृत और बदन नीरस था। अन्धकार ने उसे और भी अस्पष्ट बना दिया था।

युवती वन-पालिका व्याकुल होकर प्रभात की प्रतीक्षा करने लगी। सहसा युवक ने उसका हाथ पकड़ लिया। वह त्रस्त हो गई, बोली, "अपराधी, यह क्या?"

"अपराधी हूँ सुन्दरी!" अबकी बार उसका स्वर परिवर्तित था। पागल-प्रकृति पर्णकुटी को घेरकर अपनी हँसी में फूटी पड़ती थी। वह कर-स्पर्श उन्मादकारी था। कामिनी की धमनियों में बाहर के बरसाती नालों के समान रक्त दौड़ रहा था। युवक के स्वर में परिचय था, परन्तु युवती की वासना के कुतूहल ने भय का बहाना खोज लिया! बाहर करकापात के साथ ही बिजली कड़ी। वन-पालिका ने दूसरा हाथ युवक के कण्ठ में डाल दिया।

अन्धकार हँसने लगा।

: 3 :

बहुत दिन बीत गये। कितने ही बरस आये और चले गये। वह कुसुम-कानन, जिसमें मोर, शुक और पिक, फूलों से लदी झाड़ियों में बिहार करते थे, अब एक जंगल हो गये। विशालकाय वृक्षों ने अपनी शाखाओं से जकड़ लिया। उस गहन वन में एक कोने में पर्णकुटी थी, उसमें एक स्त्री और उसका पुत्र, दोनों रहते थे।

दोनों बहेलियों का व्यवसाय करते; उसी से उनका जीवन-निर्वाह होता! पक्षियों को फँसाकर नागरिकों के हाथ वह बालक बेचा करता। कभी-कभी मृग-शावक भी पकड़ ले आता।

एक दिन वन-पालिका का पुत्र एक सुन्दर कुरंग पकड़कर नगर की ओर बेचने के लिए ले गया। उसकी पीठ पर बड़ी अच्छी बूटियाँ थीं। वह दर्शनीय था। राजा का पुत्र अपने टट्टू पर चढ़कर घूमने निकला था, उसके रक्षक साथ थे। राजपुत्र मचल गया। किशोर मूल्य माँगने लगा। रक्षकों ने कुछ देकर उसे छीन लेना चाहा। किशोर ने कुरंग का फन्दा ढीला कर दिया। वह छलाँग भरता हुआ निकल गया। राजपुत्र अत्यन्त हठी था, वह रोने लगा। रक्षकों ने किशोर को पकड़ लिया। वे उसे राजमन्दिर की ओर ले चले।

वातायनी से नानी ने देखा, उसका लाल रोता हुआ लौट रहा है। एक आँधी-सी आ गई। रानी ने समाचार सुनकर उस बहेलिये के लड़के को बेंतों से पीटे जाने की आज्ञा दी।

किशोर ने बिना रोये-चिल्लाये और आँसू बहाये बेतों की चोट सहन की। उसका सारा अंग क्षत-विक्षत था, पीड़ा से चल नहीं सकता था। मृगया से लौटते हुए राजा

ने देखा। एक बार तो दया आई, परन्तु उसका कोई उपयोग न हुआ। रानी की आज्ञा थी। वन-पालिका ने राजा के निकल जाने पर किशोर को गोद में उठा लिया। अपने आँसुओं से घाव धोती हुई, उसने कहा, ''आह! वे कितने निर्दयी हैं!''

फिर कई वर्ष बीत गये। नवीन राजपुत्र को मृगया की शिक्षा के लिए, लक्ष्य साधने के लिए, वही निगरोपकण्ठ का वन स्थिर हुआ। वहाँ राजपुत्र हिरणों पर, पक्षियों पर तीर चलाता। वन-पालिका को अब फिर कुछ लाभ होने लगा। हिरणों को हाँकने से, पक्षियों का पता बताने से कुछ मिल जाता। परन्तु उसका पुत्र किशोर राजकुमार की मृगया में भाग न लेता।

एक दिन वसन्त की उजली धूप में राजा अपने राजपुत्र की मृगया-परीक्षा लेने के लिए, सोलह बरस बाद, उस जंगल में आये। राजा का मुँह एक बार विवर्ण हो गया। उस कुसुम-कानन के सभी सुकुमार पौधे सूखकर लोप हो गये हैं। उसकी पेड़ियों में कहीं-कहीं दो-एक अंकुर निकलकर अपने प्राचीन बीज का निर्देश करते थे। राजा स्वप्न के समान उस अतीत की कल्पना कर रहे थे।

अहेरियों के वेश में राजपुत्र और उसके समवयस्क जंगल में आये। किशोर भी अपना धनुष लिये एक ओर खड़ा था। कुरंग पर तीर छूटे। किशोर का तीर कुरंग के कण्ठ को बेधकर राजपुत्र की छाती में घुस गया। राजपुत्र अचेत होकर गिर पड़ा, किशोर पकड़ लिया गया।

इधर वन-पालिका राजा के आने का समाचार सुनकर फूल खोजने लगी थी। उस जंगल में अब कामिनी-कुसुम नहीं थे। उसने मधूक और दूर्वा की सुन्दर माला बनाई, यही उसे मिले थे।

राजा क्रोध से उन्मत्त थे। प्रतिहिंसा से कड़ककर बोले, ''मारो।'' वधिकों के तीर छूटे? वह कमनीय कलेवर किशोर पृथ्वी पर लोटने लगा। ठीक उसी समय मधूक-मालिका लिये वन-पालिका राजा के सामने पहुँची।

कठोर नियति जब अपना विधान पूर्ण कर चुकी थी, तब कामिनी किशोर के शव के पास पहुँचीं, पागल-सी उसने माला राजा के ऊपर फेंकी और किशोर को गोद में बैठा लिया। उसकी निश्चेष्ट आँखें मौन-भाषा में जैसे माँ-माँ कह रही थीं! उसने हृदय में घुस जानेवाली आँखों से एक बार राजा की ओर देखा और देखा—राजपुत्र का शव!

राजा एक बार आकाश और पृथ्वी के बीच में हो गये। जैसे वह कहाँ-से कहाँ चले आये। राजपुत्र का शोक और क्रोध, वेग से बहती हुई बरसाती नदी की धारा में बुल्ले के समान बह गया। उसका हृदय विषय-शून्य हो गया। एक बार सचेत होकर उसने देखा और पहचाना, अपना वही—'जीर्ण कौशेय उष्णीय।' कहा, ''वन-पालिका!''

''राजा'', कामिनी की आँखों में आँसू नहीं थे।

''यह कौन था?''

गम्भीर स्वर में सर नीचा किये वन-पालिका ने कहा, ''अपराधी!'' ❑

प्रणय-चिह्न

"क्या अब वे दिन लौट आवेंगे? वे आशा भरी सन्ध्यायें, वह उत्साह भरा हृदय, जो किसी के संकेत पर शरीर से अलग होकर उछलने को प्रस्तुत हो जाता था—क्या हो गया?"

"जहाँ तक दृष्टि दौड़ती है, जंगलों की हरियाली। उनसे कुछ बोलने की इच्छा होती है, उत्तर पाने की उत्कण्ठा होती है। वे हिलकर रह जाते हैं, उजली धूप जलजलाती हुई नाचती निकल जाती है। नक्षत्र चुपचाप देखते रहते हैं, चाँदनी मुस्कुराकर घूँघट खींच लेती है। कोई बोलने वाला नहीं! मेरे साथ दो बातें कर लेने की जैसे सबने शपथ ले ली है। रात खुलकर रोती भी नहीं, चुपचाप ओस के आँसू गिराकर चल देती है। तुम्हारे निष्फल प्रेम से निराश होकर बड़ी इच्छा हुई थी, मैं किसी से सम्बन्ध न रखकर सचमुच अकेला हो जाऊँ। इसलिए जन-संसर्ग से दूर इस झरने के किनारे आकर बैठ गया, परन्तु अकेला हो न सका, तुम्हारी चिन्ता बीच-बीच में बाधा डालकर मन को खींचने लगी। इसलिए फिर किसी से बोलने की, लेन-देन की, कहने-सुनने की कामना बलवती हो गई।

"परन्तु कोई न कुछ कहता है और न सुनता है। क्या सचमुच हम संसार से निर्वासित हैं—अछूत हैं! विश्व का यह नीरव तिरस्कार असह्य है। मैं उसे हिलाऊँगा; उसे झकझोरकर उत्तर देने के लिए बाध्य करूँगा।"

कहते-कहते एकान्तवासी गुफा के बाहर निकल पड़ा। सामने झरना था, उसके पार पथरीली भूमि। वह उधर न जाकर झरने के किनारे-किनारे चल पड़ा। बराबर चलने लगा, जैसे समय चलता है।

सोता आगे बढ़ते-बढ़ते छोटा होता गया। क्षीण, फिर क्रमशः और क्षीण होकर मरुभूमि में जाकर विलीन हो गया। अब उसके सामने सिकता-समुद्र! चारों ओर धू-धू करती हुई बालू से मिली समीर की उत्ताल तरंगें। वह खड़ा हो गया। एक बार चारों ओर आँख फिराकर देखना चाहा, पर कुछ नहीं, केवल बालू के थपेड़े।

साहस करके पथिक आगे बढ़ने लगा। दृष्टि काम नहीं देती थी, हाथ-पैर अवसन्न

थे। फिर भी चलता गया। विरल छाया वाले खजूर-कुंज तक पहुँचते-पहुँचते वह गिर पड़ा, न जाने कब तक अचेत पड़ा रहा।

एक पथिक पथ भूलकर वहाँ विश्राम कर रहा था। उसने जल के छींटे दिये। एकान्तवासी चैतन्य हुआ। देखा—एक मनुष्य उसकी सेवा कर रहा है। नाम पूछने पर मालूम हुआ—''सेवक।''

''तुम कहाँ जाओगे?'' उसने पूछा।

''संसार से घबराकर एकान्त में जा रहा हूँ।''

''और मैं एकान्त से घबराकर संसार में जाना चाहता हूँ।''

''क्या एकान्त में कुछ सुख नहीं मिला?''

''सब सुख था—एक दुःख, पर वह बड़ा भयानक दुःख था। अपने सुख को मैं किसी से प्रकट नहीं कर सकता था, इससे बड़ा कष्ट था।''

''मैं उस दुःख का अनुभव करूँगा।''

''प्रार्थना करता हूँ, उसमें न पड़ो।''

''तब क्या करूँ?''

''लौट चलो; हम लोग बातें करते हुए जीवन बिता देंगे!''

''नहीं, तुम अपनी बातों में विष उगलोगे।''

''अच्छा, जैसी तुम्हारी इच्छा।''

दोनों विश्राम करने लगे। शीतल पवन ने सुला दिया। गहरी नींद लेने पर जागे। एक दूसरे को देखकर मुस्कराने लगे। सेवक ने पूछा, ''आप तो इधर से आ रहे हैं, कैसा पथ है?''

''निर्जन मरुभूमि।''

''तब तो मैं न जाऊँगा; नगर की ओर लौट जाऊँगा। तुम भी चलोगे?''

''नहीं इस खजूर-कुञ्ज को छोड़कर मैं कहीं न जाऊँगा। तुमसे बोलचाल कर लेने पर और लोगों से मिलने की इच्छा जाती रही। जी भर गया।''

''अच्छा तो मैं जाता हूँ। कोई काम हो तो बताओ, कर दूँगा।''

''मेरा! मेरा कोई काम नहीं।''

''सोच लो।''

''नहीं, वह तुम से न होगा।''

''देखूँगा, सम्भव है, हो जाय। लूनी नदी के उस पार रामनगर के जमींदार की एक सुन्दरी कन्या है; उससे कोई सन्देश कह सकोगे?''

''चेष्टा करूँगा। क्या कहना होगा?''

''तीन बरस से तुम्हारा जो प्रेमी निर्वासित है, वह खजूर-कुञ्ज में विश्राम कर रहा है। तुमसे एक चिह्न पाने की प्रत्याशा में ठहरा है, अबकी बार वह अज्ञात विदेश में जाएगा। फिर लौटने की आशा नहीं है।''

सेवक ने कहा, "अच्छा जाता हूँ, परन्तु ऐसा न हो कि तुम यहाँ से चले जाओ, वह मुझे झूठा समझे।"

"नहीं, मैं यहीं प्रतीक्षा करूँगा।"

सेवक चला गया। खजूर के पत्तों से झोंपड़ी बनाकर एकान्तवासी फिर रहने लगा। उसकी बड़ी इच्छा होती कि कोई भूला-भटका प्रथिक आ जाता तो खजूर और मीठे जल से उसका आतिथ्य करके वह एक बार गृहस्थ बन जाता।

परन्तु कठोर अदृश्य-लिपि! उसके भाग्य में एकान्तवास ज्वलन्त अक्षरों में लिखा था। कभी-कभी पवन के झोंके से खजूर के पत्ते लड़खड़ा जाते, वह चौंक उठता। उसकी अवस्था पर वह क्षीणकाय स्रोत रोगी के समान हँस देता। चाँदनी में दूर तक मरुभूमि सादी चित्रपटी-सी दिखाई देती।

: 2 :

माँ भूखी थी। बुढ़िया झोंपड़ी में दाने ढूँढ़ रही थी। उस पार नदी के कगारों पर दोनों की धुँधली प्रतिकृति दिखाई दे रही थी। पश्चिम के क्षितिज में नीचे अस्त होता हुआ सूर्य बादलों पर अपना रंग फेंक रहा था। बादल नीचे जल पर छाया-दान कर रहा था। नदी में धूप-छाँह बिछी थी। 'सेवक' डोंगी लिये इधर यात्री की आशा में बालू के रूखे तट से लगा बैठा था।

उसके केवल माँ थी। वह युवक था। स्वामी-कन्या से वह किसी प्रेमी का सन्देश कह रहा था; राजा (जमींदार को सन्देश हुआ। वे क्रुद्ध हुए, बिगड़ गये, परन्तु कन्या के अनुरोध से उसके प्राण बच गये। तब से वह डोंगी चलाकर अपना पेट पालता था।)

तमिस्रा आ रही थी। निर्जन प्रदेश नीरव था। लहरियों का कल-कल बन्द था। उसकी दोनों आँखें प्रतीक्षा की दूती थीं। कोई आ रहा है! और भी ठहर जाऊँ, नहीं लौट चलूँ। डाँडे डोंगी से जल में गिरा दिये। 'छप' शब्द हुआ। उसे सिकता-तट पर भी पद-शब्द की भ्रान्ति हुई। रुककर देखने लगा।

"माँझी उस पार चलोगे?" एक कोमल कण्ठ, वंशी की झनकार।

"चलूँगा क्यों नहीं, उधर ही मेरा घर है। मुझे लौटकर जाना है।"

"मुझे भी आवश्यक कार्य है। मेरा प्रियतम उस पार बैठा है। उससे मिलना है। जल्द ले चलो।" यह कहकर एक रमणी आकर बैठ गई। डोंगी हल्की हो गई, जैसे चलने के लिए नाचने लगी हो। सेवक संध्या के गहरे प्रकाश में उसे आँखें गड़ाकर देखना चाहता था। रमणी खिलखिलाकर हँस पड़ी। बोली, "सेवक, तुम मुझे देखते रहोगे कि खेना आरम्भ करोगे।"

"मैं देखता चलूँगा, खेता चलूँगा। बिना देखे भी कोई खे सकता है।"

"अच्छा वहीं सही। देखो, पर खेते भी चलो। मेरा प्रिय कहीं लौट न जाय,

शीघ्रता करो।'' रमणी की उत्कण्ठा उसके उभरते हुए वक्षस्थल में-श्वास बनकर फूल रही थी। सेवक डाँड़े चलाने लगा। दो-चार नक्षत्र नील गगन से झाँक रहे थे। अवरुद्ध समीर नदी की शीतल चादर पर खुलकर लोटने लगा। सेवक तल्लीन होकर खे रहा था। रमणी ने पूछा, ''तुम्हारे और कौन हैं?''

''कोई नहीं, केवल माँ है।''

नाव किनारे पहँच गई। रमणी उतरकर खड़ी हो गई। बोली, ''तुमने बड़ी ठीक समय से पहुँचाया। परन्तु मेरे पास क्या है जो तुम्हें पुरस्कार दूँ।''

वह चुपचाप उसका मुँह देखने लगा।

रमणी बोली, ''मेरा जीवन-धन जा रहा है। एक बार उससे अन्तिम भेंट करने आई हूँ। एक अँगूठी उसको अपना चिह्न देने के लिए लाई हूँ और कुछ नहीं है। परन्तु तुमने इस अन्तिम मिलन में बड़ी सहायता की है, तुम्हीं ने उसका सन्देश पहुँचाया। तुम्हें कुछ दिये बिना हमारा मिलन असफल होगा, इसलिए यह चिह्न अँगूठी तुम्हीं ले लो।''

सेवक ने अँगूठी लेते हुए पूछा, ''और तुम अपने प्रियतम को क्या चिह्न दोगी?''

''अपने को स्वयं दे दूँगी। लौटना व्यर्थ है, अच्छा धन्यवाद!'' रमणी तीर-वेग से चली गई।

वह हक्का-बक्का खड़ा रह गया। आकाश के हृदय में तारा चमकता था; उसके हाथ में अँगूठी का रत्न। उससे तारों का मिलान करते-करते झोंपड़ी में पहुँचा। माँ भूखी थी। इसे बेचना होगा, यही चिन्ता थी। माँ ने जाते ही कहा, ''कब से भोजन बनाकर बैठी हूँ, तू आया नहीं। बड़ी अच्छी मछली मिली थी। ले जल्द खा ले।'' वह प्रसन्न हो गया।

: 3 :

एकान्तवासी बैठा हुआ खजूर इकट्ठा कर रहा था। अभी प्रभात का कोमल सूर्य खगोल में बहुत ऊँचा नहीं था। एक सुनहली किरण-सी रमणी सामने आ गई। आत्मविस्मृत होकर एकान्तवासी देखने लगा।

''स्वागत अतिथि! आओ, बैठो।''

रमणी ने आतिथ्य स्वीकार किया। बोली, ''मुझे पहचानते हो?''

''तुम्हें न पहचानूँगा प्रियतम! अनन्त पथ का पाथेय कोई प्रणय चिह्न ले आई हो तो मुझे दे दो। इसीलिए ठहरा हूँ।''

''लौट चलो। इस भीषण एकान्त में तुम्हारा मन नहीं भरा?''

''कहाँ चलूँगा। तुम्हारे साथ जीवन व्यतीत करने का साधन नहीं; कर भी पाऊँगा, लौटकर क्या करूँगा? मुझे केवल चिह्न दे दो, उसी से मन बहलाऊँगा।''

"मैं उसे पुरस्कार-स्वरूप दे आई हूँ। उसे पाने के लिए तो लूनी के तट तक चलना होगा।"

"तो चलूँगा।"

यात्रा की तैयारी हुई। दोनों लौट चले।

सेवक जब सन्ध्या को डोंगी लेकर लौटता है तब उसके हृदय में उस रमणी की सुध आ जाती है। वह अँगूठी निकालकर देखता और प्रतीक्षा करता है कि रमणी लौटे तो उसे दे दूँ। उसे विश्वास था, कभी तो वह आवेंगे।

डोंगी नीचे बँधी थी। वह झोंपड़ी से निकलकर चला ही था कि सामने वही रमणी आती दिखाई पड़ी। साथ में एक पुरुष था। न जाने क्यों, वह डोंगी पर जा बैठा। दोनों तीर पर आकर खड़े हो गये। रमणी ने पूछा, "मुझे पहचानते हो?"

"अच्छी तरह।"

"मैंने तुम्हें कुछ पुरस्कार दिया था। वह मेरा प्रणय-चिह्न था। यह प्रिय मुझे नहीं लेगा, उसी चिह्न को लेगा। इसलिए तुमसे विनती करती हूँ कि उसे दे दो।"

"यह अन्याय है। मेरी मजूरी मुझसे न छीनो।"

"मैं भीख माँगती हूँ।"

"मैं दरिद्र हूँ, देने में असमर्थ हूँ।"

निरुपाय होकर रमणी ने एकान्तवासी की ओर देखा। उसने कहा, "तुमने तो उसे लौटा देने के लिए ही रख छोड़ा है। वह देखो, तुम्हारी उँगली में चमक रहा है? क्यों नहीं दे देते?"

"मैं समझ गया, इसका मूल्य परिश्रम से अधिक है तो चलो, अबकी दोनों की सेवा करके इसका मूल्य पूरा कर दूँ, परन्तु दया करके इसे मेरे पास ही रहने दो। जिन्हें विदेश जाना है, उनको नौका की यात्रा बड़ी सुखद होती है।" कहकर एक बार उसने झोंपड़ी की ओर देखा। बुढ़िया मर चुकी थी। खाली झोंपड़ी की ओर से उसने मुँह फिरा लिया। डाँड़े जल में गिरा दिये।

रमणी ने कहा, "चलो यात्रा तो करनी ही है, बैठ जायँ।"

एकान्तवासी हँस पड़ा। दोनों नाव पर बैठ गये। नाव धारा में बहने लगी। रमणी ने हँसकर पूछा, "केवल देखोगे या खेओगे भी?"

"नाव स्वयं बहेगी, मैं केवल देखूँगा ही।"

❑

रूप की छाया

काशी के घाटों की सौध-श्रेणी जाह्नवी के पश्चिमी तट पर धवल शैलमाला-सी खड़ी है। उनके पीछे दिवाकर छिप चुके। सीढ़ियों पर विभिन्न वेष-भूषा वाले भारत के प्रत्येक प्रान्त के लोग टहल रहे हैं। कीर्तन, कथा और कोलाहल से जाह्नवी-तट पर चहल-पहल है।

एक युवती भीड़ से अलग एकान्त ऊँची सीढ़ी पर बैठी हुई भिखारी का गीत सुन रही है। युवती कानों से गीत सुन रही है, आँखों से सामने का दृश्य देख रही है। हृदय शून्य था, तारा-मण्डल के विराट् गगन के समान शून्य और उदास। सामने गंगा के उस पार चमकीली रेत बिछी थी। उसके बाद वृक्षों की हरियाली के ऊपर नीला आकाश, जिसमें पूर्णिमा का चन्द्र, फीके बादल के गोल टुकड़े के सदृश, अभी दिन रहते ही गंगा के ऊपर दिखाई दे रहा है। जैसे मन्दाकिनी में जल-विहार करने वाले किसी देव-द्वन्द्व की नौका का गोल पाल। दृश्य के स्वच्छ पट में काले-काले बिन्दु दौड़ते हुए निकल गये। युवती ने देखा, वह किसी उच्च मन्दिर में से उड़े हुए कपोतों का एक झुण्ड था। दृष्टि फिरकर वहाँ गई जहाँ टूटी काठ की चौकी पर विवर्ण मुख, लम्बे असंयत बाल और फटा कोट पहने एक युवक कोई पुस्तक पढ़ने में निमग्न था।

युवती का हृदय फड़कने लगा। वह उतरकर एक बार युवक के पास तक आई, फिर लौट गई। सीढ़ियों के ऊपर चढ़ते-चढ़ते उसकी एक प्रौढ़ा संगिनी मिल गई। उससे बड़ी घबड़ाहट में युवती ने कुछ कहा और स्वयं वहाँ से चली गई।

प्रौढ़ा ने आकर युवक के एकान्त अध्ययन में बाधा दी और पूछा, "तुम विद्यार्थी हो?"

"हाँ, मैं हिन्दू-स्कूल में पढ़ता हूँ?"

"क्या तुम्हारे घर के लोग यहीं हैं?"

"नहीं, मैं एक विदेशी, निस्सहाय विद्यार्थी हूँ?"

"तब तुम्हें सहायता की आवश्यकता है।"

"यदि मिल जाय, मुझे रहने के स्थान का बड़ा कष्ट है।"

"हम लोग दो-तीन स्त्रियाँ हैं। कोई अड़चन न हो तो हम लोगों के साथ रह सकते हो।"

"बड़ी प्रसन्नता से, आप लोगों का कोई छोटा-मोटा काम भी कर दिया करूँगा।"

"अभी चल सकते हो।"

"कुछ पुस्तक और सामान है, उन्हें लेता आऊँ।"

"ले आओ, मैं बैठी हूँ।"

युवक चला गया।

गंगा-तट पर एक कमरे में उज्ज्वल प्रकाश फैल रहा था। युवक विद्यार्थी बैठा हुआ ब्यालू कर रहा था। अब वह कॉलेज के छात्रों में है। उसका रहन-सहन बदल गया है। वह एक सुरुचि-सम्पन्न युवक हो गया है। अभाव उससे दूर हो गये थे।

प्रौढ़ा परसती हुई बोली, "क्यों शैलनाथ! तुम्हें अपनी चाची का स्मरण होता है?"

"नहीं तो, मेरे कोई चाची नहीं है।"

दूर बैठी हुई युवती ने कहा, "जो अपनी स्मृति के साथ विश्वासघात करता है, उसे कौन स्मरण दिला सकता है।"

युवक ने हँसकर इस व्यंग्य को उड़ा दिया। चुपचाप घड़ी का टिक-टिक शब्द सुनता और मुँह चलाता जा रहा था। मन में मनोविज्ञान का पाठ सोचता जाता था—"मन क्यों एक बार एक ही विषय का विचार कर सकता है?"

"उत्तर देने ही में तो छात्रों का समय बीतता है, पूछिये।"

"कभी तुम्हें रामगाँव का स्मरण होता है? यमुना की लोल लहरियों में से निकलता हुआ अरुण और उसके श्यामल तट का प्रभात स्मरण होता है? स्मरण होता है एक दिन हम लोग कार्तिक पूर्णिमा-स्नान को गये थे, मैं बालिका थी, तुमने मुझे फिसलते देखकर हाथ पकड़ लिया था, इस पर साथ की और स्त्रियाँ हँस पड़ी थीं, तुम लज्जित हो गये थे।"

पच्चीस वर्ष के युवक ने अपने जीवन-भर में जैसे आज ही एक आश्चर्य की बात सुनी हो, वह बोल उठा—"नहीं तो।"

कई दिन बीत गये।

गंगा के स्थिर जल में पैर डाले हुए नीचे की सीढ़ियों पर सरला बैठी हुई थी। कारूकार्य-खचित-कंचुकी के ऊपर कन्धे के पास सिकुड़ी हुई साड़ी; आधा खुला हुआ सिर, बंकिम ग्रीवा और मस्तक में कुंकुम-बिन्दु-महीन चादर में—सब अलग-अलग दिखाई दे रहे थे। मोटी पलकोंवाली बड़ी-बड़ी आँखें गंगा के हृदय में से मछलियों को ढूँढ़ निकालना चाहती थीं। कभी-कभी वह बीच धारा में बहती हुई डोंगी को

देखने लगती। खेनेवाला जिधर जा रहा है उधर देखता ही नहीं। उलटे बैठकर डाँड़ चला रहा है। कहाँ जाना है, इसकी उसे चिन्ता नहीं।

सहसा कैलाशनाथ ने आकर पूछा—

"मुझे क्यों बुलाया है?"

"बैठ जाओ।"

शैलनाथ पास ही बैठ गया। सरला ने कहा, "अब तुम नहीं छिप सकते। तुम्हीं मेरे पति हो, तुम्हीं से मेरा बाल-विवाह हुआ था, एक दिन चाची के बिगड़ने पर सहसा घर से निकलकर कहीं चले गये, फिर न लौटे। हम लोग आज-कल अनेक तीर्थों में तुम्हें खोजती हुई भटक रही हैं। तुम्हीं मेरे देवता हो; तुम्हीं मेरे सर्वस्व हो। कह दो हाँ।"

सरला जैसे उन्मादिनी हो गई है। यौवन की उत्कंठा उसके बदन पर बिखर रही थी। प्रत्येक अंग में अँगड़ाई, स्वर में मरोर, शब्दों में वेदना का संचार था। शैलनाथ ने देखा, कुमुदों से प्रफुल्लित शरत्काल के ताल-सा भरा हुआ यौवन। सर्वस्व लुटाकर चरणों में लोट जाने के योग्य सौंदर्य-प्रतिमा। मन को मचला देने वाला विभ्रम, धैर्य को हिलाने वाली लावण्य-लीला। वक्षस्थल में हृदय जैसे फैलने लगा। वह 'हाँ' कहने ही को था, परन्तु सहसा उसके मुँह से निकल पड़ा—

"यह सब तुम्हारा भ्रम है। भद्रे! मुझे हृदय के साथ ही मस्तिष्क भी है।"

"गंगाजल छूकर बोल रहे हो, फिर से सच कहो!"

युवक ने देखा, गोधूलि-मलिना-जाह्नवी के जल में सरला के उज्ज्वल रूप की छाया चन्द्रिका के समान पड़ रही है। गंगा का उतना अंश मुकुट सदृश धवल था। उसी में अपना मुख देखते हुए शैलनाथ ने कहा—

"भ्रम है सुन्दरी, तुम्हें पाप होगा।"

"हाँ, परन्तु वह पाप पुण्य बनने के लिये उत्सुक है।"

"मैं जाता हूँ। सरला, तुम्हें रूप की छाया ने भ्रान्त कर दिया है। अभागों को सुख भी दुख ही देता है। मुझे और कहीं आश्रय खोजना पड़ेगा।"

शैलनाथ उठा और चला गया।

विमूढ़ सरला कुछ न बोल सकी। वह क्षोभ और लज्जा से गड़ी जाने लगी। क्रमशः घनीभूत रात में सरला के रूप की छाया भी विलीन हो गई।

❑

ज्योतिष्मती

तामसी रजनी के हृदय में नक्षत्र जगमगा रहे थे। शीतल पवन की चादर उन्हें ढँक लेना चाहती थी, परन्तु वे निविड़ अन्धकार को भेदकर निकल आये थे, फिर यह झीना आवरण क्या था!

बीहड़, शैल संकुल वन्य-प्रदेश, तृण और वनस्पतियों से घिरा था। वसन्त की लताएँ चारों ओर फैली हुई थीं। हिमवान की उच्च उपत्यका प्रकृति का एक सजीव, गम्भीर और प्रभावशाली चित्र बनी थी!

एक बालिका, सूक्ष्म कँवल-वासिनी सुन्दरी बालिका चारों ओर देखती हुई चुपचाप चली जा रही थी। विराट हिमगिरि की गोद में वह शिशु के समान खेल रही थी। बिखरे हुए वालों को सम्हाल कर उन्हें वह बार-बार हटा देती थी और पैर बढ़ाती हुई चली जा रही थी। वह एक क्रीड़ा-सी थी। परन्तु सुप्त हिमाचल उसका चुम्बन न ले सकता था। नीरव प्रदेश उस सौन्दर्य से आलोकित हो उठता था। बालिका न जाने क्या खोजती चली जाती थी। जैसे शीतल जल का एक स्वच्छ स्रोता एकाग्र मन से बहता जाता हो।

बहुत खोजने पर भी उसे वह वस्तु न मिली, जिसे वह खोज रही थी। संभवतः वह स्वयं खो गई। पथ भूल गई, अज्ञात प्रदेश में जा निकली। सामने निशा की निस्तव्बता भंग करता हुआ एक निर्झर कलरव कर रहा था। सुन्दरी ठिठक गई। क्षण भर के लिए तमिस्रा की गम्भीरता ने उसे अभिभूत कर लिया। हताश होकर शिला-खण्ड पर बैठ गई।

वह श्रान्त हो गई थी। नील निर्झर का तम समुद्र में संगम, एकटक वह घण्टों तक देखती रही। आँखें ऊपर उठतीं, तारागण झलझला जाते थे। नीचे निर्झर झलझलाता था। उसकी जिज्ञासा का कोई स्पष्ट उत्तर न देता। मौन प्रकृति के देश में न स्वयं कुछ कह सकती और न उनकी बात समझ में आती। अकस्मात् किसी ने पीठ पर हाथ रख दिया। वह सिहर उठी, भय का संचार हो गया। कम्पित स्वर से बालिका ने पूछा, ''कौन?''

"यह मेरा प्रश्न है। इस निर्जन निशीथ में जब सत्त्व विचरते हैं, दस्यु घूमते हैं, तुम यहाँ कैसे?" गम्भीर कर्कश कण्ठ से आगन्तुक ने पूछा।

सुकुमारी बालिका सत्त्वों और दस्युओं का स्मरण करते ही एक बार काँप उठी। फिर सम्हलकर बोली–

"मेरी वह नितांत आवश्यकता है। वह मुझे भय ही सही, तुम कौन हो?"

"एक साहसिक–"

"साहसिक और दस्यु तो क्या, सत्त्व भी हो तो उसे मेरा काम करना होगा।"

"बड़ा साहस है, तुम्हें क्या चाहिए सुन्दरी? तुम्हारा नाम क्या है?"

"वनलता!"

"बूढ़े वनराज, अन्धे वनराज की सुन्दरी बालिका वनलता।"

"हाँ।"

"जिसने मेरा अनिष्ट करने में कुछ भी उठा न रखा, वही वनराज!" क्रोध-कम्पित स्वर से आगन्तुक ने कहा।

"मैं नहीं जानती, पर क्या तुम मेरी याचना पूरी करोगे?"

शीतल प्रकाश में लम्बी छाया जैसे हँस पड़ी और बोली–

"मैं तुम्हारा विश्वस्त अनुचर हूँ। क्या चाहती हो, बोलो?"

"पिताजी के लिए ज्योतिष्मती चाहिए।"

"अच्छा चलो खोजें।" कहकर आगन्तुक ने बालिका का हाथ पकड़ लिया। दोनों बीहड़ बन में घुसे। ठोकरें लग रही थीं, अँगूठे क्षत-विक्षत थे। साहसिक की लम्बी डगों के साथ बालिका हाँफती हुई चली जा रही थी।

सहसा साथी ने कहा, "ठहरो, देखो वह क्या है?"

श्यामा सघन, तृण-संकुल शैल-मण्डप पर हिरण्यलता तारा के समान फूलों से लदी हुई मन्दमत्त से विकम्पित हो रही थी। पश्चिम में निशीथ के चतुर्थ प्रहर में अपनी स्वल्प किरणों से चतुर्दशी का चन्द्रमा हँस रहा था। पूर्व प्रकृति अपने स्वप्न-मुकुलित नेत्रों को आलस से खोल रही थी। वनलता का वदन सहसा खिल उठा। आनन्द से हृदय अधीर होकर नाचने लगा। वह बोल उठी–"यही तो है।"

साहसिक अपनी सफलता पर प्रसन्न होकर आगे बढ़ना चाहता था कि वनलता ने कहा, "ठहरो, तुम्हें एक बात बतानी होगी।"

"वह क्या है?"

"जिसे तुमने कभी प्यार न किया हो, उससे कोई आशा तो नहीं रखते?"

"सुन्दरी! पुण्य की प्रसन्नता का उपभोग न करने से वह पाप हो जायेगा।"

"तब तुमने किसी को प्यार किया है?"

"क्यों? तुम्हीं को!" कहकर आगे बढ़ा।

"सुनो, सुनो, जिसने चन्द्रशालिनी ज्योतिष्मती रजनी के चारों पहर कभी बिना

पलक लगे प्रिय की निश्छल चिन्ता में न बिताए हों, उसे ज्योतिष्मती न छूनी चाहिए। इसे जंगल में पवित्र प्रेमी ही छूते हैं, लें आते हैं, तभी इसका गुण...।''

वनलता की इन बातों को बिना सुने वह बलिष्ठ युवक अपनी तलवार की मूँठ दृढ़ता से पकड़कर वनस्पति की ओर अग्रसर हुआ।

बालिका छटपटा कर कहने लगी—''हाँ-हाँ, छूना मत, पिता जी की आँखें आह!'' तब तक साहसिक की लम्बी छाया ने ज्योतिष्मती पर गड़ती हुई चन्द्रिका को ढँक लिया। वह एक दीर्घ निःश्वास फेंककर जैसे सो गई। बिजली के फूल मेघ में विलीन हा गये। चंद्रमा खिसककर पश्चिमी शैल-माला के नीचे जा गिरा।

वनलता-झंझावात से भग्न होते हुए वृक्ष की वनलता के समान वसुधा का आलिंगन करने लगी और साहसिक युवक के ऊपर कालिमा की लहर टकराने लगी।

❑

रमला

साजन के मन में नित्य वसन्त था। वही वसन्त जो उत्साह और उदासी का समझौता कराता, वह जीवन के उत्साह से कभी विरत नहीं, न जाने कौन-सी आशा की लता उसके मन में कली लेती रहती। तिस पर भी उदासीन साजन उस बड़ी-सी झील के तट पर प्रायः निश्चेष्ट अजगर की तरह पड़ा रहता। उसे स्मरण नहीं, कब से वहाँ रहता था। उसका सुन्दर सुगठित शरीर बिना देख-रेख के अपनी इच्छानुसार मलिनता में भी चमकता रहता। उस झील का वह एकमात्र स्वामी था, रक्षक था, सखा था।

शैलमाला की गोद में वह समुद्र का शिशु कलोल करता, उस पर से अरुण की किरणें नाचती हुई, अपने को शीतल करती चली जातीं। मध्याह्न में दिवस ठहर जाता, उसकी लघु वीथियों का कम्पन देखने के लिए। सन्ध्या होते उसके चारों ओर वृक्ष अपनी छाया के अंचल में छिपा लेना चाहते; परन्तु उसका हृदय उदार था, मुक्त था, विराट था। चाँदनी उसमें अपना मुँह देखने लगती और हँस पड़ती।

और साजन! वह भी अपने निर्जन सहचर का उसके शान्त सौन्दर्य में अभिनन्दन करता। हुलसकर उसमें कूद पड़ता, यही उसका सस्नेहातिरेक था।

साजन की साँसें उसकी लहरियों से स्वर-सामञ्जस्य बनाए रहतीं। यह झील उसे खाने के लिए कमलगट्टे देती, सिंघाड़े देती, कोई बेरा और भी कितनी वस्तु बिखेरती। वही साजन की गृहिणी थी, स्नेहमयी, कभी-कभी वह उसे पुकार उठता, बड़े उल्लास से बुलाता—'रानी' प्रतिध्वनि होती, ई ई ई...। वह खिलखिला उठता, आँखें विकस जातीं, रोएँ-रोएँ हँसने लगते। फिर सहसा वह अपनी उदासी में डूब जाता, तब तारों छाई रात उस पर अपना श्याम अंचल डाल देती। कभी-कभी वृक्ष की जड़ से ही सिर लगाकर सो रहता।

ऐसे ही कितने ही बरस बीत गये।

उधर पशु चराने के लिए गोप-बालक न जाते। दूर-दूर गाँव में यह विश्वास था कि रमला झील पर कोई जलदेवता रहता है। उधर कोई झाँकता भी नहीं। वह संसर्ग से वञ्चित देश अपनी विभूति में अपने में ही मस्त था।

रमला भी बड़ी ढीठ थी। वह गाँव-भर में सबसे चञ्चल लड़की थी। लड़की क्यों! वह युवती हो चली थी। उसका ब्याह नहीं हुआ था; वह अपनी जाति भीर में सबसे अधिक गोरी थी, तिस पर भी उसका नाम पड़ गया था रमला! वह ऐसी बाधा थी कि ब्याह होना असम्भव हो गया। उसमें सबसे बड़ा दोष यह था कि वह बड़े-बड़े लड़कों को भी उनकी ढिठाई पर चपत लगाकर हँस देती थी। झील के दक्षिण की पहाड़ी से कोसों दूर पर उसका गाँव था।

मंजल भी कम दुष्ट न था, वह प्रायः रमला को चिढ़ाया करता। उसने सब लड़कों से सलाह की—"रमला की पहाड़ी पर चला जाय।"

बालक इकट्ठे हुए। रमला भी आज पहाड़ी पर पशु चराने को ठहरी। सब चढ़ने लगे; परन्तु रमला सबके पहले थी। सबसे ऊँची चोटी पर खड़ी होकर उसने कहा, "लो मैं सबके आगे ही पहुँची," कहकर पास के लड़के को चपत लगा दी।

मंजल ने कहा, "उधर तो देखा! वह क्या है?"

रमला ने देखा—सुन्दर झील! वह उसे देखने में तन्मय हो गई थी। प्रतिहिंसा से भरे हुए लड़के ने हलका सा धक्का दिया, यद्यपि वह उसके परिणाम से पूरी तरह परिचित नहीं था; फिर भी रमला को तो कष्ट भोगने के लिए कोई रुकावट न थी। वह लुढ़क चली, जब तक एक झाड़ को पकड़ती और वह उखड़कर गिरता, तब तक दूसरे पत्थर का कोना उसे चोट पहुँचाने पर भी आलम्ब दे ही देता; किन्तु पतन रुकना असम्भव था। वह चोट खाते-खाते नीचे आ ही पड़ी। बालक गाँव की ओर भागे। रमला के घरवालों ने भी सन्तोष कर लिया।

साजन कभी-कभी रमला झील की फेरी लगाता। वह झील कई कोस में थी। जहाँ स्थल-पथ का पहाड़ी की बीहड़ शिलाओं से अन्त हो जाता, वहाँ वह तैरने लगता। बीच-बीच में उसने दो-एक स्थान विश्राम के बना लिये थे; वह स्थान और कुछ नहीं, प्राकृतिक गुफाएँ थीं। उसने दक्षिण की पहाड़ी के नीचे पहुँचकर देखा, एक किशोरी जल में पैर लटकाये बैठी है।

वह आश्चर्य और क्रोध से अपने होंठ चबाने लगा; क्योंकि एक गुफा वहीं पर थी। अब सांजन क्या करे! उसने पुष्ट भुजा उठाकर दूर से पूछा, "तुम कौन? भागो।"

रमला एक मनुष्य की आकृति देखते ही प्रसन्न हो गई, हँस पड़ी। बोली,

"मैं हूँ, रमला!"

"रमला! रमला रानी।"

"रानी नहीं, रमला।"

"रमला नहीं, रानी कहो, नहीं पीटूँगा, मेरी रानी!" कहकर साजन झील की ओर देखने लगा।

"अच्छा, अच्छा, रानी! तुम कौन हो?"

"मैं साजन, रानी का सहचर।"

"तुम सहचर हो? और मैं यहाँ आई हूँ, तुम मेरा कुछ सत्कार नहीं करते?" हँसोड़ रमला ने कहा।

"जाओ तुम!" कहकर विस्मय से साजन उस किशोरी की ओर देखने लगा।

"हाँ मैं, तुम बड़े दुष्ट हो साजन! कुछ खिलाओ, कहाँ रहते हो? वहीं चलूँ।"

साजन घबराया, उसने देखा कि रमला उठ खड़ी हुई। उसने कहा, तैरकर चलना होगा, आगे पथ नहीं है।

वह कूद पड़ी और राजहंसी के समान तैरने लगी। साजन क्षणभर तक उस सुन्दर सन्तरण को देखता रहा। उसकी दृष्टि का यह पहला महोत्सव था। उसे भी तो तैरने का विनोद था न, मन का विरोध उन लहरों के आन्दोलन से घुलने लगा, अनिच्छा होने पर भी वह साथ देने के लिए कूद पड़ा। दोनों साथ-साथ तैर चले।

बहुत दिन बीत गये। रमला और साजन एकत्र रहने पर भी अलग थे। रमला का सब उत्साह उस एकान्त नीरवता में धीरे-धीरे विलीन हो चला।

वह ऊब चली। उसकी गुफा में ढेर-के-ढेर कमलगट्टे फल पड़े रहते, उसे उन सब पदार्थों से वितृष्णा हो चली थी। साजन पालतू पशु के समान अपनी स्वामिनी की आज्ञा की अपेक्षा करता; परन्तु रमला का उत्साह तो उस बन्दीगृह से भाग जाने के लिए उत्सुक था।

साजन ने एक दिन पूछा—

"क्या ले आऊँ?"

"कुछ नहीं।"

"कुछ नहीं? क्यों?"

"मैं अब जाऊँगी?"

"कहाँ?"

"जिधर जा सकूँगी।"

"तब यहीं क्यों नहीं रहती हो?" अचानक साजन ने कहा।

रमला कुछ न बोली। उस झील पर रात आई, अपना जगमगाता चँदवा तानकर विश्राम करने लगी। रमला अपनी गुफा में सोने चली गई और साजन अपनी गुफा के पास बैठा एकटक रजनी का सौन्दर्य देखने लगा। आज जैसे उसे स्मृति हुई। रमला के आ जाने से वह जिस बात को भूल गया था, उसके अन्तर की वही भावना जाग उठी। साजन पुकार उठा—'रानी'! बहुत दिन के बाद उस झील की पहाड़ियाँ प्रतिध्वनि से मुखरित हो उठीं—ई-ई-ई।

रमला चौंककर जाग पड़ी। बाहर चली आई। उसने देखा, साजन झील की ओर मुँह किये पुकार रहा है—'रानी! रानी!' उसका कण्ठ गद्गद है। चाँदनी आज निखर पड़ी थी। रमला ने सुना। साजन के स्वर में रुदन था। व्याकुलता थी; रमला

ने उसके कन्धे पर हाथ रख दिया, साजन सिहर उठा। उसने कहा, "कौन रमला!"

"रमना नहीं—रानी।"

साजन विस्मय से देखने लगा। उसने पूछा, "तुम रानी हो?"

"हाँ, मुझी को तो तुम पुकारते थे न?"

"तुम्हीं...तुम्हीं...हाँ तुम्हीं को तो मेरी प्यारी रानी!"

दोनों ने देखा, आकाश के नक्षत्र रमला झील में डुबकियाँ ले रहे थे और खिलखिला रहे थे।

कितना समय बीत गया।

साजन की सब सोई वासनायें जाग उठीं, भूले हुए पाठ की तरह अच्छे गुरु के सामने स्मरण होने लगी थीं!

उसे अब शीत लगने लगा—रमला के कपड़ों की आवश्यकता वह स्वयं अनुभव करने लगा।

अकस्मात् एक दिन रमला ने कहा, "चलो कहीं घूम आवें।"

साजन ने भी कह दिया—"चलो।"

वह गिरिपथ, जिसने बहुत दिनों से मनुष्य का पद-चिह्न भी नहीं देखा था, साजन और रमला के पैर चूमने लगा। दोनों उसे रौंदते चले गये।

रमला अपनी फटी साड़ी में लिपटी थी और साजन वल्कल बाँधे था। वे दरिद्र थे, पर उनके मुख पर एक तेज था, वे जैसे प्राचीन देवकथाओं के कोई पात्र हों। संध्या हो गई थी—गाँव के जमींदार का प्रांगण अभी सूना न था। जमींदार भी बिल्कुल युवक था। उसे इस जोड़े को देखकर कुतूहल था। उसने वस्त्र और भोज की व्यवस्था करके उन्हें टिकने की आज्ञा दे दी।

प्रातः आखें खोल रहा था। किसान अपने खेतों में जाने की तैयारी में थे। रमला उठ बैठी थी, पास ही साजन पड़ा सो रहा था। कपड़ों की गर्मी उसे सुख में लपेटे थी। उसे कभी यह आनन्द न मिला था। कितने ही प्रभात रमला उस नारी ने देखे। किन्तु यह गाँव का दृश्य उसके मन में सन्देह, कुतूहल, आशा भर रहा था। युवक जमींदार अपने घोड़े पर चढ़ना ही चाहता था कि उसकी दृष्टि मलिन वस्त्र में झाँकती हुई दो आँखों पर पड़ी। वह पास आ गया, पूछने लगा—"तुम लोगों को कोई कष्ट तो नहीं हुआ?"

"नहीं" कहते हुए रमला ने अपने सिर का कपड़ा हटा दिया और युवक को आश्चर्य से देखने लगी। युवक घबड़ाकर बोला, "कौन! रमला?"

"हाँ मंजल!"

युवक की साँस भारी हो चली।

उसने कहा, "रमला, मुझे क्षमा करो, मैंने तुम्हें..."

"हाँ, धक्का देकर गिरा दिया था। तब भी मैं बच गई।"

युवक ने सोये हुए मनुष्य की ओर देखकर पूछा, "वह तुम्हारा कौन है?"

रमला ने रुकते हुए उत्तर दिया—"मेरा कोई नहीं।"

"तब भी यह है कौन?"

"रमला झील का जल-देवता।"

युवक एक बार झनझना गया।

उसने पूछा, "तुम क्या फिर चली जाओगी, रमला?" उसके कण्ठ में बड़ी कोमलता थी।

"तुम जैसा कहो।" रमला जैसे बेबसी से बोली।

युवक—"अच्छा जाओ, पहले नहा-धो लो।" कहता हुआ घोड़े पर चढ़कर चला गया। रमला सलज्ज उठी, गाँव की पोखरी की ओर चली।

उसके जाते ही साजन जैसे जाग पड़ा। एक बार अँगड़ाई ली और उठ खड़ा हुआ। जिस पथ से आया था उसमें लौटने लगा।

गोधूलि थी और वही उदास रमला झील! साजन थका हुआ बैठा था। आज उसके मन में, आँखों में, न जाने कहाँ का स्नेह उमड़ा था। प्रशान्त रमला में एक चमकीला फूल हिलने लगा; साजन ने आँख उठाकर देखा—पहाड़ी की चोटी पर एक तारिका रमला के उदास भाल पर सौभाग्य-चिह्न-सी चमक उठी थी। देखते-देखते रमला का वक्ष नक्षत्रों के हार से सुशोभित हो उठा।

साजन ने उल्लास से पुकारा—"रानी!"

❑

बिसाती

उद्यान की शैल-माला के नीचे एक हरा-भरा छोटा-सा गाँव है। वसन्त का सुन्दर समीर उसे आलिंगन करके फूलों के सौरभ से उसके झोंपड़ों को भर देता है। तलहटी के हिम शीतल झरने उसको अपने बाहुपाश में जकड़े हुए हैं। उस रमणीय प्रदेश में एक स्निग्ध-संगीत निरन्तर चला करता है, जिसके भीतर बुलबुलों का कलनाद, कम्प और लहर उत्पन्न करता है।

दाड़िम के लाल फूलों की रँगीली छाया संध्या की अरुण किरणों से चमकीली हो रही थी। शीरी उसी के नीचे शिलाखण्ड पर बैठी हुई सामने गुलाबों की झुरमुट देख रही थी, जिसमें बहुत-से बुलबुल चहचहा रहे थे, वे समीरण के साथ छूल-छुलैया खेलते हुए आकाश को अपने कलरव से गुञ्जरित कर रहे थे।

शीरी ने सहसा अपना अवगुण्ठन उलट दिया। प्रकृति प्रसन्न हो हँस पड़ी। गुलाबों के दल में शीरी का मुख राजा के समान सुशोभित था। मकरन्द मुँह में भरे दो नील-भ्रमर उस गुलाब से उड़ने में असमर्थ थे, भौरों के पर निस्पन्द थे। कँटीली झाड़ियों की कुछ परवाह न करते हुए बुलबुलों का उनमें घुसना और उड़ भागना शीरी तन्मय होकर देख रही थी।

उसकी सखी जुलेखा के आने से उसकी एकान्त भावना भंग हो गई। अपना अवगुंठन उलटते हुए जुलेखा ने कहा, "शीरी! वह तुम्हारे हाथों पर आकर बैठ जाने वाला बुलबुल आजकल नहीं दिखलाई देता?"

आह खींचकर शीरी ने कहा, "कड़े शीत में अपने दल के साथ मैदान की ओर निकल गया। वसन्त तो आ गया पर वह नहीं लौटकर आया।"

"सुना है कि ये सब हिन्दोस्तान में बहुत दूर तक चले जाते हैं। क्या यह सच है शीरी?"

"हाँ प्यारी! उन्हें स्वाधीन विचरना अच्छा लगता है। इनकी जाति बड़ी स्वतन्त्रता-प्रिय है।"

"तूने अपनी घुँघराली अलकों के पाश में उसे क्यों न बाँध लिया?"

"मेरे पाश उस पक्षी के लिए ढीले पड़ जाते थे।"

"अच्छा लौट आवेगा, चिन्ता न कर। मैं घर जाती हूँ।" शीरी ने सिर हिला दिया।

जुलेखा चली गई।

जब पहाड़ी आकाश में संध्या अपने रँगीले पट फैला देती, जब विहंग केवल कलरव करते पंक्ति बाँधकर उड़ते हुए गुंजान झाड़ियों की ओर लौटते और अनिल में उनके कोमल परों से लहरा उठती, जब समीर अपनी झोंकेदार तरंगों में बार-बार अन्धकार को खींच लाता, जब गुलाब अधिकाधिक सौरभ लुटाकर हरी चादर में मुँह छिपा लेना चाहते थे; तब शीरी की आशा-भरी दृष्टि कालिमा से अभिभूत होकर पलकों में छिपने लगी। वह जागते हुए भी एक स्वप्न की कल्पना करने लगी।

हिन्दोस्तान के समृद्धिशाली नगर की गली में एक युवक पीठ पर गट्ठर लादे घूम रहा है। परिश्रम और अनाहार से उसका मुख विवर्ण है। थककर वह किसी के द्वार पर बैठ गया है। कुछ बेचकर उस दिन की जीविका प्राप्त करने की उत्कण्ठा उसकी दयनीय बातों से टपक रही है। परन्तु वह गृहस्थ कहता है—"तुम्हें उधार देना हो तो दो, नहीं तो अपनी गठरी उठाओ, समझे आगा?"

युवक कहता है—"मुझे उधार देने की सामर्थ्य नहीं।"

"तो मुझे भी कुछ नहीं चाहिए।"

शीरी अपनी इस कल्पना से चौंक उठी। काफिले के साथ अपनी सम्पत्ति लादकर खैबर के गिरि-संकट को वह अपनी भावना से पदाक्रान्त करने लगी।

उसकी इच्छा हुई कि हिन्दोस्तान के प्रत्येक गृहस्थ के पास हम इतना धन रख दें कि वे अनावश्यक होने पर भी उस युवक की सब वस्तुओं का मूल्य देकर उसका बोझ उतार दें। परन्तु सरल शीरी निस्सहाय थी। उसके पिता एक क्रूर पहाड़ी सरदार थे। उसने अपना सर झुका लिया। कुछ सोचने लगी।

संध्या का अधिकार हो गया। कलरव बन्द हुआ। शीरी की साँसों के समान समीर की गति अवरुद्ध हो उठी। उसकी पीठ शिला से टिक गई।

दासी ने आकर उसको प्रकृतिस्थ किया। उसने कहा, "बेगम बुला रही हैं। चलिए मेहँदी आ गई है।"

महीनों हो गये। शीरी का ब्याह एक धनी सरदार से हो गया। झरने के किनारे शीरी के बाग में शवरी खींची है। पवन अपने एक-एक थपेड़े में सैकड़ों फूलों को रुला देता है। मधु-धारा बहने लगती है। बुलबुल उसकी निर्दयता पर क्रन्दन करने लगते हैं। शीरी सब सहन करती रही, सरदार का मुख उत्साहपूर्ण था। सब होने पर भी वह एक सुन्दर प्रभात था।

एक दुर्बल और लम्बा युवक पीठ पर गट्ठर लादे सामने आकर बैठ गया। शीरी ने उसे देखा, पर वह किसी ओर देखता नहीं। अपना सामान खोलकर सजाने लगा।

सरदार अपनी प्रेयसी को उपहार देने के लिए काँच की प्याली और काश्मीरी सामान छाँटने लगा।

शीरी चुपचाप थी, उसके हृदय-कानन में कनरावा का क्रन्दन हो रहा था। सरदार ने दाम पूछा। युवक ने कहा, ''मैं उपहार देता हूँ, बेचता नहीं। ये विलायती और काश्मीरी सामान मैंने चुनकर लिये हैं। इनमें मूल्य ही नहीं हृदय भी लगा है। ये दाम पर नहीं बिकते।''

सरदार ने तीक्ष्ण स्वर में कहा, ''तब मुझे न चाहिए। ले जाओ, उठाओ।''

''अच्छा उठा ले जाऊँगा। मैं थका हुआ आ रहा हूँ, थोड़ा अवसर दीजिए, मैं हाथ-मुँह धो लूँ।'' कहकर युवक भरभराई हुई आँखों को छिपाते उठ गया।

सरदार ने समझा, झरने की ओर गया होगा। विलम्ब हुआ, पर वह न आया। गहरी चोट और निर्मम व्यथा को वहन करते, कलेजा हाथ से पकड़े हुए, शीरी गुलाब की झाड़ियों की ओर देखने लगी। परन्तु उसकी आँसू-भरी आँखों को कुछ न सूझता था। सरदार ने प्रेम से उसकी पीठ पर हाथ रखकर पूछा, ''क्या देख रही हो?''

''एक मेरा पालतू बुलबुल शीत में हिन्दोस्तान की ओर चला गया था। वह लौटकर आज सबेरे दिखलाई पड़ा, पर जब वह पास आ गया और मैंने उसे पकड़ना चाहा तो वह उधर कोहकाफ की ओर भाग गया!'' शीरी के स्वर में कम्पन था, फिर भी वे शब्द बहुत सम्हलकर निकले थे। सरदार ने हँसकर कहा, ''फूल को बुलबुल की खोज? आश्चर्य है!''

बिसाती अपना सामान छोड़ गया। फिर लौटकर नहीं आया। शीरी ने बोझ तो उतार लिया, पर दाम नहीं दिया।

❑

प्रसाद

मधुप अभी किसलय-शय्या पर मकरन्द-मदिरा पान किये सो गये थे। सुन्दरी के मुख-मण्डल पर प्रस्वेद बिन्दु के समान फूलों के ओस अभी सूखने न पाये थे। अरुण की स्वर्ण-किरणों ने उन्हें गर्मी न पहुँचायी थी। फूल कुछ खिल चुके थे! परन्तु वे अर्ध-विकसित थे। ऐसे सौरभपूर्ण सुमन सवेरे ही जाकर उपवन से चुन लिये थे। पूर्णपुट का उन्हें पवित्र वेष्ठन देकर अंचल में छिपाये हुए सरला देव-मन्दिर में पहुँची। घण्टा पहले दम्भ का घोर नाद कर रहा था। चन्दन और केसर की चहल-पहल हो रही थी। अगुरु-धूप-गन्ध से तोरण और प्राचीर परिपूर्ण था। स्थान-स्थान पर स्वर्ण-शृंगार और रजत के नैवेद्य-पात्र, बड़ी-बड़ी आरतियाँ, फूल-चंगेर सजाये हुए धरे थे। देव-प्रतिमा रत्न आभूषणों से लदी हुई थी।

सरला ने भीड़ में घुसकर उसका दर्शन किया और देखा कि वहाँ मल्लिका की माला, पारिजात के हार, मालती की मालिका और भी अनेक प्रकार के सौरभित सुमन देव-प्रतिमा के पदतल में विकीर्ण हैं। शतदल लोट रहे हैं और कला की अभिव्यक्तिपूर्ण देव-प्रतिमा के ओष्ठाधार में रत्न की ज्योति के साथ बिजली-सी मुसक्यान-रेखा खेल रही थी, जैसे उन फूलों का उपहास कर रही हो। सरला को यही विदित हुआ कि फूलों की यहाँ गिनती नहीं, पूछ नहीं। सरला अपने पाणि-पल्लव में पर्ण पुट लिये कोने में खड़ी हो गयी।

भक्तवृन्द अपने नैवेद्य, उपहार देवता को अर्पण करते थे, रत्न-खण्ड, स्वर्ण-मुद्राएँ देवता के चरणों में गिरती थीं। पुजारी भक्तों को फल-फूलों का प्रसाद देते थे। वे प्रसन्न होकर जाते थे। सरला से न रहा गया। उसने अपने अर्ध-विकसित फलों का पर्ट-पुट खोला भी नहीं। बड़ी लज्जा से, जिसमें कोई देखे नहीं, ज्यों-का-त्यों फेंक दिया; परन्तु वह गिरा ठीक देवता के चरणों पर। पुजारी ने उसकी आँख बचाकर रख लिया। सरला फिर कोने में जाकर खड़ी हो गयी। देर तक दर्शकों का आना, दर्शन करना, घण्टे का बजना, फूलों का रौंद, चन्दन-केसर की कीच और रत्न-स्वर्ण की क्रीड़ा होती रही। सरला चुपचाप खड़ी देखती रही।

शयन आरती का समय हुआ। दर्शक बाहर हो गये। रत्न-जटित स्वर्ण-आरती

ले पुजारी ने आरती आरम्भ करने के पहले देव-प्रतिमा के पास के फूल हटाये। रत्न-आभूषण उतारे, उपहार के स्वर्ण-रत्न बटोरे। मूर्ति नग्न और विरल-शृंगार थी। अकस्मात् पुजारी का ध्यान उस पर्ण-पुट की ओर गया। उसने खोल कर उन थोड़े-से अर्ध-विकसित कुसुमों को, जो अवहेलना से सूखना ही चाहते थे, भगवान के नग्न शरीर पर यथावकाश सजा दिया। कई जन्म का अतृप्त शिल्पी ही जैसे पुजारी होकर आया है। मूर्ति की पूर्णता का उद्योग कर रहा है। शिल्पी की शेष कला की पूर्ति हो गयी। पुजारी विशेष भावापन्न होकर आरती करने लगा। सरला को देखकर किसी ने न देखा, न पूछा कि 'तुम इस समय मन्दिर में क्यों हो?'

आरती हो रही थी, बाहर का घण्टा बज रहा था। सरला मन में सोच रही थी, मैं दो-चार फूल-पत्ते ही लेकर आयी। परन्तु चढ़ाने का, अर्पण करने का हृदय में गौरव था। दान सो भी किसे! भगवान् को! मन में उत्साह था। परन्तु हाय! 'प्रसाद' की आशा ने, शुभ कामना के बदले की लिप्सा ने मुझे छोटा बना कर अभी तक रोक रक्खा। सब दर्शक चले गये, मैं खड़ी हूँ, किसलिए? अपने उन्हीं अर्पण किये हुए दो-चार फूल लौटा लेने के लिए, "तो चलूँ।"

अकस्मात् आरती बन्द हुई। सरला ने जाने के लिए आशा का संसर्ग करके एक बार देव-प्रतिमा की ओर देखा कि उसके फूल भगवान के अंग पर सुशोभित हैं। वह ठिठक गयी। पुजारी ने सहसा घूम कर देखा और कहा, "अरे तुम! अभी यहीं हो, तुम्हें प्रसाद नहीं मिला, लो।" आन में या अनजान में, पुजारी ने भगवान् की एकावली सरला के नत गले में डाल दी! प्रतिमा प्रसन्न होकर हँस पड़ी।

❑

गूदड़ साईं

''साई! ओ साईं!!'' एक लड़के ने पुकारा। साईं घूम पड़ा। उसने देखा कि एक आठ वर्ष का बालक उसे पुकार रहा है।

आज कई दिन पर उसे मुहल्ले में साईं दिखाई पड़ा है। साईं वैरागी था—माया नहीं, मोह नहीं। परन्तु कुछ दिनों से उसकी आदत पड़ गयी थी कि दोपहर को मोहन के घर जाना, अपने दो-तीन गन्दे गूदड़ यत्न से रखकर उन्हीं पर बैठ आता और मोहन से बातें करता। जब कभी मोहन उसे गरीब और भिखमंगा जानकर माँ से अभिमान करके पिता की नजर बचाकर कुछ साग-रोटी लोकर दे देता, तब उसे साईं के मुख पर पवित्र मैत्री के भावों का साम्राज्य हो जाता। गूदड़ साईं उस समय दस बरस के बालक के समान अभिमान, सराहना और उलाहना के आदान-प्रदान के बाद उसे बड़े चाव से खा लेता; मोहन की दी हुई एक रोटी उसकी अक्षय-तृप्ति का कारण होती।

एक दिन मोहन के पिता ने देख लिया। वह बहुत बिगड़े। वह थे कट्टर आर्यसमाजी, ढोंगी फकीरों पर उनकी साधारण और स्वाभाविक चिढ़ थी। मोहन ने डाँटा कि वह इन लोगों के साथ बातें न किया करे। साईं हँस पड़ा, चला गया।

उसके बाद आज कई दिन पर साईं आया और वह जान-बूझकर उसके बालक के मकान की ओर नहीं गया; परन्तु पढ़ कर लौटते हुए मोहन ने उसे देखकर पुकारा और वह लौट भी आया।

''मोहन!''

''तुम आजकल आते नहीं?''

''तुम्हारे बाबा बिगड़ते थे।''

''नहीं, तुम रोटी ले जाया करो।''

''भूख नहीं लगती।''

''अच्छा, कल जरूर आना, भूलना मत!''

''इतने में एक दूसरा लड़का साईं का गूदड़ खींचकर भागा। गूदड़ लेने के लिए साईं उस लड़के के पीछे दौड़ा। मोहन खड़ा देखता रहा। साईं आँखों से ओझल हो गया।

चौराहे तक दौड़ते-दौड़ते साईं को ठोकर लगी, वह गिर पड़ा। सिर से खून बहने लगा। खिझाने के लिए जो लड़का उसका गूदड़ लेकर भागा था, वह डर से ठिठक रहा। दूसरी ओर मोहन के पिता ने उसे पकड़ लिया, दूसरे हाथ से साईं को पकड़कर उठाया। नटखट लड़के के सर पर चपत पड़ने लगी; साईं उठकर खड़ा हो गया।

"मत मारो, मत मारो, चोट आती होगी!" साईं ने कहा और लड़के को छुड़ाने लगा! मोहन के पिता ने साईं से पूछा, "तब चीथड़े के लिए दौड़ते क्यों थे?"

सिर फटने पर भी जिसको रुलाई नहीं आयी थी, वह साईं लड़के को रोते देखकर रोने लगा। उसने कहा, "बाबा, मेरे पास दूसरी कौन वस्तु है, जिसे देकर इन 'रामरूप' भगवान को प्रसन्न करता।"

"तो क्या तुम इसीलिए गूदड़ रखते हो?"

"इस चीथड़े को लेकर भागते हैं भगवान् और मैं उनसे लड़कर छीन लेता हूँ, फिर उन्हीं से छिनवाने के लिए, उनके मनोविनोद के लिए। सोने का खिलौना तो उचक्के भी छीनते हैं, पर चीथड़ों पर भगवान ही दया करते हैं!" इतना कहकर बालक का मुँह पोंछते हुए मित्र के समान गलबाँही डाले हुए साईं चला गया।

मोहन के पिता आश्चर्य से बोले, "गूदड़ साईं! तुम निरे गूदड़ नहीं, गुदड़ी के लाल हो!!"

❑

गुदड़ी में लाल

दीर्घ निश्वासों का क्रीड़ा-स्थल, गर्म-गर्म आँसुओं का फूटा हुआ पात्र! कराल काल की सारंगी, एक बुढ़िया का जीर्ण कंकाल, जिसमें अभिमान के लय में करुणा की रागिनी बजा करती है।

अभागिनी बुढ़िया एक भले घर की बहू-बेटी थी। उसे देखकर दयालु वयोवृद्ध 'हे भगवान्!' कहके चुप हो जाते थे। दुष्ट कहते थे कि अमीरी में बड़ा सुख लूटा है। नवयुवक देश-भक्त कहते थे, देश दरिद्र है; खोखला है। अभागे देश में जन्मग्रहण करने का फल भोगती है। आगामी भविष्य की उज्ज्वला में विश्वास रखकर हृदय के रक्त पर सन्तोष करें। जिसे देश का भगवान ही नहीं, उसे विपत्ति क्या! सुख क्या?

परन्तु बुढ़िया सबसे यही कहा करती थी—"मैं नौकरी करूँगी। कोई मेरी नौकरी लगा दो।" देता कौन? जो एक घड़ा जल भी नहीं भर सकती, जो स्वयं उठकर सीधी खड़ी नहीं हो सकती थी, उससे कौन काम कराये? किसी की सहायता लेना पसन्द नहीं, किसी की भिक्षा का अन्न उसके मुख में पैठता ही न था। लाचार होकर बाबू रामनाथ ने उसे अपनी दुकान में रख लिया। बुढ़िया की बेटी थी, वह दो पैसे कमाती थी। अपना पेट पालती थी, परन्तु बुढ़िया का विश्वास था कि कन्या का धन खाने से उस जन्म में बिल्ली, गिरगिट और भी क्या-क्या होता है। अपना-अपना विश्वास ही है, परन्तु धार्मिक हो या नहीं, बुढ़िया को अपने आत्माभिमान का पूर्ण विश्वास था। वह अटल रही। सर्दी के दिनों में अपने ठिठुरे हुए हाथ से वह अपने लिए पानी भर के रखती। अपनी बेटी से सम्भवतः उतना ही काम कराती, जितना अमीरी के दिनों में कभी-कभी उसे अपने घर बुलाने पर कराती।

बाबू रामनाथ उसे मासिक वृत्ति देते थे और भी तीन-चार पैसे उसे चबेनी के, जैसे और नौकरों को मिलते थे, मिला करते थे। कई बरस बुढ़िया के बड़ी प्रसन्नता से कटे। उसे न तो दुःख था और न सुख। दुकान में झाड़ू लगाकर उसकी बिखरी हुई चीजों को बटोरे रहना और बैठे-बैठे थोड़ा-घना जो काम हो, करना बुढ़िया का दैनिक कार्य था। उससे कोई नहीं पूछता था कि तुमने कितना काम किया। दुकान के और कोई नौकर यदि दुष्टतावश उसे छेड़ते भी थे, तो उन्हें रामनाथ डाँट देता था।

वसन्त, वर्षा, शरद और शिशिर की सन्ध्या में जब विश्व की वेदना, जगत् की थकावट, धूसर चादर में मुँह लपेट कर क्षितिज के नीरव प्रान्त में सोने जाती थी; बुढ़िया अपनी कोठरी में लेटी रहती अपनी कमाई के पैसे से पेट भरकर। किसी-किसी के सुखों की संख्या है, वह सबको प्राप्त नहीं। बुढ़िया धन्य हो जाती थी, उसे सन्तोष होता।

एक दिन उस दुर्बल बुढ़िया को बनिये की दुकान में लाल मिर्चें फटकनी पड़ीं। बुढ़िया ने किसी-किसी कष्ट से उसे सँवारा। परन्तु उसकी तीव्रता वह सहन न कर सकी। उसे मूर्च्छा आ गयी। रामनाथ ने देखा और देखा अपने कठोर ताँबे के पैसे की ओर। उसके हृदय ने धिक्कारा, परन्तु अन्तरात्मा ने ललकारा। उस बनिया रामनाथ को साहस हो गया। उसने सोचा, क्या इस बुढ़िया को 'पिन्सिन' नहीं दे सकता? क्या उनके पास इतना अभाव है? अवश्य दे सकता है। उसने मन में निश्चय किया। "तुम बहुत थक गयी हो, अब तुमसे काम नहीं हो सकता।" बुढ़िया के देवता कूच कर गये। उसने कहा, "नहीं-नहीं, अभी मैं अच्छी तरह काम कर लेती हूँ।" "नहीं, अब तुम काम करना बन्द कर दो, मैं तुमको घर बैठे दिया करूँगा।"

"नहीं बेटा! अभी तुम्हारा काम मैं अच्छा-भला किया करूँगी।" बुढ़िया के गले में काँटे पड़ गये थे। किसी सुख की इच्छा से नहीं, पेंशन के लोभ से भी नहीं। उसके मन में धक्का लगा। वह सोचने लगी, 'मैं बिना किसी काम के किये इसका पैसा कैसे लूँगी? क्या यह भीख नहीं?' आत्माभिमान झनझना उठा। हृदय-तन्त्री के तार कड़े होकर चढ़ गये। रामनाथ ने मधुरता से कहा, "तुम घबराओ मत, तुमको कोई कष्ट न होगा।"

बुढ़िया चली आयी। उसकी आँखों में आँसू न थे। आज वह सूखे काठ-सी हो गयी। घर जाकर बैठी, कोठरी में अपना सामान एक ओर सुधारने लगी। बेटी ने कहा, "माँ, यह क्या करती हो?"

माँ ने कहा, "चलने की तैयारी।"

रामनाथ अपने मन में अपनी प्रशंसा कर रहा था, अपने को धन्य समझता था। उसने समझ लिया कि आज हमने एक अच्छा काम करने का संकल्प किया है। भगवान् इससे अवश्य प्रसन्न होंगे।

बुढ़िया अपनी कोठरी में बैठी-बैठी बिचारती थी, 'जीवन भर के सञ्चित इस अभिमान-धन को एक मुट्ठी अन्न की भिक्षा पर बेच देना होगा। असह्य! भगवान् क्या मेरा इतना सुख भी नहीं देख सकते! उन्हें सुनना होगा।" वह प्रार्थना करने लगी।

"इस अनन्त ज्वालामयी सृष्टि के कर्ता! क्या तुम्हीं करुणा-निधान हो? क्या इसी डर से तुम्हारा अस्तित्व माना जाता है? अभाव, आशा, असन्तोष और आर्तनादों के आचार्य! क्या तुम्हीं देवनाथ हो! तुम्हीं ने वेदना का विषम जाल फैलाया है। तुम्हीं

ने निष्ठुर दुःखों के सहने के लिए मानव-हृदय-सा कोमल पदार्थ चुना है और उसे विचारने के लिए, स्मरण करने के लिए दिया है अनुभवशील मस्तिष्क? कैसी कठोर कल्पना है, निष्ठुर! तुम्हारी कठोर करुणा की जय हो! मैं चिर पराजित हूँ।''

सहसा बुढ़िया के शीर्ण पर कांति आ गयी। उसने देखा, एक स्वर्गीय ज्योति उसे बुला रही है। वह हँसी, फिर शिथिल होकर लेट रही।

रामनाथ ने दूसरे ही दिन सुना कि बुढ़िया चली गयी। वेदना-क्लेशहीन अक्षयलोक में उसे स्थान मिल गया। उस महीने की पेंशन ने उसका दाह-कर्म करा दिया। फिर एक दीर्घ निश्श्वास छोड़कर बोला, ''अमीरी की बाढ़ में न जाने कितनी वस्तु कहाँ से आकर एकत्र हो जाती हैं, बहुतों के पास उस बाढ़ के घट जाने पर केवल कुर्सी, कोच और टूटे गहने रह जाते हैं। परन्तु बुढ़िया के पास रह गया था सच्चा स्वाभिमान, गुदड़ी का लाल।''

❑

अघोरी का मोह

''आज तो भैया, मूँग की बरफी खाने को जी नहीं चाहता, यह साग तो बड़ा ही चटकीला है। मैं तो...

''नहीं-नहीं जगन्नाथ, उसे दो बरफी तो जरूर ही दे दो।''

''न-न-न। क्या करते हो, मैं गंगा जी में फेंक दूँगा।''

''लो, तब मैं तुम्हीं को उलटे देता हूँ।'' ललित ने कहकर किशोर की गर्दन पकड़ ली। दीनता से भोली और प्रेम-भरी आँखों से चन्द्रमा ज्योति में किशोर ने ललित की ओर देखा। ललित ने दो बरफी उसके खुले मुख में डाल दीं। उसने भरे हुए मुख से कहा, ''भैया, अगर ज्यादा खाकर मैं बीमार पड़ गया?'' ललित ने उसके बर्फ के समान गालों पर चपत लगाकर कहा, ''तो मैं सुधाबिन्दु का नाम गरलधारा रख दूँगा। उसके एक बूँद में सत्रह बरफी पचाने की ताकत है। निर्भय होकर भोजन और भजन करना चाहिए।''

शरद की नदी अपने करारों में दबकर चली जा रही है, छोटा-सा बजरा भी उसी में अपनी इच्छा से बहता हुआ जा रहा है, कोई रोट-टोक नहीं है। चाँदनी निरख रही थी, नाव की सैर के लिए ललित अपने अतिथि किशोर के साथ चला आया है। दोनों में पवित्र सौहार्द है। जाह्नवी की धवलता आ दोनों की स्वच्छ हँसी में चन्द्रिका के साथ मिलकर एक कुतूहलपूर्ण जगत् को देखने के लिए आवाहन कर रही हैं, धनी संतान ललित अपने वैभव में भी किशोर के साथ दीनता अनुभव करने में बड़ा उत्सुक है। वह सानन्द अपनी दुर्बलताओं को, अपने अभाव को, अपनी करुणा को, उस किशोर बालक से व्यक्त कर रहा है। इसमें उसे सुख भी है, क्योंकि वह एक न समझने वाले हिरन के समान बड़ी-बड़ी भोली आँखों से देखते हुए केवल सुन लेने वाले व्यक्ति से अपनी समस्त कथा कहकर अपना बोझ हल्का कर लेता है और उसका दुःख कोई समझने वाला व्यक्ति न सुन सका, जिससे उसे लज्जित होना पड़ता, यह उसे बड़ा सुयोग मिला है।

ललित को कौन दुःख है? उसकी आत्मा क्यों इतनी गम्भीर है? यह कोई नहीं जानता। क्योंकि उसे सब वस्तु की पूर्णता है, जितनी संसार में साधारणतः चाहिए;

फिर भी उसकी नील नीरद-माला-सी गम्भीर मुखाकृति में कभी-कभी उदासीनता बिजली की तरह चमक जाती है।

ललित और किशोर बात करते-करते हँसते-हँसते अब थक गये हैं। विनोद के बाद अवसाद का आगमन हुआ। पान चबाते-चबाते ललित ने कहा, "चलो जी, अब घर की ओर।"

माँझियों ने डाँड़ लगाना आरम्भ किया। किशोर ने कहा, "भैया, कल दिन में इधर देखने की बड़ी इच्छा है। बोलो, कल आओगे?" ललित चुप था। किशोर ने कान में चिल्लाकर कहा, "भैया! कल आओगे न?" ललित ने चुप्पी साध ली। किशोर ने फिर कहा, "बोलो भैया, नहीं तो मैं तुम्हारा पैर दबाने लगूँगा।"

ललित पैर छूने से घबराकर बोला, "अच्छा, तुम कहो कि हमको किसी दिन अपनी सूखी रोटी खिलाओगे?"

किशोर ने कहा, "मैं तुमको खीर मोहन, दिलखुश..." ललित ने कहा, "न-न-न, मैं तुम्हारे हाथ से सूखी रोटी खाऊँगा—बोलो, स्वीकार है? नहीं तो मैं कल नहीं आऊँगा।"

किशोर ने धीरे से स्वीकार कर लिया। ललित ने चन्द्रमा की ओर देखकर आँख बन्द कर ली। बरौनियों की जाली से इन्दु की किरणें घुसकर फिर कोर में से मोती बन-बनकर निकल भागने लगीं। यह कैसी लीला थी!

❑

25 वर्ष के बाद

कोई उसे अघोरी कहता है, कोई योगी। मुर्दा खाते हुए किसी ने नहीं देखा है, किन्तु खोपड़ियों से खेलते हुए, उसके जोड़ की लिपियों को पढ़ते हुए, फिर हँसते हुए कई व्यक्तियों ने देखा है। गाँव की स्त्रियाँ जब नहाने आती हैं, तब कुछ रोटी, दूध, बचा हुआ चावल लेती आती हैं। पंचवट के बीच में झोंपड़ी में रख जाती हैं। कोई उससे यह भी नहीं पूछता कि वह खाता है या नहीं। किसी स्त्री के पूछने पर—"बाबा, आज कुछ खाओगे" अघोरी बालकों की-सी सफेद आँखों से देखकर बोल उठता—"माँ!" युवतियाँ लजा जातीं। वृद्धाएँ करुणा से गद्‌गद हो जातीं और बालिकाएँ खिल-खिल कर हँस पड़तीं, तब अघोरी गंगा के किनारे उतरकर चला जाता और तीर पर से गंगा के साथ दौड़ लगाते हुए कोसों दूर चला जाता, तब लोग उसे पागल कहते थे। किन्तु कभी-कभी संध्या को सन्तरे के रंग से जब जाह्नवी का जल-तरंग जाता है पूरे नगर की अट्टालिकाओं का प्रतिबिम्ब छाया-चित्र का दृश्य बनने लगता, तब भाव-विभोर होकर कल्पनाशील भावुक की तरह वही पागल निर्निमेष दृष्टि से प्रकृति के अदृश्य हाथों से बनाये हुए कोमल कारीगरी के कमनीय कुसुम को—नन्हे-से फूल को—बिना तोड़े हुए उन्हीं घासों में हिलाकर छोड़ देता और स्नेह से उसी ओर देखने लगता, जैसे वह उस फूल से कोई सन्देश सुन रहा हो।

शती-काल है। मध्याह्न है। सवेरे से अच्छा कुहरा पड़ चुका है। नौ बजने के बाद सूर्य का उदय हुआ है। छोटा-सा बजरा अपनी मस्तानी चाल से जाह्नवी के शीतल जल में सन्तरण कर रहा है। बजरे की छत पर तकिये के सहारे कई बच्चे और स्त्री-पुरुष बैठे हुए जल-विहार कर रहे हैं।

कमला ने कहा, "भोजन कर लीजिए, समय हो गया है।" किशोर ने कहा, "बच्चों को खिला दो, अभी और दूर चलने पर हम खाएँगे।" बजरा जल से कल्लोल करता हुआ चला जा रहा है। किशोर शीतकाल के सूर्य की किरणों से चमकती हुई जल-लहरियों को उदासीन अथवा स्थिर दृष्टि से देखता हुआ न जाने कब की और कहाँ की बातें सोच रहा है—लहरें क्यों उठती हैं और विलीन होती हैं, बुदबुद और जल-राशि का क्या सम्बन्ध है? मानव-जीवन बुदबुद है कि तरंग? बुदबुद है, तो विलीन

होकर क्या प्रकट होता है? मलिन अंश फैल कुछ जलबिन्दु से मिलकर बुदबुद का अस्तित्व क्यों बना देता है? क्या वासना और शरीर का भी यही सम्बन्ध है? वासना की शक्ति? कहाँ-कहाँ किस रूप में अपनी इच्छा चरितार्थ करती हुई जीवन को अमृत-गरल का संगम बनाती हुई अनन्त काल तक द्रौड़ लगायेगी, कभी अवसान होगा, कभी अनन्त जल-राशि में विलीन होकर वह अपनी अखण्ड समाधि लेगी? हैं, क्या सोचने लगा? व्यर्थ की चिन्ता कहाँ!

नवल ने कहा, ''बाबा, ऊपर देखो। उस वृक्ष की जड़ें कैसी अद्‌भुत फैली हुई हैं!''

किशोर न चौंककर देखा। वह जीर्ण वृक्ष, कुछ अनोखा था और भी कई वृक्ष ऊपर के करारे को उसी तरह घेरे हुए हैं, यहाँ अघोरी की पंचवटी है। किशोर ने कहा, ''नाव रोक दो। हम यहीं ऊपर चलकर ठहरेंगे। वहीं जलपान करेंगे।'' थोड़ी देर में बच्चों के साथ किशोर और कमला पंचवटी के करारे जल पर चढ़ने लगे।

सब लोग खा-पी चुके। अब विश्राम करके नाव की ओर पलटने की तैयारी है। मलिन अंग, किन्तु पवित्रता की चमक, मुख पर रुक्षकेश, कौपीनधारी एक व्यक्ति आकर उन लोगों के सामने खड़ा हो गया।

''मुझे कुछ खाने को दो।'' दूर खड़ा हुआ गाँव का एक बालक उसे माँगते देखकर चकित हो गया। वह बोला, ''बाबूजी, यह पंचवटी का अघोरी है।''

किशोर ने एक बार उसकी ओर देखा, फिर कमला से कहा, ''कुछ बचा हो, तो इसे दे दो।''

कमला ने देखा, तो कुछ परांवठे बचे थे। उसने निकालकर दे दिए।

किशोर ने पूछा, ''और कुछ नहीं है?'' उसने कहा, ''नहीं।''

अघोरी उस सूखे परांवठे को लेकर हँसने लगा। बोला, ''हमको और कुछ न चाहिए।'' फिर एक खेलते हुए बच्चे को गोद में उठाकर चूमने लगा। किशोर को बुरा लगा। उसने कहा, ''उसे छोड़ दो, तुम चले जाओ।''

अघोरी ने हताश दृष्टि से एक बार किशोर की ओर देखा और बच्चे को रख दिया। उसकी आँखें भरी थीं, किशोर को कुतूहल हुआ। उसने कुछ पूछना चाहा, किन्तु वह अघोरी धीरे-धीरे चला गया। किशोर कुछ अव्यवस्थित हो गये, वह शीघ्र नाव पर सब को लेकर चले आये।

नाव नगर की ओर चली। किन्तु किशोर का हृदय भारी हो गया था। वह बहुत विचारते थे, कोई बात स्मरण करना चाहते थे, किन्तु वह ध्यान नहीं आती थी, उनके हृदय में कोई भूली हुई बात चिकोट काटती थी, किन्तु वह विवश थे। उन्हें स्मरण नहीं होता था। मातृ-स्नेह से भरी हुई कमला ने सोचा कि हमारे बच्चों को देखकर अघोरी को मोह हो गया।

❑

पाप की पराजय

: 1 :

घने हरे कानन हृदय में पहाड़ी नदी झिर-झिर करती बह रही है। गाँव से दूर, बन्दूक लिये हुए शिकारी के वेश में घनश्याम दूर बैठा है। एक निरीह शशक मारकर प्रसन्नता से पतली-पतली लकड़ियों में उसका जलना देखता हुआ प्रकृति की कमनीयता के साथ वह बड़ा अन्याय कर रहा है। किन्तु उसे दायित्व-विहीन विचारपति की तरह बेपरवाही है। जंगली जीवन का आज उसे बड़ा अभिमान है। अपनी सफलता पर आप ही मुग्ध होकर मानव-समाज की शैशवावस्था की पुनरावृत्ति करता हुआ निर्दय घनश्याम उस अधजले जन्तु से उदर भरने लगा। तृप्त होने पर वन की सुधि आई। चकित होकर देखने लगा कि यह कैसा रमणीय देश है। थोड़ी देर में तंद्रा ने उसे दबा दिया। वह कोमल वृत्ति विलीन हो गयी। स्वप्न ने उसे फिर उद्वेलित किया। निर्मल जल-धारा से धुले हुए पत्तों का घना कानन, स्थान-स्थान पर कुसुमित कुंज, आन्तरिक और स्वाभाविक आलोक में उन कुञ्जों की कोमल छाया, हृदय-स्पर्शकारी शीतल पवन का संचार, अस्फुट आलेख्य के समान उसके सामने स्फुरित होने लगे।

घनश्याम को सुदूर से मधुर झंकार-सी सुनाई पड़ने लगी। उसने अपने को व्याकुल पाया। देखा तो एक अद्‌भुत दृश्य! इन्द्रनील की पुतली फूलों से सजी हुई झरने के पास पहाड़ी से उतर कर बैठी है। उसके सहल-कुञ्चित केश से वन्य कुरुवक्र कलियाँ कूद-कूद कर जल लहरियों से क्रीड़ा कर रही हैं। घनश्याम की वह वनदेवी-सी प्रतीत हुई। यद्यपि उसका रंग कंचन के समान नहीं, फिर भी गठन साँचे में ढला हुआ है। आकर्ण विस्तृत क्षेत्र नहीं, तो भी उनमें एक स्वाभाविक राग है। यह कवि की कल्पना-सी कोई स्वर्गीया आकृति नहीं, प्रत्युत एक भिल्लिनी है। तब भी इसमें सौन्दर्य नहीं है, यह कोई साहस के साथ नहीं कह सकता। घनश्याम ने तंद्रा से चौंककर उस सहज सौन्दर्य को देखा और विषम समस्या में पड़कर यह सोचने लगा—"क्या सौन्दर्य उपासना की वस्तु है, उपभोग की नहीं?" इस प्रश्न को हल करने के लिए उसने हंटिंग कोट के पॉकेट का सहारा लिया। क्लान्तिहारिणी का पान

करने पर उसकी आँखों पर रंगीन चश्मा चढ़ गया। उसकी तन्द्रा का यह कल्पित स्वर्ग धीरे-धीरे विलास-मन्दिर में परिणत्त होने लगा। घनश्याम ने देखा कि अद्भुत रूप, यौवन की चरम-सीमा और स्वास्थ्य का मनोहर संस्करण बदलकर पाप ही सामने आया।

पाप का यह रूप जब वह वासना को फाँसकर अपनी ओर मिला चुकता है, बड़ा कोमल अथक कठोर एवं भयानक होता है और तब पाप का मुख कितना सुन्दर होता है! सुन्दर ही नहीं, आकर्षक भी, वह भी कितना प्रलोभनपूर्ण और कितना शक्तिशाली, जो अनुभव में नहीं आ सकता। उसमें विजय का दर्प भरा रहता है। वह अपने एक मृदु मुस्कान से सुदृढ़ विवेक की अवहेलना करता है। घनश्याम ने धोखा खाया और क्षण भर में वह सरल सुषमा विलुप्त होकर उद्दीपन का अभिनय करने लगी। यौवन ने भी उस समय काम से मित्रता कर ली। पाप की सेना और उसका आक्रमण प्रबल हो चला। विचलित होते ही घनश्याम को पराजित होना पड़ा। वह आवेश में बाँहें फैलाकर झरने को पार करने लगा।

नील की पुतली ने उस ओर देखा भी नहीं। युवक की मांसल पीन भुजायें उसे आलिंगन किया ही चाहती थीं कि ऊपर पहाड़ी पर से शब्द सुनाई पड़ा—''क्यों नीला, कब तक बैठी रहेगी? मुझे देर हो रही है। चल, घर चलें।''

घनश्याम ने सिर उठाकर देखा तो ज्योतिर्मयी दिव्य मूर्ति रमणी सुलभ पवित्रता का ज्वलन्त प्रमाण, केवल यौवन से ही नहीं, बल्कि कला की दृष्टि से भी दृष्टिगत हुई। किन्तु आत्म-गौरव का दुर्ग किसी की सहज पाप-वासना को वहाँ फटकने नहीं देता था। शिकारी घनश्याम लज्जित तो हुआ ही, पर वह भयभीत भी था। पुण्य-प्रतिमा के सामने पाप की पराजय हुई। नीला ने घबराकर कहा, ''रानी जी, आती हूँ जरा मैं थक गयी थी।'' रानी और नीला दोनों चली गयीं। अबकी बार घनश्याम ने फिर सोचने का प्रयास किया—'क्या सौन्दर्य उपभोग के लिए नहीं, केवल उपासना के लिए है?' खिन्न होकर वह घर लौटा किन्तु बार-बार वह घटना याद आती रही। घनश्याम कई बार उस झरने पर क्षमा माँगने आया। किन्तु वहाँ उसे कोई न मिला।

: 2 :

जो कठोर सत्य है, जो प्रत्यक्ष है, जिसकी प्रचण्ड लपट अभी नदी में प्रतिभाषित हो रही है, जिसकी गर्मी इस शीतल रात्रि में भी अंक में अनुभूत हो रही है, उसे असत्य या कल्पना कह कर उड़ा देने के लिए घनश्याम का मन हठ कर रहा है।

थोड़ी देर पहले जब (नदी पर से मुक्त आकाश में एक टुकड़ा बादल का उठ आया था, चिता लग चुकी थी, घनश्याम आग लगाने को उपस्थित था। उसकी स्त्री चिता पर अतीत निद्रा में निमग्न थी। निठुर हिन्दू-शास्त्र की कठोर आज्ञा से जब वह विद्रोह करने लगा था, उसी समय घनश्याम को सान्त्वना हुई, उसने अचानक

मूर्खता से अग्नि लगा दी। उसे ध्यान हुआ कि बादल बरस कर निर्दय चिता को बुझा देंगे, उसे जलने न देंगे। किंतु व्यर्थ? चिता ठंडी होकर और भी ठहर-ठहरकर सुलगने लगी, क्षण भर में जल कर राख न होने पायी।

घनश्याम ने हृदय में सोचा कि यदि हम मुसलमान या ईसाई होते तो? आह! फूलों से मिली हुई मुलायम मिट्टी में इसे सुला देते, सुन्दर सामाधि बनाते, आजीवन प्रति सन्ध्या को दीप जलाते, फूल चढ़ाते, कविता पढ़ते, रोते, आँसू बहाते, किसी तरह दिन बीत जाते। किन्तु यहाँ कुछ भी नहीं। हत्यारा समाज! कठोर धर्म! कुत्सित व्यवस्था! इनसे क्या आशा? चिता जलने लगी।

: 3 :

श्मशान से लौटते समय घनश्याम ने साथियों को छोड़कर जंगल की ओर पैर बढ़ाया। जहाँ प्रायः शिकार खेलने जाया करता, वहीं जाकर बैठ गया। आज वह बहुत दिनों पर इधर आया है। कुछ ही दूरी पर देखा कि साखू के वृक्ष की छाया में एक सुकुमार शरीर पड़ा है। सिरहाने तकिया का काम हाथ दे रहा है। घनश्याम ने अभी कड़ी चोट खायी है। करुण-कमल का उसके आर्द्र मानस में विकास हो गया था। उसने समीप जाकर देखा कि वह रमणी कोई और नहीं है, वही रानी है, जिसे उसने बहुत दिन हुए तब अनोखे ढंग में देखा था। घनश्याम की आहट पाते ही रानी उठ बैठी। घनश्याम ने पूछा, ''आप कौन हैं? क्यों यहाँ पड़ी हैं?''

रानी—''मैं केतकी-वन की रानी हूँ।''

''तब ऐसे क्यों?''

''समय की प्रतीक्षा में पड़ी हूँ।''

''कैसा समय?''

''आप से क्या काम? क्या शिकार खेलने आये हैं?''

''नहीं देवी! आज स्वयं शिकार हो गया हूँ।''

''तब तो आप शीघ्र ही शहर की ओर पलटेंगे। क्या किसी भिल्लनी के नयन-बाण लगे हैं? किन्तु नहीं, मैं भूल कर रही हूँ। उन बेचारियों को क्षुधाज्वाला ने जला रक्खा है। ओह, वह गढ़े में धँसी हुई आँखें अब किसी को आकर्षित करने का सामर्थ्य नहीं रखतीं! हे भगवान्, मैं किसलिए पहाड़ी से उतरकर आयी हूँ।''

''देवी! आपका अभिप्राय क्या है, मैं समझ न सका। क्या ऊपर अकाल है, दुर्भिक्ष है?''

''नहीं-नहीं, ईश्वर का प्रकोप है, पवित्रता का अभिशाप है, करुणा की बीभत्स मूर्ति का दर्शन है।''

''तब आपकी क्या इच्छा है?''

''मैं वहाँ की रानी हूँ। मेरे वस्त्र-आभूषण-भण्डार में जो कुछ था, सब बेच

कर तीन महीने किसी प्रकार उन्हें खिला सकी, अब मेरे पास केवल इस वस्त्र को छोड़कर और कुछ नहीं रहा कि विक्रय करके एक भी क्षुधित पेट की ज्वाला बुझाती, इसलिए... ।''

''क्या?''

''शहर चलूँगी। सुना है कि वहाँ रूप का भी दाम मिलता है। यदि कुछ मिल सके...''

''तब?''

''तो इसे भी बेच दूँगी। अनाथ बालकों को इससे कुछ तो सहायता पहुँच सकेगी। क्यों, क्या मेरा रूप बिकने के योग्य नहीं है?''

युवक घनश्याम इसका उत्तर देने में असमर्थ था। कुछ दिन पहले वह अपना सर्वस्व देकर भी ऐसा रूप क्रय करने को प्रस्तुत हो जाता। आज वह अपनी स्त्री के वियोग में बड़ा ही सीधा, धार्मिक, निरीह एवं परोपकारी हो गया था। आत्तंमुमुक्षु की तरह उसे न जाने किस वस्तु की खोज थी।

घनश्याम ने कहा, ''मैं क्या उत्तर दूँ?''

''क्यों? क्या दान न लगेगा? हाँ, तुम भी आज किस वेश में हो? क्या सोचते हो? बोलते क्यों नहीं?''

''मेरी स्त्री का शरीरान्त हो गया।''

''तब तो अच्छा हुआ, तुम नगर के धनी हो। तुम्हें तो रूप की आवश्यकता होती होगी। क्या इसे क्रय करोगे?''

घनश्याम ने हाथ जोड़कर सिर नीचा कर लिया। तब उस रांनी ने कहा, ''उस दिन तो एक भिल्लनी के रूप पर मरते थे। क्यों, आज क्या हुआ?''

''देवी, मेरा साहस नहीं है—वह पाप का वेग था।''

''छिः! पाप के लिए साहस था और पुण्य के लिए नहीं।''

घनश्याम रो पड़ा और बोला, ''क्षमा कीजिएगा। पुण्य किस प्रकार सम्पादित होता है, मुझे नहीं मालूम। किन्तु इसे पुण्य कहने में... ।''

''संकोच होता है। क्यों?''

इसी समय दो-तीन बालक, चार-पाँच स्त्रियाँ और छः-सात भील अनाहार-क्लिष्ट, शीर्ण कलेवर पवन से हिलते-डुलते रानी के सामने आकर खड़े हो गये।

रानी ने कहा, ''क्यों अब पाप की परिभाषा करोगे?''

घनश्याम ने काँप कर कहा, ''नहीं, प्रायश्चित्त करूँगा, उस दिन के पाप का प्रायश्चित्त।''

युवक घनश्याम वेग से उठ खड़ा हुआ, बोला, ''बहिन, तुमने मेरे जीवन को आवलम्ब दिया है, मैं निरुद्देश्य हो रहा था, कर्त्तव्य नहीं सूझ पड़ता था। आपको रूप-विक्रय न करना पड़ेगा देवी! मैं संध्या तक आ जाऊँगा।''

"संध्या तक?"

"और भी पहले।"

बालक राने लगे—"रानी माँ, अब नहीं रहा जाता।" घनश्याम से भी नहीं रहा गया, वह भागा।

घनश्याम की पापभूमि देखते-देखते गाड़ी और छकड़ों से भर गयी, बाजार लग गया, रानी के प्रबन्ध में घनश्याम ने वहीं पर अकाल-पीड़ितों की सेवा आरम्भ कर दी।

जो घटना उसे बार-बार स्मरण होती थी, उसी का यह प्रायश्चित्त था। घनश्याम ने उसी भिल्लनी को प्रधान प्रबन्ध करने वाली देखकर आश्चर्य किया। उसे न जाने क्यों हर्ष और उत्साह दोनों हुए।

❑

सहयोग

मनोरमा एक भूल से सचेत होकर जब तक उसे सुधारने में लगती है, तब तक उसकी दूसरी भूल उसे अपनी मनुष्यता पर ही सन्देह दिलाने लगती है, प्रतिदिन प्रतिक्षण भूल की अविच्छिन्न शृंखला मानव-जीवन को जकड़े हुए है, यह उसने कभी हृदयंगम नहीं किया। भ्रम को उसने शत्रु के रूप में देखा। वह उससे प्रति-पद शंकित और संदिग्ध रहने लगी उसकी स्वाभाविक सरलता, जो बनावटी भ्रम उत्पन्न कर दिया करती थी और उसके अस्तित्व में सुन्दरता पालिश कर दिया करती थी, अब उससे बिछुड़ने लगी। वह एक बनावटी रूप और आवभगत को अपना आभरण समझने लगी।

मोहन एक हृदय-हीन युवक उसे दिल्ली से ब्याह लाया था। उसकी स्वाभाविकता पर अपने आतंक से क्रूर शासन उसे आत्मचिंताशून्य पति-गत-प्राण बनाने की उत्कट अभिलाषा से हृदयहीन कल से चलती-फिरती हुई पुतली बना डाला और वह इसी में अपनी विजय और पौरुष की पराकाष्ठा समझने लगा था।

धीरे-धीरे अब मनोरमा में अपना निज का कुछ नहीं रहा। वह उसे एक प्रकार से भूल-सी गयी थी। दिल्ली के समीप यमुना-तट का वह गाँव, जिसमें वह पली थी, बढ़ी थी, अब उसे कुछ विस्मृत-सा हो चला था। वह ब्याह करने के बाद द्विरागमन के अवसर पर जब से अपनी ससुराल आयी थी, वह एक अद्‌भुत दृश्य था। मनुष्य-समाज में पुरुषों के लिए वह कोई बड़ी बात न थी, किंतु जब उन्हें घर छोड़कर अभी किसी काम में परदेश जाना पड़ता है, तभी उनको उस कथा के अधम अंश का आभास सूचित हाता है। वह सेवा और स्नेहवृत्तिवाली स्त्रियाँ ही कर सकती हैं। जहाँ अपना कोई नहीं है, जिससे कभी की जान-पहचान नहीं, जिस स्थान पर केवल वधु-दर्शन का कुतूहल मात्र उसकी अभ्यर्थन्रा करनेवाला है, वहाँ वह रोते और सिसकते किसी साहस से आयी और किसी को अपने रूप से, किसी को विनय से, किसी को स्नेह से उसने वश में करना आरम्भ किया। उसे सफलता भी मिली। जिस तरह एक महाउद्योगी किसी भारी अनुसन्धान के लिए अपने घर से अलग होकर अपने सहारे अपना साधन बनाता है, वे कथासाहित्य के साहसिक लोग बैताल या विद्याधरत्व

की सिद्धि के असम्भवनीय साहस का परिचय देते हैं। वह इन प्रतिदिन साहसकारिणी मनुष्य-जाति की किशोरियों के सामने क्या है, जिनकी बुद्धि और अवस्था कुछ भी इसके अनुकूल नहीं है।

हिन्दू शास्त्रानुसार शूद्र स्त्री मनोरमा ने आश्चर्यपूर्वक ससुराल में द्वितीय जन्म ग्रहण कर लिया। उसे द्विजन्मा कहने में कोई बाधा नहीं है।

: 1 :

मेला देख कर मोहन लौटा। उसकी अनुराग-लता, उसकी प्रगल्भा प्रेयसी ने उसका साथ नहीं दिया। सम्भवतः वह किसी विशेष आकर्षक पुरुष के साथ सहयोग करके चली गयी। मेला फीका हो गया। नदी के पुल पर एक पत्थर पर वह बैठ गया। अँधेरी रात धीरे-धीरे गम्भीर होती जा रही थी। कोलाहल, जनरव और रसीली तानें बिरल हो चलीं। ज्यों-ज्यों एकान्त होने लगा, मोहजन की आतुरता बढ़ने लगी। नदी-तट की शरद-रजनी में एकान्त किसी की अपेक्षा करने लगा। उसका हृदय चञ्चल हो चला। मोहन ने सोचा, इस समय क्या करें? विनोदी हृदय उत्सुक हुआ। वह चाहे जो हो, किसी संगति को इस समय आवश्यक समझने लगा। प्यार न करने पर भी मनोरमा का ही ध्यान आया। समस्या हल होते देख वह घर की ओर चल पड़ा।

: 2 :

मनोरमा का त्योहार अभी बाकी था। नगर भर में एक नीरव अवसाद हो गया था; किन्तु मनोरमा के हृदय में कोलाहल हो रहा था। ऐसे त्योहार के दिन भी वह मोहन को न खिला सकी थी। लैम्प के मन्द प्रकाश में खिड़की के जंगले के पास वह बैठी रही। विचारने को कुछ भी उसके पास न था। केवल स्वामी की आशा में दास के समान वह उत्कंठित बैठी थी। दरवाजा खटका, वह उठी, चतुर दासी से भी अच्छी तरह उसने स्वामी की अभ्यर्थना, सेवा, आदर और सत्कार करने में अपने को लगा दिया। मोहन चुपचाप अपने ग्रासों के साथ वाग्युद्ध और दन्तघर्षण करने लगा। मनोरमा ने भूलकर भी यह न पूछा कि तुम इतनी देर कहाँ थे? क्यों नहीं आये? न वह रूठी, न वह ऐंठी, गुरुमान की कौन कहे, लघुमान का छींटा नहीं। मोहन को यह और असह्य हो गया। उसने समझा कि हम इस योग्य भी नहीं रहे कि हमसे यह पूछे—"तुम कहाँ इतनी देर मरते थे?" पत्नी का अपमान उसे और यन्त्रणा देने लगा। वह भोजन करते-करते अकस्मात् रुक गया। मनोरमा ने पूछा, "क्या दूध ले आऊँ, अब और कुछ नहीं लीजिएगा?"

साधारण प्रश्न था। किन्तु मोहन को प्रतीत हुआ कि यह तो अतिथि की-सी अभ्यर्थना है, गृहस्थ की अपने घर की-सी नहीं। वह चट बोल उठा—"नहीं, आज

दूध न लूँगा।'' किन्तु मनोरमा तो तब तक दूध का कटोरा लेकर सामने आ गई, बोली, ''थोड़ा-सा लीजिए, अभी गरम है।''

मोहन बार-बार सोचता था कि कोई ऐसी बात निकले, जिसमें मुझे कुछ करना पड़े और मनोरमा मानिनी बने, मैं उसे मनाऊँ; किन्तु मनोरमा में वह मिट्टी ही नहीं रही। मनोरमा तो कल की पुतली हो गयी थी। मोहन ने 'दूध अभी गरम है', इसी में देर होने का व्यंग्य निकाल लिया और कहा, ''हाँ, आज मेला देखने चला गया था, इसी में देर हुई।''

किन्तु वहाँ कैफियत तो कोई लेता न था, देने के लिए प्रस्तुत अवश्य था। मनोरमा ने कहा, ''नहीं, अभी देर तो नहीं हुई। आध घण्टा हुआ होगा कि दूध उतारा गया है।''

मोहन हताश हो गया। चुपचाप पलंग पर जा लेटा। मनोरमा ने उधर ध्यान भी नहीं दिया। वह चतुरता से गृहस्थी की सारी वस्तुओं को समेटने लगी। थोड़ी देर में इससे निबटकर वह अपनी भूल समझ गयी। चट पान लगाने बैठ गयी। मोहन ने यह देखकर कहा, ''नहीं, मैं पान इस समय न खाऊँगा।''

मनोरमा ने भयभीत स्वर से कहा, ''बिखरी हुई चीजें इकट्ठी न कर लेती, बिल्ली-चूहे उसे खराब कर देते। थोड़ी देर हुई है, क्षमा कीजिए। दो पान तो अवश्य खा लीजिए।''

बाध्य होकर मोहन को दो पान खाने पड़े। अब मनोरमा पैर दबाने लगी। वेश्या से तिरस्कृत मोहन घबरा उठा। वह इस सेवा से कब छुट्टी पावे? इस सहयोग से क्या बस चले। उसने विचारा कि मनोरमा को मैंने ही तो ऐसा बनाना चाहा था। वह ऐसी हुई, तो मुझे अब विरक्ति क्यों है? इसके चरित्र का यह अंश क्यों नहीं रुचता, किसी ने उसके कान में धीरे से कहा, ''तुम तो अपनी स्त्री को अपनी दासी बनाना चाहते थे, जो वास्तव में तुम्हारी अन्तरात्मा को ईप्सित नहीं था। तुम्हारी कुप्रवृत्तियों की वह उत्तेजना थी कि वह तुम्हारी चिर-संगिनी न होकर दासी के समान आज्ञाकारिणी मात्र रही। वही हुआ। अब क्यों झँखते हो!''

अकस्मात् मोहन उठ बैठा। मोहन और मनोरमा एक-दूसरे के पैर पकड़े हुए थे।

❑

पत्थर की पुकार

: 1 :

नवल और विमल दोनों बात करते हुए टहल रहे थे। विमल ने कहा—

''साहित्य-सेवा भी एक व्यसन है।''

''नहीं मित्र! यह तो विश्व भर की एक मौन सेवा-समिति का सदस्य होना है।''

''अच्छा तो फिर बताओ, तुमको क्या भला लगता है? कैसा साहित्य रुचता है?''

''अतीत और करुणा का जो अंश साहित्य में हो, वह मेरे हृदय को आकर्षित करता है।''

नवल की गम्भीर हँसी कुछ तरल हो गयी। उन्होंने कहा, ''इससे विशेष और हम भारतीयों के पास धरा क्या है! स्तुत्य अतीत की घोषणा और वर्तमान की करुणा, इसी का गान हमें आता है। बस, यह भी एक भाँग-गाँजे की तरह नशा है।'' विमल का हृदय स्तब्ध हो गया। चिर प्रसन्न-वदन मित्र को अपनी भावना पर इतना कठोर आघात करते हुए कभी भी उसने नहीं देखा था। वह कुछ विरक्त हो गया। मित्र ने कहा, ''कहाँ चलोगे?'' उसने कहा, ''चलो, मैं थोड़ा घूम कर गंगा-तट पर मिलूँगा।'' नवल भी एक ओर चला गया।

: 2 :

चिन्ता में मग्न विमल एक ओर चला। नगर के एक सूने मुहल्ले की ओर जा निकला। एक टूटी चारपाई अपने झिलँगे में लिपटी पड़ी है। दो-एक ढाँकी और हथौड़े, पानी की प्याली, कूची, दो काले शिलाखण्ड परिचारक की तरह उस दीन कुटी को घेरे पड़े हैं। किसी को न देखकर एक शिलाखण्ड पर न जाने किसके कहने से विमल बैठ गया। यह चुपचाप था। विदित हुआ कि दूसरा पत्थर कुछ धीरे-धीरे कह रहा है। वह सुनने लगा—

''मैं अपने सुखद शैल में संलग्न था। शिल्पी! तूने मुझे क्यों ला पटका? यहाँ तो मानव की हिंसा का गर्जन मेरे कठोर वक्षःस्थल का भेदन कर रहा है। मैं तेरे

प्रलोभन में पड़कर यहाँ चला आया था, कुछ तेरे बाहुबल से नहीं, क्योंकि मेरी प्रबल कामना थी कि मैं एक सुन्दर मूर्ति में परिणत हो जाऊँ। उसके लिए अपने वक्षःस्थल को क्षत-विक्षत कराने को प्रस्तुत था। तेरी टाँकी से हृदय चिराने में प्रसन्न था कि कभी इस सहनशीलता का पुरस्कार सराहना के रूप में मिलेगा और मेरी मौन मूर्ति अनन्तकाल तक उस सराहना को चुपचाप गर्व से स्वीकारती रहेगी। किन्तु निष्ठुर! तूने अपने द्वार पर मुझे फूटे हुए ठीकरे की तरह ला पटका। अब मैं यहीं पर पड़ा-पड़ा कब तक अपने भविष्य की गणना करूँगा?''

पत्थर की करुणामयी पुकार से विमल को क्रोध का संचार हुआ और वास्तव में इस पुकार में अतीत और करुण दोनों का मिश्रण था, जो कि उसके चित्त का सरल विनोद था। विमल भावप्रवण होकर रोष से गर्जन करता हुआ पत्थर की ओर से अनुरोध करने को शिल्पी के दरिद्र कुटीर में घुस पड़ा।

''क्यों जी, तुमने इस पत्थर को कितने दिनों से यहाँ ला रक्खा है? भला वह भी अपने मन में क्या समझता होगा? सुस्त होकर पड़े हो, उसकी कोई सुंदर मूर्ति क्यों न बना डाली?'' विमल ने रूक्ष स्वर में कहा।

पुरानी गुदड़ी में ढँकी हुई जीर्ण-शीर्ण मूर्ति खाँसी से कँपकर बोली, ''बाबू जी! आपने तो मुझे कोई आज्ञा नहीं दी थी।''

''अजी तुम बना लिये होते, फिर कोई-न-कोई तो इसे ले लेता। भला देखो तो यह पत्थर कितने दिनों से पड़ा तुम्हारे नाम पर रो रहा है।'' विमल ने कहा। शिल्पी ने कफ निकालकर गला साफ करते हुए कहा, ''आप लोग अमीर आदमी हैं। अपने कोमल श्रवणेन्द्रियों से पत्थर का रोना, लहरों का संगीत, पवन की हँसी इत्यादि कितनी सूक्ष्म बातें सुन लेते हैं और उसकी पुकार में दत्तचित्त हो जाते हैं। करुणा से पुलकित होते हैं, किंतु क्या कभी दुःखी हृदय के नीरव क्रन्दन को भी अन्तरात्मा की श्रवणेन्द्रियों को सुनने देते हैं, जो करुणा का काल्पनिक नहीं, वास्तविक रूप है?''

विमल के अतीत और करुणा-सम्बन्धी समस्त सद्भाव कठोर कर्मण्यता का आवाहन करने के लिए उसी से विद्रोह करने लगे। वह स्तब्ध होकर उसी मलिन भूमि पर बैठ गया।

उस पार का योगी

सामने संध्या-धूसरित जल की एक चादर बिछी है। उसके बाद बालू की बेला है, उसमें अठखेलियाँ करके लहरों ने सीढ़ी बना दी है। कौतुक यह है कि उस पर हरी-हरी दूध जम गई है। उस बाली की सीढ़ी की ऊपरी तह पर जाने कब से एक शिला पड़ी है। कई वर्षाओं ने उसे अपने पेट में पचाना चाहा, पर वह कठोर शिला गल न सकी, फिर भी निकल ही आती थी। नन्दलाल उसे अपने शैशव से ही देखता था। छोटी-सी नदी, जो उसके गाँव से सटकर बहती थी, उसी के किनारे वह अपनी सितारी लेकर पश्चिम की धूसर आभा में नित्य जाकर बैठ जाता। जिस पर रात को चाँदनी निकल आती, उसमें देर तक और अँधेरी रात के प्रदेश में जब तक अन्धकार नहीं हो जाता था, बैठकर सितारी बजाता अपनी टपरियों में चला जाता था।

नन्दलाल अँधेरे में डरता न था। किन्तु चन्द्रिका में देर तक किसी अस्पष्ट छाया को देख सकता था। इसलिए आज भी उसी शिला पर वह मूर्ति बैठी है। गैरिक वसन की आभा सांध्य-सूर्य रंजित नभ से होड़ कर रही है। दो-चार लटें इधर-उधर मांसल अंश पर पवन के साथ खेल रही हैं। नदी के किनारे प्रायः पवन का बसेरा रहता है, इसी से यह सुविधा है। जब से शैशव-सहचरी नलिनी से नन्दलाल का वियोग हुआ है, वह अपनी सितारी से ही मन बहलाता है, सो भी एकान्त में; क्योंकि नलिनी से भी वह किसी के सामने मिलने पर सुख नहीं पाता था। किन्तु हाय रे सुख! उत्तेजनामय आनन्द को अनुभव करने के लिए एक साक्षी भी चाहिए। बिना किसी दूसरे को अपना सुख दिखाए हृदय भली-भाँति गर्व का अनुभव नहीं कर पाता। चन्द्र-किरण, नदी-तरंग, मलय-हिलोर, कुसुम-सुरभि और रसाल वृक्ष के साथ ही नन्दलाल को यह भी विश्वास था कि उस पार का योगी भी कभी-कभी उस सितारी की मीड़ से मरोड़ खाता है। लटें उसके कपोल पर ताल देने लगती हैं।

चाँदनी निखरी थी। आज अपनी सितारी के साथ नन्दलाल भी गाने लगा था। वह प्रणय-संगीत था। भावुकता और काल्पनिक प्रेम का संभार बड़े वेग से उच्छ्वसित हुआ। अन्तःकरण से दबी हुई तरलवृत्ति, जो विस्मृत स्वप्न के समान हल्का प्रकाश देती थी, आज न जाने क्यों गैरिक निर्झर की तरह उबल पड़ी। जो वस्तु आज तक

मैत्री का सुख-चिह्न थी—जो सरल हृदय का उपहार थी—जो उदारता की कृतज्ञता थी—उसने ज्वाला, लालसापूर्ण प्रेम का रूप धारण किया। संगीत चलने लगा।

"अरे कौन है...मुझे बचाओ... आह...", पवन ने उपयुक्त दूत की तरह यह सन्देश नन्दलाल के कानों तक पहुँचाया। वह व्याकुल होकर सितारी छोड़कर दौड़ा। नदी में फाँद पड़ा। उसके कानों में नलिनी का-सा स्वर सुनाई पड़ा। नदी छोटी थी, खरस्रोता थी। नन्दलाल हाथ मारता हुआ लहरों को चीर रहा था। उसके बाहु-पाश में एक सुकुमार शरीर आ गया।

चन्द्रकिरणों और लहरियों को बातचीत करने का एक आधार मिला। लहरी कहने लगी—"अभागे! तू इस दुखिया नलिनी को बचाने क्यों आया, मैंने तो आज अपने समस्त दुःखों का अन्त कर लिया था।"

किरण—"क्यों जी, तुम लोगों ने नन्दलाल को बहुत दिनों तक बीच में बहा कर हल्ला-गुल्ला मचाकर बचाया था।"

लहरी—"और तुम्हीं तो प्रकाश डालकर उसे सचेत कराती रही हो।"

किरण—"आज तक उस बेचारे को अँधेरे में रक्खा था। केवल आलोक की कल्पना करके वह अपने आलेख्य पट को उद्‌भासित कर लेता था। उस पार का योगी सुदूरवर्ती परदेशी की रम्य स्मृति को शान्त तपोवन का दृश्य था।"

लहरी—"पगली! सुख-स्वप्न के सदृश्य और आशा में आनन्द के समान मैं बीच में पड़ी-पड़ी उसके सरल नेह का बहुत दिनों तक संचय करती रही—आन्तरिक आकर्षणपूर्ण सम्मिलन होने पर भी, वासना-रहित निष्काम सौन्दर्यमय व्यवधान बन कर मैं दोनों के बीच बहती थी; किन्तु नन्दलाल इतने में सन्तुष्ट न हो सका। उछल-कूद कर हाथ चलाकर मुझे भी गँदला कर दिया। उसे बहने, डूबने और उतराने का आवेग बढ़ गया था।"

किरण—"हूँ, तब डूबें-बहें।"

पवन चुपचाप इन बातों को सुनकर नदी के बहाव की ओर सर्राटा मार कर सन्देशा कहने को भगा। किन्तु वे बहुत दूर निकल गये थे। सितारी मूर्च्छना में पड़ी रही।

❑

करुणा की विजय

: 1 :

संध्या की दीनता गोधूली के साथ दरिद्र मोहन की रिक्त थाली में धूल भर रही है। नगरोपकण्ठ में एक कुएँ के समीप बैठा हुआ वह अपनी छोटी बहन को समझा रहा है। फटे हुए कुर्ते की कोर से उसके अश्रु पोंछने में वह सफल नहीं हो रहा था, क्योंकि कपड़े के सूत से अश्रु विशेष थे। थोड़ा-सा चना, जो उसके पात्र में बेचने का बचा था, उसी को रामकली माँगती थी। तीन वर्ष की रामकली को तेरह वर्ष का मोहन सँभालने में असमर्थ था।

ढाई पैसे का बेच चुका है। अभी दो-तीन पैसे का चना जो जल और मिर्चे में उबाला हुआ था और बचा है। मोहन चाहता था कि चार पैसे उसके रोकड़ में और बचे रहें, डेढ़-दो पैसे का कुछ लेकर अपना और रामकली का पेट भर लेगा। चार पैसे से सवेरे चने उबालकर फिर अपनी दूकान लगा लेगा। किन्तु विधाता को यह नहीं स्वीकार था। जब से उसके माता-पिता मरे, साल भर से वह इसी तरह अपना जीवन निर्वाह करता था। किसी सम्बन्धी या सज्जन की दृष्टि उसकी ओर न पड़ी। मोहन अभिमानी था। वह धुन का पक्का भी था। किन्तु आज वह विचलित हुआ। रामकली की कौन कहे, वह भी भूख की ज्वाला सहन न कर सका। अपने अदृष्ट के सामने हार मानकर रामकली को उसने खिलाया। बचा हुआ जो था, उसने मोहन के पेट की गर्मी और बढ़ा दी। ढाई पैसे का और भी कुछ लाकर अपनी भूख मिटायी। दोनों कुएँ की जगत पर सो गये।

: 2 :

दरिद्रता और करुणा से झगड़ा चल पड़ा। दरिद्रता बोली, "देखो जी, मेरा कैसा प्रभाव है।" करुणा ने कहा, "मेरा सर्वत्र राज्य है। तुम्हारा विद्रोह सफल न होगा।" दरिद्रता ने कहा, "गिरती हुई बालू की दीवार कहकर नहीं गिरती। तुम्हारा काल्पनिक क्षेत्र नीहार की वर्षा से सिंचा रहेगा?" अभिमान अभी तक चुप बैठा रहा, किन्तु

उससे नहीं रहा गया। कहा, ‘‘मैं भी किसी दल में घुसकर देखूँगा कि कौन जीतता है।’’ दोनों ने पूछा कि तुम किसका साथ दोगे? अभिमान ने कहा, ‘‘जिधर की जीत देखूँगा।’’

करुणा ने विश्रान्त बालकों को सुख देने का विचार किया। मलय हिल्लोल की थपकी देकर सुला देना चाहा। दरिद्रता ने दिन भर की जमी हुई गर्द कदम्ब के पत्तों पर से खिसका दी। बालकों के सरल मुख ने धूल पड़ने से कुछ विकृत रूप धारण किया। दरिद्रता ने स्वप्न में भयानक रूप धारण करके उन्हें दर्शन दिया। मोहन का शरीर काँपने लगा। दूर से देखती हुई करुणा भी काँप उठी। अकस्मात् मोहन उठा और झोंक से बोला—‘‘भीख न माँगूँगा, मरूँगा।’’

एक क्रन्दन और धमाका। रामकली को कुएँ ने अपनी शीतल गोद में ले लिया। डाल पर से दरिद्रता के अट्टहास की तरह उल्लू बोल उठा। उसी समय बँगले पर मेहँदी से घिरे हुए चबूतरे पर आसमानी पंखे के नीचे मसहरी में से नगर-पिता दण्डनायक चिल्ला उठे—‘‘पंखा खींचो।’’

प्रसन्न-वदन न्यायाधीश ने एक स्थिर दृष्टि से देखते हुए अपराधी मोहन से कहा, ‘‘बालक, तुमने अपराध स्वीकार करते हुए कि रामकली अपनी बहिन की हत्या तुम्हीं ने की है, मृत्यु-दण्ड चाहा है। किन्तु न्याय अपराध का कारण ढूँढ़ता है। सिर काटती है तलवार, किन्तु वही सिर काटने के अपराध में नहीं तोड़ी जाती है। निर्दोष बालक, तुम्हारा कुछ भी अभी कर्तृत्व नहीं है। तुमने यदि वह हत्या की भी हो, तो तुम केवल हत्यारी के अस्त्र थे। नगर के व्यवस्थापक पर इसका दायित्व है कि तीन वर्ष की रामकली तुम्हारे हाथ में क्यों दी गयी! यदि कोई उत्तराधिकारी-विहीन धनी मर जाता, तो व्यवस्थापक नगर-पिता उसके धन को अपने कोष में रखवा लेते। यदि निर्बोध उत्तराधिकारी रहता, तो उसकी सम्पत्ति सुरक्षित करने की वह व्यवस्था करते। किन्तु असहाय, निर्धन और अभिमानी तथा निर्बोध बालक के हाथ में शिशु का भार रख देना राष्ट्र के शुभ उद्देश्य की गुप्त रीति से और शिशु की प्रकट हत्या करना है। तुम इसके अपराधी नहीं हो। तुम मुक्त हो।’’

करुणा रोते हुए हँस पड़ी। अपनी विजय की वर्षा मोहन के अभिमान के अश्रु बनकर करने लगी।

खँडहर की लिपि

जब वसन्त की पहली लहर अपना पीला रंग सीमा की खेतों पर चढ़ा लायी, काली कोयल ने उसे बरजना आरम्भ किया और भौंरे गुनगुना कर काना-फूसी करने लगे, उसी समय एक समाधि के पास लगे हुए गुलाब ने मुँह खोलने का उपक्रम किया। किन्तु किसी युवक के चंचल हाथ ने उसका हौसला तोड़ दिया। दक्षिण पवन ने उससे कुछ झटक लेना चाहा, बिचारे की पंखुड़ियाँ झड़ गयीं। युवक ने इधर-उधर देखा। एक उदासी और अभिलाषामयी शून्यता ने उसकी प्रत्याशी दृष्टि को कुछ उत्तर न दिया। वसन्त-पवन का एक भारी झोंका 'हा-हा' करता उसकी हँसी उड़ाता चला गया।

सटी हुई टेकरी की टूटी-फूटी सीढ़ी पर युवक चढ़ने लगा। पचास सीढ़ियाँ चढ़ने के बाद वह बगल की पुरानी दालान में विश्राम लेने के लिए ठहर गया। ऊपर जो जीर्ण मन्दिर था, उसका ध्वंसावशेष देखने को वह बार-बार जाता था। उस भग्न स्तूप से युवक को आमन्त्रित करती हुई 'आओ आओ' की अपरिस्फुट पुकार बुलाया करती। जाने कब के अतीत ने उसे स्मरण कर रक्खा है। मण्डप के भग्न कोण में एक पत्थर के ऊपर न जाने कौन-सी लिपि थी, जो किसी कोरदार पत्थर में लिखी गयी थी। वह नागरी तो कदापि नहीं थी। युवक ने आज फिर उसी ओर देखते-देखते उसे पढ़ना चाहा। बहुत देर तक घूमता-घूमता वह थक गया था, इससे उसे निद्रा आने लगी। वह स्वप्न देखने लगा।

कमलों का कमनीय विकास झील की शोभा को द्विगुणित कर रहा है। उसके आमोद के साथ वीणा की झनकार, झील के स्पर्श के शीतल और सुरभित पवन में भर रही थी। सुदूर प्रतीचि में एक सहस्रदल स्वर्ण-कमल अपनी शेष स्वर्ण-किरण की भी मृणाल पर व्योम-निधि में खिल रहा है। वह लज्जित होना चाहता है। वीणा के तारों पर उसकी अन्तिम आभा की चमक पड़ रही है। एक आनन्दपूर्ण विषाद से युवक अपनी चंचल अंगुलियों को नचा रहा है। एक दासी स्वर्ण-पात्र में केसर, अगुरु, चन्दन-मिश्रित अंगराग और नवमल्लिका की माला, कई ताम्बूल लिए हुए आयी, प्रणाम करके उसने कहा, ''महाश्रेष्ठि धनमित्र की कन्या ने श्रीमान के लिए उपहार

भेजकर प्रार्थना की है कि आज के उद्यान गोष्ठ में आप अवश्य पधारने की कृपा करें। आनन्द विहार के समीप उपवन में आपको प्रतीक्षा करती हुई कामिनी देवी बहुत देर तक रहेंगी।''

युवक ने विरक्त होकर कहा, ''अभी कई दिन हुए हैं, मैं सिंहल से आ रहा हूँ, मेरा पोत समुद्र में डूब गया है। मैं ही किसी तरह बचा हूँ। अपनी स्वामिनी से कह देना कि मेरी अभी ऐसी अवस्था नहीं है कि मैं उपवन के आनन्द का उपयोग कर सकूँ।''

''तो प्रभु, क्या मैं यही उत्तर दे दूँ?'' दासी ने कहा।

''हाँ, और यह भी कह देना कि तुम सरीखी अविश्वासिनी स्त्रियों से मैं और भी दूर भागना चाहता हूँ, जो प्रलय के प्रचण्ड आँधी में एक जर्जर पोत से भी दुर्बल और उस डुबा देने वाली लहर से भी भयानक हैं।'' युवक ने अपनी वीणा सँवारते हुए कहा।

''वे उस उपवन में कभी की जा चुकी हैं और हमसे यह भी कहा है कि यदि वे गोष्ठ में न आना चाहें, तो स्तूप की सीढ़ी के विश्राम-मण्डप में मुझसे एक बार अवश्य मिल लें, मैं निर्दोष हूँ।'' दासी ने सविनय कहा।

युवा ने रोष-भरी दृष्टि से देखा। दासी प्रणाम करके चली गयी। सामने का एक कमल संध्या के प्रभाव से कुम्हला रहा था। युवक को प्रतीत हुआ कि वह धन-मित्र की कन्या का मुख है। उससे मकरन्द नहीं, अश्रु गिर रहे हैं। 'मैं निर्दोष हूँ', यही भौंरे भी गूँजकर कह रहे हैं।

युवक ने स्वप्न में चौंककर कहा, ''मैं जाऊँगा!'' आँख न खोलने पर भी उसने उस जीर्ण दालान की लिपि पढ़ ली—''निष्ठुर! अन्त को तुम नहीं आये।'' युवक सचेत होकर उठने को था कि वह कई सौ बरस की पुराई छत धम से गिरी।

वायुमण्डल में—''आओ-आओ'' का शब्द गूँजने लगा।

❑

कलावती की शिक्षा

श्यामसुन्दर ने विरक्त होकर कहा, ''कला! यह मुझे नहीं अच्छा लगता।'' कलावती ने लैम्प की बत्ती कम करते हुए सिर झुका कर तिरछी चितवन से देखते हुए कहा, ''फिर मुझे भी सोने के समय यह रोशनी अच्छी नहीं लगती।''

श्यामसुन्दर ने कहा, ''तुम्हारा पलंग तो इस रोशनी से बचा है। तुम जाकर सो रहो।'' ''और तुम रात भर यों ही जागते रहोगे।'' अब की धीरे से कलावती ने हाथ से पुस्तक भी खींच ली। श्यामसुन्दर को इस स्नेह में भी क्रोध आ गया। तुनक गये—''तुम पढ़ने का सुख नहीं जानती, इसलिए तुमको समझाना ही मूर्खता है।'' कलावती ने प्रगल्भ होकर कहा, ''मूर्ख बनकर थोड़ा समझा दो।''

श्यामसुन्दर भड़क उठे।

उनकी शिक्षिता उपन्यास की नायिका उसी अध्याय में अपने प्रणयी के सामने आयी थी, वह आगे बातचीत करती, उसी समय ऐसा व्याघात। 'स्त्रीणामाद्य प्रणय-वचनं' कालिदास ने भी इसे नहीं छोड़ा था। कैसा अमूल्य पदार्थ! अशिक्षिता कलावती ने वहीं रस-भंग किया। बिगड़कर बोले, ''वह तुम इस जन्म में नहीं समझोगी।''

कलावती ने और भी हँसकर कहा, ''देखो, उस जन्म में भी ऐसा बहाना न करना।''

पुष्पाधार में धरे हुए नरगिस के गुच्छे ने अपनी एकटक देखती हुई आँखों से चुपचाप यह दृश्य देखा और वह कालिदास के तात्पर्य को बिगाड़ते हुए श्यामसुन्दर की धृष्टता सहन न कर सका और शेष 'विभ्रमोहि प्रियेषु' का हिलकर पाठ करने लगा।

श्यामसुन्दर ने लैम्प की बत्तीं चढ़ायी, फिर अध्ययन आरम्भ हुआ। कलावती अब की अपने पलंग पर जा बैठी। डब्बा खोलकर पान लगाया, दो खीली लेकर फिर श्यामसुन्दर के पास आयी। श्याम ने कहा, ''रख दो।'' खीलीवाला हाथ मुँह की ओर बढ़ा, कुछ मुख भी बढ़ा, पान उसमें चला गया। कलावती फिर लौटी और चीनी की पुतली लेकर उसे पढ़ाने बैठी—''देखो, मैं तुम्हें दो-चार बातें सिखाती हूँ, उन्हें अच्छी तरह रट लेना। लज्जा कभी न करना, यह पुरुषों की चालाकी है, जो उन्होंने

इसे स्त्रियों के हिस्से कर दिया है। यह दूसरे शब्दों में एक प्रकार का भ्रम है, इसलिए तुम भीं ऐसा रूप धारण करना कि पुरुष, जो बाहर से अनुकम्पा करते हुए तुमसे भीतर-भीतर घृणा करते हैं, वह भी तुमसे भयभीत रहें, तुम्हारे पास आने का साहस न करें और कृतज्ञ होना दासत्व है। चतुरों ने अपना कार्य-साधन करने का अस्त्र इसे बनाया है। इसीलिए इसकी ऐसी प्रशंसा की है कि लोग इसकी ओर आकर्षित हो जाते हैं, किन्तु है यह दासत्व। यह शरीर का नहीं, किन्तु अन्तरात्मा का दासत्व है। इस कारण कभी-कभी लोग बुरी बातों का भी समर्थन करते हैं। प्रगल्भता, जो आजकल बड़ी बाढ़ पर है, बड़ी अच्छी वस्तु है, उसके बल से मूर्ख भी पण्डित समझे जाते हैं। उसका अच्छा अभ्यास करना, जिसमें तुमको कोई मूर्ख न कह सके, कहने का साहस ही न हो। पुतली! तुमने रूप का परिवर्तन भी छोड़ दिया है, यह और भी बुरा है। सोने के कोर की साड़ी तुम्हारे मस्तक को अभी भी ढँके है, तनिक इसे खिसका दो। बालों को लहरा दो। लोग लगे पैर चूमने, प्यारी पुतली! समझी न?''

श्यामसुन्दर की उपन्यास की नायिका भी अपने नायक के गले लग गयी थी, प्रसन्नता से उसका मुख-मण्डल चमकने लगा। वह अपना आनन्द छिपा नहीं सकता था। पुतली की शिक्षा उसने सुनी कि नहीं, हम नहीं कह सकते, किन्तु वह हँसने लगा। कलावती को क्या सूझा, लो वह तो सचमुच उसके गले लगी हुई थी। अध्याय समाप्त हुआ। पुतली को अपना पाठ याद रहा कि नहीं, लैम्प के धीमे प्रकाश में कुछ समझ न पड़ा।

❑

चक्रवर्ती का स्तम्भ

"बाबा यह कैसे बना? इसको किसने बनाया? इस पर क्या लिखा है?" सरला ने कई सवाल किये। बूढ़ा धर्मरक्षित भेड़ों के झुण्ड को चरते हुए देख रहा था। हरी टेकरी झाल के किनारे संध्या के आतप की चादर ओढ़ कर नया रंग बदल रही थी। भेड़ों की मण्डली उस पर धीरे-धीरे चरती हुई उतरने-चढ़ने में कई रेखाएँ बनी रही थी।

अब की ध्यान आकर्षित करने के लिए सरला ने धर्मरक्षित का हाथ खींचकर उस स्तम्भ को दिखलाया। धर्मरक्षित ने निःश्वास लेकर कहा, "बेटी, महाराज चक्रवर्ती अशोक ने इसे कब बनाया था। इस पर शीत और धर्म की आज्ञा खुदी है। चक्रवर्ती देवप्रिय ने यह नहीं विचार किया कि वे आज्ञाएँ वक-वक मानी जाएँगी। धर्मोन्मत्त लोगों ने इस स्थान को ध्वस्त कर डाला। अब विहार में डर से कोई-कोई भिक्षुक ही कभी दिखाई पड़ता है।"

वृद्ध यह कहकर उद्विग्न होकर कृष्ण संध्या का आगमन देखने लगा। सरला उसी के बगल में बैठ गयी। स्तम्भ के ऊपर बैठा हुआ आज्ञा का रक्षक सिंह धीरे-धीरे अंधकार में विलीन हो गया।

थोड़ी देर में एक धर्मशील कुटुम्ब उसी समय आ गया। जीर्ण स्तूप पर देखते-देखते दीपावली हो गयी। गन्ध-कुसुम में वह स्तूप अर्चित हुआ। अगुरु की गन्ध, कुसुम-सौरभ तथा दीपमाला से वह जीर्ण स्थान एक बार आलोकपूर्ण हो गया। सरला का मन उस दृश्य से पुलकित हो उठा। वह बार-बार वृद्ध को दिखाने लगी, धार्मिक वृद्धि की आँखों में उस भक्तिमयी अर्चना से जल-बिन्दु दिखाई देने लगे। उपासकों में मिलकर धर्मरक्षित और सरला ने भी भरे हुए हृदय से उस स्तूप को भगवान् के उद्देश्य से नमस्कार किया।

टापों के शब्द वहाँ से सुनाई पड़ रहे हैं। समस्त भक्ति के स्थान पर भय ने अधिकार कर लिया। सब चकित होकर देखने लगे। उल्काधारी आश्वारोही और हाथों में नंगी तलवार! आकाश के तारों ने भी भय से मुँह छिपा लिया। मेघमण्डली रो-रो कर मना करने लगी, किन्तु निष्ठुर सैनिकों ने कुछ न सुना। तोड़-ताड़, लूट-पाट

करके सब पुजारियों को, 'बुतपरस्तों' को बाँधकर उनके धर्मविरोध का दण्ड देने के लिए ले चले। सरला भी उन्हीं में थी।

धर्मरक्षित ने कहा, "सैनिको, तुम्हारा भी· कोई धर्म है?"

एक ने कहा, "सर्वोत्तम इस्लाम धर्म।"

धर्मरक्षित–"क्या उसमें दया की आज्ञा नहीं है?" उत्तर न मिला।

एक दूसरा–"है क्यों नहीं? दया करना धर्म में भी है। पैगम्बर का हुक्म है, तुम बूढ़े हो, तुम पर दया की जा सकती है। छोड़ दो जी इसको।" बूढ़ा छोड़ दिया गया।

धर्मरक्षित–"मुझे चाहे बाँध लो, किन्तु इन सबों को छोड़ दो। वह भी सम्राट था, जिसने इस स्तम्भ नर जीवों के प्रति दया करने की आज्ञा खुदवा दी है। क्या तुम भी देश विजय करके सम्राट होना चाहते हो, तब दया क्यों नहीं करते?"

एक बोल उठा–"क्या पागल बूढ़े से बक-बक कर रहे हो? कोई ऐसी फिक्र करो कि यह किसी बुत की परस्तिश का ऊँचा मीना तोड़ा जाय।"

सरला ने कहा, "बाबा, हमको यह सब लिये जा रहे हैं।"

धर्मरक्षित–"बेटी, असहाय हूँ, वृद्ध बाँहों में बल भी नहीं है, भगवान् की करुणा का स्मरण कर। उन्होंने स्वयं कहा है कि संयोगः विप्रयोगन्ताः।"

निष्ठुर लोग हिंसा के लिए परिक्रमण करने लगे। किन्तु पत्थरों में चिल्लाने की शक्ति नहीं है कि उसे सुन कर वे क्रूर आत्माएँ तुष्ट हों। उन्हें नीरव रोने में भी असमर्थ देख कर मेघ बरसने लगे। चपला चमकने लगी। भीषण गर्जन होने लगी। छिपने के लिए वे निष्ठुर भी स्थान खोजने लगे। अकस्मात् एक भीषण गर्जन और तीव्र आलोक, साथ ही धमाका हुआ।

चक्रवर्ती का स्तम्भ अपने सामने एक दृश्य न देख सका। अशनिपात से खण्ड-खण्ड होकर गिर पड़ा। कोई किसी का बन्दी न रहा।

❑

दुखिया

पहाड़ी देहात, जंगल के किनारे के गाँव और बरसात का समय! वह भी उषाकाल! बड़ा ही मनोरम दृश्य था। प्रभात के स्पष्ट होने पर भी धुँधले प्रकाश में सड़क के किनारे आम्रवृक्ष के नीचे बालिका कुछ देख रही थी। 'टप' से शब्द हुआ, बालिका उछल पड़ी, गिरा हुआ आम उठाकर अंचल में रख लिया। (जो पाकेट की तरह खोंसकर बना हुआ था।

दक्षिण पवन ने अनजान में फल से लदी हुई डालियों से अठखेलियाँ कीं। उसका सञ्चित धन अस्त-व्यस्त हो गया। दो-चार गिर पड़े। बालिका उषा की किरणों के समान ही खिल पड़ी। उसका अञ्चल भर उठा। फिर भी आशा में खड़ी रही। व्यर्थ प्रयास जान कर लौटी और अपनी झोंपड़ी की ओर चल पड़ी। फूस की झोंपड़ी में बैठा हुआ उसका अन्धा बूढ़ा बाप अपनी फूटी हुई चिलम सुलगा रहा था। दुखिया ने आते ही अंचल से सात आमों में से पाँच निकाल कर बाप के हाथ में रख दिये और स्वयं बरतन माँजने के लिए 'डबरे' की ओर चल पड़ी।

बरतनों का विवरण सुनिए, एक फूटी बटुली, एक लोंहदी और लोटा, यही उस दीन परिवार का उपकरण था। डबरे के किनारे छोटी-सी शिला पर अपने फटे हुए वस्त्र सँभाले हुए बैठकर दुखिया ने बरतन मलना आरम्भ किया।

: 2 :

अपने पीसे हुए बाजरे के आटे की रोटी पकाकर दुखिया ने बूढ़े बाप को खिलाया और स्वयं बचा हुआ खा-पीकर पास ही के महुए के वृक्ष की फैली जड़ों पर सिर रखकर लेट गयी। कुछ गुनगुनाने लगी। दुपहरी ढल गयी। अब दुखिया उठी और खुरपी-जाला लेकर घास छोलने चली। जमींदार के घोड़े के लिए घास वह रोज दे आती थी, कठिन परिश्रम से उसने अपने काम भर घास लिया, फिर उसे डबरे में रखकर धोने लगी।

सूर्य की सुनहली किरणें बरसाती आकाश पर नवीन चित्रकार की तरह कई प्रकार के रंग लगाना सीखने लगीं। अमराई और ताड़-वृक्षों की छाया उस शाद्वलन

जल में पड़कर प्राकृतिक चित्र का सृजन करने लगी। दुखिया को विलम्ब हुआ, किन्तु अभी उसकी घास धो नहीं गयी, उसे जैसे इसकी कुछ परवाह न थी। इसी समय घोड़े की टापों के शब्द ने उसकी एकाग्रता को भंग किया।

जमींदार कुमार संध्या को हवा खाने के लिए निकले थे। वेगवान 'बालोतरा' जाति का कुम्मेद पचकल्याण आज गरम हो गया था। मोहनसिंह से बेकाबू होकर वह अगटूट भाग रहा था। संयोग! जहाँ पर दुखिया बैठी थी, उसी के समीप ठोकर लेकर घोड़ा गिरा। मोहनसिंह भी बुरी तरह घायल होकर गिरे। दुखिया ने मोहनसिंह की सहायता की। डबरे से जल लाकर घावों को धोने लगी। मोहन ने पट्टी बाँधी, घोड़ा भी उठकर शान्त खड़ा हुआ। दुखिया जो उसे टहलाने लगी थी। मोहन ने कृतज्ञता की दृष्टि से दुखिया को देखा, वह एक सुशिक्षित युवक था। उसने दरिद्र दुखिया को उसकी सहायता के बदले ही रुपया देना चाहा। दुखिया ने हाथ जोड़ कर कहा, "बाबूजी, हम तो आप ही के गुलाम हैं। इसी घोड़े को घास देने से हमारी रोटी चलती है।"

अब मोहन ने दुखिया को पहिचाना। उसने पूछा—

"क्या तुम रामगुलाम की लड़की हो?"

"हाँ बाबूजी।"

"वह बहुत दिनों से दिखता नहीं!"

"बाबूजी, उनकी आँखों से दिखाई नहीं पड़ता।"

"अहा, हमारे लड़कपन में वह हमारे घोड़े को जब हम उस पर बैठते थे, पकड़ कर टहलाता था। वह कहाँ है?"

"अपनी मड़ई में।"

"चलो, हम वहाँ तक चलेंगे।"

किशोरी दुखिया को कौन जाने क्यों संकोच हुआ, उसने कहा—

"बाबूजी, घास पहुँचाने में देर हुई है। सरकार बिगड़ेंगे।"

"कुछ चिन्ता नहीं; तुम चलो।"

लाचार होकर दुखिया घास का बोझा सिर पर रखे हुए झोंपड़ी की ओर चल पड़ी। घोड़े पर मोहन पीछे-पीछे था।

"रामगुलाम, तुम अच्छे तो हो?"

"राज! सरकार! जुग-जुग जीओ बाबू!" बूढ़े ने बिना देखे अपनी टूटी चारपाई से उठते हुए दोनों हाथ अपने सिर तक ले जाकर कहा।

"रामगुलाम, तुमने पहचान लिया?"

"कैसे न पहचानें, सरकार! यह देह पली है।" उसने कहा।

"तुमको कुछ पेन्शन मिली है कि नहीं?"

"आप ही का दिया खाते हैं, बाबूजी! अभी लड़की हमारी जगह पर घास देती है।"

भावुक नवयुवक ने फिर प्रश्न किया, ''क्यों ऱामगुलाम, जब इसका विवाह हो जायेगा, तब कौन घास देगा?''

रामगुलाम के आनन्दाश्रु दुःख की नदी होकर बहने लगे। बड़े कष्ट से उसने कहा, ''क्यों हम सदा जीते रहेंगे?''

अब मोहन से नहीं रहा गया, वहीं दो रुपये उस बुड्‌डे को देकर चलते बने। जाते-जाते कहा, ''फिर कभी।''

दुखिया को भी घास लेकर वहीं जाना था। वह पीछे चली।

जमींदार की पशुशाला थी। हाथी, ऊँट, घोड़ा, बुलबुल, भैंसा, गाय, बकरे, बैल, लाल, किसी की कमी नहीं थी। एक दुष्ट नजीव खाँ इन सबों का निरीक्षक था। दुखिया को देर से आते देखकर उसे अवसर मिला। बड़ी नीचता से उसने कहा, ''मारे जवानी के तेरा मिजाज ही नहीं मिलता। कल से तेरी नौकरी बंद कर दी जायेगी। इतनी देर?''

दुखिया कुछ नहीं बोली, किन्तु उसको अपने बूढ़े बाप की याद आ गयी। उसने सोचा, किसी तरह नौकरी बचानी चाहिए, परन्तु कह बैठी–

''छोटे सरकार घोड़े पर से गिर पड़े। उन्हें मड़ई तक पहुँचाने में देर...।''

''चुप हरामजादी! तभी तो तेरा मिजाज और बिगड़ा है। अभी बड़े सरकार के पास चलते हैं।''

वह उठा और चला। दुखिया ने घास का बोझा पटका और रोती हुई झोंपड़ी की ओर चलती गई। राह चलते-चलते उसे डबरे का सायंकालीन दृश्य स्मरण होने लगा। वह उसी में भूलकर अपने घर पहुँच गई।

❑

प्रतिमा

जब अनेक प्रार्थना करने पर, यहाँ तक कि अपनी समस्त उपासना और भक्ति का प्रतिदान माँगने पर भी 'कुञ्जबिहारी' की प्रेमिका न पिघली, कोमल प्राणों पर दया न आयी, आँसुओं के अर्घ्य देने पर भी न पसीजी और कुञ्जनाथ किसी प्रकार देवता को प्रसन्न न कर सके, भयानक शिकारी ने सरला के प्राण ले ही लिये, किन्तु पाषाणी प्रतिमा अचल रही, तब भी उसका राग-भोग उसी प्रकार चलता रहा; शंख, घण्टा और दीपमाला का आयोजन यथा-नियम होता रहा। केवल कुञ्जनाथ तब से मन्दिर की फुलवारी में पत्थर पर बैठ कर हाथ जोड़ कर चला आता। 'कुञ्जबिहारी' के समक्ष जाने का साहस नहीं होता। न जाने मूर्ति में उसे विश्वास ही कम हो गया या कि अपनी श्रद्धा की, विश्वास की दुर्बलता उसे संकुचित कर देती।

आज चाँदनी निखर रही थी। चन्द्र के मनोहर मुख पर रीझकर सुरबालाएँ तारक-कुसुम की वर्षा कर रही थीं। स्निग्ध मलयानिल प्रत्येक कुसुम-स्तवक को चूमकर मन्दिर की अनेक मालाओं को हिला देता था। कुञ्ज पत्थर पर बैठा हुआ सब देख रहा था। मनोहर मदनमोहन मूर्ति की सेवा करने को चित्त उत्तेजित हो उठा। कुञ्जनाथ ने सेवा पुजारी के हाथ से ले ली। बड़ी श्रद्धा से पूजा करने लगा। चाँदी की आरती लेकर जब देव-विग्रह के सामने युवक कुञ्जनाथ सामने खड़ा हुआ, अकस्मात् मानसिक वृत्ति पलटी और सरला का मुख स्मरण हो आया। कुञ्जबिहारी की प्रतिमा के मुख-मण्डल पर उसने अपनी दृष्टि जमायी।

"मैं अनन्त काल तक तरंगों का आघात, वर्षा, पवन, धूप, धूल से तथा मनुष्यों के अपमान श्लाघा से बचने के लिए गिरि-गर्भ में छिपा पड़ा रहा, मूर्ति मेरी थी या मैं स्वयं मूर्ति था, यह सम्बन्ध व्यक्त नहीं था। निष्ठुर लौह-अस्त्र से जब काटकर मैं अलग किया गया, तब किसी प्रायणी ने अपनी समस्त सहृदयता मुझे अर्पण की, उसकी चेतावनी मेरे पाषाण में मिली, आत्मानुभव की तीव्र वेदना यह सब मुझे मिलते रहे, मुझमें विभ्रम था, विलास था, शक्ति थी। अब तो पुजारी भी वेतन पाता है और मैं भी उसी के अवशिष्ट से अपना निर्वाह..."

और भी क्या मूर्ति कह रही थी, किन्तु शंख और घण्टा भयानक स्वर से बज

उठे। स्वामी को देख कर पुजारी लोगों ने धातु-पात्रों को और भी वेग से बजाना आरम्भ कर दिया। कुञ्जनाथ ने आरती रख दी। दूर से कोई गाता हुआ जा रहा था—

"सच कह दूँ ऐ बिरहमन गर तू बुरा न माने।
तेरे सनमकदे के बुत हो गये पुराने।"

कुञ्जनाथ ने स्थिर दृष्टि से देखा, मूर्ति में वह सौन्दर्य नहीं, वह भक्ति स्फुरित करने वाली कान्ति नहीं। वह ललित भाव-लहरी का आविर्भाव-तिरोभाव मुख-मण्डल से जाने कहाँ चला गया है। धैर्य छोड़कर कुञ्ज़नाथ चला गया। प्रणाम भी नहीं कर सका।

: 2 :

"कहाँ जाती है?"

"माँ, आज शिवजी की पूजा नहीं की।"

"बेटी, तुझे कल रात से ज्वर था, फिर इस समय जाकर क्या नदी में स्नान करेगी?"

"हाँ, मैं बिना पूजा किये जल न पीऊँगी।"

"रजनी, तू बड़ी हठीली होती जा रही है। धर्म की ऐसी कड़ी आज्ञा नहीं है कि वह स्वास्थ्य को नष्ट करके पालन की जाय।"

"माँ, मेरे गले से जल न उतरेगा। एक बार वहाँ तक जाऊँगी।"

"तू क्यों पड़ी-पड़ी रोया करती है?"

"तेरे लिए।"

"और मैं भी पूजा करती हूँ तेरे लिए कि तेरा रोना छूट जाय।" इतना कहकर कलसी लेकर रजनी चल पड़ी।

वट-वृक्ष के नीचे उसी की जड़ में पत्थर का छोटा-सा जीर्ण-मन्दिर है। उसी में शिवमूर्ति है, वट की जटा से लटकता हुआ मिट्टी का बर्तन अपने छिद्र से जलबिन्दु गिराकर जाह्नवी की जटा की कल्पना को सार्थक कर रहा है। वैशाख के कोमल विल्व उस श्यामल मूर्ति पर लिपटे हैं। गोधूलि का समय, शीतलवाहिनी सरिता में स्नान करके रजनी ने दीपक जला कर आँचल की ओट में छिपाकर उसी मूर्ति के सामने लाकर धर दिया। भक्ति भाव से हाथ जाड़कर बैठ गयी और करुणा, प्रेम तथा भक्ति से भगवान् को प्रसन्न करने लगी। संध्या की मलिनता दीपक के प्रकाश में सचमुच वह पत्थर की मूर्ति मांसल हो गयी। प्रतिमा में सजीवता आ गयी, दीपक की लौ जब पवन से हिलती थी, तब विदित होता था कि प्रतिमा प्रसन्न होकर झूमने लगी है। एकान्त में भक्त भगवान् को प्रसन्न करने लगा। अन्तरात्मा के मिलन उस जड़

प्रतिमा को आर्द्र बना डाला। रजनी ने विधवा माता की विकलता की पुष्पाञ्जलि बनाकर देवता के चरणों में डाल दी। बेले का फूल और विल्वदल सांध्य-पवन से हिल कर प्रतिमा से खिसक कर गिर पड़ा। रजनी ने कामना पूर्ण होने का संकेत पाया। प्रणाम करके कलसी उठाकर गाँव की झोंपड़ी की ओर अग्रसर हुई।

: 3 :

"मनुष्य इतना पतित कभी न होता, यदि समाज उसे न बना देता। मैं अब इस कंकाल समाज से कोई सम्बन्ध न रखूँगा। जिसके साथ स्नेह करो, वही कपट रखता है। जिसे अपना समझो, वही कतरनी लिए रहता है। ओह, हम विद्वेष करके इतने क्रूर बना दिये गये हैं, हम लोगों ने इसे बुरा बना दिया है अपने स्वार्थ के लिए, हम कदापि इतने दुष्ट नहीं हो सकते थे। हमारी शुद्ध आत्मा में कितना विष मिला दिया है, कलुषित कर दिया है, किसने पकट, चातुरी, प्रवंचना सिखायी है? इसी पैशाचिक समाज ने, इसे छोड़ना होगा। किसी से सम्बन्ध ही न रहेगा, तो फिर विद्वेष का मूल ही न रह जायेगा। चलो, आज से इसे तिलांजलि दे दो। बस..." युवक कुञ्जनाथ आम्रकानन के कोने पर से संध्या के आकाश को देखते हुए कह रहा था। लता की आड़ से निकलती हुई रजनी ने कहा, "हैं! हैं! किसे छोड़ते हो?"

कुञ्जनाथ ने घूमकर देखा कि उनकी स्वर्गीय स्त्री की भगिनी रजनी कलसी लिए आ रही है। कुञ्जनाथ की भावना प्रबल हो उठी। आज बहुत दिनों पर रजनी दिखाई पड़ी है। दरिद्रा सास को कुञ्जनाथ बड़ी अनादर की दृष्टि से देखते थे। उससे कभी मिलना भी अपनी प्रतिष्ठा के विरुद्ध समझते थे। जब से सरला का देहान्त हुआ, तब से और भी। दरिद्र-कन्या से विवाह करके उन्हें समाज में सिर नीचा करना पड़ा था। इस पाप का फल रजनी की माँ को बिना दिए, बिना प्रतिशोध लिए कुञ्जनाथ को चैन नहीं। रजनी जब बालिका थी, कई बार बहन के पास बैठकर कुञ्जनाथ से सरल विनोद कर चुकी थी। आज उसके मन में उस बालिका-सुलभ चांचल्य का उदय हो गया। वह बोल उठी—"कुन्ज बाबू! किसे छोड़ना चाहते हो?"

कुञ्ज, धनी जमींदार की सन्तान था। उससे प्रगल्भ व्यवहार करना साधारण काम नहीं था। कोई दूसरा समय होता तो कुञ्जनाथ बिगड़ उठता, पर दो दिन से उसके हृदय में बड़ी करुणा है, अतः क्रोध को अवकाश नहीं। हँस कर पूछा, "कहाँ से आती हो, रजनी?"

रजनी ने कहा, "शिव-पूजन करके आ रही हूँ।"

कुञ्ज ने पूछा, "तुम्हारे शिवजी कहाँ हैं?"

रजनी—"यहीं नदी के किनारे।"

कुञ्ज—"मैं भी देखूँगा।"

रजनी—"चलिए।"

दोनों नदी की ओर चले। युवक ने देखा, भग्न-मन्दिर का नग्न देवता, न तो वस्त्र है, न अलंकार, न चाँदी के पात्र हैं, न जवाहरात की चमक। केवल श्यामल मूर्ति पर हरे-हरे विल्वदल और छोटा-सा दीपक का प्रकाश। कुञ्जनाथ को भक्ति का उद्रेक हुआ। देवमूर्ति के सामने उसने झुककर प्रणाम किया।

क्षण भर में आश्चर्य से कुञ्ज ने देखा कि स्वर्गीय सरला की प्रतिमा रजनी हाथ जोड़े है और वह शिव-प्रतिमा कुञ्जबिहारी हो गयी है।

❑

प्रलय

हिमावृत चोटियों की श्रेणी, अनन्त आकाश के नीचे क्षुब्ध समुद्र! उपत्यका की कन्दरा में, प्राकृतिक उद्यान में खड़े हुए युवक ने युवती से कहा, ''प्रिये!''

''प्रियतम! क्या होने वाला है?''

''देखो क्या होता है; कुछ चिन्ता नहीं, आसव तो है न?''

''क्यों प्रिय! इतना बड़ा खेल क्या यों ही नष्ट हो जाएगा?''

''यदि नष्ट न हो, खेल ज्यों-का-त्यों बना रहे, तब तो वह बेकार हो जाएगा।''

''तब हृदय में अमर होने की कल्पना क्यों थी?''

''सुख-भोग-प्रलोभन के कारण।''

''क्या सृष्टि की चेष्टा मिथ्या थी?''

''मिथ्या थी या सत्य, नहीं कहा जा सकता, पर स्वर्ग प्रलय के लिए होता है, यह निस्सन्देह कहा जायेगा, क्योंकि प्रलय भी एक सृष्टि है।''

''अपना अस्तित्व बनाए रखने के लिए बड़ा उद्योग था!'' युवती ने निःश्वास लेकर कहा।

''यह तो मैं भी मानूँगा कि अपने अस्तित्व के लिए स्वयं आपको व्यय कर दिया।'' युवक ने व्यंग्य से कहा।

युवती करुणार्द्र हो गयी। युवक ने मन बदलने के लिए कहा, ''प्रिय! आसव ले आओ।''

युवती स्फटिक-पात्र ले आयी। युवक पीने लगा।

''सदा रक्षा करने पर भी यह उत्पात?'' युवती ने दीन होकर जिज्ञासा की।

''तुम्हारे उपासकों ने भी कम अपव्यय नहीं किया।'' युवक ने सस्मित कहा।

''ओह, प्रियतम! अब कहाँ चलें?'' युवती ने मान कर कहा।

कठोर होकर युवक ने कहा, ''अब कहाँ, यहीं से यह लीला देखेंगे।''

सूर्य का अलात-चक्र के समान शून्य में भ्रमण, और उसके विस्तार का अग्नि-स्फुलिंग-वर्षा करते हुए आश्चर्य्य-संकोच! हिम-टीलों का नवीन महानदों के रूप

में पलटना, भयानक ताप से शेष प्राणियों का पलटना! महाकापालिक के चिंताग्नि-साधन का वीभत्स दृश्य!! प्रचण्ड आलोक का अन्धकार!!!

युवक मणि-पीठ पर सुखासीन होकर आसव पान कर रहा है। युवती त्रस्त नेत्रों से इस भीषण व्यापार को देखते हुए भी नहीं देख रही है। जवाकुसुम सदृश और जगत् का तत्काल तरल पारद-समान रंग बदलना, भयानक होने पर भी युवक को स्पृहणीय था। वह सस्मित बोला, "प्रिये! कैसा दृश्य है!"

"इसी का ध्यान करके कुछ लोगों ने आध्यात्मिकता का प्रचार किया था।" युवती ने कहा।

"बड़ी बुद्धिमत्ता थी!" हँस कर युवक ने कहा। वह हँसी ग्रहण की टक्कर के शब्द से भी कुछ ऊँची थी।

"क्यों?"

"मरण के कठोर सत्य से बचने का बहाना या आड़!"

"प्रिय! ऐसा न कहो।"

"मोह के आकस्मिक अवलम्ब ऐसे ही होते हैं।" युवक ने पात्र भरते हुए कहा।

"इसे मैं नहीं मानूँगी।" दृढ़ होकर युवती बोली।

सामने की जल-राशि आलोड़ित होने लगी। असंख्य जलस्तम्भ शून्य नापने को ऊँचे चढ़ने लगे। कण-जाल से कुहासा फैला। भयानक ताप पर शीतलता हाथ फेरने लगी। युवती ने और भी साहस से कहा, "क्या आध्यात्मिकता मोह है?"

"चैतनिक पदार्थों का ज्वार-भाटा है। परमाणुओं से ग्रथित प्राकृत नियन्त्रण-शैली का एक बिन्दु! अपना अस्तित्व बचाये रखने की आशा में मनोहर कल्पना कर लेता है। विदेह होकर विश्वात्मभाव की प्रत्याशा, इसी क्षुद्र अवयव में अन्तर्निहित अन्तःकरण यन्त्र का चमत्कार साहस है, जो स्वयं नश्वर उपादनों को साधन बनाकर अविनाशी होने का स्वप्न देखता है। देखो, इसी सारे जगत के लय की लीला में तुम्हें इतना मोह तो हो गया!"

प्रभंजन का प्रबल आक्रमण आरम्भ हुआ। महार्णव की आकाशमापक स्तंभ लहरियाँ भग्न होकर भीषण गर्जन करने लगीं। कन्दरा के उद्यान का अक्षयवट लहरा उठा। प्रकाण्ड शाल-वृक्ष तृण की तरह उस भयंकर फूत्कार से शून्य में उड़ने लगे। दौड़ते हुए वारिद-वृन्द के समान विशाल शैल-शृंग आवर्त में पड़कर चक्र-भ्रमण करने लगे। उद्गीर्ण ज्वालामुखियों के लावे जल-राशि को जलाने लगे। मेघाच्छादित, निस्तेज, स्पृश्य, चन्द्रबिंब के समान सूर्यमण्डल महाकापालिक के पिये हुए पान-पात्र की तरह लुढ़कने लगा। भयंकर कम्प और घोर वृष्टि में ज्वालामुखी बिजली के समान विलीन होने लगे।

युवक ने अट्टहास करते हुए कहा, "मुझे अपने गले से लगा लो, बड़ा भय लगता है।"

युवक ने कहा, "तुम्हारा त्रस्त करुण अर्ध कटाक्ष विश्व-भर की मनोहर छोटी-सी आख्यायिका का सुख देख रहा है। हाँ, एक..."

"आओ, तुम बड़े कठोर हो–"

"हमारी प्राचीनता और विश्व की रमणीयता ने तुम्हें स्वर्ग और प्रलय की अनादि लीला देखने के लिए उत्साहित किया था। अब उसका ताण्डव नृत्य देखो। तुम्हें भी अपनी कोमल कठोरता का बड़ा अभिमान था।"

"अभिमान ही होता तो प्रयास करके तुमसे क्यों मिलती? जाने दो, तुम मेरे सर्वस्व हो। तुमसे अब यह माँगती हूँ कि अब कुछ न माँगूँ, चाहे इसके बदले मेरी समस्त कामना ले लो।" युवती ने गले में हाथ डालकर कहा।

भयानक शती, दूसरे क्षण असह्य ताप, वायु के प्रचण्ड झोंकों में एक के बाद दूसरे की अद्‌भुत परम्परा, घोर गर्जन, ऊपर कुहासा और वृष्टि, नीचे महार्णव के रूप में अनन्त द्रवराशि, पवन उन्चासों गतियों से समग्र पंचमहाभूतों को आलोड़ित कर उन्हें तरल परमाणुओं के रूप में परिवर्तित करने के लिए तुला हुआ है। अनन्त परमाणुमय शून्य में एक वट-वृक्ष केवल एक नुकीले शृंग के सहारे स्थित है। प्रभंजन के प्रचण्ड आघातों से सब अदृश्य है। एक डाल पर वही युवक और युवती! युवक के मुख-मण्डल के प्रकाश से ही आलोक है। युवती मूर्च्छितप्राय है। वदन-मण्डल मात्र अस्पष्ट दिखाई दे रहा है। युवती सचेत होकर बोली–

"प्रियतम!"

"क्या प्रिये?"

"नाथ! अब मैं तुमको पाऊँगी।"

"क्या अभी तक नहीं पाया था?"

"मैं अभी तक तुम्हे पहचान भी नहीं सकी थी। तुम क्या हो, आज बता दोगे?"

"क्या अपने को जान लिया था; तुम्हारा यही उद्देश्य था?"

"अब कुछ-कुछ जान रही हूँ; जैसे मेरा अस्तित्व स्वप्न था; आध्यात्मिकता का मोह था; तुमसे भिन्न, स्वतन्त्र स्वरूप की कल्पना कर ली थी, वह अस्तित्व नहीं, विकृति थी। उद्देश्य की तो प्राप्ति हुआ ही चाहती है।"

युवती का मुख-मण्डल अस्पष्ट प्रतिबिम्ब मात्र रह गया था–युवक एक रमणीय तेज-पुंज था।

"तब और जानने की आवश्यकता नहीं, अब मिलना चाहती हो?"

"हूँ" अस्फुट शब्द का अन्तिम भाग प्रणव के समान गूँजने लगा।

"आओ, यह प्रलय-रूपी तुम्हारा मिलन आनन्दमय हो। आओ।"

अखण्ड आनन्द-शान्ति! आलोक!! आनन्द!!!

❑

आँधी

चन्दा के तट पर बहुत से छतनारे वृक्षों की छाया है, किन्तु मैं प्रायः मुचकुन्द के नीचे ही जाकर टहलता, बैठता और कभी-कभी चाँदनी में ऊँघने भी लगता। वहीं मेरा विश्राम था। वहाँ मेरी एक सहचरी भी थी, किन्तु वह कुछ बोलती न थी। वह रहट्‌ठों की बनी हुई मूसदानी-सी एक झोंपड़ी थी, जिसके नीचे पहले सथिया मुसहरिन का मोटा-सा काला लड़का पेट के बल पड़ा रहता था। दोनों कलाइयों पर सिर टेके हुए भगवान की अनन्त करुणा को प्रणाम करते हुए उसका चित्र आँखों के सामने आ जाता। मैं सथिया को कभी-कभी कुछ दे देता था, पर वह नहीं के बराबर। उसे तो मजूरी करके जीने में सुख था। अन्य मुसहरों की तरह अपराध करने में वह चतुर न थी। उसको मुसहरों की बस्ती से दूर रहने में सुविधा थी, वह मुचकुन्द के फूल इकट्‌ठे करके बेचती, सेमर की रुई बीन लेती, लकड़ी के गट्‌ठे बटोरकर बेचती, पर उसके इन सब व्यापारों में कोई सहायक न था। मैंने सोचा—स्नेह, माया, ममता इन सबों की एक घरेलू पाठशाला है, जिसमें उत्पन्न होकर शिशु धीरे-धीरे इनके अभिनय की शिक्षा पाता है। उसकी अभिव्यक्ति के प्रकार और विशेषता से वह आकर्षक होता है सही, किन्तु माया-ममता किसी प्राणी के हृदय में न होगी! मुसहरों को पता लगा—वे कल्लू को ले गये। तब से इस स्थान की निर्जनता पर गरिमा का एक और रंग चढ़ गया।

मैं अब भी तो वहीं पहुँच जाता हूँ। बहुत घूम-फिरकर भी जैसे मुचकुन्द की छाया की ओर खिंच जाता हूँ। आज के प्रभात में कुछ अधिक सरसता थी। मेरा हृदय हलका-हलका-सा हो रहा था। पवन में मादक सुगन्ध और शीतलता थी। ताल पर नाचती हुई लाल-लाल किरणें वृक्षों के अन्तराल से बड़ी सुहावनी लगती थीं। मैं परजाते के सौरभ में सिर को धीरे-धीरे हिलाता हुआ कुछ गुनगुनाता चला जा रहा था। सहसा मुचकुन्द के नीचे मुझे धुआँ और कुछ मनुष्यों की चहल-पहल का अनुमान हुआ। मैं कुतूहल से उसी ओर बढ़ने लगा।

वहाँ कभी एक सराय भी थी, अब उसका ध्वंस बच रहा था। दो-एक कोठरियाँ थीं, किन्तु पुरानी प्रथा के अनुसार अब भी वहीं पर पथि ठहरते।

मैंने देखा कि मुचकुन्द के आस-पास दूर तक एक विचित्र जमावड़ा है। अद्‌भुत शिविरों की पाँति में यहाँ पर कानन-चरों, बिना घरवालों की बस्ती बसी हुई है।

सृष्टि को आरम्भ हुए कितना समय बीत गया, किन्तु इन अभागों को कोई पहाड़ की तलहटी या नदी की घाटी बसाने के लिए प्रस्तुत न हुई और न इन्हें कहीं घर बनाने की सुविधा ही मिली। वे आज भी अपने चलते-फिरते घरों को जानवरों पर लादे हुए घूमते हैं! मैं सोचने लगा—ये सभ्य मानव-समाज के विद्रोही हैं, तो भी इनका एक समाज है। सभ्य संसार के नियमों को कभी न मानकर भी इन लोगों ने अपने लिए नियम बनाये हैं। किसी भी तरह, जिनके पास कुछ है, उनसे ले लेना और स्वतंत्र होकर रहना। इनके साथ सदैव आज के संसार के लिए विचित्रतापूर्ण संग्रहालय रहता है। ये अच्छे घुड़सवार और भयानक व्यापारी हैं। अच्छा, ये लोग कठिन परिश्रमी और संसार-यात्रा के उपयुक्त प्राणी हैं, फिर इन लोगों ने कहीं बसना, घर बनाना क्यों नहीं पसन्द किया?—मैं मन-ही-मन सोचता हुआ धीरे-धीरे उसके पास होने लगा। कुतूहल ही तो था। आज तक इन लोगों के सम्बन्ध में कितनी ही बातें सुनता आया था। जब निर्जन चिन्ता का तल मेरे मनोविनोद की सामग्री हो सकता है, तब आज उसका बसा हुआ तट मुझे क्यों न आकर्षित करता? मैं धीरे-धीरे मुचकुन्द के पास पहुँच गया। उसकी एक डाल पर बँधा हुआ एक सुन्दर बछेड़ा हरी-हरी दूब खा रहा था और लहँगा-कुरता पहने, रूमाल सिर से बाँधे हुए एक लड़की उसकी पीठ सूखे घास के मुट्ठे से मल रही थी। मैं रुककर देखने लगा। उसने पूछा—"घोड़ा लोगे, बाबू?"

"नहीं"—कहते हुए मैं आगे बढ़ा था कि एक तरुणी ने झोंपड़े से सिर निकालकर देखा। वह बाहर निकल आई। उसने कहा—"आप पढ़ना जानते हैं?"

"हाँ, जानता तो हूँ।"

"हिन्दुओं की चिट्ठी आप पढ़ लेंगे?"

मैं उसके सुन्दर मुख को कला की दृष्टि से देख रहा था। कला की दृष्टि, ठीक तो बौद्ध-कला, गान्धार-कला, द्रविड़ों की कला इत्यादि नाम से भारतीय मूर्ति-सौन्दर्य के अनेक विभाग जो हैं; जिससे गढ़न का अनुमान होता है। मेरे एकान्त जीवन को बिताने की सामग्री में इस तरह का जड़ सौन्दर्य-बोध भी एक स्थान रखता है। मेरा हृदय सजीव प्रेम से कभी आप्लुत नहीं हुआ था। मैं इस मूक सौन्दर्य से ही अपना मनोविनोद कर लिया करता। चिट्ठी पढ़ने की बात पूछने पर भी मैं अपने मन में निश्चय कर रहा था कि यह वास्तविक गान्धार प्रतिमा है या ग्रीस और भारत का इस सौन्दर्य में समन्वय है।

वह झुँझलाकर बोली—"क्या नहीं पढ़ सकोगे?"

"चश्मा नहीं है।"—मैंने सहसा कह दिया। यद्यपि मैं चश्मा नहीं लगाता, तो भी स्त्रियों से बोलने में न जाने क्यों मेरे मन में हिचक होती है। मैं उनसे डरता भी था, क्योंकि सुना था कि वे किसी वस्तु को बेचने के लिए प्रायः इस तरह तंग करती हैं कि उनसे दाम पूछनेवाले को लेकर ही छूटना पड़ता है। उसमें उनके पुरुष

लोग भी सहायक हो जाते हैं, तब वह बेचारा ग्राहक और भी झंझट में फँस जाता। मेरी सौंदर्य की अनुभूति विलीन हो गई। मैं अपने दैनिक जीवन के अनुसार टहलने का उपक्रम करने लगा; किन्तु वह सामने अचल प्रतिमा की तरह खड़ी हो गई। मैंने कहा—"क्या है?"

"चश्मा चाहिए? मैं ले आती हूँ।"

"ठहरो, ठहरो, मुझे चश्मा न चाहिए।"

कहकर मैं सोच रहा था कि कहीं मुझे खरीदना न पड़े, उसने पूछा—"तब तुम पढ़ सकोगे कैसे?"

मैंने देखा कि बिना पढ़े मुझे छुट्टी न मिलेगी। मैंने कहा—'ले आओ, देखूँ, सम्भव है कि पढ़ सकूँ।" उसने अपनी जेब से एक बुरी तरह मुड़ा हुआ पत्र निकाला। मैं उसे लेकर मन-ही-मन पढ़ने लगा।

'लैला...,

तुमने मुझे जो पत्र लिखा था, उसे पढ़कर मैं हँसा भी और दुःख तो हुआ ही। हँसा इसलिए कि तुमने दूसरे को अपने मन का ऐसा खुला हुआ हाल क्यों कह दिया। तुम कितनी भोली हो! क्या तुमको ऐसा पत्र दूसरे से लिखवाते हुए हिचक न हुई? तुम्हारा घूमनेवाला परिवार ऐसी बातों को सहन करेगा? क्या इन प्रेम की बातों में तुम गंभीरता का तनिक भी अनुभव नहीं करते हो? और दुःखी इसलिए हुआ कि तुम मुझसे प्रेम करती हो। यह कितनी भयानक बात है। मेरे लिए भी और तुम्हारे लिए भी। तुमने मुझे आमंत्रित किया है, प्रेम के स्वतंत्र साम्राज्य में घूमने के लिए, तुम जानती हो, मुझे जीवन की ठोस झंझटों से छुट्टी नहीं। घर में मेरी स्त्री है, तीन-तीन बच्चे हैं, उन सबों के लिए मुझे खटना पड़ता है, काम करना पड़ता है। यदि वैसा न भी होता, तो भी क्या मैं तुम्हारे जीवन को अपने साथ घसीटने में समर्थ होता, तुम स्वतन्त्र वन-विहंगिनी और मैं एक हिन्दू गृहस्थ; अनेकों रुकावटें, बीसों बन्धन। यह सब असम्भव है। तुम भूल जाओ। जो स्वप्न तुम देख रही हो, उसमें केवल हम और तुम हैं। संसार का आभास नहीं। मैं संसार में एक दिन और जीर्ण सुख लेते हुए जीवन की विभिन्न अवस्थाओं का समन्वय करने का प्रयत्न कर रहा हूँ। न मालूम कब से मनुष्य इस भयानक सुख का अनुभव कर रहा है। मैं उन मनुष्यों में अपवाद नहीं हूँ, क्योंकि यह सुख भी तुम्हारे स्वतंत्र सुख की संतति है, वह आरम्भ है, यह परिणाम है। फिर भी घर बसाना पड़ेगा। फिर वही समस्याएँ आवेंगी। तब तुम्हारा स्वप्न भंग हो जायेगा। पृथ्वी ठोस और कंकरीली रह जायेगी। फूल हवा में बिखर जायेंगे। आकाश का विराट् मुख समस्त आलोक को पी जाएगा। अन्धकार, केवल अन्धकार में झुँझलाहट भरा पश्चात्ताप, जीवन को अपने डंकों से क्षत-विक्षत कर देगा। इसलिए लैला! भूल जाओ। तुम चारयारी बेचती हो। उससे सुना है, चोर पकड़े जाते हैं। किन्तु अपने मन का चोर पकड़ना कहीं अच्छा है।

तुम्हारे भीतर जो तुमको चुरा रहा है, उसे निकाल बाहर करो। मैंने तुमसे कहा था कि बहुत-से पुराने सिक्के खरीदूँगा, तुम अबकी बार पश्चिम जाओ तो खोजकर ले आना। उन्हें अच्छे दामों पर ले लूँगा। किन्तु तुमको खरीदना है, अपने को बेचना नहीं, इसलिए मुझसे प्रेम करने की भूल तुम न करो।

हाँ, अब कभी इस तरह पत्र न भेजना, वह सब व्यर्थ है।''

—रामेश्वर

मैं एक साँस में पत्र पढ़ गया, तब तक लैला मेरा मुँह देख रही थी। मेरा पढ़ना कुछ ऐसा ही हुआ, जैसे लोग अपने में बर्राते हैं। मैंने उसकी ओर देखते हुए वह कागज उसे लौटा दिया। उसने पूछा—''इसका मतलब?''

''मतलब? वह फिर किसी समय बताऊँगा। अब मुझे जलपान करना है। मैं जाता हूँ।'' कहकर मैं मुड़ा ही था कि उसने पूछा—''आपका घर, बाबू!''—मैंने चन्दा के किनारे अपने सफेद बँगले को दिखा दिया। लैला पत्र हाथ में लिए वहीं खड़ी रही। मैं अपने बँगले की ओर चला। मन में सोचता जा रहा था। रामेश्वर! वही तो रामेश्वरनाथ वर्मा! क्यूरियो मर्चेंट! उसी की लिखावट है। वह तो मेरा परिचित है, मित्र मान लेने में मन को एक तरह की अड़चन है। इसलिए मैं प्रायः अपने कहे जाने वाले मित्रों को भी जब अपने मन में सम्बोधन करता हूँ, तो परिचित ही कहकर! सो भी जब इतना माने बिना काम नहीं चलता। मित्र मान लेने पर मनुष्य उससे शिव के समान आत्मा बोधिसत्त्व के सदृश सर्वस्व समर्पण की जो आशा करता है और उसकी शक्ति की सीमा को प्रायः अतिरंजित देखता है, वैसी स्थिति में अपने को डालना, मुझे पसन्द नही। क्योंकि जीवन का हिसाब-किताब उस काल्पनिक गणित के आधार पर रखने का मेरा अभ्यास नहीं, जिसके द्वारा मनुष्य सबसे ऊपर अपना पावना ही निकाल लिया करता है।

अकेले जीवन के नियमित व्यय के लिए साधारण पूँजी का ब्याज मेरे लिए पर्याप्त है। मैं सुखी विचरता हूँ! हाँ, जलपान करके कर्सी पर बैठा हुआ अपनी डाक देख रहा था। उसमें एक लिफाफा ठीक उन्हीं अक्षरों में लिखा हुआ, जिनमें लैला का पत्र था, निकला, मैं उत्सुकता से उसे खोलकर पढ़ने लगा—

भाई श्रीनाथ,

तुम्हारा समाचार बहुत दिनों से नहीं मिला। तुम्हें यह जानकर प्रसन्नता होगी कि हम लोग दो सप्ताह के भीतर तुम्हारे अतिथि होंगे। चन्दा की वायु हम लोगों को खींच रही है। मिन्ना तो तंग कर ही रहा है, उसकी माँ को और भी उत्सुकता है। उन सबों को यही सूझी है कि दिन-भर ताल में डोंगी पर भोजन न करके हवा खायेंगे और पानी पीयेंगे। तुम्हें कष्ट तो न होगा?

तुम्हारा

—रामेश्वर

पत्र पढ़ लेने पर जैसे कुतूहल मेरे सामने नाचने लगा। रामेश्वर के परिवार का स्नेह, उनके मधुर झगड़े; मान-मनौवल-समझौता और अभाव में भी सन्तोष; कितना सुन्दर! मैं कल्पना करने लगा। रामेश्वर एक सफल कदम्ब है, जिसके ऊपर मालती की लता अपनी सैकड़ों उलझनों से, आनंद की छाया और आलिंगन का सस्नेह-सुरभि ढाल रही है।

रामेश्वर का ब्याह मैंने देखा था। रामेश्वर के हाथ के ऊपर मालती की पीली हथेली, जिसके ऊपर जलधारा पड़ रही थी। सचमुच यह सम्बन्ध कितना शीतल हुआ। उस समय मैं हँस रहा था—बालिका मालती और किशोर रामेश्वर! हिन्दू-समाज का यह परिहास—यह भीषण मनोवविनोद! तो भी मैंने देखा, कहीं भूचाल नहीं हुआ, कहीं ज्वालामुखी नहीं फूटा, बहिया ने कोई गाँव बहाया नहीं। रामेश्वर और मालती अपने सुख की फसल हर साल काटते हैं। मैंने जो सोचा—अभी-अभी जो विचार मेरे मन में आया वह न लिखूँगा। मेरी क्षुद्रता जलन के रूप में प्रकट होगी। किन्तु मैं सच कहता हूँ, मुझे रामेश्वर से जलन नहीं, तो भी मेरे उस विचार का मिथ्या अर्थ लोग लगा ही लेंगे। आजकल मनोविज्ञान का युग है न। प्रत्येक ने मनोवृत्तियों के लिए हृदय को कबूतर का दड़बा बना डाला है। इनके लिए सफेद, नीला, सुर्ख का श्रेणी-विभाग कर लिया गया है। उसी प्रकार की मनोवृत्तियों को गिनकर वर्गीकरण कर लेने का साहस भी होने लगा है।

तो भी मैंने उस बात को सोच ही लिया। मेरे साधारण जीवन में एक लहर उठी। प्रसन्नता की स्निग्ध लहर! पारिवारिक सुखों से लिपटा हुआ, प्रणय-कलह देखूँगा—मेरे दायित्व-विहीन जीवन का वह मनोविनोद होगा। मैं रामेश्वर को पत्र लिखने लगा—

भाई रामेश्वर!

तुम्हारे पत्र ने मुझ पर प्रसन्नता की वर्षा की है। मेरे शून्य जीवन को आनन्द-कोलाहल से, कुछ ही दिनों के लिए सही, भर देने का तुम्हारा प्रयत्न मेरे लिए सुख का कारण होगा, तुम अवश्य आओ और सबको साथ लेकर आओ!

तुम्हारा,
—श्रीनाथ

पुनश्च,

बंबई से आते हुए सूरन अवश्य लेते आना! यहाँ वैसा नहीं मिलता। सूरन की तरकारी की गरमी में ही तुम लोग चन्दा की ठंडी हवा झेल सकोगे और साथ-साथ अपनी चलती-फिरती दुकान का एक बक्स, जिस पर हम लोगों की बातचीत की परम्परा लगी रहे।

—श्रीनाथ

दोपहर का भोजन कर लेने के बाद मैं थोड़ी देर अवश्य लेटता हूँ। कोई पूछता

है, तो कह देता हूँ कि यह निद्रा नहीं भाई, तन्द्रा है, स्वास्थ्य को मैं उसे अपने आराम से चलने देता हूँ! चिकित्सकों से सलाह पूछकर उसमें छेड़-छाड़ करना मुझे ठीक नहीं जँचता। सच बात यह है कि मुझे वर्तमान युग की चिकित्सा में वैसा ही विश्वास है, जैसे पाश्चात्य पुरातत्त्वज्ञों की खोज पर। जैसे वे साँची और अमरावती के स्तम्भ तथा शिल्प के चिह्नों में बस पहनी हुई मूर्तियों को देखकर, ग्रीक शिल्पकला ऐसी हो ही नहीं सकती, क्योंकि वे कपड़ा पहनना जानते ही न थे। फिर चाहे आप त्रिपिटक से ही प्रमाण क्यों न दें कि बिना अन्तर्वासक, चीवर इत्यादि के भारत का कोई भी भिक्षु नहीं रहता था; पर वे कब माननेवाले! वैसे ही चिकित्सक के पास सिरदर्द होने की दवा खोजने गये कि वह पेट से उसका सम्बन्ध जोड़कर कोई रेचक औषधि दे ही देगा। बेचारा कभी न सोचेगा कि कोई गम्भीर विचार करते हुए, जीवन की किसी कठिनाई से टकराते रहने से ही सिर में पीड़ा हो सकती है। तो भी मैं हल्की-सी तन्द्रा केवल तबीयत बनाने के लिए ले ही लेता हूँ।

शरद-काल की उजली धूप ताल के नीचे जल पर फैल रही थी। आँखों में चकाचौंधी लग रही थी। मैं कमरे में पड़ा अँगड़ाई ले रहा था। दुलारे ने आकर कहा, ''ईरानी—नहीं-नहीं बलूची आये हैं।'' मैंने पूछा—''कैसे ईरानी और बलूची?''

''वही जो मूँगा, फीरोजा, चारयारी बेचते हैं, सिर में रूमाल बाँधे हुए।''

मैं उठ खड़ा हुआ, दालान में आकर देखता हूँ, तो एक बीस बरस के युवक के साथ लैला। गले में चमड़े का बैग, पीठ पर चोटी, छींट का रूमाल। एक निराला आकर्षक चित्र। लैला ने हँसकर पूछा—''बाबू, चारयारी लोगे?''

''चारयारी?''

''हाँ बाबू! चारयारी! इसके रहने से इसके पास सोना, अशर्फी रहेगा। थैली कभी खाली न होगी। और बाबू! इससे चोरी का माल बहुत जल्दी पकड़ा जाता है।''

साथ ही युवक ने कहा—''ले लो बाबू! असली चारयारी; सोने का चारयारी! एक बाबू के लिए लाया था। वह मिला नहीं।''

मैं अब तक उन लोगों की सुरमीली आँखों को देख रहा था। सुरमे का घेरा गोरे-गोरे मुँह पर आँख की विस्तृत सत्ता का स्वतंत्र साक्षी था। पतली लंबी गर्दन पर खिलौने-सा मुँह टपाटप बोल रहा था! मैंने कहा—''इसे तो मैं पढ़ चुका हूँ।''

''इसका मतलब!''

''वह तुम्हारी चारयारी खरीदने फिर आवेगा। यही इसमें लिखा है।'' मैंने कहा।

''बस! इतना ही?''

''और भी कुछ है।''

''क्या बाबू?''

''और जो उसने लिखा है, वह मैं नहीं कह सकता।''

''क्यों बाबू? क्यों न कह सकोगे? बोलो।''

"लैला की वाणी में पुचकार, दुलार, झिड़की और आज्ञा थी।"

"यह सब बात मैं नहीं..."

बीच में ही बात काटकर उसने कहा—"क्यों नहीं? तुम जानते हो, नहीं बोलोगे?"

"उसने लिखा है, मैं तुमसे प्यार करता हूँ।"

"लिखा है, बाबू!" लैला की आँखों में स्वर्ग हँसने लगा! वह फुर्ती से पत्र मोड़कर रखती हुई हँसने लगी। मैंने अपने मन में कहा—अब यह पूछेगी, वह कब आवेगा? कहाँ मिलेगा? किन्तु लैला ने यह सब कुछ नहीं पूछा। वह सीढ़ियों पर अर्द्ध-शयनावस्था में जैसे कोई सुन्दर सपना देखती हुई मुस्करा रही थी। युवक दौड़ता हुआ आया; उसने अपनी भाषा में कुछ घबराकर कहा, पर लैला लेटे-ही-लेटे कुछ बोली। युवक भी बैठ गया। लैला ने मेरी ओर देखकर कहा—"तो बाबू! वह आवेगा। मेरी चारयारी खरीदेगा। गुल से भी कह दो।" मैंने समझ लिया कि युवक का नाम गुल है। मैंने कहा—"हाँ, वह तुम्हारी चारयारी खरीदने आवेंगे।" गुल ने लैला की ओर प्रसन्न दृष्टि से देखा।

परन्तु मैं जैसे भयभीत हो गया। अपने ऊपर सन्देह होने लगा। लैला सुन्दरी थी, पर उसके भीतर भयानक राक्षस की आकृति थी या देवमूर्ति! यह बिना जाने मैंने क्या कह दिया! इसका परिणाम भीषण भी हो सकता है, मैं सोचने लगा। रामेश्वर को मित्र तो मानता नहीं, किन्तु मुझे उससे शत्रुता करने का क्या अधिकार है?

चन्दा के दक्षिणी तट पर ठीक मेरे बँगले के सामने एक पाठशाला थी। उसमें एक सिंहली सज्जन रहते थे। न जाने कहाँ-कहाँ से उनको चन्दा मिलता था। वे पास-पड़ोस के लड़कों को बुलाकर पढ़ाने के लिए बिठाते थे। दो मास्टरों का वेतन देते थे। उनका विश्वास था कि चन्दा का तट किसी दिन तथागत के पवित्र चरण-चिह्न से अंकित हआ था, वे आज भी उन्हें खोजते थे। बड़े शांत प्रकृति के जीव थे। उनका श्यामल शरीर, कुंचित केश, तीक्ष्ण दृष्टि, सिंहली विशेषता से पूर्ण विनय, मधुर वाणी और कुछ-कुछ मोटे अधरों में चौबीस घंटे बसने वाली हँसी आकर्षण से भरी थी। मैं कभी-कभी जब जीभ में खुजलाहट होती, वहाँ पहुँच जाता। आज की घटना मेरे गम्भीर विचार का विषय बनकर मुझे व्यस्त कर रही थी। मैं अपनी डोंगी पर बैठ गया। दिन अभी घंटे-डेढ़-घंटे बाकी था। उस पार डोंगी ले जाते बहुत देर नहीं हुई। मैं पाठशाला और ताल से बीच के उद्यान को देख रहा था। खजूर और नारियल के ऊँचे-ऊँचे वृक्षों की जिसमें निराली छटा थी। एक नया पीपल अपने चिकने पत्तों की हरियाली में झूम रहा था। उसके नीचे शिला पर प्रज्ञासारथि बैठे थे। नाव को अटकाकर मैं उनके समीप पहुँचा। अस्त होने वाले सूर्य-बिम्ब की रँगीली किरणें उनके प्रशांत मुखमण्डल पर पड़ रही थीं। दो-ढाई हजार वर्ष पहले का चित्र दिखाई पड़ा, जब भारत की पवित्रता हजारों कोस से लोगों को वासना-दमन करना सीखने के लिए आमंत्रित करती थी। आज भी आध्यात्मिक रहस्यों के उस देश में उस महती

साधना का आशीर्वाद बचा है। अभी भी बोधिवृक्ष पनपते हैं! जीवन की जटिल आवश्यकता को त्यागकर जब काषाय पहने संध्या के सूर्य के रंग में रंग मिलाते हुए ध्यान-समित-लोचन मूर्तियाँ अभी देखने में आती हैं, तब जैसे मुझे अपनी सत्ता का विश्वास होता है और भारत की अपूर्वता का अनुभव होता है। अपनी सत्ता का इसलिए कि मैं भी त्याग का अभिनय करता हूँ न! और भारत के लिए तो मुझे पूर्ण विश्वास है कि इसकी विजय धर्म में है।

अधरों में कुंचित हँसी, आँखों में प्रकाश भरे प्रज्ञासारथि ने मुझे देखते हुए कहा–"आज मेरी इच्छा थी कि आपसे भेंट हो।"

मैंने हँसते हुए कहा–"अच्छा हुआ कि मैं प्रत्यक्ष ही आ गया। नहीं तो ध्यान में बाधा पड़ती।"

"श्रीनाथजी! मेरे ध्यान में आपके आने की सम्भावना न थी। तो भी आज एक विषय पर आपकी सम्मति की आवश्यकता है।"

"मैं भी कुछ कहने के लिए ही यहाँ आया हूँ। पहले मैं कहूँ कि आप ही आरम्भ करेंगे?"

"साथिया के लड़के कल्लू के सम्बन्ध में तो आपको कुछ नहीं कहना है? मेरे बहुत कहने पर मुसहरों ने उसे पढ़ने के लिए मेरी पाठशाला में रख दिया है और उसके पालन के भार से अपने को मुक्त कर लिया। अब वह सात बरस का हो गया है। अच्छी तरह खाता-पीता है। साफ-सुथरा रहता है। कुछ-कुछ पढ़ता भी है।" प्रज्ञासारथि ने कहा।

"चलिए, अच्छा हुआ! एक रास्ते पर लग गया। फिर जैसा उसके भाग्य में हो। मेरा मन इन घरेलू बन्धनों में पड़ने के लिए विरक्त-सा है, फिर भी न जाने क्यों कल्लू का ध्यान आ ही जाता है।" मैंने कहा।

"तब तो अच्छी बात है, आप इस कृत्रिम विरक्ति से ऊब चले हैं, तो कुछ काम करने लगिये। मैं भी घर जाना चाहता हूँ, न हो तो पाठशाला ही चलाइये।" कहते हुए प्रज्ञासारथि ने मेरी ओर गम्भीरता से देखा।

मेरे मन में हलचल हुई। मैं एक बकवादी मनुष्य! किसी विषय पर गम्भीरता का अभिनय करके थोड़ी देर तक सफल बाद-विवाद चला देना और फिर विश्वास करना; इतना ही तो मेरा अभ्यास था। काम करना, किसी दायित्व को सिर पर लेना असम्भव! मैं चुप रहा। वह मेरा मुँह देख रहे थे। मैं चतुरता से निकल जाना चाहता था। यदि मैं थोड़ी देर और उसी तरह सन्नाटा रखता, तो मुझे हाँ या नहीं कहना ही पड़ता। मैंने विवाह वाला चुटकुला छेड़ ही तो दिया।

"आप तो विरक्त भिक्षु हैं। अब घर जाने कर आवश्यकता कैसे आ पड़ी?"

"भिक्षु!" आश्चर्य से प्रज्ञासारथि ने कहा–"मैं तो ब्रह्मचर्य में हूँ। विद्याभ्यास और धर्म का अनुशीलन कर रहा हूँ। यदि मैं चाहूँ तो प्रव्रज्या ले सकता हूँ, नहीं

तो गृही बनने में कोई धार्मिक आपत्ति नहीं। सिंहल ने तो यही प्रथा प्रचलित है। मेरे विचार से यह प्राचीन कथा भी थी! मैं ग्राहस्थ्य-जीवन से परिचित होना चाहता हूँ।"

"तो आप व्याह करेंगे?"

"क्यों नहीं, वही करने तो जा रहा हूँ।"

"देखता हूँ, स्त्रियों पर आपको पूर्ण विश्वास है।"

"अविश्वास करने का कारण क्या है? इतिहास में, आख्यायिकाओं में कुछ स्त्रियों और पुरुषो का दुष्ट चरित्र पढ़कर मुझे अपने और अपनी भावी सहधर्मिणी पर अतिविश्वास कर लेने का कोई अधिकार नहीं? प्रत्येक व्यक्ति को अपनी परीक्षा देनी चाहिए।"

"विवाहित जीवन! सुखदायक होगा?" मैंने पूछा!

"किसी कर्म को करने के पहले उसमें सुख की ही खोज करना क्या अत्यन्त आवश्यक है? सुख तो धर्माचरण से मिलता है। अन्यथा संसार तो दुःखमय है ही। संसार के कर्मों को धार्मिकता के साथ करने में सुख की ही संभावना है।"

"किन्तु ब्याह-जैसे कर्म से तो सीधा-सीधा स्त्री से सम्बन्ध है। स्त्री कितनी विचित्र पहेली है। इसे जानना सहज नहीं। बिना जाने ही उससे अपना सम्बन्ध जोड़ लेना कितनी बड़ी भूल है, ब्रह्मचारी जी!" मैंने हँसकर कहा।

"भाई, तुम बड़े चतुर हों। खूब सोच-समझकर, परखकर तब सम्बन्ध जोड़ना चाहते हो न; किन्तु मेरी समझ में सम्बन्ध हुए बिना परखने का दूसरा उपाय नहीं।" प्रज्ञासारथि ने गंभीरता से कहा। मैं चुप होकर सोचने लगा। अभी-अभी जो मैंने एक काण्ड का बीजारोपाण किया है, वह क्या लैला के स्वभाव से परिचित होकर! मैं अपनी मूर्खता पर मन-ही-मन तिलमिला उठा। मैंने कल्पना से देखा, लैला प्रतिहिंसा भरी एक भयानक राक्षसी है, यदि वह अपने जाति-स्वभाव के अनुसार रामेश्वर के साथ बदला लेने की प्रतिज्ञा ले बैठे, तब क्या होगा?

प्रज्ञासारथि ने कहा—"मेरा जाना तो निश्चित है। ताम्रपर्णी की तरंग मालाएँ मुझे बुला रही हैं! मेरी एक प्रार्थना है। आप कभी-कभी आकर इसका निरीक्षण कर लिया कीजिए।"

मुझे एक बहाना मिला, मैंने कहा—"मैंने बैठे-बिठाये एक झंझट बुला ली है। मैं देखता हूँ कि कुछ दिनों तक तो मुझे उसमें फँसना ही पड़ेगा।"

प्रज्ञासारथि ने पूछा—"वह क्या?"

मैंने लैला का पत्र पढ़ने और उसके बाद का सब वृत्तान्त कह सुनाया। प्रज्ञासारथि चुप रहे, फिर उन्होंने कहा—"आपने इस काम को खूब सोच-समझकर करने की आवश्यकता पर तो ध्यान न दिया होगा, क्योंकि इसका फल दूसरे को भोगने की सम्भावना है न!"

मुझे प्रज्ञासारथि का यह व्यंग्य अच्छा न लगा। मैंने कहा—"सम्भव है कि मुझे भी कुछ भोगना पड़े।"

"भाई, मैं तो देखता हूँ, संसार में बहुत-से ऐसे काम मनुष्य को करने पड़ते हैं, जिन्हें वह स्वप्न में भी नहीं सोचता। अकस्मात् वे प्रसंग सामने आकर गुर्राने लगते हैं, जिनसे भागकर जान बचाना ही उसका अभीष्ट होता है। मैं भी इसी तरह ब्याह करने के लिए सिंहल जा रहा हूँ!"

अन्धकार को भेदकर शरद का चंद्रमा नारियल और खजूर के वृक्षों पर दिखाई देने लगा था। चन्दा का ताल लहरियों में प्रसन्न था। मैं क्षणभर के लिए प्रकृति की उस सुन्दर चित्रपटी को तन्मय होकर देखने लगा।

कलुआ ने जब प्रज्ञासारथि को भोजन करने की सूचना दी, मुझे स्मरण हुआ कि मुझे उस पार जाना है। मैंने दूसरे दिन आने को कहकर प्रज्ञासारथि से छुट्टी माँगी।

डोंगी पर बैठकर मैं धीरे-धीरे डाँड़ चलाने लगा।

मैं अनमना-सा डाँड़ चलाता हुआ कभी चन्द्रमा और कभी चन्दा ताल को देखता। नाव सरल आन्दोलन में तिर रही थी। बार-बार सिंहली प्रज्ञासारथि की बात सोचता जाता था। मैंने घूमकर देखा, तो कुंज से घिरा हुआ पाठशाला का भवन चन्दा के शुभ्र जल में प्रतिबिम्बित हो रहा था! चन्दा का वह तट समुद्र-उपकूल का एक खंड-चित्र था। मन-ही-मन सोचने लगा—मैं करता ही क्या हूँ, यदि मैं पाठशाला का ही निरीक्षण करूँ, तो हानि क्या? मन भी लगेगा और समय भी कटेगा। अब मैं बहुत दूर चला आया था। सामने मुचकुन्द वृक्ष की नील आकृति दिखलाई पड़ी। मुझे लैला का फिर स्मरण आ गया। कितनी सरल, स्वतंत्र और साहसिकता से भरी हुई रमणी है। सुरमीली आँखों में कितना नशा है और अपने मादक उपकरणों से भी रामेश्वर को अपनी ओर आकर्षित करने में असमर्थ है। रामेश्वर पर मुझे क्रोध आया और लैला को फिर अपने विचारों से उलझते देखकर झुँझला उठा। अब किनारा समीप हो चला था। मैं मुचकुन्द की ओर से नाव घुमाने को था कि मुझे उस प्रशान्त जल में दो सिर तैरते हुए दिखाई पड़े। शरद-काल की शीतल रजनी में उन तैरनेवालों पर मुझे आश्चर्य हुआ। मैंने डाँड़ चलाना बन्द कर दिया। दोनों तैरने वाले डोंगी के पास आ चले थे। मैंने चन्द्रिका के आलोक में पहचान लिया, वह लैला का सुन्दर मुख! मैंने पुकारा—"लैला!" वह बोलने ही को थी कि उसके साथ वाला मुख गुर्रा उठा। मैंने समझा कि उसका साथी गुल होगा; किन्तु लैला ने कहा—"चुप बाबूजी हैं।" अब मैंने पहचाना—वह एक भयानक ताजी कुत्ता है, जो लैला के साथ तैर रहा था। लैला ने कहा—"बाबूजी, आप कहाँ?" मेरी डोंगी के एक ओर लैला का हाथ था और दूसरी ओर कुत्ते के दोनों अगले पंजे। मैंने कहा—"यों ही घूमने आया था और तुम रात को तैरती हो लैला?"

"दिन-भर काम करने के बाद अब तो छुट्टी मिली है, बदन को ठंडा कर रही हूँ।" लैला ने कहा।

वह एक अद्भुत दृश्य था। इतने दिनों तक मैं जीवन के अकेले दिनों को काट चुका हूँ। अनेक अवसर विचित्र घटनाओं से पूर्ण और मनोरंजक मिले हैं; किन्तु ऐसा दृश्य तो मैंने कभी न देखा। मैंने पूछा—"आज की रात तो बहुत ठंडी है, लैला!"

उसने कहा—"नहीं, बड़ी गर्म।"

दोनों ने अपनी रुकावट हटा ली। डोंगी चलने को स्वतन्त्र थी। लैला और उसका साथी दोनों तैरने लगे। मैं फिर अपने बँगले की ओर डोंगी खेने लगा। किनारे पर पहुँचकर देखता हूँ कि दुलारे खड़ा है। मैंने पूछा—"क्यों रे! तू कब से यहाँ है?"

उसने कहा—"आपको आने में देर हुई, इसलिए मैं आया हूँ, रसोई ठंडी हो रही है।"

मैं डोंगी से उतर पड़ा और बँगले की ओर चला। मेरे मन में न जाने क्यों सन्देह हो रहा था कि दुलारे जान-बूझकर परखने आया था। लैला से बातचीत करते हुए उसने मुझे अवश्य देखा है। तो क्या वह मुझ पर कुछ सन्देह करता है? मेरा मन दुलारे को सन्देह करने का अवसर देकर जैसे कुछ प्रसन्न नहीं हुआ। बँगले पर पहुँचकर मैं भोजन करने बैठ गया। स्वभाव के अनुसार शरीर तो अपना नियमित सब करता ही रहा, किन्तु सो जाने पर भी वही सपना देखता रहा।

आज बहुत बिलम्ब से सोकर उठा। आलस से कहीं घूमने-फिरने की इच्छा न थी। मैंने अपनी कोठरी में ही आसन जमाया। मेरी आँखों में वह रात्रि का दृश्य अभी घूम रहा था। मैंने लाख चेष्टा की, किन्तु लैला और वह सिंहली भिक्षु दोनों ही ने मेरे हृदय को अखाड़ा बना लिया था। मैंने विरक्त होकर विचार-परम्परा तोड़ने के लिए बाँसुरी बजाना आरम्भ किया। आसावरी के गम्भीर विलम्बित आलापों में फिर से लैला की प्रेमपूर्ण आकृति जैसे बनने लगती। मैंने बाँसुरी बजाना बन्द किया और ठीक विश्रामकाल में ही मैंने देखा कि प्रज्ञासारथि सामने खड़े हैं। मैंने उन्हें बैठाते हुए पूछा—"आज आप इधर कैसे भूल पड़े?"

यह प्रश्न मेरी विचार-विशृंखला के कारण हुआ था, क्योंकि वे तो प्रायः मेरे यहाँ आया ही करते थे। उन्होंने हँसकर कहा—"मेरा आना भूलकर नहीं, किन्तु कारण से हुआ है। कहिये, आपने उस विषय में कुछ स्थिर किया?"

मैंने अनजान बनकर पूछा—"किस विषय में?"

प्रज्ञासारथि ने कहा—"वही पाठशाला की देख-रेख के लिए, जैसा मैंने उस दिन आपसे कहा था।"

मैंने बात उड़ाने के ढंग से कहा—"आप तो सोच-विचारकर काम करने में विश्वास ही नहीं रखते। आपको तो यह कहना है न कि मनुष्य प्रायः अनिच्छावश

बहुत-से काम करने के लिए बध्य होता है, तो फिर मुझे उस पर सोचने-विचारने की क्या आवश्यकता थी? जब वैसा अवसर आवेगा, तब देखा जाएगा।''

''कृपया मेरी बातों का अपने मनोनुकूल अर्थ न लगाइये यह तो मैं मानता हूँ कि आप अपने ढंग से विचार करने के लिए स्वतंत्र हैं; किन्तु उन्हें क्रियात्मक रूप देने के समय आपकी स्वतंत्रता में मेरा विश्वास संदिग्ध हो जाता है। प्रायः देखा जाता है, हम लोग क्या करने जाकर क्या कर बैठते हैं, तो भी हम उसकी जिम्मेदारी से छूटते नहीं। मान लीजिये कि लैला के हृदय में एक दुराशा उत्पन्न करके आपने रामेश्वर के जीवन में अड़चन डाल दी है। संभव है, यह घटना साधारण न रहकर कोई भीषण काण्ड उपस्थित कर सकती है और आपका मित्र अपने अनिष्ट करने वालों को न भी पहचान सके, तो क्या आप अपने ही मन के सामने इसके अपराधी न ठहरेंगे?''

प्रज्ञासारथि की ये बातें मुझे बेढ़ंगी-सी जान पड़ीं, क्योंकि उस समय मुझे उनका आना और मुझे उपदेश देने का ढोंग रचना असह्य होने लगा। मेरी इच्छा होती थी कि वे किसी तरह भी यहाँ से चले जाते; तो भी मुझे उन्हें उत्तर देने के लिए इतना तो कहना ही पड़ा कि आप कच्चे अदृष्टवादी हैं। आपके जैसा विचार रखने पर मैं तो इसे इस तरह सुलझाऊँगा कि अपराध करने में और दण्ड देने में मनुष्य एक-दूसरे का सहायक होता है। हम आज जो किसी को हानि पहुँचाते हैं या कष्ट देते हैं, वह इतने के लिए नहीं कि उसने मेरी कोई बुराई की है। हो सकता है कि मैं उसके किसी अपराध का यह दंड समाज-व्यवस्था के किसी मौलिक नियम के अनुसार दे रहा हूँ। फिर चाहे मेरा यह दण्ड देना भी अपराध बन जाय और उसका फल भी मुझे भोगना पड़े। मेरे इस कहने पर प्रज्ञासारथि ने हँस दिया और कहा—''श्रीनाथजी मैं आपकी दंड-व्यवस्था ही तो करने आया हूँ। आप अपने बेकार जीवन को मेरी बेगार में लगा दीजिये।''—मैंने पिण्ड छुड़ाने के लिए कहा—''अच्छा, तीन दिन सोचने का अवसर दीजिये।''

प्रज्ञासारथि चले गये और मैं चुपचाप सोचने लगा। मेरे स्वतंत्र जीवन में माँ के मर जाने के बाद यह दूसरी उलझन थी। निश्चित जीवन की कल्पना का अनुभव मैंने इतने दिनों तक कर लिया था। मैंने देख कि मेरे निराश जीवन में उल्लास का छींटा भी नहीं। यह ज्ञान मेरे हृदय को और भी स्पर्श करने लगा। मैं जितना ही बिचारता था, उतना ही मुझे निश्चिंतता और निराशा का अभेद दिखलाई पड़ता था। मेरे आलसी जीवन में सक्रियता की प्रतिध्वनि होने लगी। तो भी काम न करने का स्वभाव मेरे विचारों के बीच में जैसे व्यंग्य से मुस्करा देता था।

'तीन दिनों तक मैंने सोचा और विचार किया। अन्त में प्रज्ञासारथि की विजय हुई, क्योंकि मेरी दृष्टि में प्रज्ञासारथि का काम नाम के लिए तो अवश्य था, किन्तु करने में कुछ भी नहीं के बराबर।

मैंने अपना हृदय दृढ़ किया और प्रज्ञासारथि से जाकर कह दिया कि मैं पाठशाला का निरीक्षण करूँगा, किन्तु मेरे मित्र आने वाले हैं और जब तक यहाँ रहेंगे, तब तक तो मैं अपना बँगला न छोड़ूँगा, क्योंकि यहाँ उन लोगों के आने से आपको असुविधा होगी। फिर जब वे लोग चले जायेंगे, तब मैं यहीं आकर रहने लगूँगा।

मेरे सिंहली मित्र ने हँसकर कहा—"अभी तो एक महीने यहाँ मैं अवश्य रहूँगा। यदि आप अभी से यहाँ चले आवें तो बड़ा अच्छा हो, क्योंकि मेरे रहते यहाँ का सब प्रबन्ध आपकी समझ में आ जायेगा। रह गई मेरी असुविधा की बात, सो तो केवल आपकी कल्पना है। मैं आपके मित्रों को यहाँ देखकर प्रसन्न ही होऊँगा। जगह की कमी भी नहीं।"

मैं 'अच्छा' कहकर उनसे छुट्टी लेने के लिए उठ खड़ा हुआ; किन्तु प्रज्ञासारथि ने मुझे फिर से बैठाते हुए कहा—"देखिये श्रीनाथजी, यह पाठशाला का भवन पूर्णतः आपके अधिकार में रहेगा। भिक्षुओं के रहने के लिए तो संघाराम का भाग अलग है ही और उसमें जो कमरे अभी अधूरे हैं, उन्हें शीघ्र ही पूरा कराकर मैं तब आऊँगा और अपने संघ से इसकी लिखा-पढ़ी कर रहा हूँ कि आप पाठशाला के आजीवन अवैतनिक प्रधानाध्यक्ष रहेंगे तथा उसमें किसी को हस्तक्षेप करने का अधिकार न होगा।

मैं उस युवक बौद्ध मिशनरी की युक्तिपूर्ण व्यावहारिकता देखकर मन-ही-मन चकित हो रहा था। एक क्षण भर के लिए उस सिंहली की व्यावहारकुशल बुद्धि से मैं भीतर-ही-भीतर ऊब उठा। मेरी इच्छा हुई कि मैं स्पष्ट अस्वीकार कर दूँ, किन्तु जाने क्यों मैं वैसा न कर सका। मैंने कहा—"तो आपको मुझमें इतना विश्वास है कि मैं आजीवन आपकी पाठशाला चलाता रहूँगा!"

प्रज्ञासारथि ने कहा—"शक्ति की परीक्षा दूसरों ही पर होती है; यदि मुझे आपकी शक्ति का अनुभव हो; तो कुछ आश्चर्य की बात नहीं, और आप तो जानते ही हैं कि धार्मिक मनुष्य विश्वासी होता है। सूक्ष्म रूप से जो कल्याण-ज्योति मानवता में अन्तर्निहित है; मैं तो उसमें अधिक-से-अधिक श्रद्धा करता हूँ। विपथगामी होने पर वही संत हो करके मनुष्य का अनुशासन करती है, यदि उसकी पशता ही प्रबल न हो पाई हो तो।

मैंने प्रज्ञासारथि की आँखों से आँख मिलाते हुए देखा, उनमें तीव्र संसार की ज्योति चमक रही थी, मैं प्रतिवाद न कर सका और यह कहते हुए खड़ा हुआ कि अच्छा, जैसा आप कहते हैं वैसा ही होगा!

मैं धीरे-धीरे बँगले की ओर लौट रहा था। रास्ते में अचानक देखता हूँ कि दुलारे दौड़ता हुआ चला आ रहा है। मैंने पूछा—"क्या है रे?"

उसने कहा—"बाबूजी, घोड़ागाड़ी पर बहुत-से आदमी आये हैं। वे लोग आपको पूछ रहे हैं।"

मैंने समझ लिया कि रामेश्वर आ गया। दुलारे से कहा कि तू दौड़ जा, मैं यहीं खड़ा हूँ, उन लागों को सामान सहित यहीं लिबा ला!

दुलारे तो बँगले की ओर भागा, किन्तु मैं उसी जगह अविचल भाव से खड़ा रहा। मन में विचारों की आँधी उठने लगी, रामेश्वर तो आ गया और वे ईरानी भी यहीं हैं। ओह, मैंने कैसी मूर्खता की! तो मेरे मन को जैसे ढाढ़स हुआ कि रामेश्वर मेरे बँगले में नहीं ठहरता है। इस बौद्ध पाठशाला तक लैला क्यों आने लगी? जैसे लैला को वहाँ आने में कोई दैवी बाधा हो। फिर मेरा सिर चकराने लगा। मैंने कल्पना की आँखों से देखा कि लैला अबाध गति से चलने वाली एक निर्झरिणी है। पश्चिम की सर्राटे से भरी हुई वायुतरंग-माला है। उसको रोकने की किसमें सामर्थ्य है और फिर अकेले रामेश्वर ही तो नहीं, उसकी स्त्री भी उसके साथ है, अपनी मूर्खतापूर्ण करनी से मेरा ही दम घुटने लगा। मैं खड़ा-खड़ा झील की ओर देख रहा था। उसमें छोटी-छोटी लहरियाँ उठ रही थीं, जिनमें सूर्य की किरणें प्रतिबिम्बित होकर आँखों को चौंधिया देती थीं। मैंने आँखें बन्द कर लीं। अब मैं कुछ नहीं सोचता था। गाड़ी की घरघराहट ने मुझे सजग किया। मैंने देखा, रामेश्वर गाड़ी का पल्ला खोलकर वहीं सड़क पर उतर रहा है।

मैं उससे गले मिल शीघ्रता से कहने लगा—"गाड़ी पर बैठ जाओ। मैं भी चलता हूँ। यहीं पास ही चलना है।" उसने गाड़ीवान से चलने के लिए कहा। हम दोनों साथ-साथ पैदल ही चले। पाठशाला के समीप प्रज्ञासारथि अपनी रहस्यपूर्ण मुस्कराहट के साथ अगवानी करने के लिए खड़े थे।

दो दिनों में हम लोग अच्छी तरह रहने लगे। घर का कोना-कोना आवश्यक चीजों से भर गया। प्रज्ञासारथि इस में बराबर हम लोगों के साथी हो रहे थे और सबसे अधिक आश्चर्य मुझे मालती को देखकर हुआ। वह मानो इस जीवन की सम्पूर्ण गृहस्थी यहाँ सजाकर रहेगी। मालती एक स्वस्थ युवती थी; किन्तु दूर से देखने में अपनी छोटी-सी आकृति के कारण वह बालिका-सी लगती थी। उसकी तीनों सन्तानें बड़ी सुन्दर थीं। मिन्ना छः बरस, रंजन चार का और कमला दो की थी। कमलना सचमुच एक गुड़िया थी। कल्लू को उससे इतना घना परिचय हो गया कि दोनों को एक दूसरे-दूसरे बिना चैन नहीं। मैं सोचता था कि प्राणी क्या स्नेहमय ही उत्पन्न होता है। अज्ञात प्रदेशों से आकर वह संसार में जन्म लेता है, फिर अपने लिए स्नेहमय सम्बन्ध बना लेता है; किन्तु मैं सदैव इन बुरी बातों से भागता ही रहा। इसे मैं अपना सौभाग्य कहूँ या दुर्भाग्य?

इन्हीं कई दिनों में रामेश्वर के प्रति मेरे हृदय में इतना स्नेह उमड़ा कि मैं उस एक क्षण छोड़ने के लिए प्रस्तुत न था। अब हम लोग साथ बैठकर भोजन करते, साथ ही टहलने निकलते। बातों का तो अन्त ही न था। कल्लू तीनों लड़कों को बहलाये रहता। दुलारे खाने-पीने का प्रबन्ध कर लेता। रामेश्वर से मेरी बातें होतीं

और मालती चुपचाप सुना करती। कभी-कभी बीच में कोई अच्छी-सी मीठी बात बोल भी देती।

और प्रज्ञासारथि को तो मानो एक पाठशाला ही मिल गई थी। वे गार्हस्थ्य-जीवन का चुपचाप अच्छा-सा अध्ययन कर रहे थे।

एक दिन मैं बाजार से अकेला लौट रहा था। बँगले के पास मैं पहुँचा ही था कि लैला मुझे दिखाई पड़ी। वह अपने घोड़े पर सवार थी। मैं क्षण भर तक विचारता रहा कि क्या करूँ तब तक वह घोड़े से उतरकर मेरे पास चली आई। मैं खड़ा हो गया था। उसने पूछा—"बाबूजी, आप कहीं चले गये थे?"

"हाँ!"

"मैं तुमसे एक बात कहना चाहता हूँ, लैला।" मैंने घबराकर उससे कहा।

"क्या बाबूजी?"

"वह चिट्ठी।"

"है तो मेरे ही पास, क्यों?"

"मैं उसमें कुछ झूठ कह रहा था।"

"झूठ! लैला की आँखों से बिजली निकलने लगी।"

"हाँ लैला! उसमें रामेश्वर ने लिखा था कि मैं तुमको नहीं चाहता, मुझे बाल-बच्चे हैं।"

"ऐं! तुम झूठे! दगाबाज!" कहती हुई अपनी छुरी की ओर देखती हुई दाँत पीसने लगी।

मैंने कहा—"लैला, तुम मेरा कसूर...।"

"तुम मेरे दिल से दिल्लगी करने लगे थे। कितने रंज की बात है!" वह कुछ न कह सकी। वहीं बैठकर रोने लगी। मैंने देखा कि यह बड़ी आफत है। कोई मुझे इस तरह यहाँ देखेगा तो क्या कहेगा। मैं तुरन्त वहाँ से चल देना चाहता था, किन्तु लैला ने आँसू भरी आँखों से मेरी ओर देखते हुए कहा—तुमने मेरे लिए दुनिया में एक बड़ी अच्छी बात सुनाई थी। वह मेरी हँसी थी! इसे जानकर आज मुझे इतना गुस्सा आया है कि मैं तुमका मार डालूँ या आप ही मर जाऊँ।" लैला दाँत पीस रही थी। मैं काँप उठा—अपने प्राणों के भय से नहीं किन्तु लैला के साथ अदृश्य के खिलवाड़ पर और अपनी मूर्खता पर। मैंने प्रार्थना के ढंग से कहा—"लैला, मैंने तुम्हारे मन को ठेस लगा दी है, इसका मझे बड़ा दुःख है, अब तुम उसको भूल जाओ।"

"तुम भूल सकते हो, मैं नहीं! मैं खून करूँगी!" उसकी आँखों से ज्वाला निकल रही थी।

"किसका, लैला! मेरा?"

"ओह नहीं, तुम्हारा नहीं, तुमने एक दिन मुझे सबसे बड़ा आराम दिया हो, वह झूठा। तुमने अच्छा नहीं किया था, तो भी मैं तुमको अपना दोस्त समझती हूँ।"

"तब किसका खून करोगी?"

उसने गहरी साँस लेकर कहा—"अपना या किसी..." फिर चुप हो गई। मैंने कहा—"तुम ऐसा न करोगी, लैला!" मेरा और कुछ कहने का साहस नहीं होता था। उसी ने फिर पूछा—"वह तो तेज हवा चलती है, जिसमें बिजली चमकती है, बरफ गिरती है, जो बड़े-बड़े पेड़ों को तोड़ डालती है। हम लोगों के घरों को उड़ा ले जाती है।"

"आँधी!" मैंने बीच ही में कहा।

"हाँ, वही मेरे यहाँ चल रही है!" कहकर लैला ने अपनी छाती पर हाथ रख दिया।

"लैला!" मैंने अधीर होकर कहा।

"मैं उसको दिखा दूँगा; पर तुम उसकी कोई बुराई तो न करोगी?"—मैंने कहा।

"हुश!"—कहकर लैला ने अपनी काली आँखें उठाकर मेरी ओर देखा।

मैंने कहा, "अच्छा लैला! मैं दिखा दूँगा।"

"कल मुझसे यहीं मिलना।" कहती हुई वह अपने घोड़े पर सवार हो गई। उदास लैला के बोझ से वह घोड़ा भी धीरे-धीरे चलने लगा और लैला झुकी हुई-सी उस पर मानो किसी तरह बैठी थी।

मैं वहीं थोड़ी देर तक खड़ा रहा और फिर धीरे-धीरे निष्ठापूर्वक पाठशाला की ओर लौटा। प्रज्ञासारथि पीपल के नीचे शिलाखंड पर बैठे थे। मिन्ना उसके पास खड़ा उसका मुँह देख रहा था। प्रज्ञासारथि की रहस्यपूर्ण हँसी आज उदार थी। मैंने देखा कि वह उदासीन विदेशी अपनी समस्या हल कर चुका है, बच्चों की चहल-पहल ने उसके जीवन में वांछित परिवर्तन ला दिया है। और मैं!

मैं कह चुका था, इसलिए दूसरे दिन लैला से भेंट करने पहुँचा। देखता हूँ कि पहले ही से वहाँ बैठी है। निराशा से उदास उसका मुँह आज पीला हो रहा था। उसने हँसने की चेष्टा नहीं की और न मैंने ही। उसने पूछा—"तो कब, कहाँ चलना होगा? मैं तो सूरत में उससे मिली थी! वहीं उसने चिट्ठी का जबाव दिया था। अब कहाँ चलना होगा?"

मैं भौंचक्का-सा हो गया। लैला को विश्वास था कि सूरत, बम्बई, काश्मीर वह चाहे कहीं हो, उसे लिवाकर चलूँगा और रामेश्वर से भेंट करा दूँगा। सम्भवतः उसने मेरे परिहास का यह दण्ड निर्धारित कर लिया था। मैं सोचने लगा—क्या कहूँ?

लैला ने फिर कहा—"मैं उसकी बुराई न करूँगी, तुम डरो मत।"

मैंने कहा—"वह यहीं आ गया है। उसके बाल-बच्चे सब साथ हैं! लैला, तुम चलोगी?"

वह एक बार सिर से पैर तक काँप उठी और मैं घबरा गया। मेरे मन में नई आशंका हुई। आज मैं क्या दूसरी भूल करने जा रहा हूँ? उसने सम्भलकर कहा—"हाँ, चलूँगी, बाबू!" मैंने गहरी दृष्टि से उसके मुँह की ओर देखा, तो अंधड़

नहीं, किन्तु एक शीतल मलय का व्याकुल झोंका उसकी घुँघराली लटों के साथ खेल रहा था। मैंने कहा—"अच्छा, मेरे पीछे-पीछे चली आओ।"

मैं चला और वह मेरे पीछे थी। जब पाठशाला के पास पहुँचा, तो मुझे हारमोनियम का स्वर और मधुर आलाप सुनाई पड़ा। मैं ठिठककर सुनने लगा—रमणी-कण्ठ की मधुर ध्वनि! मैंने देखा कि लैला की आँखें उस संगीत के नशे मे मतवाली हो रही हैं। उधर देखता हूँ तो कमलो को गोद में लिए प्रज्ञासारथि भी झूम रहे हैं। अपने कमरे में मालती छोटे-से सफरी बाजे पर पीलू गा रही है और अच्छी तरह गा रही है! रामेश्वर लेटा हुआ उसके मुँह की ओर देख रहा है। पूर्ण तृप्ति! प्रसन्नता की माधुरी दोनों के मुँह पर खेल रही है! पास ही रंजन और मिन्नस बैठे हुए अपने माता और पिता को देख रहे हैं! हम लोगों के आने की बात कौन जानता है। मैंने एक क्षण के लिए अपने को कोसा; इतने सुन्दर संसार में कलह की ज्वाला जलाकर मैं तमाशा देखने चला था; हाय रे मेरा कुतूहल! और लैला स्तब्ध अपनी बड़ी-बड़ी आँखों से एकटक न जाने क्या देख रही थी। मैं देखता था कि कमलो प्रज्ञासारथि की गोद से धीरे से खिसक पड़ी और बिल्ली की तरह पैर दबाती हुई अपनी माँ की पीठ पर हँसती हुई गिर पड़ी और बोली—"माँ!" और गाना रुक गया। कमलो के साथ मिन्ना और रंजन भी हँस पड़े। रामेश्वर ने कहा—"कमलो, तू बड़ी पाजी है, ले बा-पाजी-लाल" कहकर कमलो ने अपनी नन्ही-सी उँगली उठाकर हम लोगों की ओर संकेत किया। रामेश्वर तो उठकर बैठ गया। मालती ने मुझे देखते ही सिर का कपड़ा तनिक आगे की ओर खींच लिया और लैला ने रामेश्वर को देखकर सलाम किया। दोनों की आँखें मिलीं। रामेश्वर के मुँह पर पलभर के लिए एक घबराहट दिखाई पड़ी। फिर उससे सम्हलकर पूछा—"अरे लैला! तुम यहाँ कहाँ?"

"चारयारी न लोगे, बाबू?"—कहती हुई लैला निर्भीक भाव से मालती के पास जाकर बैठ गई।

मालती लैला पर एक सलज्ज मुस्कान छोड़ती हुई उठ खड़ी हुई। लैला उसका मुँह देख रही थी, किन्तु उस ओर ध्यान न देकर मालती ने मुझसे कहा—"भाईजी, अपने जलपान नहीं किया। आज तो आप ही के लिए मैंने सूरन के लड्डू बनाये हैं।"

"तो देती क्यों नहीं पगली, मैं सवेरे से ही भूखा भटक रहा हूँ।" मैंने कहा। मालती जलपान ले आने गई। रामेश्वर ने कहा—"चारयारी ले आई हो?" लैला ने हाँ कहते हुए अपना बैग खोला। फिर रुककर उसने अपने गले में एक ताबीज निकाला। रेशम में लिपटा हुआ चौकोर ताबीज का सीबन खोलकर उसने वह चिट्ठी निकाली। मैं स्थिर भाव से देख रहा था। लैला ने कहा—"पहले बाबूजी, इस चिट्ठी को पढ़ दीजिये।"—रामेश्वर ने कम्पित हाथों से उसको खोला, वह उसी का लिखा हुआ पत्र था। उसने घबराकर लैला की ओर देखा। लैला ने शान्त स्वरों में कहा—"पढ़िये बाबू, मैं आप ही के मुँह से सुनना चाहती हूँ।'

रामेश्वर ने दृढ़ता से पढ़ना आरम्भ किया। जैसे उसने अपने हृदय का समस्त बल आने वाली घटनाओं का सामना करने के लिए एकत्र कर लिया हो; क्योंकि मालती जलपान लिये आ रही थी। रामेश्वर ने पूरा पत्र पढ़ लिया। केवल नीचे अपना नाम नहीं पढ़ा। मालती खड़ी सुनती रही और मैं सूरन के लड्डू खाता रहा। बीच-बीच में मालती का मुँह देख लिया करता था। उसने बड़ी गम्भीरता से पूछा—''भाईजी, लड्डू कैसे हैं, यह तो आपने बताया नहीं, धीरे से खा गये।''

''जो वस्तु अच्छी होती है, वही तो गले में धीरे से उतार ली जाती है। नहीं तो कड़वी वस्तु के लिए थू-थू न करना पड़ता।'' मैं कह ही रहा था कि लैला ने रामेश्वर से कहा—''ठीक तो! मैंने सुन लिया। अब आप इसको फाड़ डालिये। अब आपको चारयारी दिखाऊँ।''

रामेश्वर सचमुच पत्र फाड़ने लगा। चिन्दी-चिन्दी उस कागज के टुकड़े की उड़ गई और लैला ने एक छिपी हुई गहरी साँस ली, किन्तु मेरे कानों ने उसे सुन ही लिया। वह तो एक भयानक आँधी से कम न थी। लैला ने सचमुच एक सोने की चारयारी निकाली। उसके साथ एक सुन्दर मूँगे की माला। रामेश्वर ने चारयारी लेकर देखा। उसने मालती से पचास के नोट देने के लिए कहा। मालती अपने पति के व्यवसाय को जानती थी, उसने तुरन्त नोट दे दिये। रामेश्वर ने जब नोट लैला की ओर बढ़ाये, तभी कमलो सामने आकर खड़ी हो गई—बा...ला...। रामेश्वर ने पूछा—''क्या रे कमलो?''

पुतली-सी सुन्दर बालिका ने रामेश्वर के गालों को अपने छोटे-से हाथों से पकड़कर कहा—''लाल-लाल...''

लैला ने नोट ले लिए थे। पूछा—''बाबूजी! मूँगे की माला न लीजियेगा?''

''नहीं।''

लैला ने माला उठाकर कमलो को पहना दी। रामेश्वर नहीं-नहीं कर ही रहा था किन्तु उसने सुना नहीं। कमलो ने अपनी माँ को देखकर कहा, ''माँ...लाल..'' वह हँस पड़ी और कुछ नोट रामेश्वर को देते हुए बोली—''तो ले न लो, इसका भी दे दो।''

लैला ने तीव्र दृष्टि से मालती को देखा; मैं तो सहम गया था। मालती हँस पड़ी। उसने कहा—''क्या दान न लोगी?''

लैला कमलो का मुँह चूमती हुई उठ खड़ी हुई। मालती अवाक्, स्तब्ध, किन्तु मैं प्रकृतिस्थ था।

लैला चली गई।

मैं विचारता रहा, सोचता रहा। कोई अन्त न था, ओर-छोर का पता नहीं। लैला, प्रज्ञासारथि, रामेश्वर और मालती सभी मेरे सामने बिजली के पुतलों-से चक्कर काट रहे थे। संध्या हो चली थी, किन्तु मैं पीपल के नीचे से उठ न सका। प्रज्ञासारथि

अपना ध्यान समाप्त करके उठे। उन्होंने मुझे पुकारा—"श्रीनाथजी!" मैंने हँसने की चेष्टा करते हुए कहा—"कहिये!"

"आज तो आप भी समाधिस्थ रहे।"

"तब भी इसी पृथ्वी पर था! जहाँ लालसा क्रंदन करती है, दुःखानुभूति हँसती है और नियति अपनी मिट्टी के पुतलों के साथ अपना क्रूर मनोविनोद करती है; किन्तु आप तो बहुत ऊँचे किसी स्वर्गीय भावना में...।"

"ठहरिये श्रीनाथजी! सुख और दुःख, आकाश और पृथ्वी, स्वर्ग और नरक के बीच में है वह सत्य, जिसे मनुष्य प्राप्त कर सकता है।"

"मुझे क्षमा कीजिये! अन्तरिक्ष में उड़ने की मुझमें शक्ति नहीं है।" मैंने परिहासपूर्वक कहा।

"साधारण मन की स्थिति को जोड़कर जब मनुष्य कुछ दूसरी बात सोचने का प्रयास करता है, तब क्या वह उड़ने को प्रयास नहीं, हम लोग कहने के लिए द्विपद हैं, किन्तु देखिये तो जीवन में हम लोग कितनी बार उचकते हैं, उड़ान भरते हैं। वही तो उन्नति की चेष्टा, जीवन के लिए संग्राम और भी क्या-क्या नाम से प्रशंसित नहीं होता? तो मैं भी इसकी निन्दा नहीं करता; उठने की चेष्टा करनी चाहिए, किन्तु..."

"आप यही कहेंगे कि समझ-बूझकर एक बार उचकना चाहिए; किन्तु उस एक बार को-उस अचूक अवसर को जाना सहज नहीं। इसीलिए तो मनुष्य को, जो सबसे बुद्धिमान् प्राणी है, बार-बार धोखा खाना पड़ता है। उन्नति को उसने विभिन्न रूपों में अपनी आवश्यकताओं के साथ इतना मिलाया है कि उसे सिद्धान्त बना लेना पड़ा है कि उन्नति का द्वन्द्व पतन ही है।"

"संयम का वज्र-गम्भीर नाद प्रकृति से नहीं सुनते हो? शारीरिक कर्म तो गौण है, मुख्य संयम तो मानसिक है। श्रीनाथजी, आज लैला का वह मन का संयम क्या किसी महानदी की प्रखर धारा के अचल बाँध से कम था? मैं तो देखकर अवाक् था। आपकी उस समय विचित्र परिस्थिति रही। फिर भी कैसे सब निर्विघ्न समाप्त हो गया। उसे सोचकर तो मैं अब भी चकित हो जाता हूँ; क्या वह इस भयानक प्रतिरोध के धक्के को सम्भाल लेगी?"

"लैला के वक्षःस्थल में कितना भीषण अंधड़ चल रहा होगा, इसका अनुभव हम लोग नहीं कर सकते! मैं अब भी इससे भयभीत हो रहा हूँ।"

प्रज्ञासारथि चुप रहकर धीरे-धीरे कहने लगे—"मैं तो कल जाऊँगा। यदि तुम्हारी सम्मति हो, तो रामेश्वर को भी साथ चलने के लिए कहूँ। बम्बई तक हम लोगों का साथ रहेगा और मालती इस भयावनी छाया से शीघ्र ही दूर हट जाएगी! फिर तो सब कुशल ही है।"

मेरे त्रस्त मन को शरण मिली। मैंने कहा—"अच्छी बात है। प्रज्ञासारथि उठ

गये। मैं वहीं बैठा रहा और बैठा ही रहता, यदि मिन्ना और रंजन की किलकारी तथा रामेश्वर की डाँट-ड़पट, मालती की कलछी की खट-खट का कोलाहल जोर न पकड़ लेता और कल्लू सामने आकर न खड़ा हो जाता।

प्रज्ञासारथि, रामेश्वर और मालती को गये एक सप्ताह से ऊपर हो गया, अभी तक उस वास्तविक संसार का कोलाहल सुदूर से आती हुई मधुर संगीत की प्रतिध्वनि के समान मेरे कानों में गूँज रहा था। मैं अभी तक उस मादकता को उतार न सका था। जीवन में पहले की-सी निश्चिन्तता का विराग नहीं, न तो वह बे-परवाही रही। मैं सोचने लगा कि अब मैं क्या करूँ?

कुछ करने की इच्छा क्यों? मन के कोने से चुटकी लेते हुए कौन पूछ बैठा?

किये बिना तो रहा नहीं जाता।

करो भी, पाठशाला से क्या मन ऊब चला?

उतने से संतोष नहीं होता।

और क्या चाहिए?

यही तो नहीं समझ सका, नहीं तो यह प्रश्न ही क्यों करता कि अब मैं क्या करूँ? मैनें झुँझलाकर कहा। मेरी बातों का उत्तर लेने-देनेवाला मुस्कराकर हट गया। मैं चिन्ता के अन्धकार में डूब गया! वह मेरी ही गहराई थी, जिसकी मुझे थाह न लगी। मैं प्रकृतिस्थ हुआ कब, जब एक उदास और ज्वालामयी तीव्र दृष्टि मेरी आँखों में घुसने लगी। अपने उस अन्धकार में मैंने एक ज्योति देखी।

मैं स्वीकार करूँगा कि वह लैला थी, इस पर हँसने की इच्छा हो तो हँस लीजिये, किन्तु मैं लैला को पा जाने के लिए विकल नहीं था, क्योंकि लैला जिसको पाने की अभिलाषा करती थी, वही उसे न मिला और परिणाम ठीक मेरी आँखों के सामने था। तब? मेरी सहानुभूति क्यों जगी? हाँ, वह सहानुभूति थी। लैला जैसे दीर्घ पथ पर चलने वाले मुझ पथिक की चिरसंगिनी थी।

उस दिन इतना ही विश्वास करके मुझे संतोष हुआ।

रात को कलुआ ने पूछा—"बाबूजी! आप घर न चलियेगा?" मैं आश्चर्य से उसकी ओर देखने लगा। उसने हठ-भरी निगाहों से फिर वही प्रश्न किया। मैंने हँसकर कहा—"मेरा घर तो नहीं है रे कलुआ!"

"नहीं बाबूजी! जहाँ मिन्ना गये हैं। जहाँ रंजन और जहाँ कमलो गई हैं, वही तो घर है।"

जहाँ बहूजी गई हैं—जहाँ बाबाजी....हठात् प्रज्ञासारथि का मुझे स्मरण हो आया। मुझे क्रोध में कहना पड़ा—"कलुआ, मुझे और कहीं घर-वर नहीं है।" फिर मन-ही-मन कहा—इस बात को वह बौद्ध समझता था।

"हाँ, सबका घर है, बाबाजी का, बहूजी का, मिन्ना का—सबका है, आपका नहीं है? उसने ठुनकते हुए।

किन्तु मैं अपने ऊपर झुँझला रहा था। मैंने कहा—"बकवास न कर, जा सो रह, आज-कल तू पढ़ता नहीं।"

कलुआ सिर झुकाये, व्यथा-भरे वक्षःस्थल को दबाये अपने बिछौने पर जा पड़ा।

और मैं उस निस्तब्ध रात्रि में जागता रहा! खिड़की में से झील का आन्दोलित जल दिखाई पड़ रहा था और मैं आश्चर्य से अपना ही बनाया हुआ चित्र उसे देख रहा था। चन्दा के प्रशान्त जल में एक छोटी-सी नाव है, जिस पर मालती, रामेश्वर बैठे थे और मैं डाँड़ चला रहा था। प्रज्ञासारथि तीर पर खड़े बच्चों को बहला रहे थे। हम लोग उजली चाँदनी में नाव खेते हुए चले जा रहे थे। सहसा उस चित्र में एक और मूर्ति का प्रादुर्भाव हुआ। वह थी लैला! मेरी आँखें तिलमिला गईं।

मैं जागता था—सोता था।

सवेरा हो गया था। नींद से भरी आँखें नहीं खुलती थीं, तो भी बाहर के कोलाहल ने मुझे जगा दिया। देखता हूँ, तो ईरानियों का एक झुण्ड बाहर खड़ा है।

मैंने पूछा—"क्या है?"

गुल ने कहा—"यहाँ का पीर कहाँ है?"

पीर!—"मैंने आश्चर्य से पूछा।"

"हाँ वही, जो पीला-पीला कपड़ा पहनता था।"

मैं समझ गया, वे लोग प्रज्ञासारथि को खोजते थे। मैंने कहा—"वह तो यहाँ नहीं हैं, अपने घर गये। काम क्या है?"

"एक लड़की को हवा लगी है, यहीं का कोई आसव है। पीर को दिखलाना चाहती हूँ।" एक अधेड़ स्त्री ने बड़ी व्याकुलता से कहा।

मैंने पूछा—"भाई! मैं तो यह सबकुछ नहीं जानता। वह लड़की कहाँ है?"

"पड़ाव पर, बाबूजी! आप चलकर देख लीजिये।"

आगे वह कुछ न बोल सकी। किन्तु गुल ने कहा—"बाबू! तुम जानते हो, वही लैला!"

आगे मैं न सुन सका। अपनी ही अन्तर्ध्वनि से मैं व्याकुल हो गया। यही तो होता है, किसी के उजड़ने से ही दूसरा बसता है। यदि यही विधि-विधान है, तो बसने का नाम उजड़ना ही है, यदि रामेश्वर मालती और अपने बाल-बच्चों की चिन्ता छोड़कर लैला को ही देखता, तभी...किन्तु वैसा कैसे हो सकता है! मैंने कल्पना की आँखों से देखा, लैला का विवर्ण सुन्दर मुख निराशा की झुलस से दयनीय मुख!

उन ईरानियों से फिर बात न करके मैं भीतर चला गया और तकिये से अपना मुँह छिपा लिया। पीछे सुना, कलुआ डाँट बताता हुआ कह रहा है—"जाओ-जाओ, यहाँ बाबाजी नहीं रहते!"

मैं लड़कों को पढ़ाने लगा। कितना आश्चर्यजनक भयानक परिवर्तन मुझमें हो गया! उसे देखकर मैं ही विस्मित होता था। कलुआ इन्हीं कई महीनों में मेरा एकान्त

साथी बन गया। मैंने उसे बार-बार समझाया, किन्तु वह बीच-बीच में मुझसे चलने के लिए कह बैठता। मैं हताश हो गया। अब वह जब घर चलने की बात कहता, तो मैं सिर हिलाकर कह देता—अच्छा, अभी चलूँगा।

दिन इसी तरह बीतने लगे। बसन्त के आगमन से प्रकृति सिहर उठी। वनस्पतियों की रोमावली पुलकित थी। मैं पीपल के नीचे उदास बैठा हुआ ईषत् शीतल पवन से अपने शरीर में फुरहरी का अनुभव कर रहा था। आकाश की आलोक-माला चन्दा की वीचियों में डुबकियाँ लगा रही थी। निस्तब्ध रात्रि का आगमन बड़ा गम्भीर था।

दूर से एक संगीत की, नहीं-नहीं करुण वेदना की तान सुनाई पड़ रही थी। उस भाषा को मैं नहीं समझता था। मैंने समझा, वह भी कोई छलना होगी। फिर सहसा मैं विचारने लगा कि नियति भयानक वेग से चल रही है। आँधी की तरह उसमें असंख्य प्राणी तृण-तूलिका के समान इधर-उधर बिखर रहे हैं। कहीं से लाकर किसी को वह मिला ही देता है और ऊपर से कोई बोझ की वस्तु भी लाद देता है कि वे चिरकाल तक एक-दूसरे से सम्बद्ध रहें। सचमुच! कल्पना प्रत्यक्ष हो चली। दक्षिण का आकाश धूसर हो चला—एक दानव ताराओं को निगलने लगा। पक्षियों का कोलाहल बढ़ा। अन्तरिक्ष व्याकुल हो उठा! कड़कड़ाहट में सभी आश्रय खोजने लगे; किन्तु मैं कैसे उठता! वह संगीत की ध्वनि समीप आ रही थी। वज्रनिर्घोष को भेदकर कोई कलेजे से गा रहा था। अन्धकार के साम्राज्य में तृण, लता, वृक्ष सचराचर कम्पित हो रहे थे।

कलुआ की चीत्कार सुनकर भीतर चला गया। उस भीषण कोलाहल में भी वही संगीत-ध्वनि पवन के हिंडोले पर झूल रही थी, मानो पाठशाला के चारों ओर लिपट रही थी। सहसा एक भीषण अर्राहट हुई। मैं टॉर्च लिए बाहर आ गया।

आँधी रुक गई थी। मैंने देखा कि पीपल की बड़ी-सी डाल फटी पड़ी है और लैला नीचे दबी हुई अपनी भावनाओं की सीमा पार कर चुकी है।

मैं अब भी चन्दा-तट की बौद्ध पाठशाला का अवैतनिक अध्यक्ष हूँ। प्रज्ञासारथि के नाम को कोसता हुआ दिन बिताता हूँ। कोई उपाय नहीं। वही जैसे मेरे जीवन का केन्द्र है।

आज भी मेरे हृदय में आँधी चला करती है और उसमें लैला का मुख बिजली की तरह कौंधा करता है।

❑

मधुआ

आज सात दिन हो गये, पीने को कौन कहे, छुआ तक नहीं! आज सातवाँ दिन है, सरकार!

तुम झूठे हो। अभी तो तुम्हारे कपड़े से महँ आ रही है।

वह...वह तो कई दिन हुए। सात दिन से ऊपर—कई दिन हुए—अँधेरे में बोतल उड़ेलने लगा था। कपड़े पर गिर जाने से नशा भी न आया और आपको कहने का...क्या कहूँ...सच मानिये। सात दिन, ठीक सात दिन से एक बूँद भी नहीं।

ठाकुर सरदार सिंह हँसने लगे। लखनऊ में लड़का पढ़ता था। ठाकुर साहब भी कभी-कभी वहीं आ जाते। उनको कहानी सुनने को चस्का था। खोजने पर यही शराबी मिला। वह रात को, दोपहर में, कभी-कभी सबेरे भी आता। अपनी लच्छेदार कहानी सुनाकर ठाकुर का मनो-विनोद करता।

ठाकुर ने हँसते हुए कहा—तो आज पियोगे न!

झूठ कैसे कहूँ। आज तो जितना मिलेगा, सब पिऊँगा। सात दिन चने-चबेने पर बिताये हैं, किसलिए?

अद्‌भुत! सात दिन पेट काटकर आज अच्छा भोजन न करके तुम्हें पीने की सूझी है! यह भी...

सरकार! मौज-बहार की एक घड़ी, एक लम्बे दुःखपूर्ण जीवन से अच्छी है, उसकी खुमारी में रूखे दिन काट लिये जा सकते हैं।

अच्छा, आज दिन भर तुमने क्या-क्या किया है?

मैंने? अच्छा सुनिये, सवेरे कुहरा पड़ता था, मेरे धुआँ-से कम्बल-सा वह भी सूर्य के चारों ओर लिपटा था। हम दोनों मुँह छिपाये पड़े थे।

ठाकुर साहब ने हँसकर कहा—अच्छा, तो इस मुँह छिपाने का कोई कारण?

सात दिन से एक बूँद भी गले न उतरी थी। भला मैं कैसे मुँह दिखा सकता था और जब बारह बजे धूप निकली, तो फिर लाचारी थी! उठा, हाथ-मुँह धोने में जो दुःख हुआ, सरकार वह क्या कहने की बात है! पास में पैसे बचे थे। चना चबाने से दाँत भाग रहे थे। कट-कटी लग रही थी। पराँठेवाले के यहाँ पहुँचा, धीरे-धीरे

खाता रहा और अपने को सेंकता भी रहा। फिर गोमती किनारे चला गया! घूमते-घूमते अँधेरा हो गया, बूँदें पड़ने लगीं, तब कहीं भाग के आपके पास आ गया।

अच्छा, जो उस दिन तुमने गड़रियेवाली कहानी सुनाई थी, जिसमें असफुद्दौला ने उसकी लड़की का आँचल भुने हुए भुट्टे के दानों के बदले मोतियों से भर दिया था! वह क्या सच है?

सच! अरे, वह गरीब लड़की भूख से उसे चबाकर थू-थू करने लगी! रोने लगी! ऐसी निर्दयी दिल्लगी बड़े लोग कर ही बैठते हैं। सुना है, श्री रामचन्द्र ने भी हनुमानजी से ऐसा ही...

ठाकुर साहब ठठाकर हँसने लगे। पेट पकड़कर हँसते-हँसते लोट-पोट हो गये। साँस बटोरते हुए सम्भलकर बोले—और बड़प्पन किसे कहते हैं? कंगाल तो कंगाल! गधी लड़की! भला उसने कभी मोती देखे थे, चबाने लगी होगी। मैं सच कहता हूँ, आज तक तुमने जितनी कहानियाँ सुनाईं, सब में बड़ी टीस थी। शाहजादों के दुखड़े, रंग-महल की अभागिनी बेगमों के निष्फल प्रेम, करुण कथा और पीड़ा से भरी हुई कहानियाँ ही तुम्हें आती हैं; पर ऐसी हँसाने वाली कहानी और सुनाओ तो मैं अपने सामने ही बढ़िया शराब पिला सकता हूँ।

सरकार! बूढ़ों से सुने हुए वे नवाबी के सोने-से दिन, अमीरों की रँगरलियाँ, दुखयों की दर्द-भरी आहें, रंगमहलों में घुल-घुलकर मरनेवाली बेगमें अपने-आप सिर में चक्कर काटती रहती हैं। मैं उनकी पीड़ा से रोने लगता हूँ। अमीर कंगाल हो जाते हैं। बड़े-बड़ों के घमंड चूर होकर धूल में मिल जाते हैं। तब भी दुनिया बड़ी पागल है। मैं उसके पागलपन को भुलाने के लिए शराब पीने लगता हूँ सरकार! नहीं तो यह बुरी बला कौन अपने गले लगाता।

ठाकुर साहब ऊँघने लगे थे। अँगीठी में कोयला दहक रहा था। शराबी सरदी से ठिठुरा जा रहा था। वह हाथ सेंकने लगा। सहसा नींद से चौंककर ठाकुर साहब ने कहा—अच्छा जाओ, मुझे नींद लग रही है। वह देखो, एक रुपया पड़ा है, उठा लो। लल्लू को भेजते जाओ।

शराबी रुपया उठाकर धीरे से खिसका। लल्लू था ठाकुर साहब का जमादार। उसे खेजते हुए जब फाटक पर की अगलवाली कोठरी के पास पहुँचा, तो सुकुमार कंठ से सिसकने का शब्द सुनाई पड़ा। वह खड़ा होकर सुनने लगा।

तो सुअर, रोता क्यों है? कुँवर साहब ने दो ही लातें लगाई हैं! गोली तो नहीं मार दी?—कर्कश स्वर से लल्लू बोल रहा था; किन्तु उत्तर में सिसकियों के साथ एकाध हिचकी ही सुनाई पड़ जाती थी। अब और भी कठोरता से लल्लू ने कहा—मधुआ! जा सो रह, नखरा न कर, नहीं उठूँगा तो खाल उधेड़ दूँगा! समझा न?

शराबी चुपचाप सुन रहा था। बालक की सिसकी और बढ़ने लगी। फिर उसे सुनाई पड़ा—ले, अब भागता है कि नहीं? क्यों मार खाने पर तुला है?

भयभीत बालक बाहर चला आ रहा था! शराबी ने उसके छोटे से सुन्दर गोरे मुँह को देखा। आँसू की बूँदें झलक रही थीं। बड़े दुलार से उसका मुँह पोंछते हुए उसे लेकर वह फाटक के बाहर चला आया। दस बज रहे थे। कड़ाके की सर्दी थी। दोनों चुपचाप चलने लगे। शराबी की मौन सहानुभूति को उस छोटे-से सरल हृदय ने स्वीकार कर लिया। वह चुप हो गया। अभी वह एक तंग गली पर रुका ही था कि बालक के सिर से सिसकने की उसे आहट लगी। वह झिड़ककर बोल उठा—

अब क्यों रोता है रे छोकरे?

मैंने दिन-भर से कुछ खाया नहीं।

कुछ खाया नहीं; इतने बड़े अमीर के यहाँ रहता है और दिन भर तुझे खाने को नहीं मिला?

यही कहने तो मैं गया था जमादार के पास; मार तो रोज ही खाता हूँ। आज तो खाना ही नहीं मिला। कुँवर साहब का ओवरकोट लिए खेल में दिन-भर साथ रहा। सात बजे लौटा, तो और भी नौ बजे तक कुछ काम करना पड़ा। आटा रख नहीं सका था। रोटी बनती तो कैसे? जमादार से कहने लगा था! भूख की बात कहते-कहते बालक के ऊपर उसकी दीनता और भूख ने एक साथ ही जैसे आक्रमण कर दिया, वह फिर हिचकियाँ लेने लगा।

शराबी उसका हाथ पकड़कर घसीटता हुआ गली में ले चला। एक गन्दी कोठरी का दरवाजा ढकेलकर बालक को लिये हुए वह भीतर पहुँचा। टटोलते हुए सलाई से मिट्टी की ढिबरी जलाकर वह फटे कबल के नीचे से कुछ खोजने लगा। एक पराँठे का टुकड़ा मिला। शराबी उसे बालक के हाथ में देकर बोला—तब तक तू इसे चबा, मैं तेरा गढ़ा भरने के लिए कुछ और ले आऊँ। सुनता है रे छोकरे! रोना मत, रोयेगा तो खूब पीटूँगा। मुझे रोने से बड़ा बैर है! पाजी कहीं का, मुझे भी रुलाने का...

शराबी गली के बाहर भागा। उसके हाथ में एक रुपया था। बारह आने का एक देशी अद्धा और दो आने की चाय...दो आने की पकौड़ी... नहीं-नहीं, आलू-मटर अच्छा, न सही, चार आने का मांस ही ले लूँगा, क्या खायेगा ओह! आज तक तो कभी मैंने दूसरे के खाने का सोच-विचार किया ही नहीं। तो क्या ले चलूँ? पहले एक अद्धा तो ले लूँ।—इतना सोचते-सोचते उसकी आँखों पर बिजली के प्रकाश की चमक पड़ी। उसने अपने को मिठाई की दुकान पर खड़ा पाया। वह शराब का अद्धा लेना भूलकर मिठाई-पूरी खरीदने लगा। नमकीन लेना भी न भूला। पूरा एक रुपये का सामान लेकर वह दूकान से हटा। जल्द पहुँचने के लिए एक तरह से दौड़ने लगा। अपनी कोठरी में पहुँचकर उसने दोनों की पाँत बालक के सामने सजा दी उनकी सुगन्ध से बालक के गले में एक तरावट पहुँची। वह मुस्कराने लगा।

शराबी ने मिट्टी की गगरी से पानी उड़ेलते हुए कहा—नटखट कहीं का, हँसता है, सोंधी बास नाक में पहुँची न! ले खूब ठूँसकर खा ले और फिर रोया कि पिटा!

दोनों ने बहुत दिन पर मिलने वाले दो मित्रों की तरह साथ बैठकर भरपेट खाया। सीली जगह में सोते हुए बालक ने शराबी का पुराना बड़ा कोट ओढ़ लिया था। अब उसे नींद आ गई, तो शराबी भी कंबल तानकर बड़बड़ाने लगा। सोचा था, आज सात दिन पर भरपेट पीकर सोऊँगा, लेकिन यह छोटा-सा न जाने कहाँ से आ धमका?

एक चिन्तापूर्ण आलोक में आज पहले-पहल शराबी ने आँख खेलकर कोठरी में बिखरी हुई दारिद्र्य की विभूति को देखा और उस घटनों से ठुड्डी लगाये हुए निरीह बालक को; उसने तिलिमिलाकर मन-ही-मन प्रश्न किया—किसने ऐसे सुकुमार फूल को कष्ट देने के लिए निर्दयता की सृष्टि की? आह री नियति! तब इसको लेकर मुझे घर-बारी बनना पड़ेगा क्या? दुर्भाग्य! जिसे मैंने कभी सोचा भी न था। मेरी इतनी माया-ममता—जिस पर, आज तक केवल बोतल का ही पूरा अधिकार था—इसका पक्ष क्यों लेने लगी? इस छोटे-से पाजी ने मेरे जीवन के लिए कौन-सा इन्द्रजाल रचने का बीड़ा उठाया है? तब क्या करूँ? कोई काम करूँ? कैसे दोनों का पेट चलेगा? नहीं, भगा दूँगा इसे—आँख तो खोले!

बालक अँगड़ाई ले रहा था। वह उठ बैठा। शराबी ने कहा—ले उठ, कुछ खा ले, अभी रात का बचा हुआ है और अपनी राह देख! तेरा नाम क्या है रे?

बालक ने सहज हँसी हँसकर कहा—मधुआ! भला हाथ-मुँह भी न धोऊँ! खाने लगूँ? और जाऊँगा कहाँ?

आह! कहाँ बताऊँ इसे कि चला जाय! कह दूँ कि भाड़ में जा; किन्तु वह आज तक दुःख की भट्ठी में जलता ही तो रहा है। तो...वह चुपचाप घर से झल्लाकर सोचता हुआ निकला—ले पाजी, अब यहाँ लौटूँगा ही नहीं। तू ही इस कोठरी में रह।

शराबी घर से निकला। गोमती-किनारे पहुँचने पर उसे स्मरण हुआ कि वह कितनी ही बातें सोचता आ रहा था, पर कुछ भी सोच न सका। हाथ-मुँह धोने में लगा। उजली धूप निकल आई थी। वह चुपचाप गोमती की धारा को देख रहा था। धूप की गरमी से सुखी होकर वह चिन्ता भुलाने का प्रयत्न कर रहा था कि किसी ने पुकारा—

भले आदमी रहे कहाँ? सालों पर दिखाई पड़े। तुमको खोजते-खोजते मैं थक गया।

शराबी ने चौंककर देखा। वह कोई जान-पहचान का मालूम होता था; पर कौन है, वह ठीक न जान सका।

उसने फिर कहा—तुम्हीं से कह रहे हैं। सुनते हो, उठा ले जाओ अपनी सान धरने की कल, नहीं तो सड़क पर फेंक दूँगा। एक ही तो कोठरी, जिसका मैं दो रुपया किराया देता हूँ, उसमें क्या मुझे अपना कुछ रखने के लिए नहीं है?

ओहो? रामजी, तुम हो भाई, मैं भूल गया था। तो चलो, आज ही उसे उठा लाता हूँ। कहते हुए शराबी ने सोचा—अच्छी रही, उसी को बेचकर कुछ दिनों तक काम चलेगा।

गोमती नहाकर रामजी पास ही अपने घर पहुँचा। शराबी की कल देते हुए उसने कहा—ले जाओ, किसी तरह मेरा इससे पिण्ड छूटे।

बहुत दिनों पर आज उसको कल ढोना पड़ा। किसी तरह अपनी कोठरी में पहुँचकर देखा कि बालक बैठा है। बड़बड़ाते हुए उसने पूछा—क्यों रे, तूने कुछ खा लिया कि नहीं?—भर-पेट खा चुका हूँ और वह देखो तुम्हारे लिए भी रख दिया है। कहकर उसने अपनी स्वाभाविक मधुर हँसी से उस रूखी कोठरी को तर कर दिया। शराबी एक क्षण चुप रहा। फिर चुपचाप जलपान करने लगा। मन-ही-मन सोच रहा था—यह भाग्य का संकेत नहीं, तो और क्या है? चलूँ फिर सान देने का काम चलता करूँ। दोनों का पेट भरेगा। वही पुराना चरखा फिर सिर पड़ा नहीं तो, दो बातें किस्सा-कहानी इधर-उधर की कहकर अपना काम चला ही लेता था। पर अब तो बिना कुछ किये घर नहीं चलने का। जल पीकर बोला—क्यों रे मधुआ, अब तू कहाँ जायेगा?

कहीं नहीं।

यह लो, तो फिर क्या यहाँ जमा गड़ी है कि मैं खोद-खोदकर तुझे मिठाई खिलाता रहूँगा।

तब कोई काम करना चाहिए।

करेगा?

जो कहो?

अच्छा, तो आज से मेरे साथ-साथ घूमना पड़ेगा। यह कल तेरे लिये लाया हूँ। चल, आज से तुझे सान देना सिखाऊँगा। कहाँ, इसका कुछ ठीक नहीं। पेड़ के नीचे रात बिता सकेगा न!

कहीं भी रह सकूँगा; पर उस ठाकुर की नौकरी न कर सकूँगा? शराबी ने एक बार स्थिर दृष्टि से उसे देखा। बालक की आँखें दृढ़ निश्चय की सौगन्ध खा रही थीं।

शराबी ने मन-ही-मन कहा—बैठे-बिठाये यह हत्या कहाँ से लगी? अब तो शराब न पीने की मुझे भी सौगन्ध लेनी पड़ेगी।

वह साथ ले जानेवाली वस्तुओं को बटोरने लगा। एक गट्ठर का और दूसरा कल का, दो बोझ हुए।

शराबी ने पूछा—तू किसे उठायेगा?

जिसे कहो।

अच्छा, तेरा बाप जो मुझको पकड़े तो?

कोई नहीं पकड़ेगा, चलो भी। मेरे बाप कभी के मर गये।

शराबी आश्चर्य से उसका मुँह देखता हुआ कल उठाकर खड़ा हो गया। बालक ने गठरी लादी। दोनों कोठरी छोड़कर चल पड़े।

❑

दासी

यह खेल किसको दिखा रहे हो बलराज?—कहते हुए फीरोजा ने युवक की कलाई पकड़ ली। युवक की मुट्ठी में एक भयानक छुरा चमक रहा था। उसने झुँझलाकर फीरोजा की तरफ देखा। वह खिलखिलाकर हँस पड़ी। फीरोजा युवती से अधिक बालिका थी। अल्हड़पन, चंचलता और हँसी से बनी हुई वह तुर्क बाला सब हृदयों के स्नेह के समीप थी। नीली नसों से जकड़ी हुई बलराज की पुष्ट कलाई उन कोमल उँगलियों के बीच में शिथिल हो गई। उसने कहा—फीरोजा, तुम मेरे सुख में बाधा दे रही हो।

सुख जीने में है बलराज! ऐसी हरी-भरी दुनिया, फूल-बेलों से सजे हुए नदियों के सुन्दर किनारे, सुनहला सवेरा, चाँदी की रातें इन सबों से मुँह मोड़कर आँखें बन्द कर लेना! कभी नही! सबसे बढ़कर तो इसमें हम लोगों की उछल-कूद का तमाशा है। मैं तुम्हें मरने न दूँगी।

क्यों?

यों ही बेकार मर जाना! वाह, ऐसा नहीं हो सकता। जिहून के किनारे तुर्कों से लड़ते हुए मर जाना दूसरी बात थी। तब तुम्हारी कब्र बनवाती, उस पर फूल चढ़ाती; पर इस गजनी नदी के किनारे अपना छुरा अपने कलेजे में भोंककर मर जाना बचपना भी तो नहीं है।

बलराज ने देखा, सुल्तान मसऊद के शिल्पकला-प्रेम की गम्भीर प्रतिमा, गजनी नदी पर एक कमानी वाला पुल अपनी उदास छाया जल-धारा पर डाल रहा है। उसने कहा—वही तो, न जाने क्यों मैं उसी दिन नहीं मरा, जिस दिन मेरे इतने वीर साथी कटार से लिपटकर इसी गजनी की गोद में सोने चले गये। फीरोजा! उन वीर आत्माओं का वह शोचनीय अन्त! तुम उस अपमान को नहीं समझ सकती हो।

सुल्तान ने सिल्जूको से हारे हुए तुर्क और हिन्दू दोनों को ही नौकरी से अलग कर दिया। पर तुर्कों ने तो मरने की बात नहीं सोची?

कुछ भी हो, तुर्क सुल्तान के अपने लोगों में हैं और हिन्दू बेगाने ही हैं। फीरोजा, यह अपमान मरने से बढ़कर है।

और आज किसलिए मरने जा रहे थे?

वह सुनकर क्या करोगी? कहकर बलराज छुरा फेंककर एक लम्बी साँस लेकर चुप हो रहा। फीरोजा ने उसका कन्धा पकड़कर हिलाते हुए कहा—

सुनूँगी क्यों नहीं। अपनी...हाँ, उसी के लिए! कौन है वह! कैसी है? बलराज! गोरी सी है, मेरी ही तरह वह भी पतली-दुबली है न? कानों में कुछ पहनती है? और गले में?

कुछ नहीं फिरोजा, मेरी ही तरह वह भी कंगाल है। मैंने उससे कहा था कि लड़ाई पर जाऊँगा और सुल्तान की लूट में मुझे भी चाँदी-सोने की ढेरी मिलेगी, जब अमीर हो जाऊँगा, तब आकर तुमसे ब्याह करूँगा।

तब भी मरने जा रहे थे! खाली हाथ ही लौटकर उससे भेंट करने की, उसे एक बार देख लेने की तुम्हारी इच्छा न हुई, तुम बड़े पाजी हो। जाओ, मरो या जियो, मैं तुमसे न बोलूँगी।

सचमुच फीरोजा ने मुँह फेर लिया। वह जैसे रूठ गई थी। बलराज को उसके भोलेपन पर हँसी न आ सकी। वह सोचने लगा, फीरोजा के हृदय में कितना स्नेह, कितना उल्लास है? उसने पूछा—फीरोजा, तुम भी तो लड़ाई में पकड़ी हुई गुलामी भुगत रही हो। क्या तुमने कभी अपने जीवन पर विचार किया है? किसी बात का उल्लास है तुम्हें?

मैं अब गुलामी में नहीं रह सकूँगी। अहमद जब हिन्दुस्तान जाने लगा था, तभी उसने राजा साहब से कहा था कि मैं एक हजार सोने के सिक्के भेजूँगा। भाई तिलक! तुम उसे लेकर फीरोजा को छोड़ देना और वह हिन्दुस्तान आना चाहे तो उसे भेज देना। अब वह थैली आती ही होगी। मैं छुटकारा पा जाऊँगी और गुलाम ही रहने पर रोने की कौन-सी बात है? मर जाने की इतनी जल्दी क्यों? तुम देख नहीं रहे हो कि तुर्कों में एक नयी लहर आई है। दुनिया ने उनके लिए जैसे छाती खोल दी है। जो आज गुलाम हैं; वही कल सुल्तान हो सकता है। फिर रोना किस बात का, जितनी देर हँस सकती हूँ, उस समय को रोने में क्यों बिताऊँ?

तुम्हारा सुखमय जीवन और भी लम्बा हो, फरोजा; किन्तु आज तुमने जो मुझे मरने से रोक दिया, यह अच्छा नहीं किया।

कहती तो हूँ, बेकार न मरो। क्या तुम्हारे मरने के लिए कोई...?

कुछ भी नहीं, फीरोजा। हमारी धार्मिक भावनाएँ बँटी हुई हैं, सामाजिक जीवन दम्भ से और राजनीतिक क्षेत्र कलह तथा स्वार्थ से जकड़ा हुआ है। शक्तियाँ हैं, पर उनका कोई केन्द्र नहीं। किस पर अभिमाान हो, किसके लिए प्राण दूँ?

दूत, चले जाओ हिन्दुस्तान में, मरने के लिए कुछ खोजो। मिल ही जायेगा, आओ न...कहीं वह तुम्हारी... मिल जाय तो किसी झोंपड़ी ही में काट लेना। न सही अमीरी, किसी तरह तो कटेगी। जितने दिन जीने के हों, उन पर भरोसा रखना

बलराज! न जाने क्यों मैं तुम्हें मरने देना नहीं चाहती। वह तुम्हारी राह देखती हुई कहीं जी रहे हो, तब? आह! कभी उसे देख पाती तो उसका मुँह ही चूम लेती। कितना प्यार होगा उसके छोटे से हृदय में? लो, ये पाँच दिरम मुझे कल राजा साहब ने इनाम के दिये हैं। इन्हें लेते जाओ! देखो, उससे जाकर भेंट करना।

फीरोजा की आँखों में आँसू भरे थे, तब भी वह जैसे हँस रही थी। सहसा वह पाँच धातु के टुकड़ों को बलराज के हाथ पर रखकर झाड़ियों में घुस गई। बलराज चुपचाप अपने हाथ पर के उन चमकीले टुकड़ों को देख रहा था। हाथ कुछ झुक रहा था। धीरे-धीरे टुकड़े उसके हाथ से खिसक पड़े। वह बैठ गया, सामने एक पुरुष खड़ा मुस्करा रहा था।

बलराज!

राजा साहब! जैसे आँख खोलते बलराज ने कहा और उठकर खड़ा हो गया।

मैं सब सुन रहा था। तुम हिन्दुस्तान चले जाओ। मैं भी तुमको यही सलाह दूँगा। किन्तु एक बात है।

वह क्या राजा साहब?

मैं तुम्हारे दुःख का अनुभव कर रहा हूँ। जो बातें तुमने अभी फीरोजा से कही हैं, उन्हें सुनकर मेरा हृदय विचलित हो उठा है। किन्तु क्या करूँ? आकांक्षा का नशा पी लिया है। वही मुझे बेवश किये है, जिस दुःख से मनुष्य छाती फाड़कर चिल्लाने लगता हो, सिर पीटने लगता हो, वैसी प्रतिकूल परिस्थितियों में भी मैं केवल सिर नीचा कर चुप रहना अच्छा समझता हूँ। क्या ही अच्छा होता कि जिस सुख में आनन्दातिरेक से मनुष्य उन्मत्त हो जाता है, उसे भी मुस्कराकर टाल दिया करूँ। सो नहीं होता। एक साधारण स्थिति से मैं सुल्तान के सलाहकारों के पद तक तो पहुँच गया हूँ। मैं भी हिन्दुस्तान का ही एक कंगाल था। प्रतिदिन की मर्यादा-बुद्धि, राजकीय विश्वास और उसमें सुख की अनुभूति से जितना सीखा हैं, वही मेरे लिए बहुत है, वह विचार! मैं धीरे-धीरे इतना बन गया हूँ कि मेरी सहृदयता घूँघट पलटने नहीं पाती। लोगों को मेरी छाती में हृदय के होने का सन्देह हो चला है। फिर भी मैं तुमसे अपनी सहृदयता क्यों प्रकट करूँ? तब भी आज तुमने मेरे स्वभाव की धारा का बाँध तोड़ दिया है और मैं...।

बस राजा साहब और कुछ न कहिये। मैं जाता हूँ। मैं समझ गया कि...।

ठहरो, मुझे अधिक अवकाश नहीं है। कल यहाँ से कुछ विद्रोही गुलाम अहमद नियाल्तगीन के पास लाहौर जाने वाले हैं, उन्हीं के साथ तुम चले जाओ। यह लो! कहते हुए सुल्तान के विश्वासी राजा तिलक ने बलराज के हाथों में थैली रख दी। बलराज वहाँ से चुपचाप चल पड़ा।

तिलक सुल्तान महमूद का अत्यन्त विश्वासपात्र हिन्दू कर्मचारी था। अपने बुद्धि-बल के कट्टर यवनों के बीच अपनी प्रतिष्ठा दृढ़ रखने के कारण सुल्तान महमूद

के शासन-काल में भी वह उपेक्षा का पात्र नहीं था। फिर भी वह अपने को हिन्दू ही समझता था, चाहे अन्य लोग उसे जो भी समझते रहे हों। बलराज की बातें वह सुन चुका था। आज उसकी मनोवृत्तियों में भयानक हलचल थी। सहसा उसने पुकारा—फीरोजा!

झाड़ियों से निकलकर फीरोजा ने उसके सामने सिर झुका दिया। तिलक ने उसके सिर पर हाथ रखते हुए कोमल स्वर में पूछा—फीरोजा, तुम अहमद के पास हिन्दुस्तान जाना चाहती हो?

फीरोजा के हृदय में कम्पन होने लगा। वह कुछ न बोली। तिलक ने कहा—डरो मत, साफ-साफ कहो।

क्या अहमद ने आपके पास दीनारें भेज दीं? कहकर फीरोजा ने अपनी उत्कंठा-भरी आँखें उठाईं। तिलक ने हँसकर कहा—सो तो उसने नहीं भेजीं, तब भी तुम जाना चाहती हो, तो मुझसे कहो।

मैं क्या कह सकती हूँ? जैसे मेरी...। कहते-कहते उसकी आँखों में आँसू छलछला उठे। तिलक ने कहा—फीरोजा, तुम जा सकती हो। कुछ सोने के टुकड़ों के लिए मैं हृदय नहीं कुचलना चाहता।

सच! आश्चर्य-भरी कृतज्ञता उसकी वाणी में थी।

सच फीरोजा। अहमद मेरा मित्र है और भी एक काम के लिए तुमको भेज रहा हूँ। उसे जाकर समझाओ कि वह अपनी सेना लेकर पंजाब के बाहर इधर-उधर हिन्दुस्तान में लूट-मार न किया करे। मैं कुछ ही दिनों में सुल्तान से कहकर खजाने और मालगुजारी का अधिकार भी उसी को दिवा दूँगा। थोड़ा समझकर धीरे-धीरे काम करने से सब हो जायेगा। समझी न, दरबार में इस पर गर्मागर्मी है कि अहमद की नीयत खराब है। कहीं ऐसा न हो कि मुझी को सुल्तान इस काम के लिए भेजें।

फीरोजा, मैं हिन्दुस्तान नहीं जाना चाहता। मेरी एक छोटी बहन थी, वह वहाँ है? क्या दुःख उसने पाया? मरी या जीती है, इन कई बरसों से मैंने इसे जानने की चेष्टा भी नहीं की और भी...मैं हिन्दू हूँ, फीरोजा! आज तक अपनी आकांक्षा में भूला हुआ, अपने आराम में मस्त, अपनी उन्नति में विस्मृत, गजनी में बैठा हुआ हिन्दुस्तान को, अपनी जन्मभूमि को और उसके दुःख-दर्द को भूल गया हूँ। सुल्तान महमूद की लूटों की गिनती करना, उस रक्त-रंजित धन की तालिका बनाना, हिन्दुस्तान के ही शोषण के लिए सुल्तान को नयी-नयी तरकीबें बताना, यही तो मेरा काम था, जिससे आज मेरी इतनी प्रतिष्ठा है। दूर रहकर मैं वहाँ कुछ कर सकता था; पर हिन्दुस्तान कहीं मुझे जाना पड़ा, उसकी गोद में फिर रहना पड़ा, तो मैं क्या करूँगा। फीरोजा, मैं वहाँ जाकर पागल हो जाऊँगा। चिर-निर्वासित, विस्मृत अपराधी! इरावती मेरी बहन! आह, मैं उसे क्या मुँह दिखलाऊँगा। वह कितने कष्टों में जीती होगी!

और मर गई हो तो...फीरोजा! अहमद से कहना, मेरी मित्रता के नाते मुझे दुःख से बचा ले।

मैं जाऊँगी और इरावती को खोज निकालूँगी, राजा साहब! आपके हृदय में इतनी टीस है, आज तक मैं न जानती थी। मुझे यही मालूम था कि अनेक अन्य तुर्क सरदारों के समान आप भी रँगरलियों में समय बिता रहे हैं, किन्तु बरफ से ढकी हुई चोटियों के नीचे भी ज्वालामुखी होता है।

तो जाओ फीरोजा! मुझे बचाने के लिए, उस भयानक आग से, जिससे मेरा हृदय जल उठता है, मेरी रक्षा करो! कहते हुए राजा तिलक उसी जगह बैठ गये। फीरोजा खड़ी थी। धीरे-धीरे राजा के मुख पर एक स्निग्धता आ गई। जब अन्धकार हो चला। गजनी के लहरों पर से शीतल पवन उन झाड़ियों में भरने लगा। सामने ही राजा साहब का महल था। उसका शुभ्र गुम्बद उस अन्धकार में अभी अपनी उज्ज्वलता से सिर ऊँचा किये था। तिलक ने कहा—फिरोजा, जाने के पहले अपना वह गाना सुनाती जाओ।

फीरोजा गाने लगी। उसके गीत की ध्वनि थी—मैं जलती हुई दीपशिखा हूँ और तुम हृदय-रंजन प्रभात हो! जब तक देखती नहीं, जला करती हूँ और जब तुम्हें देख लेती हूँ, तभी मेरे अस्तित्व का अन्त हो जाता है—मेरे प्रियतम!—संध्या की अंधेरी झाड़ियों में गीत की गुंजार घूमने लगी।

यदि एक बार उसे फिर देख पाता; पर यह होने का नहीं। निष्ठुर नियति! उसकी पवित्रता पंकिल हो गई होगी। उसकी उज्ज्वलता पर संसार के काले हाथों ने अपनी छाप लगा दी होगी। तब उससे भेंट करके क्या करूँगा? क्या करूँगा अपने कल्पना के स्वर्ण-मंदिर का खँडहर देखकर! कहते-कहते बलराज ने अपने बलिष्ठ पंजों को पत्थर से जकड़े हुए मन्दिर के प्राचीर पर दे मारा। वह शब्द एक क्षण में विलीन हो गया। युवक ने आरक्त आँखों से उस विशाल मन्दिर को देखा और वह पागल-सा उठ खड़ा हुआ। परिक्रमा के ऊँचे-ऊँचे खंभों से धक्के खाता हुआ घूमने लगा।

गर्भगृह के द्वारपालों पर उसकी दृष्टि पड़ी। वे तेल से चुपड़े हुए काले-काले दूत अपने भीषण त्रिशूल-से जैसे युवक की ओर संकेत कर रहे थे। वह ठिठक गया। सामने देवगृह के समीप घृत का अखण्ड-दीप जल रहा था। केशर, कस्तूरी और अगरु से मिश्रित फूलों की दिव्य सुगन्ध की झकोर रह-रहकर भीतर से आ रही थी। विद्रोही हृदय प्रणत होना नहीं चाहता था, परन्तु सिर सम्मान से झुक ही गया।

देव! मैंने अपने जीवन में जान-बूझकर कोई पाप नहीं किया है। मैं किसके लिए क्षमा माँगूँ? गजनी के सुल्तान की नौकरी, वह मेरे वश की नहीं; किन्तु मैं माँगता हूँ...एक बार उस, अपनी प्रेम-प्रतिमा का दर्शन! कृपा करो। मुझे बचा लो।

प्रार्थना करके युवक ने सिर उठाया ही था कि उसे किसी को अपने पास से

खिसकने का सन्देह हुआ। वह घूमकर देखने लगा। एक स्त्री कौशेय वसन पहने हाथ में फूलों से सजी डाली लिये चली जा रही थी। युवक पीछे-पीछे चला। परिक्रमा में एक स्थान पर पहुँचकर उसने संदिग्ध स्वर से पुकारा—इरावती! वह स्त्री घूमकर खड़ी हो गई। बलराज अपने दोनों हाथ पसारकर उसे आलिंगन करने के लिए दौड़ा। इरावती ने कहा—ठहरो! बलराज ठिठककर उसकी गम्भीर मुखाकृति को देखने लगा। उसने पूछा—क्यों इरा? क्या तुम मेरी वाग्दत्ता पत्नी नहीं हो? क्या हम लोगों का वह्निवेदी के सामने परिणय नहीं होने वाला था? क्या...?

हाँ, होने वाला था, किन्तु हुआ नहीं और बलराज तुम मेरी रक्षा नहीं कर सके। मैं आततायी के हाथ से कलंकित की गयी। फिर तुम मुझे पत्नी-रूप में कैसे ग्रहण करोगे? तुम वीर हो! पुरुष हो! तुम्हारे पुरुषार्थ के लिए बहुत-सी महत्त्वाकांक्षाएँ हैं। उन्हें खोज लो, मुझे भगवान् की शरण में छोड़ दो। मेरा जीवन अनुताप की ज्वाला से झुलसा हुआ मेरा मन अब स्नेह के योग्य नहीं।

प्रेम की, पवित्रता की परिभाषा अलग है इरा! मैं तुमको प्यार करता हूँ। तुम्हारी पवित्रता से मेरे मन का अधिक सम्बन्ध नहीं भी हो सकता है। चलो, हम और कुछ भी हों; मेरे प्रेम की वह्नि तुम्हारी पवित्रता को अधिक उज्ज्वल कर देगी।

भाग चलूँ, क्यों? सो नहीं हो सकता। मैं क्रीत दासी हूँ। म्लेच्छों ने मुझे मुलतान की लूट में पकड़ लिया। मैं उनकी कठोरता में जीवित रहकर बराबर उनका विरोध ही करती रही। नित्य कोड़े लगते। मैं बाँधकर लटकाई जाती। फिर भी मैं अपने हठ से न डिगी। एक दिन कन्नौज के चतुष्पथ पर घोड़ों के साथ ही बेचने के लिए उन आततायियों ने मुझे भी खड़ा किया। मैं बिकी पाँच सौ दिरम पर, काशी के ही एक महाजन ने मुझे दासी बना लिया। बलराज! तुमने न सुना होगा कि मैं किन नियमों के साथ बिकी हूँ। मैंने लिखकर स्वीकार किया है, इस घर का कुत्सित से कुत्सित कर्म करूँगी और कभी विद्रोह न करूँगी, न कभी भागने की चेष्टा करूँगी, न किसी के कहने से अपने स्वामी का अहित सोचूँगी। यदि मैं आत्महत्या भी कर डालूँ, तो मेरे स्वामी या उनके कुल पर कोई दोष न लगा सकेगा! वे गंगा-स्नान किये-से पवित्र हैं। मेरे सम्बन्ध में वे सदा ही शुद्ध और निष्पाप हैं। मेरे शरीर पर उनका आजीवन अधिकार रहेगा। वे मेरे नियम-विरुद्ध आचरण पर जब चाहें राजपथ पर मेरे बालों को पकड़कर मुझे घसीट सकते हैं। मुझे दण्ड दे सकते हैं। मैं तो मर चुकी हूँ। मेरा शरीर पाँच सौ दिरम पर जीकर सब सहेगा, खटेगा। वे चाहें तो मुझे कौड़ी मोल भी किसी दूसरे के हाथ बेच सकते हैं। समझे! सिर पर तृण रखकर मैंने स्वयं अपने को बेचने में स्वीकृति दी है। उस सत्य को कैसे तोड़ दूँ?

बलराज ने लाल होकर कहा—इरावती, यह असत्य है, सत्य नहीं। पशुओं के समान मनुष्य भी बिक सकते हैं? मैं यह सोच भी नहीं सकता। यह पाखण्ड तुर्की घोड़ों के व्यापारियों ने फैलाया है। तुमने अनजाने में जो प्रतिज्ञा कर ली है, वह ऐसा

सत्य नहीं कि पालन किया जाये। तुम नहीं जानती हो कि तुमको खोजने के लिए ही मैंने यवनों की सेवा की।

क्षमा करो बलराज, मैं तुम्हारा तर्क नहीं समझ सकी। मेरी स्वामिनी का रथ दूर चला गया होगा, तो मुझे बातें सुननी पड़ेंगी, क्योंकि आजकल मेरे स्वामी नगर से दूर स्वास्थ्य के लिए उपवन में रहते हैं। स्वामिनी देव-दर्शन के लिए आई थीं।

तब मेरा इतना परिश्रम व्यर्थ हुआ! फीरोजा ने व्यर्थ ही आशा दी थी। मैं इतने दिनों भटकता फिरा इरावती! मुझ पर दया करो।

फीरोजा कौन? फिर सहसा रुककर इरावती ने कहा--क्या करूँ! यदि मैं वैसा करती, तो मुझे इस जीवन की सबसे बड़ी प्रसन्नता मिलती; किन्तु वह मेरे भाग्य में है कि नहीं, इसे भगवान् ही जानते होंगे? मुझे अब जाने दो। इस उत्तर से खिन्न और चकराया हुआ बलराज काठ के किवाड़ की तरह इरावती के सामने से अलग होकर मन्दिर के प्राचीर से लग गया। इरावती चली गई। बलराज कुछ समय तक स्तब्ध और शून्य-सा वहीं खड़ा रहा। फिर सहसा जिस ओर इरावती गई थी, उसी ओर चल पड़ा।

युवक बलराज कई दिन तक पागलों-सा धानदत्त के उपवन से नगर तक चक्कर लगाता रहा। भूख-प्यास भूलकर वह इरावती को एक बार फिर देखने के लिए विकल था; किन्तु वह सफल न हो सका। आज उसने निश्चय किया था कि वह काशी छोड़कर चला जायेगा। वह जीवन से हताश होकर काशी से प्रतिष्ठान जाने वाले पथ पर चलने लगा। उसकी पहाड़ के ढोके-सी काया, जिसमें असुर-सा बल होने का लोग अनुमान करते, निर्जीव-सी हो रही थी। अनाहार से उसका मुख विवर्ण था। वह सोच रहा था—उस दिन विश्वनाथ के मन्दिर में न जाकर मैंने आत्महत्या क्यों न कर ली! वह अपनी उधेड़-बुन में चल रहा था। न जाने कब तक चलता रहा। वह चौंक उठा जब किसी के डाँटने का शब्द सुनाई पड़ा—देखकर नहीं चलता? बलराज ने चौंककर देखा, अश्वारोहियों की लम्बी पंक्ति, जिसमें अधिकतर अपने घोड़ों को पकड़े हुए पैदल ही चल रहे थे। वे सब तुर्क थे। घोड़ों के व्यापारी-से जान पड़ते थे। गजनी के प्रसिद्ध महमूद के आक्रमणों का अन्त हो चुका था। मसऊद सिंहासन पर था। पंजाब तो गजनी के सेनापति नियाल्तगीन के शासन में था। मध्य-प्रदेश में भी तुर्क व्यापारी अधिकतर व्यापारिक प्रभुत्व स्थापित करने के लिए प्रयत्न कर रहे थे। वह राह छोड़कर हट गया। अश्वारोही ने पूछा—बनारस कितनी दूर होगा?

बलराज ने कहा—मुझे नहीं मालूम।

तुम अभी उधर से चले आ रहे हो और कहते हो, नहीं मालूम! ठीक-ठीक बताओ, नहीं तो...।

नहीं तो क्या? मैं तुम्हारा नौकर हूँ। कहकर वह आगे बढ़ने लगा। अकस्मात् पहले अश्वारोही ने कहा—पकड़ लो इसको!

कौन? नियाल्तगीन! सहसा बलराज चिल्ला उठा।

अच्छा, यह तुम्हीं हो बलराज! यह तुम्हारा क्या हाल है, क्या सुल्तान की सरकार में अब तुम काम नहीं करते हो?

नहीं, सुल्तान मसऊद का मुझ पर विश्वास नहीं है। मैं ऐसा काम नहीं करता, जिसमें सन्देह मेरी परीक्षा लेता रहे; किन्तु तुम लोग क्यों?

सुना है, बनारस एक सुन्दर और धनी नगर है। और...।

और क्या?

कुछ नहीं, देखने चला आया हूँ। काजी नहीं चाहता कि कन्नौज के पूरब भी कुछ हाथ-पाँव बढ़ाया जाय। तुम चलो न मेरे साथ। मैं तुम्हारी तलवार की कीमत जानता हूँ। बहादुर लोग इस तरह नहीं रह सकते। तुम अभी तक हिन्दू बने हो। पुरानी लकीर पीटने वाले, जगह-जगह झुकने वाले, सबसे दबते हुए, कतराकर चलने वाले हिन्दू! क्यों? तुम्हारे पास बहुत-सा कूड़ा-कचरा इकट्ठा हो गया है, उनका पुरानेपन का लोभ तुमको फेंकने नहीं देता, मन में नयापन तथा दुनिया का उल्लास नहीं आने पाता? इतने दिन हम लोग साथ रहे, फिर भी....।

बलराज सोच रहा था, इरावती का वह सूखा व्यवहार। सीधा-सीधा उत्तर! क्रोध से अपना ओठ चबाने लगा। नियाल्ततगीन बलराज को परख रहा था! उसने कहा—तुम कहाँ हो? बात क्या है? ऐसा बुझा हुआ मन क्यों?

बलराज ने प्रकृतिस्थ होकर कहा—कहीं तो नहीं। अब मुझे छुट्टी दो, मैं जाऊँ। तुम्हारा बनारस देखने का मन है—इस पर तो मुझे विश्वास नहीं होता, तो भी मुझे इससे क्या? जो चाहे करो। संसार भर में किसी पर दया करने की आवश्यकता नहीं—लूटो, काटो, मारो। जाओ, नियाल्तगीन।

नियाल्तगीन ने हँसकर कहा—पागल तो नहीं हो। इन थोड़े-से आदमियों से भला क्या हो सकता है। मैं तो एक बहाने से इधर आया हूँ। फीरोजा का बनारसी जरी के कपड़ों का...

क्या फीरोजा भी तुम्हारे साथ है?

चलो, पड़ाव पर सब आप ही मालूम हो जाएगा! कहकर नियाल्तगीन ने संकेत किया। बलराज के मन में न जाने कैसी प्रसन्नता उमड़ी। वह एक तुर्की घोड़े पर सवार हो गया।

दोनों ओर जवाहरात, जरी-कपड़ों, बर्तन तथा सुगन्धित द्रव्यों की सजी हुई दुकानों से देश-विदेश के व्यापारियों की भीड़ और बीच-बीच में एक घोड़े के रथों से, बनारस की पत्थर से बनी हुई चौड़ी गलियाँ अपने ढंग की निराली दिखती थीं। प्राचीरों से घिरा हुआ नगर का प्रधान भाग त्रिलोचन से लेकर राजघाट तक विस्तृत था। तोरणों पर गांगेय देव के सैनिकों का जमाव था। कन्नौज के प्रतिहार सम्राट से काशी छीन ली गई थी। त्रिपुरी उस पर शासन करती थी। ध्यान से देखने पर

यह तो प्रकट हो जाता था कि नागरिकों में अव्यवस्था थी। फिर भी ऊपरी काम-काज, क्रय-विक्रय, यात्रियों का आवागमन चल रहा था।

फीरोजा कमख्वाब देख रही थी और नियाल्तगीन मणि-मुक्ताओं की ढेरी से अपने लिए अच्छे-अच्छे नग चुन रहा था। पास ही दोनों दुकानें थीं। बलराज बीच में खड़ा था। अन्यमनस्क फीरोजा ने कई थान छाँट लिए थे। उसने कहा—बलराज देखो तो, इन्हें तुम कैसा समझते हो, इधर तो आओ। इन्हें भी देख लो! फीरोजा उधर जाने लगी थी कि दूकानदार ने कहा—लेना न देना, झूठ-मूठ तंग करना। कभी देखा तो नहीं। कंगालों की तरह जैसे आँखों से देखकर ही खा जायेगी। फीरोजा घूमकर खड़ी हो गई। उसने पूछा—क्या बकते हो? जा-जा तुर्किस्तान के जंगलों में भेड़ चरा। इन कपड़ों का लेना तेरा काम नहीं। सटी हुई दुकानों से जौहरी अभी कुछ बोलना ही चाहता था कि बलराज ने कहा—

चुप रह, नहीं तो जीभ खींच लूँगा।

ओहो! तुर्की गुलाम का दास, तू भी...। अभी इतना ही कपड़े वाले के मुँह से निकला था कि नियाल्तगीन की तलवार उसके गले तक पहुँच गई। बाजार में हलचल मची। नियाल्तगीन के साथी इधर-उधर बिखरे ही थे। कुछ तो वहीं आ गये। औरों को समाचार मिल गया। झगड़ा बढ़ने तथा नियाल्तगीन को कुछ लोगों ने घेर लिया था; किन्तु तुर्कों ने उसे छीन लेना चाहा। राजकीय सैनिक पहुँच गये। नियाल्तगीन को यह मालूम हो गया कि पड़ाव पर समाचार पहुँच गया है। उसने निर्भीकता से अपनी तलवार घुमाते हुए कहा—अच्छा होता कि झगड़ा यहीं तक रहता, नहीं तो हम लोग तुर्क हैं।

तुर्कों का आतंक उत्तरी भारत में फैल चुका था। क्षण-भर के लिए सन्नाटा तो हुआ, परन्तु वणिक के प्रतिरोध के लिए नागरिकों का रोष उबल रहा था। राजकीय सैनिकों का सहयोग मिलते ही युद्ध आरम्भ हो गया, अब और भी तुर्क आ पहुँचे थे। नियाल्तगीन हँसने लगा। उसने तुर्की में सकेत किया। बनारस का राजपथ तुर्कों की तलवार से पहली बार आलोकित हो उठा।

नियाल्तगीन के साथी संगठित हो गये थे। वे केवल युद्ध और आत्मरक्षा ही नहीं कर रहे थे, बहुमूल्य पदार्थों की लूट भी करने लगे। बलराज स्तब्ध था। वह जैसे एक स्वप्न देख रहा था। अकस्मात् उसके कानों में एक परिचित स्वर सुनाई पड़ा। उसने घूमकर देखा—जौहरी के गले पर तलवार पड़ना ही चाहती थी और इरावती 'इन्हें छोड़ दो, न मारो' कहती हुई तलवार के सामने आ गई थी। बलराज ने कहा—ठहरो, नियाल्तगीन। दूसरे ही क्षण नियाल्तगीन की कलाई बलराज की मुट्ठी में थी। नियाल्तगीन ने कहा—धोखबाज काफिर, यह क्या? कई तुर्क पास आ गये थे! फीरोजा का मुख तमतमा गया था। बलराज ने सबल होने पर भी बड़ी दीनता से कहा—फीरोजा, यही इरावती है। फीरोजा हँसने लगी। इरावती को पकड़कर उसने

कहा—नियाल्तगीन! बलराज को उसके साथ लेकर मैं चलती हूँ, तुम आना और इस जौहरी से तुम्हारा नुकसान न हो तो न मारो! देखो, बहुत से घुड़सवार आ रहे हैं। हम सबों का चलना ही अच्छा है।

नियाल्तगीन ने परिस्थिति एक क्षण में ही समझ ली। उसने जौहरी से पूछा—तुम्हारे घर में दूसरी ओर से बाहर जाया जा सकता है?

हाँ—कँपे कण्ठ से उत्तर मिला।

अच्छा चलो, तुम्हारी जान बच रही है। मैं इरावती को ले जाता हूँ। कहकर नियाल्तगीन ने एक तुर्क के कान में कुछ कहा और बलराज को आगे चलने का संकेत करके इरावती और फीरोजा के पीछे धनदत्त के घर में घुसा। इधर तुर्क एकत्र होकर प्रत्यावर्तन कर रहे थे। नगर की राजकीय सेना पास आ रही थी।

चन्द्रभागा के तट पर शिविरों की एक श्रेणी। उसके समीप ही घने वृक्षों के झुरमुट में इरावती और फीरोजा बैठी हुई सायंकालीन गम्भीरता की छाया में एक-दूसरे का मुँह देख रही हैं। फीरोजा ने कहा—

—बलराज को तुम प्यार करती हो?

—मैं नहीं जानती—एक आकस्मिक उत्तर मिला।

और वह तो तुम्हारे लिए ही गजनी से हिन्दुस्तान चला आया।

तो क्यों आने दिया, वहीं रोक रखतीं।

तुमको क्या हो गया?

मैं मैं नहीं रही; मैं दासी हूँ; कुछ धातु के टुकड़ों पर बिकी हुई हाड़-मांस का समूह, जिसके भीतर एक सूखा हृदय-पिण्ड है।

इरा! वह मर जायेगा, पागल हो जायेगा।

और मैं क्या हो जाऊँ, फीरोजा?

अच्छा होता, तुम भी मर जाती! तीखेपन से फीरोजा ने कहा।

इरावती चौंक उठी। उसने कहा—बलराज ने वह भी न होने दिया। उस दिन नियाल्तगीन की तलवार ने यही कर दिया होता; किन्तु मनुष्य बड़ा ही स्वार्थी है। अपने सुख की आशा में वह कितनों को दुःखी बनाया करता है। अपनी साध पूरी करने में दूसरों की आवश्यकता ठुकरा दी जाती है। तुम ठीक कह रही हो फीरोजा, मुझे...

ठहरो, इरा! तुमने मन को कड़वा बनाकर मेरी बात सुनी है। उतनी ही तेजी से उसे बाहर कर देना चाहती हो।

मेरे दुखी होने पर जो मेरे साथ रोने आता है, उसे मैं अपना मित्र नहीं जान सकती, फीरोजा। मैं तो देखूँगी कि वह मेरे दुःख को कितना कम कर सकता है। मुझे दुःख सहने के लिए छोड़ जाता है, केवल अपने अभिमान और आकांक्षा की तुष्टि के लिए। मेरे दुःख में हाथ बँटाने का जिसका साहस नहीं, जो मेरी परिस्थिति

में साथी नहीं बन सकता, जो पहले अमीर बनना चाहता है, फिर अपने प्रेम का दान करना चाहता है, वह मुझसे हृदय माँगे, इससे बढ़कर धृष्टता और क्या होगी?

मैं तुम्हारी बहुत-सी बातें समझ नहीं सकी, लेकिन मैं इतना तो कहूँगी कि दुःखों ने तुम्हारे जीवन की कोमलता छीन ली है।

फीरोजा, मैं तुमसे बहस नहीं करना चाहती। तुमने मेरे प्राण बचाये सही, किन्तु हृदय नहीं बचा सकती। उसे अपनी खोज-खबर आप ही लेनी पड़ेगी। तुम चाहे जो मुझे कह लो। मैं तो समझती हूँ कि मनुष्य दूसरों की दृष्टि में कभी पूर्ण नहीं हो सकता! पर उसे अपनी आँखों से तो नहीं गिरना चाहिए।

फीरोजा ने सन्देह से पीछे की ओर देखा। बलराज वृक्ष की आड़ से निकल आया। उसने कहा—फीरोजा, मैं जब गजनी के किनारे मरना चाहता था, तो क्या भूल कर रहा था? अच्छा, जाता हूँ।

इरावती सोच रही थी, अब भी कुछ बोलूँ।

फीरोजा सोच रही थी, दोनों को मरने से बचाकर क्या सचमुच मैंने कोई बुरा काम किया?

बलराज की ओर किसी ने न देखा। वह चला गया।

रावी के किनारे एक सुन्दर महल में अहमद नियाल्तगीन पंजाब के सेनानी का आवास है। उस महल के चारों ओर वृक्षों की दूर तक फैली हुई हरियाली है, जिसमें शिविरों की श्रेणी में तुर्क सैनिकों का निवास है।

वसन्त की चाँदनी रात अपनी मतवाली उज्ज्वलता में महल के मीनारों और गुम्बदों तथा वृक्षों की छाया में लड़खड़ा रही है, अब जैसे सोना चाहती हो। चन्द्रमा पश्चिम में धीरे-धीरे झुक रहा था। रावी की ओर एक संगमरमर की दालान में खाली सेज बिछी थी। जरी के परदे ऊपर की ओर बँधे थे। दालान की सीढ़ी पर बैठी हुई इरावती रावी का प्रवाह देखते-देखते सोने लगी थी, उस महल की जैसे सजावट गुलाबी पत्थर की अचल प्रतिमा हो।

शयन-कक्ष की सेवा का भार आज उसी पर था। वह अहमद के आगमन की प्रतीक्षा करते-करते सो गई थी। अहमद इन दिनों गजनी से मिले हुए समाचार के कारण अधिक व्यस्त था। सुल्तान के रोष का समाचार उसे मिल चुका था। वह फीरोजा से छिपाकर, अपने अन्तरंग साथियों से, जिन पर उसे विश्वास था, निस्तब्ध रात्रि में मंत्रणा किया करता। पंजाब का स्वतंत्र शासक बनने की अभिलाषा उसके मन में जाग गई थी, फीरोजा ने उसे मना किया था, किन्तु एक साधारण तुर्क दासी के विचार राजकीय कामों में कितने मूल्य के हैं, इसे वह अपनी महत्त्वाकांक्षा की दृष्टि से परखता था। फीरोजा कुछ तो रूठी और कुछ उसकी तबीयत भी अच्छी न थी। वह बन्द कमरे में जाकर सो रही। अनेक दासियों के रहते भी आज इरावती को ही वहाँ ठहरने के लिए उसने कह दिया था। अहमद सीढ़ियों से चढ़कर दालान

के पास आया। उसने देखा एक वेदना-विमण्डित सुप्त सौन्दर्य! वह और भी समीप आया। गुम्बद के बगल से चन्द्रमा की किरणें ठीक इरावती के मुख पर पड़ रही थीं। अहमद ने वारुणी-विलासित नेत्रों से देखा उस रूपमाधुरी को, जिसमें स्वाभाविकता थी, बनावट नहीं। तरावट थी, प्रमाद की गर्मी नहीं। एक बार सशंक दृष्टि से उसने चारों ओर देखा, फिर इराबती का हाथ पकड़कर हिलाया। वह चौंक उठी। उसने देखा—सामने अहमद! इरावती खड़ी होकर अपने वस्त्र सँभालने लगी। अहमद ने संकोच-भरी ढिठाई से कहा—

तुम यहाँ क्यों सो रही हो, इरा?

थक गयी थी। कहिये, क्या लाऊँ?

थोड़ी शीराजी—कहते हुए वह पलंग पर जाकर बैठ गया और इरावती का स्फटिक-पात्र में शीराजी उँड़ेलना देखने लगा। इरा ने जब पात्र भरकर अहमद को दिया, तो अहमद ने सतृष्ण नेत्रों से उसकी ओर देखकर पूछा—फीरोजा कहाँ है?

सिर में दर्द है, भीतर सो रही हैं।

अहमद की आँखों में पशुता नाच उठी। शरीर में एक सनसनी का अनुभव करते हुए उसने इरावती का हाथ पकड़कर कहा—बैठो न, इरा! तुम थक गई हो।

आप शर्बत लीजिये। मैं जाकर फीरोजा को जगा दूँ।

फीरोजा! फीरोजा के हाथ बिक गया हूँ क्या, इरावती! तुम-आह!

इरावती हाथ छुड़ाकर हटनेवाली ही थी कि सामने फीरोजा खड़ी थी! उसकी आँखों में तीव्र ज्वाला थी। उसने कहा—मैं बिकी हूँ, अहमद! तुम भला मेरे हाथ क्यों बिकने लगे? लेकिन तुमको मालूम है कि तुमने अभी राज़तिलक का मेरा दाम नहीं चुकाया; इसलिए मैं जाती हूँ।

अहमद हत-बुद्धि! निष्प्रभ और फीरोजा चली। इरावती ने गिड़गिड़ाकर कहा—बहन, मुझे भी न लेती चलोगी?

फीरोजा ने घूमकर एक बार स्थिर दृष्टि से इरावती की ओर देखा और कहा—तो फिर चलो।

दोनों हाथ पकड़े सीढ़ी से उतर गईं।

बहुत दिनों तक विदेश में इधर-उधर भटकने पर बलराज जब से लौट आया है, तब से चन्द्रभागा-तट के जाटों में एक नयी लहर आ गई है। बलराज ने अपने सजातीय लोगों को पराधीनता से मुक्त होने का संदेश सुनाकर उन्हें सुल्तान-सरकार का अवाध्य बना दिया है। उद्दंड जाटों को अपने वश में रखना, उन पर सदा फौजी शासन करना सुल्तान के कर्मचारियों के लिए भी बड़ा कठिन हो रहा था।

इधर फीरोजा के जाते ही अहमद अपनी कोमल वृत्तियों को भी खो बैठा। एक ओर उसके पास मसऊद के रोष के समाचार आते थे, दूसरी ओर वह जाटों की हलचल से खजाना भी नहीं भेज सकता था। वह झुँझला गया। दिखावे में तो

अहमद ने जाटों को घेरे में डालते हुए बढ़ने लगा; किन्तु उसके हृदय में एक दूसरी ही बात थी। उसे मालूम हो गया था कि गजनी की सेना तिलक के साथ आ रही है; उसकी कल्पना का साम्राज्य छिन्न-भिन्न कर देने के लिए! उसने अन्तिम प्रयत्न करने का निश्चय किया। अंतरंग साथियों की सम्मति हुई कि यदि विद्रोही जाटों को इस समय मिला लिया जाय, तो गजनी से पंजाब आज ही अलग हो सकता है। इस चढ़ाई में दोनों के मतलब थे।

घने जंगल का आरम्भ था। वृक्षों के हरे अंचल की छाया में थकी हुई दो युवतियाँ उनकी जड़ों पर सिर धरे हुए लेटी थीं। पथरीले टीलों पर पड़ती हुई घोड़ों की टापों के शब्द ने उन्हें चौंका दिया। वे अभी उठकर बैठ भी नहीं पाई थीं कि उनके सामने अश्वारोहियों का एक झुण्ड आ गया। भयानक भालों की नोंक सीधी किये हुए स्वास्थ्य के तरुण तेज से उद्दीप्त जाट-युवकों का वह वीर दल था। स्त्रियों को देखते ही उनके सरदार ने कहा—माँ, तुम लोग कहाँ जाओगी?

अब फीरोजा और इरावती सामने खड़ी हो गयीं। सरदार ने घोड़े पर से उतरते हुए पूछा—फीरोजा, यह तुम हो बहन!

हाँ भाई बलराज! मैं हूँ और यह है इरावती, पूरी बात जैसे न सुनते हुए बलराज ने कहा—फीरोजा, अहमद से युद्ध होगा। इस जंगल को पार कर लेने पर तुर्क सेना जाटों का नाश कर देगी, इसलिए यहीं उन्हें रोकना होगा। तुम लोग इस समय कहाँ जाओगी?

जहाँ कहो, बलराज। अहमद की छाया से तो मुझे भी बचना है। फीरोजा ने अधीर होकर कहा।

डरो मत फीरोजा, यह हिन्दुस्तान है और यह हम हिन्दुओं का धर्मयुद्ध है। गुलाम बनने का भय नहीं। बलराज अभी यह कह ही रहा था कि वह चौंककर पीछे देखता हुआ बोल उठा—अच्छा, वे लोग आ ही गये। समय नहीं है! बलराज दूसरे ही क्षण में अपने घोड़े की पीठ पर था। अहमद की सेना सामने आ गई। बलराज को देखते ही उसने चिल्लाकर कहा—बलराज! यह तुम्हीं हो।

हाँ, अहमद।

तो हम लोग दोस्त भी बन सकते हैं। अभी समय है—कहते-कहते सहसा उसकी दृष्टि फीरोजा और इरावती पर पड़ी। उसने समस्त व्यवस्था भूलकर तुरन्त ललकारा—पकड़ लो इन औरतों को! उसी समय बलराज का भाला हिल उठा। युद्ध का आरम्भ था।

जाटों की विजय के साथ युद्ध का अन्त होने ही वाला था कि एक नया परिवर्तन हुआ। दूसरी ओर से तुर्क-सेना जाटों की पीठ पर थी। घायल बलराज का भीषण भाला अहमद की छाती में पार हो रहा था। निराश जाटों की रण-प्रतिज्ञा अपनी पूर्ति करा रही थी। मरते हुए अहमद ने देखा कि गजनी की सेना के साथ तिलक सामने खड़े थे। सबके अस्त्र तो रुक गये, परन्तु अहमद के प्राण न रुके। फीरोजा

उसके शव पर झुकी हुई रो रही थी और इरावती मूर्च्छित हो रहे बलराज का सिर अपनी गोद में लिए थी। तिलक ने विस्मित होकर यह दृश्य देखा।

बलराज ने जल का संकेत किया। इरावती के हाथों में तिलक ने जल का पात्र दिया। जल पीते ही बलराज ने आँखें खोलकर कहा—इरावती, अब मैं न मरूँगा!

तिलक ने आश्चर्य से पूछा—इरावती!

फीरोजा ने रोते हुए कहा—हाँ, राजा साहब, इरावती।

मेरी दुखिया इरावती! मुझे क्षमा कर, मैं तुझे भूल गया था। तिलक ने विनीत शब्दों में कहा।

भाई! इरावती आगे कुछ न कह सकी, उसका गला भर आया था। उसने तिलक के पैर पकड़ लिए।

बलराज जाटों का सरदार है, इरावती रानी। चनाब का वह प्रान्त इरावती की करुणा से हरा-भरा हो रहा है; किन्तु फीरोजा की प्रसन्नता की वहीं समाधि बन गई और वहीं वह झाड़ू देती, फूल चढ़ाती और दीप जलाती रही। उस समाधि की वह आजीवन दासी बनी रही।

❑

घीसू

संध्या की कालिमा और निर्जनता में किसी कुएँ पर नगर के बाहर खड़ी प्यारी स्वर-लहरी गूँजने लगती। घीसू को गाने का चस्का था, परन्तु जब कोई न सुने वह अपनी बूटी अपने लिए घोंटता और आप ही पीता!

जब उसकी रसीली तान दो-चार को पास बुला लेती, वह चुप हो जाता। अपनी बटुई में सब सामान बटोरने लगता और चल देता। कोई नया कुआँ खोजता, कुछ दिन वहाँ अड्डा जमाता।

सब करने पर भी वह नौ बजे नन्दू बाबू के कमरे में पहुँच ही जाता। नन्दू बाबू का भी वही समय था बीन लेकर बैठने का। घीसू को देखते ही वह कह देते—आ गये घीसू!

हाँ बाबू, गहरे बाजों ने बड़ी धूल उड़ाई, साफे का लोच आते-आते बिगड़ गया! कहते-कहते वह प्रायः अपने जयपुरी गमछे को बड़ी मीठी आँखों से देखता और नन्दू बाबू उसके कन्धे तक बाल, छोटी-छोटी दाढ़ी, बड़ी-बड़ी गुलाबी आँखों को स्नेह से देखते। घीसू उनका नित्य दर्शन करने वाला, उनकी बीन सुननेवाला भक्त था। नन्दू बाबू उसे अपने डिब्बे से दो खिल्ली पान की देते हुए कहते—लो, क्यों, तुम तो इसे जमा लेना ही कहते हो न?

वह विनम्र भाव से पान लेते हुए हँस देता, उसके स्वच्छ मोती-से दाँत हँसने लगते।

घीसू की अवस्था पच्चीस की होगी। उसकी बूढ़ी माता को मरे तीन वर्ष हो गये थे।

नन्दू बाबू की बीन सुनकर वह बाजार से कचौड़ी और दूध लेता, घर आता, अपनी कोठरी में गुनगुनाता हुआ सो रहता।

उसकी पूँजी थी एक सौ रुपये। वह रेजगारी और पैसे की थैली लेकर दशाश्वमेध पर बैठता, एक पैसा रुपया बट्टा लिया करता और उसे बारह-चौदह आने की बचत हो जाती थी।

गोविन्दराम जब बूटी बनाकर उसे बुलाते, वह अस्वीकार करता। गोविन्दराम कहते—बड़ा कंजूस है। सोचता है, पिलाना पड़ेगा, इसी डर से नहीं पीता।

घीसू कहता—नहीं भाई, मैं संध्या को केवल एक बार पीता हूँ।

गोविन्दराम के घाट पर बिन्दो नहाने आती, दस बजे। उसकी उजली धोती में गोराई फूटी पड़ती। कभी रेजगारी पैसे लेने के लिए वह घीसू के सामने आकर खड़ी हो जाती, उस दिन घीसू को असीम आनन्द होता। वह कहती—देखो, घिसे पैसे न देना।

वाह बिन्दो! घिसे पैसे तुम्हारे ही लिए हैं? क्यों?

तुम तो घीसू ही हो, फिर तुम्हारे पैसे क्यों न घिसे होंगे? कहकर जब वह मुसकरा देती; तो घीसू कहता—बिन्दो! इस दुनिया में मुझसे अधिक कोई न घिसा; इसलिए तो मेरे माता-पिता ने घीसू नाम रखा था।

बिन्दों की हँसी आँखों में लौट जाती, वह एक दबी हुई साँस लेकर दशाश्वमेध के तरकारी-बाजार में चली जाती।

बिन्दो नित्य रुपया नहीं तुड़ाती, इसलिए घीसू को उसकी बातों के सुनने का आनन्द भी किसी-किसी दिन मिलता। तो भी वह एक नशा था, जिससे कई दिनों के लिए भरपूर तृप्ति हो जाती, वह मूक मानसिक विनोद था।

घीसू नगर के बाहर गोधूलि की हरी-भरी क्षितिज रेखा में उसके सौंदर्य में रंग भरता, गाता, गुनगुनाया और आनन्द लेता। घीसू की जीवन-यात्रा की वही सम्बलिन थी, वही पाथेय था।

संध्या की शून्यता, बूटी की गमक, तानों की रसीली गुनगुनाहट और नन्हू बाबू की बीन, सब बिन्दों की आराधना की सामग्री थी। घीसू कल्पना के सुख में सुखी होकर सो रहता।

उसने कभी विचार भी न किया था कि बिन्दो कौन है? किसी तरह से उसे इतना तो विश्वास हो गया था कि वह एक विधवा है; परन्तु इससे अधिक जानने की उसे जैसे आवश्यकता नहीं।

रात के आठ बजे थे, घीसू बाहरी ओर से लौट रहा था। सावन के मेघ घिरे थे, फूड़ी पड़ रही थी। घीसू गा रहा था—"निस दिन बरसत नैन हमारे।"

सड़क पर कीचड़ की कमी न थी। वह धीरे-धीरे चल रहा था, गाता जाता था। सहसा वह रुका। एक जगह सड़क में पानी इकट्ठा था। छीटों से बचने के लिए वह ठिठककर—किधर से चलें—सोचने लगा। पास के बगीचे के कमरे से उसे सुनाई पड़ा—यही तुम्हारा दर्शन है—' यहाँ इस मुँहजली को लेकर पड़े हो। मुझसे...।

दूसरी ओर से कहा गया—तो इसमें क्या हुआ! क्या तुम मेरी ब्याही हुई हो, जो मैं तुम्हें इसका जवाब देता फिरूँ? इस शब्द में भर्राहट थी, शराबी की बोली थी।

घीसू ने सुना, बिन्दो कह रही थी—मैं कुछ नहीं हूँ, लेकिन तुम्हारे साथ मैंने धरम बिगाड़ा है। सो इसलिए नहीं कि तुम मुझे फटकारते फिरो। मैं इसका गला घोंट दूँगी और तुम्हारा भी...बदमाश...।

ओह! मैं बदमाश हूँ! मेरा ही खाती है और मुझसे ही...ठहर तो, देखूँ किसके साथ तू यहाँ आई है, जिसके भरोसे इतना बढ़-बढ़कर बातें कर रही है! पाजी... लुच्ची...भाग, नहीं तो छुरा भोंक दूँगा!

छुरा भोंकेगा! मार डाल हत्यारे! मैं आज अपनी और तेरी जान दूँगी और लूँगी, तुझे भी फाँसी पर चढ़वाकर छोड़ूँगी।

एक चिल्लाहट और धक्कम-धक्का का शब्द हुआ। घीसू से अब न रहा गया, उसने बगल में दरवाजे पर धक्का दिया, खुला हुआ था, भीतर घूम-फिरकर पलक मारते-मारते घीसू कमरे में जा पहुँचा। बिन्दो गिरी हुई थी और एक अधेड़ मनुष्य उसका जूड़ा पकड़े था। घीसू की गुलाबी आँखों से खून बरस रहा था। घीसू ने कहा—हैं! यह औरत है...इसे...

मारनेवाले ने कहा—तभी तो, इसी के साथ यहाँ तक आई हो! लो, यह तुम्हारा यार आ गया।

बिन्दो ने घूमकर देखा—घीसू! वह रो पड़ी।

अधेड़ ने कहा—ले, चली जा, मौज कर! आज से मुझे अपना मुँह मत दिखाना!

घीसू ने कहा—भाई, तुम विचित्र मनुष्य हो। लो, चला जाता हूँ। मैंने तो छुरा भोंकने इत्यादि और चिल्लाने का शब्द सुना, इधर चला आया, मुझसे तुम्हारे झगड़े से क्या सम्बन्ध! मैं कहाँ ले जाऊँगा भाई! तुम जानो, तुम्हारा काम जाने। लो, मैं जाता हूँ। कहकर घीसू जाने लगा।

बिन्दो ने कहा—ठहरो!

घीसू रुक गया।

बिन्दो ने फिर कहा—तो जाती हूँ, अब इसी के संग।

हाँ-हाँ, वह भी क्या अब पूछने की बात है!

बिन्दो चली, घीसू भी पीछे-पीछे बगीचे से बाहर निकल आया। सड़क सुनसान थी। दोनों चुपचाप चले। गोदौलिया चौमुहानी पर आकर घीसू ने पूछा—अब तो तुम अपने घर चली जाओगी।

कहाँ जाऊँगी! अब तुम्हारे घर चलूँगी।

घीसू बड़े असमंजस में पड़ा, उसने कहा—मेरे घर कहाँ? नन्दू बाबू की एक कोठरी है, वहीं पड़ा रहता हूँ, तुम्हारे वहाँ रहने की जगह कहाँ?

बिन्दो ने रो दिया। चादर के छोर से आँसू पोंछती हुई, उसने कहा—तो फिर तुमको इस समय वहाँ पहुँचने की क्या पड़ी थी। मैं जैसा होता, भुगत लेती! तुमने वहाँ पहुँचकर मेरा सब चौपट कर दिया, मैं कहीं की न रही!

सड़क पर बिजली के उजाले में रोती हुई बिन्दो से बात करने में घीसू का दम घुटने लगा। उसने कहा—तो चलो।

दूसरे दिन, दोपहर को थैली गोविन्दराम के घाट पर रखकर घीसू चुपचाप बैठा रहा। गोविन्दराम की बूटी बन रही थी। उन्होंने कहा—घीसू, आज बूटी लोगे?

घीसू कुछ न बोला।

गोविन्दराम ने उसका उतरा हुआ मुँह देखकर कहा—क्यों घीसू! आज तुम उदास क्या हो?

क्या कहूँ भाई! कहीं रहने की जगह खोज रहा हूँ, कोई छोटी-सी कोठरी मिल जाती, जिसमें सामान रखकर ताला लगा दिया करता।

गोविन्दराम ने पूछा—जहाँ रखते थे?

वहाँ अब जगह नहीं है।

इसी मढ़ी में क्यों नहीं रहते! ताला लगा दिया करो, मैं तो चौबीस घण्टे रहता नहीं।

घीसू की आँखों में कृतज्ञता के आँसू भर आये।

गोविन्द ने कहा—तो उठो, आज तो बूटी छान लो।

घीसू पैसे की दुकान लगाकर अब भी बैठता है और बिन्दो नित्य गंगा नहाने आती है। वह घीसू की दुकान पर खड़ी होती है, उसे वह चार आने पैसे देता है, अब दोनों हँसते नहीं, मुस्कराते नहीं।

घीसू का बाहरी ओर जाना छूट गया है। गोविन्दराम की डोंगी पर उस पार हो आता है, लौटते हुए बीच गंगा में उसकी जहरीली तान सुनाई पड़ती है; किन्तु घाट पर आते-आते चुप।

बिन्दो नित्य पैसा लेने आती। न तो कुछ बोलती और न घीसू कुछ कहता। घीसू की बड़ी-बड़ी आँखों के चारों ओर हलके गढ़े पड़ गये थे, बिन्दो उसे स्थिर दृष्टि से देखती और चली जाती। दिन-पर-दिन वह यह भी देखती कि पैसों की ढेरी कम होती जाती है। घीसू का शरीर भी गिरता जा रहा है। फिर भी एक शब्द नहीं, एक बार पूछने का काम नहीं।

गोविन्दराम ने एक दिन पूछा—घीसू, तुम्हारी तान इधर नहीं सुनाई पड़ी?

उसने कहा—तबीयत अच्छी नहीं है।

गोविन्द ने उसका हाथ पकड़कर कहा—क्या तुम्हें ज्वर आता है?

नहीं तो, आजकल भोजन बनाने में आलस करता हूँ, अण्ड-बण्ड खा लेता हूँ। गोविन्द ने पूछा—बूटी छोड़ दिया, इसी से तुम्हारी यह दशा है।

उस समय घीसू सोच रहा था—नन्दू बाबा की बीन सुने बहुत दिन हुए, वे क्या सोचते होंगे!

गोविन्दराम के चले जाने पर घीसू अपनी कोठरी में लेट रहा। उसे सचमुच ज्वर आ गया।

भीषण ज्वर था, रात-भर छटपटाता रहा। बिन्दो समय पर आई, मढ़ी के चबूतरे पर उस दिन घीसू की दूकान न थी। वह खड़ी रही। फिर सहसा उसने देरवाजा ढकेलकर भीतर देखा--घीसू छटपटा रहा था। उसने जल पिलाया।

घीसू ने कहा—बिन्दो! क्षमा करना; मैंने तुम्हें बड़ा दुख दिया। अब मैं चला। लो, यह बचा हुआ पैसा! तुम जानो भगवान्....कहते-कहते उसकी आँखें टँग गईं। बिन्दो की आँखों से आँसू बहने लगे। वह गोविन्दराम को बुला लाई।

बिन्दो अब भी बची हुई पूँजी से पैसे की दूकान करती है। उसका यौवन, रूप-रंग कुछ नहीं रहा। बच रहा थोड़ा-सा पैसा और बड़ा-सा पेट—और पहाड़-से आने वाले दिन!

❑

बेड़ी

बाबूजी, एक पैसा!

मैं सुनकर चौंक पड़ा, कितनी कारुणिक आवाज थी। देखा तो एक 9-10 बरस का लड़का अंधे की लाठी पकड़े खड़ा था। मैंने कहा—सूरदास, यह तुमको कहाँ से मिल गया?

अन्धे को अन्धा न कहकर सूरदास के नाम से पुकारने की चाल मुझे भली लगी। इस सम्बोधन में दीन के अभाव की और सहानुभूति तथा सम्मान की भावना थी, व्यंग्य न था। उसने कहा—बाबूजी, यह मेरा लड़का है, मुझ अन्धे की लकड़ी है। इसके रहने से पेट भर खाने को माँग सकता हूँ और दबने-कुचलने से भी बच जाता हूँ।

मैंने उसे इकन्नी दी, बालक ने उत्साह से कहा—आह इकन्नी! बुड्ढे ने कहा—दाता, जुग-जुग जियो!

मैं आगे बढ़ा और सोचता जाता था; इतने कष्ट से जीवन बिता रहा है, उसके विचार में भी जीवन ही सबसे अमूल्य वस्तु है, हे भगवान्!

दीनानाथ करी क्यों देरी? दशाश्वमेध की ओर जाते हुए मेरे कानों में एक प्रौढ़ स्वर सुनाई पड़ा। उसमें सच्ची विनती थी—वही जो तुलसीदास की विनय-पत्रिका में ओत-प्रोत है। वही आकुलता, सान्निध्य की पुकार, प्रबल प्रहार के व्यथित की कराह! मोटर की दम्भ भरी भीषण भों-भों में विलीन होकर भी वायुमण्डल में तिरने लगी। मैं अवाक् होकर देखने लगा, वही बुड्ढा! किन्तु आज अकेला था। मैंने उसे कुछ देते हुए पूछा—क्यों जी, आज वह लड़का कहाँ है?

बाबूजी, भीख में कुछ पैसा चुराकर रखता था, वही लेकर भाग गया, न जाने कहाँ—उन फूटी आँखों से पानी बहने लगा। मैंने पूछा—उसका पता नहीं लगा? कितने दिन हुए?

लोग कहते हैं कि वह कलकत्ता भाग गया! उस नटखट लड़के पर क्रोध से भरा हुआ मैं घाट की ओर बढ़ा, वहाँ एक व्यासजी श्रवण-चरित की कथा कह रहे

थे। मैं सुनते-सुनते उस बालक पर अधिक उत्तेजित हो उठा। देखा तो पानी की कल का धुआँ पूर्व के आकाश में अजगर की तरह फैल रहा था।

कई महीने बीतने पर चौक में वह बुड्ढा दिखाई पड़ा। उसकी लाठी पकड़े वही बालक अकड़ा हुआ खड़ा था। मैंने क्रोध से पूछा—क्यों बे, तू अन्धे पिता को छोड़कर कहाँ भाग गया था? वह मुस्कराते हुए बोला—बाबूजी, नौकरी खोजने गया था। मेरा क्रोध उसकी कर्त्तव्य-बुद्धि से शान्त हुआ। मैंने उसे कुछ देते हुए कहा—लड़के, तेरी यही नौकरी है, तू अपने बाप को छोड़कर न भागा कर।

बुड्ढा बोल उठा—बाबूजी, अब यह नहीं भाग सकेगा, इसके पैरों में बेड़ी डाल दी गई है। मैंने घृणा और आश्चर्य से देखा, सचमुच उसके पैरों में बेड़ी थी। बालक बहुत धीरे-धीरे चल सकता था। मैंने मन-ही-मन कहा—हे भगवान्! भीख मँगवाने के लिए बाप अपने बेटे के पैर में बेड़ी भी डाल सकता है और यह नटखट फिर भी मुस्कराता है। संसार तेरी जय हो!

मैं आगे बढ़ गया।

मैं एक सज्जन की प्रतीक्षा में खड़ा था, आज नाव पर घूमने का उनसे निश्चय हो चुका था। गाड़ी, मोटर, ताँगे टकराते-टकराते भागे जा रहे थे, सब जैसे व्याकुल। मैं दार्शनिक की तरह उनकी चंचलता की आलोचना कर रहा था! सिरस के वृक्ष की आड़ में फिर वही कण्ठ-स्वर सुनाई पड़ा। बुड्ढे ने कहा—बेटा, तीन दिन और न ले पैसा, मैंने रामदास से कहा है, सात आने में तेरा क़ुरता बन जायेगा, अब ठंड पड़ने लगी है। उसने ठुनकते हुए कहा—नहीं, आज मुझे दो पैसा दो, मैं कचालू खाऊँगा, वह देखो, उस पटरी पर बिक रहा है। बालक के मुँह में पानी भरा था। दुर्भाग्य से बुड्ढा उसे पैसे नहीं दे सकता था। वह न देने के लिए हठ करता ही रहा; परन्तु बालक की विजय हुई। वह पैसे लेकर सड़क की उस पटरी पर चला। उसके बेड़ी से जकड़े हुए पैर पैंतरा काटकर चल रहे थे जैसे युद्ध-विजय के लिए।

नवीन बाबू चालीस मील की स्पीड से मोटर अपने हाथ से दौड़ा रहे थे। दर्शकों की चीत्कार से बालक गिर पड़ा, भीड़ दौड़ी। मोटर निकल गई और वह बुड्ढा व्याकुल होकर रोने लगा, अन्धा किधर जाय!

दूसरे ने कहा—हत्यारे ने बेड़ी पहना दी है, नहीं तो चोट क्यों खाता?

बुड्ढे ने कहा—काट दो बेड़ी बाबा, मुझे न चाहिए।

और मैंने हतबुद्धि होकर देखा कि बालक के प्राण-पखेरू अपनी बेड़ी काट चुके थे।

❑

व्रत-भंग

तो तुम न मानोगे?

नहीं, अब हम लोगों के बीच इतन बड़ी खाई है, जो कदापि नहीं पट सकती!

इतने दिनों का स्नेह?

उँह! कुछ नहीं। उस दिन की बात आजीवन भुलाई नहीं जा सकती, नन्दन! अब मेरे लिए तुम्हारा और तुम्हारे लिए मेरा कोई अस्तित्व नहीं। वह अतीत स्मरण स्वप्न है, समझे!

यदि न्याय नहीं कर सकते, तो दया करो, मित्र! हम लोग गुरुकुल में...

हाँ-हाँ, मैं जानता हूँ, तुम मुझे दरिद्र युवक समझकर मेरे ऊपर कृपा रखते थे, किन्तु उसमें कितना तीक्ष्ण अपमान था, उसका मुझे अब अनुभव हुआ।

उस ब्रह्म-वेला में जब ऊषा का अरुण आलोक भागीरथी की लहरों के साथ तरल होता रहता, हम लोग कितने अनुराग से स्नान करने जाते थे। सच कहना, क्या वैसी मधुरिमा हम लोगों के स्वच्छ हृदयों में न थी?

रही हागी, पर अब, उस मर्मघाती अपमान के बाद! मैं खड़ा रह गया, तुम स्वर्ण-रथ पर चढ़कर चले गये; एक बार भी नहीं पूछा। तुम कदाचित् जानते होगे नन्दन कि कंगाल के मन में प्रलोभनों के प्रति कितना विद्वेष है? क्योंकि वह उससे सदैव छल करता है, ठुकराता है। मैं अपनी उस बात को दुहराता हूँ कि हम लोगों का अब उस रूप में कोई अस्तित्व नहीं।

वही सही कपिंजल! हम लोगों का पूर्व अस्तित्व कुछ नहीं, तो क्या हम लोग वैसे ही निर्मल होकर एक नवीन मैत्री के लिए हाथ नहीं बढ़ा सकते! मैं आज प्रार्थी हूँ।

मैं उस प्रार्थना की उपेक्षा करता हूँ। तुम्हारे पास ऐश्वर्य का दर्प है, तो अकिंचनता उससे कहीं अधिक गर्व रखती है!

तुम बहुत कटु हो गये हो इस समय। अच्छा, फिर कभी...

न अभी, न फिर कभी। मैं दरिद्रता को भी दिखला दूँगा कि मैं क्या हूँ। इस पाखण्ड-संसार को बाध्य करूँगा झुकने के लिए।

कपिंजल चला गया। नन्दन हतबुद्धि होकर लौट आया। उस रात को उसे नींद न आई।

उक्त घटना को बरसों बीत गये। पाटलिपुत्र के धनकुबेर कलश का कुमार नन्दन धीरे-धीरे उस घटना को भूल चला। ऐश्वर्य का घिरा विलास किये स्थिर रहने देता है! उसने यौवन के संसार में बड़ी-बड़ी आशाएँ लेकर पदार्पण किया था। नन्दन तब भी मित्र से वंचित होकर जीवन को अधिक चतुर न बना सका।

राधा, तू भी कैसी पगली है? तूने कलश की पुत्र-वधू बनने का निश्चय किया है, आश्चर्य!

हाँ महादेवी, जब गुरुजनों की आज्ञा है, तब उसे तो मानना ही पड़ेगा।

मैं रोक सकती हूँ। मूर्ख नन्दन! कितना असंगत चुनाव है! राधा, मुझे दया आती है।

किसी अन्य प्रकार से गुरुजनों की इच्छा को टाल देना यह मेरी धारणा के प्रतिकूल है, महादेवी! नन्दन की मूर्खता सरलता का सत्यरूप है। मुझे वह अरुचिकर नहीं। मैं उस निर्मल-हृदय की देख-रेख कर सकूँ, तो यह मेरे मनोरंजन का ही विषय होगा।

मगध की महादेवी ने हँसी से कुमारी के इस साहस का अभिनन्दन करते हुए कहा—तेरी जैसी इच्छा, तू स्वयं भोगेगी।

माधवी-कुंज से वह विरक्त होकर उठ गईं। उन्हें राधा पर कन्या के समान ही स्नेह था।

दिन स्थिर हो चुका था। स्वयं मगध-नरेश की उपस्थिति में महाश्रेष्ठि धनंजय की कन्या का ब्याह कलश के पुत्र से हो गया, वह अद्भुत समारोह था। रत्नों के आभूषण तथा स्वर्ण-पात्रों के अतिरिक्त मगध-सम्राट ने राधा की प्रिय वस्तु अमूल्यमणि-निर्मित दीपाधार भी दहेज में दे दिया। उस उत्सव की बड़ाई, पान-भोजन, आमोद-प्रमोद का विभवशाली चारू चयन कुसुमपुर के नागरिकों को बहुत दिन तक गल्प करने का एक प्रधान उपकरण था।

राधा कलश की पुत्र-वधू हुई।

राधा के नवीन उपवन के सौध-मन्दिर में अगरु, कस्तूरी और केशर की चहल-पहल, पुष्प-मालाओं का दोनों संध्या में नवीन आयोजन और दीपावली में वीणा, वंशी और मृदंग की स्निग्ध गम्भीर ध्वनि बिखरती रहती। नन्दन अपने सुकोमल आसन पर लेटा हुआ राधा का अनिंद्य सौंदर्य एकटक चुपचाप देखा करता। उस सुसज्जित कोष्ठ में मणि-निर्मित दीपाधार की यन्त्रमयी नर्तकी अपने नूपुरों की झंकार से नन्दन

और राधा के लिए एक क्रीड़ा और कुतूहल का सृजन करती रहती। नन्दन कभी राधा के खिसकते हुए उत्तरीय को सँभाल देता। राधा हँसकर कहती—

बड़ा कष्ट हुआ।

नन्दन कहता—देखो, तुम अपने प्रसाधन ही में पसीने-पसीने हो जाती हो, तुम्हें विश्राम की आवश्यकता है।

राधा गर्व से मुस्करा देती। कितना सुहाग था उसका अपने सरल पति पर और कितना अभिमान था अपने विश्वास पर! एक सुखमय स्वप्न चल रहा था।

कलश-धन का उपासक सेठ अपनी विभूति के लिए सदैव सशंक रहता। उसे राजकीय संरक्षण तो था ही, दैवी रक्षा से भी अपने को सम्पन्न रखना चाहता था। इस कारण उसे एक नंगे साधू पर अत्यन्त भक्ति थी, जो कुछ ही दिनों से उस नगर के उपकण्ठ में आकर रहने लगा था।

उसने एक दिन कहा—सब लोग दर्शन करने चलेंगे।

उपहार के थाल प्रस्तुत होने लगे। दिव्य रथों पर बैठकर सब साधु-दर्शन के लिए चले। वह भागीरथी-तट का एक कानन था, जहाँ कलश का बनवाया हुआ कुटीर था।

सब लोग अनुचरों के साथ रथ छोड़कर भक्तिपूर्ण हृदय से साधु के समीप पहुँचे। परन्तु राधा ने जब दूर ही से देखा कि वह साधु नग्न है, तो वह रथ की ओर लौट पड़ी। कलश ने उसे बुलाया; पर राधा न आई। नन्दन कभी राधा को देखता और कभी अपने पिता को। साधु खीलों के समान फूट पड़ा। दाँत किटकिटाकर उसने कहा—यह तुम्हारी पुत्र-वधू कुलक्षणी है, कलश! तुम इसे हटा दो, नहीं तो तुम्हारा नाश निश्चित है। नन्दन दाँतों तले जीभ दबाकर धीरे से बोला—अरे! यह कपिंजल!

अनागत भविष्य के लिए भयभीत कलश क्षुब्ध हो उठा। वह साधु की पूजा करके लौट आया। राधा अपने नवीन उपवन में उतरी।

कलश ने पूछा—तुमने महापुरुष से क्यों इतना दुर्विनीत व्यवहार किया?

नहीं पिताजी? वह स्वयं दुर्विनीत है। स्त्रियों को आते देखकर भी साधारण शिष्टाचार का पालन नहीं कर सकता, वह धार्मिक महात्मा तो कदापि नहीं!

क्या कह रही है! वह एक सिद्ध पुरुष हैं।

सिद्धि यदि इतनी अधम है, धर्म यदि इतना निर्लज्ज है, तो वह स्त्रियों के योग्य नहीं, पिताजी! धर्म के रूप में कहीं आप भय की उपासना तो नहीं कर रहे हैं?

तू सचमुच कुलक्षणी है!

इसे तो अन्तर्यामी भगवान् की जान सकते हैं। मनुष्य इसके लिए अत्यन्त क्षुद्र है। पिताजी, आप...

उसे रोककर अत्यन्त क्रोध से कलश ने कहा—तुझे इस घर में रखना अलक्ष्मी बुलाना है। जा, मेरे भवन से निकल जा।

नन्दन सुन रहा था। काठ के पुतले के समान! वह इस विचार का अन्त हो जाना चाहता था; पर क्या करे, यह उसकी समझ में न आया। राधा ने देखा, उसका पति कुछ नहीं बोलता, तो अपने गर्व से सिर उठाकर कहा—मैं धनकुबेर की क्रीत दासी नहीं हूँ। मेरे गृहिणीत्व का अधिकार केवल मेरा पदस्खलन ही छीन सकता है। मुझे विश्वास है, मैं अपने आचरण से अब तक इस पद की स्वामिनी हूँ। कोई भी मुझे इससे वंचित नहीं कर सकता।

आश्चर्य से देखा, नन्दन ने और हतबुद्धि होकर सुना कलश ने। दोनों उपवन के बाहर चले गये।

वह उपवन सबसे परित्यक्त और उपेक्षणीय बन गया। भीतर बैठी हुई राधा ने यह सब देखा।

नन्दन ने पिता का अनुकरण किया। वह धीरे-धीरे राधा को भूल चला; परन्तु नये ब्याह का नाम लेते ही चौंक पड़ता। उसके मन में राधा की ओर से वितृष्णा जगी। ऐश्वर्य का यान्त्रिक शासन जीवन को नीरस बनाने लगा। उसके मन की अतृप्ति, विद्रोह करने के लिए सुविधा खोजने लगी।

कलश ने उसके मनोवनिोद के लिए नया उपवन बनवाया। नन्दन अपनी स्मृतियों का लीला-निकेतन छोड़कर रहने लगा।

राधा के आभूषण बिकते थे और उस सेठ के द्वार की अतिथि-सेवा वैसी ही होती रहती। मुक्त-द्वार का अपरिमित व्यय और आभूषणों के विक्रय की आय—कब तक यह युद्ध चले? अब राधा के पास बच गया था वही मणिनिर्मित दीपाधार, जिसे महादेवी ने उसकी क्रीड़ा के लिए बनवाया था।

थोड़ा-सा अन्न अतिथियों के लिए बचा था। राधा दो दिन से उपवास कर रही थी। दासी ने कहा—स्वामिनी! यह कैसे हो सकता है कि आपके सेवक बिना आपके भोजन किये अन्न ग्रहण करें?

राधा ने कहा—तो आज यह मणि-दीप बिकेगा। दासी उसे ले आई। वह यन्त्र बनी हुई रत्न-जटित नर्तकी नाच उठी। उसके नूपुर की झंकार उस दरिद्र भवन में गूँजने लगी। राधा हँसी। उसने कहा, मनुष्य जीवन में इतनी नियमानुकूलता यदि होती?

स्नेह से चूमकर उसे बेचने के लिए अनुचर को दे दिया। पण्य में पहुँचते ही दीपाधार बड़े-बड़े रत्न-वणिकों की दृष्टि का कुतूहल बन गया, उस चूड़ामणि का दिव्य आलोक सभी की आँखों में चकाचौंध उत्पन्न कर देता था। मूल्य की बोली बढ़ने लगी। कलश भी पहुँच गया। उसने पूछा—यह किसका है? अनुचर ने उत्तर दिया—मेरी स्वामिनी सौभाग्यवती श्रीमती राधा देवी का।

लोभी कलश ने डाँटकर कहा—मेरे घर की वस्तु इस तरह चुराकर तुम लोग बेचने फिर जाओगे तो बन्दी-गृह में पड़ोगे। भागो।

अमूल्य दीपाधार से वंचित सब लोग लौट गये। कलश उसे अपने घर उठवा ले गया।

राधा ने सब सुना, वह कुछ न बोली।

गंगा और शोण में एक साथ ही बाढ़ आई। गाँव-के-गाँव बहने लगे। भीषण हाहाकार मच गया। कहाँ ग्रामीणों की असहाय दशा और कहाँ जल की उद्दंड बाढ़, कच्चे झोंपड़े उस महाजन-भूचाल की फूँक से तितर-बितर होने लगे। वृक्षों पर जिसे आश्रय मिला, वही बच सका। नन्दन के हृदय ने तीसरा धक्का खाया। नन्दन का सत्साहस उत्साहित हुआ। वह अपनी पूरी शक्ति से नावों की सेना बनाकर जल-प्लावन में डट गया और कलश अपने सात खण्ड के प्रासाद में बैठा यह दृश्य देखता रहा।

रात नावों पर बीतती है और बाँसों के छोटे-छोटे बेड़े पर दिन। नन्दन के लिए धूप, वर्षा, शीत कुछ नहीं। अपनी धुन में वह लगा हुआ है। बाढ़-पीड़ितों का झुण्ड सेठ के प्रासाद में हर नाव से उतरने लगा। कलश क्रोध के मारे बिलबिला उठा। उसने आज्ञा दी कि बाढ़-पीड़ित यदि स्वयं नन्दन भी हो, तो वह प्रासाद में न आने पावे। घटा घिरी थी, जल बरसता था। कलश ऊँची अटारी पर बैठा मणि-निर्मित दीपाधार का नृत्य देख रहा था।

नन्दन भी उसी नाव पर था, जिस पर चार दुर्बल स्त्रियाँ, शीत से ठिठुरे हुए तीन बच्चे और पाँच जीर्ण पंजर वाले वृद्ध थे। उस समय नाव द्वार पर जा लगी। सेठ का प्रासाद गंगा-तट की एक ऊँची चट्टान पर था। वह एक छोटा-सा दुर्ग था। जल अभी द्वार तक ही पहुंच सका था। प्रहरियों ने नाव को देखते ही रोका, पीड़ितों को इसमें स्थान नहीं।

नन्दन ने पूछा—क्यों?

महाश्रेष्ठि कलश की आज्ञा।

नन्दन ने क्रोध से उस प्रासाद की ओर देखा और माँझी को नाव लौटाने की आज्ञा दी। माँझी ने पूछा—कहाँ ले चलें? नन्दन कुछ न बोला। नाव बाढ़ में चक्कर खाने लगी। सहसा दूर उसे जल-मग्न वृक्षों की चोटियों और पेड़ों के बीच में एक गृह का ऊपरी अंश दिखाई पड़ा। नन्दन वे संकेत किया। माँझी उसी ओर नाव खेने लगा।

गृह के नीचे के अंश में जल भर गया था। थोड़ा-सा अन्न और ईंधन ऊपर के भाग में बचा था। राधा उस जल में घिरी हुई अचल थी। छत की मुंड़ेर पर बैठी वह जलमयी प्रकृति में डूबती हुई सूर्य की अन्तिम किरणों को ध्यान से देख रही थी। दासी ने कहा—स्वामिनी! वह दीपाधार भी गया, अब तो हम लोगों के लिए बहुत थोड़ा अन्न घर में बच रहा है।

देखती नहीं, यह प्रलय-सी बाढ़! कितने मर मिटे होंगे। तुम तो पक्की छत पर बैठी अभी यह दृश्य देख रही हो। आज से मैंने अपना अंश छोड़ दिया। तुम लोग जब तक जी सको जीना।

सहसा नीचे झाँककर राधा ने देखा, एक नाव उसके वातायन से टकरा रही है और एक युवक उसे वातायन के साथ दृढ़ता से बाँध रहा है।

राधा ने पूछा—कौन है?

नीचे सिर किए नन्दन ने कहा—बाढ़-पीड़ित कुछ प्राणियों को क्या आश्रय मिलेगा? अब जल का क्रोध उतर चला है। केवल दो दिन के लिए इतने मरने वालों को आश्रय चाहिए।

ठहरिये, सीढ़ी लटकाई जाती है।

राधा और दासी तथा अनुचर ने मिलकर सीढ़ी लगाई। नन्दन विवर्ण मुख एक-एक को पीठ पर लादकर ऊपर पहुँचाने लगा। जब सब ऊपर आ गये, तो राधा ने कहा, और तो कुछ नहीं है, केवल द्विदलों का जूस इन लोगों के लिए है, ले आऊँ?

नन्दन ने सिर उठाकर देखा, राधा। वह बोल उठा—राधा! तुम यहीं हो?

हाँ, स्वामी, मैं अपने घर में हूँ। गृहिणी का कर्तव्य पालन कर रही हूँ।

पर मैं गृहस्थ का कर्तव्य न पालन कर सका। राधा, पहले मुझे क्षमा करो।

स्वामी, यह अपराध मुझसे न हो सकेगा। उठिये, आज आपकी कर्मण्यता से मेरा ललाट उज्ज्वल हो रहा है। इतना साहस कहाँ छिपा था, नाथ!

वे दोनों कर्तव्य में लगे। यथासम्भव उन दुखियों की सेवा होने लगी।

एक प्रहर के बाद नन्दन ने कहा—मुझे भ्रम हो रहा है कि कोई यहाँ पास ही विपन्न है। राधा! अभी रात अधिक नहीं हुई है, मैं एक बार नाव लेकर जाऊँ।

राधा ने कहा—मैं भी चलूँ!

नन्दन ने कहा—गृहिणी का काम करो, राधा! कर्तव्य कठोर होता है, भाव-प्रधान नहीं।

नन्दन एक माँझी को लेकर चला गया और राधा दीपक जलाकर मुँड़ेर पर बैठी थी। दासी और दास पीड़ितों की सेवा में लगे थे। बादल खुल गये थे। असंख्य नक्षत्र झलमलाकर निकल आये, मेघों के बन्दीगृह से जैसे छुट्टी मिली हो! चन्द्रमा भी धीरे-धीरे उस त्रस्त प्रदेश को भयभीत होकर देख रहा था।

एक घण्टे में नन्दन का शब्द सुनाई पड़ा—सीढ़ी।

राधा दीपक दिखला सही थी और सीढ़ी के सहारे नन्दन ऊपर एक भारी बोझ लेकर चढ़ रहा था।

छत पर आकर उसने कहा—एक वस्त्र दो राधा! राधा ने एक उत्तरीय दिया। वह मुमूर्ष व्यक्ति नग्न था। उसे ढककर नन्दन ने थोड़ा सेंक दिया; गर्मी भीतर पहुँचते ही वह हिलने-डुलने लगा। नीचे से माँझी ने कहा, जल बड़े वेग से हट रहा है, नाव ढीली न करूँगा, लटक जायेगी।

नन्दन ने कहा, तुम्हारे लिए भोजन लटकाता हूँ, ले लो। काल-रात्रि बीत गई।

नन्दन ने प्रभात में आँख खोलकर देखा कि सब सो रहे हैं और राधा उसके पास बैठी सिर सहला रही है।

इतने में पीछे से लाया हुआ मनुष्य उठा। अपने को अपरिचित स्थान में देखकर वह चिल्ला उठा—मुझे वस्त्र किसने पहनाया, मेरा व्रत किसने भंग किया?

नन्दन ने हँसकर कहा—कपिंजल! यह राधा का गृह है, तुम्हें उसके आज्ञानुसार यहाँ रहना होगा। छोड़ो पागलपन! चलो, बहुत से प्राणी हम लोगों की सहायता के अधिकारी हैं। कपिंजल ने कहा—सो कैसे हो सकता है? तुम्हारा-हमारा संग असंभव है।

मुझे दण्ड देने के लिए ही तो तुमने यह स्वाँग रचा था। राधा तो उसी दिन से निर्वासित थी और कल से मुझे भी अपने घर में प्रवेश करने की आज्ञा नहीं। कपिंजल! आज तो हम और तुम दोनों बराबर हैं और इतने अधमरों के प्राणों का दायित्व भी हमीं लोगों पर है। यह व्रत-भंग नहीं, व्रत का आरम्भ है। चलो, इस दरिद्रकुटुम्ब के लिए अन्न जुटाना होगा।

कपिंजल आज्ञाकारी बालक की भाँति सिर झुकाये उठ खड़ा हुआ।

❑

ग्राम-गीत

शरद-पूर्णिमा थी। कमलापुर के निकलते हुए करारे को गंगा तीन ओर से घेरकर दूध की नदी के समान बह रही थी। मैं अपने मित्र ठाकुर जीवन सिंह के साथ उनके सौध पर बैठा हुआ अपनी उज्ज्वल हँसी में मस्त प्रकृति को देखने में तन्मय हो रहा था। चारों ओर का क्षितिज नक्षत्रों के बन्दनवार-सा चमकने लगा था। धवलविधु-बिम्ब के समीप ही एक छोटी-सी चमकीली तारिका भी आकाश-पथ में भ्रमण कर रही थी। वह जैसे चन्द्र को छू लेना चाहती थी; पर छूने नहीं पाती थी।

मैंने जीवन से पूछा—तुम बता सकते हो, वह कौन नक्षत्र है?

रोहिणी होगी। जीवन के अनुमान करने के ढंग से उत्तर देने पर मैं हँसना ही चाहता था कि दूर से सुनाई पड़ा—

बरजोरी बसे हो नयनवाँ में।

उस स्वर-लहरी में उन्मत्त वेदना थी। कलेजे को कचोटनेवाली करुणा थी। मेरी हँसी सन्न रह गई। उस वेदना को खोजने के लिए गंगा के उस पार वृक्षों की श्यामलता को देखने लगा; परन्तु कुछ न दिखाई दिया।

मैं चुप था, सहसा फिर सुनाई पड़ा—

अपने बाबा की बारी दुलारी,
खेलत रहली अँगनवाँ में,
बरजोरी बसे हो—

मैं स्थिर होकर सुनने लगा, जैसे कोई भूली हुई सुन्दर कहानी। मन में उत्कंठा थी और एक कसक भरा कुतूहल था! फिर सुनाई पड़ा—

ई कुल बत्तियाँ कबौं नाहीं जनली,
देखली कबौं न सपनवाँ में।
बरजोरी बसे हो—

मैं मूर्ख-सा उस गान का अर्थ-सम्बन्ध लगाने लगा।

अँगने में खेलते हु-ई कुछ बतियाँ, वह कौन बात थी? उसे जानने के लिए हृदय चंचल बालक-सा मचल गया। प्रतीत होने लगा, उन्हीं कुल अज्ञात बातों के

रहस्य-जाल में मछली-सा मन चाँदनी के समुद्र में छटपटा रहा है।

मैंने अधीर होकर कहा—ठाकुर! इसको बुलवाओगे?

नहीं जी, वह पगली है।

पगली! कदापि नहीं! जो ऐसा गा सकती है, वह पगली नहीं हो सकती। जीवन! उसे बुलाओ, बहाना मत करो।

तुम व्यर्थ हठ कर रहे हो। एक दीर्घ निःश्वास को छिपाते हुए जीवन ने कहा। मेरा कुतूहल और भी बढ़ा। मैंने कहा, हठ नहीं, लड़ाई भी करनी पड़े तो करूँगा। बताओ, तुम उसे क्यों नहीं बुलाने देना चाहते हो?

वह इसी गाँव की भाट की लड़की है। कुछ दिनों से सनक गई है। रात-भर कभी-कभी गाती हुई गंगा के किनारे घूमा करती है।

तो इससे क्या? उसे बुलाओ भी।

नहीं, मैं उसे न बुलवा सकूँगा।

अच्छा, तो यही बताओ, क्यों न बुलवाओगे?

वह बात सुनकर क्या करोगे?

सुनूँगा अवश्य ठाकुर! यह न समझना कि मैं तुम्हारी जमींदारी में इस समय बैठा हूँ, इसलिए डर जाऊँगा। मैंने हँसी से कहा।

जीवनसिंह ने कहा, तो सुनो—

तुम जानते हो कि देहातों में भाटों का प्रधान काम है, किसी अपने ठाकुर के घर उत्सवों पर प्रशंसा के कवित्त सुनाना। उनके घर की स्त्रियाँ घरों में गाती-बजाती हैं। नन्दन भी इसी प्रकार मेरे घराने का आश्रित भाट है। उसकी लड़की रोहिणी विधवा हो गई।

मैंने बीच ही में टोककर कहा, क्या नाम बताया?

जीवन ने कहा—रोहिणी। उसी साल उसका द्विरागमन होनेवाला था। नन्दन लोभी नहीं है। उसे और भाटों के सदृश माँगने में भी संकोच होता है। यहाँ से थोड़ी दूर पर गंगा-किनारे उसकी कुटिया है। वहाँ वृक्षों का अच्छा झुरमुट है। एक दिन मैं खेत देखकर घोड़े पर आ रहा था। कड़ी धूप थी। मैं नन्दन के घर के पास वृक्षों की छाया में ठहर गया। नन्दन ने मुझे देखा। कम्बल बिछाकर उसने अपनी झोंपड़ी में बैठाया, मैं लू से डरा था। कुछ समय वहीं बिताने का निश्चय किया।

जीवन को सफाई देते देकर मैं हँस पड़ा; परन्तु उसकी ओर ध्यान न देकर जीवन ने अपनी कहानी गम्भीरता से विच्छिन्न न होने दी।

हाँ तो, नन्दन ने पुकारा—रोहिणी, एक लोटा जल ले आ बेटी, ये तो अपने मालिक हैं, इनसे लज्जा कैसी? रोहिणी आई, वह उसके यौवन का प्रभात था, परिश्रम करने से उसकी एक-एक नस और मांस-पेशियाँ जैसे गढ़ी हुई हों। मैंने देखा, उसकी झुकी हुई पलकों से काली बरौनियाँ छितरा रही थीं और उन बरौनियों से जैसे करुणा

की अदृश्य सरस्वती कितनी ही धाराओं में बह रही थी। मैं न जाने क्यों उद्विग्न हो उठा। अधिक काल तक वहाँ न ठहर सका। घर चला आया।

विजया का त्योहार था। घर में गाना-बजाना हो रहा था। मैं अपनी श्रीमती के पास जा बैठा। उन्होंने कहा, सुनतो हो?

मैंने कहा, दोनों कानों से।

श्रीमती ने कहा, यह रोहिणी बहुत अच्छा गाने लगी और भी एक आश्चर्य की बात है; यह गीत बनाती भी है, गाती भी है। तुम्हारे गाँव की लड़कियाँ तो बड़ी गुनवती मालूम होती हैं। मैं 'हूँ' कहकर उठकर आने लगा; देखा तो रोहिणी जबारा लिए खड़ी है। मैंने सिर झुका दिया, उस की पतली-पतली लम्बी पत्तियाँ मेरे कानों में अटका दी गईं, मैं उसे बिना कुछ दिये ही बाहर चला आया।

पीछे से सुना कि इस धृष्टता पर मेरी माताजी ने उसे बहुत फटकारा; उसी दिन से कोट में उसका आना बन्द हुआ।

नन्दन बड़ा दुःखी हुआ। उसने भी आना बन्द कर दिया। एक दिन मैंने सुना, उसी की सहेलियाँ उससे मेरे सम्बन्ध में हँसी कर रही थीं। वह सहसा अत्यन्त उत्तेजित हो उठी और बोली—तो इसमें तुम लोगों का क्या? मैं मरती हूँ, प्यार करती हूँ उन्हें, तो तुम्हारी बला से।

सहेलियों ने कहा—बाप रे! इसकी ढिठाई तो देखो। वह और भी गरम होती गई। यहाँ तक कि उन लोगों ने रोहिणी को छेड़ा कि वह बकने लगी। उसी दिन से उसका गाना बन्द न हुआ। अब वह गाँव में पगली समझी जाती है। उसे अब लज्जा-संकोच नहीं, जब जो आता है, गाती हुई घूमा करती है। सुन लिया तुमने, यही कहानी है, भला मैं उसे कैसे बुलाऊँ?

जीवनसिंह अपनी बात समाप्त करके चुप हो रहे और मैं कल्पना से फिर वही गाना सुनने लगा—

बरजोरी बसे हो नयनवाँ में।

सचमुच यह संगीत पास आने लगा। अबकी सुनाई पड़ा।

मुरिमुसुक्याई पढ़्यो कछु टोना,
गारी दियो किंधों मनवाँ में,
बरजोरी बसे हो—

उस ग्रामीण भाँड़ भाषा में पगली के हृदय की सरल कथा की मार्मिक व्यथा थी। मैं तन्मय हो रहा था।

जीवनसिंह न जाने क्यों चंचल हो उठे। उठकर टहलने लगे। छत के नीचे गीत सुनाई पड़ रहा था।

खनकार भरी काँपती हुई तान हृदय खुरचने लगी। मैंने कहा—जीवन, उसे बुला लाओ, मैं प्रेमयोगिनी का दर्शन तो कर लूँ।

सहसा सीढ़ियों पर घमघमाहट सुनाई पड़ी, वही पगली रोहिणी आकर जीवन के सामने खड़ी हो गई।

पीछे-पीछे सिपाही दौड़ता हुआ आया। उसने कहा–हट पगली!

जीवन और हम चुप थे। उसने एक बार घूमकर सिपाही की ओर देखा। सिपाही सहम गया। पगली रोहिणी फिर गा उठी!

ढीठ! बिसारे बिसरत नाहीं
कैसे बसूँ जाय बनवाँ में,
बरजोरी बसे हो–

सहसा सिपाही ने कर्कश स्वर में फिर डाँटा। वह भयभीत हो जैसी भगी, पीछे हटी, स्मरण नहीं। परन्तु छत के नीचे गंगा के चंद्रिका-रंजित प्रवाह में एक छपाका हुआ। हतबुद्धि जीवन देखते ही रहे। मैं ऊपर अनन्त की उस दौड़ को देखने लगा। रोहिणी चन्द्रमा का पीछा कर रही थी और नीचे छपाके से उठे हुए कितने ही बुदबुदों में प्रतिबिम्बित रोहिणी की किरणें रो रही थीं।

❑

विजया

कमल का सब रुपया उड़ चुका था, सब सम्पत्ति बिक चुकी थी। मित्रें ने खूब दलाली की, न्यास जहाँ रखा वहीं धोखा हुआ! जो उसके साथ मौज-मंगल में दिन बिताते थे, रातों का आनन्द लेते थे, वे ही उसकी जेब टटोलते थे। उन्होंने कहीं पर कुछ भी बाकी न छोड़ा। सुख-भोग के जितने आविष्कार थे, साधन भर सबका अनुभव लेने का उत्साह ठंडा पड़ चुका था।

बच गया था एक रुपया।

युवक को उन्मत्त आनन्द लेने की बड़ी चाह थी। बाधा-विहीन सुख लूटने का अवसर मिला था, सब समाप्त हो गया। आज वह नदी के किनारे चुपचाप बैठा हुआ उसी की धारा में विलीन हो जाना चाहता था। उस पार किसी की चिता जल रही थी, जो धूसर संध्या में आलोक फैलाना चाहती थी। आकाश में बादल थे, उनके बीच में गोल रुपए के समान चंद्रमा निकलना चाहता था। वृक्षों की हरियाली में गाँव के दीप चमकने लगे थे। कमल ने रुपया निकाला। उस एक रुपये से कोई विनोद न हो सकता था। वह मित्रों के साथ नहीं जा सकता था। उसने सोचा, इसी नदी के जल में विसर्जित कर दूँ। साहस न हुआ, वही अन्तिम रुपया था। वह स्थिर दृष्टि से नदी की धारा देखने लगा, कानों से कुछ सुनाई न पड़ता था, देखने पर भी दृश्य का अनुभव नहीं—वह स्तब्ध था, जड़ था, मूक था, हृदयहीन था।

माँ कुलता दिला दे, दछमी देखने जाऊँगा।

मेरे लाल! मैं कहाँ से आऊँ, पेट-भर अन्न नहीं मिलता, नहीं-नहीं रो मत, मैं ले आऊँगी; पर कैसे ले आऊँ? हाँ, उस छलिया ने मेरा सर्वस्व लूटा और कहीं का न रखा। नहीं-नहीं, मुझे एक लाल है! कंगाल का एक अमूल्य लाल। मुझे बहुत है चलूँगी, जैसे होगा एक कुरता खरीदूँगी। उधार लूँगी। दशमी, विजया-दशमी के दिन मेरा लाल चिथड़ा पहनकर नहीं रह सकता।

पास से जाते हुए माँ और बेटे की बात कमल के कान में पड़ी। वह उठकर उसके पास गया। उसने कहा—सुन्दरी!

बाबूजल!—आश्चर्य से सुन्दरी ने कहा। बालक ने भी स्वर मिलाकर कहा—बाबूजी!

कमल ने रुपया देते हुए कहा—सुन्दरी, यह एक ही रुपया बचा है, इसको ले जाओ। बच्चे को कुरता खरीद लेना। मैंने तुम्हारे साथ बड़ा अन्याय किया है, क्षमा करोगी?

बच्चे ने हाथ फैला दिया, सुन्दरी ने उसका नन्हा हाथ अपने हाथ में समेटकर कहा—नहीं, मेरे बच्चे के कुरते से अधिक आवश्यकता आपके पेट के लिए है। मैं सब जानती हूँ।

मेरा आज अन्त होगा, अब मुझे आवश्यकता नहीं, ऐसे पापी जीवन को रखकर क्या होगा! सुन्दरी, मैंने तुम्हारे ऊपर बड़ा अत्याचार किया है, क्षमा करोगी! आह! इस अन्तिम रुपये को लेकर मुझे क्षमा कर दो। यह एक ही सार्थक हो जाय।

आज तुम अपने पाप का मूल्य देना चाहते हो, वह भी एक रुपया?

और एक फूटी कौड़ी भी नहीं है, सुन्दरी! लाखों उड़ा दिया है— मैं लोभी नहीं हूँ।

विधवा के सर्वस्व का इतना मूल्य नहीं हो सकता।

मुझे धिक्कार दो, मुझ पर थूको।

इसकी आवश्यकता नहीं, समाज से डरो मत। अत्याचारी समाज पाप कहकर कानों पर हाथ रखकर चिल्लाता है; वह पाप शब्द दूसरों को सुनाई पड़ता है; पर वह स्वयं नहीं सुनता। आओ चलो, हम उसे दिखा दें कि वह भ्रान्त है। मैं चार आने का परिश्रम प्रतिदिन करती हूँ। तुम भी सिलवर के गहने माँजकर कुछ कमा सकते हो। थोड़े-से परिश्रम से हम लोग एक अच्छी गृहस्थी चला लेंगे। चलो तो!

सुन्दरी ने दृढ़ता से कमल का हाथ पकड़ लिया।

बालक ने कहा—चलो न, बाबूजी!

कमल ने देखा, चाँदनी निखर आई है। उसने बालक के हाथ में रुपया रखकर उसे गोद में उठा लिया।

सम्पन्न अवस्था की विलास-वासना, अभाव के थपेड़े से पुण्य में परिणत हो गई। कमल पूर्वकथा विस्मृत होकर क्षण-भर में स्वस्थ हो गया। मन हलका हो गया। बालक उसकी गोद में था। सुन्दरी पास में। वह विजयादशमी का मेला देखने चला।

विजया के आशीर्वाद के समान चाँदनी मुस्करा रही थी।

❑

अमिट स्मृति

फाल्गुनी पूर्णिमा का चन्द्र गंगा के शुभ्र वक्ष पर आलोक-धरा का सृजन कर रहा था। एक छोटा-सा बजरा वसन्त-पवन में आन्दोलित होता हुआ, धीरे-धीरे बह रहा था। नगर का आनन्द-कोलाहल सैकड़ों गलियों को पार करके गंगा के मुक्त वातावरण में सुनाई पड़ रो था। मनोहरदास हाथ-मुँह धोकर तकिये के सहारे बैठ चुके थे। गोपाल ने व्यालू करके उठते हुए पूछा–

बाबूजी, सितार ले आऊँ?

आज और कल, दो दिन नहीं। मनोहरदास ने कहा।

वाह! बाबूजी, आज सितार न बजा तो फिर बात क्या रही?

नहीं गोपाल, मैं होली के इन दो दिनों में न तो सितार बजाता हूँ और न नगर में ही आता हूँ।

तो क्या आप चलेंगे भी नहीं, त्योहार के दिन नाव पर ही बीतेंगे, यह तो बुरी बात है।

यद्यपि गोपाल बरस-बरस का त्योहार मनाने के लिए साधारणतः युवकों की तरह उत्कंठित था; परन्तु सत्तर बरस के बूढ़े मनोहरदास को स्वयं बूढ़ा कहने का साहस नहीं रखता। मनोहरदास का भरा हुआ मुँह, दृढ़ अवयव और बलिष्ठ अंग-विन्यास गोपाल के यौवन से अधिक पूर्ण था। मनोहर ने कहा–

गोपाल, मैं गन्दी गालियों या रंग से भागता हूँ। इतनी ही बात नहीं, इसमें और भी कुछ है। होली इसी तरह बिताते हुए मुझे पचास बरस हो गये।

गोपाल ने नगर में जाकर उत्सव देखने का कुतूहल दबाते हुए पूछा, ऐसा बड़े बाबूजी?

ऊँचे तकिये पर चित्त लेटकर लम्बी साँस लेते हुए मनोहरदास ने कहना आरम्भ किया–

हम और तुम्हारे भाई गिरधरदास साथ-ही-साथ जवाहिरात का व्यवसाय करते थे। इस साझे का हाल तुम जानते ही हो। हाँ, तब बम्बई की दूकान न थी और न तो आज-जैसी रेलगाड़ियों का जाल भारत में बिछा था; इसलिए रथों और इक्कों

पर भी लोग लम्बी-लम्बी यात्रायों करते। विशाल सफेद अजगर-सी पड़ी हई उत्तरी भारत की वह सड़क, जो बंगाल से काबुल तक पहुँचती है, सदैव पथिकों से भरी रहती थी। कहीं-कहीं बीच में दो-चार कोस की निर्जनता मिलती, अन्यथा प्याऊ, बनियों की दूकानें, पड़ाव और सरायों से भरी हुई इस सड़क पर बड़ी चहल-पहल रहती। यात्रा के लिए प्रत्येक स्थान में घण्टे में दस कोस जाने वाले इक्के तो बहुतायत से मिलते। बनारस इसमें विख्यात था।

हम और गिरधरदास होलिकादाह का उत्सव देखकर दस बजे लौटे थे कि प्रयाग के एक व्यापारी का पत्र मिला। इसमें लाखों का माल बिक जाने की आशा थी और कल तक ही वह व्यापारी प्रयाग में ठहरेगा। उसी समय इक्केवान को बुलाकर सहेज. दिया और हम लोग ग्यारह बजे सो गए। सूर्य की किरणें अभी न निकली थीं; दक्षिण पवन से पत्तियाँ अभी जैसे झूम रही थीं, परन्तु हम लोग इक्के पर बैठकर नगर को कई कोस पीछे छोड़ चुके थे। इक्का बड़े वेग से जा रहा था। सड़क के दोनों ओर लगे हुए आम की मंजरियों की सुगन्ध तीव्रता से नाक में घुसकर मादकता उत्पन्न कर रही थी। इक्केवान की बगल मैं बैठे हुए रघुनाथ महाराज ने कहा—सरकार, बड़ी ठंड है।

कहना न होगा कि रघुनाथ महाराज बनारस के नामी लठैत थे। उन दिनों ऐसी यात्राओं में ऐसे मनुष्यों का रखना आवश्यक समझा जाता था।

सूर्य बहुत ऊपर आ चुके थे, मुझे प्यास लगी थी। तुम तो जानते ही हो, मैं दोनों वेला बूटी छानता हूँ। आमों की छाया में एक छोटा-सा कुआँ दिखाई पड़ा, जिसके ऊपर मुरेदार पक्की छत थी और नीचे चारों ओर दालानें थीं। मैंने इक्का रोक देने को कहा। पूरबवाली दालान में एक बनिये की दूकान थी। जिस पर गुड़, चना, नमक, सत्तू आदि बिकते थे। मेरे घेले में सब आवश्यक सामान थे। सीढ़ियों से चढ़कर हम लोग ऊपर पहुँचे। सराय यहाँ से दो कोस और गाँव कोस भर पर था। इस रमणीय स्थान को देखकर विश्राम करने की इच्छा होती थी। अनेक पक्षियों की मधुर बोलियों से मिलकर पवन जैसे सुरीला हो उठा। ठंडई बनने लगी। पास ही नींबू का एक वृक्ष खूब फला हुआ था। रघुनाथ ने बनिये से हाँड़ी लेकर कुछ फूलों को भिगो दिया। ठंडई तैयार होते-होते उसकी महक से मन मस्त हो गया। चाँदी के गिलास झोली से बाहर निकाले गये। पर रघुनाथ ने कहा—सरकार, इसकी बहार तो पुरबे में है। बनिये को पुकारा! वह तो था नहीं, एक धीमा स्वर सुनाई पड़ा—क्या चाहिए?

पुरवे दे जाओ!

थोड़ी ही देर में एक चौदह वर्ष की लड़की सीढ़ियों से ऊपर आती हुई नजर पड़ी। सचमुच वह सालू की छींट पहने एक देहाती लड़की थी, कल उसकी भाभी ने उसके साथ खूब गुलाल खेला था, वह जगी-सी मालूम पड़ती थी, मदिरा-मन्दिर

के द्वार-सी खुली हुई आँखों में गुलाब की गरद उड़ रही थी। पलकों के छज्जे और बरौनियों की चिकों पर भी गुलाल की बहार थी। सरके हुए घूँघट से जितनी अलकें दिखलाई पड़ती, वे सब रँगी थीं। भीतर से भी उस सरला को कोई रंगीन बनाने लगा था। न जाने क्यों, इस छोटी अवस्था में ही वह चेतना से ओत-प्रोत थी। ऐसा मालूम होता था कि स्पर्श का मनोविकारमय अनुभव उसे सचेष्ट बनाए रहता, तब भी उसकी आँखें धोखा खाने ही पर ऊपर उठतीं। पुरवा रखते ही घर में उसने अपने कपड़ों को दो-तीन बार ठीक किया, फिर पूछा—और कुछ चाहिए? मैं मुस्कराकर रह गया। उस वसन्त के अभाव में सब लोग वह सुस्वादु और सुगन्धित ठंडई धीरे-धीरे पी रहे थे और मैं साथ-ही-साथ अपनी आँखों से उस बालिका के यौवनोन्माद की माधुरी भी पी रहा था। चारों ओर से नींबू के फूल और आमों की मंजरियों की सुगन्ध आ रही थी। नगरों से दूर देहातों से अलग कुएँ की वह छत संसार में जैसे सबसे ऊँचा स्थान था। क्षण-भर के लिए जैसे वह स्वप्नलोक में एक अप्सरा आ गई हो। सड़क पर बैलगाड़ी वाला बण्डलों से टिका हुआ आँखें बन्द किये हुए बिरहा गाता था। बैलों को हाँकने की जरूरत नहीं थी। वह अपनी राह पहचानते थे। उसके गाने में उपालम्भ था, आवेदन था। बालिका कमर पर हाथ रखे हुए बड़े ध्यान से सुन रही थी। गिरधरदास और रघुनाथ महाराज हाथ-मुँह धो आए; मैं वैसे ही बैठा रहा। रघुनाथ महाराज उजड्ड तो थे ही; उन्होंने हँसते हुए पूछा—

क्या दाम नहीं मिला?

गिरधरदास भी हँस पड़े। गुलाल से रँगी हुई उस बालिका की कनपटी और भी लाल हो गई। वह जैसे सचेत-सी होकर धीरे-धीरे सीढ़ी से उतरने लगी। मैं भी जैसे तन्द्रा से चौंक उठा और सावधान होकर पान की गिलौरी मुँह में रखता हुआ इक्के पर आ बैठा। घोड़ा अपनी चाल से चला। घण्टे-डेढ़-घण्टे में हम लोग प्रयाग पहुँच गये। दूसरे दिन जब हम लौटे, तो देखा कि उस कुएँ की दालान में बनिये की दूकान नहीं है। एक मनुष्य पानी पी रहा था, उससे पूछने पर मालूम हुआ कि गाँव में एक भारी दुर्घटना हो गई। दोपहर को धुरहट्टा खेलने के समय नशे में रहने के कारण कुछ लोगों में दंगा हो गया। वह बनिया भी उन्हीं में था। रात को उसी के मकान पर डाका पड़ा। वह तो मार ही डाला गया, पर उसकी लड़की का भी पता नहीं।

रघुनाथ ने अक्खड़पन से कहा—अरे, वह महालक्ष्मी ऐसी ही रहीं। उनके लिए तो कुछ न हो जाय, थोड़ा है।

रघुनाथ की यह बात मुझे बहुत बुरी लगी। मेरी आँखों के सामने चारों ओर जैसे होली जलने लगी। ठीक साल-भर बाद वही व्यापारी प्रयाग आया और मुझे फिर उसी प्रकार जाना पड़ा। होली बीत चुकी थी, जब मैं प्रयाग लौट रहा था, उसी कुएँ पर ठहरना पड़ा। देखा तो एक विकलांग दरिद्र युवती दालान में पड़ी थी। उसका

चलना-फिरना असम्भव था। जब मैं कुएँ पर चढ़ने लगा, तो उसने दाँत निकालकर हाथ फैला दिया। मैं पहचान गया, साल-भर की घटना सामने आ गई, न जाने उस दिन मैं प्रतिज्ञा कर बैठा कि आज से होली न खेलूँगा।

वह पचास बरस की बीती हुई घटना आज भी प्रत्येक होली में नयी होकर सामने आती है। तुम्हारे बड़े भाई गिरधर ने मु7झे कई बार होली मनाने का अनुरोध किया, पर मैं उनसे सहमत न हो सका और मैं अपने हृदय के इस निर्बल पक्ष पर अभी तक दृढ़ हूँ। समझा न गोपाल! इसीलिए मैं ये दो दिन बनारस के कोलाहल से अलगं नाव पर ही बिताता हूँ।

❑

नीरा

अब और आगे नहीं, इस गंदगी में कहाँ चलते हो, देवनिवास?

थोड़ी दूर और—कहते हुए देवनिवास ने अपनी साइकिल धीमी कर दी, किन्तु विरक्त अमरनाथ ने ब्रेक दबाकर ठहर जाना ही उचित समझा। देवनिवास आगे निकल गया। मौलसिरी का वह सघन वृक्ष था, जो पोखरे के किनारे अन्धकारमयी छाया डाल रहा था। पोखरे से सड़ी हुई दुर्गन्ध आ रही थी। देवनिवास ने पीछे घूमकर देखा, मित्र को वहीं रुका देखकर वह लौट रहा था। उसकी साइकिल का लैम्प बुझ चला था। सहसा धक्का लगा, देवनिवास तो गिरते-गिरते बचा और एक दुर्बल मनुष्य 'अरे राम' कहता हुआ गिरकर भी उठ खड़ा हुआ। बालिका उसका हाथ पकड़कर पूछने लगी—कहीं चोट तो नहीं लगी, बाबा?

नहीं बेटी! मैं कहता न था, मुझे मोटरों से उतना डर नहीं लगता, जितना इस बे-दुम के जानवर 'साइकिल' से। मोटरवाले तो दूसरों को ही चोट पहुँचाते हैं, पैदल चलनेवालों को कुचलते हुए निकल जाते हैं, पर ये बेचारे तो आप भी गिर पड़ते हैं। क्यों बाबू, आपको तो चोट नहीं लगी? हम लोग तो चोट-घाव सह सकते हैं।

देवनिवास कुछ झेंप गया था। उसने बूढ़े से कहा—आप मुझे क्षमा कीजिये। आपको...

क्षमा! मैं करूँ! अरे, आप क्या कह रहे हैं! दो-चार हंटर आपने नहीं लगाये। घर भूल आये, हंटर नहीं ले आये! अच्छा महोदय! आपको कष्ट हुआ न, क्या करूँ, बिना भीख माँगे इस सर्दी में पेट गालियाँ देने लगता है। नींद कभी नहीं आती, चार-छः पहरों पर तो कुछ-न-कुछ इसे देना ही पड़ता है और भी मुझे एक रोग है। दो पैसों बिना वह नहीं छूटता—पढ़ने के लिए अखबार चाहिए; पुस्तकालय में चिथड़े पहनकर बैठने न पाऊँगा, इसलिए नहीं जाता। दूसरे दिन का बासी समाचार-पत्र दो पैसों में ले लेता हूँ!

अमरनाथ भी पास आ गया था। उसने यह काण्ड देखकर हँसते हुए कहा—देवनिवास! मैं मना करता था न! तुम अपनी धुन में कुछ सुनते भी हो। चले तो फिर चले और रुके तो अड़ियल अट्टू भी झक मारे! क्या उसे कुछ चोट आ गई है? क्यों बूढ़े!

लो, यह अठन्नी है। जाओ अपनी राह, तनिक देखकर चला करो!

बूढ़ा मसखरा भी था। अठन्नी लेते हुए उसने कहा—देखकर चलता, तो यह अठन्नी कैसे मिलती! तो भी बाबूजी, आप लोगों की जेब में अखबार होगा! मैंने देखा है, बाइसिकिल पर चढ़े हुए बाबुओं की पाकेट में निकला हुआ कागज का मुट्ठा अखबार ही रहता होगा।

चलो बाबा झोंपड़ी में, सर्दी लगती है। वह छोटी-सी बालिका अपने बाबा को जैसे इस तरह बातें करते हुए देखना नहीं चाहती थी। वह संकोच में डूबी जा रही थी। देवनिवास चुप था। बूड्ढे को जैसे तमाचा लगा। वह अपने दयनीय और घृणित भिक्षा-व्यवसाय को बहुत नीरा से छिपाकर, बनाकर कहता। उसे अखबार सुनाता और भी न जाने क्या-क्या ऊँची-नीची बातें बका करता; नीरा जैसे सब समझती थी! वह कभी बूढ़े से प्रश्न नहीं करती थी। जो कुछ वह कहता, चुपचाप सुन लिया करती थी। कभी-कभी बुड्ढा झुँझलाकर चुप हो जाता, तब भी वह चुप रहती। बूढ़े को आज ही नीरा ने झोंपड़ी में चलने के लिए कहकर पहले-पहल मीठी झिड़की दी। उसने सोचा कि अठन्नी पाने पर भी अखबार माँगना नीरा न सह सकी।

अच्छा तो बाबूजी, भगवान् यदि कोई हों, तो आपका भला करें। बुड्ढा लड़की का हाथ पकड़कर मौलसिरी की ओर चला। देवनिवास सन्न था। अमरनाथ ने अपनी आइमिकल के उज्ज्वल आलोक में देखा; नीरा एक गोरी-सी, सुन्दर, पतली-दुबली करुणा की छाया थी। दोनों मित्र चुप थे। अमरनाथ ने ही कहा, अब लौटोगे कि यहीं गड़ गये!

तुमने कुछ सुना, अमरनाथ! वह कहता था, भगवान् यदि कोई हों, कितना भयानक अविश्वास—देवनिवास ने साँस लेकर कहा।

दरिद्रता और लगातार दुःखों से मनुष्य अविश्वास करने लगता है! यह कोई नयी बात नहीं है—अमरनाथ ने चलने की उत्सुकता दिखाते हुए कहा।

किन्तु देवनिवास तो जैसे आत्मविस्मृत था। उसने कहा—सुख और सम्पत्ति से क्या ईश्वर को पहचान लेता है? उसकी व्यापक सत्ता को मलिन वेष में देखकर दुरदुराता नहीं—ठुकराता नहीं, अमरनाथ! अबकी बार 'आलोचक' के विशेषांक में तुमने लौटे हुए प्रवासी कुलियों के सम्बन्ध में एक लेख लिखा था न! वह सब कैसे लिखा था?

अखबारों से आँखड़े देखकर। मुझे ठीक-ठीक स्मरण है। कब किस द्वीप से कौन-कौन स्टीमर किस तारीख में चले। 'सतलज', 'पंडित' और 'एलिफैंटा' नाम के स्टीमरों पर कितने-कितने कुली थे, मुझे ठीक-ठीक मालूम था, और...

और वे सब अब कहाँ हैं?

सुना है, इसी कलकत्ते के पास यहीं मटियाबुर्ज है, वहीं अभागों का निवास है। अवध के नवाब का विलास या प्रायश्चित्त-भवन भी तो मटियाबुर्ज ही रहा। मैंने

उस लेख में भी एक व्यंग्य इस पर बड़े मार्के का दिया है। चलो, खड़े-खड़े बातें करने की जगह नहीं। तुमने तो कहा था कि आज जनाकीर्ण कलकत्ते से दूर तुमको एक अच्छी जगह दिखाऊँगा। यही...।

यही मटियाबुर्ज है। देवनिवास ने बड़ी गम्भीरता से कहा और अब तुम कहोगे कि यह बुड्ढा वहीं से लौटा हुआ कोई कुली है।

हो सकता है, मुझे नहीं मालूम। अच्छा, चलो अब लौटें। कहकर अमरनाथ ने अपनी साइकिल को धक्का दिया।

देवनिवास ने कहा—चलो उसकी झोंपड़ी तक, मैं उससे कुछ बात करूँगा।

अनिच्छापूर्वक 'चलो' कहते हुए अमरनाथ ने मौलसिरी की ओर साइकिल घुमा दी। साइकिल के तीव्र आलोक में झोंपड़ी के भीतर का दृश्य दिखाई दे रहा था। बुड्ढा मनोयोग से लाई फाँक रहा था और नीरा भी कल की बची हुई रोटी चबा रही थी। रूखे ओठों पर दो-एक दाने चिपक गये थे, जो उस दरिद्र मुख में जाना अस्वीकार कर रहे थे। लुक-फेरा हुआ टीन का गिलास अपने खुरदरे रंग का नीलापन सनीरा की आँखों में उड़ेल रहा था। आलोक एक उज्ज्वल सत्य है, बन्द आँखों में भी उसकी सत्ता छिपी नहीं रहती। बुड्ढे ने आँखें खोलकर दोनों बाबुओं को देखा। वह बोल उठा—बाबूजी! आप अखबार देने आये हैं? मैं अभी पथ्य ले रहा था; बीमार हूँ न, इसी से लाई खाता हूँ, बड़ी नमकीन होती हैं, अखबार वाले तो कभी-कभी नमकीन बातों का स्वाद दे देते हैं! इसी से तो बेचारे कितनी दूर-दूर की बातें सुनते हैं। जब मैं 'मोरिशस' में था, तब हिन्दुस्तान की बातें पढ़ा करता था। मेरा देश सोने का है, ऐसी भावना जाग उठी थी। अब कभी-कभी उस टापू की बातें पढ़ पाता हूँ, तब यह मिट्टी मालूम पड़ता है; सच कहता हूँ बाबूजी, 'मोरिशस' में अगर गोली न चली होती और 'नीरा' की माँ न मरी होती...हाँ, गोली से ही वह मरी थी तो मैं ऊब तक वहीं से जन्मभूमि का सोने का सपना देखता और इस अभागे देश! नहीं-नहीं बाबूजी, मुझे यह कहने का अधिकार नहीं। मैं हूँ अभागा! हाय रे भाग!!

'नीरा' घबरा उठी थी। उसके किसी तरह दो घूँट जल गले से उतार कर इन लोगों की ओर देखा। उसकी आँखें कह रही थीं कि 'जाओ, मेरी दरिद्रता का स्वाद लेने वाले धनी विचारकों और सुख तो तुम्हें मिलते हैं, एक न सही!'

अपने पिता को बात करते देखकर वह घबरा उठी थी। वह डरती थी कि बुड्ढा न जाने क्या-क्या कह बैठेगा। देवनिवास चुपचाप उसका मुँह देखने लगा।

नीरा बालिका न थी। स्त्रीत्व के सब व्यंजन थे, फिर भी जैसे दरिद्रता के भीषण हाथों ने उसे दबा दिया था, वह सीधी ऊपर नहीं उठने पाई।

क्या तुमको ईश्वर में विश्वास नहीं है? अमरनाथ ने गम्भीरता से पूछा।

'आलोचक' में एक लेख मैंने पढ़ा था! वह इसी प्रकार के उलाहने से भरा था कि 'वर्तमान जनता में ईश्वर के प्रति अविश्वास का भाव बढ़ता जा रहा है और

इसीलिए वह दुखी है।' यह पढ़कर मुझे तो हँसी आ गई। बुड्डे ने अविचल भाव से कहा।

हँसी आ गई! कैसे दुःख की बात है। अमरनाथ ने कहा।

दुःख की बात सोचकर ही तो हँसी आ गई। हम मूर्ख मनुष्यों ने त्राण की—शरण की—आशा से ईश्वर पर पूर्वकाल में विश्वास किया था, परस्पर के विश्वास और सद्भाव को ठुकराकर! मनुष्य मनुष्य का विश्वास नहीं कर सका; इसीलिए तो एक सुखी दूसरे दुखी की ओर घृणा से देखता था। दुखी ने ईश्वर का अवलम्बन लिया, तो भी भगवान् ने संसार के दुखों की सृष्टि बन्द कर दी क्या? मनुष्य के बूते का न रहा, तो क्या वह भी...?-कहते-कहते बूढ़े की आँखों से चिनगारियाँ निकलने लगीं; किन्तु वे अग्नि-कण गलने लगे और कपोलों के गढ़े में वह द्रव इकट्ठा होने लगा।

अमरनाथ क्रोध से बुड्ढे को देख रहा था; किन्तु देवनिवास उस मलिन नीरा की उत्कण्ठा और खेद-भरी मुखाकृति का अध्ययन कर रहा था।

आपको क्रोध आ गया, क्यों महाशय! आने की बात ही है। ले लीजिये अपनी अठन्नी। अठन्नी देकर ईश्वर में विश्वास नहीं कराया जाता। उस चोट के बारे में पुलिस से जाकर न कहने के लिए भी अठन्नी की आवश्यकता नहीं। मैं यह मानता हूँ कि सृष्टि विषमता से भरी है, चेष्टा करके भी इसमें आर्थिक या शारीरिक साम्य नहीं लाया जा सकता। हाँ, तो ऐश्वर्यवालों को, जिन पर भगवान् की पूर्ण कृपा है, अपनी सहृदयता से ईश्वर का विश्वास कराने का प्रयत्न करना चाहिए। कहिये, इस तरह भगवान् की समस्या सुलझाने के लिए आप प्रस्तुत हैं?

इस बूढ़े नास्तिक और तार्किक से अमरनाथ को तीव्र विरक्ति हो चली थी। अब वह चलने के लिए देवनिवास से कहने वाला था; किन्तु उसने देखा, वह तो झोंपड़ी में आसन जमाकर बैठ गया है!

अमरनाथ को चुप देखकर देवनिवास ने बूढ़े से कहा—अच्छा, तो आप मेरे घर चलकर रहिये। संभव है कि मैं आपकी सेवा कर सकूँ। तब आप विश्वासी बन जायें, तो कोई आश्चर्य नहीं।

इस बार तो वह बुड्ढा बुरी तरह देवनिवास को घूरने लगा। निवास वह तीव्र दृष्टि सह न सका। उसने समझा कि मैंने चलने के लिए कहकर बूढ़े को चोट पहुँचाई है। वह बोल उठा—क्या आप?

ठहरो भाई! तुम बड़े जल्दबाज मालूम होते हो—बूढ़े ने कहा—क्या सचमुच तुम मेरी सेवा किया चाहते हो या...?

अब बूढ़े नीरा की ओर देख रहा था और नीरा की आँखें बूढ़े को आगे न बोलने की शपथ दिला रही थीं; किन्तु उसने फिर कहा ही—या नीरा को, जिसे बड़ी देर से देख रहे हो, अपने घर लिवा जाने की बड़ी उत्कण्ठा है! क्षमा करना! मैं अविश्वासी हो गया हूँ न! क्यों, जानते हो? जब कुलियों के लिए इसी सीली, गन्दी और दुर्गन्धमयी

भूमि में एक सहानुभूति उत्पन्न हुई थी, तब मुझे यह कटु अनुभव हुआ कि वह सहानुभूति भी चिरायँध से खाली न थी। मुझे एक सहायक मिले थे और मैं यहाँ से थोड़ी दूर पर उनके घर रहने लगा था।

नीरा से अब न रहा गया। वह बोल उठी। बाबा, चुप न रहोगे; खाँसी आने लगेगी।

ठहर नीरा! हाँ तो महाशय जी, मैं उनके घर रहने लगा था। और उन्होंने मेरा आतिथ्य साधारणतः अच्छा ही किया। एक ऐसी काली रात थी। बिजली बादलों में चमक रही थी और मैं पेट भरकर उस ठण्डी रात में सुख की झपकी लेने लगा था। इस बात को बरसों हुए; तो भी मुझे ठीक स्मरण है कि जैसे भयानक सपना देखता हुआ चौंक उठा। नीरा चिल्ला रही थी। क्यों नीरा!

अब नीरा हताश हो गई थी और उसने बूढ़े को रोकने का प्रयत्न छोड़ दिया थ। वह एकटक बूढ़े का मुँह देख रही थी।

बुड्डे ने फिर कहना आरम्भ किया—हाँ तो नीरा चिल्ला रही थी। मैं उठकर देखता हूँ तो मेरे वह परम सहायक महाशय इसी नीरा को दोनों हाथों से पकड़कर घसीट रहे थे और यह बेचारी छूटने का व्यर्थ प्रयत्न कर रही थी। मैंने अपने दोनों दुर्बल हाथों को उठाकर उस नीच उकारी के ऊपर दे मारा। वह नीरा को छोड़कर 'पाजी, बदमाश, निकल मेरे घर से' कहता हुआ मेरा अकिंचन सामान बाहर फेंकने लगा। बाहर ओले-सी बूँदें पड़ रही थीं और बिजली कौंधती थी। मैं नीरा को लिए सर्दी से दाँत किटकिटाता हुआ एक ठूँठे वृक्ष के नीचे रात-भर बैठा रहा। उस समय वह मेरा ऐश्वर्यशाली सहायक बिजली के लैम्पों में मुलायम गद्दे पर सुख की नींद सो रहा था। यद्यपि मैं उसे लौटकर देखने नहीं गया, तो भी मैं निश्चयपूर्वक कहता हूँ कि उसके सुख में किसी प्रकार बाधा उपस्थित करने का दण्ड देने के लिए भगवान् का न्याय अपने भीषण रूप में प्रकट नहीं हुआ। मैं रोता था, पुकारता था; किन्तु वहाँ सुनता कौन है!

तुम्हारा बदला लेने के लिए भगवान् नहीं आए, इसीलिए तुम अविश्वास करने लगे! लेखकों की कल्पना का साहित्यिक न्याय तुम सर्वत्र प्रत्यक्ष देखना चाहते हो न!

निवास ने तत्परता से कहा।

क्यों न मैं ऐसा चाहता? क्या मुझे इतना भी अधिकार न था?

तुम समाचार-पत्र पढ़ते हो न?

अवश्य!

तो उसमें कहानियाँ भी कहीं-कहीं पढ़ लेते होगे और उसकी आलोचनाएँ भी?

हाँ, तो फिर?

जैसे एक साधारण आलोचक प्रत्येक लेखक से अपने मन की कहानी कहलाना

चाहता है और हठ करता है कि नहीं, यहाँ तो ऐसा न होना चाहिए था; ठीक उसी तरह तुम सृष्टिकर्ता से अपने जीवन की घटनावली अपने मनोनुकूल सही कराना चाहते हो। महाशय! मैं भी इसका अनुभव करता हूँ कि सर्वत्र यदि पापों का भीषण दण्ड तत्काल ही मिल जाया करता, तो सृष्टि पाप करना छोड़ देती। किन्तु वैसा नहीं हुआ। उल्टे यह एक व्यापक और भयानक मनोवृत्ति बन गई है कि मेरे कष्टों का कारण कोई दूसरा है। इस तरह मनुष्य अपने कर्मों को सरलता से भूल सकता है। क्या तुमने अपने अपराधों पर विचार किया है?

निवास बड़े वेग से बोल रहा था। बुड्ढा न जाने क्यों काँप उठा। साइकिल का तीव्र आलोक उसके विकृत मुख पर पड़ रहा था। बुड्ढे का सिर धीरे-धीरे नीचे झुकने लगा। नीरा चौंककर उठी और एक फटा-सा कम्बल उस बुड्ढे को ओढ़ाने लगी। सहसा बुड्ढे ने सिर उठाकर कहा—मैं इसे मान लेता हूँ कि आपके पास बड़ी अच्छी युक्तियाँ हैं और उनके द्वारा वर्तमान दशा का कारण आप मुझे ही प्रमाणित कर सकते हैं। किन्तु वृक्ष के नीचे पुआल से ढँकी हुई मेरी झोंपड़ी को और उसमें पड़े हुए अनाहार, सर्दी और रोगों से जीर्ण मुझ अभागे को मेरा ही भ्रम बताकर आप किसी बड़े भारी सत्य का आविष्कार कर रहे हैं, तो कीजिये। जाइये, मुझे क्षमा कीजिये।

देवनिवास कुछ बोलने ही वाला था कि नीरा ने दृढ़ता से कहा—आप लोग क्यों बाबा को तंग कर रहे हैं? अब उन्हें सोने दीजिये।

निवास ने देखा कि नीरा के मुख पर आत्म-निर्भरता और संतोष की गम्भीर शान्ति है। स्त्रियों का हृदय अभिलाषाओं, संसार के सुखों का क्रीड़ास्थल है; किन्तु नीरा का हृदय, नीरा का मस्तिष्क इस किशोर अवस्था में ही कितना उदासीन और शान्त है। वह मन-ही-मन नीरा के सामने प्रणत हुआ।

दोनों मित्र उस झोंपड़ी से निकले। रात अधिक बीत चली थी। वे कलकत्ता महानगरी की घनी बस्ती में धीरे-धीरे साइकिल चलाते हुए घुसे। दोनों का हृदय भारी था। वे चुप थे।

देवनिवास का मित्र कच्चा नागरिक नहीं था। उसको अपने आँकड़ों का और उनके उपयोग का पूरा विश्वास था। वह सुख और दुःख, दरिद्रता और विभव, कटुता और मधुरता की परीक्षा करता, जो उसके काम के होते, उन्हें सम्भाल लेता; फिर अपने मार्ग पर चल देता। सार्वजनिक जीवन का ढोंग रचने में वह पूरा खिलाड़ी था। देवनिवास के आतिथ्य का उपभोग करके अपने लिए कुछ मसाला जुटाकर वह चला गया।

किन्तु निवास की आँखों में उस रात्रि में बूढ़े की झोंपड़ी का दृश्य अपनी छाया ढालता ही रहा। एक सप्ताह बीतने पर वह फिर उसी ओर चला।

झोंपड़ी में बुड्ढा पुआल पर पड़ा था। उसकी आँखें कुछ बड़ी हो गई थीं, ज्वर से लाल थीं। निवास को देखते ही एक रुग्ण हँसी उसके मुँह पर दिखाई दी।

उसने धीरे से पूछा—बाबूजी, आज फिर...?

नहीं, मैं बाद-विवाद करने नहीं आया हूँ। तुम क्या बीमार हो?

हाँ, बीमार हूँ बाबूजी और यह आपकी कृपा है।

मेरी?

हाँ, उसी दिन से आपकी बातें मेरे सिर में चक्कर काटने लगी हैं। मैं ईश्वर पर विश्वास करने की बात सोचने लगा हूँ। बैठ जाइये, सुनिये।

निवास बैठ गया था। बुड्ढे ने फिर से कहना आरम्भ किया—मैं हिन्दू हूँ। कुछ सामान्य पूजा-पाठ का प्रभाव मेरे हृदय पर पड़ा रहा, जिन्हें मैं बाल्यकाल में अपने घर पर्वों और उत्सवों पर देख चुका था। मुझे ईश्वर के बारे में कभी कुछ नहीं बताया गया। अच्छा, जाने दीजिये, वह एक लम्बी कहानी है, मेरे जीवन की संसार से झगड़ते रहने की कथा है। अपनी घोर आवश्यकताओं से लड़ता-झगड़ता मैं कुली बनकर 'मोरिशस' पहुँचा, वहाँ 'कुलसम' से, नीरा की माँ से मेरी भेंट हो गई। मेरा-उसका ब्याह हो गया। आप हँसिये मत, कुलियों के लिए वहाँ किसी काजी या पुरोहित की उतनी आवश्यकता नहीं। हम दोनों को एक-दूसरे की आवश्यकता थी। 'कुलसम' के प्रति आकर्षण था, उतना ही उसके ईश्वर सम्बन्धी विचारों से विद्रोह। मैं 'कुलसम' के ईश्वर को तो कदापि नहीं समझ सका। मैं पुरुष होने की धारणा से यह सोचता था कि 'कुलसम' वैसा ही ईश्वर माने जैसा उसे मैं समझ सकूँ और वह मेरा ईश्वर हिन्दू हो! क्योंकि मैं सब छोड़ सकता था, लेकिन हिन्दू होने का एक दम्भपूर्ण विचार मेरे मन में दृढ़ता से जम गया था; तो भी समझदार 'कुलसम' के सामने ईश्वर की कल्पना अपने ढंग की उपस्थित करने का मेरे पास कोई साधन न था। मेरे मन ने ढोंग किया कि मैं नास्तिक हो जाऊँ। जब कभी ऐसा अवसर आता, मैं 'कुलसम' के विचारों की खिल्ली उंड़ाता हुआ हँसकर कह देता—'मेरे लिए तो ईश्वर तुम्हीं हो, तुम्हीं खुदा हो, तुम्हीं सबकुछ हो।' वह मुझे चापलूसी करते हुए देखकर हँस तो देती थी, किन्तु उसका रोआँ रोने लगता।

मैं अपनी गाढ़ी कमायी के रुपये को शराब के प्याले में गलाकर मस्त रहता! मेरे लिए वह भी कोई विशेषता थी। धीरे-धीरे मैं उच्छृंखल हो गया। कुलसम रोती, बिलखती और मुझे समझाती; किन्तु मुझे ये सब बातें व्यर्थ-की सी जान पड़तीं। मैं अधिक अविचारी हो उठा। मेरे जीवन का वह भयानक परिवर्तन बड़े वेग से आरम्भ हुआ। कुलसम उस कष्ट को सहन करने के लिए जीवित न रह सकी। उस दिन जब गोली चली थी, तब कुलसम के वहाँ जाने की आवश्यकता न थी। मैं सच कहता हूँ बाबूजी, वह आत्महत्या करने का उसका एक नया ढंग था। मुझे विश्वास होता है कि मैं ही इसका कारण था। इसके बाद मेरी वह सब उद्दण्डता तो नष्ट हो गई, जीवन की पूँजी जो मेरा निज का अभिमान था, वह भी चूर-चूर हो गया। मैं नीरा को लेकर भारत के लिए चल पड़ा। तब तक तो मैं ईश्वर के सम्बन्ध में एक उदासीन

नास्तिक था; किन्तु उस दुख ने मुझे विद्रोही बना दिया। मैं अपने कष्टों का कारण ईश्वर को ही समझने लगा और मेरे मन में यह बात जम गई कि यह मुझे दण्ड दिया गया है।

बुड्ढा उत्तेजित हो उठा था। उसका दम फूलने लगा, खाँसी आने लगी। नीरा मिट्टी के घड़े में जल लिये हुए झोंपड़ी में आई। उसने देवनिवास को और अपने पिता को अन्वेषक दृष्टि से देखा। यह समझ लेने पर कि दोनों में से किसी के मुख पर कटुता नहीं है, वह प्रकृतिस्थ हुई। धीरे-धीरे पिता का सिर सहलाते हुए उसने पूछा—बाबा, लावा ले आई हूँ, कुछ खा लो।

बुड्ढे ने कहा—ठहरो बेटी! फिर निवास की ओर देखकर कहने लगा—बाबूजी, उस दिन भी जब नीरा के लिए मैंने भगवान् को पुकारा था, तब उसी कटुता से। संभव है, इसीलिए वे न आये हों। आज कई दिनों से मैं भगवान् को समझने की चेष्टा कर रहा हूँ। नीरा के लिए मुझे चिन्ता हो रही है। वह क्या करेगी? किसी अत्याचारी के हाथ पकड़कर नष्ट तो न हो जायेगी!

निवास कुछ बोलने ही को था कि नीरा कह उठी—बाबा, तुम मेरी चिन्ता न करो, भगवान् मेरी रक्षा करेंगे। निवास की अन्तरात्मा पुलकित हो उठी। बुड्ढे ने कहा—करेंगे बेटी! उसके मुख पर एक व्याकुल प्रसन्नता झलक उठी।

निवास ने बूढ़े की ओर देखकर विनीत स्वर में कहा—मैं नीरा से ब्याह करने के लिए प्रस्तुत हूँ। यदि तुम्हें...

बूढ़े को अबकी खाँसी के साथ ढेर-सा रक्त गिरा, तो भी उसके मुँह पर सन्तोष और विश्वास की प्रसन्न-लीला खेलने लगी। उसने अपने दोनों हाथ निवास और नीरा पर फैलाकर रखते हुए कहा—हे मेरे भगवान्!

❑

पुरस्कार

आर्द्रा नक्षत्र आकाश में काले-काले बादलों की घुमड़, जिसमें देव-दुन्दुभी का गम्भीर घोष। प्राची के निरभ्र कोने से स्वर्ण-पुरुष झाँकने लगा—देखने महाराज की सवारी। शैलमाला के अंचल में समतल उर्वरा भूमि से सोंधी बास उठ रही थी। नगर-तोरण से जयघोष हुआ, भीड़ में गजराज का चामरधारी शुण्ड उन्नत दिखायी पड़ा। वह हर्ष और उत्साह का समुद्र हिलोर भरता हुआ आगे बढ़ने लगा।

प्रभात की हेम-किरणों से अनुरंजित नन्ही-नन्ही बूँदों का एक झोंका स्वर्ण-मल्लिका के समान बरस पड़ा। मंगल सूचना से जनता ने हर्ष-ध्वनि की।

रथों, हाथियों और अश्वारोहियों की पंक्ति जम गई। दर्शकों की भीड़ भी कम न थी। गजराज बैठ गया, सीढ़ियों से महाराज उतरे। सौभाग्यवती और कुमारी सुन्दरियों के दो दल, आम्रपल्लवों से सुशोभित मंगलकलश और फूल, कुंकुम तथा खीलों से भरे थाल लिए मधुर गान करते हुए आगे बढ़े।

महाराज के मुख पर मधुर मुस्कान थी। पुरोहित-वर्ग ने स्वस्तिवाचन किया। स्वर्ण-रंजित हल की मूठ पकड़कर महाराज ने जुते हुए सुन्दर पुष्ट बैलों को चलने का संकेत किया। बाजे बजने लगे। किशोरी कुमारियों ने खीलों और फूलों की वर्षा की।

कोशल का यह उत्सव प्रसिद्ध था। एक दिन के लिए महाराज को कृषक बनना पड़ता, उस दिन इन्द्र-पूजन की धूमधाम होती; गोठ होती। नगर-निवासी उस पहाड़ी भूमि में आनन्द मनाते। प्रतिवर्ष कृषि का यह महोत्सव उत्साह से सम्पन्न होता; दूसरे राज्यों से भी युवक-राजकुमार इस उत्सव में बड़े चाव से आकर योग देते।

मगध का एक राजकुमार अरुण अपने रथ पर बैठा बड़े कुतूहल से यह दृश्य देख रहा था।

बीजों का एक थाल लिए मधूलिका महाराज के साथ थी। बीज बोते हुए महाराज जब हाथ बढ़ाते, तब मधूलिका उनके सामने थाल कर देती। यह खेत मधूलिका का था, जो इस साल महाराज ने खेती के लिए चुना था; इसलिए बीज देने का सम्मान मधूलिका को ही मिला। वह कुमारी थी। सुन्दरी थी। कौशेयवसन उसके शरीर पर

इधर-उधर लहराता हुआ स्वयं शोभित हो रहा था। वह कभी उसे सम्हालती और कभी अपने रूखे अलकों को। कृषक बालिका के शुभ्र भाल पर श्रमकणों की भी कमी न थी, वे सब बरौनियों में गुँथे जा रहे थे। सम्मान और लज्जा उसके अधरों पर मन्द मुस्कराहट के साथ सिहर उठते; किन्तु महाराज को बीज देने में उसने कोई शिथिलता नहीं की। सब लोग महाराज का हल चलाना देख रहे थे विस्मय से, कुतूहल से और अरुण देख रहा था कृषक कुमारी मधूलिका को। आह कितना भोला सौन्दर्य! कितनी सरल चितवन!

उत्सव का प्रधान कृत्य समाप्त हो गया। महाराज ने मधूलिका के खेत का पुरस्कार दिया, थाल में कुछ स्वर्ण-मुद्राओं को महाराज पर न्योछावर करके बिखेर दिया। मधूलिका की उस समय की वह उर्जस्वित मूर्ति लोग आश्चर्य से देखने लगे। महाराज की भृकुटि भी जरा चढ़ी ही थी कि मधूलिका ने सविनय कहा—

देव! यह मेरे पितृ-पितामहों की भूमि है। इसे बेचना अपराध है; इसलिए मूल्य स्वीकार करना मेरी सामर्थ्य के बाहर है। महाराज के बोलने के पहले ही वृद्ध मन्त्री ने तीखे स्वर में कहा—अबोध! क्या बक रही है। राजकीय अनुग्रह का तिरस्कार! तेरी भूमि से चौगुना मूल्य है; फिर कोशल का तो यह सुनिश्चित राष्ट्रीय नियम है। तू आज से राजकीय रक्षण पाने की अधिकारिणी हुई, इस धन से अपने को सुखी बना।

राजकीय रक्षण की अधिकारिणी तो सारी प्रजा है, मंत्रिवर! महाराज को भूमि-समर्पण करने में तो मेरा कोई विरोध न था और न है; किन्तु मूल्य स्वीकार करना असंभव है। मधूलिका उत्तेजित हो उठी थी।

महाराज के संकेत करने पर मन्त्री ने कहा—देव! वाराणसी-युद्ध के अनन्यतम वीर सिंहमित्र की यह एकमात्र कन्या है। महाराज चौंक उठे, सिंहमित्र की कन्या! जिसने मगध के सामने कोशल की लाज रख ली थी, उसी वीर की मधूलिका कन्या है?

हाँ देव! सविनय मंत्री ने कहा।

इस उत्सव के परम्परागत नियम क्या हैं, मंत्रिवर? महाराज ने पूछा।

देव, नियम तो बहुत साधारण हैं। किसी भी अच्छी भूमि को इस उत्सव के लिए चुनकर नियमानुसार पुरस्कार-स्वरूप उसका मूल्य दे दिया जाता है। वह भी अत्यन्त अनुग्रहपूर्वक अर्थात् भू-सम्पत्ति का चौगुना मूल्य उसे मिलता है। उस खेती को वही व्यक्ति वर्ष भर देखता है, वह राजा का खेत कहा जाता है।

महाराज को विचार-संघर्ष से विश्राम की अत्यन्त आवश्यकता थी। महाराज चुप रहे। जयघोष के साथ सभा विसर्जित हुई। सब अपने-अपने शिविरों में चले गये। किन्तु मधूलिका को उत्सव में फिर किसी ने न देखा। वह अपने खेतों की सीमा पर विशाल मधूक-वृक्ष के चिकने हरे पत्तों की छाया में अनमनी चुपचाप बैठी रही।

रात्रि का उत्सव अब विश्राम ले रहा था। राजकुमार अरुण उसमें सम्मिलित

नहीं हुआ, अपने विश्राम भवन में जागरण कर रहा था। आँखों में नींद न थी। प्राची में जैसी गुलाबी खिल रही थी, वह रंग उसकी आँखों में था। सामने देखा तो मुँड़ेर पर कपोती एक पैर पर खड़ी पंख फैलाये अँगड़ाई ले रही थी। अरुण उठ खड़ा हुआ। द्वार पर सुसज्जित अश्व था, वह देखते-देखते नगर-तोरण पर जा पहुँचा। रक्षक-गण ऊँघ रहे थे, अश्व के पैरों के शब्द से चौंक उठे।

युवक-कुमार तीर-सा निकल गया। सिन्धुदेश का तुरंग प्रभात के पवन से पुलकित हो रहा था। घूमता-घूमता अरुण उसी मधूक-वृक्ष के नीचे पहुँचा, जहाँ मधूलिका अपने हाथ पर सिर धरे हुए खिन्न-निद्रा का सुख ले रही थी।

अरुण ने देखा, एक छिन्न माधवी लता वृक्ष की शाखा से च्युत होकर पड़ी है। सुमन मुकुलित भ्रमर निस्पन्द थे। अरुण ने अपने अश्व को मौन रहने का संकेत किया, उस सुषमा को देखने के लिए, परन्तु कोकिल बोल उठी। जैसे उसने अरुण से प्रश्न किया—छिः, कुमारी के सोये हुए सौंदर्य पर दृष्टिपात करनेवाले धृष्ट, तुम कौन? मधूलिका की आँखें खुल पड़ीं। उसने देखा, एक अपरिचित युवक। वह संकोच से उठ बैठी। भद्रे! तुम्हीं न कल के उत्सव की संचालिका रही हो?

उत्सव! हाँ, उत्सव ही तो था।

कल उस सम्मान...

क्यों, आपको कल का स्वप्न सता रहा है? भद्रे! आप क्या मुझे इस अवस्था में सन्तुष्ट न रहने देंगे?

मेरा हृदय उस छवि का भक्त बन गया है, देवि!

मेरे उस अभिनय का, मेरी विडम्बना का। आह! मनुष्य कितना निर्दय है, अपरिचित! क्षमा करो, जाओ अपने मार्ग।

सरलता की देवि! मैं मगध का राजकुमार तुम्हारे अनुग्रह का प्रार्थी हूँ, मेरे हृदय की भावना अवगुंठन में रहना नहीं जानती। उसे अपनी...।

राजकुमार! मैं कृषक-बालिका हूँ। आप नन्दबिहारी और मैं पृथ्वी पर परिश्रम करके जीने वाली। आज मेरी स्नेह की भूमि पर से मेरा अधिकार छीन लिया गया है। मैं दुःख से विकल हूँ; मेरा उपहास न करो।

मैं कोशल नरेश से तुम्हारी भूमि तुम्हें दिलवा दूँगा।

नहीं, वह कोशल का राष्ट्रीय नियम है। मैं उसे बदलना नहीं चाहती, चाहे उससे मुझे कितना ही दुःख हो।

तब तुम्हारा रहस्य क्या है?

यह हृदय मानव-हृदय का है, मेरा नहीं। राजकुमार, नियमों से यदि मानव-हृदय बाध्य न होता, तो आज मगध के राजकुमार का हृदय किसी राजकुमारी की ओर न खिंचकर एक कृषक-बालिका का अपमान करने न आता। मधूलिका उठ खड़ी हुई।

चोट खाकर राजकुमार लौट पड़ा। किशोर किरणों में उसका रत्नकिरीट चमक उठा। अश्व वेग से चला जा रहा था और मधूलिका निष्ठुर प्रहार करके क्या स्वयं आहत न हुई? उसके हृदय में टीस-सी होने लगी। वह सजल नेत्रों से उड़ती हुई धूल को देखने लगी।

मधूलिका ने राजा का प्रतिपादन, अनुग्रह नहीं लिया। वह दूसरे खेतों में काम करती और चौथे पहर रूखी-सूखी खाकर पड़ रहती। मधूक-वृक्ष के नीचे छोटी-सी पर्णकुटीर थी। सूखे डंठलों से उसकी दीवार बनी थी। मधूलिका का वही आश्रय था। कठोर परिश्रम से जो रूखा अन्न मिलता, वही उसकी साँसों को बढ़ाने के लिए पर्याप्त था।

दुबली होने पर भी उसके अंग पर तपस्या की कान्ति थी। आस-पास के कृषक उसका आदर करते। वह एक आदर्श बालिका थी। दिन, सप्ताह, महीने और वर्ष बीतने लगे।

शीतकाल की रजनी, मेघों से भरा आकाश, जिसमें बिजली की दौड़-धूप। मधूलिका का छाजन टपक रहा था! ओढ़ने की कमी थी। वह ठिठुरकर एक कोने में बैठी थी। मधूलिका अपने अभाव को आज बढ़ाकर सोच रही थी। जीवन से सामंजस्य बनाये रखनेवाले उपकरण तो अपनी सीमा निर्धारित रखते हैं, परन्तु उनकी आवश्यकता और कल्पना भावना के साथ बढ़ती-घटती रहती है। आज बहुत दिनों पर उसे बीती हुई बात स्मरण हुई। दो, नहीं-नहीं तीन वर्ष हुए होंगे, इसी मधूक के नीचे प्रभात में अरुण राजकुमार ने क्या कहा था?

वह अपने हृदय से पूछने लगी, उन चाटुकारी के शब्दों को सुनने के लिए उत्सुक-सी वह पूछने लगी, क्या कहा था? दुःख-दग्ध हृदय उन स्वप्न-सी बातों को स्मरण रख सकता था? और स्मरण ही होता, तो भी कष्टों की इस काली निशा में वह कहने का साहस करता। हाय री विडम्बना!

आज मधूलिका उन बीते हुए क्षणों को लौटा लेने के लिए विकल थी। दारिद्र्य की ठोकरों ने उसे व्यथित और अधीर कर दिया है। मगध की प्रसादमाला के वैभव का काल्पनिक चित्र उन सूखे डंठलों के रन्ध्रों से, नभ में बिजली के आलोक में नाचता हुआ दिखाई देने लगा। खिलवाड़ी शिशु जैसे श्रावण की संध्या में जुगनू को पकड़ने के लिए हाथ लपकाता है, वैसे ही मधूलिका मन-ही-मन कह रही थी। 'अभी वह निकल गया।' वर्षा ने भीषण रूप धारण किया। गड़गड़ाहट बढ़ने लगी; ओले पड़ने की सम्भावना थी। मधूलिका अपनी जर्जर झोंपड़ी के लिए काँप उठी। सहसा बाहर कुछ शब्द हुआ—

कौन है यहाँ? पथि को आश्रय चाहिए।

मधूलिका ने डंठलों का कपाट खोल दिया। बिजली चमक उठी। उसने देखा, एक पुरुष घोड़े की डो़र पकड़े खड़ा है। सहसा वह चिल्ला उठी—राजकुमार!

मधूलिका? आश्चर्य से युवक ने कहा।

एक क्षण के लिए सन्नाटा छा गया। मधूलिका अपनी कल्पना को सहसा प्रत्यक्ष देखकर चकित हो गई, इतने दिनों के बाद आज फिर!

अरुण ने कहा—कितना समझाया मैंने, परन्तु...

मधूलिका अपनी दयनीय अवस्था पर संकेत करने देना नहीं चाहती थी। उसने कहा—और आज आपकी यह क्या दशा है?

सिर झुकाकर अरुण ने कहा—मैं मगध का विद्रोही निर्वासित कोशल में जीविका खोजने आया हूँ।

मधूलिका उस अन्धकार में हँस पड़ी, मगध के विद्रोही राजकुमार का स्वागत करे एक अनाथिनी कृषक-बालिका, यह भी एक विडम्बना है, तो भी मैं स्वागत के लिए प्रस्तुत हूँ।

शीतकाल की निस्तब्ध रजनी, कुहरे से धुली हुई चाँदनी, हाड़ कँपा देने वाला समीर, तो भी अरुण और मधूलिका दोनों पहाड़ी के गह्वर के द्वार पर वट-वृक्ष के नीचे बैठे हुए बातें कर रहे हैं। मधूलिका की वाणी में उत्साह था, किन्तु अरुण जैसे अत्यन्त सावधान होकर बोलता।

मधूलिका ने पूछा—जब तुम इतनी विपन्न अवस्था में हो, तो फिर इतने सैनिकों को साथ रखने की क्या आवश्यकता है?

मधूलिका! बाहुबल ही तो वीरों की आजीवका है। ये मेरे जीवन-मरण के साथी हैं, भला मैं इन्हें कैसे छोड़ देता? और करता ही क्या?

भूल न करो, मैं अपने बाहुबल पर भरोसा करता हूँ। नये राज्य की स्थापना कर सकता हूँ। निराश क्यों हो जाऊँ! अरुण के शब्दों में कम्पन था; वह जैसे कुछ कहना चाहता था; पर वह कह न सकता था।

नवीन राज्य! ओहो, तुम्हारा उत्साह तो कम नहीं। भला कैसे? कोई ढंग बताओ, तो मैं भी कल्पना का आनन्द ले लूँ।

कल्पना का आनन्द नहीं मधूलिका, मैं तुम्हें राजरानी के सम्मान से सिंहासन पर बिठाऊँगा! तुम अपने छिने हुए खेत की चिन्ता करके भयभीत न हो।

एक क्षण में सरल मधूलिका के मन में प्रमाद का अन्धड़ बहने लगा, द्वन्द्व मच गया। उसने कहा—अहा, मैं सचमुच आज तक तुम्हारी प्रतीक्षा करती थी, राजकुमार!

अरुण ढिठाई से उसके हाथों को दबाकर बोला—तो मेरा भ्रम था, तुम सचमुच मुझे प्यार करती हो?

युवती का वक्षस्थल फूल उठा, वह हाँ भी नहीं कह सकी, ना भी नहीं। अरुण ने उसकी अवस्था का अनुभव कर लिया। कुशल मनुष्य के समान उसने अवसर को हाथ से न जाने दिया। तुरन्त बोल उठा—तुम्हारी इच्छा हो, तो प्राणों से पण

लगाकर मैं तुम्हें इस कोशल-सिंहासन पर बिठा दूँ। मधूलिके! अरुण के खड्ग का आतंक देखोगी? मधूलिका एक बार काँप उठी। वह कहना चाहती थी...नहीं, किन्तु उसके मुँह से निकला—क्या?

सत्य मधूलिका, कोशल-नरेश तभी से तुम्हारे लिए चिन्तित हैं। यह मैं जानता हूँ, तुम्हारी साधारण-सी प्रार्थना वह अस्वीकार न करेंगे और मुझे यह भी विदित है कि कोशल के सेनापति अधिकांश सैनिकों के साथ पहाड़ी दस्युओं का दमन करने के लिए बहुत दूर चले गये हैं।

मधूलिका की आँखों के आगे बिजलियाँ हँसने लगीं। दारुण भावना से उसका मस्तक विकृत हो उठा। अरुण ने कहा—तुम बोलती नहीं हो?

जो कहोगे, वह करूँगी...मंत्रमुग्ध-सी मधूलिका ने कहा।

स्वर्णमंच पर कोशल-नरेश अर्द्धनिद्रित अवस्था में आँखें मुकुलित किये हैं। एक चामरधारिणी युवती पीछे खड़ी अपनी कलाई बड़ी कुशलता से घुमा रही है। चामर के शुभ्र आन्दोलन उस प्रकोष्ठ में धीरे-धीरे संचलित हो रहे हैं। ताम्बूल-वाहिनी प्रतिमा के समान दूर खड़ी है।

प्रतिहारी ने आकर कहा—जय हो देव! एक स्त्री कुछ प्रार्थना करने आई है।

आँखें खोलते हुए महाराज ने कहा—स्त्री! प्रार्थना करने आई है? आने दो।

प्रतिहारी के साथ मधूलिका आई। उसने प्रणाम किया। महाराज ने स्थिर दृष्टि से उसकी ओर देखा और कहा—तुम्हें कहीं देखा है?

तीन वर्ष हुए देव! मेरी भूमि खेती के लिए ली गई थी।

ओह, तो तुमने इतने दिन कष्ट में बिताये, आज उसका मूल्य माँगने आई हो, क्यों? अच्छा-अच्छा तुम्हें मिलेगा। प्रतिहारी!

नहीं महाराज, मुझे मूल्य नहीं चाहिए।

मूर्ख! फिर क्या चाहिए?

उतनी भूमि, दुर्ग के दक्षिणी नाले के समीप की जंगली भूमि, वहीं मैं अपनी खेती करूँगी। मुझे एक सहायक मिल गया है। वह मनुष्यों से मेरी सहायता करेगा, भूमि को समतल भी बनाना होगा।

महाराज ने कहा—कृषक-बालिके! वह बड़ी ऊबड़-खाबड़ भूमि है। तिस पर वह दुर्ग के समीप एक सैनिक महत्त्व रखती है।

तो फिर निराश लौट जाऊँ?

सिंहमित्र की कन्या! मैं क्या करूँ, तुम्हारी यह प्रार्थना...

देव! जैसी आज्ञा हो!

जाओ, तुम श्रमजीवियों को उसमें लगाओ। मैं अमात्य को आज्ञा-पत्र देने का आदेश करता हूँ।

जय हो देव! कहकर प्रणाम करती हुई मधूलिका राजमन्दिर के बाहर आई।

दुर्ग के दक्षिण, भयावने नाले के तट पर घना जंगल है, आज मनुष्यों के पद-संचार से शून्यता भंग हो रही थी। अरुण के छिपे वे मनुष्य स्वतन्त्रता से इधर-उधर घूमते थे। झाड़ियों को काटकर पथ बन रहा था। नगर दूर था, फिर उधर यों ही कोई नहीं आता था। फिर अब तो महाराज की आज्ञा से वहाँ मधूलिका का अच्छा-सा खेत बन रहा था। तब इधर की किसको चिन्ता होती?

एक घने कुंज में अरुण और मधूलिका एक-दूसरे को हर्षित नेत्रों से देख रहे थे। संध्या हो चली थी। उस निविड़ वन में उन नवागत मनुष्यों को देखकर पक्षीगण अपने नीड़ को लौटते हुए अधिक कोलाहल कर रहे थे।

प्रसन्नता से अरुण की आँखें चमक उठीं। सूर्य की अन्तिम किरण झुरमुट में घुसकर मधूलिका के कपोलों से खेलने लगी। अरुण ने कहा—चार प्रहर और, विश्वास करो, प्रभात में ही इस जीर्ण-कलेवर कोशल-राष्ट्र की राजधानी श्रावस्ती में तुम्हारा अभिषेक होगा और मगध से निर्वासित मैं एक स्वतंत्र राष्ट्र का अधिपति बनूँगा, मधूलिके!

भयानक! अरुण, तुम्हारा साहस देख मैं चकित हो रही हूँ। केवल सौ सैनिकों से तुम...

रात के तीसरे प्रहर मेरी विजय-यात्रा होगी।

तो तुमको इस विजय पर विश्वास है?

अवश्य, तुम अपनी झोंपड़ी में यह रात बिताओ; प्रभात से तो राजमन्दिर ही तुम्हारा लीला-निकेतन बनेगा।

मधूलिका प्रसन्न थी; किन्तु अरुण के लिए उसकी कल्याण-कामना सशंक थी। वह कभी-कभी उद्विग्न-सी होकर बालकों के समान प्रश्न कर बैठती। अरुण उसका समाधान कर देता। सहसा कोई संकेत पाकर उसने कहा—अच्छा, अंधकार अधिक हो गया। अभी तुम्हें दूर जाना है और मुझे भी प्राण-पण से इस अभियान के प्रारम्भिक कार्यों को अर्द्धरात्रि तक पूरा कर लेना चाहिए; तब रात्रि भर के लिए विदा! मधूलिके!

मधूलिका उठ खड़ी हुई। कँटीली झाड़ियों से उलझती हुई क्रम से बढ़ने वाले अंधकार में व झोंपड़ी की ओर चली।

पथ अन्धकारमय था और मधूलिका का हृदय भी निविड़-तम से घिरा था। उसका मन सहसा विचलित हो उठा, मधुरता नष्ट हो गई। जितनी सुख-कल्पना थी, वह जैसे अन्धकार में विलीन होने लगी। वह भयभीत थी; पहला भय उसे अरुण के लिए उत्पन्न हुआ, यदि वह सफल न हुआ तो? फिर सहसा सोचने लगी—वह क्यों सफल हो? श्रावस्ती दुर्ग एक विदेशी के अधिकार में क्यों चला जाय? मगध का चिरशत्रु! ओह, उसकी विजय! कोशल-नरेश ने क्या कहा था—'सिंहमित्र की कन्या। सिंहमित्र, कोशल का रक्षक वीर, उसी की कन्या आज क्या करने जा रही है? नहीं,

नहीं, मधूलिका! मधूलिका!!' जैसे उसके पिता उस अन्धकार में पुकार रहे थे। वह पगली की तरह चिल्ला उठी। रास्ता भूल गई।

रात एक पहर बीत चली, पर मधूलिका अपनी झोंपड़ी तक न पहुँची। वह उधेड़बुन में विक्षिप्त-सी चली जा रही थी। उसकी आँखों के सामने कभी सिंहमित्र और कभी अरुण की मूर्ति अंधकार में चित्रित होती जाती। उसे सामने आलोक दिखाई पड़ा। वह बीच पथ में खड़ी हो गई। प्रायः एक सौ उल्काधारी अश्वारोही चले आ रहे थे और आगे-आगे एक वीर अधेड़ सैनिक था। उसके बायें हाथ में अश्व की वल्गा और दाहिने हाथ में नग्न खड्ग। अत्यन्त वीरता से वह टुकड़ी अपने पथ पर चल रही थी। परन्तु मधूलिका बीच पथ से हिली नहीं। प्रमुख सैनिक पास आ गया; पर मधूलिका अब भी नहीं हटी। सैनिक ने अश्व रोककर कहा—कौन? कोई उत्तर नहीं मिला। तब तक दूसरे अश्वारोही ने कड़ककर कहा—तू कौन है स्त्री? कोशल के सेनापति को उत्तर शीघ्र दे।

रमणी जैसे विकार-ग्रस्त स्वर में चिल्ला उठी—बाँध लो, मुझे बाँध लो! मेरी हत्या करो। मैंने अपराध ही ऐसा किया है।

सेनापति हँस पड़े, बोले—पगली है।

पगली नहीं, यदि वही होती, तो इतनी विचार-वेदना क्यों होती? सेनापति! मुझे बाँध लो। राजा के पास ले चलो।

क्या, स्पष्ट कह!

श्रावस्ती का दुर्ग एक प्रहर में दस्युओं के हस्तगत हो जायेगा। दक्षिणी नाले के पार उनका आक्रमण होगा।

सेनापति चौंक उठे। उनहोंने आश्चर्य से पूछा—तू क्या कह रही है?

मैं सत्य कह रही हूँ; शीघ्रता करो।

सेनापति ने अस्सी सैनिकों को नाले की ओर धीरे-धीरे बढ़ने की आज्ञा दी और स्वयं बीस अश्वारोहियों के साथ दुर्ग की ओर बढ़े। मधूलिका एक अश्वारोही के साथ बाँध दी गई।

श्रावस्ती का दुर्ग, कोशल राष्ट्र का केन्द्र, इस रात्रि में अपने विगत वैभव का स्वप्न देख रहा था। भिन्न राजवंशों ने उसके प्रान्तों पर अधिकार जमा लिया है। अब वह केवल कई गाँवों का अधिपति है, फिर भी उसके साथ कोशल के अतीत की स्वर्ण-गाथाएँ लिपटी हैं। वही लोगों की ईर्ष्या का कारण है। जब घोड़े से अश्वारोही बड़े वेग से आते हुए दुर्ग-द्वार पर रुके, तब दुर्ग के प्रहरी चौंक उठे। उल्का के आलोक में उन्होंने सेनापति को पहचाना, द्वार खुला। सेनापति घोड़े की पीठ से उतरे। उन्होंने कहा—अग्निसेन! दुर्ग में कितने सैनिक होंगे?

सेनापति की जय हो! दो सौ।

उन्हें शीघ्र ही एकत्र करो; परन्तु बिना किसी शब्द के। सौ को लेकर तुम

शीघ्र ही चुपचाप दुर्ग के दक्षिण की ओर चलो। आलोक और शब्द न हो।

सेनापति ने मधुलिका की ओर देखा। वह खोल दी गई। उसे अपने पीछे आने का संकेत कर सेनापति राजमंदिर की ओर बढ़े। प्रतिहारी ने सेनापति को देखते ही महाराज को सावधान किया। वह अपनी सुख-निद्रा के लिए प्रस्तुत हो रहे थे; किन्तु सेनापति और साथ में मधूलिका को देखते ही चंचल हो उठे। सेनापति ने कहा—जय हो देव! इस स्त्री के कारण मुझे इस समय उपस्थित होना पड़ा है।

महाराज ने स्थिर नेत्रों से देखकर कहा—सिंहमित्र की कन्या! फिर यहाँ क्यों? क्या तुम्हारा क्षेत्र नहीं बन रहा है? कोई बाधा? सेनापति! मैंने दुर्ग के दक्षिणी नाले के समीप की भूमि इसे दी है। क्या उसी सम्बन्ध में तुम कहना चाहते हो?

देव! किसी गुप्त शत्रु ने उसी ओर से आज की रात में दुर्ग पर अधिकार कर लेने का प्रबन्ध किया है और इसी स्त्री ने मुझे पथ में यह सन्देश दिया है।

राजा ने मधूलिका की ओर देखा। वह काँप उठी। घृणा और लज्जा से वह गड़ी जा रही थी। राजा ने पूछा—मधूलिका, यह सत्य है!

हाँ, देव!

राजा ने सेनापति से कहा—सैनिकों को एकत्र करके तुम चलो! मैं अभी आता हूँ। सेनापति के चले जाने पर राजा ने कहा—सिंहमित्र की कन्या! तुमने एक बार फिर कोशल का उपकार किया। यह सूचना देकर तुमने पुरस्कार का काम किया है। अच्छा, तुम यहीं ठहरो। पहले उनका प्रबन्ध कर लूँ।

अपने साहसिक अभियान में अरुण बन्दी हुआ और दुर्ग उल्का के आलोक में अतिरंजित हो गया। भीड़ ने जयघोष किया। सबके मन में उललास था। श्रावस्ती-दुर्ग आज एक दस्यु के हाथ में जाने से बच गया था। अबला-वृद्ध-नारी आनन्द से उन्मत्त हो उठे।

उषा के आलोक में सभा-मण्डप दर्शकों से भर गया। बन्दी अरुण को देखते ही जनता ने रोष से हुंकार भरते हुए कहा, 'वध करो!' राजा ने सबसे सहमत होकर आज्ञा दी 'प्राण-दण्ड।' मधूलिका बुलाई गई। वह पागल-सी आकर खड़ी हो गई। कोशल-नरेश ने पूछा—मधूलिका, तुझे जो पुरस्कार लेना हो, माँग। वह चुप रही।

राजा ने कहा—मेरी निज की जितनी खेती है, मैं सब तुझे देता हूँ। मधूलिका ने एक बार बन्दी अरुण की ओर देखा, उसने कहा—मुझे कुछ न चाहिए। अरुण हँस पड़ा। राजा ने कहा—नहीं, मैं तुझे अवश्य दूँगा। माँग ले।

तो मुझे भी प्राणदण्ड मिले। कहती वह बन्दी अरुण के पास जा खड़ी हुई।

❑

तानसेन

: 1 :

यह छोटा-सा सरोवर भी क्या ही सुन्दर है, सुहावने आम और जामुन के वृक्ष चारों ओर से इसे घेरे हुए हैं। दूर से देखने में यहाँ केवल एक बड़ा-सा वृक्षों का झुरमुट दिखाई देता है, पर इसका स्वच्छ जल अपने सौंदर्य को ऊँचे ढूहों में छिपाये हुए है। कठोर-हृदया धरती के वक्षस्थल में यह छोटा-सा करुणा कुंड बड़ी सावधानी से प्रकृति ने छिपा रक्खा है।

संध्या हो चली है। विहंग-कुल कोमल कलरव करते हुए अपने-अपने नीड़ की ओर लौटने लगे हैं। अंधकार अपना आगमन सूचित करता हुआ वृक्षों के ऊँचे टहनियों के कोमल किसलयों को धुँधले रंग का बना रहा है। पर सूर्य की अंतिम किरणें अभी अपना स्थान छोड़ना चाहती हैं। वे हवा के झोंकों से हटाई जाने पर भी अंधकार के अधिकार का विरोध करती हुई सूर्यदेव की उँगलियों की तरह हिल रही हैं।

संध्या हो गई। कोकिल बोल उठा। एक सुंदर कोमल कंठ से निकली हुई रसीली तान ने उसे भी चुप कर दिया। मनोहर स्वर-लहरी उस सरोवर-तीर से उठकर तट के सब वृक्षों को गुंजरित करने लगी। मधुर-मलयानिल-ताड़ित जल लहरी उस स्वर के ताल पर नाचने लगी। हर-एक पत्ता ताल देने लगा। अद्‌भुत आनंद का समावेश था। शांति का नैसर्गिक राज्य उस छोटी रमणीय भूमि में मानो जमकर बैठ गया था।

यह आनंद-कानन अपना मनोहर स्वरूप एक पथिक से छिपा न सका, क्योंकि वह प्यासा था। जल की उसे आवश्यकता थी। उसका घोड़ा, जो बड़ी शीघ्रता से आ रहा था, रुका और वह उतर पड़ा। पथिक बड़े वेग से अश्व से उतरा, पर वह भी स्तब्ध खड़ा हो गया; क्योंकि उसको भी उसी स्वर-लहरी ने मंत्रमुग्ध फणी की तरह बना दिया। मृगया-शील पथिक क्लांत था, वृक्ष के सहारे खड़ा हो गया। थोड़ी देर तक वह अपने को भूल गया; उसके अंग में एक अद्‌भुत स्फूर्ति मालूम हुई। वह, जहाँ स्वर सुनाई पड़ता था, उसी ओर चला। जाकर देखा, एक युवक खड़ा होकर उस अंधकार-रंजित जल की ओर देख रहा है।

पथि ने उत्साह के साथ जाकर उस युवक के कंधे को पकड़कर हिलाया। युवक का ध्यान टूटा। उसने पलटकर देखा।

: 2 :

पथिक का वीर-वेश भी सुंदर था। उसकी खड़ी मूँछें उसके स्वाभाविक गर्व को तनकर जता रही थीं। युवक को उसके इस असभ्य बर्ताव पर क्रोध तो आया, पर कुछ सोचकर वह चुप हो रहा और इधर पथि ने सरल स्वर से एक छोटा-सा प्रश्न कर दिया—क्यों भई, तुम्हारा नाम क्या है?

युवक ने उत्तर दिया—रामप्रसाद।

पथिक—यहाँ कहाँ रहते हो? अगर बाहर के रहने वाले हो, तो चलो, आज हमारे घर पर ठहरो।

युवक कुछ न बोला, किन्तु उसने एक स्वीकार-सूचक इंगित किया। पथिक और युवक, दोनों पैदल ही सड़क की ओर बढ़े।

दोनों एक विशाल दुर्ग के फाटक पर पहुँचे और उसमें प्रवेश किया। द्वार के रक्षकों ने उठकर आदर के साथ उस पथि को अभिवादन किया। एक ने बढ़कर घोड़ा थाम लिया। अब दोनों ने दानों ओर अमराइयों को पार करके एक छोटे-से पाई-बाग में प्रवेश किया।

रामप्रसाद चकित था, उसे यह नहीं ज्ञात होता था कि वह किसके संग कहाँ जा रहा है। हाँ, यह उसे अवश्य प्रतीत हो गया कि यह पथि इस दुर्ग का कोई प्रधान पुरुष है।

पाई-बाग के बीचो-बीच एक चबूतरा था, जो संगमरमर का बना था। छोटी-छोटी सीढ़ियाँ चढ़कर दोनों उस पर पहुँचे। थोड़ी देर में एक दासी पानदान और दारू-वाणी की बोतल लिए हुए आ पहुँची।

पथिक, जिसे अब हम पथिन न कहेंगे, ग्वालियर-दुर्ग का किलेदार था, मुगल सम्राट अकबर के सरदारों में से था। बिछे हुए पारसी कालदन पर मसनद के सहारे वह बैठ गया। दोनों दासियाँ फिर एक हुक्का ले आईं और उसे रखकर मसनद के पीछे खड़ी होकर चँवर करने लगीं। एक ने रामप्रसाद की ओर बहुत बचाकर देखा।

युवक सरदार ने थोड़ी-सी वारुणी ली। दो-चार गिलौरी पान की खाकर फिर वह हुक्का खींचने लगा। रामप्रसाद क्या करे; बैठे-बैठे सरदार का मुँह देख रहा था। सरदार के ईरानी चेहरे पर वायणी ने वार्निश का काम किया। उसका चेहरा चमक उठा। उत्साह से भरकर उसने कहा—रामप्रसाद, कुछ-कुछ गाओ। यह उस दासी की ओर देख रहा था।

: 3 :

रामप्रसाद सरदार के साथ बहुत मिल गया। उसे अब कहीं भी रोक-टोक नहीं

है। उस पाई-बाग में उसके रहने की जगह है। अपनी खिचड़ी आँच पर चढ़ाकर प्रायः चबूतरे पर आकर गुनगुनाया करता। ऐसा करने की उसे मनाही नहीं थी। सरदार भी कभी-कभी खड़े होकर बड़े प्रेम से उसे सुनते थे। किन्तु उस गुनगुनाहट की धुन में, कभी-कभी पान में चूना रखना भूल जाया करती थी और कभी-कभी मालकिन के 'किताब' माँगने पर 'आफताबा' ले जाकर बड़ी लज्जित होती थी। पर तो भी बरामदे में से उसे एक बार उस चबूतरे की ओर देखना ही पड़ता था।

रामप्रसाद को कुछ नहीं—वह जंगली जीव था। उसे इस छोटे-से उद्यान में रहना पसंद नहीं था, पर क्या करे। उसने भी एक कौतुक सोच रक्खा था। जब उसके स्वर में मनुष्य होकर कोई अपने कार्य में च्युत हो जाता, तब उसे बड़ा आनंद मिलता।

सरदार अपने कार्य में व्यस्त रहते थे। उन्हें संध्या को चबूतरे पर बैठकर रामप्रसाद के दो-एक गाने सुनने का नशा हो गया था। जिस दिन गाना नहीं सुनते, उस दिन उनको वारूणी में नशा कम हो जाता, उनकी विचित्र दशा हो जाती थी। रामप्रसाद ने एक दिन अपने पूर्व-परिचित सरोवर पर जाने के लिये छुट्टी माँगी, मिल ही गई।

संध्या को सरदार चबूतरे पर नहीं बैठे, महल में चले गये। उनकी स्त्री ने कहा—आज आप उदास क्यों हैं?

सरदार—रामप्रसाद के गाने में मुझे बड़ा ही सुख मिलता है।

सरदार-पत्नी—क्या आपका रामप्रसाद इतना अच्छा गाता है, जो उसके बिना आपको चैन नहीं? मेरी समझ में मेरी बाँदी उससे अच्छा गा सकती है।

सरदार—हँसकर भला! उसका नाम क्या है?

सरदार-पत्नी—वही, सौसन, जिसे मैं देहली से खरीदकर लाई हूँ।

सरदार—क्या खूब! अजी, उसको तो मैं रोज देखता हूँ, वह गाना जानती होती तो क्या मैं आज तक न सुन सकता!

सरदार-पत्नी—तो इसमें बहस की कोई जरूरत नहीं। कल उसका और रामप्रसाद का सामना कराया जावे।

सरदार—क्या हर्ज।

: 4 :

आज उस छोटे-से उद्यान में अच्छी सज-धज है। साज लेकर दासियाँ बजा रही हैं। 'सौसन' संकुचित होकर रामप्रसाद के सामने बैठी है। सरदार ने उसे गाने की आज्ञा दी। उसने गाना आरम्भ किया—

कहो री, जो कहिबे की होई।
बिरह बिथा अंतर की वेदन सो जाने जेहि होई।
ऐसे कठिन भये पिय प्यारे काहि सुनावों रोई।
'सूरदास' सुखमूरि मनोहर लै जुगयो मन गोई॥

कमनीय कामिनी-कंठ की प्रत्येक तान में ऐसी सुंदरता थी कि सुनने वाले, बजाने वाले, सब चित्र लिखे-से हो गये। रामप्रसाद की विचित्र दशा थी, क्योंकि सौसन के स्वाभाविक भाव, जो उसकी ओर देखकर होते थे, उसे मुग्ध किये हुए थे।

रामप्रसाद गायक था, किन्तु रमणी-सुलभ भ्रू-भाव उसे नहीं आते थे। उसकी अंतरात्मा ने उससे धीरे-से कहा कि 'सर्वस्व हार चुका!'

सरदार ने कहा—रामप्रसाद तुम भी गाओ। वह भी एक अनिवार्य आकर्षण से—इच्छा न रहने पर भी, गाने लगा—

हमारी हिरदय कलिसहु जीत्यो।
फटत न सखी अजहुँ उहि आसा बारिस दिवस पर बीत्यो।
हुमहूँ समुझि पर यौ नीके कर यह आसा तनु रीत्यो।
'सूरदास' दासी सुख सोवहु भयउ उभय मन चीत्यो॥

सौसन के चेहरे पर गाने का भाव एकबारगी अरुणिमा में प्रकट हो गया। रामप्रसाद ने ऐसे करुण स्वर से इस पद को गाया कि दोनों मुग्ध हो गये।

सरदार ने देखा कि मेरी जीत हुई। प्रसन्न होकर बोल उठा—रामप्रसाद, जो इच्छा हो, माँग लो।

यह सुनकर सरदार-पत्नी के यहाँ से एक बाँदी आई और सौसन से बोली—बेगम ने कहा है कि तुम्हें जो भी माँगना हो, हमसे माँग लो।

रामप्रसाद ने थोड़ी देर तक कुछ न कहा। जब दूसरी बार सरदार ने माँगने को कहा, तब उसका चेहरा कुछ अस्वाभाविक-सा हो उठा। वह विक्षिप्त स्वर से बोल उठा—यदि आप अपनी बात पर दृढ़ हों, तो 'सौसन' को मुझे दे दीजिये।

उसी समय सौसन भी उस बाँदी से बोली—बेगम साहिब यदि कुछ मुझे देना चाहें, तो अपने दासीपन से मुक्त कर दें।

बाँदी भीतर चली गई। सरदार चुप रह गये। बाँदी फिर आई और बोली—बेगम ने तुम्हारी प्रार्थना स्वीकार की और यह हार दिया है।

इतना कहकर उसने एक जड़ाऊ हार सौसन को पहना दिया।

सरदार ने कहा—रामप्रसाद, आज से तुम 'तानसेन' हुए। यह सौसन भी तुम्हारी हुई; लेकिन धरम से इसके साथ ब्याह करो।

तानसेन ने कहा—आज से हमारा धर्म 'प्रेम' है।

❑

शरणागत

: 1 :

प्रभात-कालीन सूर्य की किरणें अभी पूर्व के आकाश में नहीं दिखाई पड़ती हैं। तारों का तीक्ष्ण प्रकाश अभी अंदर में विद्यमान है। यमुना के तट पर दो-तीन रमणियाँ खड़ी हैं और दो यमुना की उन्हीं क्षीण लहरियों में, जो कि चंद्र के प्रकाश से रंजित हो रही हैं, स्नान कर रही हैं। अकस्मात् पवन बड़े वेग से चलने लगा। इसी समय एक सुंदरी, जो कि बहुत ही सुकुमारी थी, उन्हीं तरंगों में निमग्न हो गयी। दूसरी, जो कि घबराकर निकलना चाहती थी, किसी काठ का सहारा पकड़ तट की ओर खड़ी हुई अपनी सखियों में जा मिली। पर वहाँ सुकुमारी नहीं थी। सब रोती हुई यमुना के तट पर घूमकर उसे खोजने लगीं।

अंधकार हट गया। अब सूर्य भी दिखाई देने लगे। कुछ ही देर में उन्हें घबड़ाई हुई स्त्रियों को आश्वासन देती हुई एक छोटी-सी नाव दिखाई दी। उन सखियों ने देखा कि वह सुकुमारी उसी नाव पर एक अंग्रेज और एक लेडी के साथ बैठी हुई है।

तट पर आने पर मालूम हुआ कि सिपाही-विद्रोह की गड़बड़ से भागे हुए एक संभ्रांत योरोपियन-दंपती उस नौका के आरोही हैं। उन्होंने सुकुमारी को डूबते हुए बचाया है और इसे पहुँचाने के लिये वे लोग यहाँ तक आये हैं।

सुकुमारी को देखते ही सब सखियों ने दौड़कर उसे घेर लिया और उससे लिपट-लिपटकर रोने लगीं। अंग्रेज और लेडी दोनों ने जाना चाहा, पर वे स्त्रियाँ कब मानने वाली थीं? लेडी साहिबा को रुकना पड़ा। थोड़ी देर में यह खबर फैल जाने से उस गाँव के जमींदार ठाकुर किशोर सिंह भी उस स्थान पर आ गये। अब उनके अनुरोध करने विल्फर्ड और एलिस को उनका आतिथ्य स्वीकार करने के लिये विवश होना पड़ा, क्योंकि सुकुमारी किशोर सिंह की ही स्त्री थी, जिसे उन लोगों ने बचाया था।

: 2 :

चंदनपुर के जमींदार के घर में, जो यमुना तट पर बना हुआ है, पाई-बाग के भीतर, एक रविश में चार कुर्सियाँ पड़ी हैं। एक पर किशोर सिंह और दो कुर्सियों पर विल्फर्ड और एलिस बैठे हैं तथा चौथी कुर्सी के सहारे सुकुमारी खड़ी है। किशोर सिंह मुस्करा रहे हैं और एलिस आश्चर्य की दृष्टि से सुकुमारी को देख रही है। विल्फर्ड उदास हैं और सुकुमारी मुख नीचा किये हुए है। सुकुमारी ने कनखियों से किशोर सिंह की ओर देखकर सिर झुका लिया।

एलिस किशोर सिंह से—बाबू साहब, आप उन्हें बैठने की इजाजत दे।

इतने ही में शाल-वृक्ष के नीचे एक छाया दिखाई पड़ी और वह इन्हीं दोनों की ओर आती हुई दिखाई देने लगी। दोनों ने चकित होकर देखा कि एक कोल खड़ा है। उसने गंभीर स्वर में पूछा—चंदा! तू यहाँ क्यों आई?

युवती—तुम पूछने वाले कौन हो?

आगंतुक युवक—मैं तुम्हारा भावी पति 'रामू' हूँ।

युवती—मैं तुमसे ब्याह न करूँगी।

आगंतुक युवक—फिर किससे तुम्हारा ब्याह होगा?

युवती ने पहले के आये हुए युवक की ओर इंगित करके कहा—इन्हीं से।

आगन्तुक युवक से अब न सहा गया। घूमकर पूछा—क्यों हीरा! तुम ब्याह करोगे?

हीरा—तो इसमें तुम्हारा क्या तात्पर्य है?

रामू—तुम्हें इससे अलग हो जाना चाहिये।

हीरा—क्यों, तुम कौन होते हो?

रामू—हमारा इससे संबंध पक्का हो चुका है।

हीरा—पर जिससे संबंध होने वाला है, वह सहमत न हो तब?

रामू—क्यों चंदा! क्या कहती हो?

चंदा—मैं तुमसे ब्याह न करूँगी।

रामू—तो हीरा से भी तुम ब्याह नहीं कर सकती।

चंदा—क्यों?

रामू—हीरा से, अब हमारा-तुम्हारा फैसला हो जाना चाहिये, क्योंकि एक म्यान में दो तलवारें नहीं रह सकतीं।

इतना कहकर हीरा के ऊपर झपटकर उसने अचानक छूरे का वार किया।

हीरा यद्यपि सचेत हो रहा था; पर उसको सम्हलने में विलंब हुआ, इससे घाव लग गया और वह वक्ष थामकर बैठ गया। इतने में चंदा जोर से क्रंदन कर उठी, साथ ही एक वृद्ध भील आता हुआ दिखाई पड़ा।

: 3 :

युवती मुँह ढाँपकर रो रही है, और युवक रक्ताक्त छूरा लिये, घृणा की दृष्टि से खड़े हुए हीरा की ओर देख रहा है। विमल चंद्रिका में चित्र की तरह वे दिखाई दे रहे हैं। वृद्ध को जब चंदा ने देखा, तो और वेग से रोने लगी। उस दृश्य को देखते ही वृद्ध कोलपति सब बात समझ गया और रामू के समीप जाकर छूरा उसके हाथ से ले लिया और आज्ञा के स्वर में कहा—तुम दोनों हीरा को नदी के समीप ले चलो।

इतना कहकर वृद्ध उन सबों के साथ आकर नदी-तट पर जल के समीप खड़ा हो गया। रामू और चंदा दोनों ने मिलकर उसके घाव को धोया और हीरा के मुँह पर छींटा दिया, जिससे उसकी मूर्च्छा दूर हुई। तब वृद्ध ने सब बातें हीरा से पूछीं; पूछ लेने पर रामू ने कहा—क्यों, यह सब ठीक है?

रामू ने कहा—सब सत्य है।

वृद्ध—तो तुम अब चंदा के योग्य नहीं हो और यह छूरा भी, जिसे हमने तुम्हें दिया था, तुम्हारे योग्य नहीं है। तुम शीघ्र ही हमारे जंगल से चले जाओ, नहीं तो तुम्हारा हाल महाराज से कह देंगे और उसका क्या परिणाम होगा, सो तुम स्वयं समझ सकते हो। (हीरा की ओर देखकर) बेटा! तुम्हारा घाव शीघ्र अच्छा हो जायेगा, घबड़ाना नहीं, चंदा तुम्हारी ही होगी।

यह सुनकर चंदा और हीरा का मुख प्रसन्नता से चमकने लगा, पर हीरा ने लेटे-ही-लेटे हाथ जोड़कर कहा—पिता! एक बात कहनी है, यदि आपकी आज्ञा हो।

वृद्ध—हम समझ गये, बेटा! रामू विश्वासघाती है।

हीरा—नहीं पिता! अब वह ऐसा कार्य नहीं करेगा। आप क्षमा करेंगे, मैं ऐसी आशा करता हूँ।

वृद्ध—जैसी तुम्हारी इच्छा।

कुछ दिन के बाद हीरा अच्छी तरह से आरोग्य हो गया, तब उसका ब्याह चंदा से हो गया। रामू भी उस उत्सव में सम्मिलित हुआ, पर उसका बदन मलिन और चिंतापूर्ण था। वृद्ध कुछ ही काल में अपना पद हीरा को सौंप स्वर्ग को सिधारा। हीरा और चंदा सुख से विमल चाँदनी में बैठकर पहाड़ी झरनों का कलनादमय संगीत सुन रहे थे।

: 4 :

अंशुमाली अपनी तीक्ष्ण किरणों से वन्य-देश को पतितापित कर रहे हैं। मृग सिंह एक स्थान पर बैठकर छाया-सुख में अपने वैर-भाव को भूलकर ऊँघ रहे हैं। चंद्रप्रभा के तट पर पहाड़ी की एक गुहा में जहाँ कि छतनार पेड़ों की छाया उष्ण

वायु को भी शीतल कर देती है, हीरा और चंदा बैठे हैं। हृदय के अनंत विकास से उनका मुख प्रफुल्लित दिखाई पड़ता है। उन्हें वस्त्र के लिये वृक्षगण वल्कल देते हैं; भोजन के लिये प्याज, मेवा इत्यादि जंगली सुस्वादु फल, शीतल स्वच्छंद पवन; निवास के लिये गिरि-गुहा; प्राकृतिक झरनों का शीतल जल उनके सब अभावों को दूर करता है और सबल तथा स्वच्छंद बनाने में ये सब सहायता देते हैं। उन्हें किसी की अपेक्षा नहीं पड़ती। अस्तु, उन्हीं सब सुखों से आनंदित व्यक्तिद्वय 'चंद्रप्रभा' के जल का कलनाद सुनकर अपनी हृदय-वीणा को बजाते हैं।

चंदा—प्रिय! आज उदासीन क्यों हो?

हीरा—नहीं तो, मैं सोच रहा हूँ कि इस वन में राजा आने वाले हैं। हम लोग यद्यपि अधीन नहीं हैं, तो भी उन्हें शिकार खेलाया जाता है और उसमें हम लोगों की कुछ हानि भी नहीं है। उसके प्रतिकार में हम लोगों को कुछ मिलता है, पर आजकल इस वन में जानवर दिखाई नहीं पड़ते। इसलिये सोचता हूँ कि कोई शेर या छोटा चीता भी मिल जाता, तो कार्य हो जाता।

चंदा—खोज किया था?

हीरा—हाँ, आदमी तो गया है।

इतने में एक कोल दौड़ता हुआ आया और कहा—राजा आ गये हैं और तहखाने में बैठे हैं। एक तेंदुआ भी दिखाई दिया है।

हीरा का मुख प्रसन्नता से चमकने लगा और वह अपना कुल्हाड़ा सम्हालकर उस आगंतुक के साथ वहाँ पहुँचा, जहाँ शिकार का आयोजन हो चुका था।

राजा साहब झंझरी में बंदूक की नाल रखे हुए ताक रहे हैं। एक ओर से बाजा बज उठा। एक चीता भागता हुआ सामने से निकला। राजा साहब ने उस पर वार किया। गोली लगी, पर चमड़े को छेदती हुई पार हो गई; इससे वह भागकर निकल गया। अब तो राजा साहब बहुत ही दुःखित हुए। हीरा को बुलाकर कहा—क्यों जी, यह जानवर नहीं मिलेगा?

उस वीर कोल ने कहा—क्यों नहीं?

इतना कहकर वह उसी ओर चला। झाड़ी में, जहाँ वह चीता घाव से व्याकुल बैठा था, वहाँ पहुँचकर उसने देखना आरम्भ किया। क्रोध से भरा हुआ चीता उस कोल-युवक को देखते ही झपटा। युवक असावधानी के कारण वार न कर सका, पर दोनों हाथों से उस भयानक जंतु की गर्दन पकड़ ली और उसने भी इसके कंधे पर अपने दोनों पंजों को जमा दिया।

दोनों में बल-प्रयोग होने लगा। थोड़ी देर में दोनों जमीन पर लेट गये।

: 5 :

यह बात राजा साहब को विदित हुई। उन्होंने उसकी मदद के लिए कोलों

को जाने की आज्ञा दी। रामू उस अवसर पर था। उसने सबके पहले जाने के लिए पैर बढ़ाया और चला। वहाँ जब पहुँचा, तो उस दृश्य को देखकर घबड़ा गया और हीरा से कहा—हाथ ढीला कर; जब यह छोड़ने लगे, तब गोली मारूँ, नहीं तो संभव है कि तुम्हीं को लग जाय।

हीरा—नहीं, तुम गोली मारो।

रामू—तुम छोड़ो तो मैं वार करूँ।

हीरा—नहीं, यह अच्छा नहीं होगा।

रामू—तुम उसे छोड़ो, मैं अभी मारता हूँ।

हीरा—नहीं, तुम वार करो।

रामू—वार करने से संभव है कि उछले और तुम्हारे हाथ छूट जायँ, तो तुमको यह तोड़ डालेगा।

हीरा—नहीं, तुम मार लो, मेरा हाथ ढीला हुआ जाता है।

रामू—तुम हठ करते हो, मानते नहीं।

इतने में हीरा का हाथ कुछ बात-चीत करते-करते ढीला पड़ा; वह चीता उछलकर हीरा की कमर को पकड़कर तोड़ने लगा।

रामू खड़ा देख रहा है और पैशाचिक आकृति उस पशु के मुख पर लक्षित हो रही है और वह हँस रहा है।

हीरा टूटी हुई साँस से कहने लगा—अब भी मार ले।

रामू ने कहा—अब तू मर ले, तब वह भी मारा जायेगा। तूने हमारा हृदय निकाल लिया है, तूने हमारा घोर अपमान किया है, उसी का प्रतिफल है। इसे भोग।

हीरा को चीता खाये डालता है; पर उसने कहा—नीच! तू जानता है कि 'चंदा' अब तेरी होगी। कभी नहीं! तू नीच है—इस चीते से भी भयंकर जानवर है।

रामू ने पैशाचिक हँसी हँसकर कहा—चंदा अब तेरी तो नहीं है, अब वह चाहे जिसकी हो!

हीरा ने टूटी हुई आवाज से कहा—तुझे इस विश्वासघात का फल शीघ्र मिलेगा और चंदा फिर हमसे मिलेगी। चंदा...प्यारी...च...

इतना उसके मुख से निकला ही था कि चीते ने उसका सिर दाँतों के तले दाब लिया। रामू देखकर पैशाचिक हँसी हँस रहा था। हीरा के समाप्त हो जाने पर रामू लौट आया और झूठी बातें बनाकर राजा से कहा कि उसको हमारे जाने के पहले ही चीता ने मार लिया।

राजा बहुत दुखी हुए और जंगल की सरदारी रामू को मिली।

: 6 :

बसंत की राका चारों ओर अनूठा दृश्य दिखा रही है। चंद्रमा न मालूम किस

लक्ष्य की ओर दौड़ा चला जा रहा है; कुछ पूछने से भी नहीं बताता। कुटज की कली का परिमल लिये पवन भी न मालूम कहाँ दौड़ रहा है; उसका भी कुछ समझ नहीं पड़ता। उसी तरह चंदप्रभा के तीर पर बैठी हुई कोल-कुमारी का कोमल कंठ-स्वर भी किस धुन में है—नहीं ज्ञात होता।

अकस्मात् गोली की आवाज ने उसे चौंका दिया। गाने के समय जो उसका मुख उद्वेग और करुणा से पूर्ण दिखाई पड़ता था, वह घृणा और क्रोध से रंजित हो गया और वह उठकर पुच्छमर्दिता सिंहनी के समान तनकर खड़ी हो गई और धीरे से कहा—यही समय है। ज्ञात होता है, राजा इस समय शिकार खेलने पुनः आ गये हैं—बस, वह अपने वस्त्र को ठीक करके कोल-बालक बन गई और कमर में से एक चमचमाता हुआ छूरा निकालकर चूमा। वह चाँदनी में चमकने लगा। फिर वह कहने लगी—यद्यपि तुमने हीरा का रक्तपात कर लिया है, लेकिन पिता ने रामू से तुम्हें ले लिया है। अब तुम हमारे हाथ में हो, तुम्हें आज रामू का भी खून पीना होगा।

इतना कहकर वह गोली के शब्द की ओर लक्ष्य करके चली। देखा कि तहखाने में राजा साहब बैठे हैं। शेर को गोली लग चुकी है और वह भाग गया है, उसका पता नहीं लग रहा है, रामू सरदार है, अतएव उसको खोजने के लिये आज्ञा हुई, वह शीघ्र ही सन्नद्ध हुआ। राजा ने कहा—कोई साथी लेते जाओ।

पहले तो उसने अस्वीकार किया, पर जब एक कोल युवक स्वयं साथ चलने को तैयार हुआ, तो वह नहीं भी न कर सका और सीधे—जिधर शेर गया था, उसी ओर चला। कोल-बालक भी उसके पीछे है। जहाँ घाव से व्याकुल शेर चिंग्घाड़ रहा है, इसे जाते ही ललकारा। उसने तत्काल ही निकलकर वार किया। रामू कम साहसी नहीं था, उसने उसके खुले हुए मुँह में निर्भीक होकर बन्दूक की नाल डाल दी; पर उसके जरा-सा मुँह घुमा लेने से गोली चमड़ा छेदकर पार निकल गई और शेर ने क्रुद्ध होकर दाँत से बन्दूक की नाल दबा ली। अब दोनों एक दूसरे को ढकेलने लगे; पर कोल-बालक चुपचाप खड़ा है। रामू ने कहा—मार, अब देखता क्या है?

युवक—तुम इससे बहुत अच्छी तरह लड़ रहे हो।

रामू—मारता क्यों नहीं?

युवक—इसी तरह शायद हीरा से भी लड़ाई हुई थी, क्या तुम नहीं लड़ सकते?

रामू—कौन, चंदा! तुम हो? आह, शीघ्र मारो, नहीं तो अब यह सबल हो रहा है।

चंदा ने कहा—हाँ, लो मैं मारती हूँ, इसी छूरे से हमारे सामने तुमने हीरा को मारा था, यह वही छूरा है, यह तुझे दुःख से निश्चय ही छुड़ावेगा—इतना कहकर चंदा ने रामू की बगल में छूरा उतार दिया। वह छटपटाया। इतने ही में शेर को मौका मिला, वह भी रामू पर टूट पड़ा और उसका इतिकार आप भी वहीं गिर पड़ा।

चंदा ने अपना छूरा निकाल लिया और उसको चाँदनी में रँगा हुआ देखने लगी, फिर खिलखिलाकर हँसी और कहा–'दरद दिल काहि सुनाऊँ प्यारे!' फिर हँसकर कहा–हीरा! तुम देखते होगे, पर अब तो यह छुरा ही दिल की दाह सुनेगा। इतना कहकर अपनी छाती में उसे भोंक लिया तथा उसी जगह गिर गई और कहने लगी–हीरा हम...तुमसे...मिले ही...

चंद्रमा अपने मंद प्रकाश में यह सब देख रहा था।

❑

ग्राम

: 1 :

टन! टन! टन! स्टेशन पर घंटी बोली।

श्रावण-मास की संध्या भी कैसी मनोहारिणी होती है! मेघ-माला-विभूषित गगन की छाया सघन रसाल-कानन में पड़ रही है? अँधियारी धीरे-धीरे अपना अधिकार पूर्व-गगन में जमाती हुई, सुशासनकारिणी महाराणी के समान, विहंग प्रजागण को सुख-निकेतन में शयन करने की आज्ञा दे रही है। आकाशरूपी शासनपत्र पर प्रकृति के हस्ताक्षर के समान बिजली की रेखा दिखाई पड़ती है। ग्राम्य स्टेशन पर कहीं एक-दो दीपालोक दिखाई पड़ता है। पवन हरे-हरे निकुंजों में से भ्रमण करता हुआ झिल्ली के झनकार के साथ भरी हुई झीलों के लहरों के साथ खेल रहा है। बूँदियाँ धीरे-धीरे गिर रही हैं, जो जूही की कलियों को आर्द्र करके पवन को भी शीतल कर रही हैं।

थोड़े समय में वर्षा बंद हो गई। अंधकार-रूपी अंजन के अग्रभाग-स्थित आलोक के समान चतुर्दशी की लालिमा को लिये हुए चंद्रदेव प्राची में हरे-हरे तरुवरों की आड़ में से अपनी किरण-प्रभा दिखाने लगे। पवन की सनसनाहट के साथ रेलगाड़ी का शब्द सुनाई पड़ने लगा। सिग्नल ने अपना कार्य किया। घंटा का शब्द उस हरे-भरे मैदान में गूँजने लगा। यात्री लोग अपनी गठरी बाँधते हुए स्टेशन पर पहुँचे। महादैत्य के लाल-लाल नेत्रों के समान अंजन-गिरिनिभ इंजिन का अग्रस्थित रक्त-आलोक दिखायी देने लगा। पागलों के समान बड़बड़ाती हुई आती धुन की पक्की रेलगाड़ी स्टेशन पर पहुँच गई। धड़ाधड़ यात्री लोग उतरने-चढ़ने लगे। एक स्त्री की ओर देखकर फाटक के बाहर खड़ी हुई दो औरतें, जो उसकी सहेली मालूम देती हैं—रो रही हैं और वह स्त्री एक मनुष्य के साथ रेल में बैठने को उद्यत है। उसकी क्रंदन-ध्वनि से स्त्री दीन-भाव से उसकी ओर देखती हुई, बिना समझे हुए, सेकंड क्लास की गाड़ी में चढ़ने लगी; पर उसमें बैठे हुए बाबू साहब—'यह दूसरा दर्जा है, इसमें मत चढ़ो' कहते हुए उतर पड़े और अपना हंटर घुमाते हुए स्टेशन से बाहर होने का उद्योग करने लगे।

विलायती पिक का वृचिस कहने, बूट चढ़ाय, हंटिंग कोट, धानी रंग का साफा, अंग्रेजी-हिन्दुस्तानी का महासम्मेलन बाबू साहब के अंग पर दिखाई पड़ रहा है। गौर वर्ण, उन्नत ललाट उसकी आभा को बढ़ा रहे हैं। स्टेशन मास्टर से सामना होते ही शेकहैंड करने के उपरांत बाबू साहब से बातचीत होने लगी।

स्टेशन मास्टर—आप इस वक्त कहाँ से आ रहे हैं?

मोहनलाल—कारिदों ने इलाकों में बड़ा गड़बड़ मचा रक्खा है, इसलिये मैं कुसुमपुर, जो कि हमारा इलाका है—इंस्पेक्शन के लिए जा रहा हूँ।

स्टेशन मास्टर—फिर कब पलटियेगा?

मोहनलाल—दो रोज में। अच्छा, गुड ईवनिंग।

स्टेशन मास्टर, जो लाइन-क्लियर दे चुके थे, गुड ईवनिंग करते हुए अपने ऑफिस में घुस गये।

बाबू मोहनलाल अंग्रेजी काठी से सजे हुए घोड़े पर, जो पूर्व ही स्टेशन पर खड़ा था, सवार होकर चलते हुए।

: 2 :

सरलस्वभावा ग्रामवासिनी कुलकामिनीगण सुमधुर संगीर धीरे-धीरे आम्रकानन में से निकलकर चारों ओर गूँज रहा है। अंधकार गगन में जुगनू-तारे चमक-चमक कर चित्त को चंचल कर रहा है। ग्रामीण लोग अपना हल कंधे पर रखे, बिरहा गाते हुए, बैलों की जोड़ी के साथ घर की ओर प्रत्यावर्तन कर रहे हैं।

एक विशाल तरुवर की शाखा में झूला पड़ा हुआ है, उस पर चार महिलाएँ बैठी हैं और पचासों उसको घेरकर गाती हुई घूम रही हैं। झूले के पेंग के साथ 'अबकी सावन सइयाँ घर रहुरे' की सुरीली पचासों कोकिल-कंठ से निकली हुई तान पशुगणों को भी मोहित कर रही है। बालिकाएँ स्वच्छंद भाव से क्रीड़ा कर रही हैं। अकस्मात् अश्व के पद-शब्द ने उन सरला कामिनियों को चौंका दिया। वे सब देखती हैं, तो हमारे पूर्व-परिचित बाबू मोहनलाल घोड़े को रोककर उस पर से उतर रहे हैं। वे सब उनका शेष उनका भेष देखकर घबड़ा गयीं और आपस में कुछ इंगित करके चुप रह गयीं।

बाबू मोहनलाल ने निस्तब्धता को भंग किया और बोले—भद्रे! यहाँ से कुसुमपुर कितनी दूर है और किधर से जाना होगा? एक प्रौढ़ा ने सोचा कि 'भद्रे' कोई परिहास-शब्द तो नहीं है, पर वह कुछ कह न सकी, केवल एक ओर दिखाकर बोली—इहाँ से डेढ़ कोस तो बाय, इहैं पैंड़वा जाई।

बाबू मोहनलाल उसी पगडंडी से चले। चलते-चलते उन्हें भ्रम हो गया और वह अपनी छावनी का पथ छोड़कर दूसरे मार्ग से जाने लगे। मेघ घिर आये, जल वेग से बरसने लगा, अंधकार और घना हो गया। भटकते-भटकते वह एक खेत समीप

पहुँचे; वहाँ उस हरे-भरे खेत में एक ऊँचा और बड़ा मचान था, जो कि फूस से छाया हुआ था और समीप ही में छोटा-सा कच्चा मकान था।

उस मचान पर बालक और बालिकाएँ बैठी हुई कोलाहल मचा रही थीं। जल से भीगते हुए भी मोहनलाल खेत के समीप खड़े होकर उनके आनंद-कलरव को श्रवण करने लगे।

भ्रांत होने से उन्हें बहुत समय व्यतीत हो गया। रात्रि अधिक बीत गयी। कहाँ ठहरें? इसी विचार से वह खड़े रहे, बूँदें कम हो गयीं। इतने में एक बालिका अपने मलिन वसन के आँचल की आड़ में दीप लिये हुए उसी मचान की ओर जाती दिखाई पड़ी।

बालिका की अवस्था 15 वर्ष की है। आलोक से उसका अंग अंधकार-घन में विद्युल्लेखा की तरह चमक रहा था। यद्यपि दरिद्रता ने उसे मलिन कर रक्खा है, पर ईश्वरीय सुषमा उसके कोमल अंग पर अपना निवास किये हुए है। मोहनलाल ने घोड़ा बढ़ाकर उससे कुछ पूछना चाहा, पर संकुचित होकर ठिठक गये। परन्तु पूछने के अतिरिक्त दूसरा उपाय ही नहीं था। अस्तु, रूखेपन के साथ पूछा—कुसुमपुर का रास्ता किधर है?

बालिका इस भव्य मूर्ति को देखकर डरी, पर साहस के साथ बोली—मैं नहीं जानती। ऐसे सरल नेत्र-संचालन से इंगित करके उसने ये शब्द कहे कि युवक को क्रोध के स्थान पर हँसी आ गयी और कहने लगा—तो जो जानता हो, मुझे बतलाओ, मैं उससे पूछ लूँगा।

बालिका—हमारी माता जानती होंगी।

मोहनलाल—इस समय तुम कहाँ जाती हो?

बालिका—मचान की ओर दिखाकर वहाँ जो कई लड़के हैं, उनमें से एक हमारा भाई है, उसी को खिलाने जाती हूँ।

मोहनलाल—बालक इतनी रात को खेत में क्यों बैठा है?

बालिका—वह रात-भर और लड़कों के साथ खेत ही में रहता है।

मोहनलाल—तुम्हारी माँ कहाँ है?

बालिका—चलिये, मैं लिवा चलती हूँ।

इतना कहकर बालिका अपने भाई के पास गयी और उसको खिलाकर तथा उसके पास बैठे हुए लड़कों को भी कुछ देकर उसी क्षुद्र-कुटीराभिमुख गमन करने लगी। मोहनलाल उस सरल बालिका के पीछे चले।

: 4 :

उस क्षुद्र कुटीर में पहुँचने पर एक स्त्री मोहनलाल को दिखाई पड़ी, जिसकी अंगप्रभा स्वर्ण-तुल्य थी, तेजोमय मुख-मण्डल तथा ईषत्उन्नत अधर अभिमन से भरे

हुए थे, अवस्था उसकी 50 वर्ष से अधिक थी। मोहनलाल की आंतरिक अवस्था, जो ग्राम्य जीवन देखने से कुछ बदल चुकी थी, उस सरल गम्भीर तेजोमय मूर्ति को देख और भी सरल विनययुक्त हो गयी। उसने झुककर प्रणाम किया। स्त्री ने आशीर्वाद दिया और पूछा—बेटा! कहाँ से आते हो?

मोहनलाल—मैं कुसुमपुर जाता था, किंतु रास्ता भूल गया।

'कुसुमपुर' का नाम सुनते ही स्त्री का मुख-मंडल आरक्तिम हो गया और उसके नेत्र से दो बूँद आँसू निकल आये। वे अश्रु करुणा के नहीं, किंतु अभिमान के थे।

मोहनलाल आश्चर्यान्वित होकर देख रहे थे। उन्होंने पूछा—आपको कुसुमपुर के नाम से क्षोभ क्यों हुआ?

स्त्री—बेटा! उसकी बड़ी कथा है, तुम सुनकर क्या करोगे?

मोहनलाल—नहीं मैं सुनना चाहता हूँ, यदि आप कृपा करके सुनावें।

स्त्री—अच्छा, कुछ जलपान कर लो, तब सुनाऊँगी।

पुनः बालिका की ओर देखकर स्त्री ने कहा—कुछ जल पीने को ले आओ।

आज्ञा पाते ही बालिका उस क्षुद्र गृह के एक मिट्टी के बर्तन में से कुछ वस्तु निकाली, उसे एक पात्र में घोलकर ले आयी और मोहनलाल के सामने रख दिया। मोहनलाल उस शर्बत को पान करके फूल की चटाई पर बैठकर स्त्री की कथा सुनने लगे।

: 5 :

स्त्री कहने लगी—हमारे पति इस प्रांत के गण्य भूस्वामी थे और वंश भी हम लोगों का बहुत उच्च था। जिस गाँव का अभी आपने नाम लिया है, वहीं हमारे पति की प्रधान जमींदारी थी। कार्यवश कुंदनलाल नामक एक महाजन से कुछ ऋण लिया गया। कुछ भी विचार न करने से उनका बहुत रुपया बढ़ गया और जब ऐसी अवस्था पहुँची तो अनेक उपाय करके हमारे पति धन जुटा कर उनके पास ले गये, तब उस धूर्त ने कहा, 'क्या हर्ज है बाबू साहब! आप आठ रोज में आना, हम रुपया ले लेंगे और जो घाटा होगा, उसे छोड़ देंगे, आपका इलाका फिर जायेगा, इस समय रेहननामा भी नहीं मिल रहा है।' उसका विश्वास करके हमारे पति फिर बैठ रहे और उसने कुछ भी न पूछा। उनकी उदारता के कारण वह संचित धन भी थोड़ा हो गया और उधर उसने दावा करके इलाका, जो कि वह ले लेना चाहता था, बहुत थोड़े रुपये में नीलाम करा लिया। फिर हमारे पति के हृदय में, उस इलाके के इस भाँति निकल जाने के कारण बहुत चोट पहुँची और इसी से उनकी मृत्यु हो गयी। इस दशा के होने के उपरांत हम लोग इस दूसरे गाँव में आकर रहने लगीं। यहाँ के जमींदार बहुत धर्मात्मा हैं, उन्होंने कुछ सामान्य 'कर' पर यह भूमि दी है, इसी से अब हमारी जीविका है।

इतना कहते-कहते स्त्री का गला अभिमान से भर आया और कुछ कह न सकी।

स्त्री की कथा को सुनकर मोहनलाल को बड़ा दुःख हुआ। रात विशेष बीत चुकी थी, अतः रात्रि-यापन करके, प्रभा में मलिन तथा पश्चिमगामी चंद्र का अनुशरण करके बताये हुए पथ से वह चले गये।

पर उनके मुख पर विषाद तथा लज्जा ने अधिकार कर लिया था। कारण यह था कि स्त्री की जमींदारी हरण करने वाले तथा उसके प्राणप्रिय पति से उसे विच्छेद कराकर इस भाँति दुःख देने वाले कुंदनलाल मोहनलाल के ही पिता थे।

❑

रसिया बालम

: 1 :

संसार को शांतिमय करने के लिए रजनी देवी ने अभी अपना अधिकार पूर्णतः नहीं प्राप्त किया है। अंशुमाली अभी अपने आधे बिंब को प्रतीची में दिखा रहे हैं। केवल एक मनुष्य अर्बुद-सुदृढ़ दुर्ग के नीचे एक झरने के तट पर बैठा हुआ उस अर्ध-स्वर्ण पिंड की ओर देखता है और कभी-कभी दुर्ग के ऊपर राज-महल की खिड़की की ओर देख लेता है, फिर कुछ गुनगुनाने लगता है।

घंटों उसे वैसे ही बैठे बीत गये। कोई कार्य नहीं, केवल उसे उस खिड़की की ओर देखना। अकस्मात् एक उजाले की प्रभा उस नीची पहाड़ी भूमि पर पड़ी और साथ ही किसी वस्तु का शब्द हुआ, परन्तु उस युवक का ध्यान उस ओर नहीं था। वह तो केवल खिड़की में के उस सुंदर मुख की ओर देखने की आशा से उसी ओर देखता रहा, जिसने केवल एक बार उसे झलक दिखाकर मंत्रमुग्ध कर दिया था।

उधर उस कागज में लिपटी हुई वस्तु को एक अपरिचित व्यक्ति, जो छिपा खड़ा था, उठाकर चलता हुआ। धीरे-धीरे रजनी की गंभीरता उस शैल-प्रदेश में और भी गंभीर हो गयी तथा झाड़ियों की ओट में तो अंधकार मूर्तिमान हो बैठा हुआ ज्ञात होता था, परन्तु उस युवक को इसकी कुछ भी चिंता नहीं। जब तक उस खिड़की में प्रकाश था, तब तक वह उसी ओर निर्निमेष देख रहा था और कभी-कभी अस्फुट स्वर से वही गुनगुनाहट उसके सम्मुख से वनस्पतियों को सुनाई पड़ती थी।

जब वह प्रकाश बिल्कुल न रहा, तब वह युवक उठा और समीप के झरने के तट से होते हुए उसी अंधकार में विलीन हो गया।

: 2 :

दिवा की पहली किरण ने जब चमेली की कलियों को चटकाया, तब उन डालियों को उतना ही ज्ञात हुआ, जितना कि एक युवक के शरीर-स्पर्श से उन्हें हिलना पड़ा, जो कि काँटे और झाड़ियों का कुछ भी ध्यान न करके सीधा अपने मार्ग का अनुसरण

कर रहा है। वह युवक फिर उसी खिड़की के सामने पहुँचा और जाकर अपने पूर्व-परिचित शिलाखंड पर बैठ गया और पुनः वही क्रिया आरम्भ हुई। धीरे-धीरे एक सैनिक पुरुष ने आकर उस युवक के कंधे पर अपना हाथ रखा।

युवक चौंक उठा और क्रोधित होकर बोला—तुम कौन हो?

आगंतुक हँस पड़ा और बोला—यही तो मेरा भी प्रश्न है कि तुम कौन हो? और क्यों इस अन्तःपुर की खिड़की के सामने बैठे हो? तुम्हारा क्या अभिप्राय है?

युवक—मैं यहाँ घूमता हूँ और यही मेरा मकान है। मैं जो यहाँ बैठा हूँ, मित्र! वह बात यह है कि मेरा एक मित्र इसी प्रकोष्ठ में रहता है; मैं कभी-कभी उसका दर्शन पा ज़ाता हूँ और अपने चित्त को प्रसन्न करता हूँ।

सैनिक—पर मित्र! तुम नहीं जानते कि यह राजकीय अंतःपुर है। तुम्हें ऐसे देख कर तुम्हारी क्या दशा हो सकती है? और महाराजा तुम्हें क्या समझेंगे?

युवक—जो कुछ हो; मेरा कुछ असत् अभिप्राय नहीं है, मैं तो केवल सुन्दर रूप का दर्शन ही निरन्तर चाहता हूँ और यदि महाराज भी पूछें तो यही कहूँगा।

सैनिक—तुम जिसे देखते हो, वह स्वयं राजकुमारी है और तुम्हें कभी नहीं चाहती। अतएव तुम्हारा यह प्रयास व्यर्थ है।

युवक—क्या वह राजकुमारी है? तो चिंता क्या? मुझे तो केवल देखना है, मैं बैठे-बैठे देखा करूँगा। पर तुम्हें यह कैसे मालूम कि वह मुझे नहीं चाहती?

सैनिक—प्रमाण चाहते हो तो एक पत्र देकर यह देखो।'

युवक उसे लेकर पढ़ता है उसमें लिखा था—

''युवक!

तुम क्यों अपना समय व्यर्थ व्यतीत करते हो? मैं तुमसे कदापि नहीं मिल सकती। क्यों महीनों से यहाँ बैठे-बैठे अपना शरीर नष्ट कर रहे हो, मुझे तुम्हारी अवस्था देखकर दया आती है, अतः तुमको सचेत करती हूँ, फिर कभी यहाँ मत बैठना।

वही
जिसे तुम देखा करते हो!''

: 3 :

युवक कुछ देर के लिए स्तंभित हो गया। सैनिक सामने खड़ा था। अकस्मात् युवक उठकर खड़ा हो गया और सैनिक का हाथ पकड़कर बोला—मित्र! तुम हमारा उपकार कर सकते हो? यदि करो, तो कुछ विशेष परिश्रम न होगा।

सैनिक—कहो, क्या है? यदि हो सकेगा, तो अवश्य करूँगा।

तत्काल उस युवक ने अपनी उँगली एक पत्थर से कुचल दी और अपने फटे वस्त्र में से एक टुकड़ा फाड़कर तिनका लेकर उसी रक्त से टुकड़े पर कुछ लिखा

और उस सैनिक के हाथ में देकर कहा—यदि हम न रहें, तो इसको इस निष्ठुर के हाथ में दे देना। बस और कुछ नहीं।

इतना कहकर युवक ने पहाड़ी से कूदना चाहा; पर सैनिक ने उसे पकड़ लिया और कहा—रसिया! ठहरो!

युवक अवाक् हो गया; क्योंकि अब पाँच प्रहरी सैनिक के सामने सिर झुकाये खड़े थे और पूर्व सैनिक स्वयं अर्बुदगिरि के महाराज थे।

महाराज आगे हुए और सैनिकों के बीच में रसिया। सब सिंहद्वार की ओर चले। किले के भीतर पहुँचकर रसिया को साथ में लिये हुए महाराज एक प्रकोष्ठ में पहुँचे। महाराज ने प्रहरी को आज्ञा दी कि महारानी और राजकुमारी को बुला लावें। वह प्रणाम कर चला गया।

महाराज—क्यों बलवंत सिंह! तुमने अपनी यह क्या दशा बना रक्खी है?

रसिया—चौंककर! महाराज को मेरा नाम कैसे ज्ञात हुआ?

महाराज—बलवंत! मैं बचपन से तुम्हें जानता हूँ और तुम्हारे पूर्व पुरुषों को भी जानता हूँ।

रसिया चुप हो गया। इतने में महारानी भी राजकुमारी को साथ लिये हुए आ गयीं।

महारानी ने प्रणाम कर पूछा—क्या आज्ञा है?

महाराज—बैठो, कुछ विशेष बात है। सुनो और ध्यान से उसका उत्तर दो। यह युवक जो तुम्हारे सामने बैठा है, एक उत्तम क्षत्रिय कुल का है और मैं इसे जानता हूँ। यह हमारी राजकुमारी के प्रणय का भिखारी है। मेरी इच्छा है कि इससे उसका ब्याह हो जाय।

राजकुमारी, जिसने कि आते ही युवक को देख लिया और जो संकुचित होकर इस समय महारानी के पीछे खड़ी थी, यह सुनकर और भी संकुचित हुई। पर महारानी का मुख क्रोध से लाल हो गया। वह कड़े स्वर में बोली—क्या आपको खोजते-खोजते मेरी कुसुम-कुमारी कन्या के लिये यही वर मिला है? वाह! अच्छा जोड़ मिलाया। कंगाल और उसके लिए निधि; बंदर और उसके गले में हार; भला यह भी कहीं संभव है? आप शीघ्र अपने भ्रांति रोग की औषधि करा डालिये। यह भी कैसा परिहास है! (कन्या से) चलो बेटी, यहाँ से चलो।

महाराज—नहीं, ठहरो और सुनो। यह स्थिर हो चुका है कि राजकुमारी का ब्याह बलवंत से होगा, तुम इसे परिहास मत जानो।

अब जो महारानी ने महाराज के मुख की ओर देखा, तो दृढ़प्रतिज्ञ दिखाई पड़े। निदान विचलित होकर महारानी ने कहा—अच्छा, मैं भी प्रस्तुत हो जाऊँगी, पर इस शर्त पर कि जब यह पुरुष अपने बाहुबल से झरने के समीप से नीचे तक एक पहाड़ी रास्ता काटकर बना ले; उसके लिए समय अभी से केवल प्रातःकाल तक का

देती हूँ, जब तक कि कुक्कुट का स्वर न सुनाई पड़े। तब अवश्य मैं भी राजकुमारी का ब्याह इसी से कर दूँगी।

महाराज ने युवक की ओर देखा, जो निस्तब्ध बैठा हुआ सुन रहा था। वह उसी क्षण उठा और बोला—मैं प्रस्तुत हूँ, पर कुछ औजार और मसाले के लिए थोड़े विष की आवश्यकता है।

उसकी आज्ञानुसार सब वस्तुएँ उसे मिल गयीं और वह शीघ्रता से उसी झरने के तट की ओर दौड़ा, एक विशाल शिलाखंड पर जाकर बैठ गया और उसे तोड़ने का उद्योग करने लगा; क्योंकि इसी के नीचे एक गुप्त पहाड़ी पथ था।

: 4 :

निशा का अंधकार कानन-प्रदेश में अपना पूरा अधिकार जमाये हुए है। प्रायः आधी रात बीत चुकी है। पर केवल उन अग्नि-स्फुलिंगों से कभी-कभी थोड़ा-सा जुगनू का-सा प्रकाश हो जाता है, जो रसिया के शस्त्र-प्रहार से पत्थर में से निकल पड़ते हैं। दनादन चोट चली जा रही है—विराम नहीं है क्षण भर भी—न तो उस शैल को और न उस शस्त्र को। अलौकिक शक्ति से वह युवक अविराम चोट लगाये ही जा रहा है। एक क्षण के लिये भी इधर-उधर नहीं देखता। देखता है, तो केवल अपना हाथ पत्थर; उँगली एक तो पहले ही कुचली जा चुकी थी, दूसरे अविराम परिश्रम! इससे रक्त बहने लगा था। पर विश्राम कहाँ? उस वज्रसार शैल पर वज्र के समान कर से वह युवक चोट लगाये ही जाता है। केवल परिश्रम ही नहीं, युवक सफल भी हो रहा है। उसकी एक-एक चोट में दस-दस सेर के ढोके कट-कट कर पहाड़ पर से लुढ़कते हैं, जो सोये हुए जंगली पशुओं को घबड़ा देते हैं। यह क्या है? केवल उसकी तन्मयता, केवल प्रेम ही उस पाषाण को भी तोड़े डालता है।

फिर वही दनादन, बराबर लगातार परिश्रम, विराम नहीं है! इधर उस खिड़की में से आलोक भी निकल रहा है और कभी-कभी एक मुखड़ा उस खिड़की से झाँककर देख रहा है। पर युवक को कुछ ध्यान नहीं, वह अपना कार्य करता जा रहा है।

अभी रात्रि के जाने के लिये पहर-भर है। शीतला वायु उस कानन को शीतल कर रही है। अकस्मात् 'तरुण-कुक्कुट-कंठनाद' सुनाई पड़ा, फिर कुछ नहीं। वह कानन एकाएक शून्य हो गया। न तो वह शब्द ही है और न तो पत्थरों से अग्नि-स्फुलिंग निकलते हैं।

अकस्मात् उस खिड़की में से एक सुन्दर मुख निकला। उसने आलोक डालकर देखा कि रसिया एक पात्र हाथ में लिये है और कुछ कह रहा है। इसके उपरान्त वह उस पात्र को पी गया और थोड़ी देर में वह उसी शिलाखंड पर गिर पड़ा। यह देख उस मुख से भी एक हल्का चीत्कार निकल गया। खिड़की बंद हो गयी। फिर केवल अंधकार रह गया।

: 5 :

प्रभात का मलय-मारुत उस अर्बुद-गिरि के कानन में वैसी क्रीड़ा नहीं कर रहा है, जैसे पहले करता था। दिवाकर की किरण भी कुछ प्रभात के मिस से मद और मलिन हो रही है। एक शव के समीप एक पुरुष खड़ा है और उसकी आँखों से अश्रुधारा बह रही है और वह कह रहा है—बलवंत! ऐसी शीघ्रता क्या थी, जो तुमने ऐसा किया? वह महात्मन्! क्या व्यक्ति ने, जो यहाँ पड़ा है, मुझे कुछ देर के लिये आपको दिया है? या कुछ कहा है?

महाराज ने चुपचाप अपने वस्त्र में से एक वस्त्र का टुकड़ा निकालकर दे दिया। उस पर लाल अक्षरों में कुछ लिखा था। उस सुंदरी ने देखा और देखकर कहा—कृपया आप ही पढ़ दीजिये।

महाराज ने उसे पढ़ा। उसमें लिखा था। "मैं नहीं जानता था कि तुम इतनी निष्ठुर हो। अस्तु, अब मैं यहीं रहूँगा, पर याद रखना, मैं तुमसे अवश्य मिलूँगा, क्योंकि मैं तुम्हें नित्य देखना चाहता हूँ और ऐसे स्थान में देखूँगा, जहाँ कभी पलक गिरती ही नहीं।

तुम्हारा दर्शनाभिलाषी
रसिया।"

इसी समय महाराज को सुंदरी पहचान गयी और फिर चरण धरकर बोली—पिताजी, क्षमा करना। और शीघ्रतापूर्वक रसिया के कर-स्थित पात्र को लेकर अवशेष पी गयी और गिर पड़ी। केवल उसके मुख से इतना निकला—"पिताजी, क्षमा करना।" महाराज देख रहे थे!

❑

चंदा

: 1 :

चैत्र, कृष्णाष्टमी का चंद्रमा अपना उज्ज्वल प्रकाश 'चंद्रप्रभा' के निर्मल जल पर डाल रहा है। गिरि-श्रेणी के तरुवर अपने रंग को छोड़कर धवलित हो रहे हैं; कल-नादिनी समीर के संग धीरे-धीरे बह रही है। एक शिला-तल पर बैठी हुई कोलकुमारी सुरीले स्वर से 'दरद दिल काहि सुनाऊँ प्यारे! दरद...' गा रही है।

गीत अधूरा ही है कि अकस्मात् एक कोलयुवक धीर-पद-संचालन करता हुआ उस रमणी के सम्मुख आकर खड़ा हो गया। उसे देखते ही रमणी की हृदयतंत्री बज उठी। रमणी बाह्य-स्वर भूलकर आंतरिक स्वर से मधुर संगीत गाने लगी और उठकर खड़ी हो गई। प्रणय के वेग को सहन न करके वर्षा-वारिपूरिता स्रोतस्विनी के समान कोल-कुमार के कंध-कूल से रमणी ने आलिंगन किया।

दोनों उसी शिला पर बैठ गये और निर्निमेष सजल नेत्रों से परस्पर अवलोकन करने लगे। युवती ने कहा—तुम कैसे आये?

युवक—जैसे तुमने बताया।

युवती—हँसकर, हमने तुम्हें बुलाया? और क्यों बुलाया?

युवक—गाकर बुलाया और दरद सुनाने के लिये।

युवती—दीर्घ निःश्वास लेकर, कैसे क्या करूँ? पिता ने तो उसी से विवाह करना निश्चय किया है।

युवक—उत्तेजना से खड़ा होकर, तो जो कहो, मैं करने के लिये प्रस्तुत हूँ।

युवती—चंद्रप्रभा की ओर दिखाकर, बस, यही शरण है।

युवक—तो हमारे लिए कौन दूसरा स्थान है?

युवती—मैं तो प्रस्तुत हूँ।

युवक—हम तुम्हारे पहले।

युवती ने कहा—तो चलो।

युवक ने मेघ-गर्जन स्वर से कहा—चलो।

दोनों हाथ मिलाकर पहाड़ी से उतरने लगे। दोनों उतरकर चंद्रप्रभा के तट पर आये और एक शिला पर खड़े हो गये। तब युवती ने कहा—अब विदा!

युवती ने कहा—किससे? मैं तो तुम्हारे साथ, जब तक सृष्टि रहेगी तब तक, रहूँगा।

इतने ही में शाल-वृक्ष के नीचे एक छाया दिखाई पड़ी और वह इन्हीं लोगों की ओर आती हुई दिखाई देने लगी। युवक और युवती दोनों ने चकित होकर देखा कि एक कोल खड़ा है। उसने गम्भीर स्वर से उस युवती से पूछा—'चन्दा! तू यहाँ क्यों आई?'

युवती—'तुम पूछनेवाले कौन हो?'

आगन्तुक युवक—'मैं तुम्हारा भावी पति 'रामू' हूँ।'

युवती—'मैं तुमसे विवाह न करूँगी।'

आगन्तुक युवक—'फिर किससे तुम्हारा विवाह होगा?'

युवती ने पहिले के आये हुए युवक की ओर इंगित करके कहा—'इन्हीं से।'

आगन्तुक युवक से अब न सहा गया और घूमकर पूछा—'क्यों हीरा! तुम विवाह करोगे?'

हीरा—'तो इसमें तुम्हारा क्या तात्पर्य है?'

रामू—'तुम्हें इससे अलग हो जाना चाहिए।'

हीरा—'क्यों, तुम कौन होते हो?'

रामू—'हमारा इससे सम्बन्ध पक्का हो चुका है।'

हीरा—'पर जिससे सम्बन्ध होनेवाला है, वह सहमत हो तब न?'

रामू—'क्यों चन्दा! क्या कहती हो?'

चन्दा—'मैं तुमसे विवाह न करूँगी?'

रामू—'तो हीरा से भी तुम विवाह नहीं कर सकती!'

चन्दा—'क्यों?'

रामू—(हीरा से) 'अब हमारा-तुम्हारा फैसला हो जाना चाहिए, क्योंकि एक म्यान में दो तलवारें नहीं रह सकतीं।'

इतना कहकर हीरा के ऊपर झपटकर उसने अचानक छुरे का वार किया।

हीरा यद्यपि सचेत हो रहा था; पर उसको सँभलने में विलम्ब हुआ, इससे घाव लग गया, और वह वक्ष थामकर बैठ गया। इतने में चन्दा जोर से क्रन्दन कर उठी—साथ ही एक वृद्ध भील आता हुआ दिखाई पड़ा।

: 2 :

युवती मुँह ढाँपकर रो रही है, और युवक रक्ताक्त छुरा लिये, घृणा की दृष्टि से खड़े हुए, हीरा की ओर देख रहा है। विमल चन्द्रिका में चित्र की तरह वे दिखाई दे रहे

हैं। वृद्ध को जब चन्दा ने देखा तो और वेग से रोने लगी। उस दृश्य को देखते ही वृद्ध कोलपति सब बात समझ गया और रामू के समीप जाकर छुरा उसके हाथ से ले लिया और आज्ञा के स्वर में कहा—तुम दोनों इस हीरा को नदी के समीप ले चलो।

इतना कहकर वृद्ध उन सबों के साथ आकर नदी-तट पर जल के समीप खड़ा हो गया। रामू और चन्दा दोनों ने मिलकर उसके घाव को धोया और हीरा के मुँह पर छींटा दिया, जिससे उसकी मूर्च्छा दूर हुई। तब वृद्ध ने सब बात हीरा से पूछा; पूछ लेने पर रामू ने कहा—'क्यों, यह सब ठीक है?'

रामू ने कहा—'सब सत्य है।'

वृद्ध—तो तुम अब चन्दा के योग्य नहीं हो और यह छुरा जिसे हमने तुम्हें दिया था, वह भी तुम्हारे योग्य नहीं है। अस्तु तुम शीघ्र ही हमारे जंगल से चले जाओ, नहीं तो तुम्हारा हाल महाराज से कह देंगे और उसका क्या परिणाम होगा सो तुम स्वयं समझ सकते हो। (हीरा की ओर देखकर) 'बेटा! तुम्हारा घाव शीघ्र अच्छा हो जायेगा, घबड़ाना नहीं, चन्दा तुम्हारी ही होगी।'

यह सुनकर चन्दा और हीरा का चेहरा प्रसन्नता से चमकने लगा, पर हीरा ने लेटे ही लेटे हाथ जोड़कर कहा—'पिता! एक बात कहना है, यदि आपकी आज्ञा हो।'

वृद्ध—'हम समझ गये, बेटा! रामू विश्वासघाती है।'

हीरा—'नहीं पिता! अब वह ऐसा कार्य न करेगा। हमारे और चन्दा की ओर से आप क्षमा करेंगे, मैं ऐसी आशा करता हूँ।'

वृद्ध—'जैसी तुम्हारी इच्छा।'

कुछ दिन के बाद जब हीरा अच्छी तरह से आरोग्य हो गया, तब उसका विवाह चन्दा से हो गया। रामू भी उस उत्सव में सम्मिलित हुआ, पर उसका बदन मलिन और चिन्तापूर्ण था। वृद्ध कुछ ही काल में अपना पद हीरा को सौंप, स्वर्ग सिधारा। हीरा और चन्दा सुख से विमल चाँदनी में बैठकर पहाड़ी झरनों का कलनादमय माहेश्वर-संगीत सुनते थे।

: 3 :

अंशुमाली अपनी तीक्ष्ण किरणों से वन्य-देश को परितापित कर रहे हैं। मृग सिंह एक स्थान पर बैठकर छाया-सुख में अपने वैर-भाव को भूलकर ऊँघ रहे हैं। चन्द्रप्रभा के तट पर पहाड़ी की एक गुहा में जहाँ कि छतनार पेड़ों की छाया उष्ण वायु को भी शीतल कर देती है, हीरा और चन्दा बैठे हैं। हृदय के अनन्त विकास से उनका मुख प्रफुल्लित दिखाई पड़ता है। अहा! यह क्या है? केवल स्वतन्त्रता! उन्हें वस्त्र के लिए वृक्षगण वल्कल देते हैं; भोजन के लिए पियाज, मेवा इत्यादि जंगली सुस्वादु

फल, शीतल स्वच्छन्द पवन; निवास के लिए गिरि-गुहा; प्राकृतिक झरनों का शीतल जल उनके सब अभाव को दूर करता है और सबल तथा स्वच्छंद बनाने में ये सब सहायता देते हैं। उन्हें किसी की अपेक्षा नहीं पड़ती। अस्तु, उन्हीं सब सुखों से आनंदित व्यक्तिद्वय चन्द्रप्रभा के जल का कल नाद सुनकर अपनी हृदय-वीणा को बजाते हैं।

चन्दा—'प्रिय! आज उदासीन क्यों हो?'

हीरा—नहीं तो, मैं सोच रहा हूँ कि इस वन में राजा आने वाले हैं। हम लोग यद्यपि आधीन नहीं हैं, तो भी उन्हें शिकार खेलाया जाता है और उसमें हम लोगों की कुछ हानि भी नहीं है। उसके प्रतिकार में हम लोगों को कुछ मिलता है, पर आजकल इस वन में जानवर दिखाई नहीं पड़ते। इसलिए सोचता हूँ कि कोई शेर या छोटा चीता भी मिल जाता, तो कार्य हो जाता।

चन्दा—'खोज किया था?'

हीरा—'हाँ, आदमी तो गया है।'

इतने में एक कोल दौड़ता हुआ आया और कहा—'राजा आ गये हैं और तहखाने में बैठे हैं। एक तेंदुआ भी दिखाई दिया है।'

हीरा का मुख प्रसन्नता से चमकने लगा और वह अपना कुल्हाड़ा सँभालकर उस आगन्तुक के साथ वहाँ पहुँचा, जहाँ शिकार का आयोजन हो चुका था।

राजा साहब झँझरी में बन्दूक की नाल रखे हुए ताक रहे हैं। एक ओर से बाजा बज उठा। एक चीता भागता हुआ सामने से निकला। राजा साहब ने उस पर वार किया। गोली लगी, पर चमड़े को छेदती हुई पार हो गयी; इससे वह जानवर भागकर निकल गया। अब तो राजा साहब बहुत ही दुःखित हुए। हीरा को बुलाकर कहा—'क्यों जी, यह जानवर नहीं मिलेगा?'

उस वीर कोल ने कहा—'क्यों नहीं?'

इतना कहकर वह उसी ओर चला। झाड़ी में, जहाँ वह चीता घाव से व्याकुल बैठा था, वहाँ पहुँचकर उसने देखना आरम्भ किया। क्रोध से भरा हुआ चीता उस कोल-युवक को देखते ही झपटा। युवक असावधानी के कारण वार न कर सका, पर दोनों हाथों से उस भयानक जन्तु की गर्दन को पकड़ लिया और उसने भी इसके कन्धे पर अपने दोनों पंजों को जमा दिया।

दोनों में बल-प्रयोग होने लगा। थोड़ी देर में दोनों जमीन पर लेट गये।

: 4 :

यह बात राजा साहब को विदित हुई। उन्होंने उसकी मदद के लिए कोलों को जाने की आज्ञा दी। रामू उस अवसर पर था। उसने सबके पहिले जाने के लिए पैर बढ़ाया और चला। वहाँ जब पहुँचा, तो उस दृश्य को देखकर घबड़ा गया और हीरा से

कहा—'हाथ ढीला कर; जब यह छोड़ने लगे, तब गोली मारूँ, नहीं तो सम्भव है कि तुम्हीं को लग जाय।'

हीरा—'नहीं, तुम गोली मारो।'

रामू—'तुम छोड़ो तो मैं वार करूँ।'

हीरा—'नहीं, यह अच्छा नहीं होगा।'

रामू—'तुम उसे छोड़ो, मैं अभी मारता हूँ।'

हीरा—'नहीं, तुम वार करो।'

रामू—'वार करने से सम्भव है कि उछले और तुम्हारे हाथ छूट जाएँ, तो तुमको यह तोड़ डालेगा।'

हीरा—'नहीं, तुम मार लो, मेरा हाथ ढीला हुआ जाता है।'

रामू—'तुम हठ करते हो, मानते नहीं।'

इतने में हीरा का हाथ कुछ बातचीत करते-करते ढीला पड़ा; वह चीता उछलकर हीरा की कमर को पकड़कर तोड़ने लगा।

रामू खड़ा होकर देख रहा है और पैशाचिक आकृति उस घृणित पशु के मुख पर लक्षित हो रही है और वह हँस रहा है।

हीरा टूटी हुई साँस से कहने लगा—'अब भी मार ले।'

रामू ने कहा—'अब तू मर ले, तब वह भी मारा जायेगा। तूने हमारा हृदय निकाल लिया है, तूने हमारा घोर अपमान किया है, उसी का प्रतिफल है। इसे भोग।'

हीरा को चीता खाये डालता है; पर उसने कहा—'नीच! तू जानता है कि 'चन्दा' अब तेरी होगी। कभी नहीं! तू नीच है—इस चीते से भी भयंकर जानवर है।'

रामू ने पैशाचिक हँसी हँसकर कहा—'चन्दा अब तेरी तो नहीं है, अब वह चाहे जिसकी हो!'

हीरा ने टूटी हुई आवाज से कहा—'अब मैं तेरी सहायता भी नहीं चाहता, तुझे इस विश्वासघात का फल शीघ्र मिलेगा और चन्दा फिर हमसे मिलेगी। चन्दा. .. प्यारी...च...

इतना उसके मुख से निकला ही था कि चीते ने उसका सिर दाँतों के तले दाब लिया। रामू देखकर पैशाचिक हँसी हँस रहा था। हीरा के समाप्त हो जाने पर रामू लौट आया और झूठी बातें बनाकर राजा से कहा कि उसको हमारे जाने के पहले ही चीता ने मार दिया।

राजा बहुत दुखी हुए और जंगल की सरदारी रामू को मिली।

: 5 :

बसन्त की राका चारों ओर अनूठा दृश्य दिखा रही है। चन्द्रमा नहीं मालूम किस लक्ष्य की ओर दौड़ा चला जा रहा है; कुछ पूछने से भी नहीं बताता। कुटज की

कली का परिमल लिये, पवन भी न मालूम कहाँ दौड़ रहा है; उसका भी कुछ समझ नहीं पड़ता। उसी तरह चन्द प्रभा के तीर पर बैठी हुई कोल-कुमारी का कोमल कंठ-स्वर भी किस धुन में है—

दरद दिल काहि सुनाऊँ प्यारे।
आवत चैन नहीं छिनहूँ मोहिं;
जब ते भए तुम न्यारे॥
मोहिं मिलो निरमोही मोहन
मों हति जात कहारे।
भूले कैसे तुम निज पन को,
ह्वैहौं कबहुँ न न्यारे॥

यद्यपि आधी रात में विहाग अच्छा मालूम होता है, पर नहीं, कोल-कुमारी तो विहाल गा रही है।

अकस्मात् गोली की आवाज ने उसे चौंका दिया। गाने के समय जो उसका मुख उद्वेग और करुणा से पूर्ण दिखाई पड़ता था, वह घृणा और क्रोध से रंजित हो गया और वह उठकर पुच्छमर्दिता सिंहनी के समान तनकर खड़ी हो गयी और धीरे से कहा—यही समय है। ज्ञात होता है, राजा इस समय शिकार खेलने पुनः आ गये हैं—बस, वह अपने वस्त्र को ठीक करके कोल-बालक बन गयी और कमर में से एक चमचमाता हुआ छुरा निकालकर चूमा। वह चाँदनी में चमकने लगा। फिर वह कहने लगी—यद्यपि तुमने हीरा का रक्तपात कर लिया है, लेकिन पिता ने रामू से तुम्हें ले लिया है। अब तुम हमारे हाथ में हो, तुम्हें आज रामू का भी खून पीना होगा।

इतना कहकर वह गोली के शब्द की ओर लक्ष्य करके चली। देखा कि तहखाने में राजा साहब बैठे हैं। शेर को गोली लग चुकी है और वह भाग गया है, उसका पता नहीं लग रहा है, रामू सरदार है, अतएव उसको खोजने के लिए आज्ञा हुई, वह शीघ्र ही सन्नद्ध हुआ। राजा ने कहा—'कोई साथी लेते जाओ।'

पहले तो उसने अस्वीकार किया, पर जब एक कोल युवक स्वयं साथ चलने को तैयार हुआ, तो वह नहीं भी नहीं कर सका और सीधे—जिधर शेर गया था, उसी ओर चला। कोल-बालक भी उसके पीछे है। वहाँ घाव से व्याकुल शेर चिंघाड़ रहा है, इसने जाते ही ललकारा। उसने तत्काल ही निकलकर वार किया। रामू कम साहसी नहीं था, उसने उसके खुले हुए मुँह में निर्भीक होकर बन्दूक की नाल डाल दिया; पर उसके जरा-सा मुँह घुमा लेने से गोली चमड़ा छेदकर पार निकल गयी और शेर ने क्रोधित होकर दाँत से बन्दूक की नाल दबा ली। अब दोनों एक दूसरे को ढकेलने लगे; पर कोल-बालक चुपचाप खड़ा है। रामू ने कहा—'मार, अब देखता क्या है?'

युवक–'तुम इससे बहुत अच्छी तरह लड़ रहे हो।'

रामू–'मारता क्यों नहीं?'

युवक–'इसी तरह शायद हीरा से भी लड़ाई हुई थी, क्या तुम नहीं लड़ सकते?'

रामू–'कौन, चन्दा! तुम हो? आह, शीघ्र मारो, नहीं तो अब यह सबल हो रहा है।'

चन्दा ने कहा–'हाँ, लो मैं मारती हूँ, इसी छुरे से हमारे सामने तुमने हीरा को मारा था, यह वही छुरा है, यह तुझे दुःख से निश्चय ही छुड़ावेगा' इतना कहकर चन्दा ने रामू की बगल में छुरा उतार दिया। वह छटपटाया। इतने ही में शेर को मौका मिला, वह भी रामू पर टूट पड़ा और उसका इति कर आप भी वहीं गिर पड़ा।

चन्दा ने अपना छुरा निकाल लिया और उसको चाँदनी में रँगा हुआ देखने लगी, फिर खिलखिलाकर हँसी और कहा–'दरद दिल काहि सुनाऊँ प्यारे!' फिर हँसकर कहा–'हीरा! तुम देखते होगे, पर अब तो यह छुरा ही दिल की दाह सुनेगा।' इतना कहकर अपनी छाती में उसे खोप लिया और उसी जगह गिर गयी और कहने लगी–'हीरा हम...तुमसे...मिले, ही...।'

चन्द्रमा अपने मन्द प्रकाश में यह सब देख रहा था।

❑

सिकंदर की शपथ

: 1 :

सूर्य की चमकीली किरणों के साथ यूनानियों के बरछे की चमक से 'मिंगलौर' दुर्ग घिरा हुआ है। यूनानियों के दुर्ग तोड़ने वाले यंत्र दुर्ग की दीवालों से लगा दिये गये हैं और वे अपना कार्य बड़ी शीघ्रता के साथ कर रहे हैं। दुर्ग की दीवाल का एक हिस्सा टूटा और पहाड़ से टकराये हुए समुद्र की तरह गिरा दी गयी तथा भारतीय युवक वीरों की सेना उनका पीछा करती हुई दिखाई पड़ने लगी। सिकंदर उनके प्रचंड अस्त्राघात को रोकता पीछे हटने लगा।

अफगानिस्तान में 'अश्वक' वीरों के साथ भारतीय वीर कहाँ से आ गये? यह शंका हो सकती है, किन्तु पाठकगण! वह निमंत्रित होकर कैंप में लौट गया और सोचने लगा। सोचनी की बात ही है। गाजा और परसिलिस आदि के विजेता को अफगानिस्तान के एक छोटे-से दुर्ग के जीतने में इतना परिश्रम उठाकर भी सफलता मिलती नहीं दिखाई देती, उलटे कई बार उसे अपमानित होना पड़ा।

बैठे-बैठे सिकंदर को बड़ी देर हो गयी। अंधकार फैलकर संसार को छिपाने लगा, जैसे कोई कपटाचारी अपनी मंत्रणा को छिपाता हो। केवल कभी-कभी दो-एक उल्लू उस भीषण रणभूमि में अपने भयानक शब्द को सुना देते हैं। सिकंदर ने सीटी देकर कुछ इंगित किया, एक वीर पुरुष सामने दिखाई पड़ा। सिकंदर ने उससे कुछ गुप्त बातें कीं और वह चला गया। अंधकार घनीभूत हो जाने पर सिकंदर भी उसी ओर उठकर चला, जिधर वह पहला सैनिक जा चुका था।

: 2 :

दुर्ग के उस भाग में, जो टूट चुका था, बहुत शीघ्रता से काम लगा हुआ था, जो बहुत शीघ्र कल की लड़ाई के लिये प्रस्तुत कर दिया गया और सब लोग विश्राम करने के लिये चले गये। केवल एक मनुष्य उसी स्थान पर प्रकाश डालकर कुछ देख रहा है। वह मनुष्य कभी तो खड़ा रहता है और कभी अपनी प्रकाश फैलाने वाली मशाल को लिये हुए दूसरी ओर चला जाता है। उस समय उस घोर अंधकार में

उस भयावह दुर्ग की प्रकाण्ड छाया और भी स्पष्ट हो जाती है। उसी छाया में छिपा हुआ सिकंदर खड़ा है। उसके हाथ में धनुष और बाण है, उसके सब अस्त्र उसके पास हैं। उसका मुख यदि कोई इस समय प्रकाश में देखता, तो अवश्य कहता कि यह कोई बड़ी भयानक बात सोच रहा है, क्योंकि उसका सुंदर मुखमंडल इस समय विचित्र भावों से भरा है। अकस्मात् उसके मुख से एक प्रसन्नता का चीत्कार निकल पड़ा, जिसे उसने बहुत व्यग्र होकर छिपाया।

समीप की झाड़ी से एक दूसरा व्यक्ति निकल पड़ा, जिसने आकर सिकंदर से कहा—देर न कीजिये, क्योंकि यह वही है।

सिकंदर ने धनुष को ठीक करके एक विषमय बाण उस पर छोड़ा और उसे उसी दुर्ग पर टहलते हुए मनुष्य की ओर लक्ष्य करके छोड़ा। लक्ष्य ठीक था, वह मनुष्य लुढ़ककर नीचे आ गिरा। सिकंदर और उसके साथी ने झट जाकर उसे उठा लिया, किंतु उसके चीत्कार से दुर्ग पर का एक प्रहरी झुककर देखने लगा। उसने प्रकाश डालकर पूछा—कौन है?

उत्तर मिला—मैं दुर्ग के नीचे गिर पड़ा हूँ।

प्रहरी ने कहा—घबड़ाइये मत, मैं डोरी लटकाता हूँ।

डोरी बहुत जल्द लटका दी गयी, अफगान वेशधारी सिकंदर उसके सहारे ऊपर चढ़ गया। ऊपर जाकर सिकंदर ने उस प्रहरी को भी नीचे गिरा दिया, जिसे उसके साथी ने मार डाला और उसका वेश आप लेकर उस सीढ़ी से ऊपर चढ़ गया। जाने के पहले उसने अपनी छोटी-सी सेना को भी उसी जगह बुला लिया और धीरे-धीरे उसी रस्सी की सीढ़ी से वे सब ऊपर पहुँचा दिये गये।

: 3 :

दुर्ग के प्रकोष्ठ में सरदार क़ी सुन्दर पत्नी बैठी हुई है। मदिरा-विलास दृष्टि से कभी दर्पण में अपना सुन्दर मुख और कभी अपने नवीन नील वसन को देख रही है। उसका मुख लालसा की मदिरा से चमक-चमक कर उसकी ही आँखों में चकाचौंध पैदा कर रहा है। अकस्मात् 'प्यारे सरदार', कहकर वह चौंक पड़ी, पर उसकी प्रसन्नता उसी क्षण बदल गयी, जब उसने सरदार के वेश में दूसरे को देखा। सिकंदर का मानुषिक सौंदर्य कुछ कम नहीं था, अबला-हृदय को और भी दुर्बल बना देने के लिए वह पर्याप्त था। वे एक-दूसरे को निर्निमेष दृष्टि से देखने लगे। पर अफगान-रमणी की शिथिलता देर तक न रही, उसने हृदय के सारे बल को एकत्र करके पूछा—तुम कौन हो?

उत्तर मिला—शाहंशाह सिकंदर।

रमणी ने पूछा—यह वस्त्र किस तरह मिला?

सिकंदर ने कहा—सरदार को मार डालने से।

रमणी के मुख से चीत्कार के साथ ही निकल पड़ा—क्या सरदार मारा गया?

सिकंदर—हाँ, अब वह इस लोक में नहीं है।

रमणी ने अपना मुख दोनों हाथें से ढक लिया, पर उसी क्षण उसके हाथ में एक चमकता हुआ छुरा दिखाई देने लगा।

सिकंदर घुटने के बल बैठ गया और बोला—सुंदरी! एक जीव के लिये तुम्हारी दो तलवारें बहुत थीं, फिर तीसरी की क्या आवश्यकता है?

रमणी की दृढ़ता हट गयी और न जाने क्यों उसके हाथ का छुरा छिटककर गिर पड़ा, वह भी घुटनों के बल बैठ गयी।

सिकंदर ने उसका हाथ पकड़कर उठाया। अब उसने देखा कि सिकंदर अकेला नहीं है, उसके बहुत-से सैनिक दुर्ग पर दिखाई दे रहे हैं। रमणी ने अपना हृदय दृढ़ किया और संदूक खोलकर एक जवाहिरात का डिब्बा लेकर सिकंदर के आगे रक्खा। सिकंदर ने उसे देखकर कहा—मुझे इसकी आवश्यकता नहीं है, दुर्ग पर मेरा अधिकार हो गया, इतना ही बहुत है।

दुर्ग के सिपाही यह देखकर कि शत्रु का सिपाही भीतर आ गया है, अस्त्र लेकर मारपीट करने पर तैयार हो गये। पर सरदार-पत्नी ने उन्हें मना किया, क्योंकि उसे बतला दिया गया था कि सिकंदर की विजयवाहिनी दुर्ग के द्वार पर खड़ी है।

सिकंदर ने कहा—तुम घबड़ाओ मत, जिस तरह से तुम्हारी इच्छा होगी, उसी प्रकार से संधि के नियम बनाये जाएँगे, अच्छा मैं जाता हूँ।

अब सिकंदर को थोड़ी दूर तक सरदार-पत्नी पहुँचा गयी। सिकंदर थोड़ी सेना छोड़कर आप अपने शिविर में चला गया।

: 4 :

संधि हो गयी। सरदार-पत्नी ने स्वीकार कर लिया कि दुर्ग सिकंदर के अधीन होगा। सिकंदर ने भी उसी को यहाँ की रानी बनाया और कहा—भारतीय योद्धा जो तुम्हारे यहाँ आये हैं, वे अपने देश को लौटकर चले जायँ और उनके जाने में किसी प्रकार की बाधा न डालूँगा। सब बातें शपथपपूर्वक स्वीकार कर ली गयीं।

राजपूत वीर अपने परिवार के साथ उस दुर्ग से निकल पड़े, स्वदेश की ओर चलने के लिए तैयार हुए। दुर्ग के समीप ही एक पहाड़ी पर उन्होंने अपना डेरा जमाया और भोजन करने का प्रबंध करने लगे।

भारतीय रमणियाँ जब अपने पुत्रों और पतियों के लिये भोजन प्रस्तुत कर रही थीं, तो उनमें उस अफगान-रमणी के बारे में बहुत बातें हो रही थीं और वे सब उसे बड़ी घृणा की दृष्टि से देखने लगीं, क्योंकि उसने एक पति-हतकारी के सामने आत्म-समर्पण कर दिया था। भोजन के उपरान्त जब सब सैनिक विश्राम करने लगे। तब युद्ध की बातें कहकर अपने चित्त को प्रसन्न करने लगे। थोड़ी देर नहीं बीती

कि एक ग्रीक अश्वारोही उनके समीप आता दिखाई पड़ा, जिसे देखकर एक राजपूत युवक उठ खड़ा हुआ और प्रतीक्षा करने लगा।

ग्रीक सैनिक उसके समीप आकर बोला—शाहंशाह सिकंदर ने तुम लोगों को दया करके अपनी सेना में भर्ती करने का विचार किया है। आशा है कि इस संवाद से तुम लोग बहुत प्रसन्न होगे।

युवक बोल उठा—इस दया के लिये हम लोग कृतज्ञ हैं, पर अपने भाइयों पर अत्याचार करने में ग्रीकों का साथ देने के लिये हम लोग कभी प्रस्तुत नहीं हैं।

ग्रीक—तुम्हें प्रस्तुत होना चाहिये, क्योंकि यह शाहंशाह सिकंदर की आज्ञा है।

युवक—नहीं महाशय, क्षमा कीजिए। हम लोग आशा करते हैं कि संधि के अनुसार हम लोग अपने देश को शांतिपूर्वक लौट जायेंगे, इसमें बाधा न डाली जायेगी।

ग्रीक—क्या तुम लोग इस बात पर दृढ़ हो? एक बार और विचारकर उत्तर दो, क्योंकि उसी उत्तर पर तुम लोगों का जीवन-मरण निर्भर होगा।

इस पर कुछ राजपूतों ने समवेत स्वर में कहा—हाँ-हाँ, हम अपनी बात पर दृढ़ हैं, किन्तु सिकंदर, जिसने देवताओं के नाम पर शपथ ली है, अपनी शपथ को न भूलेगा।

ग्रीक-सिकंदर ऐसा मूर्ख नहीं है कि आये हुए शत्रुओं को और दृढ़ होने का अवकाश दे। अस्तु, अब तुम लोग मरने के लिये तैयार हो।

इतना कहकर वह ग्रीक अपने घोड़े को घुमाकर सीटी बजाने लगा, जिसे सुनकर अगणित ग्रीक-सेना उन थोड़े-से हिन्दुओं पर टूट पड़ी।

इतिहास इस बात का साक्षी है कि उन्होंने प्राण-प्रण से युद्ध किया और जब तक कि उनमें एक भी बचा, बराबर लड़ता रहा। क्यों न हो, जब उनकी प्यारी स्त्रियाँ उन्हें अस्त्रहीन देखकर तलवार देती थीं और हँसती हुई अपने प्यारे पतियों की युद्ध-क्रिया देखती थीं। रणचंडियाँ भी अकर्मण्य न रहीं, जीवन देखकर अपना धर्म रखा। ग्रीकों की तलवारों ने उनके बच्चों को न रोने दिया, क्योंकि पिशाच सैनिकों के हाथ सभी मारे गये।

अज्ञात स्थान में निराश्रय होकर उन सब वीरों ने प्राण दिये। भारतीय लोग उनका नाम भी नहीं जानते!

❑

चित्तौड़-उद्धार

: 1 :

दीपमालाएँ आपस में कुछ हिल-हिलकर इंगित कर रही हैं, किंतु मौन हैं। सज्जित मंदिर में लगे हुए चित्र एकटक एक-दूसरे को देख रहे हैं, शब्द नहीं हैं। शीतल समीर आता है, किंतु धीरे से वातायन-पथ के पार हो जाता है, जो सजीव चित्रों को देखकर वह कुछ नहीं कह सकता है। पर्यंक पर भाग्यशाली मस्तक उन्नत किये हुए चुपचाप बैठा हुआ युवक स्वर्ग-पुतली की ओर देख रहा है, जो कोने में निर्वात दीपशिखा की तरह प्रकोष्ठ में आलोकित किये हुए है। नीरवता का सुंदर दृश्य, भावविभोर होने का प्रत्यक्ष प्रमाण, स्पष्ट उस गृह में आलोकित हो रहा है।

अकस्मात् गम्भीर कंठ से युवक उद्वेग में भर बोल उठा—सुंदरी! आज से तुम मेरी धर्मपत्नी हो, फिर मुझसे संकोच क्यों?

युवती कोकिल-स्वर से बोली—महाराजकुमार! यह आपकी दया है, जो दासी को अपनाना चाहते हैं, किंतु वास्तव में दासी आपके योग्य नहीं है।

युवक—मेरी धर्मपरिणीता वधू, मालदेव की कन्या अवश्य मेरे योग्य है। यह चाटूक्ति मुझे पसंद नहीं। तुम्हारे पिता ने, यद्यपि वह मेरे चिर-शत्रु हैं, तुम्हारे ब्याह के लिये नारियल भेजा और मैंने राजपूत धर्मानुसार उसे स्वीकार किया, फिर भी तुम्हारी-ऐसी सुंदरी को पाकर हम प्रवंचित नहीं हुए और इसी अवसर पर अपने पूर्व-पुरुषों की जन्मभूमि का भी दर्शन मिला।

उदारहृदय राजकुमार! मुझे क्षमा कीजिये। देवता से छलना मनुष्य नहीं कर सकता। मैं इस सम्मान के योग्य नहीं कि पर्यंक पर बैठूँ, किन्तु चरण-प्रांत में बैठकर एक बार नारी-जीवन का स्वर्ग भोग कर लेने में आपके-ऐसे देवता बाधा न देंगे।

इतना कहकर युवती ने पर्यंक से लटकते हुए राजकुमार के चरणों को पकड़ लिया।

वीर कुमार हम्मीर अवाक् देखने लगे। फिर उसका हाथ पकड़कर पास में बैठा लिया। राजकुमारी शीघ्रता से न उतरकर पलंग के नीचे बैठ गयी।

दाम्पत्य-सुख से अपरिचित कुमार की भँवें कुछ चढ़ गयीं, किंतु उसी क्षण यौवन

के नवीन उल्लास ने उन्हें उतार दिया। हम्मीर ने कहा—फिर क्यों तुम इतना उत्कंठित कर रही हो? सुन्दरी! कहो, बात क्या है?

राजकुमारी—मैं विधवा हूँ। सात वर्ष की अवस्था में, सुना है कि मेरा ब्याह हुआ और आठवें वर्ष विधवा हुई! यह भी सुना है कि विधवा का शरीर अपवित्र होता है। तब जगतपवित्र सिसौदिया कुल के कुमार को छूने का साहस कैसे कर सकती हूँ।

हम्मीर हैं! क्या तुम विधवा हो? फिर तुम्हारा ब्याह पिता ने क्यों किया?

राजकुमारी—केवल देवता को अपमानित करने के लिये।

हम्मीर की तलवार में स्वयं एक झनकार उत्पन्न हुई। फिर भी उन्होंने शांत होकर कहा—अपमान इससे नहीं होता, किंतु परिणीता वधू को छोड़ देने में अवश्य अपमान है।

राजकुमारी—प्रभो! पतिता को लेकर आप क्यों कलंकित होते हैं?

हम्मीर ने मुस्करा कर कहा—ऐसे निर्दोष और सच्चे रत्न को लेकर कौन कलंकित हो सकता है?

राजकुमारी संकुचित हो गयी। हम्मीर ने हाथ पकड़कर, उठाकर पलंग पर बैठाया और कहा—आओ, तुम्हें मुझसे समाज, संसार—कोई भी नहीं अलग कर सकता।

राजकुमारी ने वाष्परुद्ध कंठ से कहा—इस अनाथिनी को सनाथ करके आपने चिरऋणी बनाया और विह्वल होकर हम्मीर के अंक में सिर रख दिया।

: 2 :

कैलवाड़ा-प्रदेश के छोटे-से दुर्ग के एक प्रकोष्ठ में राजकुमार हम्मीर बैठे हुए चिंता में निमग्न हैं। सोच रहे थे—जिस दिन मुंज का सिर मैंने काटा, उसी दिन एक भारी बोझ मेरे सिर रख दिया गया, यह पितृव्य का दिया हुआ महाराणा-वंश का राजतिलक है, उसका पूरा निर्वाह भर करना कर्त्तव्य है। चित्तौड़ का उद्धार करना ही मेरा प्रधान लक्ष्य है। पर देखूँ, ईश्वर कैसे इसे पूरा करता है? इस छोटी-सी सेना से, यथोचित धन का अभाव रहते, वह क्योंकर हो सकता है? रानी मुझे चिंताग्रस्त देखकर यही समझती है कि विवाह ही मेरे चिंतित होने का कारण है। मैं उसकी ओर देखकर मालदेव पर कोई अत्याचार करने पर संकुचित होता हूँ। ईश्वर की कृपा से एक पुत्र भी हुआ, किन्तु मुझे नित्य चिंतित देखकर रानी पिता के यहाँ चली गयी है। यद्यपि देवता-पूजन करने के लिये ही वहाँ उनका जाना हुआ है, किन्तु मेरी उदासीनता भी कारण है। भगवान एकलिंगेश्वर कैसे इस दुसाध्य कार्य को पूर्ण करते हैं, यह वही जानें।

इसी तरह की अनेक कुविचार-तरंगें मानव में उठ रही थीं। संध्या की शोभा सामने की गिरि-श्रेणी पर अपनी लीला दिखा रही है, किंतु चिंतित हम्मीर को उसका

आनन्द नहीं। देखते-देखते अन्धकार ने गिरिप्रदेश को ढँक लिया। हम्मीर उठे, वैसे ही द्वारपाल ने आकर कहा—महाराज विजयी हो। चित्तौड़ से महारानी का भेजा हुआ एक सैनिक आया है।

थोड़ी ही देर में सैनिक गया और अभिवादन करने के बाद उसने एक पत्र हम्मीर के हाथ में दिया। हम्मीर ने उसे लेकर सैनिक को विदा किया और पत्र पढ़ने लगे—

प्राणनाथ जीवनसर्वस्व के चरणों में कोटिशः प्रणाम!

देव! आपकी कृपा ही मेरे लिये कुशल है। मुझे यहाँ आये इतने दिन हुए, किंतु एक बार भी आपने पूछा नहीं। इतनी उदासीनता क्यों? क्या, साहस में भरकर जो मुझे आपने स्वीकार किया, उसका प्रतिकार कर रहे हैं? देवता! ऐसा न होना चाहिये। मेरा अपराध ही क्या? मैं आपका चिंतित मुख नहीं देख सकती, इसलिए कुछ दिनों के लिए यहाँ चली आयी हूँ, किंतु बिना उस मुख के देखे भी शांति नहीं। अब कहिये, क्या करूँ? देव! जिस भूमि की दर्शनाभिलाषा ने ही आपको मुझसे ब्याह करने के लिये बाध्य किया, उसी भूमि में मेरा हृदय अब कहता है कि आप ब्याह करके कहीं पश्चात्ताप कर रहे हैं, किंतु आपकी उदासीनता केवल चित्तौड़-उद्धार के लिये है। मैं इसमें बाधा-स्वरूप आपको दिखाई पड़ती हूँ। मेरे ही स्नेह से आप पिता के ऊपर चढ़ाई नहीं कर सकते और पितरों के ऋण से उद्धार नहीं पा रहे हैं। इस जन्म में तो आपसे उद्धार नहीं हो सकती और होने की इच्छा भी नहीं कभी किसी भी जन्म में। चित्तौड़-अधिष्ठात्री देवी ने मुझे स्वप्न में जो आज्ञा दी है, मैं उसी कार्य के लिये रुकी हूँ। पिता इस समय चित्तौड़ में नहीं हैं, इससे यह नहीं समझिये कि मैं आपको कायर समझती हूँ, किंतु इसलिये कि युद्ध में उनके न रहने से उनकी कोई शारीरिक क्षति नहीं होगी। मेरे कारण जिसे आप बचाते हैं, वह बात बच जायेगी। सरदारों से रक्षित चित्तौड़-दुर्ग के वीर सैनिकों के साथ सम्मुख युद्ध में इस समय विजय प्राप्त कर सकते हैं। मुझे निश्चय है, भवानी आपकी रक्षा करेंगी और मुझे चित्तौड़ से अपने साथ लिवा न जाकर यहीं सिंहासन पर बैठिये। दासी चरण-सेवा करके कृतार्थ होगी।

: 3 :

चित्तौड़-दुर्ग के सिंहद्वार पर एक सहस्र राजपूत-सवार और उतने ही भील-धनुर्धर पदातिक उन्मुक्त शस्त्र लिये हुए महाराणा हम्मीर की जय का भीम-नाद कर रहे हैं।

दुर्ग-रक्षक सचेष्ट होकर बुर्जियों पर से अग्नि-वर्षा करा रहा है, किन्तु इन दृढ़ प्रतिज्ञ वीरों को हटाने में असमर्थ है। दुर्गद्वार बंद है। आक्रमणकारियों के पास दुर्गद्वार तोड़ने का कोई साधन नहीं है, तो भी वे अदम्य उत्साह से आक्रमण कर रहे हैं। हम्मीर कतिपय उत्साही वीरों के साथ अग्रसर होकर प्राचीर पर चढ़ने का उद्योग करने

लगे, किंतु व्यर्थ, कोई फल नहीं हुआ। भीलों की बाण-वर्षा से हम्मीर का शत्रुपक्ष निर्बल होता था, पर वे सुरक्षित थे और भीषण हत्याकांड हो रहा है। अकस्मात् दुर्ग का सिंहद्वार सशब्द खुला।

हम्मीर की सेना ने समझा कि शत्रु मैदान में, युद्ध करने के लिये आ गये, बड़े उल्लास से आक्रमण किया गया। किंतु देखते हैं तो सामने एक सौ क्षत्राणियाँ हाथ में तलवार लिये हुए दुर्ग के भीतर खड़ी हैं! हम्मीर पहले तो संकुचित हुए, फिर जब देखा कि स्वयं राजकुमारी ही उन क्षत्राणियों की नेत्री हैं और उनके हाथ में भी तलवार है, तो वह आगे बढ़े। राजकुमारी ने प्रणाम करके तलवार महाराणा के हाथों में दे दी, राजपूतों ने भीम-नाद के साथ 'एकलिंग की जय' घोषित किया।

वीर हम्मीर अग्रसर नहीं हो रहे हैं। दुर्ग से रक्षक ससैन्य उसी स्थान पर आ गया, किंतु वहाँ का दृश्य देखकर वह भी आवक् हो गया। हम्मीर ने कहा–सेनापते! मैं इस तरह दुर्ग-अधिकार पा तुम्हें बन्दी नहीं करना चाहता, तुम ससैन्य स्वतंत्र हो। यदि इच्छा हो, तो युद्ध करो। चित्तौड़-दुर्ग राणा-वंश का है। यदि हमारा होगा, तो एकलिंग-भगवान की कृपा से उसे हम हस्तगत करेंगे ही।

दुर्ग-रक्षक ने सोचकर कहा–भगवान् की इच्छा है कि आपको आपका पैतृक दुर्ग मिले, उसे कौन रोक सकता है? संभव है कि इसमें राजपूतों की भलाई हो। इससे बन्धुओं का रक्तपात हम नहीं चाहते। आपको चित्तौड़ का सिंहासन सुखद हो, देश की श्री-वृद्धि हो, हिन्दुओं का सूर्य मेवाड़-गगन में एक बार फिर उदित हो। भील, राजपूत शत्रुओं ने मिलकर महाराणा का जयनाद किया, दुंदुभि बज उठी। मंगल-गान के साथ सपत्नीक हम्मीर पैतृक सिंहासन पर आसीन हुए। अभिवादन ग्रहण कर लेने पर महाराणा ने महिषी से कहा–क्या अब भी तुम कहोगी कि तुम हमारे योग्य नहीं हो?

❑

अशोक

1

पूत-सलिला भागीरथी के तट पर चंद्रालोक में महाराज चक्रवर्ती अशोक टहल रहे हैं। थोड़ी दूरी पर एक युवक खड़ा है। सुधाकर की किरणों के साथ नेत्रताराओं को मिलाकर स्थिर दृष्टि से महाराज ने कहा—विजयकेतु, क्या यह बात सच है कि जैन लोगों ने हमारे बौद्ध-धर्माचार्य होने का जनसाधारण में प्रवाद फैलाकर उन्हें हमारे विरुद्ध उत्तेजित किया है और पौण्ड्रवर्धन में एक बुद्धमूर्ति तोड़ी गयी है?

विजयकेतु—महाराज, क्या आपसे भी कोई झूठ बोलने का साहस कर सकता है?

अशोक—मनुष्य के कल्याण के लिये हमने जितना उद्योग किया, क्या वह सब व्यर्थ हुआ? बौद्धधर्म को हमने क्यों प्रधानता दी? इसीलिये कि शांति फैलेगी, देश में द्वेष का नाम भी न रहेगा और उसी शांति की छाया में समाज अपने वाणिज्य, शिल्प और विद्या की उन्नति करेगा। पर नहीं, हम देख रहे हैं कि हमारी कामना पूर्ण होने में भी अनेक बाधाएँ हैं। हमें पहले उन्हें हटाकर मार्ग प्रशस्त करना चाहिये।

विजयकेतु—देव! आपकी क्या आज्ञा है?

अशोक—विजयकेतु, भारत में एक समय वह था, जब कि इसी अशोक के नाम से लोग काँप उठते थे। क्यों? इसीलिये कि वह बड़ा कठोर शासक था। पर वही अशोक जब से बौद्ध कहकर सर्वत्र प्रसिद्ध हुआ है, उसके शासन को लोग कोमल कहकर भूलने लग गये हैं। अस्तु, तुमको चाहिये कि अशोक का आतंक एक बार फिर फैला दो और यह आज्ञा प्रचारित कर दो कि जो मनुष्य जैनों का साथी होगा, वह अपराधी होगा और जो एक जैन का सिर काटकर लावेगा, वह पुरस्कृत किया जावेगा।

विजयकेतु—(काँपकर) जो महाराज की आज्ञा!

अशोक—जाओ, शीघ्र जाओ।

विजयकेतु चला गया। महाराज अभी वहीं खड़े हैं। नूपुर का कलनाद सुनाई पड़ा। अशोक ने चौंककर देखा, तो बीस-पच्चीस दासियों के साथ महारानी तिष्यरक्षिता चली आ रही हैं।

अशोक—प्रिये! तुम यहाँ कैसे?

तिष्यरक्षिता—प्राणनाथ! शरीर से कहीं छाया अलग रह सकती है? बहुत देर हुई, मैंने सुना था कि आप आ रहे हैं; पर बैठे-बैठे जी घबड़ा गया कि आने में क्यों देर हो रही है। फिर दासी से ज्ञात हुआ कि आप महल के नीचे बहुत देर से टहल रहे हैं। इसीलिये मैं स्वयं आपके दर्शन के लिये चली आई। अब भीतर चलिये।

अशोक—मैं तो आ ही रहा था। अच्छा चलो।

अशोक और तिष्यरक्षिता समीप के सुन्दर प्रसाद की ओर बढ़े। दासियाँ पीछे थीं।

: 2 :

राजकीय कानन में अनेक प्रकार के वृक्ष, सुरभित सुमनों से भरे झूम रहे हैं। कोकिला भी कूक-कूक कर आम की डालों को हिलाये देती है। नव-वसंत का समागम है। मलयानिल इठलाता हुआ कुसुम-कलियों को ठुकराता जा रहा है।

इसी समय कानन-निकटस्थ शैल के झरने के पास बैठकर एक युवक जल लहरियों की तरंग-भरी देख रहा है। युवक बड़े सरल विलोकन से कृत्रिम जलप्रताप को देख रहा है, उसकी मनोहर लहरियाँ जो बहुत ही जल्दी-जल्दी लीन होकर स्रोत में मिलकर सरल पथ का अनुकरण करती हैं, उसे बहुत ही भली मालूम हो रही हैं। पर युवक को यह नहीं मालूम कि उसकी सरल दृष्टि और सुन्दर आकृति से विवश होकर एक रमणी अपने परम पवित्र पद से च्युत होना चाहती है।

देखो, उस लता-कुंज में, पत्तियों की ओट में, दो नीलमणि के समान कृष्णतारा चमककर किसी अदृश्य आश्चर्य का पता बता कर रहे हैं। नहीं-नहीं, देखो, चन्द्रमा में भी कहीं तारे रहते हैं? वह तो किसी सुंदरी के मुख-कमल का आभास है।

युवक अपने अन्दाज में मग्न है। उसको इसका कुछ भी ध्यान नहीं है कि कोई व्याघ्र उसकी ओर अलक्षित होकर बाण चला रहा है। युवक उठा और उसी कुंज की ओर चला। किसी प्रच्छन्न शक्ति प्रेरणा से वह उसी लता-कुंज की ओर बढ़ा। किंतु उसकी दृष्टि वहाँ जब भीतर पड़ी, तो वह अवाक् हो गया। उसके दोनों हाथ आप जुट गये। उसका सिर स्वयं अवनत हो गया।

रमणी स्थिर होकर खड़ी थी। उसके हृदय में उद्वेग और शरीर में कंप था। धीरे-धीरे उसके होंठ हिले और कुछ मधुर शब्द निकले। पर वे शब्द स्पष्ट होकर वायुमंडल में लीन हो गये। युवक का सिर नीचे ही था। फिर युवती ने अपने को सँभाला और बोली—कुनाल, तुम यहाँ कैसे? अच्छे तो हो?

माताजी की कृपा से—उत्तर में कुनाल ने कहा।

युवती मंद मुस्कान के साथ बोली—मैं तुम्हें देर से यहाँ छिपकर देख रही हूँ।

कुनाल—महारानी तिष्यरक्षिता को छिपकर मुझे देखने की क्या आवश्यकता है?

तिष्यरक्षिता—(कुछ कंपित स्वर से) तुम्हारे सौंदर्य से विवश होकर।

कुनाल–(विस्मित तथा भयभीत होकर) पुत्र का सौंदर्य तो माता ही का दिया हुआ है।

तिष्यरक्षिता–नहीं कुनाल, मैं तुम्हारी प्रेम-भिखारिनी हूँ, राजरानी नहीं हूँ और न तुम्हारी माता हूँ।

कुनाल–कुंज से बाहर निकलकर माताजी, मेरा प्रणाम ग्रहण कीजिए और सोचता हुआ उपवन के बाहर निकल गया। पर तिष्यरक्षिता किंकर्तव्यविमूढ़ होकर वहीं तब तक खड़ी रही, जब तक किसी दासी के भूषण-शब्द ने उसकी मोह-निद्रा को भंग नहीं किया।

: 3 :

श्रीनगर के समीपवर्ती कानन में एक कुटीर के द्वार पर कुनाल बैठा हुआ ध्यानमग्न है। उसकी सुशील पत्नी उसी कुटीर में कुछ भोजन बना रही है। कुटी स्वच्छ तथा उसकी भूमि परिष्कृत है। शांति की प्रबलता के कारण पवन भी उसी समय धीरे-धीरे चल रहा है।

किंतु वह शांति देर तक न रही, क्योंकि एक दौड़ता हुआ मृगशावक कुनाल की गोद में आ गिरा, जिससे उसके ध्यान में विघ्न हुआ। कोई इसके पीछे आता ही होगा। पर जब कोई उसे न देख पड़ा, तो उसने मृगशावक को अपनी स्त्री 'धर्मरक्षिता' को देखकर कहा–प्रिये! क्या तुम इसको बच्चे की तरह पालोगी?

धर्मरक्षिता–प्राणनाथ, हमारे ऐसे वनचारियों को ऐसे ही बच्चे चाहिए।

कुनाल–प्रिये! तुमको हमारे साथ बहुत कष्ट है।

धर्मरक्षिता–नाथ, इस स्थान पर यदि सुख न मिला, तो मैं समझूँगी कि संसार में भी कहीं सुख नहीं है।

कुनाल–किंतु प्रिये, क्या तुम्हें वे सब राज-सुख याद नहीं आते? क्या उनकी स्मृति तुम्हें नहीं सताती? और क्या तुम अपनी मर्म-वेदना से निकलते हुए आँसुओं को रोक नहीं लेती! या वे सचमुच हैं ही नहीं?

धर्मरक्षिता–प्राणाधार! कुछ नहीं है। यह सब आपका भ्रम है, मेरा हृदय जितना इस शांत वन में आनंदित है, उतना कहीं भी न रहा। भला ऐसे स्वभाववर्धि, सरल-सीधे और सुमनवाले साथी कहाँ मिलते? ऐसी मृदुल लताएँ, जो अनायास ही चरण को चूमती हैं, कहाँ उस जनरव से भरे राजकीय नगर में मिली थीं? नाथ, और सच कहना, (मृग को चूमकर) ऐसा प्यारा शिशु भी तुम्हें आज तक कहीं मिला था? तिस पर भी आपको अपनी विमाता की कृपा से जो दुःख मिलता था, वह भी यहाँ नहीं है। फिर ऐसा सुखमय जीवन और कौन होगा?

कुनाल के नेत्र आँसुओं से भर आये और वह उठकर टहलने लगे। धर्मरक्षिता भी अपने कार्य में लगी। मधुर पवन भी उस भूमि में उसी प्रकार चलने लगा। कुनाल

का हृदय अशांत हो उठा और वह टहलता हुआ कुछ दूर निकल गया। जब नगर का समीपवर्ती प्रांत उसे दिखाई पड़ा, तब वह रुक गया और उसी ओर देखने लगा।

: 4 :

पाँच-छः मनुष्य दौड़ते हुए चले आ रहे हैं। वे कुनाल के पास पहुँचना ही चाहते थे कि उनके पास बीस अश्वारोही दीख पड़े। वे सब-के-सब कुनाल के समीप पहुँचे। कुनाल चकित दृष्टि से उन सबको देख रहा था।

आगे दौड़कर आने वाले लोगों ने कहा—महाराज, हम लोगों को बचाइये।

कुनाल उन लोगों को पीछे करके आप आगे डटकर खड़ा हो गया। वे अश्वारोही भी उस कुनाल के अपूर्व तेजोमय स्वरूप को देखकर सहमकर उसी स्थान पर खड़े हो गये। कुनाल ने उन अश्वारोहियों से पूछा—तुम लोग इन्हें क्यों सता रहे हो? क्या इन लोगों ने ऐसा कार्य किया है, जिससे ये लोग न्यायतः दंडभागी समझे गये हैं?

एक अश्वारोही, जो उन लोगों का नायक था, बोला—हम लोग राजकीय सैनिक हैं और राजा की आज्ञा से इन विधर्मी जैनियों का वध करने के लिये आये हैं। पर आप कौन हैं, जो महाराज चक्रवर्ती देवप्रिय अशोकदेव की आज्ञा का विरोध करने पर उद्यत हैं?

कुनाल—चक्रवर्ती अशोक! वह कितना बड़ा राजा है?

नायक—मूर्ख! क्या तू अभी तक महाराज अशोक का पराक्रम नहीं जानता, जिन्होंने अपने प्रचंड भुजदंड के बल से कलिंग-विजय किया है? और जिनकी राज्य-सीमा दक्षिण में केरल और मलयगिरि, उत्तर में सिंधुकोष-पर्व तथा पूर्व और पश्चिम में किरात-देश और पटल है! जिनकी मैत्री के लिये यवन-नृपति लोग उद्योग करते रहते हैं, उन महाराज को तू भली-भाँति नहीं जानता?

कुनाल—परन्तु इससे भी बड़ा कोई साम्राज्य है, जिसके लिये किसी राज्य की मैत्री की आवश्यकता नहीं है।

नायक—इस विवाद की आवश्यकता नहीं है, हम अपना काम करेंगे।

कुनाल—तो क्या तुम लोग इन अनाथ जीवों पर कुछ दया न करोगे?

इतना कहते-कहते राजकुमार को कुछ क्रोध आ गया, नेत्र लाल हो गये। नायक उस तेजस्वी मूर्ति को देखकर एक बार फिर सहम गया।

कुनाल ने कहा—अच्छा, यदि तुम न मानोगे, तो यहाँ के शासक से जाकर कहो कि राजकुमार कुनाल तुम्हें बुला रहे हैं।

नायक सिर झुकाकर कुछ सोचने लगा। तब उसने अपने एक साथी की ओर देखकर कहा—जाओ, इन बातों को कहकर, दूसरी आज्ञा लेकर जल्द आओ।

अश्वारोही शीघ्रता से नगर की ओर चला। शेष सब लोग उसी स्थान पर खड़े थे।

थोड़ी देर में उसी ओर से दो अवश्वारोही आते हुए दिखाई पड़े। एक तो वही

था, जो भेजा गया था और दूसरा उस प्रदेश का शासक था। समीप आते ही वह घोड़े से उतर पड़ा और कुनाल का अभिवादन करने के लिए बढ़ा। पर कुनाल ने रोककर कहा—बस, हो चुका, मैंने आपको इसलिये कष्ट दिया है कि इन निरीह मनुष्यों की हिंसा की जा रही है।

शासक—राजकुमार! आपके पिता की आज्ञा ही ऐसी है और आपका यह वेश क्या है?

कुनाल—इसके पूछने की कोई आवश्यकता नहीं, पर क्या तुम इन लोगों को मेरे कहने पर छोड़ सकते हो?

शासक—दुःखित होकर राजकुमार, हम आपकी आज्ञा कैसे टाल सकते हैं, (ठहरकर) पर एक और बड़े दुःख की बात है।

कुनाल—वह क्या?

शासक ने एक पत्र अपने पास से निकालकर कुनाल को दिखाया। कुनाल उसे पढ़कर चुप रहा और थोड़ी देर के बाद बोला—तो तुमको इस आज्ञा का पालन करना चाहिये।

शासक—पर, यह कैसे हो सकता है?

कुनाल—जैसे हो, तो तुम्हें करना ही होगा।

शासक—किंतु राजकुमार, आपके इस देव-शरीर के दो नेत्र-रत्न निकालने का बल मेरे हाथों में नहीं है। हाँ, मैं अपने इस पद का त्याग कर सकता हूँ।

कुनाल—अच्छा, तो तुम मुझे इल लोगों के साथ महाराज के समीप भेज दो।

शासक ने कहा—जैसी आज्ञा।

: 5 :

पौण्ड्रवर्धन नगर में हाहाकार मचा हुआ है। नगर-निवासी प्रायः उद्विग्न हो रहे हैं। पर विशेषकर जैन लोगों ही में खलबती मची हुई है। जैन-रमणियाँ, जिन्होंने कभी घर के बाहर पैर भी नहीं रक्खा था, छोटे शिशुओं को लिए हुए भाग रही हैं। पर जाएँ कहाँ? जिधर देखती हैं, उधर ही सशस्त्र बौद्ध लोग उन्मत्तों की तरह दिखाई पड़ते हैं। देखो, वह स्त्री, जिसके केश परिश्रम से खुल गए हैं—गोद का शिशु अलग मचल कर रो रहा है, थककर एक वृक्ष के नीचे बैठ गयी है; अरे देखो! दुष्ट निर्दय वहाँ भी पहुँच गये, और उस स्त्री को सताने लगे।

युवती ने हाथ जोड़कर कहा—आप लोग दुःख मत दीजिए। फिर उसने एक-एक करके सब आभूषण उतार दिये और वे दुष्ट उन सब अलंकारों को लेकर भाग गये। इधर वह स्त्री और पुरुष तीन-चार बैठे हैं। पर सारथी उस ऊँची-नीची पथरीली भूमि में भी उन लोगों की ओर बिना ध्यान दिये रथ शीघ्रता से लिये जा रहा है, सूर्य

की किरणें पश्चिम में पीली हो गयी हैं। चारों ओर उस पथ में शांति है। केवल उसी रथ का शब्द सुनाई पड़ता है, जो अभी उत्तर की ओर चला जा रहा है।

थोड़ी ही देर में वह रथ सरोवर के समीप पहुँचा और रथ के घोड़े हाँफते हुए थककर खड़े हो गये। अब सारथी भी कुछ न कर सका और उसको रथ के नीचे उतरना पड़ा।

रथ को रुका जानकर भीतर से एक पुरुष निकला और उसने सारथी से पूछा—क्यों, तुमने रथ क्यों रोक दिया?

सारथी—अब घोड़े नहीं चल सकते।

पुरुष—तब तो फिर बड़ी विपत्ति का सामना करना होगा; क्योंकि पीछा करने वाले उन्मत्त सैनिक आ ही पहुँचेंगे।

सारथी—तब क्या किया जाय? (सोचकर) अच्छा, आप लोग इस समीप की कुटी में चलिये, यहाँ कोई महात्मा हैं, वह अवश्य आप लोगों को आश्रय देंगे।

पुरुष ने कुछ सोचकर सब आरोहियों को रथ पर से उतारा और वे सब लोग कुटी की ओर अग्रसर हुए।

कुटी के बाहर एक पत्थर पर अधेड़ मनुष्य बैठा हुआ है। उसका परिधेय वस्त्र भिक्षुओं के समान है। रथ पर के लोग उसी के सामने आकर खड़े हुए। उन्हें देखकर वह महात्मा बोले—आप लोग कौन हैं और क्यों आये हैं?

उसी पुरुष ने आगे बढ़कर, हाथ जोड़कर कहा—महात्मन्, हम लोग जैन हैं और महाराज अशोक की आज्ञा से जैन लोगों का सर्वनाश किया जा रहा है, अतः हम लोग प्राण के भय से भाग कर अन्यत्र जा रहे हैं। पर मार्ग में घोड़े थक गये, अब ये इस समय चल नहीं सकते। क्या आप थोड़ी देर तक हम लोगों को आश्रय दीजियेगा?

महात्मा थोड़ी देर सोचकर बोले—अच्छा, आप लोग इस कुटी में चले जाइये।

स्त्री-पुरुषों ने आश्रय पाया।

अभी उन लोगों को बैठे थोड़ी ही देर हुई है कि अकस्मात् अश्व पद-शब्द ने सबको चकित और भयभीत कर दिया। देखते-देखते दस अश्वारोही उस कुटी के सामने पहुँच गये। उनमें से एक महात्मा की ओर लक्ष्य करके बोला—ओ भिक्षु, क्या तूने अपने यहाँ भागे हुए जैन विधर्मियों को आश्रय दिया है? समझ रख, तू हम लोगों से बहाना नहीं कर सकता, क्योंकि उनका रथ इस बात का ठीक पता दे रहा है।

महात्मा—सैनिको, तुम उन्हें लेकर क्या करोगे? मैंने अवश्य उन दुखियों को आश्रय दिया है, क्यों व्यर्थ नर-रक्त से अपने हाथों को रंजित करते हो?

सैनिक अपने साथियों की ओर देखकर बोला—यह दुष्ट भी जैन ही है, ऊपरी बौद्ध बना हुआ है; इसे भी मारो।

'इसे भी मारो' का शब्द गूँज उठा और देखते-देखते उस महात्मा का सिर भूमि में लोटने लगा।

इस कांड को देखते ही कुटी के स्त्री-पुरुष चिल्ला उठे। उन नर-पिशाचों ने एक को भी न छोड़ा! सबकी हत्या की।

अब सब सैनिक धन खोजने लगे। मृत स्त्री-पुरुषों के आभूषण उतारे जाने लगे। एक सैनिक, जो उस महात्मा की ओर झुका था, चिल्ला उठा। सबका ध्यान उसी की ओर आकर्षित हुए। सब सैनिकों ने देखा, उसके हाथ में एक अँगूठी है, जिस पर लिखा है—'वीताशोक'!

महाराज अशोक के भाई, जिनका पता नहीं लगता था, वही 'वीताशोक' मारे गये! चारों ओर उपद्रव शांत है। पौण्ड्रवर्धन नगर प्रशांत समुद्र की तरह हो गया है।

महाराज अशोक पाटिलपुत्र के साम्राज्य-सिंहासन पर विचारपति होकर बैठे हैं। राज़सभा की शोभा तो कहते नहीं बनती। सुवर्ण रचित बेल-बूटों की कारीगरी से, जिनमें मणि-माणिक्य स्थानानुकूला बिठाये गये हैं—मौर्य-सिंहासन मंदिर भारतवर्ष का वैभव दिखा रहा है, जिसे देखकर पारसीक सम्राट 'दारा' के सिंहासन-मंदिर को ग्रीक लोग तुच्छ दृष्टि से देखते थे।

: 6 :

धर्नाधिकारी, प्राड्विवाक, महामात्य, धर्म-महामात्य रज्जुक और सेनापति सब अपने-अपने स्थान पर स्थित हैं। राजकीय तेज का सन्नाटा सबको मौन किये है।

देखते-देखते एक स्त्री और एक पुरुष उस सभा में आये। सभास्थित सब लोगों की दृष्टि को पुरुष के अवनत तथा बड़े-बड़े नेत्रों ने आकर्षित कर लिया। किंतु सब नीरव हैं। युवक और युवती ने मस्तक झुकाकर महाराजा को अभिवादन किया।

स्वयं महाराजा ने पूछा—तुम्हारा नाम?

उत्तर—कुनाल।

प्रश्न—पिता का नाम?

उत्तर—महाराज चक्रवर्ती धर्माशोक।

सब लोग उत्कंठा और विस्मय से देखने लगे कि अब क्या होता है, पर महाराज का मुख कुछ भी विकृत न हुआ, प्रत्युत और भी गंभीर स्वर से प्रश्न करने लगे—

प्रश्न—तुमने कोई अपराध किया है?

उत्तर—अपनी समझ से तो मैंने अपराध से बचने का उद्योग किया था।

प्रश्न—फिर तुम किस तरह अपराधी बनाये गये?

उत्तर—तक्षशिला के महासामंत से पूछिये।

महाराज की आज्ञा होते ही शासक ने अभिवादन के उपरांत एक पत्र उपस्थित किया, जो अशोक के कर में पहुँचा।

महाराज ने क्षण-भर में महामात्य से फिरकर पूछा—यह आज्ञा-पत्र कौन ले गया था, उसे बुलाया जाय।

पत्रवाहक भी आया और कंपित स्वर से अभिवादन करते हुए बोला—धर्मावतार, यह पत्र मुझे महादेवी तिष्यरक्षिता के महल से मिला था और आज्ञा हुई थी कि इसे शीघ्र तक्षशिला के शासक के पास पहुँचाऊँ।

महाराज ने शासक की ओर देखा। उसने हाथ जोड़कर कहा—महाराज, यही आज्ञा-पत्र लेकर गया था।

महाराज ने गंभीर होकर अमात्य से कहा—तिष्यरक्षिता को बुलाओ।

महामात्य ने कुछ बोलने की चेष्टा की, किंतु महाराज के भृकुटिभंग ने उन्हें बोलने से निरस्त किया; अब वह स्वयं उठे और चले।

: 7 :

महादेवी तिष्यरक्षिता राजसभा में उपस्थित हुई। अशोक ने गंभीर स्वर में पूछा—यह तुम्हारी लेखनी से लिखा गया है? क्या उस दिन तुमने इसी कुकर्म के लिये राजमुद्रा छिपा ली थी? क्या कुनाल के बड़े-बड़े सुंदर नेत्रों ने ही तुम्हें अपने निकलवाने की आज्ञा देने के लिये विवश किया था? अवश्य तुम्हारा ही यह कुकर्म है। अस्तु, तुम्हारी-ऐसी स्त्री को पृथ्वी के ऊपर नहीं, किंतु भीतर रहना चाहिये।

सब लोग काँप उठे। कुनाल ने आगे बढ़ घुटने टेक दिये और कहा—क्षमा।

अशोक ने गंभीर स्वर से कहा—नहीं।

तिष्यरक्षिता उन्हीं पुरुषों के साथ गयी, जो लोग उसे जीवित समाधि देने वाले थे। महामात्य ने राजकुमार कुनाल को आसन पर बैठाया और धर्मरक्षिता महल में गयी।

महामात्य ने एक पत्र और अँगूठी महाराज को दी। यह पौण्ड्रवर्धन के शासक का पत्र तथा वीताशोक की अँगूठी थी।

पत्र-पाठ करके और मुद्रा को देखकर वही कठोर अशोक विह्वल हो गये और अवसन्न होकर सिंहासन पर गिर पड़े।

उसी दिन से कठोर अशोक ने हत्या की आज्ञा बंद कर दी, स्थान-स्थान पर जीवहिंसा न करने की आज्ञा पत्थरों पर खुदवा दी गयी।

कुछ ही काल के बाद महाराज अशोक ने उद्विग्न चित्त को शांत करने के लिये भगवान् बुद्ध के प्रसिद्ध स्थानों को देखने के लिये धर्म-यात्रा की।

❑

गुलाम

: 1 :

फूल नहीं खिलते हैं, बेले की कलियाँ मुरझाई जा रही हैं। समय पर नीरद ने सींचा नहीं, किसी माली की भी दृष्टि उस ओर नहीं घूमी; अकाल में बिना खिले कुसुम-कोरक म्लान होना ही चाहता है। अकस्मात् डूबते सूर्य की पीली किरणों की आभा से चमकता हुआ एक बादल का टुकड़ा स्वर्ण-वर्षा कर गया। परोपकारी पवन उन छीटों को ढकेलकर उन्हें एक कोरक पर लाद गया। भला इतना भार वह कैसे सह सकता है! सब ढुलककर धरती पर गिर पड़े। कोरक भी कुछ हरा हो गया।

यमुना के बीच धारा में एक छोटी, पर बहुत ही सुंदर तरणी मंद पवन के सहारे धीरे-धीरे बह रही है। सामने के महल से अनेक चंद्रमुख निकलकर उसे देख रहे हैं। चार कोमल सुंदरियाँ डाँड़े चला रही हैं और एक बैठी हुई सितारी बजा रही है। सामने एक भव्य पुरुष बैठा हुआ उसकी ओर निर्निमेष दृष्टि से देख रहा है।

पाठक! यह प्रसिद्ध शाहआलम दिल्ली के बादशाह हैं। जलक्रीड़ा हो रही है।

संध्या-सूर्य की लालिमा जीनत-महल के अरुण मुख-मंडप की शोभा और भी बढ़ा रही है। प्रणयी बादशाह उस आतप-मंडित मुखारविंद की ओर सतृष्ण नयन से देख रहे हैं, जिस पर बार-बार गर्व और लज्जा का दुबारा रंग चढ़ता-उतरता है और इसी कारण सितार का स्वर भी बहुत शीघ्र चढ़ता-उतरता है। संगीत तार पर चढ़कर दौड़ता हुआ व्याकुल होकर घूम रहा है; क्षण-भर भी विश्राम नहीं।

जीनत के मुखमंडल पर स्वेद-बिंदु झलकने लगे। बादशाह ने व्याकुल होकर कहा—बस करो, प्यारी जीनत बस करो! बहुत अच्छा बजाया। वाह, क्या बात है! साकी, एक प्याला शोराजी शर्बत!

'हुजूर आया', कहता हुआ एक सुकुमार बालक सामने आया, हाथ में पान पात्र था। उस बालक की मुख-कांति दर्शनीय थी। भरा प्याला छलकना चाहता था, इधर घुँघराली अलकें उसकी आँखों पर बरजोरी एक पर्दा डालना चाहती थीं। बालक प्याले को एक हाथ में लेकर जब केश-गुच्छ को हटाने लगा, तब जीनत और शाहआलम दोनों चकित होकर देखने लगे। अलकें अलग हुई। बेगम ने एक ठंडी साँस ली।

शाहआलम के मुख से भी एक आह निकलना ही चाहती थी, पर उसे रोककर निकल पड़ा—'बेगम को दो।'

बालक ने दोनों हाथों से पान-पात्र जीनत की ओर बढ़ाया। बेगम ने उसे लेकर पान कर लिया।

नहीं कह सकते कि उस शर्बत ने बेगम को कुछ तरी पहुँचाई या गर्मी; किंतु हृदय-स्पंदन अवश्य कुछ बढ़ गया। शाहआलम ने झुककर कहा—एक और!

बालक विचित्र गति से पीछे हटा और थोड़ी देर में दूसरा प्याला लाकर उपस्थित हुआ। पान-पात्र निश्शेष कर शाहआलम ने हाथ कुछ और फैला दिया और बालक की ओर इंगित करके बोले—कादिर, जरा उँगलियों को हाथ में लेकर बुलाने लगा।

मालूम होता है कि जीनत को शर्बत ने ज्यादा गर्मी पहुँचाई। वह छोटे बजरे के मेहराब में से झुककर यमुना-जल छूने लगी। कलेजे के नीचे एक मखमली तकिया मसली जाने लगी या न मालूम वहाँ कामिनी के वक्षस्थल को पीड़न करने लगी।

शाहआलम की उँगलियाँ, उस कोमल बाल-रवि-कर-समान स्पर्श से कलियों की तरह चटकने लगीं। बालक की निर्निमेष दृष्टि आकाश की ओर थी। अकस्मात् बादशाह ने कहा—मीना! ख्वाजा-सरा से कह देना कि इस कादिर को अपनी खास तालीम में रखें और उसके सुपुर्द कर देना।

एक डाँड़े चलानेवाली ने झुककर कहा—बहुत अच्छा हुजूर!

बेगम ने अपने सीने से तकिये को और दबा दिया; किन्तु वह कुछ न बोल सकी, दबकर रह गयी।

: 2 :

उपर्युक्त घटना को बहुत दिन बीत गये। गुलाम कादिर अब अच्छा युवक मालूम होने लगा। उसका उन्नत स्कंध, भरी-भरी बाँहें और विशाल वक्षस्थल बड़े सुहावने हो गये। किंतु कौन कह सकता है कि वह युवक है। ईश्वरीय नियम के विरुद्ध उसका पुंसत्व छीन लिया गया है।

कादिर शाहआलम का प्यारा गुलाम है। उसकी तूती बोल रही है, सो भी कहाँ; शाही नौबतखाने के भीतर।

दीवाने-आम में अच्छी सज-धज है। आज कोई बड़ा दरबार होने वाला है। सब पदाधिकारियों अपने योग्यतानुसार वस्त्राभूषण से सजकर अपने-अपने स्थान को सुशोभित करने लगे। शाहआलम भी तख्त पर बैठ गये। तुला-दान होने के बाद बादशाह ने कुछ लोगों को मनसब बढ़ाया और कुछ को इनाम दिया। किसी को हर्बे दिये गये; किसी की पदवी बढ़ायी गयी; किसी की तनख्वाह बढ़ी।

किंतु बादशाह यह सब करके भी तृप्त नहीं दिखई पड़ते। उनकी निगाहें किसी को खोज रही हैं। उसे इशारा कर रही हैं कि उन्हीं से काम निकल जाय, रसना

को बोलना ना पड़े; किंतु करें क्या; वह हो नहीं सकता था। बादशाह ने एक तरफ देखकर कहा—गुलाम कादिर!

कादिर अपने कमरे में कपड़े पहनकर तैयार है, केवल कमरबंद में एक जड़ाऊ दस्ते की कटार लगाना बाकी है, जिसे बादशाह ने उसे प्रसन्न होकर दिया है। कटार लगाकर एक बड़े दर्पण में मुँह देखने की लालसा से वह उस ओर बढ़ा। दर्पण के सामने खड़े होकर उसने देखा, अपरूप सौंदर्य! किसका? अपना ही। सचमुच कादिर की दृष्टि अपनी आँखों पर से नहीं हटती। मुग्ध होकर वह अपना रूप देख रहा है।

उसका पुरुषोचित सुदर मुख-मंडल तारुण्य-सूर्य के आतप से आलोकित हो रहा है। दोनों भरे हुए कपोल प्रसन्नता से बार-बार लाल हो जाते हैं, आँखें हँस रही हैं। दृष्टि सुदरतम् होकर उसके सामने विकसित हो रही है।

प्रहरी ने आकर कहा—जहाँपनाह ने दरबार में याद किया है।

कादिर चौंक उठा और उसका रंग उतर गया। वह सोचने लगा कि उसका रूप और तारुण्य कुछ नहीं हैं, किसी काम का नहीं। मनुष्य की सारी संपत्ति उससे जबर्दस्ती छीन ली गयी है।

कादिर का जीवन भार हो उठा। निरभ्र गगन में पावसघन घिर उठे। उसका प्राण तिलमिला उठा और वह व्याकुल होकर चाहता था कि दर्पण फोड़ दे।

क्षण-भर में सारी प्रसन्नता मिट्टी में मिल गयी। जीवन दुःसह हो उठा। दाँत आपस में घिस उठे और कटार भी कमर से बाहर निकलने लगी।

कादिर कुछ शांत हुआ। कुछ सोचकर धीरे-धीरे दरबार की ओर चला। बादशाह के सामने पहुँचकर यथोचित् अभिवादन किया।

शाहआलम—कादिर! इतनी देर तक कहाँ रहा?

कादिर—जहाँपनाह! गुलाम की खता माफ हो।

शाहआलम—हँसते हुए खता कैसी कादिर?

कादिर—हुजूर, देर हुई।

शाहआलम—अच्छा, उसकी सजा दी जाएगी।

कादिर—अदब से, लेकिन हुजूर, मेरी भी कुछ अर्ज है।

बादशाह ने पूछा—क्या?

कादिर ने कहा—मुझे यही सजा मिले कि मैं कुछ दिनों के लिये देहली से निकाल दिया जाऊँ।

शाहआलम ने कहा। सो तो बहुत बड़ी सजा है कादिर, ऐसा नहीं हो सकता। मैं तुम्हें कुछ इनाम देना चाहता हूँ, ताकि वह यादगार रहे और तुम फिर ऐसा कुसूर न करो।

कादिर ने हाथ बाँधकर कहा—हुजूर! इनाम में मुझे छुट्टी ही मिल जाय, ताकि कुछ दिनों तक मैं अपने बूढ़े बाप की खिदमत कर सकूँ।

शाहआलम—चौंककर, उसकी खिदमत के लिये मेरी दी हुई जागीर काफी है। सहारनपुर में उसकी आराम से गुजरती है।

कादिर ने गिड़गिड़ाकर कहा—लेकिन जहाँपनाह, लड़का होकर मेरा भी कोई फर्ज है।

शाहआलम ने कुछ सोचकर कहा—अच्छा, तुम्हें रुखसत मिली और यादगार की तरह तुम्हें एक-हजारी मनसब अदा किया जाता है, ताकि तुम वहाँ से लौट आने में फिर देर न करो।

उपस्थित लोग 'करामात', हुजूर का इकबाल और बुलंद हो, की धुन मचाने लगे। गुलाम कादिर अनिच्छा रहते उन लोगों का साथ देता था और अपनी हार्दिक प्रसन्नता प्रकट करने की कोशिश करता था।

: 3 :

भारत के सपूत, हिंदुओं के उज्ज्वल रत्न छत्रपति महाराज शिवाजी ने जो अध्यवसाय और परिश्रम किया, उसका परिणाम मराठों को अच्छा मिला और उन्होंने भी जब तक उस पूर्व-नीति को अच्छी तरह से माना, लाभ उठाया। शाहआलम के दरबार में क्या—भारत में आज मराठा-वीर सिंधिया ही नायक समझा जाता है। सिंधिया की विपुल-वाहिनी के बल से शाहआलम नाममात्र को दिल्ली के सिंहासन पर बैठे हैं। बिना सिंधिया के मंजूर किये बादशाह-सलामत रत्ती-भर हिल नहीं सकते। सिंधिया दिल्ली और उसके बादशाह के प्रधान रक्षक हैं। शाहआलम का मुगल रक्त सर्द हो चुका है।

सिंधिया आपस के झगड़े तय करने के लिये दक्खिन चला गया है। 'मंसूर' नामक कर्मचारी ही इस समय बादशाह का प्रधान सहायक है। शाहआलम का पूरा शुभचिंतक होने पर भी वह हिंदू सिंधिया की प्रधानता से भीतर-भीतर जला करता था।

जला हुआ, विद्रोह का झंडा उठाये, इसी समय गुलाम कादिर रुहेलों के साथ सहारनपुर से आकर दिल्ली के उस पार डेरा डाले पड़ा है। मंसूर उसके लिये हर तरह से तैयार है। एक बार वह भुलावे में आकर चला गया है। अबकी बार उसकी इच्छा है कि बजारत वही करे।

बूढ़े बादशाह संगमरमर के मीनाकारी किए हुए बुर्ज में गावतकिये के सहारे लेटे हुए हैं। मंसूर सामने हाथ बाँधे खड़ा है। शाहआलम ने भरी हुई आवज में पूछा—क्यों मंसूर! क्या गुलाम कादिर सचमुच दिल्ली पर हमला करके तख्त छीनना चाहता है? क्या उसको इसलिये हमने इस मरतबे पर पहुँचाया? क्या सबका आखिरी नतीजा यही है? बोलो, साफ कहो। रुको मत, जिसमें कि तुम बात बना सको।

मंसूर—जहाँपनाह! वह तो गुलाम है। फकत हुजूर की कदमवोसी हासिल करने

के लिये आया है और उसकी तो यही अर्जी है कि हमारे आका शाहंशाहहिंद एक काफिर के हाथ की पुतली न बने रहें। अगर हुक्म दें, तो क्या यह गुलाम वह काम नहीं कर सकता।

शाहआलम–मंसूर! इसके माने?

मंसूर–बंदापरवर! वह दिल्ली की बजारत के लिये अर्ज करता है और गुलामी में हाजिर होना चाहता है। उसे तो सिंधिया से रंज है। हुजूर तो उसके मेहरबान आका हैं।

शाहआलम–(जरा तनकर) हाँ मंसूर, उसे हमने बचपन से पाला है और इस लायक बनाया।

मंसूर–(मन में) और उसे आपने ही खुदगरजी से जो काबिले-नफरत थी, दुनिया के किसी काम का न रक्खा, जिसके लिये वह जी से जला है।

शाहआलम–बोलो मंसूर! चुप क्यों हो? क्या वह अहसान-फरामोश है?

मंसूर–हुजूर! फिर गुलाम खिदमत में बुलाया जावे?

शाहआलम–बजारत देने में मुझे कोई उज्र नहीं है, वह सँभाल सकेगा?

मंसूर–हुजूर, अगर वह न सँभाल सकेगा, तो उसको वही झेलेगा। सिंधिया खुद उससे समझ लेगा।

शाहआलम–हाँ जी, सिंधिया से कह दिया जायेगा कि लाचारी से उसको बजारत दी गयी। तुम थे नहीं, उसने जबर्दस्ती वह काम अपने हाथ में लिया।

मंसूर–और इससे मुसलमान रियाया भी हुजूर से खुश हो जावेगी। तो उसे हुक्म आने का भेज दिया जाय?

शाहआलम–बेहतर।

: 4 :

दिल्ली के दुर्ग पर गुलाम कादिर का पूर्ण अधिकार हो गया है। बादशाह के कर्मचारियों से सब काम छीन लिया गया है। रूहलों का किले पर पहरा है। अत्याचारी गुलाम महलों की सब चीजों को लूट रहा है। बेचारी बेगमें अपमान के डर से पिशाच रूहलों के हाथ अपने हाथ से अपने आभूषण उतारकर दे रही हैं। पाशविक अत्याचार की मात्रा अब भी पूर्ण नहीं हुई। दीवाने-खास में सिंहासन पर बादशाह बैठे हैं। रूहलों के साथ गुलाम कादिर उसे घेरकर खड़ा है।

शाहआलम–गुलाम कादिर, अब बस कर! मेरे हाल पर रहम कर, सबकुछ तूने कर लिया। अब मुझे क्यों नाहक परेशान करता है?

गुलाम–अच्छा इसी में है कि अपना छिपा खजाना बता दो।

एक रूहेला–हाँ, हाँ, हम लोगों के लिये भी तो कुछ चाहिये।

शाहआलम–कादिर! मेरे पास कुछ नहीं है। क्यों मुझे तकलीफ देता है?

कादिर–मालूम होता है, सीधी उँगली से घी नहीं निकलेगा।

शाहआलम–मैंने तुझे इस लायक इसलिये बनाया कि तू मेरी इस तरह से बेइज्जती करे?

कादिर–तुम्हारे-ऐसों के लिये इतनी सजा काफी नहीं हैं। नहीं देखते हो कि मेरे दिल में बदले की आग जल रही है, मुझे तुमने किस काम का रक्खा? हाय! मेरी सारी कार्रवाई फजूल है, मेरा सब तुमने लूट लिया है। बदला कहता है कि तुम्हारा गोश्त मैं अपने दाँतों से नोच डालूँ।

शाहआलम–बस कादिर! मैं अपनी खता कबूल करता हूँ। उसे माफ कर या तो अपने हाथों से मुझे कत्ल कर डाल! मगर इतनी बेइज्जती न कर!

गुलाम–अच्छा, वह तो उतर आएँ तख्त से, देर न करें!

शाहआलम–कादिर! मैं इसी पर बैठा हूँ, जिस पर बैठकर तुझे हुक्म दिया करता था। आ, इसी जगह खंजर से मेरा काम-तमाम कर दे।

'वही होगा', कहता हुआ नर-पिशाच कादिर तख्त की ओर बढ़ा। बूढ़े बादशाह को तख्त से घसीटकर नीचे ले आया और उन्हें पटककर छाती पर चढ़ बैठा। खंजर की नोक कलेजे पर रखकर कहने लगा–अब भी अपना खजाना बताओ तो जान सलामत बच जाएगी।

शाहआलम गिड़गिड़ाकर कहने लगे कि ऐसी जिंदगी की जरूरत नहीं है। अब तू अपना खंजर कलेजे के पार कर!

कादिर–लेकिन इससे क्या होगा! अगर तुम मर जाओगे, तो मेरे कलेजे की आग किसे झुलसायेगी; इससे बेहतर है कि मुझसे जैसी चीज छीन ली गयी है, उसी तरह की कोई चीज तुम्हार भी ली जाय। हाँ, इन्हीं आँखों से मेरी खूबसूरती देखकर तुमने मुझे दुनिया के किसी काम का न रक्खा। लो, मैं तुम्हारी आँखें निकालता हूँ, जिससे मेरा कलेजा कुछ ठंडा होगा।

इतना कहकर कादिर ने कटार से शाहआलम की दोनों आँखें निकाल लीं। रोशनी की जगह उन गड्ढों से रक्त के फुहारे निकलने लगे। निकली हुई आँखें को कादिर की आँखें प्रसन्नता से देखने लगीं।

❑

जहाँआरा

: 1 :

यमुना के किनारे वाले शाही महल में एक भयानक सन्नाटा छाया हुआ है, केवल बार-बार तोपों की गड़गड़ाहट और अस्त्रों की झनकार सुनाई दे रही है। वृद्ध शाहजहाँ मसनद के सहारे लेटा हुआ है और एक दासी कुछ दवा का पात्र लिये हुए खड़ी है। शाहजहाँ अन्यमनस्क होकर कुछ सोच रहा है, कतोपों की आवाज से कभी-कभी चौंक पड़ता है। अकस्मात् उके मुख से निकल पड़ा—नहीं-नहीं, क्या वह ऐसा करेगा, क्या हमको तख्त-ताऊस से निराश हो जाना चाहिए?

हाँ, अवश्य निराश हो जाना चाहिये।

शाहजहाँ ने सिर उठाकर कहा—कौन? जहाँआरा? क्या यह तुम सच कहती हो?

जहाँआरा—(समीप आकर) हाँ, जहाँआरा! यह ठीक है; क्योंकि आपका अकर्मण्य पुत्र 'दारा' भाग गया और नमक-हराम 'दिलेर खाँ' क्रूर औरंगजेब से मिल गया और किला उसके अधिकार में हो गया।

शाहजहाँ—लेकिन जहाँआरा! क्या औरंगजेब क्रूर है? क्या वह अपने बूढ़े बाप की कुछ इज्जत न करेगा? क्या वह मेरे जीते जी तख्त-ताऊस पर बैठेगा?

जहाँआरा—जिसकी आँखों में अभिमान का अश्रुजल भरा था, जहाँपनाह! आपके इसी पुत्र-वात्सल्य ने आपकी यह अवस्था की। औरंगजेब एक नारकीय पिशाच है; उसका किया क्या नहीं हो सकता, एक भले कार्य को छोड़कर।

शाहजहाँ—नहीं जहाँआरा! ऐसा मत कहो।

जहाँआरा—हाँ जहाँपनाह! मैं ऐसा ही कहती हूँ।

शाहजहाँ—ऐसा? तो क्या जहाँआरा! इस बदन में मुगल-रक्त नहीं है? क्या तू मेरी कुछ भी मदद नहीं कर सकती है?

जहाँआरा—जहाँपनाह की जो आज्ञा हो।

शाहजहाँ—तो मेरी तलवार मेरे हाथ में दे। जब तक वह मेरे हाथ में रहेगी, कोई भी तख्त-ताऊस मुझसे न छुड़ा सकेगा।

जहाँआरा आवेश के साथ—'हाँ जहाँपनाह! ऐसा ही होगा', कहती हुई वृद्ध शाहजहाँ की तलवार उसके हाथ में देकर खड़ी हो गयी। शाहज़हाँ उठा और लड़खड़ाकर गिरने लगा, शाहजादी जहाँआरा ने बादशाह को पकड़ लिया और तख्त-ताऊस के कमरे की ओर ले चली।

: 2 :

तख्त-ताऊस पर वृद्ध शाहजहाँ बैठा है, नकाब डाले जहाँआरा पास ही बैठी हुई है और कुछ सरदार, जो उस समय वहाँ थे, खड़े हैं; नकीब भी खड़ी है। शाहजहाँ के इशारा करते ही उसने अपने चिरभ्यस्त शब्द कहने के लिए मुँह खोला। अभी पहला ही शब्द उसके मुँह से निकला था कि उसका सिर छिटककर दूर जा गिरा! सब चकित होकर देखने लगे।

जिरहवाँतर से लदा हुआ औरंगजेब अपनी तलवार को रूमाल से पोंछता हुआ सामने खड़ा हो गया और सलाम करके बोला—हुजूर की तबीयत नासाज सुनकर मुझसे न रहा गया, इसलिये हाजिर हुआ।

शाहजआँ—काँपकर, लेकिन बेटा! इतनी खूँरिजी की क्या जरूरत थी? अभी-अभी वह देखी, बुड्ढे नकीब की लाश लोट रही है। उफ! मुझसे यह नहीं देखा जाता! (काँपकर) क्या बेटा, मुझे भी...इतना कहते-कहते बेहोश होकर तख्त से झुक गया।

औरंगजेब—कड़ककर अपने साथियों से—हटाओ उस नापाक लाश को।

जहाँआरा से अब न रहा गया और दौड़कर सुगंधित जल लेकर वृद्ध पिता के मुख पर छिड़कने लगी।

औरंगजेब—उधर देखकर, हैं! यह कौन है, जो मेरे बूढ़े बाप को पकड़े हुए हैं? (शाहजहाँ के मुसाहिबों से) तुम सब बड़े नामाकूल हो; देखते नहीं, हमारे प्यारे बाप की क्या हालत है और उन्हें भी पलंग पर नहीं लिटाया (औरंगजेब के साथ-साथ सब तख्त की ओर बढ़े)।

जहाँआरा उन्हें यों बढ़ते देखकर फुर्ती से कटार निकालकर और हाथ में शाही मुहर किया और कागज निकालकर खड़ी हो गयी और बोली—देखो, इस परवाने के मुताबिक मैं तुम लोगों को हुक्म देती हूँ कि अपनी-अपनी जगह पर खड़े रहो, जब तक मैं दूसरा हुक्म न दूँ।

सब उसी कागज की ओर देखने लगे। उसमें लिखा था—इस शख्स का सब लोग हुक्म मानो और मेरी तरह इज्जत करो।

सब उसकी अभ्यर्थना के लिये झुक गये, स्वयं औरंगजेब भी झुक गया और कई क्षण तक सब निस्तब्ध थे।

अकस्मात् औरंगजेब तनकर खड़ा हो गया और कड़ककर बोला—गिरफ्तार कर

लो इस जादूगरनी को। यह सब झूठा फिसाद है, हम सिवा शाहंशाह के और किसी को नहीं मानेंगे।

सब लोग उस औरत की ओर बढ़े। जब उसने देखा, तब फौरन अपना नकाब उलट दिया। सब लोगों ने सिर झुका दिया और पीछे हट गये। औरंगजेब ने एक बार फिर सिर नीचे कर लिया और कुछ बड़बड़ाकर जोर से बोला—कौन, जहाँआरा, तुम यहाँ कैसे?

जहाँआरा—औरंगजेब! तुम यहाँ कैसे?

औरंगजेब—पलटकर अपने लड़के की तरफ देखकर, बेटा! मालूम होता है कि बादशाह-बेगम का कुछ दिमाग बिगड़ गया है, नहीं तो इस बेशर्मी के साथ इस जगह पर न आतीं। तुम्हें इनकी हिफाजत करनी चाहिये।

जहाँआरा—और औरंगजेब के दिमाग को क्या हुआ है, जो वह अपने बाप के साथ बेअदबी से पेश आया।

अभी इतना उसके मुँह से निकला ही था कि शाहजादे ने फुर्ती से उसके हाथ से कटार निकाल लिया और कहा—मैं अदब के साथ कहता हूँ कि आप महल में चलें, नहीं तो...

जहाँआरा से यह देखकर न रहा गया। रमणी-सुलभ वीर्य और अस्त्र, क्रंदन और अश्रु का प्रयोग उसने किया और गिड़-गिड़ाकर औरंगजेब से बोली—क्यों औरंगजेब! तुमको कुछ भी दया नहीं है?

औरंगजेब ने कहा—दया क्यों नहीं है बादशाह-बेगम! दारा जैसे तुम्हारा भाई था, वैसा ही मैं भी तो भाई ही था, फिर तरफदारी क्यों?

जहाँआरा—वह तो बाप का तख्त नहीं लेना चाहता था, उनके हुक्म से सल्तनत का काम चलाता था।

औरंगजेब—तो क्या मैं वह काम नहीं कर सकता? अच्छा, बहस की जरूरत नहीं है। बेगम को चाहिये कि वह महल में जायँ।

जहाँआरा कातर दृष्टि से वृद्ध मूर्च्छित पिता को देखती हुई शाहजादे की बताई राह से जाने लगी।

: 3 :

यमुना के किनारे एक महल में शाहजहाँ पलंग पर पड़ा है और जहाँआरा उसके सिरहाने बैठी हुई है।

जहाँआरा से जब औरंगजेब ने पूछा कि वह कहाँ रहना चाहती है, तब उसने केवल अपने वृद्ध और हतभागे पिता के साथ रहना स्वीकार किया और अब वह साधारण दासी के वेश में अपना जीवन अभागे पिता की सेवा में व्यतीत करती हैं।

वह भड़कदार शाही पेशवाज अब उसके बदन पर नहीं दिखायी पड़ती, केवल

सादे वस्त्र ही उसके प्रशांत मुख की शोभा बढ़ाते हैं। चारों ओर उस शाही महल में एक शांति दिखाई पड़ती है। जहाँआरा ने, जो कुछ उसके पास थे, सब सामान गरीबों को बाँट दिये और अपने निज के बहुमूल्य अलंकार भी उसने पहनना छोड़ दिया। अब वह तपस्विनी ऋषिकन्या-सी हो गयी। बात-बात पर दासियों पर वह झिड़की उसमें नहीं रही। केवल आवश्यक वस्तुओं से अधिक उसके रहने के स्थान में और कुछ नहीं है।

वृद्ध शाहजहाँ ने लेटे-लेटे आँख खोलकर कहा—बेटी, अब दवा की कोई जरूरत नहीं है, यादे-खुदा ही दवा है। अब तुम इसके लिये मत कोशिश करना।

जहाँआरा ने रोककर कहा—पिता, जब तक शरीर है, तब तक उसकी रक्षा करनी ही चाहिये।

शाहजहाँ कुछ न बोलकर चुपचाप पड़े रहे। थोड़ी देर तक जहाँआरा बैठी रही; फिर उठी और दवा की शीशियाँ यमुना के जल में फेंक दीं।

थोड़ी देर तक वहीं बैठी-बैठी वह यमुना का मंद प्रवाह देखती रही। सोचती थी कि यमुना का प्रवाह वैसा ही है, मुगल सम्राज्य भी तो वैसा ही है; वह शाहजहाँ भी तो जीवित है; लेकिन तख्त-ए-ताऊस पर तो वह नहीं बैठते।

इसी सोच-विचार में वह तब तक बैठी थी, जब तक चंद्रमा की किरणें उसके मुख पर नहीं पड़ीं।

: 4 :

शाहजादी जहाँआरा तपस्विनी हो गयी है। उसके हृदय में वह स्वाभाविक तेज अब नहीं है, किंतु एक स्वर्गीय तेज से वह कांतिमयी थी। उसकी उदारता पहले से भी बढ़ गयी। दीन और दुःखी के साथ उसकी ऐसी सहानुभूति थी कि लोग 'मूर्तिमयी करुणा' मानते थे। उसकी इस चाल से पाषाण-हृदय औरंगजेब भी विचलित हुआ। उसकी स्वतंत्रता जो छीन ली गयी थी, उसे फिर मिली। पर अब स्वतंत्रता का उपभोग करने के लिये अवकाश ही कहाँ था? पिता की सेवा और दुखियों के प्रति सहानुभूति करने से उसे समय ही नहीं था। जिसकी सेवा के लिये सैकड़ों दासियाँ हाथ बाँधकर खड़ी रहती थीं, वह स्वयं दासी की तरह अपने पिता की सेवा करती हुई अपना जीवन व्यतीत करने लगी। वृद्ध शाहजहाँ के इंगित करने पर उसे उठाकर बैठाती, सहारा देकर उसे कभी-कभी यमुना के तट तक ले जाती और उसका मनोरंजन करती हुई छाया-सी बनी रहती।

वृद्ध शाहजहाँ ने इहलोक की लीला पूरी की। अब जहाँआरा को संसार में कोई काम नहीं है। केवल इधर-उधर उसी महल में घूमना भी अच्छा नहीं मालूम होता। उसकी पूर्व स्मृति और भी उसे सताने लगी। धीरे-धीरे वह बहुत क्षीण हो गयी। बीमार पड़ी। पर दवा कभी न पी। धीरे-धीरे उसकी बीमारी बहुत बढ़ी और

उसकी दशा बहुत खराब हो गयी, तब औरंगजेब ने सुना। अब उससे भी सह्य न हो सका। वह जहाँआरा को देखने के लिये गया।

एक पुराने पलँग पर, जीर्ण बिछौने पर, जहाँआरा पड़ी थी और केवल एक धीमी साँस चल रही थी। औरंगजेब ने देखा कि वह जहाँआरा है, जिसके लिये भारतवर्ष की कोई वस्तु अलभ्य नहीं थी, जिसके बीमार पड़ने पर शाहजहाँ भी व्यग्र हो जाता था और सैकड़ों हकीम उसे आरोग्य करने के लिये प्रस्तुत रहते थे। वह इस तरह एक कोने में पड़ी है।

पाषाण भी पिघला, औरंगजेब की आँखें आँसू से भर आयीं और वह घुटने के बल बैठ गया। समीप मुँह ले जाकर बोला—बहिन, कुछ हमारे लिये हुक्म है?

जहाँआरा ने अपनी आँखें खोल दीं और एक पुरजा उसके हाथ में दिया, जिसे झुककर औरंगजेब ने लिया। फिर पूछा—बहिन, क्या तुम हमें माफ करोगी?

जहाँआरा ने खुली हुई आँखों को आकाश की ओर उठा दिया। उस समय उनमें से एक स्वर्गीय ज्योति निकल रही थी और वह वैसी ही देखती रह गयी। औरंगजेब उठा और उसने आँसू पोंछते हुए पुरजे को पढ़ा। उसमें लिखा था—

बगैर सब्जः न पोश्द कसे मजार मरा।
कि कब्रपोश गरीबाँ गहमीं गयाह वसस्त।।

❑

मदन-मृणालिनी

विजया-दशमी का त्योहार समीप है, बालक लोग नित्य रामलीला होने से आनंद में मग्न हैं।

हाथ में धनुष और तीर लिये हुए एक छोटा-सा बालक रामचंद्र बनने की तैयारी में लगा हुआ है। चौदह वर्ष का बालक बहुत ही सरल और सुन्दर है।

खेलते-खेलते बालक को भोजन की याद आई, फिर कहाँ का राम बनना और कहाँ की रामलीला। चट धनुष फेंककर दौड़ता हुआ माता के पास जा पहुँचा और उस ममता मोहमयी माता के गले से लिपटकर बोला—माँ, खाने को दे! माँ, खाने को दे—कहता हुआ जननी के चित्त को आनंदित करने लगा।

जननी बालक का मचलना देखकर प्रसन्न हो रही थी और थोड़ी देर तक बैठी रहकर और भी मचलना देखना चाहती थी। उसके यहाँ एक पड़ोसिन बैठी थी, अतएव वह एकाएक उठकर बालक को भोजन देने में असमर्थ थी। सहज की असंतुष्ट हो जाने वाली पड़ोस की स्त्रियों का सहज क्रोधमय स्वभाव किसी से छिपा न होगा। यदि वह तत्काल उठकर चली जाती, तो पड़ोसिन क्रुद्ध होती। अतः वह उठकर बोलक को भोजन देने में आना-कानी करने लगी। बालक का मचलना और भी बढ़ चला। धीरे-धीरे वह क्रोधित हो गया, दौड़कर अपनी कमान उठा लाया; तीर चढ़ाकर पड़ोसिन को लक्ष्य किया और कहा—तू यहाँ से जा, नहीं तो मैं मारता हूँ।

दोनों स्त्रियाँ केवल हँसकर उसको मना करती रहीं। अकस्मात् वह तीर बालक के हाथ से छूट गया और पड़ोसिन की गर्दन में कुछ धँस गया! अब क्या था, वह अर्जुन और अश्वत्थामा का पाशुपतास्त्र हो गया। बालक की माँ बहुत घबरा गयी, उसने अपने हाथ से तीर निकाला, उसके रक्त को धोया, बहुत कुछ ढाढ़स दिया। किन्तु घायल स्त्री का चिल्लाना-कराहना सहज में थमने वाला नहीं था।

बालक की माँ विधवा थी, कोई उसका रक्षक न था। जब उसका पति जीता था, तब तक उसका संसार अच्छी तरह चलता था; अब जो कुछ पूँजी बच रही थी, उसी में वह अपना समय बिताती थी। ज्यो-ज्यों करके उसने चिर-संरक्षित धन में से पचीस रुपये उस घायल स्त्री को दिये।

वह स्त्री किसी से यह बात न कहने का वादा करके अपने घर गयी। परन्तु बालक का पता नहीं, वह डर के मारे घर से निकल किसी ओर भाग गया।

माता ने समझा कि पुत्र कहीं डर से छिपा होगा, शाम तक आ जायेगा। धीरे-धीरे संध्या-पर-संध्या, सप्ताह-पर-सप्ताह, मास-पर-मास बीतने लगे; परंतु बालक का कहीं पता नहीं। शोक से माता का हृदय जर्जर हो गया, वह चारपाई पर लग गयी। चारपाई ने भी उसका ऐसा अनुराग देखकर उसे अपना लिया और वह उस पर से न उठ सकी। बालक को अब कौन पूछने वाला है!

कलकत्ता महानगरी के विशाल भवनों तथा राजमार्गों को आश्चर्य से देखता हुआ एक बालक एक सुसज्जित भवन के सामने खड़ा है। महीनों कष्ट झेलता, राह चलता, थकता हुआ बालक यहाँ पहुँचा है।

बालक थोड़ी देर तक यही सोचता था कि अब मैं क्या करूँ, किससे अपने कष्ट की कथा कहूँ। इतने में वहाँ धोती-कमीज पहने हुए एक सभ्य बंगाली महाशय का आगमन हुआ।

उस बालक की चौड़ी हड्डी, सुडौल बदन और सुन्दर चेहरा देखकर बंगाली महाशय रुक गए और उसे एक विदेशी समझकर पूछने लगे–

तुम्हारा मकान कहाँ है?

ब...में

तुम यहाँ कैसे आये?

भागकर।

नौकरी करोगे?

हाँ।

अच्छा, हमारे साथ चलो।

बालक ने सोचा कि सिवा काम के और क्या करना है, तो फिर इनके साथ ही उचित है। कहा–अच्छा, चलिये।

बंगाली महाशय उस बालक को घुमाते-फिराते एक मकान के द्वार ऊपर पहुँचे। दरबान ने उठकर सलाम किया। वह बालक-सहित एक कमरे में पहुँचे, जहाँ एक नवयुवक बैठा हुआ कुछ लिख रहा था, सामने बहुत से कागज इधर-उधर बिखरे पड़े थे।

युवक ने बालक को देखकर पूछा–बाबूजी, यह बालक कौन है?

यह नौकरी करेगा, तुमको एक आदमी की जरूरत थी ही, सो इसको हम लिवा लाये हैं, अपने साथ रक्खो–यह कहकर बाबूजी घर के दूसरे भाग में चले गये थे।

युवक के कहने पर बालक भी अचकचाता हुआ बैठ गया। उनमें इस तरह बातें होने लगीं–

युवक–क्यों जी, तुम्हारा नाम क्या है?

बालक—कुछ सोचकर, मदन।

युवक—नाम तो बड़ा अच्छा है। अच्छा, कहो, तुम क्या खाओगे? रसोई बनाना जानते हो।

बालक—रसोई बनाना तो नहीं जानते। हाँ, कच्ची-पक्की जैसी हो, बनाकर खा लेते हैं, किन्तु...

अच्छा, संकोच करने की कोई जरूरत नहीं है—इतना कहकर युवक ने पुकारा—कोई है?

एक नौकर दौड़कर आया—हुजूर, क्या हुक्म है?

युवक ने कहा—इनको भोजन करने के लिये ले जाओ।

भोजन के उपरांत बालक युवक के पास आया। युवक ने एक घर दिखाकर कहा कि उस सामने की कोठरी में सोओ और उसे अपने रहने का स्थान समझो।

युवक की आज्ञा के अनुसार बालक उस कोठरी में गया, देखा तो एक साधारण-सी चौकी पड़ी है; एक घड़े में जल, लोटा और गिलास भी रक्खा हआ है। वह चुपचाप चौकी पर लेट गया।

लेटने पर उसे बहुत-सी बातें याद आने लगीं, एकएक करके उसे भावना के जाल में फँसाने लगीं। बाल्यावस्था के साथी, उनके साथ खेल-कूद, राम-रावण की लड़ाई, फिर उस विजया-दशमी के दिन की घटना, पड़ोसिन के अंग मे तीर का धँस जाना, ममता की व्याकुलता और मार्ग के कष्ट को सोचते-सोचते उस भयातुर बालक की विचित्र दशा हो गयी।

मनुष्य की मिमियाई निकालने वाली द्वीप-निवासिनी जातियों की भयानक कहानियाँ, जिन्हें उसने बचपन में माता की गोद में पड़े-पड़े सुना था, उसे और भी डराने लगीं। अकस्मात् उसके मस्तिष्क को उद्वेग से भर देने वाली यह बात भी समा गयी कि ये लोग तो मुझे नौकर बनाने के लिए अपने यहाँ लाये थे, फिर तूने आराम से क्यों रक्खा है? हो-न-हो, वही टापूवाली बात है। बस, फिर कहाँ की नींद और कहाँ का सुख, करवटें बदलने लगा! मन में यही सोचता था कि यहाँ से किसी तरह भाग चलो।

परन्तु निद्रा भी कैसी प्यारी वस्तु है! घोर दुःख के समय भी मनुष्य को यही सुख देती है। सब बातों से व्याकुल हाने पर भी वह कुछ देर के लिये सो गया।

मदन उसी घर में रहने लगा। अब उसे उतनी घबराहट नहीं मालूम होती। अब वह निर्भय-सा हो गया है। किन्तु अभी तक यह बात कभी-कभी उसे उधेड़बुन में लगा देता है कि ये लोग मुझसे इतना अच्छा बर्ताव क्यों करते हैं और क्यों इतना सुख देते हैं। पर इन सब बातों को वह उस समय भूल जाता है, जब 'मृणालिनी' उसकी रसोई बनवाने लगती है—देखो, रोटी जलती है, उसे उलट दो, दाल भी चला

दो इत्यादि बातें जब मृणालिनी के कोमल कंठ से वीणा की झंकार के समान सुनाई देती हैं, तब वह अपना दुःख—माता का सोच—सब भूल जाता है।

मदन है तो अबोध, किन्तु संयुक्त प्रांतवासी होने के कारण स्पृश्यास्पृश्य का उसे बहुत ही ध्यान रहता है। वह दूसरे का बनाया भोजन नहीं करता। अतएव मृणालिनी आकर उसे बताती है और भोजन के समय हवा भी करती है।

मृणालिनी गृहस्वामी की कन्या है। वह देवबाला-सी जान पड़ती है। बड़ी-बड़ी आँखें, उज्ज्वल कपोल, मनोहर अंगभंगी, गुल्फविलंबित केश-कलाप उसे और भी सुन्दरी बनने में सहायता दे रहे हैं। अवस्था तेरह वर्ष की है; किन्तु वह बहुत गंभीर है।

नित्य साथ होने से दोनों में अपूर्व भाव का उदय हुआ है। बालक का मुख जब आग की आँच से लाल तथा आँखें धुएँ के कारण आँसुओं से भर जाती हैं, तब बालिका आँखों में आँसू भर कर, रोषपूर्वक पंखी फेंककर कहती है—लो जी, इससे काम लो, क्यों व्यर्थ परिश्रम करते हो? इतने दिन तुम्हें रसोई बनाते हुए, मगर बनाना न आया!

तब मदन आँच लगने के सारे दुःख को भूल जाता है—तब उसकी तृष्णा और बढ़ जाती है; भोजन रहने पर भी भूख सताती है और सताया जाकर भी वह हँसने लगता है। मन-ही-मन सोचता, मृणालिनी! तुम बंग-महिला क्यों हुईं?

मदन के मन में यह बात क्यों उत्पन्न हुई? दोनों सुन्दर थे, दोनों ही किशोर थे, दोनों संसार में अनभिज्ञ थे, दानों के हृदय में रक्त था, उच्छ्वास था, आवेग था, विकास था, दोनों के हृदय-सिंधु में किसी अपूर्व चंद्र का मधुर-उज्ज्वल प्रकाश पड़ता था, दोनों के हृदय-कानन में नंदन-पारिजात खिला था!

जिस परिवार में बालक मदन पलता था, उसके मालिक हैं अमरनाथ बनर्जी आपके नवयुवक पुत्र का नाम है किशोरनाथ बनर्जी, कन्या का नाम मृणालिनी और गृहणी का नाम हीरामणि है। बम्बई और कलकत्ता, दोनों स्थानों में आपकी दुकानें थीं, जिनमें बाहरी चीजों का क्रय-विक्रय होता था; वहाँ से मोती की खरीद होती थी। आपकी कुछ जमीन भी वहाँ थी। उससे आपकी बड़ी आय थी। आप प्रायः अपनी बम्बई की दुकान में और आपका परिवार कलकत्ते में रहता था। धन अपार था, किसी चीज की कमी न थी। तो भी आप एक प्रकार से चिंतित थे।

संसार में कौन चिंताग्रस्त नहीं है? पशु-पक्षी, कीट-पतंग, चेतन और अचेतन सभी को किसी प्रकार की चिंता है। जो योगी हैं, जिन्होंने सब कुछ त्याग दिया है, संसार जिनके वास्ते असार है, उन्होंने भी स्वीकार किया है। यदि वे आत्मचिंतन न करें, तो उन्हें योगी कौन कहेगा?

किन्तु बनर्जी महाशय की चिन्ता का कारण क्या है? सो पति-पत्नी की इस बातचीत से ही विदित हो जायेगा—

अमरनाथ–किशोर तो क्वाँरा ही रहना चाहता है। अभी तक उसकी शादी कहीं पक्की नहीं हुई।

हीरामणि–सीलोन में आपके व्यापार करने तथा रहने से समाज आपको दूसरी ही दृष्टि से देख रहा है।

अमरनाथ–ऐसे समाज की मुझे कुछ परवाह नहीं है। मैं तो केवल लड़की और लड़के का ब्याह अपनी जाति में करना चाहता था। क्या टापुओं में जाकर लोग पहले बनिज नहीं करते थे? मैंने कोई अन्य धर्म तो ग्रहण नहीं किया, फिर यह व्यर्थ का आडंबर क्यों है? और यदि, कोई खान-पान का दोष दे, तो फिर यहाँ पर तिलक कर पूजा करने वाले लोगों से होटल बचा हुआ है?

हीरामणि–फिर क्या कीजियेगा? समाज तो इस समय केवल उन्हीं बगुलाभगतों को परम धार्मिक समझता है!

अमरनाथ–तो फिर अब मैं ऐसे समाज को दूर ही से हाथ जोड़ता हूँ।

हीरामणि–तो क्या ये लड़की-लड़के क्वाँरे ही रहेंगे?

अमरनाथ–नहीं, अब हमारी यह इच्छा है कि तुम सबको लेकर उसी नगर चलें। यहाँ कई वर्ष रहते भी हुआ किन्तु कार्य सिद्ध होने की कुछ भी आशा नहीं है, तो फिर अपना व्यापार क्यों नष्ट होने दें? इसीलिये, अब तुम सबको वहीं चलना होगा। न होगा तो ब्राह्म हो जाएँगे, किन्तु यह उपेक्षा अब सही नहीं जाती।

मदन मृणालिनी के संगम से बहुत ही प्रसन्न है। सरला मृणालिनी भी प्रफुल्लित है। किशोरनाथ भी उसे बहुत ही प्यार करता है, प्रायः उसी को साथ लेकर हवा खाने लिये जाता है। दोनों में बहुत ही सौहार्द है। मदन भी बाहर किशोरनाथ के साथ और घर आने पर मृणालिनी की प्रेममयी वाणी से आप्यायित रहता है।

मदन का समय सुख से बीतने लगा। किन्तु बनर्जी महाशय के सपरिवार बाहर जाने की बातों ने एक बार उसके हृदय को उद्वेगपूर्ण बना दिया। वह सोचने लगा कि मेरा क्या परिणाम होगा, क्या मुझे भी चलने के लिए आज्ञा देंगे? और यदि वे चलने के लिए कहेंगे, तो मैं क्या करूँगा? इनके साथ जाना ठीक होगा या नहीं?

इन सब बातों को वह सोचता ही था कि इतने में किशोरनाथ ने अकस्मात् आकर उसे चौंका दिया। उसने खड़े होकर पूछा–कहिये, आप लोग किस सोच-विचार में पड़े हुए हैं? कहाँ जाने का विचार है?

क्यों, क्या तुम न चलोगे?

कहाँ?

जहाँ हम लोग जायँ।

वही तो पूछता हूँ कि आप लोग कहाँ जायेंगे?

सीलोन।

तो मुझसे भी आप वहाँ चलने के लिये कहते हैं?

इसमें तुम्हारी हानि ही क्या है?

(यज्ञोपवीत दिखाकर) इसकी ओर भी तो ध्यान कीजिये!

तो क्या समुद्र-यात्रा तुम नहीं कर सकते?

सुना है कि वहाँ जाने से धर्म नष्ट हो जाता है!

क्यों? जिस तरह तुम यहाँ भोजन बनाते हो, उसी तरह वहाँ भी बनाना।

जहाज पर भी चढ़ना होगा।

उसमें हर्ज ही क्या है? लोग गंगासागर और जगन्नाथजी जाते समय जहाज पर नहीं चढ़ते?

मदन अब निरुत्तर हुआ; किन्तु सोचने लगा। इतने ही में उधर से मृणालिनी आती हुई दिखाई पड़ी। मृणालिनी को देखते ही उसके विचाररूपी मोतियों को प्रेम-हंस ने चुग लिया और उससे उसकी बुद्धि और भी भ्रमपूर्ण जान पड़ने लगी।

मृणालिनी ने पूछा—क्यों मदन, तुम बाबा के साथ न चलोगे?

जिस तरह वीणा की झंकार से मस्त होकर मृग स्थिर हो जाता है अथवा मनोहर वंशी की तान से झूमने लगता है, वैसे ही मृणालिनी के मधुर स्वर में मुग्ध मदन ने कह दिया—क्यों न चलूँगा।

सारा संसार घड़ी-घड़ी-भर पर, पल-पल-भर पर नवीन-सा प्रतीत होता है और इससे उस विश्वयंत्र को बनाने वाले स्वतन्त्र की बड़ी भारी निपुणता का पता लगता है; क्योंकि नवीनता की यदि रचना न होती, तो मानव-समाज को यह संसार और ही तरह का भासित होता। फिर उसे किसी वस्तु की चाह न होती, इतनी तरह से व्यावहारिक पदार्थों की कुछ भी आवश्यकता न होती, समाज, राज्य और धर्म के विशेष परिवर्तन-रूपी पट में इसकी मनोहर-मूर्ति और भी सलोनी देख पड़ती है। मनुष्य बहुप्रेमी क्यों हो जाता है? मानवों की प्रवृत्ति क्यों दिन-रात बदला करती है। नगर-निवासियों को पहाड़ी घाटियाँ सौंदर्यमयी प्रतीत होती हैं? विदेश-पर्यटन में क्यों मनोरंजन होता है? मनुष्य क्यों उत्साहित होता है? इत्यादि प्रश्नों के उत्तर में केवल यही कहा जा सकता है कि नवीनता की प्रेरणा!

नवीनता वास्तव में ऐसी ही वस्तु है, जिससे मदन को भारत से सीलोन तक पहुँच जाना कुछ कष्टकर न हुआ।

विशाल सागर के वक्षस्थल पर दानव-राज की तरह वह जहाज अपनी चाल और उसकी शक्ति दिखा रहा है। उसे देखकर मदन को द्रौपदी और पांडवों को लादे हुए घटोत्कच का ध्यान आता था।

उत्ताल तरंगों की कल्लोल-माला अपना अनुपम दृश्य दिखा रही है। चारों ओर जल-ही-जल है, चंद्रमा अपने पिता की गोद में क्रीड़ा करता हुआ आनंद दे रहा है। अनंत सागर में अनंत आकाश-मंडल के असंख्य नक्षत्र अपने प्रतिबिंब दिखा रहे हैं।

मदन तीन-चार बरस में युवक हो गया है। उसकी भावुकता बढ़ गयी थी।

वह समुद्र का एक सुंदर दृश्य देख रहा था। अकस्मात् एक प्रकाश दिखाई देने लगा। वह उसी को देखने लगा।

जब मनोहर अरुण का प्रकाश नील जल को भी आरक्तिम बनाने की चेष्टा करने लगा। चंचल तरंगों की लहरियाँ सूर्य की किरणों से क्रीड़ा करने लगीं। मदन उस अनंत समुद्र को देखकर डरा नहीं किंतु अपने प्रेममय हृदय का एक जोड़ा देखकर और भी प्रसन्न हुआ। वह निर्भीक हृदय से उन लोगों के साथ सीलोन पहुँचा।

अमरनाथ के विशाल भवन में रहने से मदन को बड़ी ही प्रसन्नता है। मृणालिनी और मदन उसी प्रकार से मिलते-जुलते हैं, जैसे कलकत्ते में मिलते-जुलते थे। लवण-महासमुद्र की महिमा दोनों ही को मनोहर जान पड़ती है। प्रशांत महासागर के तट की संध्या दोनों के नेत्रों को ध्यान में लगा देती है। डूबते हुए सूर्यदेव देवतुल्य हृदयों को संसार की गति दिखलाते हैं, अपने राग की आभा उन प्रभातमय हृदयों पर डालते हैं, दोनों ही सागर-तट पर खड़े सिंधु की तरंग भंगियों को देखते हैं; फिर भी दोनों ही दोनों की मनोहर अंग-भंगियों में भूले हुए हैं।

महासमुद्र के तट पर बहुत समय तक खड़े होकर मृणालिनी और मदन उस अनंत का सौंदर्य देखते थे। अकस्मात् बैंड का सुरीला राग सुनाई दिया, जो कि सिंधु-गर्जन को भी भेदकर निकला था।

मदन, मृणालिनी दोनों एकाग्रचित्त हो उस ओजस्विनी कविवाणी को जातीय संगीत में सुनने लगे। किंतु वहाँ कुछ दिखाई न दिया। चकित होकर वे सुन रहे थे। प्रबल वायु भी उत्ताल तरंगों को हिलाकर उनको डराता हुआ उसी की प्रतिध्वनि करता था। मंत्र-मुग्ध क समान सिंधु भी अपनी तरंगों के प्रतिघात पर चिढ़कर उन्हीं शब्दों को दुहराता है। समुद्र को स्वीकार करते देखकर अनंत आकाश भी उसी की प्रतिध्वनि करता है।

धीरे-धीरे विशाल सागर के हृदय को फाड़ता हुआ एक जंगी जहाज दिखाई पड़ा। मदन और मृणालिनी, दोनों ही स्थिर दृष्टि से उसकी ओर देखते रहे। जहाज अपनी जगह पर ठहरा और इधर पोर्ट-संरक्षक ने उस पर सैनिकों के उतरने के लिये यथोचित प्रबन्ध किया।

समुद्र की गंभीरता, संध्या की निस्तब्धता और बैंड के सुरीले राग ने दोनों के हृदयों को सम्मोहित कर लिया और वे इन्हीं सब बातों की चर्चा करने लग गये।

मदन ने कहा—मृणालिनी, यह बाजा कैसा सुरीला है!

मृणालिनी का ध्यान टूटा, सहसा उसके मुख से निकला—तुम्हारे कल-कंठ से अधिक नहीं है।

इसी तरह दिन बीतने लगे। मदन को कुछ काम नहीं करना पड़ता था। जब कभी उसका जी चाहता, तब वह महासागर के तट पर जाकर प्रकृति की सुषमा को निरखता और उसी में आनंदित होता था। वह प्रायः गोता लगाकर मोती निकालने

बालों की ओर देखा करता और मन-ही-मन उनकी प्रशंसा किया करता था।

मदन का मालिक भी उसको कभी कोई काम करने के लिए आज्ञा नहीं देता था। वह उसे बैठा देखकर मृणालिनी के साथ घूमने के लिए जाने की आज्ञा देता था। उसका स्वभाव ही ऐसा सरल था कि सभी सहवासी उससे प्रसन्न रहते थे, वह भी उनसे खूब हिल-मिलकर रहता था।

संसार भी बड़ा प्रपंचमय यंत्र है। वह अपनी मनोहरता पर आप ही मुग्ध रहता है।

एक एकांत कमरे में बैठे हुए मृणालिनी और मदन ताश खेल रहे हैं; दोनों जी-जान से अपने-अपने जीतने की कोशिश कर रहे हैं।

इतने में सहसा अमरनाथ बाबू उस कोठरी में आये। उनके मुख-मंडल पर क्रोध झलकता था। वह आते ही बोले—'क्यों रे दुष्ट! तू बालिका को फुसला रहा है?'

मदन तो सुनकर सन्नाटे में रह गया। उसने नम्रता के साथ खड़े होकर पूछा—क्यों पिता, मैंने क्या किया है?

अमरनाथ—अभी पूछता ही है! तू इस लड़की को बहकाकर अपने साथ लेकर दूसरी जगह भागना चाहता है?

मदन—बाबूजी, यह आप क्या कह रहे हैं? मुझ पर इतना अविश्वास कर रहे हैं? किसी दुष्ट ने आपसे झूठी बात कही है।

अमरनाथ—अच्छा, तुम यहाँ से चलो और अब से दूसरी कोठरी में रहा करो। मृणालिनी को और तुमको हम एक जगह देख पावेंगे तो समझ रक्खो, समुद्र के गर्भ में ही तुमको स्थान मिलेगा।

मदन अमरनाथ बाबू के पीछे चला। मृणालिनी मुरझा गयी, मदन के ऊपर अपवाद लगाना उसके सुकुमार हृदय से सहा नहीं गया। वह नव-कुसुमित पद-दलित आश्रय-विहीन माधवी-लता के समान पृथ्वी पर गिर पड़ी और लोट-लोटकर रोने लगी।

मृणालिनी ने दरवाजा भीतर से बन्द कर लिया और वहीं लोटती हुई आँसुओं से हृदय की जलन को बुझाने लगी।

कई घंटे बाद जब उसकी माँ ने जाकर किवाड़ खुलवाये, उस समय उसकी रेशमी साड़ी का आँचल भीगा हुआ, उसका मुख और आँखें लाल-लाल हो आयी थीं। वास्तव में वह मदन के लिये रोई थी। इसी से उसकी यह दशा हो गयी। सचमुच संसार बड़ा प्रपंचमय है।

दूसरे घर में रहने से मदन बहुत घबराने लगा। वह अपना मन बहलाने के लिए कभी-कभी समुद्र तट पर बैठकर गद्गद हो सूर्य-भगवान का पश्चिम दिशा से मिलना देखा करता था और जब तक वह अस्त न हो जाते थे, तब तक बराबर टकटकी लगाये देखता था। वह अपने चित्त में अनेक कल्पना की लहरें उठाकर समुद्र और अपने हृदय की तुलना किया करता था।

मदन का अब इस संसार में कोई नहीं है। माता भारत में जीती है या मर गयी–यह भी बेचारे को नहीं मालूम! संसार की मनोहरता, आशा की भूमि, मदन के जीवन-स्रोत का जल मदन के हृदय-कानन का अपूर्ण परिजात, मदन के हृदय-सरोवर की मनोहर मृणालिनी भी अब उससे अलग कर दी गयी है। जननी, जन्मभूमि, प्रिय कोई भी तो मदन के पास नहीं है। इसी से उसका हृदय आलोड़ित होने लगा और वह अनाथ बालक ईर्ष्या से भरकर अपने अपमान की ओर ध्यान देने लगा। उसको भाँति-भाँति विश्वास हो गया कि इस परिवार के साथ रहना ठीक नहीं है। जब इन्होंने मेरा तिरस्कार किया, तो अब इन्हीं के आश्रित होकर क्यों रहूँ?

यह सोचकर उसने अपने चित्त में कुछ निश्चय किया और कपड़े पहनकर समुद्र की ओर घूमने के लिए चल पड़ा। राह में अपनी उधेड़-बुन में चला जाता तथा कि किसी ने पीठ पर हाथ रक्खा। मदन ने पीछे देखकर कहा–आह, आप हैं किशोर बाबू?

किशोरनाथ ने हँसकर कहा–कहाँ बगदादी-ऊँट की तरह भागे जाते हो?

कहीं तो नहीं, यहीं समुद्र की ओर जा रहा हूँ।

समुद्र की ओर क्यों?

शरण माँगने के लिए।

यह बात मदन ने डबडबाई हुई आँखों से किशोर की ओर देखकर कही।

किशोर ने रूमाल से मदन के आँसू पोंछते-पोंछते कहा–मदन, हम जानते हैं कि उस दिन बाबूजी ने जो तिरस्कार किया था, उससे तुमको बहुत दुःख है। मगर सोचो तो, इसमें दोष किसका है? यदि तुम उस रोज मृणालिनी को बहकाने का उद्योग न करते, तो बाबूजी तुम पर क्यों अप्रसन्न होते?

अब तो मदन से नहीं रहा गया। उसने क्रोध से कहा–कौन दुष्ट उस देवबाला पर झूठा अपवाद लगाता है? और मैंने उसे बहकाया है? इस बात का कौन साक्षी है? किशोर बाबू! आप लोग मालिक हैं, जो चाहे कहिये। आपने पालन किया है, इसलिये यदि आप आज्ञा दें तो मदन समुद्र में भी कूदने के लिए तैयार है, मगर अपवाद और अपमान से बचाये रहिये।

कहते-कहते मदन का मुख क्रोध से लाल हो आया, आँखों में आँसू भर आये, उसके आकार से उस समय दृढ़ प्रतिज्ञा झलकती थी।

किशोर ने कहा–इस बारे में विशेष हम कुछ नहीं जानते, केवल माँ के मुख से सुना था कि जमादार ने बाबूजी से तुम्हारी निंदा की है और इसी वजह से वह तुम पर बिगड़े हैं।

मदन ने कहा–आप लोग अपनी बाबूगीरी में भूले रहते हैं और ये बेईमान आपका सब माल खाते हैं। मैंने उस जमादार को मोती निकालने वालों के साथ मोती बेचते देखा; मैंने पूछा–क्यों, तुमने मोती कहाँ पाया, तब उसने गिड़गिड़ाकर, पैर

पकड़कर, मुझसे कहा—बाबूजी से न कहियेगा। मैंने उसे डाँटकर फिर ऐसा काम न करने के लिए कहकर छोड़ दिया, आप लोगों से नहीं कहा। इसी के कारण वह ऐसी चाल चलता है और आप लोगों ने भी बिना सोचे-समझे उसकी बात पर विश्वास कर लिया।

यों कहते-कहते मदन उठकर खड़ा हो गया। किशोर ने उसका हाथ पकड़कर बैठाया और आप भी बैठकर कहने लगा—मदन, घबड़ाओ मत, थोड़ी देर बैठकर हमारी बात सुनो। हम उसको दण्ड देंगे और तुम्हारा अपवाद मिटावेंगे। मगर हम एक बात जो कहते हैं, उसे ध्यान देकर सुनो। मृणालिनी अब बालिका नहीं है और तुम भी बालक नहीं हो। तुम्हारे-उसके जैसे भाव है, वो भी हमसे छिपे नहीं है। फिर ऐसी जगह पर हम तो यही चाहते हैं कि तुम्हारा और मृणालिनी का ब्याह हो जाय।

मदन ब्याह का नाम सुनकर चौंक पड़ा और मन से सोचने लगा कि यह कैसी बात? कहाँ हम युक्तप्रांत-निवासी अन्यजाती, और कहाँ ये बंगाली ब्राह्मण, फिर ब्याह किस तरह हो सकता है। हो-न-हो, ये मुझे भुलावा देते हैं। क्या मैं इनके साथ अपना धर्म नष्ट करूँगा, क्या इसी कारण ये लोग मुझे इतना सुख देते हैं और खूब खुलकर मृणालिनी के साथ घूमने-फिरने और रहने देते थे? मृणालिनी को मैं जी से चाहता हूँ और जहाँ तक देखता हूँ, मृणालिनी भी मुझसे कपट-प्रेम नहीं करती। किंतु यह ब्याह नहीं हो सकता, क्योंकि इसमें धर्म और अधर्म दोनों का डर है। धर्म का निर्णय करने की मुझमें शक्ति नहीं है। मैंने ऐसा ब्याह होते न देखा और न सुना है, फिर कैसे यह ब्याह करूँ?

इन्हीं बातों को सोचते-सोचते बहुत देर हो गयी। जब मदन को यह सुन पड़ा कि अच्छा, सोचकर हमसे कहना, तब वह चौंक पड़ा और देखा तो किशोरनाथ जा रहा है।

मदन ने किशारनाथ के जाने पर कुछ विशेष ध्यान नहीं दिया और फिर अपने विचारों के सागर में मग्न हो गया।

फिर मृणालिणी का ध्यान आया, हृदय धड़कने लगा। मदन की चिंता-शक्ति का वेग रुक गया और उसके मन में यही समझा कि ऐसे धर्म को मैं दूर ही से हाथ जोड़ता हूँ! मृणालिनी-प्रेम-प्रतिभा मृणालिनी-को मैं नहीं छोड़ सकता!

मदन इसी मंतव्य को स्थिर कर, समुद्र की ओर मुख कर उसकी गंभीरता निहारने लगा।

वहाँ पर कुछ धनी लोग पैसा फेंककर उसे समुद्र से ले आने का तमाशा देख रहे थे। मदन ने सोचा कि प्रेमियों का जीवन 'प्रेम' है और सज्जनों का अमोघ धन 'धर्म' है। ये लोग अपने प्रेम-जीवन की परवाह न कर धर्म-धन को बटोरते हैं और फिर इनके पास जीवन और धन दोनों चीजें दिखाई पड़ती हैं। तो क्या मनुष्य इनका अनुकरण नहीं कर सकता? अवश्य कर सकता है। प्रेम ऐसी तुच्छ वस्तु नहीं है कि

धर्म को हटाकर उस स्थान पर आप बैठे। प्रेम महान है, प्रेम उदार है। प्रेमियों को भी वह उदार और महान बनाता है। प्रेम का मुख्य अर्थ है 'आत्म-त्याग'। तो क्या मृणालिनी से ब्याह कर लेना ही प्रेम में गिना जायेगा? नहीं-नहीं, वह घोर स्वार्थ है। मृणालिनी को मैं जन्म-भर प्रेम से अपने हृदय-मंदिर में बिठाकर पूजूँगा, उसकी सरल प्रतिमा को पंक में न लपेटूँगा। परन्तु ये लोग जैसा बर्ताव करते हैं, उससे संभव है कि मेरे विचार पलट जाएँ। इसलिए अब इन लोगों से दूर रहना ही उचित है।

मदन इन्हीं बातों को सोचता हुआ लौट आया और जो अपना मासिक वेतन जमा किया था वह तथा कुछ कपड़े आदि आवश्यक सामान लेकर वहाँ से चला गया। जाते समय उसने एक पत्र लिखकर वहीं छोड़ दिया।

जब बहुत देर तक लोगों ने मदन को नहीं देखा, तब चिंतित हुए। खोज करने से उनको मदन का पत्र मिला, जिसे किशोरनाथ ने पढ़ा और पढ़कर उसका मर्म पिता को समझा दिया।

पत्र का भाव समझते ही उनकी सब आशा निर्मूल हो गयी। उन्होंने कहा—किशोर, देखो, हमने सोचा था कि मृणालिनी किसी कुलीन हिन्दू को समर्पित हो, परन्तु वह नहीं हुआ। इतना ध्यान और परिश्रम, जो मदन के लिए किया गया, सब व्यर्थ हुआ। अब वह कभी मृणालिनी से ब्याह नहीं करेगा, जैसा कि उसके पत्र से विदित होता है।

आपके उस व्यवहार ने उसे और भी भड़का दिया। अब वह कभी ब्याह न करेगा।

मृणालिनी का क्या होगा?

जो उसके भाग्य में है!

क्या जाते समय मदन ने मृणालिनी से भेंट नहीं की?

पूछने से मालूम होगा।

इतना कहकर किशोर मृणालिनी के पास गया। मदन उससे भी नहीं मिला था। किशोर ने आकर पिता से सब हाल कह दिया।

अमरनाथ बहुत ही शोकग्रस्त हुए। बस, उसी दिन उनकी चिंता बढ़ने लगी। क्रमशः वह नित्य ही मद्य-सेवन करने लगे। वह तो प्रायः अपनी चिन्ता दूर करने के लिए मद्य-पान करते थे, किन्तु उसका फल उलटा हुआ, उनकी दशा और भी बुरी हो चली, यहाँ तक कि वह हर समय पान करने लगे, काम-काज देखना-भालना छोड़ दिया।

नवयुवक 'किशोर' बहुत चिंतित हुआ, किंतु वह धैर्य के साथ सांसारिक कष्ट सहने लगा।

मदन के चले जाने से मृणालिनी को बड़ा कष्ट हुआ। उसे यह बात और भी खटकती थी कि मदन जाते समय उससे क्यों नहीं मिला? वह यह नहीं समझती थी कि मदन यदि जाते समय उससे मिलता, तो जा नहीं सकता था।

मृणालिनी बहुत रिक्त हो गयी। संसार उसे सूना दिखाई देने लगा। किंतु वह क्या करे? उसे अपनी मानसिक व्यथा सहनी ही पड़ी।

मदन ने अपने एक मित्र के यहाँ जाकर डेरा डाला। वह भी मोती का व्यापार करता था। बहुत सोचने-विचारने के उपरान्त उसने भी मोती का ही व्यापार करना निश्चित किया।

मदन नित्य संध्या के समय, मोती बाजार में जाकर, मछुए लोग जो अपने मेहनताने में मिली हुई मोतियों की सीपियाँ बेचते थे, उनको खरीदने लगा; क्योंकि इसमें थोड़ी पूँजी से अच्छी तरह काम चल सकता था। ईश्वर की कृपा से उनको नित्य विशेष लाभ होने लगा।

संसार में मनुष्य की अवस्था सदा बदलती रहती है। वहीं मदन, जो तिरस्कार पाकर दासत्व छोड़ने पर लक्ष्य-भ्रष्ट हो गया था, अब एक प्रसिद्ध व्यापारी बन गया।

मदन इस समय सम्पन्न हो गया। उसके यहाँ अच्छे-अच्छे लोग मिलने-जुलने आने लगे। उसने नदी के किनारे एक बहुत सुन्दर बँगला बनवा लिया है, उसके चारों ओर सुदर बग़ीचा भी है, व्यापारी लोग उत्सव के अवसरों पर उसको निमन्त्रण देते हैं; वह भी अपने यहाँ कभी-कभी उन लोगों को निमन्त्रित करता है। संसार की दृष्टि में वह बहुत सुखी था, यहाँ तक कि बहुत लोग उससे डाह करने लगे। सचमुच संसार बड़ा आडंबर-प्रिय है!

मदन सब प्रकार से शारीरिक सुख भोग करता था; पर उसके चित्त-पट पर किसी रमणी की मलिन छाया निरन्तर अंकित रहती थी; जो उसे कभी-कभी बहुत कष्ट पहुँचाती थी। प्रायः वह उसे विस्मृति के जल से धो डालना चाहता था। यद्यपि वह चित्र किसी साधारण कारीगर का अंकित किया हुआ नहीं था कि एकदम लुप्त हो जाय, तथापि वह बराबर उसे मिटा डालने की ही चेष्टा करता था।

अकस्मात् एक दिन, जब सूर्य की किरणें सुवर्ण-सी, सु-वर्ण आभा धारण किए हुए थीं, नदी का जल मौज में बह रहा था, उस समय मदन किनारे खड़ा हुआ स्थिर भाव से नदी की शोभा निहार रहा था। उसको वहाँ कई-एक सुसज्जित जलयान देख पड़े। उसका चित्त न जाने क्यों उत्कंठित हुआ। अनुसंधान करने पर पता लगा कि वहाँ वार्षिक जल-विहार का उत्सव होता है, उसी में लोग जा रहे हैं।

मदन के चित्त में भी उत्सव देखने की आकांक्षा हुई। वह भी अपनी नाव पर चढ़कर उसी ओर चला। कल्लोलिनी की कल्लोलों में हिलती हुई वह छोटी-सी सुसज्जित तरी चल दी।

मदन उस स्थान पर बैठा हुआ एकटक इस उत्सव को देख रहा है। उसकी आँखें जैसे किसी को खोज रही हैं। धीरे-धीरे संध्या हो गयी। क्रमशः एक, दो, तीन तारे दिखाई दिये। साथ ही, पूर्व की तरफ ऊपर को उठते हुए गुब्बारे की तरह चंद्रबिंब दिखाई पड़ा। लोगों के नेत्रों में आनन्द का उल्लास छा गया। इधर दीपक जल गये।

मधुर संगीत शून्य की निस्तब्धता में और भी गूँजने लगा। रात के साथ ही अमोद-प्रमोद की मात्रा बढ़ी।

परन्तु मदन के हृदय में सन्नाटा छाया हुआ है। उत्सव के बाहर वह अपनी नौका को धीरे-धीरे चला रहा है। अकस्मात् कोलाहल सुनाई पड़ा, वह चौंककर उधर देखने लगा। उसी समय कोई चार-पाँच हाथ दूर एक काली-सी चीज दिखाई दी। अस्त हो रहे चन्द्रमा का प्रकाश पड़ने से कुछ वस्त्र भी दिखाई देने लगा। वह बिना कुछ सोचे-समझे ही जल में कूद पड़ा और उसी वस्तु के साथ बह चला।

ऊषा की आभा पूर्व में दिखाई पड़ रही है। चन्द्रमा को निद्रा से जगा रहा है। पक्षी भी कभी-कभी बोल उठते हैं।

निर्जन नदी-तट में एक नाव बँधी है और बाहर एक सुकुमारी सुन्दरी का शरीर अचेत अवस्था में पड़ा हुआ है। एक युवक सामने बैठा हुआ उसे होश में लाने का उद्योग कर रहा है। दक्षिण-पवन भी उसे इस शुभ काम में बहुत सहायता दे रहा है।

सूर्य की पहली किरण का स्पर्श पाते ही सुन्दरी के नेत्र-कमल धीरे-धीरे विकसित होने लगे। युवक ने ईश्वर को धन्यवाद दिया और झुककर उस कामिनी से पूछा—मृणालिनी, अब कैसी हो?

मृणालिनी ने नेत्र खोलकर देखा। उसके मुख-मण्डल पर हर्ष के चिह्न दिखाई पड़े। उसने कहा—प्यारे मदन, अब अच्छी हूँ!

प्रणय का भी वेग कैसा प्रबल है! यह किसी महासागर की प्रचण्ड आँधी से कम प्रबलता नहीं रखता। उसके झोंके की जीवन-नौका असीम तरंगों से घिरकर प्रायः कूल को नहीं पाती। अलौकिक आलोकमय अंधकार में प्रणयी अपनी प्रणय-तरी पर आरोहण कर उसी आनन्द के महासागर में घूमना पसन्द करता है, कुल की ओर जाने की इच्छा भी नहीं करता।

इस समय मदन और मृणालिनी दोनों की आँखों से आँसुओं की धारा धीरे-धीरे बह रही है। चंचलता का नाम भी नहीं है। कुछ बल आने पर दोनों उस नाव में जा बैठे।

मदन ने मल्लाहों के पास के गाँव से दूध या कुछ भोजन की वस्तु लाने के लिए भेजा। फिर दोनों ने बिछुड़ने के उपरांत की सब कथा परस्पर कह सुनाई।

मृणालिनी कहने लगी—भैया किशोरनाथ से मैं तुम्हारा सब हाल सुना करती थी। पर वह कहा करते थे कि तुमसे मिलने में उनको संकोच होता है। इसका कारण उन्होंने कुछ नहीं बताया। मैं भी हृदय पर पत्थर रखकर तुम्हारे प्रणय को आज तक स्मरण कर रही हूँ।

मदन ने बात टालकर पूछा—मृणालिनी, तुम जल में कैसे गिरीं?

मृणालिनी ने कहा—मुझे बहुत उदास देख भैया ने कहा, चलो तुम्हें एक तमाशा दिखावें, सो मैं भी आज यहाँ मेला देखने आयी। कुछ कोलाहल सुनकर मैं नाव पर

खड़ी होकर देखने लगी। दो नाववालों में झगड़ा हो रहा था। उन्हीं के झगड़े में हाथपाई में नाव हिल गई और मैं गिर पड़ी। फिर क्या हुआ, सो मैं कुछ नहीं जानती।

इतने में दूर से एक नाव आती हुई दिखाई पड़ी, उस पर किशोरनाथ था। उसने मृणालिनी को देखकर बहुत हर्ष प्रकट किया और सब लोग मिलकर बहुत आनन्दित हुए।

बहुत कुछ बातचीत होने के उपरांत मृणालिनी और किशोर दोनों ने मदन के घर चलना स्वीकार किया। नावें नदी-तट पर स्थित मदन के घर की ओर बढ़ीं उस समय मदन को एक दूसरी ही चिंता थी।

भोजन के उपरांत किशोरनाथ ने कहा—मदन, हम अब भी तुमको छोटा भाई ही समझते हैं; पर तुम शायद हमसे कुछ रुष्ट हो गये हो।

मदन ने कहा—भैया, कुछ नहीं। इस दास से जो कुछ ढिठाई हुई हो, उसे क्षमा करना, मैं तो आपका वही मदन हूँ।

इसी तरह की बहुत-सी बातें होती रहीं और फिर दूसरे दिन किशोरनाथ मृणालिनी को साथ लेकर अपने घर गया।

अमरनाथ बाबू की अवस्था बड़ी शोचनीय है। वह एक प्रकार से मद्य के नशे में चूर रहते हैं, काम-काज देखना सब छोड़ दिया है। अकेला किशोरनाथ काम-काज सँभालने के लिए तत्पर हुआ, पर उसके व्यापार की दशा अत्यन्त शोचनीय होती गयी और उसके पिता का स्वास्थ्य भी बिगड़ चला। क्रमशः उसके चारों ओर अंधकार दिखाई देने लगा।

संसार की कैसी विलक्षण गति है! जो बाबू अमरनाथ एक समय सारे सीलोन में प्रसिद्ध व्यापारी गिने जाते थे और व्यापारी लोग, जिनसे सलाह लेने के लिए तरसते थे, वही अमरनाथ इस समय कैसी अवस्था में हैं! कोई उनसे मिलने भी नहीं आता!

किशोरनाथ एक दिन अपने ऑफिस में बैठा कार्य देख रहा था। अकस्मात् मृणालिनी भी उसी स्थान में आ गयी और एक कुर्सी खींचकर बैठ गयी। उसने किशोर से कहा—क्यों भैया, पिताजी की कैसी अवस्था है? काम-काज की भी दशा अच्छी नहीं है, तुम भी चिंता से व्याकुल रहते हो, यह क्या है?

किशोरनाथ—बहन, कुछ न पूछो, पिताजी की अवस्था तो तुम देख ही रही हो। काम-काज की अवस्था भी अत्यन्त शोचनीय हो रही है। पचास लाख रुपये के लगभग बाजार का देना है और ऑफिस का रुपया सब बाजार में फँस गया है, जो कि काम देखे-भाले बिना पिताजी की अस्वस्थता के कारण दब-सा गया है। इसी सोच में बैठा हुआ हूँ कि ईश्वर क्या करेंगे!

मृणालिनी भयातुर हो गयी। उसके नेत्रों से आँसुओं की धारा बहने लगी। किशोर उसे समझाने लगा; फिर बोला—केवल एक ईमानदार कर्मचारी अगर काम-काज

की देख-भाल किया करता, तो यह अवस्था न होती। आज यदि मदन होता, तो हम लोगों की यह दशा न होती।

मदन का नाम सुनते ही मृणालिनी कुछ विवर्ण हो गयी और उसकी आँखों में आँसू भर आये। इतने में दरबान ने आकर कहा—सरकार, एक रजिस्ट्री चिट्ठी मृणालिनी देवी के नाम से आयी है, डाकिया बाहर खड़ा है।

किशोर ने कहा—बुला लाओ।

किशोर ने वह रजिस्ट्री लेकर खोली। उसमें एक पत्र और एक स्टाम्प का कागज था। देखकर किशोर ने मृणालिनी के आगे फेंक दिया। मृणालिनी ने फिर वह पत्र किशोर के हाथ में देकर पढ़ने के लिए कहा। किशोर पढ़ने लगा।

"मृणालिनी!

आज मैं तुमको पत्र लिख रहा हूँ। आशा है कि तुम इसे ध्यान देकर पढ़ोगी। मैं एक अनजाने स्थान का रहने वाला कंगाल के भेष में तुमसे मिला और तुम्हारे परिवार में पालित हुआ। तुम्हारे पिता ने मुझे आश्रय दिया और मैं सुख से तुम्हारा मुख देखकर दिन बिताने लगा। पर देव को वह भी ठीक न जँचा! अच्छा, जैसी उसकी इच्छा! पर मैं तुम्हारे परिवार को सदा स्नेह की दृष्टि से देखता हूँ। बाबू अमरनाथ के कहने-सुनने का मुझे कुछ ध्यान नहीं है, पर केवल पश्चात्ताप यह है कि मैं उनसे बिना कहे-सुने चला आया। अच्छा, इसके लिए उनसे क्षमा माँग लेना और भाई किशोरनाथ से भी मेरा यथोचित अभिवादन कह देना।

अब कुछ आवश्यक बातें मैं लिखता हूँ, उन्हें ध्यान से पढ़ो। जहाँ तक संभव है, उनके करने में तुम आगा-पीछा न करोगी, यह मुझे विश्वास है। मुझे तुम्हारे परिवार की दशा अच्छी तरह विदित है, मैं उसे लिखकर तुम्हारा दुःख नहीं बढ़ाना चाहता। सुनो, यह एक 'बिल' है, जिसमें मैंने अपनी सीलोन की सब सम्पत्ति तुम्हारे नाम लिख दी है। वह तुम्हारी ही है, उसे लेने में तुमको कुछ संकोच न करना चाहिये। वह सब तुम्हारे ही रुपए का लाभ है। जो धन मैं वेतन में पाता था, वही मूल कारण है। अस्तु, यह मूलधन, लाभ और ब्याज-सहित तुमको लौटा दिया जाता है, इसे अवश्य स्वीकार करना और स्वीकार करो या न करो, अब सिवा तुम्हारे इसका कौन है? क्योंकि मैं भारतवर्ष से जिस रूप में आया था, उसी रूप में लौटा जा रहा हूँ। मैं इस पत्र को लिखकर तब भेजता हूँ, जब घर से निकलकर जहाज पर रवाना हो चुका हूँ। अब तुमसे भेंट भी नहीं हो सकती। तुम यदि आओ भी, तो उस समय मैं जहाज पर होऊँगा। तुमसे मेरी केवल यही प्रार्थना है कि 'तुम मुझे भूल जाना'।
—मदन।"

यह पत्र पढ़ते ही मृणालिनी और किशोरनाथ की अवस्था दूसरी ही हो गयी। मृणालिनी ने कातर स्वर में कहा—भैया, क्या समुद्र-तट तक चल सकते हो?

किशोरनाथ ने खड़े होकर कहा—अवश्य!

बस, तुरंत ही एक गाड़ी पर सवार होकर दोनों समुद्र-तट की ओर चले। ज्यों ही वे पहुँचे, त्यों ही जहाज तट छोड़ चुका था। उस समय व्याकुल होकर मृणालिनी की आँखें किसी को खोज रही थीं। किंतु अधिक खोज नहीं करनी पड़ी।

किशोर और मृणालिनी ने देखा कि गेरुए रंग का कपड़ा पहिने हुए एक व्यक्ति दोनों हाथ जोड़े हुए जहाज पर खड़ा है और जहाज शीघ्रता के साथ समुद्र के बीच में चला जा रहा है!

मृणालिनी ने देखा कि बीच में अगाध समुद्र है!

❑

इन्द्रजाल

: 1 :

गाँव के बाहर एक छोटे से बंजर में कंजरों का दल पड़ा था। उस परिवार में टट्टू, भैंस और कुत्तों को मिलाकर इक्कीस प्राणी थे। उसका सरदार मैकू लम्बी-चौड़ी हड्डियोंवाला अधेड़ पुरुष था। दया-माया उसे पास फटकने नहीं पाती थी। उसकी घनी दाढ़ी और मूँछों के भीतर प्रसन्नता की हँसी छिपी ही रह जाती। गाँव में भीख माँगने के लिए जब कंजरों की स्त्रियाँ जातीं, तो उनके लिए मैकू की आज्ञा थी कि कुछ न मिलने पर अपने बच्चों को निर्दयता से गृहस्थ के द्वार पर जो स्त्री न पटक देगी, उसको भयानक दण्ड मिलेगा।

उस निर्दय झुण्ड में गाने वाली एक लड़की थी और एक बाँसुरी बजानेवाला युवक। ये दोनों भी गा-बजाकर जो पाते, वह मैकू के चरणों में लाकर रख देते। फिर भी गोली और बेला की प्रसन्नता की सीमा न थी। उन दोनों का नित्य का सम्पर्क ही उनके लिए स्वर्गीय सुख था। इन घुमक्कड़ों के दल में ये दोनों विभिन्न रुचि के प्राणी थे। बेला बेड़िन थी। माँ के मर जाने पर अपने शराबी और अकर्मण्य पिता के साथ वह कंजरों के हाथ लगी। अपनी माता के गाने-बजाने का संस्कार उसकी नस-नस में भरा था। वह बचपन से ही अपनी माता का अनुकरण करती हुई अलापती रहती थी।

शासन की कठोरता के कारण कंजरों का डाका और लड़कियों के चुराने का व्यापार बन्द हो चला था। फिर भी मैकू अवसर से नहीं चूकता। अपने दल की उन्नति में बराबर लगा ही रहता। इस तरह गोली के बाप के मर जाने पर—जो एक चतुर नट था—मैकू ने उसकी खेल की पिटारी के साथ गोली पर भी अधिकार जमाया। गोली महुआ तो बजाता ही था, पर बेला का साथ होने पर उसने बाँसुरी बजाने में अभ्यास किया। पहले तो उसकी नट-विद्या में बेला भी मनोयोग से लगी किन्तु दोनों की भानुमती वाली पिटारी ढोकर दो-चार पैसे कमाना अच्छा न लगा। दोनों का मालूम हुआ कि दर्शक उस खेल से अधिक उसका गाना पसन्द करते हैं। दोनों का झुकाव

उसी ओ़र हुआ। पैसा भी मिलने लगा। इन नवागन्तुक बहारियों की कंजर के दल में प्रतिष्ठा बढ़ी।

बेला साँवली थी। जैसे पावस की मेघमाला में छिपे हुए आलोकपिण्ड का प्रकाश निखरने की अदम्य चेष्टा कर रहा हो, वैसे ही उसका यौवन सुगठित शरीर के भीतर उद्वेलित हो रहा था। गोली के स्नेह की मदिरा से उसकी कजरारी आँखें लाली से भरी रहतीं। वह चलती तो थिरकती हुई, बातें करती तो हँसती हुई, एक मिठास उसके चारों ओर बिखरी रहती। फिर भी गोली से अभी उसका ब्याह नहीं हुआ था।

गोली जब बाँसुरी बजाने लगता, तब बेला के साहित्यहीन गीत जैसे प्रेम के माधुर्य की व्याख्या करने लगते। गाँव के लोग उसके गीतों के लिए कंजरों को शीघ्र हटाने का उद्योग नहीं करते! जहाँ अपने अन्य सदस्यों के कारण कंजरों का वह दल घृणा और भय का पात्र था, वहाँ गोली और बेला का संगीत आकर्षण के लिए पर्याप्त था; किन्तु इसी में एक व्यक्ति का अवांछनीय सहयोग भी आवश्यक था। वह था भूरे, छोटी-सी ढोल लेकर उसे भी बेला का साथ करना पड़ता था।

भूरे सचमुच भूरा भेड़िया था। गोली अधरों से बाँसुरी लगाये अर्द्धनिमीलित आँखों के अन्तराल से बेला क़े मुंख को देखता हआ जब हृदय की फूँक से बाँस के टुकड़े को अनुप्रमाणित कर देता, तब विकट घृणा से ताड़ित होकर भूरे की भयानक थाप ढोल पर जाती। क्षण-भर के लिए जैसे दोनों चौंक उठते।

उस दिन ठाकुर के गढ़ में बेला का दल गाने के लिए गया था। पुरस्कार के कपड़े-रुपये तो मिले ही थे; बेला को एक अँगूठी भी मिली थी। मैकू उन सबको देखकर प्रसन्न हो रहा था। इतने में सिरकी के बाहर कुछ हल्ला सुनाई पड़ा। मैकू ने बाहर आकर देखा कि भूरे और गोली में लड़ाई हो रही थी। मैकू के कर्कश स्वर से दोनों भयभीत हो गये। गोली ने कहा, "मैं बैठा था, भूरे ने मुझको गालियाँ दीं। फिर भी मैं न बोला, इस पर उसने मुझे पैर से ठोकर लगा दी।"

"और यह समझता है कि इसकी बाँसुरी के बिना बेला गा ही नहीं सकती। मुझसे कहने लगा कि आज तुम ढोलक बेताल बजा रहे थे।" भूरे का कंठ क्रोध से भर्राया हुआ था।

मैकू हँस पड़ा। वह जानता था कि गोली युवक होने पर भी सुकुमार और अपने प्रेम की माधुरी से विह्वल, लजीला और निरीह था। अपने को प्रमाणित करने की चेष्टा उसमें थी ही नहीं। वह आज जो कुछ उग्र हो गया, इसका कारण है केवल भूरे की प्रतिद्वन्द्विता।

बेला भी वहाँ आ गयी थी। उसने घृणा से भूरे की ओर देखकर कहा—

"तो क्या तुम सचमुच बेताल नहीं बजा रहे थे?"

"मैं बेताल न बजाऊँगा, तो दूसरा कौन बजावेगा। अब तो तुमको नये यार न मिले हैं। बेला! तुझको मालूम नहीं कि तेरा बाप मुझसे तेरा ब्याह ठीक करके

मरा है। इसी बात पर मैंने उसे अपना नेपाली का दोगला टट्टू दे दिया था, जिस पर अब भी तू चढ़कर चलती है।" भूरे का मुँह क्रोध के झाग से भर गया था। वह और भी कुछ बकता, किन्तु मैकू की डाँट पड़ी। सब चुप हो गये।

उस निर्जन प्रान्त में जब अंधकार खुले आकाश के नीचे तारों से खेल रहा था, तब बेला बैठी कुछ गुनगुना रही थी।

कंजरों की झोंपड़ियों के पास ही पलाश का छोटा-सा जंगल था। उनमें बेला के गीत गूँज रहे थे। जैसे कमल के पास मधुकर को जाने से कोई रोक नहीं सकता, उसी तरह गोली भी कब मानने वाला था। आज उसके निरीह हृदय में संघर्ष के कारण आत्मविश्वास का जन्म हो गया था। अपने प्रेम के लिए, अपने वास्तविक अधिकार के लिए झगड़ने की शक्ति उत्पन्न हो गयी थी। उसका छुरा कमर में था। हाथ में बाँसुरी थी। बेला की गुनगुनाहट बन्द होते ही बाँसुरी में गोली उसी तान को दुहराने लगा। दोनों वन-विहंगम की तरह उस अँधेरे कानन में किलकारने लगे। आज प्रेम के आवेश ने आवरण हटा दिया था, वे नाचने लगे। आज तारों की क्षीण ज्योति में हृदय-से-हृदय मिले पूर्ण आवेग में। आज बेला के जीवन में यौवन का और गोली के हृदय में पौरुष का प्रथम उन्मेष था।

किन्तु भूरा भी वहाँ आने से नहीं रुका। उसके हाथ में भी भयानक छुरा था। आलिंगन में आवद्ध बेला ने चीत्कार किया। गोली छटककर दूर जा खड़ा हुआ, किन्तु घाव ओछा लगा।

बाघ की तरह झपटकर गोली ने दूसरा वार किया। भूरा सम्हल न सका। फिर तीसरा वार चलाना ही चाहता था कि मैकू ने गोली का हाथ पकड़ लिया। वह नीचे सर किये खड़ा रहा।

मैकू ने अकड़कर कहा, "बेला, भूरे से तुझे ब्याह करना ही होगा। वह खेल अच्छा नहीं।"

उसी क्षण सारी बातें गोली के मस्तक में छाया-चित्र-सी नाच उठीं। उसने छुरा धीरे से गिरा दिया। उसका हाथ छूट गया। जब बेला और मैकू भूरे का हाथ पकड़कर ले चले, तब गोली कहाँ जा रहा है, इसका किसी को ध्यान न रहा।

: 2 :

कंजर-परिवार में बेला भूरे की स्त्री मानी जाने लगी। बेला ने भी सिर झुकाकर इसे स्वीकार कर लिया। परन्तु उसे पलाश के जंगल में संध्या के समय जाने से कोई भी नहीं रोक सकता था। उसे जैसे सायंकाल में एक हल्का-सा उन्माद हो जाता। भूरे या मैकू भी उसे वहाँ जाने से रोकने में असमर्थ थे। उसकी दृढ़ता-भरी आँखों से घोर विरोध नाचने लगता।

बरसात का आरम्भ था। गाँव की ओर से पुलिस के पास कोई विरोध की

सूचना भी नहीं मिली थी। गाँववालों की छुरी-हँसिया और काठ-कवाड़ के कितने ही काम बनाकर वे लोग पैसे लेते थे। कुछ अन्न यों भी मिल जाता। चिड़ियाँ पकड़कर, पक्षियों का तेल बनाकर, जड़ी-बूटी की दवा तथा उत्तेजक औषधियों और मदिरा का व्यापार करके कंजरों ने गाँव तथा गढ़ के लोगों से सद्‌भाव भी बना लिया था। सबसे ऊपर आकर्षक बाँसुरी जब उसके साथ नहीं बजती थी, तब भी बेला के गले में एक ऐसी नयी टीस उत्पन्न हो गयी थी, जिसमें बाँसुरी का स्वर सुनाई पड़ता था।

अन्तर में भरे हुए निष्फल प्रेम से युवती का सौन्दर्य निखर आया था। उसके कटाक्ष अलस, गति मदिर और वाणी झंकार से भर गयी थी। ठाकुर साहब के गढ़ में उसका गाना प्रायः हुआ करता था।

छींट का घाघरा और चोली, उस पर गोटे से ढँकी हुई ओढ़नी सहज ही खिसकती रहती। कहना न होगा कि आधा गाँव उसके लिए पागल था। बालक पास से, युवक ठीक-ठिकाने से और बूढ़े अपनी मर्यादा, आदर्शवादिता की रक्षा करते हुए दूर से उसकी तान सुनने के लिए, एक झलक देखने के लिए घात लगाये रहते।

गढ़ के चौक में जब उसका गाना जमता, तो दूसरा काम करते हुए अन्यमनस्कता की आड़ में मनोयोग से और कनखियों से ठाकुर उसे देख लिया करते।

मैकू घाघ था। उसने ताड़ लिया। उस दिन संगीत बन्द होने पर पुरस्कार मिल जाने पर और भूरे के साथ बेला के गढ़ के बाहर जाने पर भी मैकू वहीं थोड़ी देर तक खड़ा रहा। ठाकुर ने उसे देखकर पूछा, ''क्या है?''

''सरकार! कुछ कहना है।''

''क्या?''

''यह छोकरी इस गाँव से जाना नहीं चाहती। उधर पुलिस तंग कर रही है।''

''जाना नहीं चाहती, क्यों?''

''वह तो घूम-घामकर गढ़ में आती है। खाने को मिल जाता है।''

मैकू आगे की बात चुप होकर कुछ-कुछ संकेत-भरी मुस्कराहट से कह देना चाहता था।

ठाकुर के मन में हलचल होने लगी। उसे दबाकर प्रतिष्ठा का ध्यान करके ठाकुर ने कहा–

''तो मैं क्या करूँ?''

''सरकार! वह तो साँझ होते ही पलाश के जंगल में अकेली चली जाती है। वहीं बैठी हुई बड़ी रात तक गाया करती है।''

''हूँ!''

''एक दिन सरकार धमका दें, तो हम लोग उसे ले-देकर आगे कहीं चले जायें।''

''अच्छा।''

मैकू जाल फैलाकर चला गया। एक हजार की बोहनी की कल्पना करते वह अपनी सिरकी में बैठकर हुक्का गुड़गुड़ाने लगा।

बेला के सुन्दर अंग की मेघ-माला प्रेमराशि की रजत-रेखा से उद्भासित हो उठी थी। उसके हृदय में यह विश्वास जम गया था कि भूरे के साथ घर बसाना गोली के प्रेम के साथ विश्वासघात करना है। यह वास्तविक पति गोली ही है। बेला में यह उच्छृंखल भावना विकट ताण्डव करने लगी। उसके हृदय में वसन्त का विकास था। उमंग में मलयानिल की गति थी। कंठ में वनस्थली की काकली थी। आँखों में कुसुमोत्सव था और प्रत्येक आन्दोलन में परिमल का उद्गार था। उसकी मादकता बरसाती नदी की तरह बेगवती थी।

आज उसने अपने जूड़े मूं जंगली करौंदे के फूलों की माला लपेटकर, भरी मस्ती में जंगल की ओर चलने के लिए पैर बढ़ाया, तो भूरे ने डाँटकर कहा, "कहाँ चली?"

"यार के पास!" उसने छूटते ही कहा। बेला के सहवास में आने पर अपनी लघुता को जानते हुए मन मसोसकर भूरे ने कहा, "तू खून कराये बिना चैन न लेगी।"

बेला की आँखों में गोली का और उसके परिवर्धन प्रेमांकुर का चित्र था, तो उसके हट जाने पर विरह-जल से हरा-भरा हो उठा था। बेला पलाश के जंगल में अपने बिछुड़े हुए प्रियतम के उद्देश्य से दो-चार विरह-वेदना की तानों की प्रतिध्वनि छोड़ आने का काल्पनिक सुख नहीं छोड़ सकती थी।

उस एकान्त सन्ध्या में बरसाती झिल्लियों की झनकार से वायुमंडल गूँज रहा था। बेला अपने परिचित पलाश के नीचे बैठकर गाने लगी–

चीन्हत नाहीं बादल गये नैना...

ऐसा मालूम होता था कि सचमुच गोली उस अन्धकार में अपरिचित की तरह मुँह फिराकर चला जा रहा है। बेला की मनोवेदना को पहचानने की क्षमता उसने खो दी है।

बेला का एकान्त में विरह-निवेदन उसकी भाव-प्रवणता को और भी उत्तेजित करता था। पलाश का जंगल उसकी कातर कुहुक से गूँज रहा था। सहसा उस निस्तब्धता को भंग करते हुए घोड़े पर सवार ठाकुर साहब वहाँ आ पहुँचे।

"अरे बेला! तू यहाँ क्या कर रही है?"

बेला की स्वर-लहरी रुक गयी थी। उसने देखा ठाकुर साहब! महत्त्व का सम्पूर्ण चित्र, कई बार जिसे वह अपने मन की असंयत कल्पना में दुर्गम शैल-शृंग समझकर अपने भ्रम पर अपनी हँसी उड़ा चुकी थी। वह सकुचाकर खड़ी हो रही। बोली नहीं, मन में सोच रही थी–'गोली को छोड़कर भूरे के साथ रहना क्या उचित है, और नहीं तो फिर..."

ठाकुर ने कहा, "तो तुम्हारे साथ कोई नहीं है, कोई जानवर निकल आवे तो?"

बेला खिलखिलाकर हँस पड़ी। ठाकुर का प्रमाद बढ़ चला था। घोड़े से झुककर उसका कंधा पकड़ते हुए कहा, "चलो, तुमको पहुँचा दें।"

उसका शरीर काँप रहा था और ठाकुर आवेश में भर रहे थे। उन्होंने कहा, "बेला, मेरे यहाँ चलोगी?"

"भूरे मेरा पति है!" बेला के इस कथन में भयानक व्यंग्य था। वह भूरे से छुटकारा पाने के लिए तरस रही थी। उसने धीरे से अपना सिर ठाकुर की जाँघ से सटा दिया। एक क्षण के लिए दोनों चुप थे। फिर उसी समय अंधकार में दो मूर्तियों का प्रादुर्भाव हुआ। कठोर कंठ से भूरे ने पुकारा—"बेला!"

ठाकुर सावधान हो गये थे। उनका हाथ बगल की तलवार की मूठ पर जा पड़ा। भूरे ने कहा, "जंगल में किसलिए तू जाती थी, यह मुझे आज मालूम हआ। चल, तेरा खून पिये बिना न छोड़ूँगा।"

ठाकुर के अपराध का आरम्भ तो उनके मन में हो ही चुका था। उन्होंने अपने को छिपाने का प्रयत्न छोड़ दिया। कड़ककर बोले—"खून बहाने से पहले अपनी भी सोच लो, तुम मुझ पर संदेह करते हो, तो तुम्हारा भ्रम है। मैं तो..."

अब मैकू आगे आया। उसने कहा, "सरकार! बेला अब कंजरों के दल में नहीं रह सकेगी।"

"तो तुम क्या कहना चाहते हो?" ठाकुर साहब अपने में आ रहे थे, फिर भी घटना-चंक्र से विवश थे।

"अब यह आपके पास रह सकती है। भूरे इसे लेकर हम लोगों के संग नहीं रह सकता।" मैकू पूरा खिलाड़ी था। उसके सामने उस अंधकार में रुपये चमक रहे थे।

ठाकुर ने अपने अहंकार का आश्रय लिया। थोड़ा-सा विवेक, जो उस अंधकार में झिलमिला रहा था, बुझ गया। उसने कहा—

"तुम क्या चाहते हो?"

"एक हजार।"

"चलो, मेरे साथ," कहकर बेला का हाथ पकड़कर ठाकुर ने घोड़े को आगे बढ़ाया। भूरे कुछ भुनभुना रहा था; पर मैकू ने उसे दूसरी ओर भेजकर ठाकुर का संग पकड़ लिया। बेला रिकाब पकड़े चली जा रही थी।

दूसरे दिन कंजरों का दल उस गाँव से चला गया।

: 3 :

ऊपर की घटना को कई साल बीत गये। बेला ठाकुर साहब की एकमात्र प्रेमिका समझी जाती है। अब उसकी प्रतिष्ठा अन्य कुल-वधुओं की तरह होने लगी है। नये उपकरणों से उसका घर सजाया गया है। उस्तादों से गाना सीखा है। गढ़ के भीतर ही उसकी छोटी-सी साफ-सुथरी हवेली है। ठाकुर साहब की उमंग की रातें वहीं कटती

है। फिर भी ठाकुर कभी-कभी प्रत्यक्ष देख पाते हैं कि बेला उनकी नहीं है! वह न जाने कैसे एक भ्रम में पड़ गये। बात निबाहने की आ पड़ी।

एक दिन एक नट आया। उसने अनेक तरह के खेल दिखलाए, उसके साथ उसकी स्त्री थी, वह घूँघट ऊँचा नहीं करती थी। खेल दिखलाकर जब अपनी पिटारी लेकर जाने लगा, तो कुछ मनचले लोगों ने पूछा–

"क्यों जी, तुम्हारी स्त्री कोई खेल नहीं करती क्या?"

"करती तो है सरकार! फिर किसी दिन दिखलाऊँगा।" कहकर वह चला गया; किन्तु उसकी बाँसुरी की धुन बेला के कानों में उन्माद का आह्वान सुना रही थी। पिंजड़े की वन-विहंगनी को वसंत की फूली हुई डाली का स्मरण हो आया था।

दूसरे दिन गढ़ में भारी जमघट लगा। गोली का खेल जम रहा था। सब लोग उसके हस्त-कौशल में मुग्ध थे। सहसा उसने कहा–

"सरकार! एक बड़ा भारी दैत्य आकाश में आ गया है, उससे लड़ने जाता हूँ, मेरी स्त्री की रक्षा आप लोग कीजियेगा।"

गोली ने एक डोरी निकालकर उसको ऊपर आकाश की ओर फेंका। वह सीधी तन गयी। सबके देखते-देखते गोली उसी के सहारे आकाश में चढ़कर अदृश्य हो गया। सब लोग मुग्ध होकर भविष्य की प्रतीक्षा कर रहे थे। किसी को वह ध्यान नहीं रहा कि स्त्री अब कहाँ है।

गढ़ के फाटक की ओर सबकी दृष्टि फिर गयी। गोली लहू से रँगा चला आ रहा था। उसने आकर ठाकुर को सलाम किया और कहा, "सरकार! मैंने उस दैत्य को हरा दिया। अब मुझे इनाम मिलना चाहिए।"

सब लोग उस पर प्रसन्न होकर पैसों-रुपयों की बौछार करने लगे। उसने झोली भरकर इधर-उधर देखा, फिर कहा–

"सरकार, मेरी स्त्री भी अब मिलनी चाहिए, मैं भी...।" किन्तु यह क्या, वहाँ तो उसकी स्त्री का पता नहीं। गोली सिर पकड़कर शोक-मुद्रा में बैठ गया। जब खोजने पर उसकी स्त्री नहीं मिली, तो उसने चिल्लाकर कहा, "यह अन्याय इस राज्य में नहीं होना चाहिए। मेरी सुन्दरी स्त्री को ठाकुर साहब ने गढ़ के भीतर कहीं छिपा दिया। मेरी योगिनी कह रही है।" सब लोग हँसने लगे। लोगों ने समझा, यह कोई दूसरा खेल दिखलाने जा रहा है। ठाकुर ने कहा, "तो तू अपनी सुन्दर स्त्री मेरे गढ़ में से खोज ला!" अंधकार होने लगा था। उसने जैसे घबड़ाकर चारों ओर देखने का अभिनय किया। फिर आँख मूँदकर सोचने लगा।

लोगों ने कहा, "खोजता क्यों नहीं? कहाँ है तेरी सुन्दरी स्त्री?"

"तो जाऊँ न सरकार?"

"हाँ-हाँ, जाता क्यों नहीं?" ठाकुर ने भी हँसकर कहा।

गोली नयी हवेली की ओर चला। वह निःशंक भीतर चला गया। बेला बैठी

हुई तन्मय भाव से बाहर की भीड़ झरोखे से देख रही थी। जब उसने गोली को समीप आते देखा, तो वह काँप उठी। कोई दासी वहाँ न थी। सब खेल देखने में लगी थीं। गोली ने पोटली फेंककर कहा, "बेला! जल्द चलो।"

बेला के हृदय में तीव्र अनुभूति जाग उठी थी। एक क्षण में उस दीन भिखारी की तरह, जो एक मुट्ठी भीख के बदले अपना समस्त संचित आशीर्वाद दे देना चाहता है—वह वरदान देने के लिए प्रस्तुत हो गयी। मन्त्र-मुग्ध की तरह बेला ने उस ओढ़नी का घूँघट बनाया। वह धीरे-धीरे उसके पीछे भीड़ में आ गयी। तालियाँ पिटीं। हँसी का ठहाका लगा। वही घूँघट, न खुलने वाला घूँघट सायंकालीन समीर से हिलकर रह जाता था। ठाकुर साहब हँस रहे थे। गोली दोनों हाथों से सलाम कर रहा था।

रात हो चली थी। भीड़ के बीच में गोली बेला को लिए जब फाटक के बाहर पहुँचा, तब तक लड़के ने आकर कहा, "एक्का ठीक है।"

तीनों सीधे उस पर जाकर बैठ गये। एक्का बेग से चल पड़ा।

अभी ठाकुर साहब का दरबार जम रहा था और नट के खेलों की प्रशंसा हो रही थी।

❑

सलीम

: 1 :

पश्चिमोत्तर सीमाप्रान्त में एक छोटी-सी नदी के किनारे, पहाड़ियों से घिरे हुए उस छोटे-से गाँव पर सन्ध्या अपनी धुँधली चादर डाल चुकी थी। प्रेमकुमारी वासुदेव के निमित्त पीपल के नीचे दीपदान करने पहुँची। आर्य-संस्कृति में अश्वत्थ की वह मर्यादा अनार्य-धर्म के प्रचार के बाद भी उस प्रान्त में बची थी, जिसमें अश्वत्थ वृक्ष या वासुदेव का आवास समझकर पूजित होता था। मंदिरों के अभाव में तो बोधि-वृक्ष ही देवता की उपासना का स्थान था। उसी के साथ लेखराम की बहुत पुरानी परचून की दूकान और उसी से सटा हुआ छोटा-सा घर था। बूढ़ा लेखराम एक दिन जब 'रामा राम जै जै रामा' कहता हुआ इस संसार से चला गया, तब से वह दूकान बंद थी। उसका पुत्र नन्दराम सरदार सन्तसिंह के साथ घोड़ों के व्यापार के लिए यारकन्द गया था। अभी उसके आने में विलम्ब था। गाँव में दस घरों की बस्ती थी, जिसमें दो-चार खत्रियों के और एक घर पंडित लेखराम मिसर का था। वहाँ के पठान भी शान्तिपूर्ण व्यवसायी थी। इसीलिए वजीरियों के आक्रमण से वह गाँव सदा सशंक रहता था। गुलमुहम्मद खाँ—सत्तर वर्ष का बूढ़ा—उस गाँव का मुखिया प्रायः अपनी चारपाई पर अपनी चौपाल में पड़ा हुआ काले-नीले पत्थरों की चिकनी मनियों की माला अपनी लम्बी-लम्बी उँगलियों में फिराता हआ दिखाई देता। कुछ लोग अपने-अपने ऊँट लेकर बनिज-व्यापार के लिए पास ही मण्डियों में गये थे। लड़के बन्दूकें लिए पहाड़ियों के भीतर शिकार के लिए चले गये थे।

प्रेमकुमारी दीप-दान और खीर की थाली वासुदेव को चढ़ाकर अभी नमस्कार कर रही थी कि नदी के उतार में अपनी पतली-दुबली काया में लड़खड़ाता हुआ, एक थका हुआ मनुष्य उसी पीपल के पास आकर बैठ गया। उसनें आश्चर्य से प्रेमकुमारी को देखा। उसके मुँह से निकल पड़ा। ''काफिर...!''

बन्दूक कन्धे पर रक्खे और हाथ में एक मरा हुआ पक्षी पटकाये वह दौड़ता चला आ रहा था। पत्थरों की नुकीली चट्टानें उसके पैर को छूती ही न थीं। मुँह

से सीटी बज रही थी। वह था गुलमुहम्मद का सोलह बरस का लड़का अमीर खाँ! उसने आते ही कहा, ''प्रेमकुमारी, तू थाली उठाकर भागी क्यों जा रही है? मुझे तो आज खीर खिलाने के लिए तूने कह रखा था।''

''हाँ भाई अमीर! मैं अभी और ठहरती; पर क्या करूँ, यह देख न, कौन आ गया है! इसीलिए मैं घर जा रही थी।''

अमीर ने आगन्तुक को देखा। उसे न जाने क्यों क्रोध आ गया। उसने कड़े स्वर में पूछा, ''तू कौन है?''

''एक मुसलमान!'' उत्तर मिला।

अमीर ने उसकी ओर से मुँह फिराकर कहा, ''मालूम होता है कि तू भी भूखा है। चल, तुझे बाबा से कहकर कुछ खाने को दिलवा दूँगा। हाँ, इस खीर में से तो तुझे नहीं मिल सकता। चल न वहीं, जहाँ आग जलती दिखाई दे रही है।'' फिर उसने प्रेमकुमारी से कहा, ''तू मुझे क्यों नहीं देती? वह सब आ जायेंगे, तब तेरी खीर मुझे थोड़ी सी ही मिलेगी।''

सीटियों के शब्द से वायु-मंडल गूँजने लगा। नटखट अमीर का हृदय चंचल हो उठा। उसने ठुनककर कहा, ''तू मेरे हाथ पर ही देती जा और मैं खाता जाऊँ।''

प्रेमकुमारी हँस पड़ी। उसने खीर दी, अमीर ने उसे मुँह से लगाया ही था कि नवागन्तुक मुसलमान चिल्ला उठा। अमीर ने उसकी ओर अबकी बार बड़े क्रोध से देखा। शिकारी लड़के पास आ गये थे। वे सब-के-सब अमीर की तरह लम्बी-चौड़ी हड्डियों वाले स्वस्थ, गोरे और स्फूर्ति से भरे हुए थे। अमीर खीर मुँह में डालते हुए न जाने क्या कह उठा और लड़के आगन्तुक को घेरकर खड़े हो गये। उससे कुछ पूछने लगे। उधर अमीर ने अपना हाथ बढ़ाकर खीर माँगने का संकेत किया। प्रेमकुमारी हँसती जा रही थी और उसे देती जा रही थी। तब भी अमीर उसे तरेरते हुए अपनी आँखों में और भी देने को कह रहा था। उसकी आँखें में से अनुनय, विनय, हठ, स्नेह सभी तो माँग रहे थे, फिर प्रेमकुमारी सबके लिए एक-एक ग्रास क्यों न देती? नटखट अमीर एक आँख से लड़कों को, दूसरी आँख से प्रेमकुमारी को उलझाये हुए खीर गटकता जाता था। उधर वह नवागन्तुक मुसलमान अपनी टूटी-फूटी पुश्तों में लड़कों से 'काफिर' का प्रसाद खाने की अमीर की धृष्टता का विरोध कर रहा था। वे आश्चर्य से उसकी बातें सुन रहे थे। एक ने चिल्लाकर कहा, ''अरे देखो, अमीर तो सब खीर खा गया।''

सब लड़के घूमकर अब प्रेमकुमारी को घेरकर खड़े हो गये। वह सबके उजले-उजले हाथों पर खीर देने लगी। आगन्तुक ने फिर चिल्लाकर कहा, ''क्या तुम सब मुसलमान हो?''

लड़कों ने एक स्वर में कहा, ''हाँ, पठान।''

''और उस काफिर की दी हुई...?''

"यह मेरी पड़ोसिन है!" एक ने कहा।

"यह मेरी बहन है।" दूसरे ने कहा।

"नन्दराम बन्दूक बहुत अच्छी चलाता है।" तीसरे ने कहा।

"ये लोग कभी झूठ नहीं बोलते।" चौथे ने कहा।

"हमारे गाँव के लिए इन लोगों ने कई लड़ाइयाँ की हैं।" पाँचवें ने कहा।

"हम लोगों को घोड़े पर चढ़ना नन्दराम ने सिखलाया है। वह बहुत अच्छा सवार है।" छठे ने कहा।

"और नन्दराम ही तो हम लोगों को गुड़ खिलाता है।" सातवें ने कहा।

"तुम चोर हो।" यह कहकर लड़कों ने अपने-अपने हाथ की खीर खा डाली और प्रेमकुमारी हँस पड़ी। सन्ध्या उस पीपल की छाया में पुंजीभूत हो रही थी। पक्षियों का कोलाहल शान्त होने लगा था। प्रेमकुमारी ने सब लड़कों से घार चलने के लिए कहा, अमीर ने भी नवागन्तुक से कहा, "तुझे भूख लगी हो, तो हम लोगों के साथ चल।" किन्तु वह तो अपने हृदय के विष से छटपटा रहा था, जिसके लिए वह हिजरत करके भारत से चला आया था, उस धर्म का मुसलमान देश में भी यह अपमान! वह उदास मुँह से उसी अंधकार में कट्टर दुर्दान्त वजीरियों के गाँवों की ओर चल पड़ा।

: 2 :

नन्दराम पूरा साढ़े छः फुट का बलिष्ठ युवक था। उसके मस्तक में केसर का टीका न लगा रहे, तो कुलाह और सलवार में वह सोलहों आने पठान ही जँचता। छोटी-छोटी भूरी मूँछें खड़ी रहती थीं। उसके हाथ में कोड़ा रहना आवश्यक था। उसके मुख पर संसार की प्रसन्नता आकांक्षा हँसी बनकर खेला करती। प्रेमकुमारी उसके हृदय में प्रशान्त नीलिमा में उज्ज्वल बृहस्पति ग्रह की तरह झलमलाया करती थी। आज वह बड़ी प्रसन्नता में अपने घर की ओर लौट रहा था। सन्तसिंह के घोड़े अच्छे दामों में बिके थे। उसे पुरस्कार भी अच्छा मिला था। वह स्वयं अच्छा घुड़सवार था। उसने अपना घोड़ा भी अधिक मूल्य पाकर बेच दिया था। रुपये पास में थे। वह एक ऊँचे ऊँट पर बैठा हुआ चला आ रहा था, उसके साथी लोग बीच की मण्डी में रुक गये थे; किन्तु काम हो जाने पर उसे तो प्रेमकुमारी को देखने की धुन सवार थी। ऊपर सूर्य की किरणें झलमला रही थीं। बीहड़ पहाड़ी पथ था। कोसों तक कोई गाँव नहीं था। उस निर्जनता में वह प्रसन्न होकर गाता आ रहा था।

"वह पथिक कैसे रुकेगा, जिसके घर के किवाड़ खुले हैं और जिसकी प्रेममयी युवती स्त्री अपनी काली आँखों से पति की प्रतीक्षा कर रही है।"

"बादल बरसते हैं, बरसने दो। आँधी उसके पथ में बाधा डालती है। वह उड़ जायेगी। धूप पसीना बहाकर उसे शीतल कर लेगा, वह तो घर की ओर आ

रहा है। उन कोमल भुज-लताओं का स्निग्ध आलिंगन और निर्मल दुलार प्यासे को निर्झर और बर्फीली रातों की गर्मी है।"

"पथिक! तू चल-चल, देख, तेरी प्रियतमा की सहज नशीली आँखें तेरी प्रतीक्षा में जागती हुई अधिक लाल हो गयी हैं। उनमें आँसू की बूँद न आने पावे।"

पहाड़ी प्रान्त को कम्पित करता हुआ बन्दूक का शब्द प्रतिध्वनित हुआ। नन्दराम का सिर घूम पड़ा। गोली सर्र से कान के पास से निकल गयी। एक बार उसके मुँह से निकल पड़ा—"बजीरी!" वह झुक गया। गोलियाँ चल चुकी थीं। सब खाली गयीं। नन्दराम ने सिर उठाकर देखा, पश्चिम की पहाड़ी में झाड़ों के भीतर दो-तीन सिर दिखाई पड़े। बन्दूक साधकर उसने गोली चला दी।

दोनों तरफ से गोलियाँ चलीं। नन्दराम की जाँघ को छीलती हुई एक गोली निकल गयी और सब बेकार रहीं। उधर दो बजीरियों की मृत्यु हुई। तीसरा कुछ भयभीत होकर चला गया। तब नन्दराम ने कहा, "नन्दराम को नहीं पहचानता था? ले, तू भी कुछ लेता जा।" उस बजीरी के भी पैर में गोली लगी। वह बैठ गया और नन्दराम अपने ऊँट पर घर की ओर चला।

सलीम नन्दराम के गाँव के धर्मोन्माद के नशे में चूर इन्हीं सहधर्मियों में आकर मिल गया था। उसके भाग्य से नन्दराम की गोली उसे नहीं लगी। वह झाड़ियों में छिप गया था। घायल बजीरी ने उससे कहा, "तू परदेशी भूखा बनकर इसके साथ जाकर घर देख आ। इसी नाले से उतर जा। वह तुझे आगे मिल जावेगा।" सलीम उधर ही चला।

नन्दराम अब निश्चिन्त होकर धीरे-धीरे घर की ओर बढ़ रहा था। सहसा उसे कराहने का शब्द सुन पड़ा। उसने ऊँट रोककर सलीम से पूछा, "क्या है भाई? तू कौन है?"

नन्दराम ने ऊँट बैठाकर उसे अच्छी तरह देखते हुए फिर पूछा, "तुम यहाँ कैसे आ गये?"

"मैं हिन्दुस्तान से हिजरत करके चला आया हूँ।"

"अहो! भले आदमी, ऐसी बातों से भी कोई अपना घर छोड़ देता है? अच्छा, आओ, मेरे ऊँट पर बैठ जाओ।"

सलीम बैठ गया। दिन ढलने लगा था। नन्दराम के ऊँट के गले के बड़े-बड़े घुँघरू उस निस्तब्ध शांति में सजीवता उत्पन्न करते हुए बज रहे थे। उल्लास से भरा हुआ नन्दराम उसी की ताल पर कुछ गुनगुनाता जा रहा था। उधर सलीम कुढ़कर मन-ही-मन भुनभुनाता जा रहा था; परंतु ऊँट चुपचाप अपना पथ अतिक्रमण कर रहा था। धीरे-धीरे बढ़नेवाले अन्धकार में वह अपनी गति से चल रहा था।

सलीम सोचता था—'न हुआ पास में एक छुरा, नहीं तो यहीं अपने साथियों का बदला चुका लेता!' फिर वह अपनी मूर्खता पर झुँझलाकर विचारने लगा—'पागल

सलीम! तू उसके घर का पता लगाने आया है न।' इसी उधेड़बुन में कभी वह अपने को पक्का धार्मिक, कभी सत्य में विश्वास करनेवाला, कभी शरण देनेवाले सहधर्मियों का पक्षपाती बन रहा था। सहसा ऊँट रुका और घर का किवाड़ खुल पड़ा। भीतर से जलते हुए दीपक के प्रकाश के साथ एक सुन्दर मुख दिखायी पड़ा। नन्दराम ऊँट बैठाकर उतर पड़ा। उसने उल्लास से कहा, "प्रेमो!" प्रेमकुमारी का गला भर आया था। बिना बोले ही उसने लपककर नन्दराम के दोनों हाथ पकड़ लिए।

सलीम ने आश्चर्य से प्रेमा को देखकर चीत्कार करना चाहा; पर वह सहसा रुक गया। उधर प्यार से प्रेमा के कन्धों को हिलाते हुए नन्दराम ने उसका चौंकना देख लिया।

नन्दराम ने कहा, "प्रेमा! हम दोनों के लिए रोटियाँ चाहिए! यह एक भूखा परदेशी है। हाँ, पहले थोड़ा-सा पानी और एक कपड़ा तो देना।"

प्रेमा ने चकित होकर पूछा, "क्यों?"

"यों ही कुछ चमड़ा छिल गया है। उसे बाँध लूँ?"

"अरे, तो क्या कहीं लड़ाई भी हुई है?"

"हाँ, तीन-चार बजीरी मिल गये थे।"

"और यह?" कहकर प्रेमा ने सलीम को देखा। सलीम भय और क्रोध से सूख रहा था। घृणा से उसका मुख विवर्ण हो रहा था।

"एक हिन्दू है।" नन्दराम ने कहा।

"नहीं, मुसलमान हूँ।"

"ओहो, हिन्दुस्तानी भाई! हम लोग हिन्दुस्तान के रहनेवालों को हिन्दू ही-सा देखते हैं। तुम बुरा न मानना।" कहते हुए नन्दराम ने उसका हाथ पकड़ लिया। वह झुँझला उठा और प्रेमकुमारी हँस पड़ी। आज की हँसी कुछ दूसरी थी। उसकी हँसी में हृदय की प्रसन्नता साकार थी। एक दिन और प्रेमा का मुसकाना सलीम ने देखा था, तब जैसे उसमें स्नेह था। आज भी उसमें मादकता, नन्दराम के ऊपर अनुराग की वर्षा! वह और भी जल उठा। उसने कहा, "काफिर, क्या यहाँ कोई मुसलमान नहीं है?"

"है तो, पर आज तो तुमको मेरे ही यहाँ रहना होगा।" दृढ़ता से नन्दराम ने कहा।

सलीम सोच रहा था, घर देखकर लौट आने की बात! परन्तु यह प्रेम ओह, कितनी सुन्दर, कितना प्यार-भरा हृदय! इतना सुख! काफिर के पास यह विभूति! तो वह क्यों न यहीं रहे? अपने भाग्य की परीक्षा करके देखे!

सलीम वहीं खा-पीकर एक कोठरी में सो रहा और सपने देखने लगा—उसके हाथ में रक्त से भरा हुआ छुरा है। नन्दराम मरा पड़ा है। बज़ीरियों का सरदार उसके ऊपर प्रसन्न है। लूट में पकड़ी गयी प्रेमा उसे मिल रही है। बजीरियों का बदला

लेने में उसने पूरी सहायता की है। सलीम ने प्रेमा का हाथ पकड़ना चाहा। साथ ही प्रेमा का भरपूर थप्पड़ उसके गाल पर पड़ा। उसने तिलमिलाकर आँखें खोल दीं। सूर्य की किरणें उसकी आँखों में घुसने लगीं।

बाहर अमीर चिलम भर रहा था। उसने कहा, "नन्द भाई, तूने मेरे लिए पोस्तीन लाने के लिए कहा था। वह कहाँ है?" वह उछल रहा था। उसका ऊधमी शरीर प्रसन्नता से नाच रहा था।

नन्दराम मुलायम चमड़े की सदरी, जिस पर रेशमी सुनहरा काम था, लिये हुए बाहर निकला। अमीर को पहनाकर उसके गालों पर चपत जड़ते हुए कहा, "नटखट, ले, तू अभी छोटा ही रहा। मैंने तो समझा था कि तीन महीनों में तू बहुत बढ़ गया होगा।"

वह पोस्तीन पहनकर उछलता हुआ प्रेमा के पास चला गया। उसका नाचना देखकर वह खिलखिला पड़ी। गुलमुहम्मद भी आ गया था। उसने पूछा, "नन्दराम, तू अच्छी तरह रहा?,"

"हाँ जी! यहीं आते हुए कुछ बजीरियों से सामना हो गया। दो को तो ठिकाने लगा दिया। थोड़ी-सी चोट मेरे पैर में भी आ गयी।"

"बजीरी!" कहकर बूढ़ा एक बार चिन्ता में पड़ गया। तब तक नन्दराम ने उसके सामने रुपये की थैली उलट दी। बूढ़ा अपने घोड़े का दाम सहेजने लगा।

प्रेमा ने कहा, "बाबा! तुमने कुछ और भी कहा था। वह तो नहीं आया!"

बूढ़ा त्योरी बदलकर नन्दराम को देखने लगा। नन्दराम ने कहा, "मुझे घर में अस्तबल के लिए एक दालान बनाना है। इसलिए बालियाँ नहीं ला सका।"

"नहीं नन्दराम! तुझको पेशावर फिर से जाना होगा। प्रेमा के लिए बालियाँ बनवा ला! तू अपनी बात रखता है।"

"अच्छा चाचा! अबकी बार जाऊँगा, तो ले ही आऊँगा।"

हिजरती सलीम आश्चर्य से उनकी बातें सुन रहा था। सलीम जैसे पागल होने लगा था। मनुष्यता का एक पक्ष वह भी है, जहाँ वर्ण, धर्म और देश को भूलकर मनुष्य-मनुष्य के लिए प्यार करता है। उसके भीतर की कोमल भावना, शायरों की प्रेम-कल्पना चुटकी लेने लगी! प्रेम को 'काफिर' कहता था। आज उसने चपाती खाते हुए मन-ही-मन कहा, "बुते-काफिर!

: 3 :

सलीम घुमक्कड़ी जीवन की लालसाओं से सन्तप्त, व्यक्तिगत आवश्यकताओं से असन्तुष्ट युक्तप्रांत का मुसलमान था। कुछ-न-कुछ करते रहने को उसका स्वभाव था। जब वह चारों ओर से असफल हो रहा था, तभी तुर्की की सहानुभूति में हिजरत

का आन्दोलन कड़वा होने का अनुभव उसे अफगानिस्तान में हुआ। वह भटकता हुआ नन्दराम के घर पहुँचा था।

मुसलिम उत्कर्ष का उबाल जब ठण्डा हो चला, तब उसके मन में एक स्वार्थपूर्ण कोमल कल्पना का उदय हुआ। वह सूफी कवियों-सा सौन्दर्योपासक बन गया। नन्दराम के घर का काम करता हुआ वह जीवन बिताने लगा। उसमें भी 'बुते-काफिर' को उसने अपनी संसार-यात्रा का चरम लक्ष्य बना लिया।

प्रेमा उससे साधारणतः हँसती-बोलती और काम के लिए कहती। सलीम उसके लिए खिलौना था। दो मन दो विरुद्ध दिशाओं में चलकर भी नियति से बाध्य थे एकत्र रहने के लिए।

अमीर ने एक दिन नन्दराम से कहा, "उस पाजी सलीम को अपने यहाँ से भगा दो, क्योंकि उसके ऊपर सबको दया करनी चाहिए।"

अमीर के निष्कपट हृदय में यह बात न जँची। वह रूठ गया। तब भी नन्दराम ने सलीम को अपने यहाँ रहने दिया।

सलीम अब कभी-कभी दूर-दूर घूमने के लिए भी चला जाता। उसके हृदय में सौन्दर्य के कारण जो स्निग्धता आ गयी थी, वह लालसा में परिणित होने लगी। प्रतिक्रिया आरम्भ हुई। एक दिन उसे लँगड़ा बजीरी मिला। सलीम की उससे कुछ बातें हुईं। वह फिर से कट्टर मुसलमान हो उठा। धर्म की प्रेरणा से नहीं, लालसा की ज्वाला से!

वह रात बड़ी भयानक थी। कुछ बूँदें पड़ रही थीं। सलीम अभी सशंक होकर जाग रहा था। उसकी आँखें भविष्य का दृश्य देख रही थीं। घोड़ों के पद-शब्द धीरे-धीरे उस निर्जनता को भेदकर समीप आ रहे थे। सलीम ने किवाड़ खोलकर बाहर झाँका। अँधेरी उसके कलुष-सी फैल रही थी। वह ठठाकर हँस पड़ा।

भीतर नन्दराम और प्रेमा का स्नेहालाप बन्द हो चुका था। दोनों तन्द्रालस हो रहे थे। सहसा सैलिनयों की कड़कड़ाहट सुन पड़ी। सारे गाँव में आतंक फैल गया।

उस दस घरों में जो भी बच सकता था, बाहर निकल पड़ा। अस्सी बजीरियों का दल चारों ओर से गाँव को घेरे में करके भीषण गोलियों की बौछार कर रहा था।

अमीर और नन्दराम बंगल में खड़े होकर गोली चला कर रहे थे। कारतूसों की परतल्ली उनके कन्धों पर थी। नन्दराम और अमीर दोनों के निशाने अचूक थे। अमीर ने देखा, सलीम पागलों सा घर में घुसा जा रहा है। वह भी गोली चलाकर उसके पीछे नन्दराम के घर में घुसा। बीसों बजीरी मारे जा चुके थे। गाँववाले भी घायल और मृतक हो रहे थे। उधर नन्दराम की मार से बजीरियों ने मोर्चा छोड़ दिया था। सब भागने की धुन में थे। सहसा धार में चिल्लाहट सुनाई पड़ी।

नन्दराम भीतर चला गया। उसने देखा, प्रेमा के बाल खुले हैं। उसके हाथ में रक्त से रंजित एक छुरा है, एक बजीरी वहीं घायल पड़ा है और अमीर सलीम

की छाती पर चढ़ा हुआ कमर से छुरा निकाल रहा है। नन्दराम ने कहा, "यह क्या है, अमीर?"

"चुप रहो भाई! इस पाजी को पहले...।"

"ठहर अमीर! यह हम लोगों का शरणागत है।" कहते हुए नन्दराम ने उसका छुरा छीन लिया; किन्तु दुर्दान्त युवक पठान कटकटाकर बोला—

"इस सुअर के हाथ! नहीं नन्दराम! तुम हट जाओ, नहीं तो मैं तुमको ही गोली मार दूँगा। मेरी बहन, पड़ोसिन का हाथ पकड़कर खींच रहा था, इसके हाथ..."

नन्दराम आश्चर्य से देख रहा था। अमीर ने सलीम की कलाई ककड़ी की तरह तोड़ ही दीं। सलीम चिल्लाकर मूर्च्छित हो गया था। प्रेमा ने अमीर को पकड़कर खींच लिया। उसका रणचण्डी-वेश शिथिल हो गया था। सहज नारी-सुलभ दया का आविर्भाव हो रहा था। नन्दराम और अमीर बाहर आये।

बजीरी चले गये।

एक दिन टूटे हाथ को सिर से लगाकर जब प्रेमा को सलाम करते हुए सलीम उस गाँव से विदा हो रहा था, तब प्रेमा को न जाने क्यों उस अभागे पर ममता हो आयी। उसने कहा, "सलीम, तुम्हारे घर पर कोई और नहीं है, तो वहाँ जाकर क्या करोगे? यहीं पड़े रहो।"

सलीम रो रहा था। वह अब हिन्दुस्तान जाने का इच्छुक नहीं था; परन्तु अमीर ने कड़ककर कहा, "प्रेमा! इसे जाने दे! इस गाँव में ऐसे पाजियों का काम नहीं।"

सलीम पेशावर में बहुत दिनों तक भीख माँगकर खाता और जीता रहा। उसके 'बुते-काफिर' वाले गीत को लोग बड़े चाव से सुनते थे।

❑

छोटा जादूगर

कार्निबल के मैदान में बिजली जगमगा रही थी। हंसा और विनोद का कलनाद गूँज रहा था। मैं खड़ा था। उस छोटे फुहार के पास, एक लड़का चुपचाप शराब पीनेवालों को देख रहा था। उसके गले फटे कुरते के ऊपर से एक मोटी-सूत की रस्सी पड़ी थी और जेब में कुछ ताश के पत्ते थे। उसके मुँह पर गंभीर विषाद के साथ धैर्य की रेखा थी। मैं उसकी ओर न जाने क्यों आकर्षित हुआ। उसके अभाव में भी सम्पूर्णता थी। मैंने पूछा, ''क्यों जी, तुमने इसमें क्या देखा?''

''मैंने सब देखा है। यहाँ चूड़ी फेंकते हैं। खिलौनों पर निशाना लगाते हैं। तीर से नम्बर छेदते हैं। मुझे तो खिलौनों पर निशाना लगाना अच्छा मालूम हुआ। जादूगर तो बिलकुल निकम्मा है। उससे अच्छा तो ताश का खेल मैं ही दिखा सकता हूँ।'' उसने बड़ी प्रगल्भता से कहा। उसकी वाणी में कहीं रुकावट न थी।

मैंने पूछा, ''और उस परदे में क्या है? वहाँ तुम गये थे?''

''नहीं, वहाँ मैं नहीं जा सकता, टिकट लगता है।''

मैंने कहा, ''तो चलो, मैं वहाँ पर तुमको लिवा चलूँ।'' मैंने मन-ही-मन कहा, 'भाई! आज के तुम्हीं मित्र रहे।'

उसने कहा, ''वहाँ जाकर क्या कीजियेगा? चलिये, निशाना लगाया जाय।''

मैंने उससे सहमत होकर कहा, ''तो फिर चलो, पहिले शरबत पी लिया जाय।'' उसने स्वीकार-सूचक सिर हिला दिया।

मनुष्यों की भीड़ से जाड़े की संध्या भी वहाँ गर्म हो रही थी, हम दोनों शरबत पीकर निशाना लगाने चले। राह में ही उससे पूछा, ''तुम्हारे और कौन हैं?''

''माँ और बाबूजी।''

''उन्होंने तुमको यहाँ आने के लिए मना नहीं किया?''

''बाबूजी जेल में हैं।''

''क्यों?''

''देश के लिए।'' वह गर्व से बोला।

''और तुम्हारी माँ?''

"वह बीमार हैं।"

"और तुम तमाशा देख रहे हो?"

उसके मुँह पर तिरस्कार की हँसी फूटी कहा, "तमाशा देखने नहीं, दिखाने निकला हूँ। कुछ पैसे ले जाऊँगा, तो माँ को पथ्य दूँगा। मुझे शरबत न पिलाकर आपने मेरा खेल देखकर मुझे कुछ दे दिया होता, तो मुझे अधिक प्रसन्नता होती!"

मैं आश्चर्य से उस तेरह-चौदह वर्ष के लड़के को देखने लगा।

"हाँ, मैं सच कहता हूँ बाबूजी! माँ भी बीमार है; इसलिए मैं नहीं गया।"

"कहाँ?"

"जेल में! जब कुछ लोग खेल-तमाशा देखते ही हैं, तो मैं क्यों न दिखाकर माँ की दवा करूँ और अपना पेट भरूँ।"

मैंने दीर्घ निःश्वास लिया। चारों ओर बिजली के लट्टू नाच रहे थे। मन व्यग्र हो उठा। मैंने उससे कहा, "अच्छा चलो, निशाना लगाया जाय।"

हम दोनों उस जगह पर पहुँचे, जहाँ खिलौने को गेंद से गिराया जाता था। मैंने बारह टिकट खरीदकर उस लड़के को दे दिये।

वह निकला पक्का निशानेबाज। उसका कोई गेंद खाली नहीं गया। देखनेवाले दंग रह गये। उसने बारह खिलौनों को बटोर लिया; लेकिन उठाता कैसे? कुछ मेरे रूमाल में बँधे, कुछ जेब में रख लिए गये।

लड़के ने कहा, "बाबूजी, आपको तमाशा दिखाऊँगा। बाहर आइये, मैं चलता हूँ।" वह नौ-दो ग्यारह हो गया। मैंने मन-ही-मन कहा, 'इतनी जल्दी आँख बदल गयी।'

मैं घूमकर पान की दुकान पर आ गया। पान खाकर बड़ी देकर तक इधर-उधर टहलता देखता रहा। झूले के पास लोगों का ऊपर-नीचे आना देखने लगा। अकस्मात् किसी ने ऊपर के हिंडोले से पुकारा—"बाबूजी!"

मैंने पूछा, "कौन?"

"मैं छोटा जादूगर।"

कलकत्ते के सुरम्य बोटेनिकल-उद्यान में लाल कमलिनी से भरी हुई एक छोटी-सी झील के किनारे घने वृक्षों की छाया में अपनी मंडली के साथ बैठा हुआ मैं जलपान कर रहा था। बातें हो रही थीं। इतने में वही छोटा जादूगर दिखाई पड़ा। हाथ में चारखाने की खादी का झोला। एक साफ जाँघिया और आधी बाँहों का कुर्ता। सिर पर मेरा रूमाल सूत की रस्सी से बँधा हुआ था। मस्तानी चाल से झूमता हुआ आकर कहने लगा—

"बाबूजी, नमस्ते! आज कहिये, तो खेल दिखाऊँ।"

"नहीं जी, अभी हम लोग जलपान कर रहे हैं।"

"फिर इसके बाद क्या गाना-बजाना होगा, बाबूजी?"

"नहीं जी-तुमको..." क्रोध से मैं कुछ और कहने जा रहा था। श्रीमती ने कहा, "दिखलाओ जी, तुम तो अच्छे आये। भला कुछ मन तो बहले।" मैं चुप हो गया; क्योंकि श्रीमती की वाणी में वह माँ की-सी मिठास थी, जिसके सामने किसी भी लड़के को रोका नहीं जा सकता। उसने खेल आरम्भ किया।

उस दिन कार्निवल के सब खिलौने उसके खेल में अपना अभिनय करने लगे। भालू मनाने लगा। बिल्ली रूठने लगी। बन्दर घुड़कने लगा।

गुड़िया का ब्याह हुआ। गुड्डा-वर काना निकला। लड़के की वाचालता से ही अभिनय हो रहा था। सब हँसते-हँसते लोट-पोट हो गये।

मैं सोच रहा था। बालक को आवश्यकता ने कितना शीघ्र चतुर बना दिया। यही तो संसार है।

ताश के सब पत्ते लाल हो गये। फिर सब काले हो गये। गले की सूत की डोरी टुकड़े-टुकड़े होकर जुड़ गयी। लट्टू अपने से नाच रहे थे। मैंने कहा, "अब हो चुका। अपना खेल बटोर लो, हम लोग भी अब जायेंगे।"

श्रीमतीजी ने धीरे से एक रुपया दे दिया। वह उछल उठा।

मैंने कहा, "लड़के!"

"छोटा जादूगर कहिये। यही मेरा नाम है। इसी से मेरी जीविका है।"

मैं कुछ बोलना ही चाहता था कि श्रीमती ने कहा, "अच्छा, तुम इस रुपये से क्या करोगे?"

"पहले भर पेट पकौड़ी खाऊँगा। फिर एक सूती कम्बल लूँगा।"

मेरा क्रोध अब लौट आया। मैं अपने पर बहुत क्रुद्ध होकर सोचने लगा—'ओह! कितना स्वार्थी हूँ मैं। उसके एक रुपये पाने पर मैं ईर्ष्या करने लगा था!'

वह नमस्कार करके चला गया। हम लोग लता-कुंज देखने के लिए चले।

उस छोटे-से बनावटी जंगल में संध्या साँय-साँय करने लगी थी। अस्ताचलगामी सूर्य की अंतिम किरण वृक्षों की पत्तियों से विदाई ले रही थी। एक शांत वातावरण था। हम धीरे-धीरे मोटर से हावड़ा की ओर आ रहे थे।

रह-रहकर छोटा जादूगर स्मरण होता था। सचमुच वह एक झोंपड़ी के पास कम्बल कन्धे पर डाले खड़ा था! मैंने मोटर रोककर उससे पूछा, "तुम यहाँ कहाँ?"

"मेरी माँ यहीं है न। अब उसे अस्पताल वालों ने निकाल दिया है।" मैं उतर गया। उस झोंपड़ी में देखा, तो एक स्त्री चिथड़ों से लदी हुई हुई काँप रही थी।

छोटे जादूगर ने कम्बल ऊपर डालकर उसके शरीर से चिमटते हुए कहा, "माँ।"

मेरी आँखों से आँसू निकल पड़े।

बड़े दिन की छुट्टी बीत चली थी। मुझे अपने ऑफिस में समय से पहुँचना था। कलकत्ते से मन ऊब गया था। फिर भी चलते-चलते एक बार उस उद्यान को

देखने की इच्छा हुई। साथ-ही-साथ जादूगर भी दिखाई पड़ जाता तो और भी...मैं उस दिन अकेले ही चल पड़ा। जल्द लौट आना था।

दस बज चुके थे। मैंने देखा कि उस निर्मल धूप में सड़क के किनारे एक कपड़े पर छोटे जादूगर का रंगमंच सजा था। मोटर रोककर उतर पड़ा। वहाँ बिल्ली रूठ रही थी। भालू मनाने चला था। ब्याह की तैयारी थी; यह सब होते हुए भी जादूगर की वाणी में वह प्रसन्नता की तरी नहीं थी। जब वह औरों को हँसाने की चेष्टा कर रहा था, तब जैसे स्वयं काँप जाता था। मानो रोएँ रो रहे थे। मैं आश्चर्य से देख रहा था। खेल हो जाने पर पैसा बटोरकर उसने भीड़ में मुझे देखा। वह जैसे क्षण-भर के लिए स्फूर्तिमान हो गया। मैंने उसकी पीठ थपथपाते हुए पूछा, "आज तुम्हारा खेल जमा क्यों नहीं?"

"माँ ने कहा कि आज तुरन्त चले आना। मेरी घड़ी समीप है।" अविचल भाव से उसने कहा।

"तब भी तुम खेल दिखलाने चले आये!" मैंने कुछ क्रोध से कहा। मनुष्य के सुख-दुःख का माप का साधन तो है। उसी के अनुपात से वह तुलना करता है।

उसके मुँह पर वही परिचित तिरस्कार की रेखा फूट पड़ी।

उसने कहा, "क्यों न आता!"

और कुछ अधिक कहने में जैसे वह अपमान का अनुभव कर रहा था।

क्षण-भर में मुझे अपनी भूल मालूम हो गयी। उसके झोले को गाड़ी में फेंककर उसे भी बैठाते हुए मैंने कहा, "जल्द चलो।" मोटरवाला मेरे बताये हुए पथ पर चल पड़ा।

कुछ ही मिनटों में मैं झोंपड़ी के पास पहुँचा। जादूगर दौड़कर झोंपड़े में माँ-माँ पुकारते हुए घुसा। मैं भी पीछे था; किन्तु स्त्री के मुँह से 'वे...' निकलकर रह गया। उसके दुर्बल हाथ उठकर गिर गये। जादूगर उससे लिपटा रो रहा था, मैं स्तब्ध था। उस उज्ज्वल धूप में समग्र संसार जैसे जादू-सा मेरे चारों ओर नृत्य करने लगा।

❑

नूरी

: 1 :

"ऐ! तुम कौन?"

"..............."

"बोलते नहीं?"

"..........."

"तो मैं बुलाऊँ किसी को?" कहते हुए उसने छोटा-सा मुँह खोला ही था कि युवक ने एक हाथ उसके मुँह पर रखकर उसे दूसरे हाथ से दबा लिया। वह विवश होकर चुप हो गयी। और भी, आज पहला ही अवसर था, जब उसने केसर, कस्तूरी और अम्बर से बसा हुआ यौवनपूर्ण उद्वेलित आलिंगन पाया था। उधर किरणें भी पवन के एक झोंके के साथ किसलयों को हटाकर घुस पड़ीं। दूसरे ही क्षण उस कुंज के भीतर छनकर आती हुई चाँदनी में जौहर से भरी कटार चमचमा उठी। भयभीत मृग-शावक-सी काली आँखें अपनी निरीहता में दया की, प्राणों की भीख माँग रही थीं। युवक का हाथ रुक गया। उसने मुँह पर उँगली रखकर चुप रहने का संकेत किया। नूरी काश्मीर की कली थी। सिकरी के महलों में उसके कोमल चरणों की नृत्यकला प्रसिद्ध थी। उस कलिका का आमोद-मकरन्द अपनी सीमा में मचल रहा था। उसने समझा, कोई मेरा साहसी प्रेमी है, जो महाबली अकबर की आँख-मिचौनी-क्रीड़ा के समय पतंगे-सा प्राण देने आ गया है। नूरी ने इस कल्पना के सुख में अपने को धन्य समझा और चुप रहने का संकेत पाकर युवक के मधुर अधरों पर अपने अधर रख दिए। युवक भी आत्म-विस्मृत-सा उस सुख में पल-भर के लिए तल्लीन हो गया। नूरी ने धीरे से कहा, "यहाँ से जल्द चले जाओ। कल बाँध पर पहले पहर की नौवत बजने के समय मौलसिरी के नीचे मिलूँगी।"

युवक धीरे-धीरे वहाँ से खिसक गया। नूरी शिथिल चरण से लड़खड़ाती हुई दूसरे कुंज की ओर चली; जैसे तुर्क प्याले में अँगूरी चढ़ा ली हो! उसकी जैसी कितनी ही सुन्दरियाँ अकबर को खोज रही थीं। आकाश का सम्पूर्ण चन्द्र इस खेल को देखकर

हँस रहा था। नूरी अब किसी कुंज में घुसने का साहस नहीं रखती थी। नरगिस दूसरे कुंज से निकलकर आ रही थी। उसने नूरी से पूछा—

"क्यों, उधर देख आयी?"

"नहीं, मुझे तो नहीं मिले।"

"तो फिर चल, इधर कामिनी के झाड़ों में देखूँ।"

"तू ही जा, मैं थक गयी हूँ।"

नरगिस चली गयी। मालती की झुकी हुई डाल की अँधेरी छाया में धड़कते हुए हृदय को हाथों से दबाये नूरी खड़ी थी। पीछे से किसी ने उसकी आँखों को बन्द कर लिया। नूरी की धड़कन और बढ़ गयी। उसने साहस से कहा—

"मैं पहचान गयी!"

"..........."

'जहाँपनाह' उसके मुँह से निकला ही था कि अकबर ने उसका मुँह बन्द कर लिया और धीरे से उसके कानों में कहा—

"मरियम को बता देना, सुलताना को नहीं; समझी न! मैं उस कुंज में जाता हूँ।"

अकबर के जाने के बाद ही सुलताना वहाँ आयी। नूरी उसी की छत्रच्छाया में रहती थी; पर अकबर की आज्ञा! उसने दूसरी ओर सुलताना को बहका दिया। मरियम धीरे-धीरे वहाँ आयी। वह ईसाई बेगम इस अमोद-प्रमोद से परिचित न थी। तो भी यह मनोरंजन उसे अच्छा लगा। नूरी ने अकबर वाला कुंज उसे बता दिया।

घंटों के बाद जब सुन्दरियाँ थक गयी थीं तब मरियम का हाथ पकड़े अकबर बाहर आये। उस समय नौबतखाने से मीठी-मीठी सोहनी बज रही थी। अकबर ने एक बार नूरी को अच्छी तरह देखा। उसके कपोलों को थपथपाकर उसको पुरस्कार दिया। आँख-मिचौनी हो गयी!

: 2 :

सिकरी की झील जैसे लहरा रही है, वैसा ही आन्दोलन नूरी के हृदय में हो रहा है। वसन्त की चाँदनी में भ्रम हुआ कि उसका प्रेमी युवक आया है। उसने चौंककर देखा; किन्तु कोई नहीं था। मौलसिरी के नीचे बैठे हुए उसे एक घड़ी से अधिक हो गया। जीवन में आज पहले ही अभिसार का वह साहस कर सकी है, भय से उसका मन काँप रहा है; पर वहाँ लौट जाने का मन नहीं चाहता। उत्कंठा और प्रतीक्षा कितनी पागल सहेलियाँ हैं! दोनों उसे उछालने लगीं।

किसी ने पीछे से आकर कहा, "मैं आ गया।"

नूरी ने घूमकर देखा, लम्बा-सा, गौर वर्ण का युवक उसकी बगल में खड़ा है। वह चाँदनी रात में उसे पहचान गयी। उसने कहा, "शाहजादा याकूब खाँ!"

"हाँ, मैं ही हूँ! कहो, तुमने क्यों बुलाया है?"

नूरी सन्नाटे में आ गयी। इस प्रश्न में प्रेम की गंध भी नहीं थी। वह भी महलों में रह चुकी थी। उसने भी पैंतरा बदल दिया।

"आप वहाँ क्यों गये थे?"

"मैं इसका जवाब न दूँ तो?"

नूरी चुप रही। याकूब खाँ ने कहा, "तुम जानना चाहती हो?"

"न बताइये।"

"बताऊँ तो मुझे..."

"आप डरते हैं, तो बताइये।"

"अच्छा, तो तुम सच बताओ कि कहाँ की रहने वाली हो?"

"मैं काश्मीर में पैदा हुई हूँ।"

याकूब खाँ अब उसके समीप ही बैठ गया। उसने पूछा, "कहाँ?"

"श्रीनगर के पास ही मेरा घर है।"

"यहाँ क्या करती हो?"

"नाचती हूँ। मेरा नाम नूरी है।"

"काश्मीर जाने को मन नहीं करता?"

"नहीं।"

"क्यों?"

"वहाँ जाकर क्या करूँगी? सुल्तान यूसुफ खाँ ने मेरा घर-बार छीन लिया है। मेरी माँ बेड़ियों में जकड़ी हुई दम तोड़ती होगी या मर गयी होगी।"

"मैं कहकर छुड़वा दूँगा, तुम यहाँ से चलो।"

"नहीं, मैं यहाँ से नहीं जा सकती; पर शाहजादा साहब, आप वहाँ क्यों गये थे, मैं जान गयी।"

"नूरी, तुम जान गयी हो, तो अच्छी बात है। मैं भी बेड़ियों में पड़ा हुआ हूँ। यहाँ अकबर के चंगुल में छटपटा रहा हूँ। मैं कल रसाज को उसी के कलेजे में कटार भोंक देने के लिए गया था।"

"शाहंशाह को मारने के लिए?" भय से चौंककर नूरी ने कहा।

"हाँ नूरी, वहाँ तुम न आतीं, तो मेरा काम न बिगड़ता। काश्मीर को हड़पने की उसकी..." याकूब रुककर पीछे देखने लगा। दूर कोई चला जा रहा था। नूरी भी उठ खड़ी हुई। दोनों नीचे झील की ओर उतर गये। जल के किनारे बैठकर नूरी ने कहा, "अब ऐसा न करना।"

"क्यों न करूँ?" यह कहकर याकूब ने लम्बी साँस ली। उसका सुन्दर मुख वेदना से विवर्ण हो गया। नूरी ने देखा, वह प्यार की प्रतिमा है। उसके हृदय में प्रेम-लीला करने की वासना बलवती हो चली थी। फिर यह एकान्त और वसन्त की नशीली रात! उसने कहा, "आप चाहे काश्मीर को प्यार करते हों। पर कुछ लोग

ऐसे भी हो सकते हैं, जो आपको प्यार करते हों!"

"पागल! मेरे सामने एक ही तसवीर है। फूलों से भरी, फलों से लदी हुई, सिंध और झेलम की घाटियों की हरियाली! मैं इस प्यार को छोड़कर दूसरी ओर...?"

"चुप रहिये, शाहजादा साब! आप धीरे से नहीं बोल सकते, तो चुप रहिये।"

यह कहकर नूरी ने एक बार फिर पीछे की ओर देखा। वह चंचल हो रही थी, मानो आज ही उसके वसन्त-पूर्ण यौवन की सार्थकता है और वह विद्रोही युवक सम्राट अकबर के प्राण लेने और अपने प्राण देने पर तुला है। कहते हैं कि तपस्वी को डिगाने के लिए स्वर्ग की अप्सराएँ आती हैं। आज नूरी अप्सरा बन रही थी। उसने कहा, "तो मुझे काश्मीर ले चलियेगा?" याकूब के समीप और सटकर भयभीत-सी होकर वह बोली, "बोलिये, मुझे ले चलियेगा? मैं भी इन सुनहरी बेड़ियों को तोड़ना चाहती हूँ।"

"तुम मुझको प्यार करती हो, नूरी?"

"दोनों लोकों से बढ़कर?" नूरी उन्मादिनी हो रही थी।

"पर मुझे तो अभी एक बार फिर वही करना है, जिसके लिए तुम मना करती हो। बच जाऊँगा, तो देखा जायेगा! यह कहकर याकूब ने उसका हाथ पकड़ लिया। नूरी नीचे से ऊपर तक घबराने लगी। उसने अपना सुन्दर मुख याकूब के कन्धे पर रखकर कहा, "नहीं, अब ऐसा न करो, तुमको मेरी कसम!"

सहसा चौंककर युवक फुर्ती से उठ खड़ा हुआ और नूरी जब तक सँभली, तब तक याकूब वहाँ न था। अभी नूरी दो पग भी बढ़ने पायी थी कि मादम तातारी का कठोर हाथ उसके कन्धों पर आ पहुँचा। तातारी ने कहा, "सुलताना तुमको कब से खोज रही है!"

: 3 :

सुलताना बेगम और बादशाह चौसर खेल रहे थे। उधर पचीसी के मैदान में सुन्दरियाँ गोटें बनकर चाल चल रही थीं। नौबतखाने से पहले पहर की सुरीली शहनाई बज रही थी। नगारे पर अकबर की बाँधी हुई गति में लड़की थिरक रही थी, जिसकी धुन में अकबर चाल भूल गए, उसकी गोट पिट गयी।

पिटी हुई गोट दूसरी न थी, वह थी नूरी। उस दिन की थपकियों ने हमको साहसी बना दिया था। वह मचलती हुई बिसात के बाहर तिबारी में चली आयी। पाँसे हाथ में लिये हुए अकबर उसकी ओर देखने लगे। नूरी ने अल्हड़पन से कहा, "तो मैं मर गयी?"

"तू जीती रह, मरेगी क्यों?" फिर दक्षिण नायक की तरह उसका मनोरंजन करने में चतुर अकबर ने सुलताना की ओर देखकर कहा, "इसका नाम क्या है?" मन में सोच रहे थे, उस रात की आँख-मिचौनी वाली घटना!

“यह काश्मीर की रहने वाली है। इसका नाम नूरी है। बहुत अच्छा नाचती है।” सुलताना ने कहा।

“मैंने तो कभी नहीं देखा।”

“तो देखिये न।”

“नूरी! तू इसी शहनाई की गत पर नाच सकेगी?”

“क्यों नहीं जहाँपनाह!”

गोटें अपने-अपने घर में जहाँ-की-तहाँ बैठी रहीं। नूरी का वासना और उन्माद से भरा हुआ नृत्य आरंभ हुआ। उसके नूपुर खुले हुए बोल रहे थे। वह नाचने लगी, जैसे जलतरंग। वागीश्वरी के विलम्बित स्वरों में अंगों के अनेक मरोड़ों के बाद ज़ब कभी वह चुन-चुनकर एक-दो घुँघरू बजा देती, तब अकबर ‘वाह! वाह!’ कह उठता। घड़ी-भर नाचने के बाद जब शहनाई बन्द हुई, तब अकबर ने उसे बुलाकर कहा, “नूरी तू कुछ चाहती है?”

“नहीं, जहाँपनाह!”

“कुछ भी?”

“मैं अपनी माँ को देखना चाहती हूँ! छुट्टी मिले तो!” सिर नीचे किये हुए नूरी ने कहा।

“दुत्—और कुछ नहीं?”

“और कुछ नहीं।”

“अच्छा, तो जब मैं काबुल चलने लगूँगा, तब तू भी वहाँ चल सकेगी।”

फिर गोटें चलने लगीं। खेल होने लगा। सुलताना और शाहंशाह दोनों ही इस चिन्ता में थे कि दूसरा हारे। यही तो बात है, संसार चाहता है कि तुम मेरे साथ खेलो; पर सदा तुम्हीं हारते हो। नूरी फिर गोट बन गयी थी। अबकी वही फिर पिटी। उसने कहा, “मैं मर गयी।”

अकबर ने कहा, “तू अलग जा बैठ।” छुट्टी पाते ही थकी हुई नूरी पचीसी के समीप अमराई में जा घुसी। तभी वह नाचने की थकावट से अँगड़ाई ले रही थी। सहसा याकूब ने आकर उसे पकड़ लिया। उसके शिथिल सुकुमार अंगों को दबाकर उसने कहा, “नूरी, मैं तुम्हारे प्यार को लौटा देने के लिए आया हूँ।”

व्याकुल होकर नूरी ने कहा, “नहीं-नहीं, ऐसा न करो।”

“मैं आज मरने-मारने पर तुला हूँ।”

“तो क्या तुम आज फिर उसी काम के लिए...”

“हाँ नूरी!”

“नहीं, शाहजादा याकूब! ऐसा न करो। मुझे आज शाहंशाह ने काश्मीर जाने की छुट्टी दे दी है। मैं तुम्हारे साथ भी चल सकती हूँ।”

“पर मैं वहाँ न जाऊँगा। नूरी, मुझे भूल जाओ।”

नूरी उसे अपने हाथों में जकड़े थी; किन्तु याकूब का देशप्रेम उसकी प्रतिज्ञा की पूर्ति माँग रहा था। याकूब ने कहा, "नूरी! अकबर सिर झुकाने से मान जाय सो नहीं। वह तो झुके हुए सिर पर भी चढ़ बैठना चाहता है। मुझे छुट्टी दो। मैं यही सोचकर सुख से मर सकूँगा कि कोई मुझे प्यार करता है।"

नूरी सिसककर रोने लगी। याकूब का कन्धा उसके आँसुओं की धारा से भीगने लगा। अपनी कठोर भावनाओं से उन्मत्त और विद्रोही युवक शाहजादा ने बलपूर्वक अभी अपने को रमणी के बाहुपाश से छुड़ाता ही था कि चार तातारी दासियों ने अमराई के अन्धकार से निकलकर दोनों को पकड़ लिया। अकबर की बिसात अभी बिछी थी। पासे अकबर के हाथ में थे। दोनों अपराधी सामने लाये गये। अकबर ने आश्चर्य से पूछा, "याकूब खाँ?"

याकूब के नतमस्तक की रेखाएँ ऐंठी जा रही थीं। वह चुप था। फिर नूरी की ओर देखकर शाहंशाह ने कहा, "तो इसीलिए तू काश्मीर जाने की छुट्टी माँग रही थी?"

वह भी चुप थी।

"याकूब! तुम्हारा यह लड़कपन यूसुफ खाँ भी न सह सकते; लेकिन मैं तुम्हें छोड़ देता हूँ। जाने की तैयारी करो। मैं काबुल से लौटकर काश्मीर जाऊँगा।"

संकेत पाते ही तातारियाँ याकूब को ले चलीं। नूरी खड़ी रही। अकबर ने उसकी ओर देखकर कहा, "इसे बुर्ज में ले जाओ।"

नूरी बुर्ज के तहखाने में बन्दिनी हुई।

अठारह बरस बाद!

जब अकबर की नवरत्न-सभा उजड़ चुकी थी, उसके प्रताप की ज्योति आनेवाले अन्तिम दिन की उदास और धुँधली छाया में विलीन हो रही थी, हिन्दू और मुस्लिम एकता का उत्साह शीतल हो रहा था, तब अकबर को अपने पुत्र सलीम से भी भय उत्पन्न हुआ। सलीम ने अपनी स्वतन्त्रता की घोषणा की थी, इसीलिए पिता-पुत्र में मेल होने पर भी आगरा में रहने के लिए सलीम को जगह नहीं थी। उसने दुःखी होकर अपनी जन्म-भूमि में रहने की आज्ञा माँगी।

सलीम फतेहपुर-सीकरी आया। मुगल साम्राज्य का वह अलौकिक इंद्रजाल! अकबर की यौवन-निशा का सुनहरा स्वप्न-सीकरी का महल पथरीली चट्टानों पर बिखरा पड़ा था। इतना आकस्मिक उत्थान और पतन! जहाँ तक विश्वजनीन धर्म की उत्पत्ति की सूचना हुई, जहाँ उस धर्मान्धता के युग में एक छत के नीचे ईसाई, पारसी, जैन, इस्लाम और हिन्दू आदि धर्मों पर वाद-विवाद हो रहा था, जहाँ सन्त सलीम की समाधि थी, जहाँ शाहसलीम का जन्म हुआ था, वहीं अपनी अपूर्णता और खँडहरों में अस्त-व्यस्त सीकरी का महल अकबर के जीवनकाल में ही, निर्वासिता सुन्दरी की तरह दया का पात्र, शृंगारविहीन और उजाड़ पड़ा था। अभी तक अकबर

के शून्य शयन-मन्दिर के विक्रमादित्य के नवरत्नों का छाया-पूर्ण अभिनय चल रहा था। अभी तक सराय में कोई यात्री सन्त की समाधि का दर्शन करने को आता ही रहता! अभी तक बुजुर्गों के तहखानों में कैदियों का अभाव न था!

सीकरी की दशा देखकर सलीम का हृदय व्यथित हो उठा। अपूर्व शिल्प बिलख रहे थे। गिरे हुए कंगूरे चरणों में लोट रहे थे। अपनी माता के महल में जाकर सलीम भरपेट रोया। वहाँ जो इने-गिने दास और दासियाँ और उनके दारोगे बच रहे थे, भिखमंगों की-सी दशा में फटे-चीथड़ों में उसके सामने आये। सब समाधि के लंगर-खाने से भोजन पाते थे। सलीम ने समाधि का दर्शन करके पहली आज्ञा दी कि तहखानों में जितने बन्दी हैं, सब सामने आएँ। दुर्गन्ध से सने हुए कितने ही नर-कंकाल संत सलीम की समाधि पर आकर प्रसन्नता से हिचकी लेने लगे और युवराज सलीम के चरणों को चूमने लगे।

उन्हीं में एक नूरी भी थी। उसका यौवन कारागार की कठिनाइयों से कुचल गया था। सौन्दर्य अपने दो-चार रेखा-चिह्न छोड़कर समय के साथ पंखों पर बैठकर उड़ गया था।

सब लोगों की जीविका बँटने लगी। लंगरखाने का नया प्रबन्ध हुआ। उसमें से नूरी को सराय में आये हुए यात्रियों को भोजन देने का कार्य मिला।

वैशाख की चाँदनी थी। झील के किनारे मौलसिरी के नीचे कव्वालों का जमघट था। लोग मस्ती में झूम-झूमकर गा रहे थे।

"मैंने अपने प्रियतम को देखा था।

वह सौन्दर्य मदिरा की तरह नशीला, चाँदनी-सा उज्ज्वल, तरंगों-सा यौवनपूर्ण और अपनी हँसी-सा निर्मल था।

किन्तु हलाहल भरी उसकी अपांगधारा! आह निर्दय!

मरण और जीवन का रहस्य उन संकेतों में छिपा था।

आज भी न जाने क्यों भूलने में असमर्थ हूँ।

कुंजों में फूलों के झुरमुट में तुम छिप सकोगे। तुम्हारा वह चिर विकासमय सौन्दर्य! वह दिगन्तव्यापी सौरभ तुमको छिपने देगा?

मेरी विकलता को देखकर प्रसन्न होनेवाले! मैं बलिहारी!

नूरी वहीं खड़ी होकर सुन रही थी। वह कव्वालों के लिए भोजन लिवाकर आयी पर निरीहता की शान्ति! नूरी में विचित्र परिवर्तन था। उसका हृदय अपनी विवश पराधीनता भोगते-भोगते शीत और भगवान् की करुणा का अवलम्बी बन गया था। जब सन्त सलीम की समाधि पर वह बैठकर भगवान् की प्रार्थना करती थी, तब उसके हृदय में किसी प्रकार की सांसारिक वासना या अभाव-अभिरोग का योग न रहता।

आज न जाने क्यों, इस संगीत ने उसकी सोई हुई मनोवृत्ति को जगा दिया।

वही मौलसिरी का वृक्ष था। संगीत का वह अर्थ चाहे किसी अज्ञात लोक की परम सीमा तक पहुँचता हो; किन्तु आज तो नूरी अपने संकेतस्थल की वही घटना स्मरण कर रही थी, जिसमें एक सुन्दर युवक से अपने हृदय की बातों को खोल देने का रहस्य था।

वह काश्मीर का शाहजादा आज कहाँ होगा? नूरी ने चंचल होकर वहीं थालों को रखवा दिया और स्वयं धीरे-धीरे अपने उत्तेजित हृदय को दबाए हुए सन्त की समाधि की ओर चल पड़ी।

संगमरमर की जालियों से टिककर वह बैठ गयी। सामने चन्द्रमा की किरणों का समारोह था। वह ध्यान में निमग्न थी। उसकी निश्चल तन्मयता के सुख को नष्ट करते हुए किसी ने कहा, "नूरी! क्या अभी सराय में खाना न जायेगा?"

वह सावधान होकर उठ खड़ी हुई। लंगरखाने से रोटियों का थाल लेकर सराय की ओर चल पड़ी। सराय के फाटक पर पहुँचकर वह निरश्रित भूखों को खोज-खोजकर रोटियाँ देने लगी।

एक कोठरी के समीप पहुँचकर उसने देखा कि एक युवक टूटी हुई खाट पर पड़ा कराह रहा है। उसने पूछा, "क्या है? भाई, तुम बीमार हो क्या? मैं तुम्हारे लिए कुछ कर सकती हूँ तो बताओ।"

"बहुत कुछ।" टूटे स्वर से युवक ने कहा।

नूरी भीतर चली गयी। उसने कहा, "क्या है, कहिये?"

"पास में पैसा न होने से ये लोग मेरी खोज नहीं लेते। आज सवेरे से मैंने जल नहीं पिया। पैर इतने दुख रहे हैं कि मैं उठ नहीं सकता।"

"कुछ खाया भी न होगा।"

"कल रात को यहाँ पहुँचने पर थोड़ा-सा खा लिया था। पैदल चलने से पैर सूज आये हैं तब से यों ही पड़ा हूँ।"

नूरी थाल रखकर बाहर चली गयी। पानी लेकर आयी। उसने कहा, "लो, अब उठकर कुछ रोटियाँ खाकर पानी पी लो।"

युवक उठ बैठा। कुछ अन्न-जल पेट में जाने के बाद जैसे उसे चेतना आ गयी। उवने पूछा, "तुम कौन हो?"

"मैं लंगरखाने से रोटियाँ बाँटती हूँ। मेरा नाम नूरी है। जब तक तुम्हारी पीड़ा अच्छी न होगी, मैं तुम्हारी सेवा करूँगी। रोटियाँ पहुँचाऊँगी। जल रख जाऊँगी। घबराओ नहीं। यह मालिक सबको देखता है।"

युवक की विवर्ण आँखें प्रार्थना में ऊपर की ओर उठ गयीं। फिर दीर्घ निःश्वास लेकर पूछा, "क्या नाम बतलाया? नूरी न?"

"हाँ, यही तो!"

"अच्छा, तुम यहाँ महलों में जाती होगी।"

"महल! हाँ, महलों की दीवारें तो बड़ी हैं।"

"तब तुम नहीं जानती होगी। उसका भी नाम नूरी था! वह काश्मीर की रहनेवाली थी?"

"उससे आपको क्या काम है?" मन-ही-मन काँपकर नूरी ने पूछा।

"मिले तो कह देना कि एक अभागे ने तुम्हारे प्यार को ठुकरा दिया था। वह काश्मीर का शाहजादा था। पर अब तो भिखमंगे से भी..." कहते-कहते उसकी आँखों से आँसू बहने लगे।

नूरी ने उसके आँसू पोंछकर पूछा, "क्या अब भी उससे मिलने का मन करता है?"

वह सिसककर कहने लगा—"मेरा नाम याकूब खाँ है। मैंने अकबर के सामने तलवार उठाई और लड़ा भी। जो कुछ मुझसे हो सकता था, वह काश्मीर के लिए मैंने किया। इसके बाद बिहार के भयानक तहखाने में बेड़ियों से जकड़ा हुआ कितने दिनों तक पड़ा रहा। सुना है कि सुल्तान सलीम ने वहाँ अभागों को फिर से धूप देखने के लिए छोड़ दिया है। मैं वहीं से ठोकरें खाता हुआ चला आ रहा हूँ। हथकड़ियों से छूटने पर किसी अपने प्यार करने वाले को देखना चाहता था। इसी से सीकरी चला आया। देखता हूँ कि मुझे वह भी न मिलेगा।"

याकूब अपनी उखड़ी हुई साँसों को सँभालने लगा था और नूरी के मन में विगत काल की घटना, अपने प्रेम-समर्पण का उत्साह, फिर उस मनस्वी युवक की अवहेलना सजीव हो उठी।

आज जीवन का क्या रूप होता? आशा से भरी संसार-यात्रा किस सुन्दर विश्राम-भवन में पहुँचाती? अब तक संसार के कितने सुन्दर रहस्य फूलों की तरह अपनी पंखुड़ियाँ खोल चुके होते? अब प्रेम करने का दिन तो नहीं रहा। हृदय में इतना प्यार कहाँ रहा, जो दूँगी, जिससे यह ठूँठ हरा हो जायेगा। नहीं, नूरी ने मोह का जाल छिन्न कर दिया है। वह अब उसमें न पड़ेगी। तो भी इस दयनीय मनुष्य की सेवा; किन्तु यह क्या? याकूब हिचकियाँ ले रहा था। उसकी पुकार का सन्तोषजनक उत्तर नहीं मिला। निर्मम-हृदय नूरी ने विलम्ब कर दिया। वह विचार करने लगी थी और याकूब को इतना अवसर नहीं था!

नूरी उसका सिर हाथों पर लेकर उसे निपटाने लगी। साथ ही अभागे याकूब के खुले हुए प्यासे मुँह में नूरी की आँखों के आँसू टपाटप गिरने लगे!

❑

परिवर्तन

: 1 :

चन्द्रदेव ने एक दिन इस जनाकीर्ण संसार में अपने को अकस्मात् ही समाज के लिए अत्यन्त आवश्यक मनुष्य समझ लिया और समाज भी उसकी आवश्यकता का अनुभव करने लगा। छोटे-से उपनगर में, प्रयाग विश्वविद्यालय से लौटकर जब उसने अपनी ज्ञान-गरिमा का प्रभाव वहाँ के सीधे-सादे निवासियों पर डाला, तो लोग आश्चर्य-चकित होकर सम्भ्रम से उसकी ओर देखने लगे, जैसे कोई जौहरी हीरा-पन्ना परखता हो। उसकी थोड़ी-सी सम्पत्ति, बिसातखाने की दूकान और रुपयों का लेन-देन और उसका शारीरिक गठन सौन्दर्य का सहायक बन गया था।

कुछ लोग तो आश्चर्य करते थे कि वह कहीं का जज और कलेक्टर न होकर यह छोटी-सी दुकानदारी क्यों चला रहा है, किन्तु बातों में चन्द्रदेव स्वतंत्र व्यवसाय की प्रशंसा के पुल बाँध देता और नौकरी की नरक से उपमा दे देता, तब उसकी कर्तव्य-परायणता का वास्तविक मूल्य लोगों की समझ में आ जाता।

यह तो हुई बाहर की बात। भीतर अपने अन्तःकरण में चन्द्रदेव इस बात को अच्छी तरह तौल चुका था कि जज-कलेक्टर तो क्या, वह कहीं 'किरानी' होने की भी क्षमता नहीं रखता था। तब थोड़ा-सा विनय और त्याग का यश लेते हुए संसार के सहज-लब्ध सुख को वह क्यों छोड़ दे? अध्यापकों के रटे हुए व्याख्यान उसके कानों में अभी गूँज रहे थे। पवित्रता, मलिनता, पुण्य और पाप उसके लिए गम्भीर प्रश्न न थे। वह तर्कों के बल पर उनसे नित्य खिलवाड़ किया करता और भीतर घर में एक सुन्दरी स्त्री थी, उसके प्रति अपने सम्पूर्ण असन्तोष को दार्शनिक वातावरण में ढँककर निर्मल वैराग्य की, संसार से निर्लिप्त रहने की चर्चा भी उन भोले-भोले सहयोगियों में किया ही करता।

चन्द्रदेव की इस प्रकृति से ऊबकर उसकी पत्नी मालती प्रायः अपनी माँ के पास अधिक रहने लगी; किन्तु जब लौटकर आती, तो गृहस्थी में उसी कृत्रिम वैराग्य का अभिनय उसे खला करता। चन्द्रदेव ग्यारह बजे तक दूकान का काम देखकर,

गप लड़ाकर, उपदेश देकर और व्याख्यान सुनाकर जब घर में आता, तब एक बड़ी दयनीय परिस्थिति उत्पन्न होकर उस साधारणतः सजे हुए मालती के कमरे को और भी मलिन बना देती। फिर तो मालती मुँह ढँककर आँसू गिराने के अतिरिक्त और कर ही क्या सकती थी? यद्यपि चन्द्रदेव का बाह्य आचरण उसके चरित्र के सम्बन्ध में सशंक होने का किसी को अवसर नहीं देता था, तथापि मालती अपनी चादर से ढँके हुए अन्धकार में अपनी सौत की कल्पना करने के लिए स्वतंत्र थी ही।

वह धीरे-धीरे रुग्ण हो गयी।

एक दिन चन्द्रदेव के पास बैठनेवालों ने सुना कि वह कहीं बाहर जानेवाला है। दूसरे दिन चन्द्रदेव की स्त्री-भक्ति की चर्चा छिड़ी। सब लोग कहने लगे—"चन्द्रदेव कितना उदार, सहृदय व्यक्ति है। स्त्री के स्वास्थ्य के लिए कौन इतना रुपया खर्च करके पहाड़ जाता है। कम-से-कम नगर में तो कोई भी नहीं।"

चन्द्रदेव ने बहुत गम्भीरता से मित्रों से कहा, "भाई क्या करूँ, मालती को जब यक्ष्मा हो गया है, तब तो पहाड़ लिवा जाना अनिवार्य है। रुपया-पैसा तो आता-जाता रहेगा।" सब ने इसका समर्थन किया।

चन्द्रदेव पहाड़ चलने को प्रस्तुत हुआ। विवश होकर मालती को भी जाना ही पड़ा। लोक-लाज भी तो कुछ है और जबकि सम्मानपूर्वक पति अपना कर्तव्य पालन कर रहा हो तो स्त्री अस्वीकार कैसे कर सकती?

इस एकान्त में जब पति और पत्नी दोनों ही एक-दूसरे के समने चौबीसों घंटे रहने लगे, तब आवरण का व्यापार अधिक नहीं चल सकता था। बाध्य होकर चन्द्रदेव को सहायता-तत्पर बनना पड़ा। सहायता में तत्पर होना सामाजिक प्राणी का जन्मसिद्ध स्वभाव संभवतः मनुष्यता का पूर्ण निदर्शन है, परन्तु चन्द्रदेव के पास तो दूसरा उपाय ही नहीं था; इसलिए सहायता का बाह्य प्रदर्शन धीरे-धीरे वास्तविक होने लगा।

एक दिन मालती चीड़ के वृक्ष की छाया में बैठी हुई बादलों की दौड़-धूप देख रही थी और मन-ही-मन विचार कर रही थी। चन्द्रदेव के सेवा-अभिनय पर सहसा उसका जी भर आया। वह पहाड़ी रंगीन संध्या की तरह किसी मानसिक वेदना से लाल-पीली हो उठी। उसे अपने ऊपर क्रोध आया। उसी समय चन्द्रदेव ने जो उससे कुछ दूर बैठा था, पुकारकर कहा, "मालती, अब चलो न! थक गयी हो न!"

"वहीं सामने तो पहुँचना है, तुम्हें जल्दी हो तो चले जाओ, 'बूटी' को भेज दो, मैं उसके साथ चली जाऊँगी।"

"अच्छा", कहकर चन्द्रदेव आज्ञाकारी अनुचर की तरह चला। वह तनिक भी विरोध करके अपने स्नेह-प्रदर्शन में कमी करना नहीं चाहता था। मालती अविचल बैठी रही। थोड़ी देर में बूटी आयी; परन्तु मालती को उसके आने में विलम्ब समझ

पड़ा। वह इसके पहले भी पहुँच सकती थी। मालती के लिए पहाड़ी युवती बूटी, परिचारिका के रूप में रख ली गयी थी। यह नाटी-सी गोल-मटोल स्त्री गेंद की तरह उछलती चलती थी। बात-बात पर हँसती और फिर उस हँसी को छिपाने का प्रयत्न करती रहती। बूटी ने कहा—

"चलिये, अब तो किरनें डूब रही हैं और मुझे भी काम निपटाकर छुट्टी पर जाना है।"

"छुट्टी!" आश्चर्य से झल्लाकर मालती ने कहा।

"हाँ, अब मैं काम न करूँगी!"

"क्यों? तुझे क्या हो गया बूटी?"

"मेरा ब्याह इसी महीने में हो जायेगा।" कहते हुए उस स्वतन्त्र युवती ने हँस दिया। 'बन की हरिणी अपने आप जाल में फँसने क्यों जा रही है?' मालती को आश्चर्य हुआ। उसने चलते-चलते पूछा, "भला, तुझे दूल्हा कहाँ से मिल गया?"

"ओहो, तब आप क्या जानें कि हम लोगों के ब्याह की बात पक्की हुए आठ बरस हो गये? नीलधर चला गया था, लखनऊ कमाने और मैंने भी हर साल यही नौकरी करके कुछ-न-कुछ यही पाँच सौ रुपये बचा लिए हैं। अब वह भी एक हजार और गहने लेकर परसों पहुँच जायेगा। फिर हम लोग ऊँचे पहाड़ पर अपने गाँव में चले जायेंगे। वहीं हम लोगों का घर बसेगा। खेती कर लूँगी। बाल-बच्चों के लिए भी तो कुछ चाहिए। फिर चाहिए बुढ़ापे के लिए, जो इन पहाड़ों में कष्टपूर्ण जीवन-यात्रा के लिए अत्यन्त आवश्यक है।"

वह प्रसन्नता से बातें करती, उछलती हुई चली जा रही थी और मालती हाँफने लगी थी। मालती ने कहा, "तो क्यों दौड़ी जा रही है? अभी तो तेरा दूल्हा नहीं मिला जा रहा है।"

: 3 :

कमरे के दोनों ओर पलंग बिछे थे। मच्छरदानी में दो व्यक्ति सोने का अभिनय कर रहे थे। चन्द्रदेव सोच रहे थे—'यह बूटी! अपनी कमाई से घर बसाने जा रही है। कितना प्रगाढ़ प्रेम इन दोनों में होगा? और मालती! बिना कुछ हाथ-पैर हिलाये-डुलाये अपनी सम्पूर्ण शक्ति से निष्क्रिय प्रतिरोध करती हुई, सुखभोग करने पर भी असन्तुष्ट!' चन्द्रदेव था तार्किक। वह सोचने लगा, 'तब क्या मुझे इसे प्रसन्न करने की चेष्टा छोड़ देनी चाहिए? मरे चाहे जिये! मैंने क्या नहीं किया इसके लिए, फिर भी भौंहें चढ़ी ही रहें, तो मैं क्या करूँ? मुझे क्या मिलता है इस हृदयहीन बोझ को ढोने से! बस, अब मैं घर चलूँगा। फिर मालती के...बाद एक दूसरी स्त्री। अरे! वह कितनी आज्ञाकारिणी, किन्तु क्या यह मर जायेगी! मनुष्य कितना स्वार्थी है। फिर मैं ही

क्यों नहीं मर जाऊँ। किन्तु पहले कौन मरे? मेरे मर जाने पर वह जीती रहेगी। इसके लिए लोग कितने तरह के कलंक, कितनी बुराई की बातें सोचेंगे और यही जाने क्या कर बैठे! तब इसे तो लज्जित होना ही पड़ेगा। मुझे भी स्वर्ग में कितना अपमान भोगना पड़ेगा! मालती के मरने पर लोकापवाद से मुक्त मैं दूसरा ब्याह करूँगा और पतिव्रता मालती स्वर्ग में भी मेरी शुभकामना करेगी। तो फिर यही ठीक रहा। मान की रक्षा के लिए लोग कितने बड़े-बड़े बलिदान कर चुके हैं। क्या में उनका अनुकरण नहीं कर सकता! मालती सम्मान की वेदी पर बलि चढ़े। वही पहले मरे, फिर देखा जायेगा! राम की तरह एक पत्नीव्रत कर सकूँगा, तो कर लूँगा, नहीं तो उँहूँ।

चन्द्रदेव की खुली आँखों के सामने मच्छरदानी के जालीदार कपड़े पर एक चित्र खिंचा—एक युवती मुस्कराती हुई चाय की प्याली बढ़ा रही है। चन्द्रदेव ने न पीने की सूचना पहले ही दे दी थी। फिर भी उसके अनुनय में बड़ी तरावट थी। युवती के रोम-रोम कहते थे, 'ले लो!'

चन्द्रदेव यह स्वप्न देखकर निश्चिन्त हो गया। उसने अपने बनावटी उपचार का सेवा-भाव का अन्त कर लिया था।

दूसरी मच्छरदानी में थकी हुई मालती थी। सोने के पहले उसे अपने ही ऊपर रोष आ गया था—'वह क्यों न ऐसी हुई कि चन्द्रदेव उसके चरणों में लोटता, उसके मान को, उसके प्रणय-रोष को धीरे-धीरे सहलाया करता! तब क्या कैसी होने की चेष्टा करे; किन्तु अब करके क्या होगा? जब यौवन का उल्लास था, कुसुम में मकरन्द था, चाँदनी पर मेघ की छाया न थी, तब न कर सकी, तो अब क्या? बूटी साधारण मजूरी करके स्वस्थ, सुन्दर, आकर्षण और आदर की पात्र बन सकती है। उसका यौवन ढालवें पथ की ओर मुँह किये है, फिर भी उसमें कितना उल्लास है!

यह आत्म-विश्वास! यही तो जीवन है; किन्तु क्या मैं पा सकती हूँ! क्या मेरे अंग फिर से गुदगुदे हो जाएँगे। लाली दौड़ आयेगी? हृदय में उच्छृंखल उल्लास, हँसी से भरा आनन्द नाचने लगेगा?' उसने एक बार अपने दुर्बल हाथों को उठाकर देखा कि चूड़ियाँ कलाई से बहुत नीचे खिसक आयी थीं। सहसा उसे स्मरण हुआ कि बूटी अभी दो बरस छोटी है। दो बरस में वह स्वस्थ, सुन्दर, हृष्ट-पुष्ट और हँसमुख हो सकती है, होकर रहेगी। वह मरेगी नहीं। ना, कभी नहीं, चन्द्रदेव को दूसरे का न होने देगी। विचार करते-करते फिर सो गयी।

सवेरे दोनों मच्छरदानियाँ उठीं! चन्द्रदेव ने मालती को देखा, वह प्रसन्न थी। उसके कपोलों का रंग बदल गया था, उसे भ्रम हुआ—'क्या?' उसने आँखें मिचमिचाकर देखा! इस क्रिया पर मालती हँस पड़ी। चन्द्रदेव झल्लाकर उठ बैठा। वह कहना चाहता था कि मैं चलना चाहता हूँ। रुपये का अभाव है! कब तक यहाँ पहाड़ पर पड़ा रहूँगा?

"तुम्हारा अच्छा होना असम्भव है, महदूरनी भी छोड़कर चली गयी और भी अनेक असुविधाएँ हैं। मैं तो चलूँगा!"

परन्तु वह कह न पाया। कुछ सोच रहा था। निष्ठुर प्रहार करने में हिचक रहा था। सहसा मालती पास चली आयी। मच्छरदानी उठाकर मुस्कराती हुई बोली, "चलो, घर चलें! अब तो अच्छी हूँ?"

चन्द्रदेव ने आश्चर्य से देखा कि मालती दुर्बल है, किन्तु रोग के लक्षण नहीं रहे। उसके अंग-अंग पर स्वाभाविक रंग प्रसन्नता बनकर खेल रहा था!

❑

सन्देह

रामनिहाल अपना बिखरा हुआ सामान बाँधने में लगा। जंगले से धूप आकर उसके छोटे-से शीशे पर तड़प रही थी। उसका उज्ज्वल आलोक-खंड वह छोटा-सा दर्पण बुद्ध की सुन्दर प्रतिमा को अर्पण कर रह था। किन्तु प्रतिमा ध्यानमग्न थी। उसकी आँखें धूप से चौंधियाती न थीं। प्रतिमा का शान्त गम्भीर मुख और भी प्रसन्न हो रहा था। किन्तु रामनिहाल उधर देखता न था। उसके हाथों में था एक कागजों का बंडल, जिसे सन्दूक में रखने के पहले वह खोलना चाहता था। पढ़ने की इच्छा न थी, फिर भी न जाने क्यों हिचक रहा था और अपने को मना कर रहा था, जैसे किसी भयानक वस्तु से बचने के लिए कोई बालक को रोकता हो।

बंडल तो रख दिया पर दूसरा बड़ा-सा लिफाफा खोल ही डाला। एक चित्र उसके हाथों में था और आँखें में आँसू। कमरे में अब दो प्रतिमा थीं। बुद्धदेव अपनी विराग-महिमा में निमग्न। रामनिहाल रागशैल-सा अचल, जिसमें से हृदय का द्रव आँसुओं की निर्झरिणी बनकर धीरे-धीरे बह रहा था।

किशोरी ने आकर हल्ला मचा दिया—"भाभी, अरे भाभी, देखा नहीं तूने, न! निहाल बाबू रो रहे हैं। अरे तू चल भी!"

श्यामा वहाँ आकर खड़ी हो गई। उसके आने पर भी रामनिहाल उसी भाव में विस्मृत-सा अपनी करुणा-धारा बहा रहा था। श्यामा ने कहा, "निहाल बाबू!"

निहाल ने आँखें खोलकर कहा, "क्या है? अरे, मुझे क्षमा कीजिये।" फिर आँसू पोंछने लगा।

"बात क्या है? कुछ सुनूँ भी। तुम क्यों जाने के समय ऐसी दुःखी हो रहे हो? क्या हम लोगों से कुछ अपराध हुआ?"

"तुमसे अपराध होगा? यह क्या कह रही हो? मैं रोता हूँ, इसमें मेरी ही भूल है। प्रायश्चित्त करने का यह ढंग ठीक नहीं, यह मैं धीरे-धीरे समझ रहा हूँ। किन्तु करूँ क्या? यह मन नहीं मानता।"

श्यामा जैसे सावधान हो गयी। उसने पीछे फिरकर देखा कि किशोरी खड़ी है। श्यामा ने कहा, "जा बेटी! कपड़े धूप में फैले हैं, वहीं बैठ।" किशोरी चली गई।

अब जैसे सुनने के लिए प्रस्तुत होकर श्यामा एक चटाई खींचकर बैठ गयी। उसके सामने छोटी-सी बुद्ध प्रतिमा सागवान की सुन्दर मेज पर धूप के प्रतिबिम्ब में हँस रही थी। रामनिहाल कहने लगा—

"श्यामा! तुम्हारा कठोर व्रत, वैधव्य का आदर्श देखकर मेरे हृदय में विश्वास हुआ कि मनुष्य अपनी आशाओं का दमन कर सकता है किन्तु तुम्हारा अवलम्ब बड़ा दृढ़ है। तुम्हारे सामने बालकों का झुण्ड हँसता, खेलता, लड़ता, झगड़ता है और तुमने जैसे बहुत-सी देव-प्रतिमाएँ, शृंगार से सजाकर हृदय की कोठरी को मन्दिर बना दिया। किन्तु मुझको वह कहाँ मिलता। भारत के भिन्न-भिन्न प्रदेशों में, छोटा-मोटा व्यवसाय, नौकरी और पेट पालने की सुविधाओं को खोजता हुआ जब तुम्हारे घर में आया, तो मुझे विश्वास हुआ कि मैंने घर पाया। मैं जब से सार को जानने लगा, तभी से गृहहीन था। मेरा सन्दूक और ये थोड़े-सा सामान, जो मेरे उत्तराधिकार का अंश था, अपनी पीठ पर लादे हुए घूमता हूँ।

"मैं चतुर था, इतना चतुर जितना मनुष्य न होना चाहिए; क्योंकि मुझे विश्वास हो गया है कि मनुष्य अधिक चतुर बनकर अपने को अभागा मान लेता है और भगवान् की दया से वंचित हो जाता है।

"मेरी महत्त्वाकांक्षा, मेरे उन्नतिशील विचार मुझे बराबर दौड़ाते रहे। मैं अपनी कुशलता से अपने भाग्य को धोखा देता रहा। यह भी मेरा पेट भर देता था। कभी-कभी मुझे ऐसा मालूम होता कि यह दाँब बैठा कि मैं अपने आप पर विजयी हुआ और मैं सुखी होकर, सन्तुष्ट होकर चैन से संसार के एक कोने में बैठ जाऊँगा, किन्तु वह मृग-मरीचिका थी।

"मैं जिनके यहाँ नौकरी अब तक करता रहा, वे लोग बड़े ही सुशिक्षित और सज्जन हैं। मुझे मानते भी बहुत हैं। तुम्हारे यहाँ घर का-सा सुख है; किन्तु यह सब मुझे छोड़ना पड़ेगा ही।" इतनी बात कहकर रामनिहाल चुप हो गया।

"तो तुम काम की एक बात न कहोगे। व्यर्थ ही इतनी..." श्यामा और कुछ कहना चाहती थी कि उसे रोककर रामनिहाल कहने लगा—"तुमको मैं अपना शुभचिन्तक, मित्र और रक्षक समझता हूँ, फिर तुमसे न कहूँगा, तो यह भार कब तक ढोता रहूँगा? लो सुनो। यह चैत है न, हाँ ठीक! कार्तिक की पूर्णमा थी। मैं काम-काज से छुट्टी पाकर संध्या की शोभा देखने के लिए दशाश्वमेध घाट पर जाने के लिए तैयार था कि ब्रजकिशोर बाबू ने कहा—'तुम तो गंगा किनारे टहलने जाते ही हो। आज मेरे एक सम्बन्धी आ गये हैं, इन्हें भी एक बजरे पर बैठाकर घुमाते आओ, मुझे आज छुट्टी नहीं है।'

"मैंने स्वीकार कर लिया। ऑफिस में बैठा रहा, थोड़ी देर में भीतर से एक पुरुष के साथ एक सुन्दर स्त्री निकली और मैं समझ गया कि मुझे इन्हीं लोगों के साथ जाना होगा। ब्रजकिशोर बाबू ने कहा, 'मानमन्दिर घाट पर बजरा ठीक है।

निहाल आपके साथ जा रहे हैं। कोई असुविधा न होगी। इस समय मुझे क्षमा कीजिये। आवश्यक काम है।'

''पुरुष के मुँह पर की रेखाएँ कुछ तन गयीं। स्त्री ने कहा, अच्छा है। आप अपना काम कीजिये। हम लोग तब तक घूम आते हैं।'

''हम लोग मानमन्दिर पहुँचे। बजरे पर चाँदनी बिछी थी। पुरुष—'मोहन बाबू' जाकर ऊपर बैठ गये। पैड़ी लगी थी। मनोरमा को चढ़ने में जैसे डर लग रहा था। मैं बजरे के कोने पर खड़ा था। हाथ बढ़ाकर मैंने कहा, आप चली आएँ, कोई डर नहीं। उसने हाथ पकड़ लिया। ऊपर आते ही मेरे कान में धीरे से उसने कहा, 'मेरे पति पागल बनाये जा रहे हैं। कुछ-कुछ हैं भी तनिक सावधान रहियेगा। नाव की बात है।'

''मैंने कह दिया—'कोई चिन्ता नहीं', किन्तु ऊपर जाकर बैठ जाने पर भी मेरे कानों के समीप उस सुन्दर मुख का सुरभित निःश्वास अपनी अनुभूति दे रहा था। मैंने मन को शान्त किया। चाँदनी निकल आयी थी। घाट पर आकाश-दीप जल रहे थे और गंगा की धारा में भी छोटे-छोटे दीपक बहते हुए दिखाई देते थे।

''मोहन बाबू की बड़ी-बड़ी गोल आँखें और भी फैल गयीं। उन्होंने कहा, 'मनोरमा, देखो, इस दीपदान का क्या अर्थ है, तुम समझती हो?' 'गंगाजी की पूजा, और क्या?' मनोरमा ने कहा। 'यही तो मेरा और तुम्हारा मतभेद है। जीवन के लघु दीप को अनन्त की धारा में बहा देने का यह संकेत है। आह! कितनी सुन्दर कल्पना!' कहकर मोहन बाबू जैसे उच्छ्वासित हो उठे। उनकी शारीरिक चेतना मानसिक अनुभूति से मिलकर उत्तेजित हो उठी। मनोरमा ने मेरे कानों में धीरे से कहा, 'देखा न आपने!'

''मैं चकित हो रहा था। बजरा पंचगंगा घाट के समीप पहुँच गया था। तब हँसते हुए मनोरमा ने अपने पति से कहा, 'और यह बाँसों से जो टँगे हुए दीपक हैं, उन्हें आप क्या कहेंगे?'

''तुरन्त ही मोहन बाबू ने कहा, 'आकाश भी असीम है न। जीवन-दीप को उसी ओर जाने के लिए यह भी संकेत है।' फिर हाँफते हुए उन्होंने कहना आरम्भ किया—'तुम लोगों ने मुझे पागल समझ लिया है, यह मैं जानता हूँ। ओह! संसार की विश्वासघात की ठोकरों ने मेरे हृदय को विक्षिप्त बना दिया है। मुझे उससे विमुख कर दिया है। किसी ने मेरे मानसिक विप्लवों में मुझे सहायता नहीं दी। मैं ही सबके लिए मरा करूँ, यह अब मैं नहीं सह सकता। मुझे अकपट प्यार की आवश्यकता है। जीवन में वह कभी नहीं मिला! तुमने भी मनोरमा! तुमने भी, मुझे...'

''मनोरमा घबरा उठी थी। उसने कहा—'चुप रहिये, आपकी तबीयत बिगड़ रही है, शान्त हो जाइये!' 'क्यों शान्त हो जाऊँ? रामनिहाल को देखकर चुप रहूँ। वह जान जाए, इसमें मुझे कोई भय नहीं। तुम लोग छिपाकर सत्य को छलना क्यों बनाती हो?' मोहन बाबू के श्वासों की गति तीव्र हो उठी, मनोरमा ने हताश भाव से मेरी ओर देखा। वह चाँदनी रात में विशुद्ध प्रतिमा-सी निश्चेष्ट हो रही थी।

"मैंने सावधान होकर कहा, 'माँझी, अब घूम चलो।' कार्तिक की रात चाँदनी से शीतल हो चली थी। नाव मानमन्दिर की ओर घूम चली। मैं मोहन बाबू के मनोविकार के सम्बन्ध में सोच रहा था। कुछ देर चुप रहने के बाद मोहन बाबू अपने आप कहने लगे–

"ब्रजकिशोर को मैं पहचानता हूँ मनोरमा, उसने तुम्हारे साथ मिलकर जो षड्यन्त्र रचा है, मुझे पागल बना देने का जो उपाय हो रहा है, उसे मैं समझ रहा हूँ। आह! आप चुप न रहेंगे? मैं कहती हूँ न! यह व्यर्थ का सन्देह आप मन से निकाल दीजिये या मेरे लिए संखिया मँगा दीजिये। छुट्टी हो।

"स्वस्थ होकर बड़ी कोमलता से मोहन बाबू कहने लगे–'तुम्हारा अपमान होता है! सबके सामने मुझे ये बातें न कहनी चाहिए। यह मेरा अपराध है। मुझे क्षमा करो, मनोरमा!' सचमुच मनोरमा के कोमल चरण मोहन बाबू के हाथ में थे! वह पैर छुड़ाती हुई पीछे खिसकी। मेरे शरीर से उसका स्पर्श हो गया। वह क्षुब्ध और संकोच में ऊभ-चूभ रमणी जैसे किसी का आश्रय पाने के लिए व्याकुल हो गयी थी। मनोरमा ने दीनता से मेरी ओर देखते हुए कहा, 'आप देखते हैं?'

"सचमुच मैं देख रहा था। गंगा की घोर धारा पर बजरा फिसल रहा था। नक्षत्र बिखर रहे थे और एक सुन्दरी युवती मेरा आश्रय खोज रही थी। अपनी सब लज्जा और अपमान लेकर वह दुर्बल सन्देह-भार से पीड़ित स्त्री तब कहती थी कि 'आप देखते हैं न' तब वह मानो मुझसे प्रार्थना करती थी कि कुछ मत देखो, मेरा व्यंग्य-उपहास देखने की वस्तु नहीं।

"मैं चुप था। घाट पर बजरा लगा। फिर वह युवती मेरा हाथ पकड़कर पैड़ी पर से सम्हलती हुई उतरी। और मैंने एक बार न जाने क्यों धृष्टता से मन में सोचा कि 'मैं धन्य हूँ।' मोहन बाबू ऊपर चढ़ने लगे। मैं मनोरमा के पीछे-पीछे था। अपने पर भारी बोझ डालकर धीरे-धीरे सीढ़ियों पर चढ़ रहा था।

"उसने धीरे से मुझसे कहा, 'रामनिहालजी, मेरी विपत्ति में आप सहायता न कीजियेगा!' मैं अवाक् था।"

श्यामा ने एक बार गहरी दृष्टि से रामनिहाल को देखा। वह चुप हो गया। श्यामा ने आज्ञा भरे स्वर में कहा, "हाँ, और भी कुछ है?"

"वही कहो न!"

"कहता हूँ–मुझे धीरे-धीरे मालूम हुआ कि ब्रजकिशोर बाबू यह चाहते हैं कि मोहनलाल अदालत में पागल मान लिये जायें और ब्रजकिशोर उनकी सम्पत्ति के प्रबन्धक बना दिये जायें, क्योंकि वे ही मोहनलाल के निकट सम्बन्धी थे। भगवान् जाने इसमें क्या रहस्य है, किन्तु संसार तो दूसरा को मूर्ख बनाने के व्यवसाय पर चल रहा है। मोहन अपने सन्देह के कारण पूरा पागल बन गया है। तुम जो यह चिट्ठियों का बंडल देख रही हो, मनोरमा का है।"

रामनिहाल फिर रुक गया। श्यामा ने फिर तीखी दृष्टि से उसकी ओर देखा। रामनिहाल कहने लगा, "तुमको भी सन्देह हो रहा है। सो ठीक है। मुझे भी कुछ सन्देह हो रहा है, मनोरमा क्यों मुझे इस समय बुला रही है।"

अब श्यामा ने हँसकर कहा, "तो क्या तुम समझते हो कि मनोरमा तुमको प्यार करती है और यह दुश्चरित्रा है? छिः रामनिहाल, यह तुम क्यों सोच रहे हो? देखूँ तो, तुम्हारे हाथ में यह कौन-सा चित्र है, क्या मनोरमा का ही?" कहते-कहते श्यामा ने रामनिहाल के हाथ से चित्र ले लिया। उसने आश्चर्य-भरे स्वर में कहा, "अरे यह तो मेरा ही है? तो क्या तुम मुझसे प्रेम करने का लड़कपन करते हो? यह अच्छी फाँसी लगी है तुमको। मनोरमा तुमको प्यार करती है और तुम मुझको। मन के विनोद के लिए तुमने अच्छा साधन जुटाया है। तभी कायरों की तरह यहाँ से बोरिया-बँधना लेकर भागने की तैयारी कर ली है!"

रामनिहाल हतबुद्धि अपराधी-सा श्यामा को देखने लगा। जैसे उसे कहीं भागने की राह न हो। श्यामा दृढ़ स्वर में कहने लगी—

"निहाल बाबू! प्यार करना बड़ा कठिन है। तुम इस खेल को नहीं जानते। इसके चक्कर में पड़ना भी मत। एक दुखिया स्त्री तुमको अपनी सहायता के लिए बुला रही है। जाओ, उसकी सहायता करके लौट आओ। तुम्हारा सामान यहीं रहेगा। तुमको अभी यहीं रहना होगा, समझे! अभी तुमको मेरी संरक्षता की आवश्यकता है। उठो, नहा-धो लो। जो ट्रेन मिले, उससे पटना जाकर ब्रजकिशोर की चालाकियों से मनोरमा की रक्षा करो और फिर मेरे यहाँ चले आना। यह सब तुम्हारा भ्रम था। सन्देह था।"

रामनिहाल धीरे से उठकर नहाने चला गया।

❑

भीख में

खपरैल दालान में कम्बल पर मिन्ना के साथ बैठा हुआ ब्रजराज मन लगाकर बातें कर रहा था। सामने ताल में कमल खिल रहे थे। उस पर से भीनी-भीनी महक लिये हुए पवन धीरे-धीरे उस झोंपड़ी में आता और चला जाता था।

"माँ कहती थी..." मिन्ना ने कमल की केसरों को बिखराते हुए कहा।

"क्या कहती थीं?"

"बाबूजी परदेश जायेंगे। तेरे लिए नेपाली टट्टू लायेंगे।"

"तू घोड़े पर चढ़ेगा कि टट्टू पर? पागल कहीं का!"

"नहीं, मैं टट्टू पर चढ़ूँगा। वह गिरता नहीं।"

"क्यों नहीं जाओगे? ऊँ-ऊँ-ऊँ, मैं अब रोता हूँ।"

"अच्छा, पहले यह बताओ कि जब तुम कमाने लगोगे, तो हमारे लिएक्या लाओगे?"

"खूब ढेर-सा रुपया", कहकर मिन्ना ने अपना छोटा-सा हाथ जितना ऊँचा हो सकता था, उठा दिया।

"सब रुपया मुझको ही दोगे न!"

"नहीं, माँ को भी दूँगा।"

"मुझको कितना दोगे?"

"थैली-भर!"

"और माँ को?"

"वही बड़ी काठवाली सन्दूक में जितना भरेगा।"

"तब फिर माँ से कहो; वही नेपाली टट्टू ला देगी।"

मिन्ना ने झुँझलाकर ब्रजराज को ही टट्टू बना लिया। उसी के कंधों पर चढ़कर अपनी साध मिटाने लगा। भीतर दरवाजे में से इन्दो झाँककर पिता-पुत्र का विनोद देख रही थी। उसने कहा, "मिन्ना! यह टट्टू बड़ा अड़ियल है।"

ब्रजराज को यह विसंवादी स्वर की-सी हँसी खटकने लगी। आज ही सवेरे इन्दो से कड़ी फटकार सुनी थी। इन्दो अपने गृहिणी-पद की मर्यादा के अनुसार जब दो-चार खरी-खोटी सुना देती, तो उसका मन विरक्ति से भर जाता। मिन्ना के साथ

खेलने में झगड़ा करने में और सलाह करने में ही संसार की पूर्ण भावमयी उपस्थिति हो जाती, फिर कुछ और करने की आवश्यकता ही क्या है? यही बात उसकी समझ में नहीं आती। रोटी-बिना भूखे मरने की सम्भावना न थी। किन्तु इन्दो को उतने ही से सन्तोष नहीं। इधर ब्रजराज को निठल्ले बैठे हुए मालो के साथ कभी-कभी चुहल करते देखकर तो वह और भी जल उठती। ब्रजराज यह सब समझता हुआ भी अनजान बन रहा था। उसे तो अपनी खपरैल में मिन्ना के साथ सन्तोष-ही-सन्तोष था; किन्तु आज वह न जाने क्यों भिन्ना उठा।

मिन्ना घबरा उठा था। यह तो बातों का नया ढंग था। वह समझ न सका, उसने कह दिया—"हाँ, कर सकते हैं।"

"चल, देख लिया। ऐसे ही करनेवाले!" कहकर जोर से किवाड़ बन्द करती हुई इन्दो चली गयी। ब्रजराज के हृदय में विरक्ति चमकी। बिजली की तरह कौंध उठी। घृणा उसे अपने अस्तित्व पर संदेह हुआ! वह पुरुष है या नहीं? इतना कशाघात! इतना संदेह और चतुर संचालन! उसका मन घर से विद्रोही हो रहा था। आज तक बड़ी सावधानी से कुशल महाजन की तरह वह अपना सूद बढ़ाता रहा। कभी स्नेह का प्रतिदान लेकर उसने इन्दो को हल्का नहीं होने दिया था। इसी घड़ी सूद-दर-सूद लेने के लिए उसने विरक्ति की थैली का मुँह खोल दिया।

मिन्ना को एक बार गोद में चिपकाकर वह खड़ा हो गया। जब गाँव के लोग हलों को कंधों पर लिए घर लौट रहे थे, उसी समय ब्रजराज ने घर छोड़ने का निश्चय कर लिया।

जालंधर से जो सड़क ज्वालामुखी को जाती है, उस पर इसी साल से एक सिक्ख पेंशनर ने लारी चलाना आरम्भ किया। उसका ड्राइवर कलकत्ते से सीखा हुआ फुर्तीला आदमी है। सीधे-सादे देहाती उछल पड़े। जिनकी मनौती कई साल से की थी, बैल-गाड़ी की यात्रा के कारण जो अब तक टाल-मटोल करते थे, वे उत्साह से भरकर ज्वालामुखी के दर्शन के लिए प्रस्तुत होने लगे।

गोटेदार ओढ़नियों, अच्छी काट की सलवारों, किमख्वाब की झकाझक सदरियों की बहार आये दिन उसकी लारी में दिखलाई पड़ती। किन्तु वह मशीन का प्रेमी ड्राइवर किसी की ओर देखता नहीं। अपनी मोटर, उसका हॉर्न, ब्रेक और मडगार्ड पर उसका मन टिक रहता। चक्का हाथ में लिये हुए जब उस पहाड़ी-प्रान्त में वह अपनी लारी चलाता, तो अपनी धुन में मस्त किसी की ओर देखने का एक लौटा। हाँ, बैठने की जगह में जो छिपा हुआ बक्स था, उसी में कुल रुपये-पैसे बचाकर वह फेंकता जाता। किसी पहाड़ी पर ऊँचे वृक्षों से लिपटी हुई जंगली गुलाब की लता को वह देखना नहीं चाहता। उसकी कोसों तक फैलनेवाली सुगन्ध ब्रजराज के मन को मथ देती; परन्तु वह शीघ्र ही अपनी लारी में मन को उलझा देता और तब निर्विकार भाव से उस जनबिरल प्रान्त में लारी की चाल तीव्र कर देता। इसी तरह कई बरस बीत गये।

बूढ़ा सिख उससे बहुत प्रसन्न रहता; क्योंकि ड्राइवर कभी बीड़ी-तमाखू नहीं पीता और किसी काम में व्यर्थ पैसा खर्च नहीं करता। उस दिन बादल उमड़ रहे थे। थोड़ी-थोड़ी झीसी पड़ रही थी। वह अपनी लारी दौड़ाये पहाड़ी प्रदेश के बीचो-बीच निर्जन सड़क पर चला जा रहा था, कहीं-कहीं दो-चार घरों के गाँव दिखाई पड़ते थे। आज उसकी लारी में भीड़ नहीं थी। सिख पेंशनर की जान-पहचान का एक परिवार उस दिन ज्वालामुखी का दर्शन करने को जा रहा था। उन लोगों ने पूरी लारी भाड़े पर ली थी, किन्तु अभी तक उसे यह जानने की आवश्यकता न हुई थी कि उसमें कितने आदमी थे। उसे इंजिन में पानी की कमी मालूम हुई कि लारी रोक दी गयी। ब्रजराज बाल्टी लेकर पानी लेने गया। उसे पानी लाते देखकर लारी के यात्रियों को भी प्यास लग गयी। सिख ने कहा—

"ब्रजराज! इन लोगों को भी पानी दे देना।"

जब बाल्टी लिये हुए वह यात्रियों की ओर गया, तो उसको भ्रम हुआ कि जो सुन्दरी स्त्री पानी के लिए लोटा बढ़ा रही है, वह कुछ पहचानी-सी है। उसने लोटे में पानी उँड़ेलते हुए अन्यमनस्क की तरह कुछ जल गिरा भी दिया, जिससे स्त्री को ओढ़नी का कुछ अंश भींग गया। यात्री ने झिड़ककर कहा—

"भाई, जरा देखकर।"

किन्तु वह स्त्री भी उसे कनखियों से देख रही थी। 'ब्रजराज'! शब्द उसके भी कानों में गूँज उठा था। ब्रजराज अपनी सीट पर बैठा।

बूढ़े सिख और यात्री दोनों को ही उसका यह व्यवहार अशिष्ट-सा मालूम हुआ; पर कोई कुछ बोला नहीं। लारी चलने लगी, काँगड़ा की तराई का यह पहाड़ी दृश्य, चित्रपटों की तरह क्षण-क्षण पर बदल रहा था। उधर ब्रजराज की आँखें कुछ दूसरे ही दृश्य देख रही थीं।

गाँव का वह ताल, जिसमें कमल खिल रहे थे, मिन्ना के निर्मल प्यार की तरह तरंगायित हो रहा था और उस प्यार में विश्राम की लालसा, बीच-बीच में उसे देखते ही मालती का पैर के अँगूठों के चाँदी के मोटे छल्लों को खटखटाना, सहसा उसकी स्त्री का सन्दिग्ध भाव से उसको बाहर भेजने की प्रेरणा, साधारण जीवन में बालक के प्यार से जो सुख और सन्तोष उसे मिल रहा था, वह भी दिन गया; क्यों सन्देह न हो! इन्दो को विश्वास हो चला था कि ब्रजराज मालो को प्यार करता है और गाँव में एक ही सुन्दरी, चंचल, हँसमुख और मनचली भी थी, उसका ब्याह नहीं हुआ था। हाँ, वही तो मालो? और यह ओढ़नीवाली! ऐं, पंजाबी में? असम्भव! नहीं तो वही है—ठीक-ठीक वही है। वह चक्का पकड़े हुए पीछे घूमकर अपनी स्मृतिधारा पर विश्वास कर लेना चाहता था। ओह! कितनी भूली हुई बातें इस मुख ने स्मरण दिला दीं। वहीं तो—वह अपने को न रोक सका। पीछे घूम ही पड़ा और देखने लगा।

लारी टकरा गई एक वृक्ष से। कुछ अधिक हानि न होने पर भी, किसी

को कहीं चोट न लगने पर भी सिख झल्ला उठा। ब्रजराज भी फिर लारी पर न चढ़ा। किसी को किसी से सहानुभूति नहीं। तनिक-सी भूल भी कोई सह नहीं सकता, यही न! ब्रजराज ने सोचा कि मैं भी क्यों न रूठ जाऊँ? उसने नौकरी को नमस्कार किया।

ब्रजराज को वैराग्य हो गया हो, सो तो बात नहीं। हाँ, उसे ग्रार्हस्थ्य-जीवन के सुख के आरम्भ में ही ठोकर लगी। उसकी सीधी-सादी गृहस्थी में कोई विशेष आनन्द न था। केवल मिन्ना की अटपटी बातों से और राह चलते-चलते कभी-कभी मालती की चुहल से, हलके शरबत में, दो बूँद हरे नीबू के रस की-सी सुगन्ध तरावट मिल जाती थी।

वह सब गया, इधर कलकत्ते के कोलाहल में रहकर उसने ड्राइवरी सीखी। पहाड़ियों की गोद में उसे एक प्रकार की शान्ति मिली। दो-चार घरों के छोटे-छोटे-से गाँवों को देखकर मन में विरागपूर्ण दुलार होता था। वह अपनी लारी पर बैठा हुआ उपेक्षा से एक दृष्टि डालता हुआ निकल जाता। तब वह अपने गाँव से मानो प्रत्यक्ष रूप से प्रतिशोध ले लेता; किन्तु नौकरी छोड़कर वह क्या जाने कैसा हो गया। ज्वालामुखी के समीप ही पंडों की बस्ती में जाकर रहने लगा।

पास में कुछ रुपये बचे थे। उन्हें वह धीरे-धीरे खर्च करने लगा। उधर उसके मन का निश्चिन्त भाव और शरीर का बल धीरे-धीरे क्षीण होने लगा। कोई कहता, तो उसका काम कर देता; पर उसके बदले में पैसा न लेता। लोग कहते—बड़ा भलामानुस है, उससे बहुत-से लोगों की मित्रता हो गयी। उसका दिन ढलने लगा। वह घर की कभी चिन्ता न करता। हाँ, भूलने का प्रयत्न करता; किन्तु मिन्ना? फिर सोचता 'अब बड़ा हो गया होगा ही, जिसने मुझे काम करने के लिए परदेश भेज दिया, वह मिन्ना को ठीक कर लेगी। खेती-बारी से काम चल ही जायेगा। मैं ही गृहस्थी में अतिरिक्त व्यक्ति था और मालती! न, न! पहले उसके कारण संदिग्ध बनकर मुझे घर छोड़ना पड़ा। उसी का फिर से स्मरण करते ही मैं नौकरी से छुड़ाया गया। कहाँ से उस दिन मुझे फिर उसका सन्देह हुआ। वह पंजाब में कहाँ आती! उसका नाम भी न लूँ!'

''इन्दो तो मुझे परदेश भेजकर सुख से नींद लेगी ही।''

पर यह नशा दो ही तीन बरसों में उखड़ गया। इस अर्थयुग में सब संबल जिसका है, वही उठकर बोल गया। आज ब्रजराज अकिंचन कंगाल था। आज ही से उसे भीख माँगनी चाहिए। नौकरी न करेगा। हाँ, भीख माँग लेगा। किसी का काम कर देगा, तो यह देगा वह अपनी भीख। उसकी मानसिक धारा इसी तरह चल रही थी।

वह आज सवेरे ही मन्दिर के समीप जा बैठा। आज उसके हृदय से भी वैसी ही एक ज्वाला भक से निकलकर बुझ जाती है और कभी विलम्ब तक लपलपाती रहती है; किन्तु कभी उसकी ओर कोई नहीं देखता और उधर तो यात्रियों के झुंड जा रहे थे।

चैत्र का महीना था। आज बहुत-से यात्री आये थे। उसने भी भीख के लिए

हाथ फैलाया। एक सज्जन गोद में छोटा-सा बालक लिए आगे बढ़ गये, पीछे एक सुन्दरी अपनी ओढ़नी सम्हालती हुई क्षणभर के लिए रुक गयी थी। स्त्रियाँ स्वभाव की कोमल होती हैं। पहली ही बार पसारा हुआ हाथ खाली न रह जाए, इसी से ब्रजराज ने सुन्दरी से याचना की।

वह खड़ी हो गयी। उसने पूछा, "क्या तुम अब लारी नहीं चलाते?"

अरे, यह तो ठीक मालती का-सा स्वर!

हाथ बटोरकर ब्रजराज ने कहा, "कौन, मालो?"

"तो यह तुम्हीं हो, ब्रजराज!"

"हाँ तो", कहकर ब्रजराज ने एक लम्बी साँस ली।

मालती खड़ी रही। उसने कहा, "भीख माँगते हो?"

"हाँ, पहले मैं सुख भिखारी था। थोड़ा-सा मिन्ना का स्नेह, इन्दो का प्रणय, दस-पाँच बीघों की कामचलाऊ उपज और कहे जानेवाले मित्रों की चिकनी-चुपड़ी बातों से संतोष की भीख माँगकर अपने चिथड़ों में बाँधकर मैं सुखी बन रहा था। कंगाल की तरह जन-कोलाहल् से दूर एक कोने में उसे अपनी छाती से लगाये पड़ा था; किन्तु तुमने बीच में थोड़ा-सा प्रसन्नविनोद मेरे ऊपर ढाल दिया, वही तो मेरे लिए..."

"ओहो, पागल इन्दो! मुझ पर सन्देह करने लगी। तुम्हारे चले आने पर मुझसे कई बार लड़ी भी। मैं तो अब यहाँ आ गयी हूँ।" कहते-कहते वह भय से आगे चले जानेवाले सज्जन को देखने लगी।

"तो वह तुम्हारा ही बच्चा है न! अच्छा-अच्छा!" 'हूँ' कहती हुई मालो ने कुछ निकाला उसे देने के लिए। ब्रजराज ने कहा, "मालो! तुम जाओ। देखो, वह तुम्हारे पति आ रहे हैं!" बच्चे को गोद में लिये हुए मालो के पंजाबी पति लौट आये। मालती उस समय अन्यमनस्क, क्षुब्ध और चंचल हो रही थी। उसके मुँह पर क्षोभ, भय और कुतूहल से मिली हुई करुणा थी। पति ने डाँटकर पूछा, "क्यों, वह भिखमंगा तंग कर रहा था?"

पंडाजी की ओर घूमकर मालो के पति न कहा, "ऐसे उचक्कों को आप लोग मन्दिर के पास बैठने देते हैं!"

धनी जजमान का अपमान भला वह पंडा कैसे सहता! उसने ब्रजराज का हाथ पकड़कर घसीटते हुए कहा—

"उठ बे, यहाँ फिर दिखाई पड़ा, तो तेरी टाँग ही लँगड़ी कर दूँगा!"

बेचारा ब्रजराज यहाँ धक्के खाकर सोचने लगा, फिर मालती! क्या सचमुच मैं ने कभी उससे कुछ...और मेरा दुर्भाग्य! यही तो आज तक अयाचित भाव से वह देती आयी है। आज उसने पहले दिन भीख में भी वही दिया।

❑

चित्रवाले पत्थर

मैं 'संगमहाल' का कर्मचारी था। उन दिनों मुझे विंध्य शैल-माला के एक उजाड़ स्थान में सरकारी काम से जाना पड़ा। भयानक वन-खंड के बीच पहाड़ी से हटकर एक छोटी-सी डाक बँगलिया थी। मैं उसी में ठहरा हुआ था। वहीं की एक पहाड़ी में एक प्रकार का रंगीन पत्थर निकला था। मैं उनकी जाँच करने और तब तक पत्थर की कटाई बन्द करने के लिए वहाँ गया था। उस झाड़-खंड में छोटी-सी सन्दूक की तरह मनुष्य-जीवन की रक्षा के लिए बनी हुई बँगलिया मुझे विलक्षण मालूम हुई; क्योंकि वहाँ पर प्रकृति की निर्जन शून्यता, पथरीली चट्टानों से टकराती हुई हवा के झोंके के दीर्घ-निःश्वास उस रात्रि में मुझे सोने न देते थे। मैं छोटी-सी खिड़की से सिर निकालकर जब कभी उस सृष्टि के खँडहर को देखने लगता, तो भय और उद्वेग मेरे मन पर इतना बोझ डालते कि मैं कहानियों में पढ़ी हुई अतिरंजित घटनाओं की संभवाना से ठीक संकुचित होकर भीतर अपने तकिये पर पड़ा रहता था। अंतरिक्ष के गह्वर में न जाने कितनी ही आश्चर्यजनक लीलाएँ करके मानवी आत्माओं ने अपना निवास बना लिया है। मैं कभी-कभी आवेश में सोचता कि भत्ते के लोभ में मैं ही क्यों यहाँ चला आया? क्या वैसी ही कोई अद्‌भुत घटना होने वाली है? मैं फिर जब अपने साथी नौकर की ओर देखता, तो मुझे साहस हो जाता और क्षण-भर के लिए स्वस्थ होकर नींद को बुलाने लगता; किन्तु कहाँ वह तो सपना हो रही थी।

रात कट गयी। मुझे कुछ झपकी आने लगी। किसी ने बाहर से द्वार खटखटाया और मैं घबरा उठा। खिड़की खुली हुई थी। पूरब की पहाड़ी के ऊपर आकाश में लाली फैल रही थी। मैं निडर होकर बोला—''कौन है? इधर खिड़की के पास आओ।''

जो व्यक्ति मेरे पास आया, उसे देखकर मैं दंग रह गया। कभी वह सुन्दर रहा होगा; किन्तु आज तो उसके अंग-अंग से, मुँह की एक-एक रेखा से उदासीनता और कुरूपता टपक रही थी। आँखें गड्ढे में जलते हुए अंगारे की तरह धक्-धक् कर रही थीं। उसने कहा, ''मुझे कुछ खिलाओ।''

मैंने मन-ही-मन सोचा कि यह आपत्ति कहाँ से आयी! वह भी रात बीत जाने पर! मैंने कहा, ''भले आदमी! तुमको इतने सबेरे भूख लग गयी?''

उसकी दाढ़ी और मूँछों के भीतर छिपी हुई दाँतों की पंक्ति रगड़ उठी। वह हँसी थी या थी किसी कोने की मर्मान्तक पीड़ा की अभिव्यक्ति, कह नहीं सकता। वह कहने लगा—''व्यवहार-कुशल मनुष्य संसार के भाग्य से उसकी रक्षा के लिए बहुत थोड़े से उत्पन्न होते हैं। वे भूखे पर संदेह करते हैं। एक पैसा देने के साथ नौकर से कह देते हैं, देखो इसे चना दिला देना। वह समझते हैं, एक पैसे की मलाई से पेट न भरेगा। तुम ऐसे ही व्यवहार-कुशल मनुष्य हो। जानते हो कि भूखे को कब भूख लगनी चाहिए। जब तुम्हारी मनुष्यता स्वाँग बनाती है, तो अपने पशु पर देवता की खाल चढ़ा देती है और स्वयं दूर खड़ी हो जाती है।'' मैंने सोचा कि यह दार्शनिक भिखमंगा है और कहा, ''अच्छा, बाहर बैठो।''

बहुत शीघ्रता करने पर भी नौकर के उठने और उसके लिए भोजन बनाने में घण्टों लग गये। जब मैं नहा-धोकर पूजा-पाठ से निवृत्त होकर लौटा, तो वह मनुष्य एकान्त मन से अपने खाने पर जुटा हुआ था। अब मैं उसकी प्रतीक्षा करने लगा। वह भोजन समाप्त करके जब मेरे पास आया, तो मैंने पूछा, ''तुम यहाँ क्या कर रहे थे?'' उसने स्थिर दृष्टि से एक बार मेरी ओर देखकर कहा, ''बस, इतना ही पूछियेगा या और भी कुछ?'' मुझे हँसी आ गयी। मैंने कहा, ''मुझे अभी दो घण्टे का अवसर है। तुम जो कुछ कहना चाहो, कहो।''

वह कहने लगा—

''मेरे जीवन में उस दिन अनुभूतिमयी सरसता का संचार हुआ, मेरी छाती में कुसुमाकर की वनस्थली अंकुरित, पल्लवित, कुसुमित होकर सौरभ का प्रसार करने लगी। ब्याह के निमन्त्रण में मैंने देखा उसे, जिसे देखने के लिए ही मेरा जन्म हुआ था। वह थी मंगला की यौवनमयी ऊषा। सारा संसार उन कपोलों की अरुणिमा की गुलाबी छटा के नीचे मधुर विश्राम करने लगा। वह मादकता विलक्षण थी। मंगला के अंग-कुसुम से मकरन्द छलका पड़ता था। मेरी धवल आँखें उसे देखकर ही गुलाबी होने लगीं।

''ब्याह की भीड़भाड़ में इस ओर ध्यान देने की किसको आवश्यकता थी, किन्तु हम दोनों को भी दूसरी ओर देखने का अवकाश नहीं था। सामना हुआ और एक घूँट। आँखें चढ़ जाती थीं। अधर मुस्कराकर खिल जाते और हृदय-पिण्ड पारद के समान, वसन्तकालीन चल-दल-किसलय की तरह काँप उठता।

देखते-ही-देखते उत्सव समाप्त हो गया। सब लोग अपने-अपने घर चलने की तैयारी करने लगे; परन्तु मेरा पैर तो उठता ही न था। मैं अपनी गठरी जितनी ही बाँधता, वह खुल जाती। मालूम होता था कि कुछ छूट गया है। मंगला ने कहा, ''मुरली, तुम भी जाते हो?''

''जाऊँगा ही, तो भी तुम जैसा कहो।''

''अच्छा, तो फिर कितने दिनों में आओगे?''

''यह तो भाग्य जाने!''

"अच्छी बात है" वह जाड़े की रात के समान ठण्डे स्वर में बोली। मेरे मन को ठेस लगी। मैंने भी सोचा कि यहाँ क्यों ठहरूँ? चल देने का निश्चय किया। फिर भी रात तो बितानी ही पड़ी। जाते हुए अतिथि को थोड़ा और ठहरने के लिए कहने से कोई भी चतुर गृहस्थ नहीं चूकता। मंगला की माँ ने कहा और मैं रात-भर ठहर गया; पर जागकर रात बीती। मंगला ने चलने के समय कहा, "अच्छा तो—" इसके बाद नमस्कार के लिए दोनों सुन्दर हाथ जुड़ गये। चिढ़कर मन-ही-मन मैंने कहा—यही अच्छा है, तो बुरा ही क्या है? मैं चल पड़ा। कहाँ—घर नहीं! कहीं और! मेरी कोई खोज लेने वाला न था।

मैं चला जा रहा था। कहाँ जाने के लिए, यह न बताऊँगा। वहाँ पहुँचने पर संध्या हो गयी। चारों ओर वनस्थली साँय-साँय करने लगी। थका भी था, रात को पाला पड़ने की सम्भावना थी। किस छाया में बैठता? सोच-बिचारकर मैं सूखी झाड़ियों से झोंपड़ी बनाने लगा। लतरों को काटकर उस पर छाजन हुई। रात को बहुत-सा अंश बीत चुका था। परिश्रम की तुलना में विश्राम कहाँ मिलता! प्रभात होने पर आगे बढ़ने की इच्छा न हुई। झोंपड़ी की कमी न थी। पास ही नाले की मिट्टी भी चिकनी थी। आगे बढ़कर नदी-तट से मुझे नाला ही अच्छा लगा। दूसरे दिन से झोंपड़ी उजाड़कर अच्छी-सी कोठरी बनाने की धुन लगी। अहेर से पेट भरता और घर बनाता। कुछ ही दिनों में वह बन गया। जब घर बन चुका, तो मेरा मन उचटने लगा। घर की ममता और उसके प्रति छिपा हुआ अविश्वास दोनों का युद्ध मन में हुआ। मैं जाने की बात सोचता, फिर ममता कहती कि विश्राम करो। अपना परिश्रम था, छोड़ न सका। इसका और भी कारण था। समीप ही सफेट चट्टानों पर जलधारा के लहरीले प्रवाह में कितना संगीत था! चाँदनी में बह कितना सुन्दर हो जाता है! जैसे इस पृथ्वी का छाया-पथ। मेरी उस झोंपड़ी से उसका सब रूप दिखाई पड़ता था न! मैं उसे देखकर सन्तोष का जीवन बिताने लगा। वह मेरे जीवन के सब रहस्यों की प्रतिमा थी। कभी उसे मैं आँसू की धारा समझता, जिसे निराश प्रेमी अपने आराध्य की कठोर छाती पर व्यर्थ ढुलकाता हो। कभी उसे अपने जीवन की तरह निर्मम संसार की कठोरता पर छटपटाते हुए देखता। दूसरे का दुःख देखकर मनुष्य को सन्तोष होता ही है। मैं भी वहीं पड़ा जीवन बिताने लगा।

कभी सोचता कि मैं क्यों पागल हो गया! उस स्त्री के सौंदर्य ने क्यों अपना प्रभाव मेरे हृदय पर जमा लिया? विधवा मंगला, वह गरल है या अमृत? अमृत है, तो उसमें इतनी ज्वाला क्यों है, ज्वाला है तो मैं जल क्यों नहीं गया? यौवन का विनोद! सौंदर्य की भ्रान्ति! वह क्या है? मेरा यही स्वाध्याय हो गया।

शरद-पूर्णिमा में बहुत-से लोग उस सुन्दर दृश्य को देखने के लिए दूर-दूर से आते। युवती और युवकों के रहस्यालाप करते हुए जोड़े, मित्रों की मंडलियाँ, परिवारों का दल, तृष्णा जगा जातीं, मैं उस रमणीय दृश्य का उपभोग न करके पलकों को

दबा लेता। कानों को बन्द कर लेता; क्यों? मंगला नहीं। और क्या एक दिन के लिए, एक क्षण के लिए मैं उस सुख का अधिकारी नहीं! विधाता का अभिशाप! मैं सोचता—अच्छा, दूसरों के ही साथ कभी वह शरद-पूर्णिमा के दृश्य को देखने के लिए क्यों नहीं आयी? क्या वह जानती है कि मैं यहीं हूँ? मैंने भी पूर्णिमा के दिन वहाँ जाना छोड़ दिया। और लोग जब वहाँ जाते, मैं न जाता। मैं रूठता था। यह मूर्खता थी मेरी! वहाँ किससे मान करता था मैं? उस दिन मैं नदी की ओर न जाने क्यों आकृष्ट हुआ।

मेरी नींद खुल गयी थी। चाँदनी रात का सवेरा था। अभी चन्द्रमा में फीका प्रकाश था। मैं वनस्थली की रहस्यमयी छाया को देखता हुआ नाले के किनारे-किनारे चलने लगा। नदी के संगम पर पहुँचकर सहसा एक जगह रुक गया। देखा कि वहाँ पर एक स्त्री और पुरुष शिला पर सो रहे हैं। वहाँ तक तो घूमनेवाले आते नहीं। मुझे कुतूहल हुआ। मैं वही स्नान करने के बहाने रुक गया। आलोक की किरणों से आँखें खुल गयीं। स्त्री ने गर्दन घुमकाकर धारा की ओर देखा। मैं सन्न रह गया। उसकी धोती साधारण और मैली थी। सिराहने एक छोटी-सी पोटली थी। पुरुष अभी सो रहा था। मेरी-उसकी आँखें मिल गयीं। मैंने तो पहचान लिया कि वह मंगला थी, उसने नहीं, उसे भ्रान्ति बनी रही। वह सिमटकर बैठ गयी। और मैं उसे जानकर भी अनजान बनते हुए देखकर मन-ही-मन कुढ़ गया। मैं धीरे-धीरे ऊपर चढ़ने लगा।

''सुनिये तो!'' मैंने घूमकर देखा कि मंगला पुकार रही है। वह पुरुष भी उठ बैठा है। मैं वहीं खड़ा रह गया। कुछ न बोलने पर भी मैं प्रश्न की प्रतीक्षा में यथास्थित रह गया। मंगला ने कहा, ''महाशय, कहीं रहने की जगह मिलेगी?''

''महाशय!'' ऐं! तो सचमुच मंगला ने मुझे नहीं पहचाना क्या? चलो अच्छा हुआ, मेरा चित्र भी बदल गया था। एकांतवास करते हुए और कठोर जीवन बिताते हुए जो रेखाएँ बन गयीं थी, वह मेरे मनोनुकूल ही हुईं। मन में क्रोध उमड़ रहा था, गला भर्राने लगा था। मैंने कहा, ''जगलों में क्या आप कोई धर्मशाला खोज रही हैं?'' वह कठोर व्यंग्य था। मंगला ने घायल होकर कहा, ''नहीं, कोई गुफा-कोई झोंपड़ी महाशय, धर्मशाला खोजने के लिए जंगल में क्यों आती?''

पुरुष कुछ कठोरता से सजग हो रहा था; किन्तु मैंने उसकी ओर न देखते हुए कहा, ''झोंपड़ी तो मेरी है, यदि विश्राम करना हो तो वहीं थोड़ी देर के लिए जगह मिल जायेगी।''

''थोड़ी देर के लिए सही। मंगला, उठो? क्या सोच रही हो? देखो, रात भर यहाँ पड़े-पड़े मेरी सब नसें अकड़ गयी हैं।'' पुरुष ने कहा। मैंने देखा कि वह कोई सुखी परिवार के प्यार में पला युवक है; परन्तु उसका रंग-रूप नष्ट हो गया है। कष्टों के कारण उसमें एक कटुता आ गयी है। मैंने कहा, ''तो फिर चलो, भाई!''

दोनों मेरे पीछे-पीछे चलकर झोंपड़ी में पहुँचे।

मंगला मुझे पहचान सकी कि नहीं, कह नहीं सकता। कितने बरस बीत गये। चार-पाँच दिनों की देखा-देखी। सम्भवतः मेरा चित्र उसकी आँखों में उतरते-उतरते किसी और छवि ने अपना आसन जमा लिया हो; किन्तु मैं कैसे भूल सकता था। धार पर और कोई था ही नहीं। जीवन जब किसी स्नेह छाया की खोज में आगे बढ़ा, तो मंगला का हरा-भरा यौवन और सौन्दर्य दिखाई पड़ा। वहीं रम गया। मैं भावना के अतिवाद में पड़कर निराश व्यक्ति-सा विरागी बन गया था उसी के लिए। यह मेरी भूल हो; पर मैं तो उसे स्वीकार कर चुका था।

हाँ, तो वह बाल-विधवा मंगला ही थी। और पुरुष! वह कौन है? यही मैं सोचता हुआ झोंपड़ी के बाहर साखू की छाया में बैठा हुआ था। झोंपड़ी में दोनों विश्राम कर रहे थे। उन लोगों ने हाथ-मुँह—धोकर कुछ जल पीकर सोना आरम्भ किया। सोने की होड़ लग रही थी। वे इतने थके वे कि दिन-भर उठने का नाम नहीं लिया। मैं दूसरे दिन धरा हुआ नमक लगा मांस का टुकड़ा निकालकर आग पर सेंकने की तैयारी में लगा, क्योंकि अब दिन ढल रहा था। मैं अपने तीर से आज एक पक्षी मार सका था। सोचा कि ये लोग भी कुछ माँग बैठें तब क्या दूँगा? मन में रोष की मात्रा कुछ न थी, फिर भी मंगला थी न!

कभी जो भूले-भटके पथिक उधर से आ निकलते, उनसे नमक और आटा मिल जाता था। मेरी झोंपड़ी में रात बिताने का किराया देकर लोग जाते। मुझे भी लालच लगा था! अच्छा, जाने दीजिये। वहाँ उस दिन जो कुछ बचा था, वह सब लेकर बैठा मैं भोजन बनाने।

मैं अपने पर झुँझलाता भी था और उन लोगों के लिए भोजन भी बनाता जाता था। विरोध के सहस्र फणों की छाया में न जाने दुलार कब से सो रहा था! वह जाग पड़ा।

जब सूर्य उन धवल शिलाओं पर बहती हुई जल-धारा को लाल बनाने लगा था, तब उन लोगों की आँखें खुलीं। मंगला ने मेरी सुलगायी हुई आग की शिखा को देखकर कहा, "आप क्या बना रहे हैं, भोजन तो क्या यहाँ पास में कुछ मिल सकेगा?" मैंने सिर हिलाकर 'नहीं' कहा। न जाने क्यों! पुरुष अभी अँगड़ाई ले रहा था। उसने कहा, "तब क्या होगा, मंगला?" मंगला हताश होकर बोली, "क्या करूँ?" मैंने कहा, "इसी में जो कुछ अटे-बँटे, वह खा-पीकर आप लोग विश्राम कीजिये न!"

पुरुष निकल आया। उसने सिंकी हुई बाटियाँ और मांस के टुकड़ों को देखकर कहा, "तब और चाहिए क्या? मैं तो आपको धन्यवाद दूँगा।" मंगला जैसे व्यथित होकर अपने साथी को देखने लगी; उसकी यह बात उसे अच्छी न लगी; किन्तु अब वह द्विविधा में पड़ गयी। वह चुपचाप खड़ी रही। पुरुष ने झिड़ककर कहा, "तो आओ मंगला! मेरा अंग टूट रहा है, देखो तो बोतली में आज भर के लिए तो बची है?"

जलती हुई आग के धुँधले प्रकाश में वन-भोज का प्रसंग छिड़ा। सभी बातों

पर मुझसे पूछा गया; पर शराब के लिए नहीं। मंगला को भी थोड़ी-सी मिली। मैं आश्चर्य से देख रहा था...मंगला का प्रगल्भ आचरण और पुरुष का निश्चिन्त शासन। दासी की तरह वह प्रत्येक बात मान लेने के लिए प्रस्तुत थी! और मैं तो जैसे किसी अद्‌भुत स्थिति में अपनेपन को भूल चुका था। क्रोध, क्षोभ और डाह सब जैसे मित्र बनने लगे थे। मन में एक विनीत प्यार—नहीं, आज्ञाकारिता-सी जग गयी थी।

पुरुष ने डटकर भोजन किया। तब एक बार मेरी ओर देखकर डकार ली। वही मानो मेरे लिए धन्यवाद था। मैं कुढ़ता हुआ भी वहीं साखू के नीचे आसन लगाने की बात सोचने लगा और पुरुष के साथ मंगला गहरी अँधियारी होने के पहले ही झोंपड़ी में चली गयी। मैं बुझती हुई आग को सुलगाने लगा। मन-ही-मन सोच रहा था, 'कल ही इन लोगों को यहाँ से चले जाना चाहिए। नहीं तो...' फिर नींद आ चली। रजनी की निस्तब्धता, टकराती हुई लहरों का कलनाद, विस्मृति में गीत की तरह कानों में गूँजने लगा।

दूसरे दिन मुझमें कोई कटुता का नाम नहीं, झिड़कने का साहस नहीं। आज्ञाकारी दास के समान मैं सविनय उनके सामने खड़ा हुआ।

''महाशय! कई मील तो जाना पड़ेगा, परन्तु थोड़ा-सा कष्ट कीजिये न।''

''कुछ समान खरीद लाइये आज''—मंगला को अधिक कहने का अवसर न देकर मैं उसके हाथ से रुपया लेकर चल पड़ा। मुझे न लौंदी बने में सुख प्रतीत हुआ और लीजिये, मैं उसी दिन से उनके आज्ञाकारी भृत्य की तरह अहेर कर लाता। मछली मारता। एक नाव पर दूर बाजार से आवश्यक सामग्री खरीद लाता। हाँ, उस पुरुष को मदिरा नित्य चाहिए। मैं उसका भी प्रबन्ध करता और यह सब प्रसन्नता के साथ। मनुष्य को जीवन में कुछ-न-कुछ काम करना चाहिए। वह मुझे मिल गया था। मैंने देखते-देखते एक छोटा-सा छप्पर अलग डाल दिया। प्याज-मेवा, जंगली शहद और फल-फूल सब जुटाता रहा। यह मेरा परिवर्तन निर्लिप्त भाव से मेरी आत्मा ने ग्रहण कर लिया। मंगला की उपासनी थी।

कई महीने बीत गये; किन्तु छविनाथ, यही उस पुरुष का नाम था, को भोजन करके मदिरा पिये पड़े रहने के अतिरिक्त कोई काम नही। मंगला की गाँठ खाली हो चली। जो दस-बीस रुपये थे वह सब खर्च हो गये, परन्तु छविनाथ की आनन्द-निद्रा टूटी नहीं। वह निरंकुश, स्वच्छ पान-भोजन में सन्तुष्ट व्यक्ति था। मंगला इधर कई दिनों से घबराई हुई दिखती थी; परन्तु मैं चुपचाप अपनी उपासना में निरत था। एक सुन्दर चाँदनी रात थी। सर्दी पड़ने लगी थी। वनस्थली सन्न-सन्न कर रही थी। मैं अपने छप्पर के नीचे दूर से आनेवाली नदी का सकलनाद सुन रहा था। मंगला सामने आकर खड़ी हो गयी। मैं चौंक उठा। उसने कहा, ''मुरली!'' मैं चुप रहा।

''बोलते क्यों नहीं?''

मैं फिर भी चुप रहा।

"ओह! तुम समझते हो कि मैं तुम्हें नहीं पहचानती। यह तुम्हारे बायें गाल पर जो दाढ़ी के पास चोट है, वह तुमको पहचानने से मुझे वंचित कर ले, ऐसा नहीं हो सकता। तुम मुरली हो! हो न! बोलो!"

"हाँ।" मुझसे कहते ही बना।

"अच्छा तो सुनो, मैं इस पशु से ऊब गयी हूँ और अब मेरे पास कुछ नहीं बचा। जो कुछ लेकर मैं घर से चली थी, वह सब खर्च हो गया।"

"तब?" मैंने विरक्त होकर कहा।

"यही कि मुझे यहाँ से ले चलो। वह जितनी शराब थी, सब पीकर आज बेसुध-सा है। मैं तुमको इतने दिनों तक भी पहचानकर क्यों नहीं बोली, जानते हो?"

"नहीं।"

"तुम्हारी परीक्षा ले रही थी। मुझे विश्वास हो गया कि तुम मेरे सच्चेचाहनेवाले हो।"

"इसकी भी परीक्षा कर ली थी तुमने?" मैंने व्यंग्य में कहा।

"उसे भूल जाओ। वह सब बड़ी दुःखद कथा है। मैं किस तरह घरवालों की सहायता से इसके साथ भागने के लिए बाध्य हुई, उसे सुनकर क्या करोगे? चलो, मैं भी चलना चाहती हूँ, स्त्री-जीवन की भूख कब जग जाती है, इसको कोई नहीं जानता; जान लेने पर तो उसको बहाली देना असम्भव है, उसी क्षण को पकड़ना पुरुषार्थ है।"

भयानक स्त्री! मेरा सिर चकराने लगा। मैंने कहा, "आज तो मेरे पैरों में पीड़ा है। मैं उठ नहीं सकता।" उसने मेरा पैर पकड़कर कहा, "कहाँ दुखता है, लाओ मैं दवा दूँ।" मेरे शरीर में बिजली-सी दौड़ गयी। पैर खींचकर कहा, "नहीं-नहीं, तुम जाओ; सो रहो, कल देखा जायेगा।"

"तुम डरते हो न?" यह कहकर उसने कमर में से छुरा निकाल लिया। मैंने कहा, "यह क्या?"

"अभी झगड़ा छुड़ाए देती हूँ।" यह कहकर झोंपड़ी की ओर चली। मैंने लपककर उसका हाथ पकड़ लिया और कहा, "आज ठहरो, मुझे सोच लेने दो।"

"सोच लो," कहकर छुरा कमर में रख वह झोंपड़ी में चली गयी। मैं हवाई हिंडोले पर चक्कर खाने लगा। स्त्री! यह स्त्री है? यही मंगला है, मेरे प्यार की अमूल्य निधि! मैं कैसा मूर्ख था! मेरी आँखों में नींद नहीं। सबेरा होने के पहले ही जब दोनों सो रहे थे, मैं अपने पथ पर दूर भागा जा रहा था।

कई बरस के बाद, जब मेरा मन उस भावना को भुला चुका था, तो धुली हुई शिला के समान स्वच्छ हो गया। मैं उसी पथ से लौटा। नाले के पस नदी की धारा के समीप खड़ा होकर देखने लगा। वह अभी उसी तरह शिला-शय्या पर छटपटा रही थी। हाँ, कुछ व्याकुलता बढ़-सी गयी थी। वहाँ बहुत-से पत्थर के छोटे-छोटे टुकड़े लुढ़कते हुए दिखाई पड़े, जो घिसकर अनेक आकृति धारण कर चुके थे। स्रोत से कुछ ऐसा परिवर्तन हुआ होगा। उनमें रंगीन चित्रों की छाया दिखाई पड़ी। मैंने कुछ

बटोरकर उनकी विचित्रता देखी, कुछ पास भी रख लिये। फिर ऊपर चला। अकस्मात् वहीं पर जा पहुँचा, जहाँ पर मेरी झोंपड़ी थी। उसकी सब कड़ियाँ बिखर गयी थीं। एक लड़की के टुकड़े पर लोहे की नोक से लिखा था—

''देवता छाया बना देते हैं। मनुष्य उसमें रहता है और मुझ-सी राक्षसी उसमें आश्रय पाकर भी उसे उजाड़कर ही फेंकती है।''

क्या यह मंगला का लिखा हुआ है? क्षण-भर के लिए सब बातें स्मरण हो आयीं। मैं नाले में उतरने लगा। वहीं पर यह पत्थर मिला।

''देखते हैं न बाबूजी!'' इतना कहकर मुरली ने एक बड़ा-सा और कुछ छोटे-छोटे पत्थर सामने रख दिये। वह फिर कहने लगा—''इसे घिसकर और भी साफ किये जाने पर वही चित्र दिखाई दे रहा है। एक स्त्री की धुँधली आकृति राक्षसी-सी! यह देखिये, छुरा है हाथ में, यह साखू का पेड़ है और यह हूँ मैं। थोड़ा-सा ही मेरे शरीर का भाग इसमें आ सका है। यह मेरी जीवनी का आंशिक चित्र है। मनुष्य का हृदय जाने किस सामग्री से बना है! वह जन्म-जन्मान्तर की बात स्मरण कर सकता है और एक क्षण में सब भूल सकता है; किन्तु जड़ पत्थर—उस पर तो जो रेखा बन गयी, सो बन गयी। वह कोई क्षण होता होगा, जिसमें अन्तरिक्ष-निवासी कोई देश क्षेत्र अपनी अन्तर्भेदिनी दृष्टि से देखता होगा और अपने अदृश्य करों से शून्य में में रंग आहरण करके वह चित्र बना देता है। इसे जितना घिसिये, रेखाएँ साफ होकर निकलेंगी। मैं भूल गया था। इसने मुझे स्मरण करा दिया। अब मैं इसे आपको देकर वह बात एक बार ही भूल जाना चाहता हूँ। छोटे पतरों से तो आप बटन इत्यादि बनाइये; पर यह बड़ा पत्थर आपकी चाँदी की पानवाली डिबिया पर ठीक बैठ जायेगा। यह मेरी भेंट है। इसे आप लेकर मेरे मन का बोझ हल्का कर दीजिये।''

मैं कहानी सुनने में तल्लीन था और वह मुरली धीरे से मेरी आँखों के सामने से खिसक गया। मेरे सामने उसके दिये हुए चित्रवाले पत्थर बिखरे पड़े रह गये।

उस दिन जितने लोग आये, मैंने उन पत्थरों को दिखलाया और पूछा कि ये कहाँ मिलते हैं? किसी ने कुछ ठीक-ठीक नहीं बतलाया। मैं कुछ काम न कर सका। मन उचट गया। तीसरे पहर कुछ दूर घूमकर जब घर लौट आया, तो देखा कि एक स्त्री मेरी बँगलिया के पास खड़ी है, उसका अस्त-व्यस्त भाव, उमत्त-सी तीव्र आँखें देखकर मुझे डर लगा। मैंने कहा, ''क्या है?'' उसने कुछ माँगने के लिए हाथ फैला दिया। मैंने कहा, ''भूखी हो क्या? भीतर आओ।'' वह भयाकुल और सशंक दृष्टि से मुझे देखती लौट पड़ी। मैंने कहा, ''लेती जाओ।'' किन्तु वह कब सुननेवाली थी।

चित्रवाला पत्थर सामने दिखाई पड़ा। मुझे तुरन्त ही स्त्री की आकृति का ध्यान हुआ; किन्तु जब तक उसे खोजने के लिए नौकर जाते, वह पहाड़ियों की संध्या की उदास छाया में छिप गयी थी।

❑

चित्र-मन्दिर

1

प्रकृति तब भी अपने निर्माण और विनाश में हँसती और रोती थी। पृथ्वी का पुरातन पर्वत विंध्य उसकी सृष्टि के विकास में सहायक था। प्राणियों का संचार उसकी गम्भीर हरियाली में बहुत धीरे-धीरे हो रहा था। मनुष्यों ने अपने हाथों को पृथ्वी से उठाकर अपने पैरों पर खड़े होने की सूचना दे दी थी। जीवन-देवता के आशीर्वाद-रश्मि उन्हें आलोक में आने के लिए आमन्त्रित कर चुकी थी।

यौवन-जल से भरी हुई कादम्बिनी-सी युवती नारी रीछ की खाल लपेटे एक वृक्ष की छाया में बैठी थी। उसके पास चकमक और सूखी लड़कियों का ढेर था। छोटे-छोटे हिरनों का झुण्ड उसी स्रोत के पास पीने के लिए आता। उन्हें पकड़ने की ताक में युवती बड़ी देर से बैठी थी; क्योंकि उस काल में भी शस्त्रों से आखेट नर ही करते थे और उनकी नारियाँ कभी-कभी छोटे-छोटे जन्तुओं को पकड़ लेने में अभ्यस्त हो रही थीं।

स्रोत में जल कम था। वन्य कुसुम धीरे-धीरे बहते हुए एक के बाद एक आकर माला की लड़ी बना रहे थे। युवती ने उनकी विलक्षण पंखुड़ियों को आश्चर्य से देखा, वे सुन्दर थे, किन्तु उसने इन्हें अपनी दो आरम्भिक आवश्कताओं—काम और भूख—से बाहर की वस्तु समझा। वह फिर हिरनों की प्रतीक्षा करने लगी। उनका झुण्ड आ रहा था। युवती की आँखें प्रलोभन की रंगभूमि बन रही थी। उसने अपनी ही भुजाओं से छाती दबाकर आनन्द और उल्लास का प्रदर्शन किया।

दूर से एक कूक सुनाई पड़ी और एक भद्दे फलवाला भाला लक्ष्य से चूककर उसके पास वृक्ष के तने में धँसकर रह गया। हाँ, भाले के धँसने पर वह जैसे न जाने क्या सोचकर पुलकित हो उठी। हिरन उसके समीप आ रहे थे; परन्तु उसकी भूख पर दूसरी प्रबल इच्छा विजयिनी हुई। पहाड़ी से उतरते हुए नर को वह संतृष्ण देखने लगी। नर अपने भाले के पीछे आ रहा था। नारी के अंग में कंप, पुलक और स्वेद का उद्‌गम हुआ।

हाँ, वही तो है, जिसने उस दिन भयानक रीछ को अपने प्रचण्ड बल से परास्त

किया था और उसी की खाल युवती आज लपेटे थी। कितनी ही बार तब से युवक और युवती की भेंट निर्जन कन्दराओं और लताओं के झुरमुट में हो चुकी थी। नारी के आकर्षण से खिंचा हआ वह युवा दूसरी शैलमाला से प्रायः इधर आया करता और तब उस जंगली जीवन में दोनों का सहयोग हुआ करता। आज नर ने देखा कि युवती की अन्यमनस्कता से उसका लक्ष्य पशु निकल गया। बिहार के प्राथमिक उपचार की सम्भावना न रही; उसे इस संध्या में बिना आहार के ही लौटना पड़ेगा। "तो क्या जान-बूझकर उसने अहेरे को बहका दिया और केवल अपनी इच्छा की पूर्ति का अनुरोध लेकर चली आ रही है। लो, उसकी बाँहें व्याकुलता से आलिंगन के लिए बुला रही हैं। नहीं, उसे इस समय अपना आहार चाहिए।" उसके बाहुपाश से युवक निकल गया। नर के लिए दोनों ही अहेर थे, नारी हो या पशु। इस समय नर को नारी की आवश्यकता न थी। उसकी गुफा में मांस का अभाव था।

संध्या आ गयी। नक्षत्र ऊँचे आकाश-गिरि पर चढ़ने लगे। आलिंगन के लिए उठी हुई बाँहें गिर गयीं। इस दृश्य जगत् के उस पार से, विश्व के गम्भीर अन्तस्तल से एक अरुण और मधुर अन्तर्नाद गूँज उठा। नारी के हृदय में प्रत्याख्यान की पहली ठेस लगी थी। वह उस काल के साधारण जीवन से एक विलक्षण अनुभूति थी। वनपथ में हिंस्र पशुओं का संचार बढ़ने लगा; परन्तु युवती उस नदी तट से न उठी। नदी की धारा में फूलों की श्रेणी बिगड़ चुकी थी और नारी की आकांक्षा की गति भी विच्छिन्न हो रही थी। आज उसके हृदय में एक अपूर्व परिचित भाव जाग पड़ा, जिसे वह समझ नहीं पाती थी। अपने दलों के दूर गये हुए लोगों को बुलाने की पुकार वायु-मण्डल में गूँज रही थी; किन्तु नारी ने अपनी बुलाहट को पहचानने का प्रयत्न किया। वह कभी नक्षत्र से चित्रित उस स्रोत के जल को देखती और कभी अपने समीप की उस तिकोनी और छोटी-सी गुफा को; जिसे वह अपना अधिवास समझ लेने के लिए बाध्य हो रही थी।

: 2 :

रजनी का अन्धकार क्रमशः सघन हो रहा था। नारी बारम्बार अँगड़ाई लेती हुई सो गयी। तब भी आलिंगन के लिए उसके हाथ नींद में उठते और गिरते थे।

जब नक्षत्रों की रश्मियाँ उज्ज्वल होने लगीं और वे पुष्ट होकर पृथ्वी पर परस्पर चुम्बन करने लगीं, तब जैसे अन्तरिक्ष में बैठकर किसी ने अपने हाथों से उनकी डोरियाँ बट दीं और उस पर झूलती हुई दो देवकुमारियाँ उतरीं।

एक ने कहा, "सखि विधाता, तुम बड़ी निष्ठुर हो। मैं जिन प्राणियों की सृष्टि करती हूँ, तुम उनके लिए अलग-अलग विधान बनाकर उसी के अनुसार कुछ दिनों तक जीने, अपने संकेत पर चलने और फिर मर जाने के लिए विवश कर देती हो।"

दूसरी ने कहा, "धाता, तुम भी बड़ी पगली हो। यदि समस्त प्राणियों की व्यवस्था

एक-सी की जाती, तो तुम्हारी सृष्टि कैसी नीरस होती और फिर यह तुम्हारी क्रीड़ा कैसे चलती? देखो न, आज की ही रात है, गंधमादन में देव-बालाओं का नृत्य और असुरों के देश में राज्य-विप्लव हो रहा है। अतलान्त समुद्र सूख रहा है, महामरुस्थल में जल की धाराएँ बहने लगी हैं और आर्यावर्त्त के दक्षिण विंध्य के अंचल में एक हिरन न पाने पर एक युवा नर अपनी प्रेयसी नारी को छोड़कर चला जाता है। उसे है भूख, केवल भूख।''

धाता ने कहा, ''हाँ बहन, इन्हें उत्पन्न हुए बहुत दिन हो चुके; पर ये अभी तक अपने सहचारी पशुओं की तरह रहते हैं।''

विधाता ने कहा, ''नहीं जी, आज ही मैंने इस वर्ग के एक प्राणी के मन में ललित कोमल आन्दोलन का आरम्भ किया है। इसके हृदय में अब भावलोक की सृष्टि होगी।''

धाता ने प्रसन्न होकर पूछा, ''तो अब इनकी जड़ता छूटेगी न?''

विधाता ने कहा, ''हाँ, बहुत धीरे-धीरे। मनोभावों को अभिव्यक्त करने के लिए अभी इनके पास साधनों का अभाव है।''

धाता कुछ रूठ-सी गयी। उसने कहा, ''चलो बहन, देवनृत्य देखें। मुझे तुम्हारी कठोरता के कारण अपनी ही सृष्टि अच्छी नहीं लगती। कभी-कभी तो ऊब जाती हूँ।''

विधाता ने कहा, ''तो चुपचाप बैठ जाओ, अपना काम बन्द कर दो, मेरी भी जलन छूटे।''

धाता ने खिन्न होकर कहा, ''अभ्यास क्या एक दिन में छूट जायेगा, बहन?''

''तब क्या तुम्हारी सृष्टि एक दिन में स्वर्ग बन जायेगी? चलो, सुर-बालाओं का सोपान हो रहा है, एक-एक चषक हम लोग भी लें।'' कहकर विधाता ने किरणों की रस्सी पकड़ ली और धाता ने भी! दोनों पेंग बढ़ाने लगीं। ऊँचे जाते-जाते अन्तरिक्ष में वे छिप गयीं।

: 3 :

नारी जैसे अपना देखकर उठ बैठी। प्रभात हो रहा था। उसकी आँखों में मधुर स्वप्न की मस्ती भरी थी। नदी का जल धीरे-धीरे बह रहा था। पूर्व में लाली छिटक रही थी। मलयवात से बिखरे हुए केशपाश को युवती ने पीछे हटाया। हिरनों का झुण्ड फिर दिखाई पड़ा। उसका हृदय संवेदनशील हो रहा था। उस दृश्य को निःस्पृह देखने लगी।

ऊषा के मधुर प्रकाश में हिरनों का दल छलाँग भरता हुआ स्रोत लाँघ गया; किन्तु एक शावक चकित-सा वहीं खड़ा रह गया। पीछे आखेट करने वालों का दल आ रहा था। युवती ने शावक को गोद में उठा लिया। दल के और लोग तो स्रोत

के संकीर्ण तट की ओर दौड़े; किन्तु वह परिचित युवक युवती के पास चला आया। नारी ने उसे देखने के लिए मुँह फिराया था कि शावक की बड़ी-बड़ी आँखों में उसे अपना प्रतिबिम्ब दिखाई पड़ा। क्षण-भर के लिए तन्मय होकर उन निरीह नयनों में नारी अपनी छाया देखने लगी।

नर की पाशव प्रवृत्ति जाग पड़ी। वह अब भी संध्या की घटना को भूल न सका था। उसने शावक छीन लेना चाहा। सहसा नारी में अद्भुत परिवर्तन हुआ। शावक को गोद में चिपकाये जिधर हिरन गये थे, उसी ओर वह भी दौड़ी। नर चकित-सा खड़ा रह गया।

नारी हिरनों का अनुसरण कर रही थी। नाले, खोह और छोटी पहाड़ियाँ, फिर नाला और समतल भूमि। वह दूर हिरनों का झुण्ड, वहीं कुछ दूर! बराबर आगे बढ़ी जा रही थी। आखेट के लिए उन आदिम नरों का झुण्ड बीच-बीच में मिलता। परन्तु उसे क्या? वह तो उस झुण्ड के पीछे चली जा रही थी, जिसमें काली पीठवाले दो हिरन आगे-आगे चौकड़ी भर रहे थे।

एक बड़ी नदी के तट पर जिसे लाँघना असम्भव समझकर हिरनों का झुण्ड खड़ा हो गया था, नारी रुक गयी। शावक को उनके बीच में उसने छोड़ दिया। नर और पशुओं के जीवन में वह एक आश्चर्यपूर्ण घटना थी। शावक अपनी माता का स्तन-पान करने लगा। युवती पहले-पहल मुस्करा उठी। हिरनों ने सिर झुका दिये। उनका विरोध-भाव जैसे नष्ट हो चुका था। वह लौटकर अपनी गुफा में आयी। चुपचाप थकी-सी पड़ रही। उसके नेत्रों के सामने दो दृश्य थे। एक में प्रकाण्ड शरीर वाला प्रचण्ड बलशाली युवक चकमक के फल का भाला लिए पशुओं का अहेर कर रहा था। दूसरे में वह स्वयं हिरनों के झुण्ड में घिरी हुई खड़ी थी। एक में भय था, दूसरे में स्नेह। दोनों में कौन अच्छा है, वह निश्चय न कर सकी।

: 3 :

नारी की दिनचर्या बदल रही थी। उसके हृदय में एक ललित भाव की सृष्टि हो रही थी। मानस में लहरें उठने लगी थीं। पहला युवक प्रायः आता, उसके पास बैठता और अनेक चेष्टाएँ करता; किन्तु युवती अचल पाषाण-प्रतिमा की तरह बैठी रहती। एक दूसरा भी युवक आने लगा था। वह भी अहेर का मांस या फल कुछ-न-कुछ रख ही जाता। पहला इसे देखकर दाँत पीसता, नस चटकाता, उछलता, कूदता और हाथ-पैर चलाता था। तब भी नारी न तो विरोध करती, न अनुरोध। उन क्रोधपूर्ण हुंकारों को जैसे वह सुनती ही न थी। यह लीला प्रायः नित्य हुआ करती। वह एक प्रकार से अपने दल से निर्वासित उसी गुफा में अपनी कठोर साधना में निमग्न थी।

एक दिन उसी गुफा के नीचे नदी के पुलिन में एक वाराह के पीछे पहला युवक अपना भाला लिये दौड़ता आ रहा था। सामने से दूसरा युवक भी आ गया

और उसने अपना भाला चला ही दिया। चोट से विकल वह पहले युवक की ओर लौट पड़ा, जिसके सामने दो अहेर थे। उसने भी अपना सुदीर्घ भाला कुछ-कुछ जान में और कुछ अनजान में फेंका। वह क्रोध-मूर्ति था। दूसरा युवक छाती ऊँची किये आ रहा था। भाला उसमें घुस गया। उधर वाराह ने अपनी पैनी डाढ़ पहले युवक के शरीर में चुभो दी। दोनों युवक गिर पड़े। वाराह निकल गया। युवती ने देखा, वह दौड़कर पहले युवक को उठाने लगी; किन्तु दल के लोग वहाँ पहुँच गये। उनकी घृणापूर्ण दृष्टि से आहत होकर नारी अपनी गुफा में लौट गयी।

आज उसकी आँखों से पहले-पहल आँसू भी गिरे। एक दिन वह हँसी भी थी। मनुष्य-जीवन की ये दोनों प्रधान अभिव्यक्तियाँ उसके सामने क्रम से आयीं। वह रोती थी और हँसती थी, हँसती थी फिर रोती थी।

वसन्त बीत चुका था। प्रचंड ग्रीष्म का आरम्भ था। पहाड़ियों से लाल और काले धातुराग बहने लगे थे। युवती जैसे उस जड़ प्रकृति से अपनी तुलना करने लगी। उसकी एक आँख से हँसी और दूसरी से आँसू का उद्‌गम हुआ करता तथा वे दोनों दृश्य उसे प्रेरित किये रहते।

नारी ने इन दोनों भावों की अभिव्यक्ति को स्थायी रूप देना चाहा। शावक की आँखों में उसने पहला चित्र देखा था। कुचली हुई वेतस की लता को उसने धातु-राग में डुबोया और अपनी तिकोनी गुफा में पहली चितेरिन चित्र बनाने बैठी। उसके पास दो रंग थे—एक गैरिक, दूसरा कृष्ण। गैरिक से उसने अपना चित्र बनाया, जिसमें हिरनों के झुण्ड में स्वयं वही खड़ी थी और कृष्ण धातुराग से आखेट का चित्र, जिसमें पशुओं के पीछे अपना भाला ऊँचा किये हुए भीष्म आकृति का नर था।

नदी का वह तट, अमंगलजनक स्थान बहुत काल तक नर-संचार-वर्जित रहा; किंतु नारी वहीं अपने जीवनपर्यन्त उन दोनों चित्रों को देखती रहती और अपने को कृतकृत्य समझती।

विंध्य के अंचल में मनुष्यों के कितने ही दल वहाँ आये और गये। किसी ने पहले उस चित्र-मन्दिर को भय से देखा, किसी ने भक्ति से।

मानव-जीवन के उस काल का वह स्मृतिचिह्न, जबकि उसने अपने हृदयलोक में संसार के दो प्रधान भावों की प्रतिष्ठा की थी, आज भी सुरक्षित है। उस प्रान्त के जंगली लोग उसे राजधानी की गुफा और ललितकला के खोजी उसे पहला चित्र-मन्दिर कहते हैं।

❑

गुण्डा

: 1 :

वह पचास वर्ष से ऊपर था। तब भी युवकों से अधिक बलिष्ठ और दृढ़ था। चमड़ी पर झुर्रियाँ नहीं पड़ी थीं। वर्षा की झड़ी में पूस की रातों की छाया में, कड़कती हुई जेठ की धूप में नंगे शरीर घूमने में वह सुख मानता था। उसकी चढ़ी मूँछें बिच्छू के डंक की तरह देखने वालों की आँखों में चुभती थीं। उसका साँवला रंग साँप की तरह चिकना और चमकीला था। उसकी नागपुरी धोती का लाल रेशमी किनारा दूर से ही ध्यान आकर्षित करता। कमर में बनारसी सेल्हे का फेंटा, जिसमें सीप की मूठ का बिछुआ खुँसा रहता था। उसके घुँघराले बालों पर सुनहले पल्ले के साफे का छोर उसकी चौड़ी पीठ पर फैला रहता। ऊँचे कन्धे पर टिका हुआ चौड़ी धार का गँड़ासा, यह थी उसकी धज! पंजे के बल जब वह चलता, तो उसकी नसें चटाचट बोलती थीं। वह गुण्डा था।

ईसा की अठारहवीं शताब्दी के अंतिम भाग में वही काशी नहीं रह गयी थी, जिसमें उपनिषद् के अजातशत्रु की परिषद् में ब्रह्मविद्या सीखने के लिए विद्वान् ब्रह्मचारी आते थे। गौतम बुद्ध और शंकराचार्य के धर्म-दर्शन के वाद-विवाद, कई शताब्दियों से लगातार मन्दिरों और मठों के ध्वंस और तपस्वियों के वध के कारण प्रायः बन्द से हो गये थे। यहाँ तक कि पवित्रता और छुआछूत में कट्टर वैष्णव धर्म भी उस विशृंखला में, नवागन्तुक धर्मोन्माद में अपनी असफलता देखकर काशी में अघोर रूप धारण कर रहा था। उसी समय न्याय और बुद्धिवाद को शस्त्र-बल के सामने झुकते देखकर काशी के विच्छिन्न और निराश नागरिक जीवन ने एक नवीन सम्प्रदाय की सृष्टि की। वीरता जिसका धर्म था। अपनी बात पर मिटना, सिंह-वृत्ति से जीविका ग्रहण करना, प्राण-भिक्षा माँगनेवाले कायरों तथा चोट खाकर गिरे हुए प्रतिद्वन्द्वी पर शस्त्र न उठाना, सताये निर्बलों को सहायता देना और प्रत्येक प्राणों को हथेली पर लिए घूमना, उसका बाना था। उन्हें लोग काशी में गुंडा कहते थे।

जीवन की किसी अलभ्य अभिलाषा से वंचित होकर जैसे प्रायः लोग विरक्त हो जाते हैं, ठीक उसी तरह किसी मानसिक चोट से घायल होकर एक प्रतिष्ठित

जमींदार का पुत्र होने पर भी नन्हकू सिंह गुंडा हो गया था। दोनों हाथ से उसने अपनी संपत्ति लुटायी। नन्हकू सिंह ने बहुत-सा रुपया खर्च करके जैसा स्वाँग खेला था, उसे काशी वाले बहुत दिनों तक नहीं भूल सके। वसन्त ऋतु में यह प्रहसनपूर्ण अभिनय खेलने के लिए उन दिनों प्रचुर धन, बल, निर्भीकता और उच्छृंखलता की आवश्यकता होती थी। एक बार नन्हकू सिंह ने भी एक पैर में नूपुर, एक हाथ में तोड़ा, एक आँख में काजल, एक कान में हजारों के मोती तथा दूसरे कान में फटे हुए जूते का तल्ला लटकाकर, एक में जड़ाऊ मूठ तलवार, दूसरा हाथ आभूषणों से लदी हुई अभिनय करने वाली प्रेमिका के कन्धे पर रखकर गाया था—

''कहीं बैगनवाली मिले तो बुला देना।''

प्रायः बनारस के बाहर की हरियालियों में, अच्छे पानीवाले कुओं पर, गंगा की धारा में मचलती हुई डोंगी पर वह दिखलाई पड़ता था। कभी-कभी जुआखाने से निकलकर जब वह चौक में आ जाता, तो काशी की रँगीली वेश्याएँ मुस्कराकर उसका स्वागत करतीं और उसके दृढ़ शरीर को सस्पृह देखतीं। वह तमली की ही दूकान पर बैठकर उनके गीत सुनता, ऊपर कभी नहीं जाता था। जुए की जीत का रुपया मुट्ठियों में भर-भरकर, उनकी खिड़की में वह इस रह उछालता कि कभी-कभी समाजी लोग अपना सिर सहलाने लगते, तब वह ठठाकर हँस देता। जब कभी लोग कोठे के ऊपर चलने के लिए कहते, तो वह उदास-सी साँस खींचकर चुप हो जाता।

वह अभी वंशी के जुआखाने से निकला था। आज उसकी कोड़ी ने साथ न दिया। सोलह परियों के नृत्य में उसका मन न लगा। मन्नू तमोली की दुकान पर बैठते हुए उसने कहा, ''आज सायत अच्छी नहीं रही, मन्नू!''

''क्यों मालिक! चिन्ता किस बात की है। हम लोग किस दिन के लिए हैं। सब आप ही का तो है।''

''अरे, बुद्धू ही रहे तुम! नन्हकू सिंह जिस दिन किसी से लेकर जुआ खेलने लगे, उसी दिन समझना वह मर गये। तुम जानते नहीं कि मैं जुआ खेलने कब जाता हूँ। जब मेरे पास एक पैसा नहीं रहता; उसी दिन नाल पर पहुँचते ही जिधर बड़ी ढेरी रहती है, उसी को बदला हूँ और फिर वही दाँव आता भी है। बाबा कीनाराम का यह वरदान है!''

''तब आज क्यों, मालिक?''

''पहला दाँव तो आया ही, फिर दो-चार हाथ बदने पर सब निकल गया। तब भी लो, यह पाँच रुपये बचे हैं। एक रुपया तो पान के लिए रख लो और चार दे दो मलूकी कथक को, कह दो कि दुलारी से गाने के लिए कह दे। हाँ, वही एक गीत—

''विलमि विदेश रहे।''

नन्हकू सिंह की बात सुनते ही मलूकी, जो अभी गाँजे की चिलम पर रखने के लिए अंगारा चूर कर रहा था, घबराकर उठ खड़ा हुआ। वह सीढ़ियों पर दौड़ता हुआ चढ़ गया। चिलम को देखता ही ऊपर चढ़ा, इसलिए उसे चोट भी लगी; पर नन्हकू सिंह की भृकुटी देखने की शक्ति उसमें कहाँ! उसे नन्हकू सिंह की वह मूर्ति न भूली थी, जब इसी पान की दूकान पर जुएखाने से जीता हुआ, रुपये से भरा तोड़ा लिए वह बैठा था। दूर से बोधीसिंह की बारात का बाजा बजता हुआ आ रहा था। नन्हकू ने पूछा, ''यह किसकी बारात है?''

''ठाकुर बोधीसिंह के लड़के की।'' मन्नू इतना कहते ही नन्हकू के ओठ फड़कने लगे। उसने कहा, ''मन्नू! यह नहीं हो सकता। आज इधर से बारात न जायेगी। बोधीसिंह हमसे निपटकर तब बारात इधर से ले जा सकेंगे।''

मन्नू ने कहा, ''तब मालिक, मैं क्या करूँ?''

नन्हकू गँड़ासा कन्धे पर से और ऊँचा करके बोला,''मलुकिया देखता है, अभी जा ठाकुर से कह दे, कि बाबू नन्हकू सिंह आज यहीं लगाने के लिए खड़े हैं। समझकर आवें, लड़के की बारात है।'' मलुकिया काँपता हुआ ठाकुर बोधीसिंह के पास गया। बोधीसिंह और नन्हकू से पाँच वर्ष से सामना नहीं हुआ है। किसी दिन नाल पर कुछ बातों में ही कहा-सुनी होकर बीच-बचाव हो गया था। फिर सामना नहीं हो सका। आज नन्हकू जान पर खेलकर अकेले खड़ा है। बोधी सिंह भी उस आन को समझते थे। उन्होंने मलकी से कहा, ''जा बे, कह दे कि हमको मालूम है कि बाबू साहब वहाँ खड़े हैं। जब वह है ही, तो दो समधी जाने का क्या काम है।'' बोधी सिंह लौट गये और मलूकी के कन्धे पर तोड़ा लादकर बाजे के आगे नन्हकू सिंह बारात लेकर गये। ब्याह में जो कुछ लगा, खर्च किया। ब्याह कराकर तब, दूसरे दिन इसी दूकान तक आकर रुक गये। लड़के को और उसकी बारात को उसके घर भेज दिया।

मलूकी को भी दस रुपया मिला था उस दिन। फिर नन्हकू सिंह की बात सुनकर बैठे रहना और यम को न्योता देना एक ही बात थी। उसने जाकर दुलारी से कहा, ''हम ठेका लगा रहे हैं, तुम गाओ, तब तक बल्लू सारंगीवाला पानी पीकर आता है।''

''बाप रे, कोई आफत आयी है क्या बाबू साहब? सलाम।'' कहकर दुलारी ने खिड़की से मुस्कराकर झाँका था कि नन्हकू सिंह उसके सलाम का जवाब देकर दूसरे एक आनेवाले को देखने लगे।

हाथ में हैरत की पतली-सी छड़ी, आँखों में सुरमा, मुँह में पान, मेहँदी लगी हुई लाल दाढ़ी, जिसकी सफेद जड़ दिखलाई पड़ रही थी, कुब्बेदार टोपी, छकलिया अँगरखा और साथ में लेसदार परतवाले दो सिपाही! कोई मौलवी साहब हैं। नन्हकू हँस पड़ा। नन्हकू की ओर बिना देखे ही मौलवी ने एक सिपाही से कहा,

"जाओ, दुलारी से कह दो कि आज रेजीडेण्ट साहब दूसरी ओर चले थे कि नन्हकू ने ललकारकर कहा, "दुलारी! हम कब तक यहाँ बैठे रहें! क्या अभी सारेंगिया नहीं आया?"

दुलारी ने कहा, "वाह बाबू साहब! आप ही के लिए तो मैं यहाँ आ बैठी हूँ, सुनिये न! आप तो कभी ऊपर..." मौलवी जल उठा। उसने कड़ककर कहा, "चोबदार! अभी वह सुअर की बच्ची उतरी नहीं। जाओ, कोतवाल के पास मेरा नाम लेकर कहो कि मौलवी अलाउद्दीन कुबरा ने बुलाया है। आकर उसकी मरम्मत करें। देखा तो कुबरा बाजार में हलचल मच गयी। नन्हकू सिंह ने मन्नू से कहा, "क्यों, चुपचाप बैठोगे नहीं!" दुलारी से कहा, "वहीं से बाईजी! इधर-उधर हिलने का काम नहीं। तुम गाओ। हमने ऐसे घसियारे बहुत-से देखे हैं। अभी कल रमल के पासे फेंककर अधेला-अधेला माँगता था, आज चला है रोब गाँठने।"

अब कुबरा ने घूमकर उसकी ओर देखकर कहा, "कौन है यह पाजी!"

"तुम्हारे चाचा बाबू नन्हकू सिंह!" के साथ पूरा बनारसी झापड़ पड़ा। कुबरा का सिर घूम गया। लैस के परतले बाले सिपाही दूसरी ओर भाग चले और मौलवी साहब चौंधियाकर जानअली की दुकान पर लड़खड़ाते, गिरते-पड़ते किसी तरह पहुँच गये।

जान अली ने मौलवी से कहा, "मौलवी साहब! भला आप भी उस गुण्डे के मुँह लगने लगे। यह तो कहिये कि उसे गँड़ासा नहीं तौल दिया।" कुबरा के मुँह से बोली नहीं निकल रही थी। उधर दुलारी गा रही थी—"विलमि विदेश रहे..." गाना पूरा हुआ, कोई आया-गया नहीं। तब नन्हकू सिंह धीरे-धीरे टहलता हुआ दूसरी ओर चला गया। थोड़ी देर में एक डोली रेशमी परदे के ढँकी हुई आयी। साथ में एक चोबदार था। उसने दुलारी को राजमाता पन्ना की आज्ञा सुनायी।

दुलारी चुपचाप डोली पर जा बैठी। डो़ली धूप और सांध्यकाल के धुएँ से भरी हुई बनारस की तंग गलियों से होकर शिवालय घाट की ओर चली।

: 2 :

श्रावण का अंतिम सोमवार था। राजमाता पन्ना शिवालय में बैठकर पूजन कर रही थीं। दुलारी बाहर बैठी कुछ अन्य गानेवालियों के साथ भजन गा रही थी। आरती हो जाने पर, फूलों की अंजलि बिखेरकर पन्ना ने भक्तिभाव से देवता के चरणों में प्रणाम किया। फिर प्रसाद लेकर बाहर आते ही उन्होंने दुलारी को देखा। उसने खड़ी होकर हाथ जोड़ते हुए कहा, "मैं पहले ही पहुँच जाती। क्या करूँ, वह कुबरा मौलवी निगोड़ा आकर रेजीडेण्ट की कोठी पर ले जाने लगा। घण्टों इसी झंझट में बीत गया, सरकार!"

"कुबरा मौलवी! जहाँ सुनती हूँ, उसी का नाम। सुना है कि उसने यहाँ भी

आकर कुछ...'' फिर न जाने क्या सोचकर बात बदलते हुए पन्ना ने कहा, ''हाँ, तब फिर क्या हुआ? तुम कैसे यहाँ आ सकीं?''

''बाबू नन्हकू सिंह उधर से आ गये। मैंने कहा, सरकार की पूजा पर मुझे भजन गाने को जाना है और यह जाने नहीं दे रहा है। उन्होंने मौलवी को ऐसा झापड़ लगाया कि उसकी हेकड़ी भूल गयी और तब जाकर मुझे किसी तरह यहाँ आने की छुट्टी मिली।''

''कौन बाबू नन्हकू सिंह!''

दुलारी ने सिर नीचा करके कहा, ''अरे, क्या सरकार को नहीं मालूम? बाबू निरंजन सिंह के लड़के! उस दिन, जब मैं बहुत छोटी थी, आपकी बारी में झूला झूल रही थी, जब नवाब का हाथी बिगड़कर आ गया था, बाबू निरंजन सिंह के कुँवर ने ही तो उस दिन हम लोगों की रक्षा की थी।''

राजमाता का मुख उस प्राचीन घटना को स्मरण करके न जाने क्यों विवर्ण हो गया। फिर अपने को सँभालकर उन्होंने पूछा, ''तो बाबू नन्हकू सिंह उधर कैसे आ गये?''

दुलारी ने मुस्कराकर सिर नीचा कर लिया! दुलारी राजमाता पन्ना के पिता की जमींदारी में रहनेवाली वेश्या की लड़की थी। उसके साथ ही कितनी बार झूले-हिंडोले अपने बचपन में पन्ना झूल चुकी थी। वह बचपन से ही गाने में सुरीली थी। सुन्दरी होने पर चंचल भी थी। पन्ना जब काशीराज की माता थी, तब दुलारी काशी की प्रसिद्ध गानेवाली थी। राजमहल में उसका गाना-बजाना हुआ ही करता। महाराज बलवन्त सिंह के समय से ही संगीत पन्ना के जीवन का आवश्यक अंग था। हाँ, अब प्रेम-दुःख और दर्द-भरी विरह-कल्पना के गीत की ओर अधिक रुचि न थी। अब सात्त्विक भावपूर्ण भजन होता था। राजमाता पन्ना का वैधव्य से दीप्त-शान्त मुख-मण्डल कुछ मलिन हो गया।

बड़ी रानी की साफल्य ज्वाला बलवन्त सिंह के मर जाने पर भी नहीं बुझी। अन्तःपुर कलह का रंगमंच बना रहता, इसी से प्रायः पन्ना काशी के राजमन्दिर में आकर पूजा-पाठ में अपना मन लगाती। रामनगर में उसको चैन नहीं मिलता। नयी रानी होने के कारण बलवन्त सिंह की प्रेयसी होने का गौरव तो उसे था ही, साथ में पुत्र उत्पन्न करने का सौभाग्य भी मिला, फिर भी असवर्णता का सामाजिक दोष उसके हृदय को व्यथित किया करता। उसे अपने ब्याह की आरम्भिक चर्चा का स्मरण हो आया।

छोटे-से मंच पर बैठी, गंगा की उमड़ती हुई धारा को पन्ना अन्यमनस्क होकर देखने लगी। उस बात को, जो अतीत में एक बार, हाथ में अनजाने में खिसक जानेवाली वस्तु की तरह गुप्त हो गयी हो; सोचने का कोई कारण नहीं। उससे कुछ बनता-बिगड़ता भी नहीं; परन्तु मानव-स्वभाव हिसाब रखने की प्रथानुसार कभी-कभी कह बैठता है,

"कि यदि वह बात हो गयी हो तो; ठीक उसी तरह पन्ना भी राजा बलवंत सिंह द्वारा बलपूर्वक रानी बनायी जाने के पहले की एक संभावना को सोचने लगी थी। सो भी बाबू नन्हकू सिंह का नाम सुन लेने पर। गेंदा मुँहलगी दासी थी। वह पन्ना के साथ उसी दिन से है, जिस दिन से पन्ना बलवंत सिंह की प्रेयसी हुई। राज्य-भर का अनुसन्धान उसी के द्वारा मिला करता और उसे न जाने कितनी जानकारी भी थी। उसने दुलारी का रंग उखाड़ने के लिए कुछ कहना आवश्यक समझा।

"महारानी! नन्हकू सिंह अपनी सब जमींदारी स्वाँग, भैंसों की लड़ाई, घुड़दौड़ और गाने-बजाने में उड़ाकर अब डाकू हो गया है, जितने खून होते हैं, सब में उसी का हाथ रहता है। जितनी..." उसे रोककर दुलारी ने कहा, "यह झूठ है। बाबू साहब को ऐसा धर्मात्मा तो कोई है ही नहीं। कितनी विधवाएँ उनकी दी हुई धोती से अपना तन ढकती हैं। कितनी लड़कियों की ब्याह-शादी होती है। कितने सताये हुए लोगों की उनके द्वारा रक्षा होती है।"

रानी पन्ना के हृदय में एक तरलता उद्वेलित हुई। उन्होंने हँसकर कहा, "दुलारी, वे तेरे यहाँ आते हैं न? इसी से तू उनकी बड़ाई...।"

"नहीं सरकार! शपथ खाकर कह सकती हूँ कि बाबू नन्हकू सिंह ने आज तक कभी मेरे कोठे पर पैर भी नहीं रखा।"

राजमाता न जाने क्यों इस अद्भुत व्यक्ति को समझने के लिए चंचल हो उठी थीं। तब भी उन्होंने दुलारी को आगे कुछ न कहने के लिए तीखी दृष्टि से देखा। वह चुप हो गयी। पहले पहर की शहनाई बजने लगी। दुलारी छुट्टी माँगकर डाली पर बैठ गयी। तब गेंदा ने कहा, "सरकार! आजकल नगर की दशा बड़ी बुरी है। दिन-दहाड़े लोग लूट लिये जाते हैं। सैकड़ों जगह नाला पर जुँ में लोग अपना सर्वस्व गँवाते हैं। बच्चे फुसलाये जाते हैं। गालियों में लाठियाँ और छुरा चलने के लिए टेढ़ी भौंहें कारण बन जाती हैं। उधर रेजीडेण्ट साहब से महाराज की अनबन चल रही है।" राजमाता चुप रहीं।

दूसरे दिन राजा चेत सिंह के पास रेजीडेण्ट मार्कहेम की चिट्ठी आयी, जिसमें नगर की दुर्व्यवस्था की कड़ी आलोचना थी। डाकुओं और गुण्डों को पकड़ने के लिए, उन पर कड़ा नियंत्रण रखने की सम्मति भी थी। कुबरा मौलवीवाली घटना का भी उल्लेख था। उधर हेस्टिंग्स के आने की भी सूचना थी। शिवालय घाट और रामनगर में हलचल मच गयी! कोतवाल हिम्मत सिंह पागल की तरह जिसके हाथ में लाठी, लोहाँगी, गँड़ासा, बिछुआ और करौली देखते उसी को पकड़ने लगे।

एक दिन नन्हकू सिंह सुभा के नाले के संगम पर, ऊँचे से अटीले की घनी हरियाली में अपने चुने हुए साथियों के साथ दूधिया छान रहे थे। गंगा में उनकी पतली डोंगी बड़ की जटा से बँधी थी। कथकों का गाना हो रहा था। चार उलाँकी इक्के कसे-कसाये खड़े थे।

नन्हकू सिंह ने अकस्मात् कहा, ''मलूकी! गाना जमता नहीं है, उलाँकी पर बैठकर जाओ, दुलारी को बुला लाओ।'' मलूकी वहाँ मजीरा बजा रहा था। दौड़कर इक्के पर जा बैठा। आज नन्हकू सिंह का मन उखड़ा था। बूटी कई बार छानने पर भी नशा नहीं। एक घंटे में दुलारी सामने आ गयी। उसने मुस्कराकर कहा, ''क्या हुक्म है बाबू साहब?''

''दुलारी! आज गाना सुनने का मन कर रहा है।''

''इस जंगल में क्यों?'' उसने सशंक हँसकर कुछ अभिप्राय से पूछा।

''तुम किसी तरह का खटका न करो।'' नन्हकू सिंह ने हँसकर कहा।

''यह तो मैं उस दिन महारानी से भी कह आयी हूँ।''

''क्या, किससे?''

''राजमाता पन्नादेवी से।'' फिर उस दिन गाना नहीं जमा। दुलारी ने आश्चर्य से देखा कि तानों में नन्हकू की आँखें तर हो जाती हैं। गाना-बजाना समाप्त हो गया था। वर्षा की राज में झिल्लियों का स्वर उस झुरमुट में गूँज रहा था। मन्दिर के समीप ही छोटे-से कमरे में नन्हकू सिंह चिन्ता निमग्न बैठा था। आँखों में नींद नहीं और सब लोग तो सोने लगे थे, दुलारी जाग रही थी। वह भी कुछ सोच रही थी। आज उसे अपने को रोकने के लिए कठिन प्रयत्न करना पड़ रहा था; किन्तु असफल होकर वह उठी और नन्हकू के समीप धीरे-धीरे चली आयी। कुछ आहट पाते ही चौंककर नन्हकू सिंह ने पास ही पड़ी हुई तलवार उठा ली। तब तक हँसकर दुलारी ने कहा, ''बाबू साहब, यह क्या? स्त्रियों पर भी तलवार चलायी जाती है!''

छोटे-से दीपक के प्रकाश में वासना-भरी रमणी का मुख देखकर नन्हकू हँस पड़ा। उसने कहा, ''क्यों बाई जी! क्या इसी समय जाने की पड़ी है। मौलवी ने फिर बुलाया है क्या?'' दुलारी नन्हकू के पास बैठ गयी। नन्हकू ने कहा, ''क्या तुमको डर लग रहा है?''

''नहीं, मैं कुछ पूछने आयी हूँ।''

''क्या?''

''क्या...यही कि...कभी तुम्हारे हृदय में...''

''उसे न पूछो दुलारी! हृदय को बेकार ही समझकर तो उसे हाथ में लिए फिर रहा हूँ। कोई कुछ कर देता—कुचलता-चीरता-उछालता! मर जाने के लिए सबकुछ तो करता हूँ, पर मरने नहीं पाता।''

''मरने के लिए भी कहीं खोजने जाना पड़ता है। आपको काशी का हाल क्या मालूम! न जाने घड़ी भर में क्या हो जाय। क्या उलट-पलट हाने वाला है, बनारस की गलियाँ जैसे काटने दौड़ती हैं।''

''कोई नयी बात इधर हुई है क्या?''

"कोई हेस्टिंग्ज आया है। सुना है, उसने शिवालय घाट पर तिलंगों की कंपनी का पहरा बैठा दिया है। राजा चेतसिंह और राजमाता पन्ना वहीं हैं। कोई-कोई कहता है कि उनको पकड़कर कलकत्ता भेजने..."

"क्या पन्ना भी...रनिवास भी वहीं है?" नन्हकू अधीर हो उठा था।

"क्यों बाबू साहब, आज रानी पन्ना का नाम सुनकर आपकी आँखों से आँसू क्यों आ गये?"

सहसा नन्हकू का मुख भयानक हो उठा! उसने कहा, "चुप रहो, तुम उसको जानकार क्या करेगी?" वह उठ खड़ा हुआ। उद्विग्न की तरह न जाने क्या खोजने लगा। फिर स्थिर होकर उसने कहा, "दुलारी! जीवन में आज यह पहला ही दिन है कि एकान्त रात में एक स्त्री मेरे पलंग पर आकर बैठ गयी है, मैं चिरकुमार! अपनी एक प्रतिज्ञा का निर्वाह करने के लिए सैकड़ों असत्य, अपराध करता फिर रहा हूँ। क्यों? तुम जानती हो? मैं स्त्रियों का घोर विद्रोही हूँ और पन्ना। किन्तु उसका अपराध! अत्याचारी बलवंत सिंह के कलेजे में बिछुआ मैं न उतार सका। किन्तु पन्ना! उसे पकड़कर गोरे कलकत्ते भेज देंगे! वही... ।"

नन्हकू सिंह उन्मत्त हो उठा था। दुलारी ने देखा, नन्हकू अंधकार में ही वटवृक्ष के नीचे पहुँचा और गंगा की उमड़ती हुई धारा में डोंगी खोल दी—उसी घने अंधकार में। दुलारी का हृदय काँप उठा।

: 3 :

16 अगस्त, सन् 1981 को काशी डाँवाँडोल हो रही थी। शिवालय घाट में राजा चेतसिंह लेफ्टिनेण्ट इस्टाकर के पहरे में थे। नगर में आतंक था। दुकानें बन्द थीं। घरों में बच्चे अपनी माँ से पूछते थे—'भाँ, आज हलुए वाला नहीं आया।' वह कहती—'चुप बेटे!' सड़कें सूनी पड़ी थीं। तिलंगों की कम्पनी के आगे-आगे कुबरा मौलवी कभी-कभी आता-जाता दिखई पड़ता था। उस समय खुली हुई खिड़कियाँ बन्द हो जाती थीं। भय और सन्नाटे का राज्य था। चौक में चिथरूसिंह की हवेली अपने भीतर काशी की वीरता को बन्द किए कोतवाल का अभिनय कर रही थी। इसी समय किसी ने पुकारा—"हिम्मत सिंह!"

खिड़की में से सिर निकालकर हिम्मत सिंह ने पूछा, "कौन?"

"बाबू नन्हकू सिंह!"

"अच्छा, तुम अब तक बाहर ही हो?"

"पागल! राजा कैद हो गये हैं। छोड़ दो इन सब बहादुरों को! हम एक बार इनको लेकर शिवालय घाट जायें।"

"ठहरो!" कहकर हिम्मत सिंह ने कुछ आज्ञा दी, सिपाही बाहर निकले। नन्हकू की तलवार चमक उठी। सिपाही भीतर भागे। नन्हकू ने कहा, "नमकहराम चूड़ियाँ

पहन लो।" लोगों के देखते-देखते नन्हकू सिंह चला गया। कोतवाली के सामने फिर सन्नाटा छा गया।

नन्हकू उन्मत्त था। उसके थोड़े-से साथी उसकी आज्ञा पर जान देने के लिए तुले थे। वह नहीं जानता था कि राजा चेतसिंह का क्या राजनैतिक अपराध है? उसने कुछ सोचकर अपने थोड़े-से साथियों को फाटक पर गड़बड़ मचाने के लिए भेज दिया। इधर अपनी डोंगी लेकर शिवालय की खिड़की के नीचे धारा काटता हुआ पहुँचा। किसी तरह निकले हुए पथार में रस्सी अटकाकर, उस चंचल डोंगी को उसने स्थिर किया और बन्दर की तरह उछलकर खिड़की के भीतर हो रहा। उस समय वहाँ राजमाता पन्ना और राजा चेतसिंह से बाबू मनियार सिंह कह रहे थे—"आपके यहाँ रहने से हम लोग क्या करें, यह समझ में नहीं आता। पूजा-पाठ समाप्त करके आप रामनगर चली गयी होतीं, तो यह..."

तेजस्विनी पन्ना ने कहा, "मैं रामनगर कैसे चली जाऊँ?"

मनियार सिंह दुखी होकर बोले, "कैसे बताऊँ? मेरे सिपाही तो बन्दी हैं।"

इतने में फाटक पर कोलाहल मच गया। राज-परिवार अपनी मन्त्रणा में डूबा था कि नन्हकू सिंह का आना उन्हें मालूम हुआ। सामने का द्वार बन्द था। नन्हकू सिंह ने एक बार गंगा की धारा को देखा, उसमें एक नाव घाट पर लगने के लिए लहरों से लड़ रही थी। वह प्रसन्न हो उठा। इसी की प्रतीक्षा में रुका था। उसने जैसे सबको सचेत करते हुए कहा, "महारानी कहाँ हैं?"

सबने घूमकर देखा—एक अपरिचित वीर-मूर्ति! शस्त्रों से लदा हुआ पूरा देव!

चेतसिंह ने पूछा, "तुम कौन हो?"

"राज-परिवार का एक बिना दाम का सेवक!"

पन्ना के मुँह से हलकी-सी साँस निकलकर रह गयी। उसने पहचान लिया। इतने वर्षों बाद! वही नन्हकू सिंह।

मनियार सिंह ने पूछा, "तुम क्या कर सकते हो?"

"मैं मर सकता हूँ! पहले महारानी को डोंगी पर बिठाइये। नीचे दूसरी डोंगी पर अच्छे मल्लाह हैं। फिर बात कीजिये।" मनियार सिंह ने देखा, जनानी डोंगी का दरोगा राज की एक डोंगी पर चार मल्लाहों के साथ खिड़की से नाव सटाकर प्रतीक्षा में है। उन्होंने पन्ना से कहा, "चलिये, मैं साथ चलता हूँ।"

"और..." चेत सिंह को देखकर पुत्रवत्सला ने संकेत से एक प्रश्न किया, उसका उत्तर किसी के पास न था। मनियार सिंह ने कहा, "तब मैं यहीं?" नन्हकू सिंह ने हँसकर कहा, "मेरे मालिक, आप नाव पर बैठें। जब तक राजा भी नाव पर न बैठ जाएँगे, तब तक सत्रह गोली खाकर भी नन्हकू सिंह जीवित रहने की प्रतिज्ञा करता है।"

पन्ना ने नन्हकू को देखा। एक क्षण के लिए चारों आँखें मिलीं, जिनमें जन्म-जन्म

का विश्वास ज्योति की तरह जल रहा था। फाटक बलपूर्वक खोला जा रहा था। नन्हकू ने उन्मत्त होकर कहा, ''मालिक! जल्दी कीजिये।''

दूसरे क्षण पन्ना डोंगी पर थी और नन्हकू सिंह फाटक पर इस्टाकर के साथ। चेतराम ने आकर एक चिट्ठी मनियार सिंह को हाथ में दी। लेफ्टिनेण्ट ने कहा, ''आपके आदमी गड़बड़ मचा रहे हैं। अब मैं अपने सिपाहियों को गोली चलाने से नहीं रोक सकता।''

''मेरे सिपाही यहाँ हैं, साहब?'' मनियार सिंह ने हँसकर कहा। बाहर कोलाहल बढ़ने लगा।

चेतराम ने कहा, ''पहले चेतसिंह को कैद कीजिये।''

''कौन ऐसी हिम्मत करता है?'' कड़ककर कहते हुए बाबू मनियार सिंह ने तलवार खींच ली। अभी बात पूरी न हो सकी थी कि कुबरा मौलवी वहाँ पहुँचा! यहाँ मौलवी साहब की मलक नहीं चल सकती थी और न ये बाहर ही जा सकते थे। उन्होंने कहा, ''देखते क्या हो चेतराम!''

चेतराम ने राजा के ऊपर हाथ रखा ही था कि नन्हकू के सधे हुए हाथ ने उसकी भुजा उड़ा दी। इस्टाकर आगे बढ़े, मौलवी साहब चिल्लाने लगे। नन्हकू सिंह ने देखते-देखते इस्टाकर और उसके कई साथियों को धराशायी किया। फिर मौलवी साहब कैसे बचते!

नन्हकू सिंह ने कहा, ''क्यों, उस दिन के झापड़ ने तुमको समझाया नहीं? पाजी!'' कहकर ऐसा साफ जनेवा मारा कि कुबरा ढेर हो गया। कुछ ही क्षणों में वह भीषण घटना हो गयी, जिसके लिए अभी कोई प्रस्तुत न था।

नन्हकू सिंह ने कहा, ''आप क्या देखते हैं? उतरिये डोंगी पर!'' उसके घावों से रक्त के फुहारे छूट रहे थे। उधर फाटक से तिलंगे भीतर आने लगे थे। चेतसिंह ने खिड़की से उतरते हुए देखा कि बीसों तिलंगों की संगीनों में वह अविचलित होकर तलवार चला रहा है। नन्हकू को चट्टान-सदृश शरीर से गैरिक की तरह रक्त की धारा वह रही है। गुंडे का एक-एक अंग कटकर वहीं गिरने लगा। वह काशी का गुंडा था।

❑

अनबोला

उसके जाल में सीपियाँ उलझ गयी थीं। जग्गैया से उसने कहा, ''इसे फैलाती हूँ, तू सुलझा दे।''

जग्गैया ने कहा, ''मैं क्या तेरा नौकर हूँ?''

कामैया ने तुनककर अपने खेलने का छोटा-सा जाल और भी बटोर लिया। समुद्र-तट के छोटे-से होटल के पास की गली में अपनी झोंपड़ी की ओर चली गयी।

जग्गैया उस अनखाने का सुख लेता-सा गुनगुनाकर गाता हुआ, अपनी खजूर की टोपी और भी तिरछी करके, संध्या की शीतल बालुका को पैरों से उछालने लगा।

दूसरे दिन जब समुद्र में स्नान करने के लिए यात्री लोग आ गये थे, सिन्दूर-पिण्ड-सा सूर्य समुद्र के नील जल में स्नान कर प्राची के आकाश के ऊपर उठ रहा था, तब कामैया अपने पिता के साथ धीवरों के झुण्ड में खड़ी थी; उसके पिता की नावें समुद्र की लहरों पर उछल रही थीं। महाजाल पड़ा था, उसे बहुत-से धीवर मिलकर खींच रहे थे। जग्गैया ने आकर कामैया की पीठ में ऊली गोद दी। कामैया कुछ खिसक कर दूर जा खड़ी हुई। उसने जग्गैया की ओर देखा भी नहीं। जग्गैया की केवल माँ थी, वह कामैया के पिता के यहाँ लगी-लिपटी रहती, अपना पेट पालती थी। वह बेंत की दौरी के लिए वहीं खड़ी थी। कामैया की मछलियाँ ले जाकर बाजार में बेचना उसी का काम था।

.जग्गैया नटखट था। वह अपनी माँ को वहीं देखकर और हट गया; किन्तु कामैया की ओर देखकर उसने मन-ही-मन कहा—अच्छा!

महाजाल खींचकर आया। कुछ तो मछलियाँ थीं ही; पर उसमें एक भीषण समुद्री बाघ भी था। दर्शकों के झुण्ड जुट पड़े। कामैया के पिता से कहा गया उसे जाल में से निकालने के लिए, जिससे प्रकृति की उस भीषण कारीगरी को लोग भलीभाँति देख सकें।

लोभ संवरण न करके उसने समुद्री बाघ को जाल से निकाला। एक खूँटें से उसकी पूँछ बाँध दी गयी। जग्गैया की माँ अपना काम करने की धुन में जाल में मछलियाँ पकड़कर दौरी में रख रही थी। समुद्री बाघ बालू की विस्तृत वेला में एक

बार उछला। जग्गैया की माता का हाथ उसके मुँह में चला गया। कोलाहल मचा; पर बेकार! बेचारी का एक हाथ वह चबा गया।

दर्शक लोग चले गये। जग्गैया अपनी मूर्च्छित माता को उठाकर झोंपड़ी में जब ले चला, तब उसके मन में कामैया के पिता के लिए असीम क्रोध और दर्शकों के लिए प्रतिहिंसा उद्वेलित हो रही थी। कामैया की आँखों से आँसू बह रहे थे। तब भी वह बोली नहीं।

कई सप्ताह से महाजाल में मछलियाँ नहीं के बराबर फँस रही थीं। चावलों की बोझाई तो बन्द थी ही, नावें बेकार पड़ी रहती थीं। मछलियों का व्यवसाय चल रहा था; वह भी डाँवाँडोल हो रहा था। किसी देवता की अकृपा है क्या?

कामैया के पिता ने रात को पूजा की। बालू की वेदियों के पास खजूर की डालियाँ गड़ी थीं। समुद्री बाघ के दाँत भी बिखरे थे। बोतलों में मदिरा भी पुजारियों के समीप प्रस्तुत थी। रात में समुद्र-देवता की पूजा आरम्भ हुई।

जग्गैया दूर-जहाँ तक समुद्र की लहरें आकर लौट जाती हैं, वहीं बैठा हुआ चुपचाप अनन्त जलराशि की ओर देख रहा था और मन में सोच रहा था—क्यों मेरे पास एक नाव न रही? मैं कितनी मछलियाँ पकड़ता, आह! फिर मेरी माता को इतना कष्ट क्यों होता। अरे, वह तो मर रही है; मेरे लिए इसी अन्धकार-सा दारिद्रय छोड़कर! तब भी देखें, भाग्य-देवता क्या करते हैं। इसी जग्गैया की मजूरी करने से तो वह मर रही है।

उसके क्रोध का उद्वेग समुद्र-सा गर्जन करने लगा।

पूजा समाप्त करके मदिरारुण नेत्रों से घूरते हुए पुजारी ने कहा, "रमैया! तुम अपना भला चाहते हो, तो जग्गैया के कुटुम्ब से कोई सम्बन्ध न रखना। समझा न?"

उधर जग्गैया का क्रोध अपनी सीमा पार कर रहा था। उसकी इच्छा होती थी कि गैया का गला घोंट दे, किन्तु वह निर्बल बालक। उसके सामने से जैसे लहरें लौट जाती थीं, उसी तरह उसका क्रोध मूर्च्छित होकर गिरता-सा प्रत्यावर्तन करने लगा। वह दूर-ही-दूर अन्धकार में झोंपड़ी की ओर लौट रहा था।

सहसा किसी का कठोर हाथ उसके कन्धे पर पड़ा। उसने चौंककर कहा, "कौन?"

मदिरा-विह्वल कंठ से रग्गैया ने कहा, "तुम मेरे घर कल से न आना।"

जग्गैया वहीं बैठ गया। वह फूट-फूटकर रोना चाहता था; परन्तु अन्धकार उसका गला घोंट रहा था। दारुण क्षोभ और निराशा उसके क्रोध को उत्तेजित करती रही। उसे अपनी माता के तत्काल न जाने पर झुँझलाहट-सी हो रही थी। समीर अधिक हो चला। प्राची का आकाश स्पष्ट होने लगा; पर जग्गैया का अदृष्ट तमसाच्छन्न था।

कामैया ने धीरे-धीरे आकर जग्गैया की पीठ पर हाथ रख दिया। उसने घूमकर देखा। कामैया की आँखों में आँसू भरे थे। दोनों चुप थे।

कामैया की माता ने पुकारकर कहा, "जग्गैया! तेरी माँ मर गयी। इसको अब ले जा।"

जग्गैया धीरे-धीरे उठा और अपनी माता के शव के पास खड़ा हो गया। अब उसके मुख पर हर्ष-विषाद, सुख-दुःख कुछ भी नहीं था। उससे कोई बोलता न था और वह भी किसी से बोलना नहीं चाहता था; किन्तु कामैया भीतर-ही-भीतर फूट-फूटकर रो रही थी। पर वह बोले कैसे? उससे तो अनबोला था न!

❑

देवरथ

दो-तीन रेखाएँ भाल पर, काली पुतलियों के समीप मोटी और काली बरौनियों का घेरा, घनी आव से मिली रहने वाली भवें और नासा-पुट के नीचे हलकी-हलकी हरियाली उस तापसी के गोरे मुँह पर सबल अभिव्यक्ति की प्रेरणा प्रगट करती थीं।

यौवन काषाय से कहीं छिप सकता है। संसार को दुःखपूर्ण समझकर ही तो वह संघ की शरण में आयी थी। उसके आशापूर्ण हृदय पर कितनी ही ठोकरें लगी थीं। तब भी यौवन ने साथ न छोड़ा। भिक्षुकी बनकर भी वह शांति न पा सकी थी। वह आज अत्यन्त अधीर थी।

चैत की अमावस्या का प्रभात था। अश्वत्थ वृक्ष की मिट्टी-सी सफेद डालों और तने पर ताम्र अरुण कोमल पत्तियाँ निकल आती थीं। उन पर प्रभात की किरणें पड़कर लोट-पोट हो जाती थीं। इतनी स्निग्ध शय्या उन्हें कहाँ मिली थी।

सुजाता सोच रही थी। आज अमावस्या है। अमावस्या तो उसके हृदय में सबेरे से ही अंधकार भर रही थी। दिन का आलोक उसके लिए नहीं के बराबर था। वह अपने विशृंखल विचारों को छोड़कर कहाँ भाग जाये। शिकारियों का झुण्ड और अकेली हिरणी! उसकी आँखें बन्द थीं।

आर्यमित्र खड़ा रहा। उसने देख लिया कि सुजाता की समाधि अभी न खुलेगी। वह मुस्कराने लगा। उसके कृत्रिम शील ने भी उसको वर्जित किया। संघ के नियमों ने उसके हृदय पर कोड़े लगाये; पर वह भिक्षु वहीं खड़ा रहा।

भीतर के अंधकार से ऊबकर सुजाता ने आलोक के लिए आँखें खोल दीं। आर्यमित्र को देखकर आलोक की भीषणता उसकी आँखों के सामने नाचने लगी। उसने शक्ति बटोरकर कहा, "वन्दे!"

आर्यमित्र पुरुष था। भिक्षुकी का उसके सामने नत होना संघ का नियम था। आर्यमित्र ने हँसते हुए अभिवादन का उत्तर दिया और पूछा, "सुजाता, आज तुम स्वस्थ हो?"

सुजाता उत्तर देना चाहती थी। पर आर्यमित्र के काषाय के नवीन रंग में उसका मन उलझ रहा था। वह चाहती थी कि आर्यमित्र चला जाय; चला जाय उसकी चेतना

के घेरे के बाहर। इधर वह अस्वस्थ थी, आर्यमित्र उसे औषधि देता था। संघ का वह वैद्य था। अब वह अच्छी हो गयी है। उसे आर्यमित्र की आवश्यकता नहीं। किन्तु है तो...हृदय को उपचार की अत्यन्त आवश्यकता है। तब भी आर्यमित्र! वह क्या करे। बोलना ही पड़ा–

"हाँ, अब तो स्वस्थ हूँ।"

"अभी पथ्य सेवन करना होगा।"

"अच्छा!"

"मुझे और भी एक बात कहनी है।"

"क्या? नहीं, क्षमा कीजिये। आपने कब से प्रवज्या ली है?"

"वह सुनकर तुम क्या करोगी? संसार ही दुःखमय है।"

"ठीक तो...अच्छा, नमस्कार।"

आर्यमित्र चला गया; किंतु उसके जाने से जो आन्दोलन आलोक-तरंग से उठा, उसी में सुजाता झूमने लगी थी। उसे मालूम नहीं, कब से महास्थविर उसके समीप खड़े थे।

समुद्र का कोलाहल कुछ सुनने नहीं देता था। संध्या धीरे-धीरे विस्तृत नील जल-राशि पर उतर रही थी। तरंगों पर तरंगें बिखरकर चूर हो रही थीं। सुजाता बालुका की शीतल वेदी पर बैठी हुई अपलक आँखों से उस क्षणिकता का अनुभव कर रही थी; किन्तु नीलाम्बुधि का महान् संसार किसी वास्तविकता की ओर संकेत कर रहा था। सत्ता की संपूर्णता धुँधली संध्या में मूर्तिमान हो रही थी। सुजाता बोल उठी–

"जीवन सत्य है, संवेदन सत्य है, आत्मा के आलोक में अंधकार कुछ नहीं है।"

"सुजाता, यह क्या कह रही हो?" पीछे से आर्यमित्र ने कहा।

"कौन, आर्यमित्र!"

"मैं भिक्षुणी क्यों हुई, आर्यमित्र?"

"व्यर्थ सुजाता। मैंने अमावस्या की गम्भीर रजनी में संघ के सम्मुख पापी होना स्वीकार कर लिया है। अपने कृत्रिम शील के आवरण में सुरक्षित नहीं रह सका। मैंने महास्थविर से कह दिया कि संघमित्र का पुत्र आर्यमित्र सांसारिक विभूतियों की उपेक्षा नहीं कर सकता। कई पुरुषों की संचित महौषधियाँ, कलिंग के राजवैद्य पद का सम्मान सहज में छोड़ा नहीं जा सकता। मैं केवल सुजाता के लिए ही भिक्षु बना था। उसी का पता लगाने के लिए मैं नील विहार में आया था। वह मेरी वाग्दत्ता भावी पत्नी है।"

"किन्तु आर्यमित्र, तुमने विलम्ब किया, मैं तुम्हारी पत्नी न हो सकूँगी।" सुजाता ने बीच ही में रोककर कहा।

"क्यों सुजाता? यह काषाय क्या शृंखला है? फेंक दो इसे। वाराणसी के स्वर्ण-खचित वसन ही तुम्हारे परिधान के लिए उपयुक्त हैं। रत्नमाला, मणिकंकण

और हेमकांची तुम्हारी कमल-कोमल अंग-लता को सजावेगी। तुम राजरानी बनोगी।''

''किन्तु...''

''किन्तु क्या सुजाता? मेरा हृदय फटा जाता है। बोलो, मैं संघ का बन्धन तोड़ चुका हूँ और तुम भी तो जीवन की, आत्मा की क्षणिकता में विश्वास नहीं करती हो।''

''किन्तु आर्यमित्र! मैं वह अमूल्य उपहार, जो स्त्रियाँ, कुलवधुएँ अपने पति के चरणों में समर्पण करती हैं—कहाँ से लाऊँगी? वह वरमाला, जिसमें दूर्वा-सदृश कौमार्य हरा-भरा रहता हो, जिसमें मधूक-कुसुम-सा हृदय-रस भरा हो, कैसे, कहाँ से तुम्हें पहना सकूँगी?''

''क्यों सुजाता? उसमें कौन सी बाधा है?'' कहते-कहते आर्यमित्र का स्वर कुछ तीक्ष्ण हो गया। वह अँगूठे से बालू बिखेरने लगा।

''उसे सुनकर तुम क्या करोगे? जाओ, राज-सुख भोगो। मुझ जनम की दुखिया के पीछे अपना आनन्दपूर्ण भविष्य-संसार नष्ट न करो, आर्यमित्र! जब तुमने संघ का बन्धन भी तोड़ दिया है, तब मुझ पामरी के मोह का बन्धन भी तोड़ डालो।''

सुजाता के वक्ष में श्वास भर रहा था।

आर्यमित्र ने निर्जन समुद्र-तट के उस मलिन सायंकाल में सुजाता का हाथ पकड़कर तीव्र स्वर में पूछा, ''सुजाता, स्पष्ट कहो; क्या तुम मुझसे प्रेम नहीं करती हो?''

''करती हूँ आर्यमित्र! इसी का दुःख है। नहीं तो भैरवी के लिए किस उपभोग की कमी है?''

आर्यमित्र ने चौंककर सुजाता का हाथ छोड़ते हुए कहा, ''क्या कहा, भैरवी!''

''हाँ आर्यमित्र! मैं भैरवी हूँ, मेरी...''

आगे वह कुछ न कह सकी। आँखों से जल-बिंदु ढुलक रहे थे, जिसमें वेदना के समुद्र ऊर्मिल हो रहे थे।

आर्यमित्र अधीर होकर सोचने लगा—'पारिवारिक पवित्र बंधनों को तोड़कर जिस मुक्ति की, निर्वाण की आशा में जनता दौड़ रही है, उस धर्म की यही समझ है। यह अंधेर-गृहस्थों का सुख न देख सकनेवालों का निर्मम दण्ड, समाज कब तक भोगेगा?'

सहसा प्रकृतिस्थ होकर उसने कहा, ''सुजाता! मेरा सिर घूम रहा है, जैसे देवरथ का चक्र, परंतु मैं तुमको अब भी पत्नी-रूप में ग्रहण करूँगा। सुजाता, चलो।''

''किंतु मैं तुम्हें पति-रूप में ग्रहण न कर सकूँगी। अपनी सारी लांछना तुम्हारे साथ बाँटकर जीवन-संगिनी बनने का दुस्साहस मैं न कर सकूँगी। आर्यमित्र, मुझे क्षमा करो! मेरी वेदना रजनी से भी काली है और दुःख समुद्र से भी विस्तृत है। स्मरण है? इसी महोदधि के तट पर बैठकर सिकता में हम लोग अपना नाम

साथ-ही-साथ लिखते थे। मिट जाने दो हृदय की सिकता में प्रेम का नाम! आर्यमित्र, इस रजनी के अंधकार में उसे विलीन हो जाने दो।''

''सुजाता!'' सहसा एक कठोर स्वर सुनाई पड़ा।

दोनों ने घूमकर देखा, अंधकार-सी भीषण मूर्ति, संघस्थविर!

उसके जीवन में परमाणु बिखर रहे थे। निशा की कालिमा में सुजाता सिर झुकाये हुए बैठी, देव-प्रतिमा की रथयात्रा का समारोह देख रही थी; किंतु दौड़कर छिप जाने वाले मूक दृश्य के समान वह किसी को समझ न पाती थी। स्थविर ने उसके सामने आकर कहा, ''सुजाता, तुमने प्रायश्चित्त किया?''

''किसके पाप का प्रायश्चित्त! तुम्हारे या अपने?'' तीव्र स्वर में सुजाता ने कहा।

''धर्मद्रोह? आश्चर्य!''

''तुम्हारा शरीर देवता को समर्पित था, सुजाता। तुमने...''

बीच ही में उसे रोककर तीव्र स्वर में सुजाता ने कहा, ''चुप रहो, असत्यवादी। वज्रयानी नर-पिशाच...''

एक क्षण में इस भीषण मनुष्य की कृत्रिम शांति विलीन हो गयी। उसने दाँत किटकिटाकर कहा, ''मृत्यु-दण्ड!''

सुजाता ने उसकी ओर देखते हुए कहा, ''कठोर से भी कठोर मृत्यु-दण्ड मेरे लिए कोमल है। मेरे लिए इस स्नेहमयी धरणी पर बचा ही क्या है? स्थविर! तुम्हारा धर्मशासन घरों को चूर-चूर करके विहारों की सृष्टि करता है—कुचक्र में जीवन को फँसाता है। पवित्र गार्हस्थ बंधनों को तोड़कर तुम लोग भी अपनी वासना-तृप्ति के अनुकूल ही तो एक नया घर बनाते हो, जिसका नाम बदल देते हो। तुम्हारी तृष्णा तो साधारण सरल गृहस्थों से भी तीव्र है, क्षुद्र है और निम्न कोटि की है।''

''किंतु सुजाता, तुमको मरना ही होगा।''

''तो मरूँगी स्थविर; किन्तु तुम्हारा यह काल्पनिक आडम्बरपूर्ण धर्म भी मरेगा। मनुष्यता का नाश करके कोई धर्म खड़ा नहीं रह सकता!''

''कल ही!''

''हाँ, कल प्रभात में तुम देखोगे कि सुजाता कैसे मरती है!''

सुजाता मंदिर के विशाल स्तम्भ से टिकी हुई, रात्रिव्यापी उत्सव को स्थिर दृष्टि से देखती रही। एक बार उसने धीरे से पूछा—

''देवता, यह उत्सव क्यों? क्या जीवन की यंत्रणाओं से तुम्हारी पूजा का उपकरण संग्रह किया जाता है?''

प्रतिमा ने कोई उत्तर नहीं दिया।

प्रभात की किरणें मंदिर के शिखर पर हँसने लगीं।

देव-विग्रह ने रथ-यात्रा के लिए प्रयाण किया। जनता तुमुलनाद से जय-घोष करने लगी।

सुजाता ने देखा, पुजारियों के दल में कौशेय वसन पहने हुए आर्यमित्र भी भक्तिभाव से चला जा रहा है। उसकी इच्छा हुई कि आर्यमित्र को बुलाकर कहे कि वह उसके साथ चलने को प्रस्तुत है।

सम्पूर्ण बल से उसने पुकारा—''आर्यमित्र!''

किन्तु उस कोलाहल में कौन सुनता है? देवरथ विस्तीर्ण राज-पथ से चलने लगा। उसके दृढ़ चक्रधारणी की छाती में गहरी लीक डालते हुए आगे बढ़ने लगे। उस जन-समुद्र में सुजाता फाँद पड़ी और एक क्षण में उसका शरीर देवरथ के भीषण चक्र से पिस उठा।

रथ खड़ा हो गया। स्थविर ने स्थिर दृष्टि से सुजाता के शव को देखा। अभी वह कुछ बोलना ही चाहता था कि दर्शकों और पुजारियों का दल, ''काला पहाड़! काला पहाड़!!'' चिल्लाता हुआ इधर-उधर भागने लगा। धूलि की घटा में बरछियों की बिजलियाँ चमकने लगीं।

देव-विग्रह एकाकी धर्मोन्मत्त 'काला पहाड़' के अश्वारोहियों से घिर गया, रथ पर था देव-विग्रह और नीचे सुजाता का शव।

❑

विराम-चिह्न

देव-मंदिर के सिंहद्वार से कुछ दूर हटकर वह छोटी-सी दुकान थी। सुपारी के घने कुंज के नीचे एक मैले कपड़े के टुकड़े पर सूखी हुई धारा में तीन-चार केले, चार कच्चे पपीते, दो हरे नारियल और छः अंडे थे। मंदिर से दर्शन करके लौटते हुए भक्त लोग दोनों पट्टी में सजी हुई दुकानों को देखकर उसकी ओर ध्यान देने की आवश्यकता ही नहीं समझते थे।

अर्द्ध-नग्न वृद्धा दुकानवाली भी किसी को अपनी वस्तु लेने के लिए नहीं बुलाती थी। वह चुपचाप अपने केलों और पपीतों को देख लेती। मध्याह्न बीत चला। उसकी कोई वस्तु न बिकी। मुँह की ही नहीं, उसके शरीर पर भी झुर्रियाँ रूखी होकर ऐंठी जा रही थीं। मूल्य देकर भात-दाल की हाँड़ियाँ लिए लोग चले जा रहे थे। मंदिर में भगवान् के विश्राम का समय हो गया था। उन हाँड़ियों को देखकर उसकी भूखी आँखों में लालच की चमक बढ़ी, किन्तु पैसे कहाँ थे? आज तीसरा दिन था, उसे दो-एक केले खाकर बिताये हुए। उसने एक बार भूख से भगवान् की भेंट कराकर क्षण-भर के लिए विश्राम पाया; किंतु भूख की वह पतली लहर अभी दबाने में पूरी तरह समर्थ न हो सकी थी, कि राधे आकर उसे गुरेरने लगा। उसने भरपेट ताड़ी पी ली थी। आँखों से बात करने में उद्वेग निकल रहा था। हाथ नचाकर वह कहने लगा।

"सब लोग जाकर खा-पीकर सो रहे हैं। तू यहाँ बैठी हुई देवता का दर्शन कर रही है। अच्छा, तो आज भी कुछ खाने को नहीं?"

"बेटा! एक पैसे का भी नहीं बिका, क्या करूँ? अरे, तो तू भी कितनी ताड़ी पी आया है।"

"वह सामने तेरे ठाकुर दिखाई पड़ रहे हैं। तू भी पीकर देख न!"

उस समय सिंहद्वार के सामने की विसतृत भूमि निर्जन हो रही थी। केवल जलती हुई धूप उस पर किलोल कर रही थी। बाजार बन्द था। राधे ने देखा, दो-चार कौए काँव-काँव करते हुए सामने नारियल-कुंज की हरियाली में घुस रहे थे। उसे अपना ताड़ीखाना स्मरण हो आया। उसने अण्डों को बटोर लिया।

बुढ़िया 'हाँ, हाँ' करती ही रह गयी, वह चला गया। दुकानवाली ने अँगूठे और तर्जनी से दोनों आँखों का कीचड़ साफ की और फिर मिट्टी के पात्र से जल लेकर मुँह धोया।

बहुत सोच-विचारकर अधिक उतरा हुआ एक केला उसने छीलकर अपनी अंजलि में रख उसे मन्दिर की ओर नैवेद्य लगाने के लिए बढ़ाकर आँखें बन्द कर लीं।

भगवान् ने उस अछूत का नैवेद्य ग्रहण किया या नहीं, कौन जाने; किन्तु बुढ़िया ने उसे प्रसाद समझकर ही ग्रहण किया।

अपनी दुकान झोली में समेटे हुए, जिस कुंज में कौए घुसे थे, उसी में वह भी घुसी। पुआल से छायी हुई ठट्टरों की झोंपड़ी में विश्राम किया।

उसकी स्थावर सम्पत्ति में वही नारियल का कुंज, चार पेड़ पपीते और छोटी-सी पोखरी के किनारे पर के कुछ केले के वृक्ष थे। उसकी पोखरी में एक छोटा-सा झुण्ड बतखों का भी था, जो अंडे देकर बुढ़िया की आय में वृद्धि करता। राधे अत्यन्त मद्यप था। उसकी स्त्री ने उसे बहुत दिन हुए छोड़ दिया था।

बुढ़िया को भगवान् का भरोसा था, उसी देव-मन्दिर के भगवान् का, जिसमें वह कभी नहीं जाने पायी थी!

अभी वह विश्राम की झपकी ही लेती थी कि महन्तजी के जमादार कुंज ने कड़े स्वर में पुकारा—"राधे, अरे रधवा, बोलता क्यों नहीं रे!"

बुढ़िया ने आकर हाथ जोड़ते हुए कहा, "क्या है महाराज?"

"सुना है कि कल तेरा लड़का कुछ अछूतों के साथ मन्दिर में घुसकर दर्शन करने जायेगा।"

"नहीं, नहीं, कौन कहता है महाराज! वह शराबी, भला मन्दिर में उसे कब से भक्ति हुई है?"

"नहीं, मैं तुझसे कहे देता हूँ, अपनी खोपड़ी सँभालकर रखने के लिए उसे समझा देना। नहीं तो तेरी और उसकी, दोनों की दुर्दशा हो जायेगी।"

राधे ने पीछे से आते हुए क्रूर स्वर में कहा, "जाऊँगा, तब तेरे बाप के भगवान् हैं! तू होता कौन है रे?"

"अरे, चुप रे राधे! ऐसा भी कोई कहता है रे! अरे, तू जायेगा मन्दिर में? भगवान् का कोप कैसे रोकेगा रे?" बुढ़िया गिड़गिड़ाकर कहने लगी। कुंजबिहारी जमादार ने राधे की लाठी देखते ही ढीली बोल दी। उसने कहा, "जाना राधे कल, देखा जायेगा।" मादार धीरे-धीरे खिसकने लगा।

"अकेले-अकेले बैठकर भोग-प्रसाद खाते-खाते बच्चू लोगों को चरबी चढ़ गयी है। दर्शन नहीं रे, तेरा भात छीनकर खाऊँगा। देखूँगा, कौन रोकता है।" राधे गुर्राने लगा। कुंज तो चला गया, बुढ़िया ने कहा, "राधे बेटा, आज तक तूने कौन से अच्छे काम किये हैं, जिनके बल पर मन्दिर में जाने का साहस करता है? ना बेटा, यह

काम कभी मत करना। अरे ऐसा भी कोई करता है?"

"तूने भात बनाया है आज?"

"नहीं बेटा! आज तीन दिन से पैसे नहीं मिले, चावल है नहीं।"

"इन मन्दिर वालों ने अपनी जूठन भी तुझे दी?"

"मैं क्या लेती, उन्होंने दी भी नहीं।"

"तब भी तू कहती है कि मन्दिर में हम लोग न जायें! जायेंगे; सब अछूत जायेंगे।"

"न बेटा! किसी ने तुमको बहका दिया है। भगवान् के पवित्र मन्दिर में हम लोग आज तक कभी नहीं गये। वहाँ जाने के लिए तपस्या करनी चाहिए।"

"हम लोग तो जायेंगे।"

"ना, ऐसा कभी न होगा।"

"होगा, फिर होगा। जाता हूँ ताड़ीखाने, वहीं पर सबकी राय से कल क्या होगा; यह देखना।" राधे ऐंठता हुआ चला गया। बुढ़िया एकटक मन्दिर की ओर निहारने लगी।

"भगवान्, क्या होनेवाला है!"

दूसरे दिन मन्दिर के द्वार पर भारी जमघट था। आस्तिक भक्तों का झुण्ड अपवित्रता से भगवान् की रक्षा करने के लिए दृढ़ होकर खड़ा था। उधर सैकड़ों अछूतों के साथ राधे मन्दिर में प्रवेश करने के लिए तत्पर था।

लट्‌ठ चले, सिर फूटे। राधे आगे बढ़ ही रहा था। कुंजबिहारी ने बगल से घूमकर राधे के सिर पर करारी चोट दी। वह लहू से लथपथ वहीं लोटने लगा। प्रवेशार्थी भागे। उनका सरदार गिर गया था। पुलिस भी पहुँच गयी थी। राधे के अन्तरंग मित्र गिनती में 10-12 ही रह गये।

क्षण भर के लिये वहाँ शिथिलता छा गयी थी। सहसा बुढ़िया भीड़ चीरकर वहीं पहुँच गयी। उसने राधे को रक्त में सना हुआ देखा। उसकी आँखें लहू से भर गयीं। उसने कहा, "राधे की लोथ मन्दिर में जायेगी।" वह अपने निर्बल हाथों से राधे को उठाने लगी।

उसके साथी बढ़े। मन्दिर का दल भी हुंकार करने लगा; किन्तु बुढ़िया की आँखों के सामने ठहरने का किसी को साहस न रहा। वह आगे बढ़ी; पर सिंहद्वार की देहलीज पर जाकर सहसा रुक गयी। उसकी आँखों की पुतली में जो मूर्तिभंजक छाया-चित्र था, वहीं गलकर बहने लगा।

राधे का शव दहलीज के समीप रख दिया। बुढ़िया ने दहलीज पर सिर झुकाया, पर वह सिर उठा न सकी। मंदिर में घुसनेवाले अछूतों के आगे बुढ़िया विराम-चिह्न सी पड़ी थी।

❑

सालवती

: 1 :

सदानीरा अपनी गम्भीर गति से, उस घने जंगल से कतराकर चली जा रही है। सालों की श्यामल छाया उसके जल को और भी नीला बना रही है; परन्तु वह इस छायादान को अपनी छोटी-छोटी वीचियों से मुसकराकर टाल देती है। उसे तो ज्योत्स्ना से खेलना है। चैत की मतवाली चाँदनी परिमल से लदी थी। उसके वैभव की यह उदारता थी कि उसकी कुछ किरणों को जंगल के किनारे की फूस की झोंपड़ी पर भी बिखरना पड़ा।

उसी झोंपड़ी के बाहर नदी के जल को पैर से छूती हुई एक युवती चुपचाप बैठी आकाश के दूरवर्ती नक्षत्रों को देख रही थी। उसके पास ही सत्ता का पिंड रक्खा था। भीतर के दुर्बल कण्ठ से किसी ने पुकारा, ''बेटी!''

परन्तु युवती तो आज एक अद्भुत गौरव-नारी-जीवन की सार्थकता देखकर आयी है! पुष्करिणी के भीतर से कुछ मिट्टी रात में ढोकर बाहर फेंकने का पारिश्रमिक चुकाने के लिए; रत्नाभरणों से लदी हुई एक महालक्ष्मी बैठी थी। उसने पारिश्रमिक देते हुए पूछा, ''बहन! तुम कहाँ रहती हो? कल फिर आना।'' उन शब्दों में कितना स्नेह था। वह महत्त्व! क्या इन नक्षत्रों से भी दूर की वस्तु नहीं? विशेषतः उसके लिए वह तल्ली थी। भीतर से फिर पुकार हुई।

''बेटी!...सालवती!...रात को नहा मत! सुनती नहीं बेटी!''

''पिताजी!'' सालवती की तन्द्रा टूटी। वह उठ खड़ी हुई। उसने देखा कि वृद्ध छड़ी टेकता हुआ झोंपड़ी के बाहर आ रहा है। वृद्ध ने सालवती की पीठ पर हाथ रखकर उसके बालों को टटोला! वे रूखे थे। वृद्ध ने संतोष की साँस लेकर कहा, ''अच्छा है बेटी! तूने स्नान नहीं किया न! मैं तनिक सो गया था। आज तू कहाँ चली गई थी? अरे, रात तो प्रहर से अधिक बीत चुकी। बेटी! तूने आज कुछ भोजन नहीं बनाया?''

''पिताजी! आज मैं नगर की ओर चली गयी थी। वहाँ पुष्करिणी बन रही है, उसी को देखने।''

"तभी तो बेटी! तुझे विलम्ब हो गया। अच्छा, तो बना ले कुछ मुझे भी भूख लगी है। ज्वर तो अब नहीं है। थोड़ा-सा मूँग का सूप...हाँ रे! मूँग तो नहीं है! अरे, यह क्या है रे?"

"पिताजी! मैंने पुष्करिणी में से कुछ मिट्टी निकाली है। उसी का यह पारिश्रमिक है। मैं मूँग लेने ही तो गयी थी; परन्तु पुष्करिणी देखने की धुन में उसे लेना भूल गयी।

"भूल गयी न बेटी! अच्छा हुआ; पर तूने यह क्या किया। वज्जियों के कुल में किसी बालिका ने आज...अरे...यह तो लज्जापिंड है। बेटी इसे मैं न खा सकूँगा। किसी कुलपुत्र के लिए इससे बढ़कर अपमान की और कोई वस्तु नहीं। फोड़ तो!"

सालवती ने उसे पटककर तोड़ दिया। पिंड टूटते ही वैशाली की मुद्रा से अंकित एक स्वर्ण-खंड उसमें से निकल पड़ा। सालवती का मुँह खिल उठा; किन्तु वृद्ध ने कहा, "बेटी! इसे सदानीरा में फेंक दे।"

सालवती विषाद से भरी उस स्वर्ण-खंड को हाथ में लिए खड़ी रही। वृद्ध ने कहा, "पागल लड़की! आज उपवास न करना होगा। तेरे मिट्टी ढोने का उचित पारिश्रमिक केवल यह सत्तू है। यह स्वर्ण का चमकीला टुकड़ा नहीं।"

"पिताजी! फिर आप?"

"मैं...? आज रात को भी ज्वर का लंघन समझूँगा! जा, यह सत्तू खाकर सदानीरा का जल पीकर सो रह!"

"पिताजी, मैं भी आज रात बिना खाये बिता सकती हूँ; परन्तु मेरा एक सन्देह..."

"पहले उसको फेंक दे, तब मुझसे कुछ पूछ!"

सालवती ने उसे फेंक दिया। तब एक निःश्वास छोड़कर बुड्ढे ने कहना आरम्भ किया—

"आर्यों का वह दल, जो माधव के साथ ज्ञान की अग्नि मुँह में रखकर सदानीरा के इस पार पहले-पहल आया, विचारों की स्वतंत्रता का समर्थक था। कर्मकाण्डियों की महत्ता और उनकी पाखण्डप्रियता का विरोधी वह दल सब प्रकार की मानसिक या नैतिक पराधीनता का कट्टर शत्रु था।

"जीवन पर उसने नये ढंग से विचार करना आरम्भ किया। धर्म का ढोंग उसके लिए कुछ अर्थ नहीं रखता था। वह आर्यों का दल दार्शनिक था। उसने मनुष्यों की स्वतंत्रता का मूल्य चारों ओर से आँकना चाहा और आज गंगा के उत्तरी तट पर विदेह, वज्जि, लिच्छवि और मल्लों का जो गणतंत्र अपनी ख्याति से सर्वोन्नत है, वह उन्हीं पूर्वजों की कीर्तिलेखा है।

"मैं उन्हीं का कुलपुत्र हूँ। मैंने भी तीर्थंकरों के मुख से आमवाद-अनात्मवाद के व्याख्यान सुने हैं। संघों के शास्त्रार्थ कराये हैं। उनके चातुर्मास कराए हैं, मैं भी दार्शनिकों में प्रसिद्ध था। बेटी! तू इसी धवलयश की दुहिता होकर किसी की दया

पर अपना जीवन-निर्वाह करे, यह मैं नहीं सहन कर सकता।

"बेटी, गणराज्य में जिन लोगों के पास प्रभूत धन है, उन लोगों ने निर्धन कुलीनों के निर्वाह के लिए यह गुप्तदान की प्रथा चलायी है कि अँधेरे में किसी से थोड़ा काम कराकर उसे कुछ स्वर्ण दे देना। क्या यह अनुग्रह नहीं है बेटी?"

"है तो पिताजी!"

"फिर यह कृतज्ञता और दया का भार तू उठावेगी। वही हम लोगों की संतान, जिन्होंने देवता और स्वर्ग का भी तिरस्कार किया था, मनुष्य की पूर्णता और समता का मंगलघोष किया था, उसी की सन्तान अनुग्रह का आश्रय ले?"

"नहीं पिताजी! मैं अनुग्रह न चाहूँगी।"

"तू मेरी प्यारी बेटी है। जानती है बेटी! मैंने दार्शनिकवादों में सर्वस्व उड़ाकर अपना कौन-सा सिद्धांत स्थिर किया है?"

"नहीं पिताजी!"

"आर्थिक पराधीनता ही संसार में दुःख का कारण है। मनुष्य को उससे मुक्ति पानी चाहिए; मेरा इसलिए उपास्य है स्वर्ण।"

वृद्ध ठठाकर हँस पड़ा। उसने कहा, "मेरा उपास्य मेरी झोंपड़ी में है; इस सदानीरा में है और मेरे परिश्रम में!"

सालवती चकित होकर देखने लगी।

वृद्ध ने कहा, "चौंक मत बेटी! मैं हिरण्यगर्भ का उपासक हूँ। देख, सदानीरा की शिलाओं में स्वर्ण की प्रचुर मात्रा है।"

"तो क्या पिताजी! तुमने इसलिए इन काले पत्थरों से झोंपड़ी भर रक्खी है?" सालवती ने उत्साह से कहा।

वृद्ध ने सिर हिलाते हुए अपनी झोंपड़ी में प्रवेश किया और सालवती! उसने घूमकर लज्जापिण्ड को देखा भी नहीं। वह दरिद्रता का प्रसाद यों ही बिखरा पड़ा रहा। सालवती की आँखों के सामने चन्द्रमा सुनहला होकर व सदानीरा की लहरें पुलिन से टकराकर गम्भीर कलनाद का सृजन कर रही थीं; किन्तु वह लावण्यमयी युवती अचेतन अवस्था में चुपचाप बैठी हुई वज्जियों की, विदेहों की अद्भुत स्वतंत्रता पर विचार कर रही थी। उसने झुँझलाकर कहा, "ठीक! मैं अनुग्रह नहीं चाहती। अनुग्रह लेने से मनुष्य कृतज्ञ होता है। कृतज्ञता परतंत्र बनाती है।"

लज्जापिण्ड से मछलियों की उदरपूर्ति कराकर वह भूखी ही जाकर सो रही।

दूसरे दिन से वृद्ध शिला-खण्डों से स्वर्ण निकालता और सालवती उसे बेचकर आवश्यकता की पूर्ति करती। उसके साथ कानन में चहल-पहल रहती। अतिथि, आजीवक और अभ्यागत आते, आदर-सत्कार पाते, परन्तु यह कोई न जान सका कि यह सब होता कहाँ से है। वैशाली में धूम मच गयी। कुतूहल से कुलपुत्र चंचल हुए! परंतु एक दिन धवलयश अपनी गरिमा में हँसता हुआ संसार से उठ गया।

सालवती अकेली रह गयी। उसे तो स्वर्ण का उद्गम मालूम था। वह अपनी जीवनचर्या में स्वतंत्र बनी रही। उसका रूप और यौवन मानसिक स्वतन्त्रता के साथ सदानीरा की जलधारा की तरह वेगपूर्ण था।

: 2 :

वसन्त की मंजरियों से पराग बरसने लगा। किसलय के कर-पल्लव से युवकों को आमन्त्रण मिला। वैशाली के स्वतन्त्र नागरिक अमोद-प्रमोद के लिए उन्मत्त हो उठे। अशोक के लाल स्तवकों में मधुपों का मादक गुंजार नगर-प्रान्त को संगीतमय बना रहा था। तब कलशों में आब लिए दासों के वृन्द, वसन्त कुसुमालंकृत युवतियों के दल, कुलपुत्रों के साथ वसन्तोत्सव के लिए वनों-उपवनों में फैल गये।

कुछ मनचले उस दूरवर्ती साल-कानन में भी पहुँचे। सदानीरा के तट पर साल की निर्जन छाया में उनकी गोष्ठी जमी। इस दल में अन्य लोगों की अपेक्षा एक विशेषता थी कि इनके साथ कोई स्त्री न थी।

दासों ने आसन बिछा दिये। खाने-पीने की सामग्री रख दी गयी। ये लोग सम्भ्रान्त कुलपुत्र थे। कुछ गम्भीर विचारक-से वे युवक देव-गन्धर्व की तरह रूपवान् थे। लम्बी-चौड़ी हड्डियों वाले व्यायाम से सुन्दर शरीर पर दो-एक आभूषण और काशी के बने हुए बहुमूल्य उत्तरीय, रत्न-जटित कटिबन्ध में कृपाण। लच्छेदार बालों के ऊपर सुनहरे पतले-पटबन्ध और वसन्तोत्सव के प्रधान चिह्न-स्वरूप दूर्वा तथा मधूकपुष्पों की सुरचित मलिका। उनके मांसल भुजदण्ड, कुछ-कुछ आसवन-पान से अरुणनेत्र, ताम्बूलरंजित सुन्दर अधर, उस काल के भारतीय शारीरिक सौन्दर्य के आदर्श प्रतिनिधि थे।

वे बोलने के पहले थोड़ा मुस्कराते, फिर मधुप शब्दों में अपने भावों को अभिव्यक्त करते थे। गिनती में वे आठ थे। उनके रथ दूर खड़े थे। दासों ने आवश्यक वस्तु सजाकर रथों के समीप आश्रय लिया। कुलपुत्रों का पान, भोजन और विनोद चला।

एक ने कहा, "भद्र अभिनन्द! अपनी वीणा सुनाओ।"

दूसरों ने भी इस प्रस्ताव का अनुमोदन किया। अभिनन्द के संकेत पर दास ने उसकी वीणा सामने लाकर रख दी। अभिनन्द बजाने लगा। सब आनन्द-मग्न होकर सुनने लगे।

अभिनन्द ने एक विश्राम लिया। लोगों ने 'साधु-साधु' कहकर उसे अभिनन्दित किया। सहसा अश्वों के पद-शब्द सुनाई पड़े।

सिन्धुदेश के दो धवल अश्वों पर, जिनके स्वर्णालंकार चमक रहे थे, चामर हिल रहे थे, पैरों में मधुर शब्द कर रहे थे।

दो उच्च पदाधिकारी माननीय व्यक्तियों ने वहाँ पहुँचकर उस गोष्ठी के लोगों को चंचल कर दिया।

उनके साथ के अन्य अश्वारोही रथों के समीप खड़े रहे; किन्तु वे दोनों गोष्ठी के समीप आ गये।

कुलपुत्रों ने एक को पहचाना। वह था उपराजा अभयकुमार। उन लोगों ने उठकर स्वागत और नमस्कार किया।

उपराजा ने अश्व से ही पूछा, ''कुलपुत्रों की शुभकामना करते हुए मैं पूछ सकता हूँ कि क्या कुलपुत्रों की प्रसन्नता इसी में है, कि वे लोग अन्य नागरिकों से अलग अपने वसन्तोत्सव का आनन्द आप ही लें?''

''उपराजा के हम लोग कृतज्ञ हैं। हम लोगों की गोष्ठी को वे प्रसन्नता से सुशोभित कर सकते हैं। हम लोग अनुगृहीत होंगे।''

''किन्तु मेरे साथ एक माननीय अतिथि है। पहले इनका परिचय करा दूँ?''

''बड़ी कृपा होगी।''

''ये हैं मगधराज के महामन्त्री! वैशाली का वसन्तोत्सव देखने आये हैं।''

कुलपुत्रों ने मन में सोचा, महामन्त्री चतुर है। रथ पर न चढ़कर अश्व की वल्गा उसने अपने हाथ में रक्खी है। विनय के साथ कुलपुत्रों ने दोनों अतिथियों को घोड़ों से उतरने में सहायता दी। दासों ने दोनों अश्वों को रथ के समीप पहुँचाया और वैशाली के उपराजा तथा मगध के महामन्त्री कुलपुत्रों के अतिथि हुए।

महामन्त्री गूढ़ राजनीतिज्ञ था। वह किसी विशेष सिद्धि के लिए वैशाली आया था। वह संस्थागार के राजकों की मनोवृत्ति का गम्भीर अध्ययन कर रहा था। उनकी एक-एक बात, आचरणों और विनयों को वह तीव्र दृष्टि से देखता। उसने पूछा, ''कुलपुत्रों से मैं एक बात पूछूँ, यदि वे मुझे प्रसन्नता से ऐसी आज्ञा दें?''अभिनन्द ने कहा, ''अपने माननीय अतिथि को यदि हम लोग प्रसन्न कर सकें, तो अनुगृहीत होंगे।''

वैशाली के 77077 राजकों में आप लोग भी हैं। फिर आपके उत्सव में वैराग्य क्यों? अन्य नागरिकों से आप लोगों का उतसाह भिन्न क्यों है? आपकी गोष्ठी में ललनाएँ नहीं! वह उल्लास नहीं, परिहास नहीं, आनन्द-उमंग नहीं। सबसे दूर अलग, संगीत आपानक से शून्य आपकी गोष्ठी विलक्षण है।''

अभयकुमार ने सोचा कि कुलपुत्र इस प्रश्न को अपमान न समझ लें। कहीं कड़वा उत्तर न दे दें। उसने कहा, ''महामन्त्री! यह जानकर प्रसन्न होंगे कि वैशाली गणतन्त्र के कुलपुत्र अपनी विशेषताओं और व्यक्तित्व को सदैव स्वतन्त्र रखते हैं।''

अभिनन्द ने कहा, ''और भी एक बात है। हम लोग आठ स्वतन्त्र तीर्थंकरों के अनुयायी हैं और परस्पर मित्र हैं। हम लोगों ने साधारण नागरिकों से असमान उत्सव मनाने का निश्चय किया था। मैं तो तीर्थंकर पूरण कश्यप के सिद्धान्त अक्रियवाद को मानता हूँ। यज्ञ आदि कर्मों में न पुण्य है, न पाप। मनुष्य को इन पचड़ों में न पड़ना चाहिए।''

दूसरे ने कहा, "आर्य, मेरा नाम सुभद्र है। मैं यह मानता हूँ कि मृत्यु के साथ ही सब झगड़ों का अन्त हो जाता है।"

तीसरे ने कहा, "मेरा नाम वसन्तक है। मैं संजय वेलठिपुत्त का अनुयायी हूँ। जीवन में हम उन्हीं बातों को जानते हैं, जिनका प्रत्यक्ष सम्बन्ध हमारे संवेदनों से है। हम किसी अनुभवातीत वस्तु को नहीं जान सकते।"

चौथे ने कहा, "मेरा नाम मणिकंठ है। मैं तीर्थंकर प्रबुध कात्यायन का अनुगत हूँ। मैं समझता हूँ कि मनुष्य कोई सुनिश्चित वस्तु को ग्रहण नहीं कर सकता। कोई सिद्धान्त स्थिर नहीं कर सकता।"

पाँचवें ने कहा, "मैं आनन्द हूँ, आर्य! तीर्थंकर मस्करी गोशाल के नियतिवाद में मेरा पूर्ण विश्वास है। मनुष्य में कर्म करने की स्वतंत्रता नहीं। उसके लिए जो कुछ होना है वह होकर ही रहेगा। वह अपनी ही गति से गंतव्य स्थान तक पहुँच जायेगा।"

छठे ने कहा, "मैं तीर्थंकर नाथ-पुत्र का अंतेवासी हूँ। मैं कहता हूँ कि वस्तु है भी, नहीं भी, दोनों हो सकती है।"

आठवें ने किंचित् मुस्कराकर कहा, "आर्य! मैं मैत्रायण विदेहों के सुनिश्चित आत्मवाद का माननेवाला हूँ। ये जितनी भावनाएँ हैं, सबका उद्‌गम आत्मन् ही है।"

अभिनंद ने कहा, "तब हम लोगों की विलक्षणता पर महामंत्री को आश्चर्य होना स्वाभाविक है।"

अभयकुमार कुछ प्रकृतिस्थ हो रहा था। उसने देखा कि महामंत्री बड़े कुतूहल और मनोनिवेश से कुलपुत्रों का परिचय सुन रहा है। महामंत्री ने कुछ व्यंग्य से कहा, "आश्चर्य है! माननीय कुलपुत्रों ने अपने विभिन्न विचारों का परिचय देखकर मुझे तो चकित कर दिया है। तब आप लोगों का कोई एक मंतव्य नहीं हो सकता!"

"क्यों नहीं; बज्जियों का एक तो स्थिर सिद्धांत है ही। अर्थात् हम लोग वज्जि संघ के सदस्य हैं। राष्ट्रनीति में हम लोगों का मतभेद तीव्र नहीं होता।" कुलपुत्रों को चुप देखकर किसी ने साल के अंतराल से सुकोमल कंठ से यह कहा और नदी की ओर चली गयी।

उन लोगों की आँखें उधर उस कहने वाले को खोज रही थीं कि सामने से कलश लिये हुए सालवती सदानीरा का जल भरने के लिए आती दिखलाई पड़ी।

मगध के महामंत्री का रूप-लावण्यमयी युवती का यह उत्तर थप्पड़-सा लगा। उसने कहा, "अद्‌भुत!"

प्रसन्नता से महामंत्री की विमूढ़ता का आनंद लेते हुए अभयकुमार ने कहा, "आश्चर्य कैसा आर्य?"

"ऐसा सौंदर्य तो मगध में मैंने कोई देखा ही नहीं। वज्जियों का संघ सब विभूतियों से सम्पन्न है। आम्रपाली, जिस पर हम लोगों को गर्व है, इस लावण्य,

के सामने तुच्छ है और इसकी वाक्पटुता भी!''

''किंतु मैंने सुना है कि आम्रपाली वेश्या है। और यह तो?'' इतना कहकर अभयकुमार रुक-सा गया।

महामंत्री ने गंभरता से कहा, ''तब यह भी कोई कुलवधु होगी! क्षमा कीजिये।''

''यह तो पूछने से मालूम होगा!''

क्षण-भर के लिए सब चुप हो गये। सालवती अपना पूर्ण घट लेकर करारे पर चढ़ रही थी। अभिनंद ने कहा, ''कल्याणी! हम लोग आपका परिचय पाने के लिए उत्सुक हैं!''

''स्वर्गीय कुलपुत्र आर्य धवलयश की दुहिता सालवती के परिचय में कोई विचित्रता नहीं है!'' सालवती ने गम्भीरता से कहा, वह दुर्बल कटि पर पूर्ण कलश लिए रुक-सी गयी थी।

मैत्रायण ने कहा, ''धन्य है कुलपुत्रों का वंश! आज हम लोगों का प्रतिनिधि बनकर जो उचित उत्तर आपने मगध के माननीय महामंत्री को दिया है, वह कुलीनता के अनुरूप ही है। हम लोगों का साधुवाद ग्रहण कीजिये!''

''क्या कहूँ आर्य! मैं उतनी सम्पन्न नहीं हूँ कि आप जैसे माननीय अतिथियों का स्वागत-सत्कार कर सकूँ, फिर भी जल-फल-फूल से मैं दरिद्र भी नहीं। मेरे साल-कानन में आने के लिए मैं आप लोागें का हार्दिक स्वागत करती हूँ। जो आज्ञा हो, मैं सेवा करूँ।''

''शुभे, हम लोगों को किसी वस्तु की आवश्यकता नहीं। हम लोग आपकी उदारता के लिए कृतज्ञ हैं।'' अभिनंद ने कहा।

''किंतु मैं एक प्रार्थना करूँगा।'' महामंत्री ने सविनय कहा।

''आज्ञा दीजिये।''

''यदि आप अन्यथा न समझें।''

''कहिये भी।''

''अभिनंद के हाथ में वीणा है। एक सुन्दर आलाप की पूर्ति कैसे होगी?'' धृष्ट महामंत्री ने कहा।

''मुझे तो संगीत की वैसी शिक्षा नहीं मिली, जिससे आप प्रसन्न होंगे। फिर भी कलश रखकर आती हूँ।'' निस्संकोच भाव से कहकर सालवती चली गयी। सब चकित थे।

बेंत से बुनी हुई डाली में थोड़े-से फल लिये सालवती आयी और आसन के एक भाग में बैठ गयी। कुलपुत्रों ने फल चखे और थोड़ी मात्रा में आसव भी। अभिनन्द ने वीणा उठा ली। अभयकुमार प्यासी आँखों से उस सौंदर्य को देख रहा था। सालवती ने अपने गोत्र की छाप से अंकित अपने पिता से सीखा हुआ पद मधुर स्वर से गाना आरम्भ किया। श्रोता मुग्ध थे। उस संगीत का विषय था—जंगल, उसमें विचरने की

प्रकृति-स्वतन्त्रता। वह अकृत्रिम संगीत किसी डाल पर बैठी हुई कोकिल के गान से भी विलक्षण था। सब मुग्ध थे। संगीत समाप्त हुआ, किन्तु उसका स्वर मण्डल अभी उस प्रदेश को अपनी माया से आच्छन्न किये थे। सालवती उठ खड़ी हुई। अभयकुमार ने एक क्षण में अपने गले से मुक्ता की एकावली निकालकर अंजलि में ले ली और कहा, ''देवि, यह उपहार है।'' सालवती ने गम्भीर भाव से सर झुकाकर कहा, ''बड़ी कृपा है; किन्तु मैं किसी के अनुग्रह का दान नहीं ग्रहण करती।'' और वह चली गयी।

सब लोगों ने आश्चर्य से एक-दूसरे को देखा।

: 3 :

अभयकुमार को उस रात्रि में निद्रा नहीं आयी। वह सालवती का चित्र अपनी पुतलियों पर बनाता रहा। प्रणय का जीवन अपने छोटे-छोटे क्षणों में भी बहुत दीर्घजीवी होता है। रात किसी तरह कटी। अभयकुमार वास्तव में कुमार था और था वैशाली का उपराजा। नगर के उत्सव का प्रबन्ध उसी के हाथ में था। दूसरा प्रभात अपनी तृष्णा में लाल हो रहा था। अभय के हृदय में दारुण अपमान भी चुभ रहा था और चुभ रहा था उन दार्शनिक कुलपुत्रों का सव्यंग्य परिहास, जो सालवती के अनुग्रह न लेने पर उसकी स्वतंत्रता की विजय समझकर और भी तीव्र हो उठा था।

उन कुलपुत्रों की गोष्ठी उसी साल-कानन में जमी रही। अभी उन लोगों ने स्नान आदि से निवृत्त होकर भोजन भी नहीं किया था कि दूर से तूर्यनाद सुनाई पड़ा। साथ में एक राजपुरुष उच्च कण्ठ से पुकारता था—

''आज अनंग-पूजा के लिए वज्जियों के संघ में से सबसे सुन्दरी कुमारी चुनी जायेगी। जिसको चुनाव में आना हो, संस्थागार में एक प्रहर के भीतर आ जाय।''

अभिनन्द उछल पड़ा। उसने कहा, ''मैत्रायण! सालवती को लिवा ले चलना चाहिए। ऐसा न हो कि वैशाली के सबसे उत्तम सौंदर्य का अपमान हो जाय।''

''किन्तु वह अभिमानिनी चलेगी?''

''यही तो विकट प्रश्न है।''

''हम सब चलकर प्रार्थना करें।''

''तो चलो।''

सब अपना दुकूल सँभालते हुए सालवती की झोंपड़ी की ओर चल पड़े। उसने इन लोगों को आते देखकर सहज प्रसन्नता से मुसकराकर कहा, ''स्वागत! माननीय कुलपुत्रों को आतिथ्य ग्रहण करने के लिए मैं निमंत्रित करती हूँ।'' उसने एक शुभ्र कम्बल बिछा दिया।

युवकों ने बैठते हुए कहा—

''किन्तु हम लोग भी एक निमन्त्रण देने आये हैं।''

सालवती कुछ सोचने लगी।

"हम लोगों की प्रार्थना अनुचित न होगी!" आनन्द ने कहा।

"कहिये।"

"वैशाली के नागरिकों ने एक नया निर्णय लिया है कि इस बार वसंतोत्सव की अनंगपूजा वज्जिराष्ट्र की सर्वश्रेष्ठ सुन्दरी के हाथों से करायी जाय। इसके लिए संस्थागार में चुनाव होगा।"

"तो इसमें क्या मैं परिवर्तन कर सकती हूँ?" सालवती ने सरलता से पूछा।

"नहीं शुभे! आपको भी इसमें भाग लेना होगा। हम लोग आपको संस्थागार में ले चलेंगे और पूर्ण विश्वास है कि हम लोगों का पक्ष विजयी होगा।"

"किन्तु क्या आप लोगों का यह मुझ पर अनुग्रह न होगा, जिसे मैं कदापि ग्रहण न करूँगी।"

"नहीं भद्रे! यदि मेरे प्रस्ताव को बहुमत मिला, तो क्या हम लोगों की विजय न होगी और तब क्या हमीं आपके अनुगृहीत न होंगे?"

सालवती कुछ चुप-सी हो गयी।

मैत्रायण ने फिर कहा, "विचारों की स्वतन्त्रता इसी में है कि वे स्पष्ट रूप से प्रचारित किये जायँ, न कि वे सत्य होते हुए भी दबा दिये जायँ।"

सालवती इस सम्मान से अपने हृदय को अछूता न रख सकी। स्त्री के लिए उसके सौन्दर्य की प्रशंसा! कितनी बड़ी विजय है। उसने व्रीड़ा से कहा, "तो क्या मुझे चलना ही होगा?"

"यह हम लोगों के लिए अत्यन्त प्रिय-संदेश है। आनंद, तुम रथों को यहीं ले आओ मैं समझता हूँ कि सौंदर्य-लक्ष्मी तुम्हारे रथ पर ही चलेगी। तुम होगे उस रथ के सारथि।"

आनंद सुनते ही उछल पड़ा। उसने कहा, "एक बात और भी।"

सालवती ने प्रश्न करनेवाली आँखों से देखा!

आनंद ने कहा, "सौंदर्य का प्रसाधन!"

"मुझे कुछ नहीं चाहिए। मैं यों ही चलूँगी और कुलवधुओं के निर्णय की भी परीक्षा करूँगी। कहीं वे भ्रम में तो नहीं हैं।"

थोड़ा जलपान करके सब लोग प्रस्तुत हो गये। तब सालवती ने कहा, "आप लोग चलिए, मैं अभी आती हूँ।"

कुलपुत्र चले गये।

सालवती ने एक नवीन कौशेय पहना, जूड़े में फूलों की माला लगायी और रथ के समीप जा पहुँची।

सारथि को हटाकर आनंद अपना रथ हाँकने लगा। उस पर बैठी थी सालवती। ‌के पीछे कुलपुत्रों के साथ रथ थे। जब वे संस्थागार के राजपथ पर अग्रसर हो

रहे थे, तब भीड़ में आनंद और आश्चर्य के शब्द सुनाई पड़े, सुंदरियों का मुख अवनत हुआ। इन कुलपुत्रों को देखकर राजा ने पूछा, "मेरे माननीय दार्शनिक कुलपुत्रों ने यह रत्न कहाँ पाया?"

"कल्याणी सालवती कुलपुत्र धवलयश की एकमात्र दुहिता है।"

"मुझे आश्चर्य है कि किसी कुलपुत्र ने अब तक इस कन्यारत्न के परिणय की प्रार्थना क्यों नहीं की? अच्छा तो क्या मत लेने की आवश्यकता है?" राजा ने गम्भीर स्वर से पूछा!

"नहीं-नहीं, सालवती वज्जिराष्ट्र की सर्वश्रेष्ठ कुमारी सुंदरी है।" जनता का तुमुल शब्द सुनाई पड़ा।

राजा ने तीन बार इसी तरह प्रश्न किया। सबका उत्तर वही था। सालवती निर्विवाद विजयिनी हुई। तब अभयकुमार के संकेत पर पचीसों दास, थालों में रत्नों के अलंकार, काशी के बहमूल्य कौशेय, अंगराग, ताम्बूल और कुसुममालिकाएँ लेकर उपस्थित हुए।

अभयकुमार ने खड़े होकर संधा से प्रार्थना की—"मैं इस कुलकुमारी के पाणिपीड़न का प्रार्थी हूँ। कन्या के पिता नहीं हैं, इसलिए संघ मुझे अनुमति प्रदान करे।"

सालवती के मुँह पर भय और रोष की रेखाएँ नाचने लगीं। वह प्रतिवाद करने जा रही थी कि मगध के महामंत्री के समीप बैठा हुआ मणिधर उठ खड़ा हुआ। उसने तीव्र कंठ से कहा, "मेरी एक विज्ञप्ति है, यदि संघ प्रसन्नता से सुने।" यह अभय का प्रतिद्वंद्वी सेनापति मणिधर उपराजा बनने का इच्छुक था। सब लोग किसी आशंका से उसी की आरे देखन लगे।

राजा से बोलने की आज्ञा पाकर उसने कहा, "आज तक हम लोग कुलपुत्रों की समता का स्वप्न देखते हैं। उनके अधिकार ने सम्पत्ति और स्वार्थों की समानता की रक्षा की है, तब क्या उचित होगा कि यह सर्वश्रेष्ठ सौंदर्य किसी के अधिकार में दे दिया जाय? मैं चाहता हूँ कि राष्ट्र ऐसी सुंदरी को स्वतंत्र रहने दे और वह अनंग की पुजारिन अपनी इच्छा से अपनी एक रात्रि की दक्षिणा 100 स्वर्णमुद्राएँ लिया करे।"

सालवती विपत्ति में पड़ गयी। उसने अपने दार्शनिक कुलपुत्रों की ओर रक्षा पाने के विचार से देखा। किंतु उन लोगों ने घटना के इस आकस्मिक परिवर्तन को सोचा भी न था। इधर समानता का सिद्धात! संस्थागार में हलचल मच गयी। राजा ने इस विज्ञप्ति पर मत लेना आवश्यक समझा। शलाकायें बँटीं। गणपूरक अपने कार्य में लगा और सालवती प्रार्थना करने जा रही थी कि 'मुझे इस उपद्रव से छुट्टी मिले।'

किंतु समानता और प्रजातंत्र के सिद्धांतों की लगन! कौन सुनता है किसकी? उधर एक व्यक्ति ने कहा, "हम लोग भी अम्बपाली के समान ही क्या वज्जिराष्ट्र

में एक सौंदर्य-प्रतिमा नहीं स्थापित कर सकते, जिससे अन्य देशों का धन इस राष्ट्र में आवे।'' अभयकुमार हतबुद्धि-सा क्षोभ और रोष से काँप रहा था।

उसने तीव्र दृष्टि से मगध के महामंत्री की ओर देखा। मंत्री ने मुस्करा दिया। गणपूरक ने विज्ञप्ति के पक्ष में बहुमत की घोषणा की। राजा ने विज्ञप्ति पर स्वीकृति दी।

जब मत लिया जा रहा था, तब सालवती के मन की अवस्था बड़ी विचित्र हो रही थी। कभी तो वह सोचती थी—'पिता हिरण्य के उपासक थे। स्वर्ण ही संसार के प्रभु हैं—स्वतंत्रता का बीज है। वही 100 स्वर्ण-मुद्राएँ उसकी दक्षिणा है और अनुग्रह करेगी वही। तिस पर इतनी संवर्धना! इतना आदर? दूसरे क्षण उसके मन में यह बात खटकने लगी कि वह कितनी दयनीया है, जो कुलवधू का अधिकार उसके हाथ से छीन लिया गया और उसने ही तो अभय का अपमान किया था। किसलिए? अनुग्रह न लेने का अभिमान! तो क्या मनुष्य को प्रायः वही करना पड़ता है, जिसे वह नहीं चाहता? उसी ने मगध के महामंत्री के सामने प्रजातंत्र का उत्कर्ष बताया था। वही एकराज मगध का प्रतिनिधि यहाँ बैठा है! तब बहुमत की जय हो। वह विरोध करना चाहती थी, परंतु कर न सकी।

उसने आनंद के नियतिवाद का एक बार मन में स्मरण किया और गंतव्य पथ पर वेग से चली।

तब सालवती को घेरकर कुलपुत्रों ने आनंद से उसका जयघोष किया। देखते-देखते सालवती के चरणों में उपहार के ढेर लग गये। वह रथ पर अनंगपूजा के स्थान पर चली—ठीक जैसे अपराधी वध्यस्थल की ओर! उसके पीछे सहस्रों रथों और घोड़ों पर कुलपुत्र, फिर जनःस्रोत। सब आज अपने गणतंत्र के सिद्धांत की विजय पर उन्मत्त थे। अभयकुमार जड़-सा वहीं खड़ा रहा। जब संस्थागार से निकलने के लिए मंत्री उसके पास आया, तब अभय का हाथ दबाकर उसने कहा, ''उपराजा प्रसन्न हों!''

''महामंत्री! तुम्हारी कूटनीति सफल हुई।'' कहकर अभय ने क्षोभ से उसकी ओर देखा।

''आप लोगों का राष्ट्र सचमुच स्वतंत्रता और समानता का उपासक है। मैं साधुवाद देता हूँ।''

दोनों अपने रथों पर चढ़कर चले गये।

: 4 :

सालवती, वैशाली की अप्सरा सालवती, अपने विभव और सौंदर्य में अद्वितीय थी। उसके प्रमुख उपासक थे वैशाली के सेनापति मणिधर। सम्पत्ति का स्रोत उस सौंदर्य-सरोवर में आकर भर रहा था। वहाँ अनेक कुलपुत्र आये, नहीं आया तो एक अभयकुमार।

और सालवती का मान जैसे अभयकुमार की पदावनत किये बिना कुचला जा रहा था। वह उस दिन की एकावली पर आज अपना पूरा अधिकार समझती थी, किंतु वह अब कहाँ मिलने की।

उसका हृदय तीव्र भावों से भर गया था। आज वह चिंतामग्न थी। मगध का युद्ध वैशाली में भयानक समाचार भेज रहा था। मगध की पूर्ण विजय के साथ यह भी समाचार मिला कि सेनापति मणिधर उस युद्ध में मारे गये। वैशाली में रोष और उत्साह छा गया। नयी सेना का संचालन करने के लिए आज संस्थागार में चुनाव होनेवाला है। नगर की मुख्य महिलाएँ, कुमारियाँ उस सेनापति का अभिनंदन करे के लिए पुष्परथों पर चढ़कर चली जा रही हैं। उसे भी जाना चाहिए, क्या मणिधर के लिए दुःखी होना मानसिक परतंत्रता का चिह्न है, जिसे वह कभी स्वीकार न करेगी। वह भी उठी। आज उसके श्रृंगार का क्या कहना है! जिसके अभिमान पर वह जी रही थी, वही उसका सौंदर्य कितने आदर और प्रदर्शन की वस्तु है। उसे सब प्रकार से सजाकर मणियों की झिलमिल में पुष्पों से सजे हुए रथ पर चढ़कर सालवती संस्थागार की ओर चली। कुछ मनचले नवयुवकों का जयघोष विरोध के स्वर में लुप्त हो गया। वह पीली पड़ गयी।

साधारण नागरिकों ने चिल्लाकर कहा, ''इसी के संसर्ग-दोष से सेनापति मणिधर की पराजय हुई।''

एक ने कहा, ''यह मणिधर की काल-भुजंगिनी है।'' दूसरे ने कहा, ''यह वैशाली का अभिशाप है।'' तीसरे ने कहा, ''यह विचार-स्वातंत्र्य के समुद्र का हलाहल है।'' सलावती ने सारथि से कहा, ''रथ फेर दो।'' किन्तु दूसरी ओर से अपार जनसमूह आ रहा था। बाध्य होकर सालवती को राजपथ में एक ओर रुकना पड़ा।

तूर्यनाद समीप आ रहा था। सैनिकों के शिरस्त्राण और भाले चमकने लगे। भालों के फलक उन्नत थे और उनसे भी उन्नत थे उन वीरों के मस्त, जो स्वदेश की स्वतंत्रता के लिए प्राण देने जा रहे थे। उस वीर-वाहिनी में सिंधुदेश के शुभ्र अश्वराज पर अभयकुमार आरूढ़ था। उसके मस्तक पर सेनापति का स्वर्णपट्ट सुशोभित था। दाहिनी भुजा उठी हुई थी, जिसमें नग्न खंग सारी जनता का अभिवादन कर रहा था और वीरों को रथ-निमंत्रण दे रही थी, उसके मुख पर की सहज मुसकान।

फूलों की वर्षा हो रही थी। 'वज्जियों की जय' के रणनाद से वायुमण्डल गूँज रहा था। उस वीरश्री को देखने, उसका आदर करने के लिए कौन नहीं उत्सुक था। सालवती भी अपने रथ पर खड़ी हो गयी थी। उसने भी एक सुरचित माला लक्ष्य साधकर फेंकी और वह उस खंग से जाकर लिपट गयी।

जनता तो भावोन्माद की अनुचरी है, सैकड़ों कण्ठों से 'साधु' की ध्वनि निकली। अभय ने फेंकनेवाली को देखा। दोनों के नेत्र मिले। सालवती की आँखें नीची हो रहीं और अभय! तन्द्रालस-जैसा हो गया, निष्चेष्ट। उसकी तन्द्रा तब टूटी जब नवीन

अश्वारोहियों का दल चतुष्पथ पर उसके स्वागत पर वीर गर्जन कर उठा। अभयकुमार ने देखा, वे आठों दार्शनिक कुलपुत्र एक-एक गुल्म के नायक हैं, उसका मन उत्साह से भर उठा। उसने क्षण-भर में निश्चय किया कि जिस देश के दार्शनिक भी अस्त्र ग्रहण कर सकते हैं, वह पराजित नहीं होगा।

अभय ने उच्च कंठ से कहा, ''कुलपुत्रों की जय!''

''सेनापति अभयकुमार की जय!'' कुलपुत्रों ने प्रत्युत्तर दिया।

''वज्जियों की जय!'' जनता ने जयनाद किया।

वीर-सेना युद्ध-क्षेत्र की ओर चली और सालवती दीन-मलिन अपने उपवन को लौटी। उसने सब शृंगार उतारकर फेंक दिये। आज वह सबसे अधिक तिरस्कृत थी। वह धरणी में लोटने लगी। वसुधा पर सुकुमार यौवनलता-सी वह जैसे निरवलम्ब पड़ी थी।

आज जैसे उसने यह अनुभव किया कि नारी का अभिमान अकिंचन है। वह मुग्धा विलासिनी, अभी-अभी संसार के सामने अपने अस्तित्व को मिथ्या, माया, सारहीन समझकर आयी थी। वह अपने सुवासित अलकों को बिखराकर उसी में अपना मुँह छिपाये खड़ी थी। उसने पास बैठकर धीरे-धीरे उसके बालों को हटाया, आँसू पोंछे, गोद में सिर रख लिया। सालवती ने प्रलय-भरी आँखों से उसकी ओर देखा। नीला ने मधुर स्वर में कहा, ''स्वामिनी! यह शोक क्यों?''

सालवती चुप रही।

''स्वामिनी! शय्या पर चलो। इससे तो और भी कष्ट बढ़ने की सम्भावना है।''

''कष्ट! नीले! मुझे सुख ही कब मिला था?''

''किन्तु आपके शरीर के भीतर एक अन्य प्राणी की जो सृष्टि हो रही है, उसे तो सँभालना ही होगा।''

सालवती जैसे नक्षत्र की तरह आकाश से गिर पड़ी। उसने कहा, ''कहती क्या है?''

नीला हँसकर बोली, ''स्वामिनी! अभी आपको अनुभव नहीं है, मैं जानती हूँ। यह मेरा मिथ्या प्रलोभन नहीं।''

सालवती सब तरह से लुट गयी। नीला ने उसे शय्या पर लिटा दिया। उसने कहा, ''नीले! आज से मेरे सामने कोई न आवे, मैं किसी को मुँह नहीं दिखाना चाहती। बस, केवल तुम मेरे पास बनी रहो।''

सुकोमल शय्या पर सालवती ने करवट ली। सहसा उसके सामने मणिधर का वह पत्र आया, जिसे उसने रणक्षेत्र से भेजा था। उसने उठाकर पढ़ना आरम्भ किया—''वैशाली की सौंदर्य-लक्ष्मी!'' वह रुक गयी। सोचने लगी। मणिधर कितना मिथ्यावादी था। उसने एक कल्पित सत्य को साकार बना दिया। वैशाली में जो कभी न था, उसने मुझे वही रूपाजीवा बनाकर क्या राष्ट्र का अनिष्ट नहीं किया! अवश्य,

देखो आगे लिखता है—"मेरा मन युद्ध में नहीं लगता है।" लगता कैसे? रूप-ज्वाला के शलभ! तुझे तो जल-मरना था। तो उसे अपराध का दण्ड मिला और स्वतंत्रता के नाम जो भ्रम का सृजन कर रही थी, उसका क्या हुआ! मैं सालवन की विहंगिनी! आज मेरा सौंदर्य कहाँ है? और फिर प्रसव के बाद क्या होगा?

वह रोती रही।

सालवती के जीवन में रुदन का राज्य था। जितना ही वह अपनी स्वतंत्रता पर पहले सहसा प्रसन्न हो रही थी, उतना ही उस मानिनी का जीवन दुखपूर्ण हो गया।

वह गर्भवती थी।

उपवन से बाहर न निकली थी और न तो कोई भीतर आने पाता। सालवती ने अपने को बन्दी बना लिया।

कई महीने बीत गये। फिर से मधुमास आया। पर सालवती का वसंत जैसे सदा के लिए चला गया था। उसने उपवन की प्राचीर में से सुना, जैसे कोई तूर्यनाद के साथ पुकार रहा है—"वज्जियों की सर्वश्रेष्ठ अनंग-पूजा..." आगे वह कुछ न सुन सकी। वह रोष से मूर्च्छित थी। विषाद से उसकी प्रसव-पीड़ा भयानक हो रही थी। नीला ने उपचार किया। वैद्य के प्रयत्न से उस रात्रि में सालवती को एक सुदर-सी संतान हुई।

सालवती ने अपने यौवन-वन के कुठार को देखा। द्वंद्व से वह तड़पने लगी, मोह को मान ने पराजित किया। उसने कोमल फूलों की टोकरी में अच्छे वस्त्रों में लपेटकर उस सुकुमार शिशु को एक ओर गोधूलि की शीतल छाया में रखवा दिया। वैद्य का मुँह सोने से बन्द कर दिया गया।

उस दिन सालवती अपने सुविशाल भवन में लौट आयी।

और उसी दिन अभयकुमार विजयी होकर अपने पथ से लौट रहा था। तब उसे एक सुन्दर शिशु मिला। अभय उसे अपने साथ ले आया।

प्रतियोगिता का दिन था। सालवती का सौंदर्य-दर्प जागरूक हो गया था। तब उसने द्राक्षासव का घूँट लेकर मुकुर में अपनी प्रतिच्छाया देखी। उसको जैसे अकारण संदेह हुआ कि उसकी फूलों की ऋतु बीत चली है, वह अपमान से भयभीत होकर बैठी रही।

वैशाली विजय का उत्सव मना रही थी। उधर वसंत का भी समारोह था। सालवती को सब लोग भूल गये और अभयकुमार! वह कदाचित् नहीं भूला, कुछ-कुछ क्रोध से, कुछ विषाद से और कुछ स्नेह से। संस्थागार में चुनाव की भीड़ थी। उसमें जो सुंदरी चुनी गयी, वह निर्विवाद नहीं चुनी जा सकी। अभयकुमार ने विरोध किया। आठों कुलपुत्रों ने उसका साथ देते हुए कहा, "जो अनुपम सौंदर्य नहीं, उसे वेश्या बनाना सौंदर्य-बोध का अपमान करना है।" किन्तु बहुमत का शासन! चुनाव हो

ही गया। वैशाली को अब वेश्याओं की अधिक आवश्यकता थी।

सालवती ने सब समाचार अपनी शय्या पर लेटे-लेटे सुना। वह हँस पड़ी! उसने नीला से कहा, ''नीले! मेरे स्वर्ण-भण्डार में कमी तो नहीं है?''

''नहीं स्वामिनी!''

''इसका ध्यान रखना! मुझे आर्थिक परतंत्रता न भोगनी पड़े।''

''इसकी संभावना नहीं। आप निश्चिन्त रहें।''

किन्तु सालवती! हाँ, वह स्वतंत्र थी, एक कंगाल की तरह, जिसके पास कोई अधिकार, नियंत्रण, अपने पर भी नहीं, दूसरे पर भी नहीं। ऐसे आठ वसंत बीत गये।

: 5 :

अभयकुमार अपने उद्यान में बैठा था। एक शुभ्र शिला पर उसकी वीणा रक्खी थी। दो दास उसके सुगठित शरीर में सुगंधित तेल मर्दन कर रहे थे। सामने मंच पर एक सुदर बालक अपनी क्रीड़ा-सामग्री लिए व्यस्त था। अभय अपनी बनायी हुई कविता गुनगुना रहा था। वह बालक की अकृत्रिम हँसी पर लिखी गयी थी। अभय के हृदय का समस्त संचित स्नेह उसी बालक में केन्द्रीभूत था। अभय ने पूछा, ''आयुष्मान् विजय! तुम भी आज मल्ल-शाला में चलोगे न!''

बालक क्रीड़ा छोड़कर उठ खड़ा हुआ, जैसे वह सचमुच किसी से मल्लयुद्ध करने के लिए प्रस्तुत हो। उसने कहा, ''चलूँगा और लड़ूँगा भी।''

अभय ठठाकर हँस पड़ा। बालक कुछ संकुचित हो गया। फिर सहसा अभय को स्मरण हो गया कि उसे और भी कई काम हैं। वह स्नान के लिए उठने लगा कि संस्थागत की सन्निपात भेरी बज उठी। एक बार तो उसने कान खड़े किये; पर फिर अपने में लीन हो गया। मगध-युद्ध के बाद उसने किसी विशेष पद के लिए कभी अपने को उपस्थित नहीं किया। वह जैसे वैशाली के शासन में भाग लेने से उदासीन हो रहा था! स्वास्थ्य का बहाना करके उसने अवसर ग्रहण किया। उसके मगध-युद्ध के सहायक आठों दार्शनिक कुलपुत्र उसके अभिन्न मित्र थे। वे भी अविवाहित थे। अभयकुमार की गोष्ठी बिना सुंदरियों की जमात थी। वे भी आ गये। इन सबों के बलिष्ठ शरीरों पर मगध-युद्ध के वीर-चिह्न अंकित थे।

अभिनंद ने पूछा, ''आज संस्थागार में हम लोग चलेंगे कि नहीं?''

अभय ने कहा, ''मुझे तो मल्लशाला का निमंत्रण है।''

अभिनंद ने कहा, ''तो सचमुच हम लोग वैशाली के शासन से उदासीन हो गये हैं क्या?''

सब चुप हो गये। सुभद्र ने कहा, ''अंत में व्यवहार की दृष्टि से हम लोग पक्के नियतिवादी हो रहे। जो कुछ होना है, वह होने दिया जा रहा है।''

आनंद हँस पड़ा। मणिकण्ठ ने कहा, ''नहीं, हँसने से काम न चलेगा। आज

जब उपवन से आ रहा था, तब देखा कि सालवती के तोरण पर बड़ी भीड़ है। पूछने से मालूम हुआ कि आठ बरस के दीर्घ एकांतवास के बाद सौंदर्य के चुनाव में भाग लेने के लिए सालवती बाहर आ रही है। मैं क्षण-भर रुका रहा। वह अपने पुष्परथ पर निकली। नागरिकों की भीड़ थी। कुलवधुओं का रथ रुक रहा था। उनमें कई तेजस्विनी महिलाएँ थीं, जिनकी गोद में बच्चे थे। उन्होंने तीव्र स्वर में कहा, 'यही पिशाचिनी हम लोगों के बच्चों से उनके पिताओं को, स्त्रियों से उनके पतियों को छीननेवाली है।' वह एक क्षण खड़ी रही। उसने कहा, 'देवियो! आठ बरस के बाद वैशाली के राजपथ पर दिखलाई पड़ी हूँ। इन दिनों मैंने किसी पुरुष का मुँह भी नहीं देखा। मुझे आप लोग क्यों कोस रही हैं?' वे बोलीं, 'तूने वेश्यावृत्ति के पाप का आविष्कार किया है। तू कुलपुत्रों के वन की दावाग्नि की प्रथम चिनगारी है। तेरा मुँह देखने से भी पाप है! राष्ट्र के इन अनाथ पुत्रों की ओर देख! पिशाचिनी!' कई ने बच्चों को अपनी गोद से ऊँचा कर दिया। सालवती ने उन बालकों की ओर देखकर रो दिया।

"रो दिया?" अभिनन्द ने पूछा।

"हाँ-हाँ, रो दिया और उसने कहा, देवियों मुझे क्षमा करें। मैं प्रायश्चित्त करूँगी। उसने अपना रथ बढ़वा दिया। मैं इधर चला आया; किन्तु कुलपुत्रों से मैं सत्य कहता हूँ कि सालवती आज भी सुंदरियों की रानी है।"

अभयकुमार चुपचाप विजय को देख रहा था। उसने कहा, "तो क्या हम लोग चलेंगे?"

"हाँ-हाँ!"

अभय ने दृढ़ स्वर में पूछा, "और आवश्यकता होगी तो सब प्रकार से प्रतिकार करने में पीछे न हटेंगे।"

"हाँ, न हटेंगे!" दृढ़ता से कुलपुत्रों ने कहा।

"तो मैं स्नान करके अभी चला। रथों को प्रस्तुत होने के लिए कह दिया जाय।"

जब अभय स्नान कर रहा था, तब कुलपुत्रों ने कहा, "आज अभय कुछ अद्भुत काम करेगा?"

आनंद ने कहा, "जो होना होगा, वह तो होगा ही। इतनी घबराहट से क्या?"

अभय शीघ्र स्नानागार से लौट आया। उसने विजय को भी अपने रथ पर बिठाया।

कुलपुत्रों के नौ रथ संस्थागार की ओर चले। अभय के मुख पर गम्भीर चिंता थी और दुर्दमनीय दृढ़ता भी।

सिंहद्वार पर साधारण जनता की भीड़ थी और विशाल प्रांगण में कुलपुत्रों और महिलाओं की। आज सौंदर्य प्रतियोगिता थी। रूप की हाट सजी थी। आठ भिन्न आसनों पर वैशाली की वेश्यायें भी बैठी थीं। नवाँ आसन सूना था। अभी तक नई

प्रार्थिनी-सुन्दरियों में उत्साह था; किन्तु सालवती के आते ही जैसे नक्षत्रों का प्रकाश मन्द हो गया। पूर्ण चन्द्रोदय था। सालवती आज अपने सम्पूर्ण सौंदर्य में यौवनवती थी। सुन्दरियाँ हताश हो रही थीं। कर्मचारी ने प्रतियोगिता के लिए नाम पूछा। किसी ने नहीं बताया।

उसी समय कुलपुत्रों के साथ अभय ने प्रवेश किया। मगध-युद्ध विजेता का जय-जयकार हुआ। सालवती का हृदय काँप उठा। न जाने क्यों वह अभय से डरती थी। फिर भी उसने अपने को सँभालकर अभय का स्वागत किया। युवक सौंदर्य के चुनाव के लिए उत्कण्ठित थे। कोई कहता था—"आज होना असम्भव है।" कोई कहता—"नहीं आज सालवती के सामने इसका निर्णय होगा।" परन्तु कोई सुन्दरी अपना नाम नहीं देना चाहती थी। सालवती ने अपनी विजय से मुस्करा दिया।

उसने खड़ी होकर विनीत स्वर में कहा, "यदि माननीय संघ को अवसर हो, वह मेरी विज्ञप्ति सुनना चाहे, तो मैं निवेदन करूँ।"

संस्थागार में सन्नाटा था।

उसने प्रतिज्ञा उपस्थित की।

"यदि संघ प्रसुन्न हो तो मुझे आज्ञा दे। मेरी यह प्रतिज्ञा स्वीकार करे कि आज से कोई स्त्री वैशाली-राष्ट्र में वेश्या न होगी।"

कोलाहल मचा।

"और तुम अपने सिंहासन पर अचल बनी रहो। कुलवधुओं के सौभाग्य का अपहरण किया करो।" महिलाओं के तिरस्कारपूर्ण शब्द अलिन्द से सुनाई पड़े!

"धैर्य धारण करो देवियो! हाँ, तो इस पर संघ क्या आज्ञा देता है?" सालवती ने साहस के साथ तीखे स्वर में कहा।

अभय ने प्रश्न किया—"क्या जो वेश्यायें हैं, वे वैशाली में बनी रहेंगी और क्या इस बार भी सौन्दर्य प्रतियोगिता में तुम अपने को विजयिनी नहीं समझती हो?"

"मुझे निर्वासन मिले, कारागार में रहना पड़े। जो भी संघ आज्ञा हो; किन्तु अकल्याणकर और पराजय के मूल इस भयानक नियम को, जो अभी थोड़े दिन से वज्जि संघ ने प्रचलित किया है, बन्द करना चाहिए।"

एक कुलपुत्र ने गम्भीर स्वर में कहा, "क्या राष्ट्र की आज्ञा से जिन स्त्रियों ने अपना सर्वस्व उसकी इच्छा पर लुटा दिया, उन्हें राष्ट्र निर्वासित करेगा, दण्ड देगा? गणतन्त्र का यह पतन!"

एक ओर से कोलाहल मचा—"ऐसा न होना चाहिए।"

"फिर इन लोगों का भाग्य किस संकेत पर चलेगा?" राजा ने गम्भीर स्वर में पूछा। "इनका कौमार्य, शील और सदाचार खण्डित है। इनके लिए राष्ट्र क्या व्यवस्था करता है?"

"संघ यदि प्रसन्न हो, उसे अवसर हो, तो मैं कुछ निवेदन करूँ?" आनन्द ने मुसकराते हुए कहा।

राजा का संकेत पाकर उसने फिर कहा, "हम आठ मगध-युद्ध के खण्डित शरीर विलोंग कुलपुत्र हैं और ये शील खण्डिता आठ नई अनंग की पुजारिनें हैं।"

कुछ लोग हँसने की चेष्टा करते हुए दिखाई पड़े। कर्मचारियों ने तूर्य बजाकर शान्त रहने के लिए कहा।

राजा-उपराजा-सेनापति-मन्त्रधर-सूत्रधर-अमात्य, व्यावहारिक और कुलिकों ने इस जटिल प्रश्न पर गम्भीरता से विचार करना आरम्भ किया। संस्थागार मौन था।

कुछ काल के बाद सूत्रधार ने पूछा, "तो क्या आठों कुलपुत्रों ने निश्चय कर लिया है? इन वेश्याओं को वे लोग पत्नी की तरह ग्रहण करेंगे?"

अभय ने उनकी ओर संभ्रम देखा। वे उठ खड़े हुए। एक साथ स्पष्ट स्वर में उन लोगों ने कहा, "हाँ, यदि संघ वैसी आज्ञा देने की कृपा करे।"

"संघ मौन है; इसलिए मैं समझता हूँ, उसे स्वीकार है।" राजा ने कहा।

"सालवती! सालवती!!" की पुकार उठी। वे आठों अभिनन्द आदि के पार्श्व में आकर खड़ी हो गई थीं; किन्तु सालवती अपने स्थान पर पाषाणी प्रतिमा बनी खड़ी थी। यही अवसर था, जब नौ बरस पहले उसने अभयकुमार का प्रत्याख्यान किया था। पृथ्वी ने उसके पैर पकड़ लिए थे। वायुमण्डल जड़ था, वह निर्जीव थी।

सहसा अभयकुमार ने विजय को अपनी गोद में उठाकर कहा, "मुझे पत्नी तो नहीं चाहिए। हाँ, इस बालक की माँ को खोज रहा हूँ, जिसको प्रसव-रात्रि में उसकी मानिनी माँ ने लज्जापिण्ड की तरह अपने सौंदर्य की रक्षा के लिए फेंक दिया था। उस चतुर वैद्य ने इसकी दक्षिण भुजा पर एक अमिट चिह्न अंकित कर दिया है। उसे यदि कोई पहचान सके, तो वह इसे अपनी गोद में ले।"

सालवती पागलों की तरह झपटी। उसने चिह्न देखा और देखा उस सुन्दर मुख को। वह अभय के चरणों में गिरकर बोली, "यह मेरा है देव! क्या तुम कभी मेरे होंगे?" अभय ने उसका हाथ पकड़कर उठा लिया।

जयनाद से संस्थागार मुखरित हो रहा था।

❑❑❑